Christian Robert Lange

Der geheime Name Gottes

Christian Robert Lange

Der geheime Name Gottes

VERLAG PHILIPP VON ZABERN

Für Jasmin

Inhalt

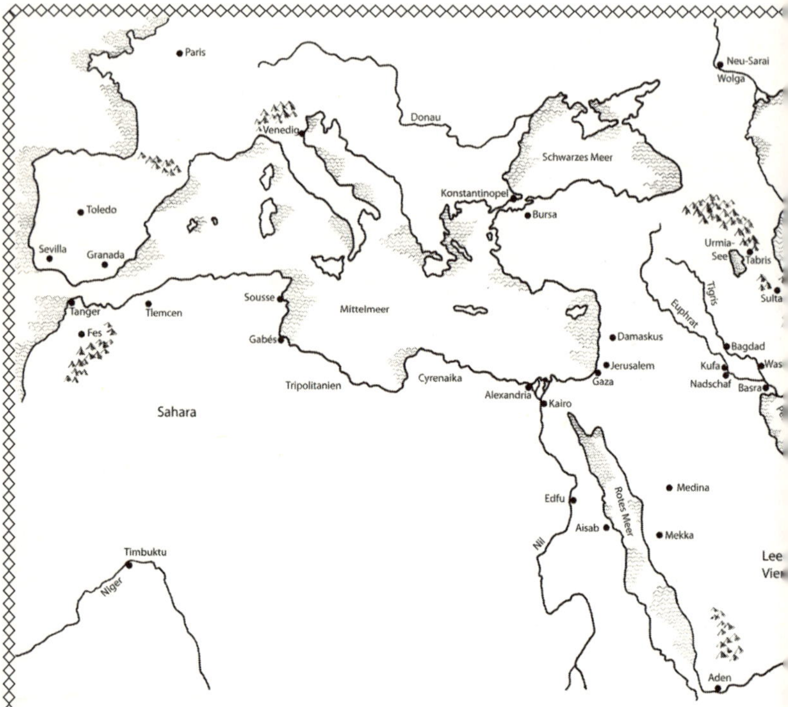

Die islamische Welt des 14. Jahrhunderts

Aral-See
Jaxartes
Jaxartes
Oxus
Buchara
Samarkand
Herat
Kabul
Multan
Indus
us
Tarim-Becken
Kunlun
Himalaja
Delhi
Ganges
Meghna
Sylhet
Tschittagong
Kambai
Narmada
Daulatabad
bische
See
Bucht
von
Bengalen
Kalikut
Quilon
Ceylon
Maldiven
Indischer
Ozean
Wüste Gobi
Große Mauer
Tu-tu
Huang Ho
Kaiserkanal
Chan-sa
Jang-tse
Mekong
Saitun
Taiwan
Südchinesische
See
Philippinen
Sumatra
Borneo

Flüchte du, im reinen Osten
Patriarchenluft zu kosten,
Unter Lieben, Trinken, Singen
Soll dich Chisers Quell verjüngen.
– J. W. von Goethe, *Hegire*

Einleitung des Übersetzers: Im Alcázar von Toledo

Ein Jahr ist es her, dass ich mich in den Archiven des Königspalasts Alcázar in Toledo aufhielt. Ich arbeitete an einem kleinen wissenschaftlichen Aufsatz über die Moriscos, jene Muslime im katholischen Spanien, die nach der *reconquista* im 15. Jahrhundert unserer Zeitrechnung und bis zu ihrer gänzlichen Vertreibung zu Beginn des 17. Jahrhunderts ein verstecktes Dasein unter ihren christlichen Nachbarn fristeten. Nach außen hin waren sie treue Kinder der Kirche, heimlich jedoch verneigten sie sich fünfmal am Tag gen Mekka.

Eine Woche war bereits vergangen, ohne dass meine Nachforschungen auch nur das geringste Ergebnis zutage gefördert hatten. Meine Laune wurde zunehmend schlechter, im Gleichschritt mit dem Wetter in *La Mancha*: Anfangs hatte es nur ungemütlich genieselt, am letzten Tag meines Aufenthaltes ergoss sich kalter Regen über die graue Stadt am Tajo. Missmutig machte ich mich an jenem Morgen von meiner kleinen Pension auf, die engen Gassen des ehemaligen jüdischen Viertels, der *judería*, zum Alcázar hinaufzusteigen. Ich blickte keineswegs zuversichtlich auf den anbrechenden Tag. Das Schlossarchiv war schlecht geheizt und dunkel.

Den Vormittag verbrachte ich gebeugt über vulgärlateinische Listen mit den Mieteinnahmen aus Wohn- und Geschäftsbauten, welche dereinst die spanische Verwaltung des Alcázar den hiesigen Moriscos zugeteilt hatte. Meine Forschungen galten der allgemeinen Situation der Moriscos im 16. Jahrhundert, doch ein Kronzeuge für dieses seltsame Kapitel in der spanischen Geschichte interessierte mich ganz besonders, der Morisco Hamid ibn al-Qali, jener gefeierte Chronist und Romancier, den schon Cervantes rühmte.*

Die Familie dieses bemerkenswerten Mannes, die al-Qalis, hat eine Reihe berühmter Gelehrter hervorgebracht. Unbestreitbar und

* Cervantes behauptet, der Don Quijote sei die Erzählung eines gewissen Hamete Benengeli (die kastilische Schreibweise des Namens Hamid ibn al-Qali).

um Längen überragt jedoch das Œuvre Hamids das seiner Verwandten. Seine *Perlen der Überlieferung aus den Tiefen der Erinnerung* stellen eine Hauptquelle unseres Wissens über die Eroberung des bis dahin muslimischen Granadas durch die Katholischen Könige dar, und seine Gedichtsammlung *Wassertropfen aus der Quelle in Chisers Garten* gilt weithin als Meilenstein mystischer andalusischer Dichtung. Beide Werke haben die Moriscoforschung erheblich vorangebracht, ja sie überhaupt erst ermöglicht.

Was Hamid ibn al-Qalis Leben betrifft, so wissen wir aus dem *Don Quijote* sowie aus einer autobiographischen Notiz in den *Perlen*, dass er in der toledanischen *judería* einen Buchladen führte, bis ihn der wachsende Druck der katholischen Könige zwang, im Jahre 1588 nach Tanger in Marokko zu fliehen. Darüber hinaus ist sein Schicksal jedoch voller Geheimnisse. Ich war immer davon überzeugt gewesen, dass irgendwo in irgendwelchen Archiven weitere Schriften von ihm zu finden seien. Schon vor einiger Zeit war ich auf eine Notiz des Bibliographen Hadschdschi Chalifa gestoßen, der Hamid ein Manuskript namens *Reisen* zuschrieb, doch konnte ich dieser Behauptung keinen rechten Glauben schenken, da dieses Manuskript sonst nirgends erwähnt war. Was hätte ich darum gegeben, jene *Reisen* oder eine andere von Hamids Schriften zu entdecken!

Ich mühte mich redlich, aber auch an diesem letzten Tag, den ich am dunklen Mahagonipult im Archiv des Alcázar zubrachte, wollten sich die Schleier über Hamid ibn al-Qali nicht lüften. Meine Stimmung war düster, zusätzlich verfinstert von der Aussicht auf die öltriefenden *tapas*, die zum Mittag in der Schlosskantine angeboten wurden, offenbar die einzige vor Ort verfügbare Nahrung. Da plötzlich vernahm ich hinter mir ein Räuspern. Im Sitzen fuhr ich herum, halb verärgert ob der Störung, halb erfreut, von meiner ertraglosen Suche für einen Moment erlöst zu sein. Vor mir stand der Archivgehilfe, ein erdfahler, dürrer Mann, der so verstaubt aussah, als hätte er schon seit der *reconquista* nichts anderes getan, als Bücher in Regale zu ordnen. Er zuckte mit der linken Schulter, rückte seine Hornbrille auf der Nase zurecht und räusperte sich verlegen ein zweites Mal.

„*Discúlpeme, señor profesor*“, flüsterte er mit heiserer Fistelstimme. „Ein Herr hat sich angemeldet. Er will mit Ihnen sprechen. Hier ...“

Er händigte mir eine Visitenkarte aus. Darauf stand in zierlichen arabischen Schriftzeichen:

Muhammad ibn al-Qali
Antiquar
99 Sh. al-Ilahiyat
Büchermarkt
Tanger – Marokko

Ich erhob mich zögernd, die rechte Hand auf den Tisch gestützt, die Augen auf das Kärtchen geheftet. Muhammad ibn al-Qali? Wollte sich jemand einen Scherz mit mir erlauben? So häufig war der Name nicht.

„Dieser Herr al-Qali soll hereinkommen!"

Der Archivar entfernte sich. Mein Blick schweifte ziellos über die vor mir ausgebreiteten Manuskripte, in der Hand die Visitenkarte. Ich kann es nicht anders beschreiben, ein plötzlicher Gluthauch schien über mich hinwegzustreichen. Und dann, kaum dass ich es bemerkte, war der Mann eingetreten.

Es ist seltsam, ich bin rückblickend nicht in der Lage, mir ein wirklich präzises Bild von ihm vor Augen zu führen. Zwar sah ich ihn nur kurz und nur dieses eine Mal, das mag das ungewohnte Schwächeln meines Gedächtnisses erklären. Wohl war es aber auch so, dass seiner Erscheinung etwas Flüchtiges anhaftete, etwas, das nicht ganz zu fassen war, es vielleicht nicht sein sollte, etwas Vorübergehendes, Undefinierbares, Zeitloses. Er war groß, soweit vermag ich mich zu entsinnen, sehnig und kräftig. Vom Alter schien er unberührt, keine Falte verunzierte seine Stirn oder Schläfe. Sein gepflegter Bart mag hingegen das eine oder andere graue Haar aufgewiesen haben. Die Farbe der Haut spielte ins Olive, sie wirkte wie aus Erz. Indes sind, abgesehen von einer markanten Narbe am Kinn, seine Augen der einzige auf immer verfestigte Eindruck, der mir von ihm bleibt.

Mir als Historiker liegt jenes raunende Emphatisieren fern, dessen sich manche meiner wissenschaftlichen Kollegen – besonders die Ethnologen – zuweilen schuldig machen. Doch diese Begegnung trug ohne Zweifel die Handschrift dessen, was die Franzosen *merveilleux*, die Spanier *maravilloso* nennen. In dem klaren Blick dieses Mannes schienen die Geheimnisse ganzer Epochen zu liegen. Seine Augen waren geradezu schmerzhaft blau, doch zugleich schienen sie kalt, so als blicke man in einen bodenlosen See. So bestimmend waren sie im Verhältnis zu seinem einfachen, peinlich ordentlichen Äußeren, den grauen Beinkleidern und dem altmodischen Überrock, dass sie seine Gestalt voll und ganz zu beherrschen schienen.

Zu meiner Freude sprach er ein klar artikuliertes, vorzügliches Hocharabisch:

„Der Friede sei mit dir!", sagte er.

„Und mit dir der Friede und Gottes Barmherzigkeit und Segen!"

Er verbeugte sich leicht, Zeichen von verfeinerter Bildung und Bescheidenheit gleichermaßen.

„Der Allgnädige schenke deinem Gelehrtenleben lange Jahre."

„Der erhabene Weltenlenker segne deine Hände und schenke dir Gesundheit."

„Der Vielgepriesene vergelte es dir! Sein Segen auf dich."

Vielleicht etwas zu früh entschloss ich mich, die Kette der Höflichkeitsformeln zu unterbrechen. „Mit wem habe ich die Ehre, und was bringt Sie zu mir?"

Er ergriff den Stapel mit den Listen der Mieteinnahmen, welcher auf meinem Arbeitstisch lag, und blätterte ein wenig darin herum.

„Ich komme öfters nach Toledo. Hübsches Städtchen. Mir gehört hier im alten Judenviertel ein Haus. Habe hier schon so manches schöne arabische Manuskript verkauft."

Schon immer habe ich den Ausverkauf islamischer Kulturgüter in den Westen missbilligt. Ich mag ihn deswegen ein wenig finster angesehen haben.

„Wie Sie von meiner Visitenkarte bereits wissen, bin ich Antiquar. Mein Name hat Sie vermutlich stutzen lassen?"

„Herr al-Qali, bitte entschuldigen Sie meine Neugierde ..."

„... Sie ahnen es: Ich bin mit der Familie der al-Qalis verwandt. Und ein passionierter Ahnenforscher dazu. Wie ich höre, interessieren Sie sich für einen meiner Vorfahren."

Mein Puls ging plötzlich schneller. Man vergegenwärtige sich die Umstände eines Bücherwurmdaseins wie des meinigen und versuche dann, sich meine Aufregung vorzustellen. Die mittelalterlichen Manuskripte, mit denen ich die meiste Zeit verbringe, sind wie taube Gesprächspartner, und ich selbst bin ein trockener Stubengelehrter, der nur selten die Sonne sieht. Dieser Mann hingegen war ein Stück lebendige Vergangenheit.

„Ich wusste gar nicht", brachte ich hervor, „dass Hamid ibn al-Qali Nachkommen hatte!"

Er lächelte. „Das ist nur wenigen bekannt. Wissen Sie, Hamid ibn al-Qali war ein außergewöhnlicher Mann. Nach seiner Flucht aus Toledo nach Tanger lebte er zwar zurückgezogen, aber er schrieb noch fleißiger als zuvor. Er verfügte testamentarisch, dass keines seiner Spätwerke jemals dem Publikum zugänglich gemacht werden sollte. Ich denke, es ist an der Zeit, dass sich das ändert. Die Toten" – seine Augen leuchteten auf – „haben nur ein begrenztes Recht auf Privatsphäre. Ha!"

„Ich weiß nicht recht, worauf Sie hinauswollen."

„Hören Sie zu – ich bin mir sicher, es wird Sie interessieren. Um es kurz zu machen: Ich bin im Besitz eines bislang verschollen geglaubten Manuskriptes Hamid ibn al-Qalis. Sie werden sich fragen: Wie komme ich dazu? Nun, meine Familie hat seinen Nachlass jahrhundertelang treu aufbewahrt."

Es war unerhört. Behauptete dieser Mensch allen Ernstes, er verfüge über ein Original aus der Feder des Hamid ibn al-Qali? War das möglich?

„Ich schlage Ihnen ein Geschäft vor. Bitte seien Sie nicht überrascht! Ich möchte Ihnen besagtes Manuskript vorlegen. Wenn Sie einverstanden sind, begutachten Sie es auf seine Authentizität hin und übersetzen es. Ich denke, es lohnt sich. Es handelt sich nämlich um Ibn al-Qalis Fassung der *Reisen* des Ibn Battuta aus Tanger."

Nun war mein Erstaunen komplett. Also hatte Hadschdschi Chalifa doch recht gehabt! „Sie reden von Ibn Battuta *ar-Rachala*, dem Großen Reisenden?"

Dieser Mann ist eine der schillerndsten Figuren der islamischen Geschichte. Man hat ihn den Marco Polo des Islam genannt, doch der Vergleich hinkt, denn angesichts der fast drei Jahrzehnte, die Ibn Battuta im 14. Jahrhundert unserer Zeit damit zubrachte, die Länder und Meere des Islam zu bereisen, schrumpfen die Dimensionen der Entdeckungsfahrt des venezianischen *Milione* zu beinahe lächerlicher Geringfügigkeit.

Ibn Battuta durchmaß die bekannte Welt von Marokko bis nach China und von Zentralasien bis ins subsaharische Timbuktu. Er hat uns einen Reisebericht hinterlassen, eine umfassende Momentaufnahme der islamischen Kultur des 14. Jahrhunderts. Er zeigt den großartigen Facettenreichtum der mittelalterlichen islamischen Welt genauso wie ihren staunenswerten zivilisatorischen Zusammenhalt.

Schweiß trat mir auf die Stirn.

„Was in Gottes Namen hatte Hamid ibn al-Qali denn mit Ibn Battuta zu tun?"

„Nun, er war ein direkter Nachkomme Ibn Battutas! Sie wissen vermutlich, dass Ibn Battuta eine Version seiner *Reisen* damals für den Sultan von Marokko niederschreiben ließ. Allerdings sind weite Teile davon pure Fantasie. Der Hofsekretär in Fes war nämlich kein besonders treuer Mitschreiber. Es existiert aber eine weitere, unbekannte Fassung, die viel authentischer ist ... Ist Ihnen nicht wohl? Sie sind so blass. Bitte, setzen Sie sich doch!"

„Danke, sehr freundlich ... ", murmelte ich.

„Damit die Wahrheit über seine Reisen wenigstens in seiner Familie erhalten blieb, beschloss Ibn Battuta am Ende seines Lebens, seine Geschichte seinem Sohn anzuvertrauen. Dieser sollte sie wiederum seinem Sohn überliefern, und zwar Wort für Wort, immer weiter, bis irgendwann ein Nachkomme sie niederschrieb, damit sie nie verloren ginge. Dieser Nachkomme war Hamid ibn al-Qali. Als er nach Tanger kam, die Stadt, in der für Ibn Battuta alles angefangen hatte, beschloss er, die *Reisen* endlich genau so in Tinte zu fixieren, wie sie seit Generationen in seiner Familie weitergegeben worden waren. Und so gelangten sie in meine Hand."

Plötzlich begann ich, an der Geschichte Zweifel zu hegen. Vielleicht war dieser arabische Grandseigneur nur ein gerissener Antikenhändler, der mit mir ins Geschäft kommen wollte. Ich beschloss, gute Miene zum bösen Spiel zu machen.

„Nun, mein Herr", sagte ich, um Distanz bemüht, „das sind große Neuigkeiten. Wenn es stimmt, was Sie mir da berichten, wird das mein kleines Fachgebiet ja gehörig aufrütteln."

„Der Bericht Ibn al-Qalis wird nicht nur die beschränkte Lesergilde der Orientalisten interessieren, sondern auch ein weiter gefächertes Publikum", erwiderte er mit gesegnetem Selbstbewusstsein. „Verstehen Sie, wir haben es hier nicht mit trockener Geografie zu tun. Der Bericht ist wirklich außergewöhnlich. Wäre er nicht authentisch, könnte man ihn für einen Abenteuerroman halten."

Wir schwiegen. Dann, auf unheimliche Weise meine Gedanken erratend, fuhr er fort:

„Ich weiß, dass Sie dazu neigen, mir keinen Glauben zu schenken. Das sei Ihnen in diesem Moment verziehen. Wenn Sie zustimmen, lasse ich Ihnen das Manuskript zukommen, Sie werfen einen Blick darauf und sagen mir dann, ob Sie die Übersetzung in Angriff nehmen wollen. Was halten Sie davon?"

Ich willigte ein, zwischen Neugier und Skepsis hin und her gerissen, und so war es denn ausgemacht. Ich gab ihm meine Visitenkarte, und er schritt mit Grandezza aus dem Archiv. Ich hielt ihn nicht zurück. Wie ich mir heute, nicht ohne Scham zu fühlen, eingestehen muss, hatte ich in überschneller Einbildung die Sache bereits abgeschrieben. Für arrogant hielt ich den Mann – und war es vielmehr selbst. Wie habe ich diese Kurzsichtigkeit inzwischen bereut! So viele Fragen sind unbeantwortet geblieben! So viele Rätsel harren noch ihrer Auflösung!

Am nächsten Morgen packte ich meine Koffer, verließ Toledo und fuhr zurück nach Deutschland. Kaum rechnete ich noch damit, dass sich der seltsame Besucher bei mir melden würde. Meine ablehnende Skepsis konnte ihm nicht entgangen sein. Doch nur zehn Tage später – ich kämpfte gerade darum, meine mageren Forschungsergebnisse in eine druckbare Form zu bringen – erreichte mich ein sorgfältig zugeschnürtes Paket aus Tanger. Das vergilbte Papier, in das es eingewickelt war, trug in großen, geschwungenen Schriftzügen meinen Namen und meine Anschrift. Auf der Rückseite stand:

Dem fleißigen Orientforscher und Übersetzer Theodor Siegfried Meyrink. Der auf ewig Reichmachende belohne ihn für seine Mühen. MQ.

In der Tat enthielt das Paket einen Stapel mit in schönstem Araboandalusisch beschriebenen Bögen.

Ich will den Leser nicht mit den physischen Einzelheiten langweilen, die Gegenstand der wissenschaftlichen Beschreibung eines Manuskriptes sind. Es sei damit genug, dass das Exemplar, das ich in der Hand hielt, zweifellos alt war. Wie alt genau, konnte ich nicht sagen, aber eine Analyse des Schriftduktus ergab schnell, dass es durchaus nicht abwegig war, es auf das frühe 17. Jahrhundert zu datieren. Ich will es mir an dieser Stelle auch versagen, über die emotionalen Höhen und Tiefen zu berichten, in die mich die Lektüre des Manuskriptes bald stürzen sollte, vom anfänglichen Zweifel hinsichtlich seiner Authentizität bis hin zur erschütternden Erkenntnis, dass das vor mir liegende Zeugnis höchst bedeutend, ja einzigartig war. Was danach kam, war grenzenlose Euphorie, die sich bald in mitfühlende Anteilnahme an dem Geschick Ibn Battutas verwandelte, und dann – doch ich mag nichts vorwegnehmen.

Stattdessen will ich nicht weiter säumen und der verehrten Leserschaft meine Übersetzung des Berichts des Hamid ibn al-Qali über Ibn Battutas Reisen vorlegen. Jegliche Mängel des Ausdrucks sind einzig mir zur Last zu legen, nicht dem Original. Dieses Werk wird, wenn seine Echtheit erst einmal genügend etabliert ist – ein Umstand, an dem ich inzwischen keinen Zweifel mehr hege –, nicht nur als ein Meilenstein arabischer Belletristik bekannt werden. Man könnte sich keine unterhaltsamere Art denken, den westlichen Leser in die Pracht der islamischen Zivilisation des Mittelalters einzuführen. In Zeiten wie den unseren, in denen man verkürzend von *dem* Islam spricht, mag eine Besinnung auf die kulturelle Vielfalt und reiche Geschichte der islamischen Länder von Nutzen sein.

Es folgen nun die *Reisen* des Ibn Battuta, in der Fassung seines Ururrurenkels Hamid ibn al-Qali.

Erstes Fragment: Aufbruch

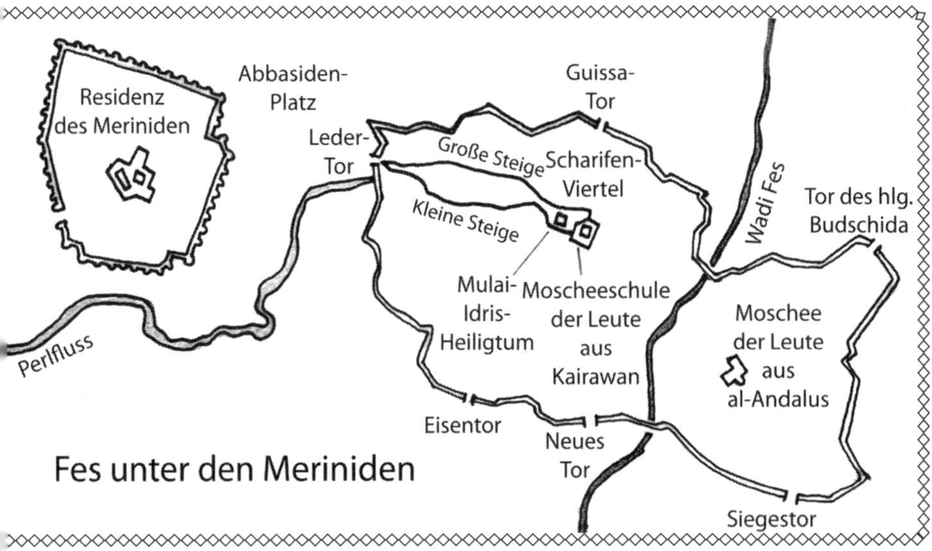

Einleitung des Hamid ibn al-Qali

Im Namen des allbarmherzigen Erbarmers!

Geschrieben in der Einsamkeit meines Exils in Tanger, anno 1014 nach der Flucht des Propheten aus Mekka.*

Des Allweisen Urteil übersteigt unseren menschlichen Verstand: Er weiß alles am Besten. Er nimmt das Leben derer, die verdient hätten, länger zu leben, und verleiht hohes Alter dem Sünder. Ich armer Schreiber dieser Zeilen, Hamid ibn al-Qali, hätte es gewiss verdient, mit einem zeitigen Tod für meine Verfehlungen bestraft zu werden. Doch floh ich die nun seit Jahrhunderten andauernde Verfolgung durch die ungläubigen Könige Spaniens, und so blieb mir das Leben erhalten. Aus der Oase meines Gelehrtendaseins in al-Andalus bin ich in die Wüste der osmanischen Gewaltherrschaft ausgewandert, nach Nordafrika, in eben jene Lande, in denen vor langer Zeit mein Vorfahre Ibn Battuta zu der Reise aufbrach, von der dieses Buch handeln soll.

Ibn Battuta war wahrlich der größte aller arabischen Reisenden. Im Jahre 725** verließ er seine Heimatstadt Tanger und kehrte im Jahre 754*** nach Marokko zurück, an den Hof des Sultans Abu Inan, des Meriniden, dessen Hauptstadt Fes war. Abu Inan war ein neugieriger Herrscher, dem nicht verborgen blieb, dass Ibn Battuta über besondere Erfahrungen verfügte. Also befahl er, dass mein Vorfahre die Erinnerungen an seine Fahrten dem Hofsekretär Ibn Dschusai diktiere. Ibn Battuta fügte sich. Vier Jahre lang saß Ibn Dschusai ihm zu Füßen, fleißig das Schreibrohr ins Tintenfass tunkend, Tag für Tag, selbst an jenen ungemütlichen Wintermorgen, der in Fes so kalt sein konnten, dass ihm die Finger froren und die Atem des Diktierenden und des Schreibers sich über dem Manuskript, das beharrlich zwischen ihnen heranwuchs, vermischten wie der Dampf über zwei Töpfen kochenden

* Dies entspricht dem Jahr 1605 unserer Zeitrechnung. Der muslimische Kalender beginnt mit der Auswanderung des Propheten Muhammad, der *Hidschra*, von seiner Heimatstadt Mekka in die Oase Yathrib, das spätere Medina, im Jahre 622 unserer Zeitrechnung (Anm. des Übersetzers).

** Das Jahr 1325 unserer Zeitrechnung (Anm. des Übersetzers).

*** Das Jahr 1353 unserer Zeitrechnung (Anm. des Übersetzers).

Wassers, um dann als zarte Wolkensäule zur Decke des feuchten Gemäuers hinaufzuschweben.

Ibn Battuta bemerkte bald, dass Ibn Dschusai den tieferen Lektionen, die sein Leben zu bieten hatte, keinen rechten Wert beimaß, sondern dass es ihm genügte, die wunderlichen Dinge, die Ibn Battuta ihm beschrieb, eigenmächtig in ein blumenreiches Arabisch zu gießen und mit allerlei effekthaschenden Glossen zu versehen. Als das Werk fertig war, nannte der ehrgeizige Schreiberling es denn auch *Der Schatz derer, die sich an den Wundern der Länder und den seltsamen Begebenheiten auf Reisen ergötzen.* Ibn Battutas Proteste halfen nichts, der Sultan war's zufrieden, Ibn Dschusai ward befördert, und das Buch erwarb eine Reihe flüchtiger Bewunderer. Ibn Battuta wurde in der ganzen Welt als leichtfüßiger Abenteurer bekannt, als skrupelloser Emporkömmling gar, der sich an den Höfen der Sultane ein ums andere Mal eingeschlichen und den welterfahrenen Gelehrten gemimt hatte. Doch was ihn im Innersten antrieb, eine solch lange Reise zu unternehmen, und was er dabei wirklich erlebte und erfuhr, war etwas ganz Anderes. Das hatte Ibn Battuta dem Ibn Dschusai wohlweislich verschwiegen. Ibn Battuta war zu weit an die Grenzen der Erkenntnis vorgestoßen, als dass er sein Wissen einem streberischen, um Eindruck bemühten Literaten preisgegeben hätte.

In unserer Familie wurde dieses Wissen jedoch sorgsam gehütet. Und so ist es nun an der Zeit, dass ich, Hamid ibn al-Qali, dem Buch des Sekretärs meine Schilderung der Reisen Ibn Battutas an die Seite stelle. Ich will darin so verfahren, dass ich das Geschehene getreulich in der Sprache schildere, in der Ibn Battuta es zum ersten Mal seinen Söhnen berichtete und diese ihren Söhnen und in der ich es selbst von meinem Vater hörte. Erstmals soll die Geschichte schriftlich niedergelegt werden, denn ich selbst habe keine Kinder, denen ich sie erzählen kann, und wer weiß, ob mir noch welche vergönnt sein werden. Den Leser soll es nicht gereuen. Denn Ibn Battuta war nicht nur ein Gelehrter mit ausgewiesener Bildung, sondern auch ein kraftvoller Geschichtenerzähler. Doch Gott weiß es am Besten. Wahrlich, Er ist mächtig über alle Geschöpfe, ein allweiser Richter und herrlicher Helfer! Und so befehle ich mich Ihm an und beginne:

Erstes Kapitel

Worin die Stadt Fes und die Moschee der Leute aus Kairuan beschrieben werden und worin Ibn Battuta sein Studium aufnimmt

Die Pantoffelmacher-Medresse, in welcher Ibn Battuta zusammen mit etwa zweihundert weiteren Studenten wohnte, wurde so bezeichnet, weil sie an einer Marktgasse lag, in welcher Pantoffeln in allen denkbaren Formen und Farben verkauft wurden. Erst vor kurzem war der Junge in Fes angekommen, doch rasch hatte er gelernt, seinen Weg zur Moschee der Leute aus Kairuan, zu der er täglich zum Unterricht lief, anhand der Gewerbe zu erinnern, die den Straßen ihren Namen gaben.

Jeden Morgen nach dem Gebet nahm er im Refektorium ein schnelles Frühstück ein, das aus einem Stück Brot, Oliven und Schafskäse bestand. Dann lief er durch das Tor der Medresse auf die Große Steige, eine der beiden lang gezogenen und kurvenreichen Hauptadern des alten Fes. Etwas weiter östlich zog sich, in etwa parallel, die Kleine Steige. Beide Straßen begannen am Ledertor, trennten sich dann und führten kurz vor der Moschee der Leute aus Kairuan wieder zusammen. Ihre Teilstücke führten lauter unterschiedliche Namen, je nach dem Handwerk, das in ihnen angesiedelt war. Ging Ibn Battuta von der Medresse ein paar Schritte in Richtung der großen Moschee, hieß der Abschnitt der Großen Steige noch die Pantoffelgasse. Während er in Gedanken bereits den Unterrichtsstoff repetierte, durchlief er den Korbmachersteig, die Metzgergasse, den Erbsengrillerplatz – sein Lieblingsort, denn hier roch es immer so lecker –, die Olivenrinne, die Garnmacherallee, die Holzdrehergasse, die Nagelmacherpassage und die Straße der Hennaverkäufer. Die Abschnitte auf der Großen Steige waren durch Torbögen gekennzeichnet, die in der Nacht verschlossen wurden und somit sowohl die Waren schützten als auch die zwischen ihnen liegenden Viertel zu einer Einheit verbanden. Jedes Viertel hatte seine Moschee, Medresse, Bäckerei, seinen Gemischtwarenladen und sein Badehaus.

Am Ende der Straße der Hennaverkäufer, dort, wo sich die Große Steige wieder mit der Kleinen Steige vereinte, betrat Ibn

Battuta, einen Koran und die Schiefertafel unter dem Arm, den überdachten Teil des Basars. Hier im Zentrum waren die Gewerbe angesiedelt, die ein hohes Ansehen genossen: die Zuckerbäcker, Goldschmiede und Drogisten, dazwischen fanden sich vereinzelt auch Buchläden. Beim alten Abu al-Hikma unweit der Moscheeschule blieb Ibn Battuta oft stehen und stöberte in den Auslagen, vor allem weil das Sortiment des weißbärtigen Buchhändlers nicht nur die Rechts- und Koranwissenschaften umfasste, sondern auch eine beachtliche Menge Dichtung und sogar einige philosophische Schriften.

Doch blieb in der Regel kaum Zeit, sich in Abu al-Hikmas Bücher zu vertiefen, denn mittlerweile begann der Unterricht. Aus den Medressen der Stadt eilten in Sandalen und mit Gebetskappen auf dem Kopf die Studenten herbei und drängten durch das Eingangstor in die Moschee. Am ersten Tag des Semesters hatten Ibn Battuta beim Übertreten der Schwelle ins Heiligtum die Knie gezittert. Und auch noch am Ende seines ersten Studienjahres beschlich ihn jedes Mal ein Gefühl von Nervosität und Magendrücken, wenn er sich der Moschee näherte.

Die Moscheeschule der Leute aus Kairuan war die berühmteste Lehrinstitution des westlichen Islam. Sie hatte ihren Namen einer Gruppe tunesischer Auswanderer zu verdanken, welche fünf Jahrhunderte zuvor aus Kairuan nach Fes gekommen waren. Unter ihnen befand sich eine fromme Witwe, die den Bau der Moschee stiftete. Diese war seitdem mehrere Male erweitert und verschönert worden und galt jetzt als eine der prächtigsten Moscheen der islamischen Welt.

Unter den weiten Säulenarkaden der Moschee konnten mehr als ein Dutzend Vorlesungen gleichzeitig stattfinden. Ein jedes Fach hatte sich mit einer bestimmten Säule verbunden: Während über die Jahrzehnte, ja Jahrhunderte hinweg die gelehrten Professoren kamen und gingen, blieb die Säule, an der die Studenten die Koranrezitation übte, immer dieselbe. Das galt auch für die Säule des Astronomiekollegs, die Säule der dialektischen Theologie (welche von den Studenten etwas spöttisch auch die „göttliche Säule" genannt wurde), die Säule der Traditionswissenschaften, des Erbrechts, Vertragsrechts, Strafrechts und andere mehr.

Anfangs war Ibn Battuta von alldem überwältigt. Obwohl er

aus der großen Stadt Tanger kam, fühlte er sich hier oft wie ein Bauernjunge. Nie zuvor hatte er sich gegenüber so ausgezeichneten Lehrern und ehrgeizigen Studenten behaupten müssen. Ihm schwindelte der Kopf von der Virtuosität, mit der seine Kommilitonen Koranverse und Aussprüche des Propheten anführten, um die Fragen der Professoren zu beantworten oder um ein eigenes Argument zu formulieren.

Die dialektische Theologie erschien ihm besonders vertrackt. Scheich Sainuddin, der sie in Metaphysik unterrichtete, hatte die Angewohnheit, mit leiser Stimme und ineinander gefalteten Händen zu dozieren, während er sich, die Beine unter seiner einfachen Gilbaba zusammengeschlagen, mit dem Rücken gegen die göttliche Säule lehnte. Zuweilen hielt er auch die Augen geschlossen und schien selbst in höhere Sphären entrückt, während er über Gottes Allwissen, die Endlichkeit der Schöpfung oder die körperliche Wiederauferstehung der Leiber sprach. Zuweilen forderte Sainuddin zwei Studenten auf, zu einem beliebigen Thema ein Streitgespräch zu improvisieren. Dieses hatte bestimmten formalen Kriterien zu entsprechen. Einer der beiden Studenten eröffnete die Disputation, indem er ein Problem darlegte. Dann stellte er kurz seinen eigenen Standpunkt vor, versuchte, Gegenargumente vorwegzunehmen und zu widerlegen und fasste schließlich das Gesagte zusammen. Der andere Student antwortete in derselben Abfolge von These, Antithese und Konklusion.

Gegen Ende seines ersten Studienjahres wurde Ibn Battuta Zeuge eines bemerkenswerten theologischen Disputs. Ein schon etwas älterer Student mit vernarbtem Gesicht und flauschigem Bartwuchs war von Sainuddin aufgefordert worden, eine Problemstellung seiner Wahl aufzugreifen. Der Student hatte sich geräuspert und gesagt:

„Ich möchte mich der Frage zuwenden, ob der Koran ewig ist. Anders formuliert: Ist der Koran erschaffen? Oder ist er ungeschaffen und besteht von Ewigkeit in alle Ewigkeit?“

Das Thema war ungewöhnlich, auch wenn es eine lange und berühmte, ja berüchtigte Geschichte hatte. Ma‘mun, einer der alten Kalifen von Bagdad, hatte vor Jahrhunderten eine Inquisition ins Leben gerufen, nur um der Doktrin zur Durchsetzung zu verhelfen, der Koran sei geschaffen. Die frommen Religionsgelehrten, Hüter des Korans und seiner Auslegung, fürchteten, der Kalif wolle ihre Autorität in Frage stellen, und setzten sich erbittert zur Wehr. Verfolgt, eingesperrt und gefoltert, waren sie aus dem Streit am Ende siegreich hervorgegangen. Ibn Hanbal, ihr Wortführer, war von der begeisterten Bagdader Menge auf Schultern durch die Stadt getragen worden. Seitdem war die Frage nach der Geschaffenheit des Korans nie mehr ernsthaft in den Medressen diskutiert worden. Dass der narbengesichtige Student, zweifelsohne ein Vertreter der Ewigkeit des Korans, das Thema aufgriff, ließ vermuten, dass er auf einen einfachen Sieg spekulierte. Sainuddin ließ ihn jedoch gewähren. Er nickte mit dem Kopf, und der Student fuhr fort:

„Ich möchte die Ansicht vertreten, dass der Koran ewig ist. Andere hingegen sagen, dass Gottes Attribute, zu denen sie den Koran zählen, nicht ewig sind, weil nur Gottes Essenz ewig ist. Wäre eines Seiner Attribute ewig, wäre das, als wenn ein zweites Ewiges neben Ihm bestünde. Das, so behaupten sie, verbietet aber der Glaube an den Einen Allmächtigen Gott.

Ich aber halte dagegen, dass der Koran nicht ein Attribut Gottes, sondern ein Aspekt seiner Essenz ist und deswegen durchaus ewig. Wäre der Koran nicht ewig, wäre er der zeitlichen Wandlung unterworfen, und er ist doch, wie geschrieben steht, die ﴾wohlverwahrte Tafel, die den Menschen als Rechtleitung hinabgesandt wurde﴿,* denjenigen offenbart, die das ewige Leben im Paradies erreichen werden.

Da soll nun niemand sagen, dass ein Buch nicht ein Aspekt Gottes sein kann, nur weil es Körperlichkeit besitzt, wo doch Gott keine Körperlichkeit zukommt. Denn der Allmacht Gottes sind keine Grenzen gesetzt. Wenn Er uns im Koran eröffnet, Er verfüge über körperliche Attribute, über Augen, mit denen Er uns überwacht, und über ein Gesicht, welches die Paradiesbewohner sehen, dann dürfen wir die Existenz dieser körperlichen Dinge nicht anzweifeln, auch wenn uns verborgen bleibt, wie diese Körperlichkeit zu definieren sei. Denn wie unser Meister Asch'ari lehrt, Gottes Weisheit ist erhaben über unsere Verstan-

* Koranzitate werden, arabischer Druckgewohnheit folgend, durch besondere Klammern gekennzeichnet (Anm. des Übersetzers).

deskraft. Gottes Sein übersteigt unsere Vorstellung. Wir müssen akzeptieren, was Er uns offenbart, ohne nach dem *Wie* zu fragen. Daher kann an der körperlichen und ewigen Existenz des Korans kein Zweifel bestehen."

Ein zustimmendes Raunen lief durch die Reihen der Studenten. Stolz und auch etwas Hochmut spiegelten sich im narbigen Gesicht des Studenten, was er zu kaschieren suchte, indem er in einer Geste der Demut den Kopf senkte. Bis hierher war der Disput in bekannten Bahnen verlaufen. Der Student hatte die allseits geläufigen und akzeptierten Argumente in recht klaren Worten vorgetragen.

„Der Segen des offenbaren Gottes sei mit dir", sagte Sainuddin. „Wer möchte dagegen antreten?"

Der Gegenredner stand von vornherein auf verlorenem Posten. Bestenfalls würde er einige unbedeutende Details anders erklären können. Keiner der Studenten schien sich sonderlich für die Aufgabe zu begeistern. Doch nun geschah etwas Unvorhergesehenes.

Ein Student aus den hinteren Reihen meldete sich, trat nach vorn, ließ sich gegenüber dem ersten Disputanten nieder und wartete, bis vollständige Ruhe eingekehrt war. Er mochte ein paar Jahre älter sein als Ibn Battuta, doch verlieh ihm seine Dicklichkeit etwas beinahe Kindliches. Unter seinen Augen zeichneten sich Ringe ab, die darauf hindeuteten, dass er zu jenen innerlich Aufgewühlten zählte, die viel grübelten und wenig schliefen. Schweiß stand ihm auf der Stirn und der Oberlippe. Es schien, als liege ihm das Thema der Geschaffenheit des Korans am Herzen.

„Ich flehe Gott um Beistand gegen Satan an", begann er sein Referat mit einer der üblichen Formeln und mit Zittern in der Stimme. Er neigte zu feuchter Aussprache.

„Gott – Er ist erhaben! – hat im Koran den Menschen unzählige Male aufgefordert, sich seines Verstandes zu bedienen. Wenn wir dem nicht alle zustimmten, warum säßen wir sonst hier zusammen und zerbrächen uns den Kopf in dialektischer Diskussion? Von vornherein muss ich also einen Standpunkt ablehnen, der von mir verlangt, dass ich die Unerschaffenheit des Korans anerkenne, ohne nach dem *Wie* zu fragen."

Sainuddin bewegte keine Miene. Der Kreis der Studenten war auf einen Schlag still geworden. Die *Ohne-Wie*-Doktrin des großen Asch'ari anzugreifen, war selten kühn. Der dicke Student hatte seine anfängliche Nervosität und Zurückhaltung abgelegt.

„Wie soll man sich im Übrigen vorstellen", rief er, „dass Gott körperliche Eigenschaften besitzt? Wie sollen wir uns ausmalen, dass er zu uns spricht? Wohl kaum so, dass Er über einen Mund und Lippen verfügt, mit dem Er Worte formt – das käme einer Vermenschlichung Gottes gleich, also Anthropomorphismus – ein götzendienerisches Sakrileg. Spuckt Gott etwa beim Reden, wie die Menschen das tun? Gott sagt doch selbst im Koran: ﴾Nichts gleicht Ihm.﴿ Ich sage: Vielmehr ist es so, dass Gott über gar keine Attribute verfügt. Er ist nur eins, nämlich Gott durch und durch. Den Koran hat Er folglich unabhängig von sich selbst in die Existenz gerufen. Also ist der Koran etwas Erschaffenes, Nicht-Ewiges.

Wie soll man aber das Argument meines Kommilitonen verstehen, der Koran sei nicht ein Attribut Gottes, sondern ein Aspekt Seiner Essenz? Daran kann man in der Tat nur glauben, wenn man, wie mein Kommilitone, zu faul ist, nach dem *Wie* zu fragen. Mir jedoch will scheinen, dass Gottes Wort, so wie es im Koran niedergeschrieben wurde, immer zu einem bestimmten Zeitpunkt von Ihm gesagt wird, mithin dass es in der Zeit *entsteht*, nicht aber ewig ist.

Das bedeutet auch, dass der Wortlaut des Korans, wenn er auch von Gott kommt, auf eine bestimmte geschichtliche Situation zugeschnitten ist und dass man den tieferen Sinn des Korans nur versteht, wenn man die zeitlichen Umstände der Offenbarung davon subtrahiert. Nimmt man jedoch an, dass der Koran ewig ist, so beraubt man ihn seiner Fähigkeit, auf neue Situationen neue Antworten zu geben, und das wäre wahrlich eine Einschränkung der göttlichen Weitsicht und Güte gegenüber den Menschen! Sowohl aus logischen wie auch aus metaphysischen und zuletzt auch aus moralischen Gründen muss der Koran also erschaffen worden sein!"

Betretenes Schweigen folgte dieser Rede. Der füllige Disputant mit dem vor Schweiß, Speichel und Begeisterung glänzenden Gesicht hatte Gedanken formuliert, die unerhört waren.

Sainuddin begnügte sich zum Erstaunen aller mit einem Lächeln. „Auch wenn das, was wir da soeben gehört haben, gefährlich nah an gewisse verketzerte Lehren der Philosophen grenzt, hat unser Disputant wohl gesprochen." Seine Gesichtszüge verhärteten sich. „Ich muss euch jedoch alle eindringlich vor solchen freifliegenden Gedanken warnen: Im Rahmen der Übungsdiskussionen mögen sie erlaubt sein, doch nur, um die Richtigkeit der Lehren der großen Doktoren umso schärfer ins Licht zu rücken. Damit erkläre ich den Disput für beendet. Der erste Student hat die richtige Position vertreten. Doch Gott weiß es wie immer am besten! Sein Segen sei auf euch allen!"

Das Kolleg um die göttliche Säule löste sich auf. Ibn Battuta hatte die leidenschaftliche Darlegung des zweiten Studenten im Grunde mehr überzeugt als das trockene Referat des ersten, welcher dem menschlichen Verstand weniger zuzutrauen schien. Ehrgeiz ergriff ihn. Er wollte auch so diskutieren können wie die Studenten der höheren Jahrgänge, wollte teilhaben an dieser seltsamen Gedankenwelt, ja selbst gestaltend in sie eingreifen! Von diesem Tag an gab er sich mit Feuereifer dem Studium hin. In den Kollegs um die Säulen des Hofes der Moscheeschule der Leute aus Kairuan stellte er selbstbewusstere Fragen und erlernte eifrig die Grundlagen der Disputationsmethode, welche ihm später bei seinen Reisen noch so häufig nützen sollte. Schon bald stellte er befriedigt fest, dass er, wenn er nur wollte, ein guter, ja sogar ein ausgezeichneter Student sein konnte. Das morgendliche Magendrücken war verflogen. Das Lernen fiel ihm leichter als zuvor. Er war schließlich unter besonderen Umständen zur Welt gekommen und aufgezogen worden. Auf den Fundamenten, die in seinem Elternhaus gelegt worden waren, konnte er mühelos aufbauen.

Zweites Kapitel

Worin die Stadt Tanger und die Umstände der Geburt Ibn Battutas beschrieben werden

Ibn Battuta wurde in Tanger geboren, am Nachmittag eines klaren Wintertages. Man schrieb den 18. Radschab des Jahres 703.*

Zum ersten Mal seit langem schien die Sonne stark genug, dass die Menschen sich aus den Häusern begaben, um über die mit weißen Sandsteinquadern gepflasterten Straßen hinunter zum Hafen zu schlendern. Männer in Wollmänteln standen dort in Gruppen zusammen, freuten sich der wiedergekehrten warmen Sonnenstrahlen und unterhielten sich lachend. Noch wehte eine kühle Brise vom Mittelmeer her, doch langsam erwachte der Hafen nach den Monaten des Frosts und der eisigen Winde zu neuem Leben. Auf einem Poller am Eingang zum Kai der Schiffe aus Alexandria lag träge ein schwarzer Kater und sonnte sich.

Nur ein paar Schritte entfernt, vor dem Landesteg einer Galeere, war der stadtbekannte Kaufmann Abdallah ibn Achmad ibn Ibrahim at-Tandschawi, dessen Handelsschiffe von Tanger bis nach Indien segelten, in ein Gespräch mit einem alexandrinischen Händler verwickelt. Vor wenigen Stunden erst war das Schiff des Alexandriners im Hafen eingelaufen und lag jetzt am Kai vertäut. Daneben schaukelten Fischerboote mit am Mast hochgezogenen Schleppnetzen. Vor der Landebrücke hatte der Händler auf schnell errichteten Tischen einige Proben seiner Waren ausgebreitet: Waffen aus schillerndem Damaszener Stahl, schwere persische Teppiche, zarte Seidenstoffe aus China und auch etwas Schmuck.

Abdallah trug einen weißen, sorgfältig gebundenen Turban und eine blau-rot gestreifte, mit kostbaren Goldfäden durchwirkte Gilbaba. Er hielt seinen Körper hoch aufgerichtet, denn er war bester Laune. Zuweilen litt er, besonders im Winter, an schmerzhaften Steifigkeiten des Rückens und der Gelenke, den lästigen Vorboten des Alters. Heute jedoch spürte er jugendliche Kraft in jeder Faser seines Körpers. Er wippte auf den Zehen in

* 25. Februar 1304 unserer Zeitrechnung (Anm. des Übersetzers).

seinen Stiefeln, die aus edlem weichem Gazellenleder gefertigt waren. Immer wieder schaute er sich suchend um.

„Aus China, sagt Ihr?“, fragte er den Händler zerstreut. „Gott ist groß! Gibt es dort etwa auch Muslime?“ In der Hand hielt Abdallah ein münzgroßes goldenes Amulett, in das in fernöstlich stilisierter Schrift ein Prophetenwort ziseliert war.

„Gewiss“, antwortete der Händler, ergriff das Amulett mit seinen langen Spinnenfingern und ließ es vor Abdallahs Nase baumeln. „Ich sage Euch, es waren chinesische Muslime, die dieses Amulett angefertigt und diese seltsamen Schriftzeichen eingraviert haben. Dann ist es über Saitun, Kallikut, Aden und Kairo nach Alexandria und schließlich nach Tanger in Eure gesegneten Hände gelangt. Eine echte Rarität!“

Der Händler fuhr fort, sich in umständlichen Erläuterungen zu ergehen, doch Abdallah hörte ihm nur mit einem Ohr zu. Ungeduldig blickte er auf das sich zu seiner Rechten erhebende Tanger.

Die weiße Stadt thronte strahlend über der Bucht, im Westen gekrönt von der Burg des Stadtoberen, des Emirs. Nicht weit davon entfernt, über den gekalkten Fassaden der Wohnhäuser, ragte das Minarett der Freitagsmoschee hervor. Gleich daneben waren auch die bronzen glänzenden Zinnen von Abdallahs Haus auszumachen. Rührte sich denn dort gar nichts?

Abdallah seufzte leise, ohne dass der alexandrinische Händler sich dadurch in seinen Anpreisungen chinesischer Handwerkskunst im Geringsten stören ließ. Der Alexandriner war ein hagerer, hoch aufgeschossener Mann mit viel zu weiter Gilbaba, die ihm um den Körper schlotterte wie eine Fahne im Wind. Er hatte die seltsame Angewohnheit, mit dem Kopf beim Sprechen hin und her zu wackeln, doch hätte man sein Gesicht kernig nennen können, die grünen Augen ausdrucksvoll. Allerdings schielte er stark und bemerkte daher nicht, dass Abdallahs gedankenverlorener Blick an ihm vorbei ging und nun die spanische Küste fixierte, welche sich im klaren Mittagslicht mit solcher Schärfe zeigte, dass man glauben mochte, sie mit bloßen Händen greifen zu können.

Bis auf Gibraltar und einige wenige andere muslimische Stützpunkte war Spanien vor nicht allzu langer Zeit in die Hände der christlichen Könige gefallen. Als Abdallahs Vater, der jetzt greise

Achmad ibn Ibrahim, noch jung war, setzte er jeden Frühling mit seinen Schiffen nach Ischbilia über, das die Christen Sevilla nannten, und er hatte häufig auch mit Kaufleuten in Qurtuba, das jetzt Córdoba hieß, Geschäfte gemacht. Solche Reisen nach Spanien waren jetzt nicht mehr möglich. Die Spanier nannten ihren unheiligen Krieg in Andalusien *reconquista*, was in ihrer Zunge *Rückeroberung* bedeutete, obwohl ihnen das Land im Grunde niemals zuvor gehört hatte, und wenn, dann vor so langer Zeit, dass niemand mehr Erinnerungen daran bewahrte. Die in Andalusien zurückgebliebenen Muslime berichteten, dass ihnen das Leben unter christlicher Herrschaft zunehmend schwer wurde; viele waren gar gezwungen, sich als Christen auszugeben. Andere verließen das Land und wanderten nach Nordafrika und bis nach Ägypten aus. Die Kolonie der spanischen Muslime in Tanger wuchs beinahe täglich. Man nannte sie *al-masakin al-andalusijin*, die armen Leute aus al-Andalus. Keiner wusste, wie lange diese unseligen Vertreibungen noch andauern sollten.

Wieder seufzte Abdallah. „Ihr seid zu Recht ergriffen, werter Herr", hörte er wie aus der Ferne den Alexandriner schwafeln, „... fabelhafte Handwerker, diese Chinesen ... winzige Fingerchen ..."

Die Welt war kleiner geworden, seitdem nicht mehr der Muezzin vom Minarett in Ischbilia zum Gebet rief, sondern dort die Glocken läuteten. Tanger war einst das Tor zur Welt gewesen, ein Schnittpunkt dreier Handelswege: Ein erster führte in die unwirtlichen Länder nördlich von Spanien, aus denen seit Jahrhunderten Pelze und blonde Normannenkrieger importiert wurden (*immer nur regnet es dort*, erzählten sich fröstelnd die Seemänner im Hafen, *und die ganze Zeit ist's dunkel und kalt*); ein zweiter Handelsweg verlief nach Süden durch die Wüste in die Goldgebiete des Königreichs Mali; ein dritter Weg schließlich verband Tanger nach Osten mit den Häfen Ägyptens, der syrischen Levante und dem Schwarzen Meer. Seit Generationen hatte Abdallahs Familie entlang dieser Routen ihr Vermögen erworben, sie hatten Pelze aus dem Norden und das aus subsaharischen Gebieten stammende Gold nach Ägypten gebracht und wertvolle, brokatdurchwirkte Tirazstoffe aus Ibjar und Kairo zurück in den Westen exportiert. Welch ein großartiges Leben hatten sie geführt! Die Lust am Reisen war den Söhnen der Familie gleichsam in die Wiege gelegt.

Gott strafe die Spanier!, dachte Abdallah ergrimmt, während er an dem Alexandriner vorbei über das tiefblau vor ihnen ausgebreitete Meer auf die gegenüberliegende Küste blickte. Doch andererseits, wenn der Allerhabene die Christen über die Muslime hatte siegen lassen, war das wohl nicht ohne Grund geschehen. *Gott wusste es sicher am besten.*

„Herrschen in China nicht die Mongolen?", unterbrach er den Alexandriner, der seinen schielenden Blick zum Himmel gerichtet hatte und in ein Zwiegespräch mit seinem Schöpfer entrückt schien.

„In der Tat, die verfluchten Steppenbarbaren haben auch das Reich der Mitte erobert", sagte der Alexandriner, beugte sich näher zu Abdallah und fügte raunend hinzu: „Ich sage Euch, die Mongolen sind ganz bestimmt die Armeen von Gog und Magog, die am Ende aller Zeiten, wenn die Große Mauer im Norden fällt, über alle Welt herfallen und die Erde verwüsten. Denn heißt es nicht im Koran: ﴾Bis aufgetan wird Gog und Magog, und man von allen Höhen rennt﴿? Haben sie etwa nicht den Kalifen von Bagdad – der Allverzeihende erbarme sich seiner! – im Torbogen seines Palastes aufgeknüpft wie einen gemeinen Kameldieb?"

Die düsteren Worte des Alexandriners waren nicht aus der Luft gegriffen. Vor weniger als fünfzig Jahren, anno 656,* war Bagdad erobert worden. Die Mongolen, zähe und grausame Heidenkrieger aus den Steppen Transoxaniens, des *Landes hinter dem Fluss*, hatten selbst vor dieser Stadt nicht Halt gemacht. Bagdad war gefallen, die alte Hauptstadt der Kalifen!

„Nun, nun", wiegelte Abdallah ab, „immerhin sind sie ja mittlerweile fast alle zum Islam übergetreten, und was den Kalifen angeht – schade um ihn, ein furchtbarer Verlust, gewiss, aber seien wir doch ehrlich: Aus dem Kalifen war ein kleinlicher Provinzfürst ohne Format geworden, nicht mehr, und da half es auch nicht, dass er bei jeder noch so unbedeutenden Gelegenheit den schwarzen Mantel des Propheten auf den Schultern trug und angeberisch mit seinem Insignienstab herumfuchtelte. Nein, ich

* Das Jahr 1258 unserer Zeitrechnung (Anm. des Übersetzers).

sage Euch, den Mongolen kann man es nicht anlasten, dass das Kalifat von Bagdad zugrunde ging."

Der Alexandriner wackelte ob solcher Worte skeptisch mit dem Kopf. Doch Abdallah, ein Mann mit ausgeglichenem Temperament, hielt nichts von den Weltuntergangsprophezeiungen, wie man sie im Hafen in letzter Zeit immer häufiger zu hören bekam. Dennoch war nicht zu leugnen, dass an jenem schwülen Morgen im Sommer des Jahres 656 zusammen mit dem Kalifen auch der letzte Anschein einer politischen Einheit des Islam elendig zu Grabe getragen worden war. Stattdessen gab es nun eine unendliche Vielfalt an kleinen Staaten um das Mittelmeer herum und weiter in östlicher Richtung bis nach Indien und darüber hinaus. Das war für den Handel nicht gerade förderlich. Selige Zeiten, in denen noch sein Vater das Kaufmannsgewerbe erlernt hatte!

Wieder schaute er sich ungeduldig um. Wann kam nur die ersehnte Nachricht?

„Gebt her, ich kaufe das Amulett!", sagte er zum Händler.

„Der Allerbarmer segne dich, mein Bruder!"

Gerade als Abdallah den Alexandriner auszahlte, kam ein schwarzer Sklavenjunge wehenden Kittels über den Kai gerannt, verbeugte sich hastig und flüsterte Abdallah etwas ins Ohr. Abdallahs Gesicht leuchtete auf, fast hätte er den kleinen Überbringer der Freudenbotschaft umarmt. Hastig raffte er den Saum seiner Gilbaba zusammen, hielt mit der anderen Hand seinen Turban fest und eilte, als wäre er zwanzig Jahre jünger, zum Hafenausgang.

Sein Haus befand sich in der Tulaitulagasse, welche nur einen kurzen Fußmarsch vom Anlegeplatz der Schiffe entfernt war, im höchstgelegenen Viertel Tangers. Als Abdallah durch gewundene Gassen und über steinerne Treppen hinauf in die nach Westen steil ansteigende Stadt lief, murmelte er atemlos Dankesgebete.

Wenn mein Sohn zum Reisen bestimmt ist, ging es ihm durch den Kopf, *dann wird er ein Reisender ganz anderer Art, als ihn die Welt bisher gesehen hat – vielleicht wird er ja nicht Kaufmann, sondern Gelehrter.*

Das war ein ruhigerer Beruf und mindestens ebenso angesehen. Die Höfe der Sultane und lokalen Fürsten wimmelten von fahrenden Rechtsgelehrten, Dichtern und Philosophen. Denn wenn auch der Traum vom Kalifat ausgeträumt war – der starke geistige und künstlerische Zusammenhalt des Islam bestand fort. Die Waren mochten nicht mehr so leicht hin und her geschifft werden wie früher, aber die Gedanken eines persischen Gelehrten aus Samarkand wurden nach wie vor in Windeseile auch in Kairo und Marrakesch bekannt. Abdallah nahm sich vor, seinem Jungen die beste Erziehung angedeihen zu lassen. Jawohl, sein Sohn sollte einmal ein berühmter Denker werden, einer, dessen Ruhm bis nach China reichte!

Nach Luft schnappend erreichte er sein Haus im Tulaitulagässchen und eilte in den Harem.* Dort fand er seine Frau Aja von der Amme und den aufgeregten Bediensteten umgeben. Erschöpft lag sie auf ihrem Bett, in ihren Armen das Neugeborene. Als sie ihren Mann kommen sah, leuchteten ihre Augen auf. Lächelnd, doch ohne ein Wort zu sagen, nahm er seinen Sohn von ihr entgegen und flüsterte ihm das muslimische Glaubensbekenntnis ins Ohr, die ersten Worte, die ein Kind hören soll:

„Es gibt keinen Gott außer Gott, und Muhammad ist der Prophet Gottes!" Seine Stimme wurde noch etwas leiser: „Du sollst ein berühmter Mann und großer Reisender werden mein Sohn", sagte er. „Dein Name sei Ibn Battuta!" Der Sohn des Entleins! Aja musste lachen.

Aus der Seitentasche seiner Gilbaba fischte Abdallah das Amulett hervor und legte es dem Kind um den Hals. Es trug die Inschrift:

Suchet das Wissen, und sei es in China!

* Das arabische Wort Harem bezeichnet den für Fremde unzugänglichen Privatbereich eines Wohnhauses (Anm. des Übersetzers).

Drittes Kapitel

Worin die Geschichte der Mutter Ibn Battutas erzählt wird, die eine Sklavin aus slawischen Landen war

Bis zu dem Zeitpunkt, als die Liebe in Gestalt eines kleinen zerbrechlichen Vogels in sein Leben trat und es auf den Kopf stellte, hatte der Händler Abdallah ibn Achmad ibn Ibrahim aus Tanger eine eher unaufgeregte Existenz geführt. Auf Drängen seiner Familie hatte er jung geheiratet, ohne freilich seine Braut vorher auch nur ein einziges Mal gesehen zu haben. Seine Eltern waren der unbedingten Meinung gewesen, dass das Paar zusammenpasste. In der Tat war die Verbindung aufs Beste dazu angetan, die wirtschaftliche Zusammenarbeit zweier angesehener Familien zu fördern. Sauda entstammte, wie Abdallah, einem einflussreichen Kaufmannsgeschlecht aus Tanger.

Auch wenn sie insgeheim ihr Auge bereits hoffnungsvoll auf einen anderen Kandidaten geworfen hatte, beschwerte sich Sauda nicht über das Arrangement. Dazu war sie zu gut erzogen. Doch mit Abdallah konnte sie gar nichts anfangen, und das zeigte sie ihm auch. Abdallah bedauerte, dass sie einander fremd blieben, doch konnte man nicht in jeder Ehe Liebe erwarten. Eine gute Ehe bestand schlicht darin, dass man gut miteinander auskam. Und das taten sie schließlich. Sauda fand heraus, dass ihr Mann zu gewissen Gelegenheiten sehr freigebig sein konnte, und das war immerhin etwas. Auch Abdallah hatte bald seinen Frieden mit der Situation geschlossen. Die stürmischen Tage seiner Jugend, in denen er bei tunesischem Wein in den Tavernen des Hafens gefeiert und sich das eine oder andere Mal Hals über Kopf in eine der dort auftretenden Sängerinnen verliebt hatte, gehörten längst der Vergangenheit an. Mittlerweile fand er mehr Befriedigung im Reisen und in den Begegnungen mit Händlern aus aller Welt, die in seinem repräsentativen Haus, das von Sauda geschickt verwaltet wurde, täglich ein und aus gingen.

Das distanzierte Verhältnis der beiden hatte nicht verhindert, dass Sauda Abdallah im Laufe der Jahre zwei Mädchen und einen Knaben gebar. Fatima, Aischa und Idris waren aufgeweckte Kinder, die sich frühzeitig beim Auswendiglernen des Korans hervortaten. Abdallah verfolgte, wie er sich zuweilen erstaunt eingestand, das Heranwachsen der drei mit freundlichem Desinteresse. Idris, das stand seit dem Tag seiner Geburt fest, würde eines Tages in eine Händlerfamilie aus Tanger einheiraten und später das Kontor des Vaters übernehmen. Ein weiteres Kapitel der erfolgreichen Familiengeschichte würde geschrieben werden. Nichts, so schien es, konnte diesen Gang der Dinge aufhalten. Abdallahs Leben war ausgefüllt, seine Geschäfte gingen gut, und er war mit einer gesunden Familie und einem großen Vermögen gesegnet. Was sollte ihm schon fehlen? Fünfmal am Tag, bei den vom Gesetz vorgeschriebenen Morgen-, Mittags-, Nachmittags-, Abend- und Nachtgebeten, dankte er Gott dem Bewahrer für die Güte, die Er ihm erwiesen hatte. Auch spendete er den Armen regelmäßig Almosen, fastete im Monat Ramadan und hatte, um den Katalog der Grundpflichten eines gottwohlgefälligen Lebens ganz zu erfüllen, auch schon die Pilgerfahrt nach Mekka unternommen. Abdallah führte jenes geordnete Leben, das von einem angesehenen Kaufmann in Tanger allgemeinhin erwartet wurde.

Doch dann geschah das Unvorhersehbare.

Im Monat Safar des Jahres 702* hielt Abdallah sich im ägyptischen Kairo auf. Im Großen Basar um die altehrwürdige Azharmoschee herum hatte er zu seiner Zufriedenheit Seidenstoffe eingekauft und Gold gehandelt. Gut gelaunt lenkte er seine Schritte dann zum etwas südlicher gelegenen Sklavenmarkt. Er wollte für Sauda eine Haremsgehilfin erwerben, denn vor kurzem war das Haus in der Tulaitulagasse erweitert worden, und der angewachsene Haushalt benötigte zusätzliches Personal. Als er durch die Gasse lief, in der zur Rechten wie zur Linken die Sklavenhändler ihre Ware vorführten, fiel sein Blick auf ein abgemagertes und am ganzen Leibe zitterndes Mädchen. In seinem abgewetzten grauen Überwurf kauerte es, die Augen starr auf den Boden geheftet, in der hinteren Ecke einer hölzernen Verkaufsbude. Niemand schien ihr Beachtung zu schenken. Auch Abdallah wäre vorbeigelaufen, hätte sie in diesem Moment nicht aufgeschaut und ihn aus blauen

* Also im Herbst 1302 unserer Zeitrechnung (Anm. des Übersetzers).

Augen angesehen. Ihr Blick ließ ihn innehalten, denn aus dem Gesicht des Mädchens sprach große Ernsthaftigkeit und Herzenswärme, es verriet einen von der Gefangenschaft zwar getrübten, aber ungebrochenen, trotzigen Lebenswillen.

Der dicke Sklavenhändler, der Abdallah sofort beflissen umschwänzelte, erklärte, dass das Mädchen slawischer Abstammung sei, aus dem Gebiet am Unterlauf jenes Flusses, den man die Wolga nannte.

„Ihr müsst wissen, werter Herr, dass slawische und turkmanische Sklaven und auch Tscherkessen und Kirgisen dieser Tage in Kairo sehr gefragt sind", säuselte er in Abdallahs Ohr und zwinkerte ihm zu, als hätte er soeben ein gewichtiges Geheimnis preisgegeben.

„Was Ihr nicht sagt", gab Abdallah amüsiert zurück. „Das ist ja nun wirklich eine große Neuigkeit."

Die türkischen Mamluken, ursprünglich hoch disziplinierte Militärsklaven – zumindest bis sie sich gegen ihren Herrn erhoben –, regierten Ägypten und Syrien nun seit einer Generation mit strenger Hand. Sie rekrutierten ausschließlich Sklaven als Soldaten. Zeigten diese Talent und Mut, wurden sie in die Militärakademie aufgenommen, die der Sultan in seiner gedrungenen Festung am Fuß des Muqattamberges untergebracht hatte. Bewährten sie sich, wurden sie freigelassen und zuweilen zu Emiren ernannt. Waren sie besonders begabt oder besonders skrupellos, konnten sie es sogar zum Sultan bringen. Die Mamluken waren stolz darauf, eine Sklavendynastie zu sein, die den Sultan nach dem Gesichtspunkt kürte, dass er der zum Regieren Geeignetste war. So wähnten sie sich vor Dekadenz und Verfall geschützt, die bei erblicher Thronfolge unweigerlich einsetzten. Die vornehmen ägyptischen Kaufleute, in deren Kreisen Abdallah verkehrte, sahen das allerdings anders. „Die Mamluken sind rohe Militärherrscher und so unkultiviert", hatte ein Händler ihm gegenüber einmal geklagt. „Sie maßen sich sogar an, den Marktpreis bestimmter Waren festzusetzen. Beim Herrn der Welten! Hat nicht der Prophet gesagt: *Gott bestimmt die Preise*?"

Aufgrund der mamlukischen Vorliebe für Sklaven war der Handel mit ausländischen Zulieferern aufs Beste organisiert. Die Elite dieses Staates bestand aus ehemals verschleppten Jungen aus dem Wolgagebiet. Daher waren die Herrscher von Ägypten häufig von heller Hautfarbe, führten seltsam klingende Namen und sprachen gebrochenes Arabisch. Auch junge Mädchen, die wegen ihres hellen Teints, ihrer wasserklaren Augen und blonden Haare begehrt waren, wurden nach Kairo verschleppt.

„Seht nur, der Herr", schwärmte der Sklavenhändler, „dieses Mädchen entspricht völlig dem Viererschema, das erstklassige Sklavinnen auszeichnet! Sie hat eine rote Zunge, rote Lippen, rote Wangen und rotes Zahnfleisch, dazu weiße Augen, weiße Zähne und zwei weiße Handinnenflächen. Figur, Haare, Augenbrauen und Hals sind länglich, Mund, Nase, Hände und Füße sind klein, und das mit den vier Rundungen bekommt Ihr auch schon wieder hin, wenn Ihr sie etwas aufpäppelt! Ware der Qualität, wie ich sie führe, werdet Ihr anderswo nicht finden, mein Herr!"

Abdallah fixierte den Sklavenhändler scharf. „Das Mädchen sieht mir aber gar nicht aus wie erstklassige Ware, wenn Ihr erlaubt. Ich würde eher sagen: ein bemitleidenswertes Bündelchen Elend."

„Gott der Ernährende erbarme sich meiner", seufzte der Händler und schlug die Hände über dem Kopf zusammen, Mitleid heuchelnd. „Das widerspenstige Ding, was soll ich nur mit ihr machen? Zugegeben, unsere Zulieferer sind nicht zimperlich in der Beschaffung der Ware, empfindliche Naturen können da leicht Schaden nehmen. Dieses Mädchen zum Beispiel kommt aus einem Dorf in den Wolga-Auen, das von Banditen gebrandschatzt wurde. Ihre Eltern hat man vermutlich niedergemacht und sie dann mit ihren Geschwistern an die Sklavenhändler vom Kaspischen Meer verschachert. Wenn ich sie richtig verstehe, denn sie spricht kaum Arabisch, ist auf dem Weg ihre jüngere Schwester gestorben. In Damaskus habe ich sie aufgegriffen, als sie gerade von ihrem kleinen Bruder getrennt worden war. Seitdem weigert sie sich, zu essen und sich zu waschen. Aber ich sage Euch, sie hat sicher einen goldenen Kern!"

„Vielleicht habt Ihr recht", sagte Abdallah wie zu sich selbst.

Das Doppelkinn des Sklavenhändlers bebte, seine Augen glänzten vor Begierde. „Wie viel will der werte Herr denn bieten?"

Auch im Nachhinein vermochte Abdallah nie genau zu sagen, warum er Aja vom ersten Moment an in sein Herz geschlossen hatte. Die Händler, mit denen er bei der Rückfahrt nach Tanger ein Schiff teilte, verspotteten ihn und machten Scherze über das *hässliche Entlein*, wie sie das wilde, abgemagerte Mädchen mit den braungoldenen Haaren nannten, das er in seiner Kabine untergebracht hatte. Ihm wäre nicht im Traum eingefallen, Aja und ihn könnte mehr verbinden als das übliche Verhältnis eines Hausherren zu seinem Gesinde. Noch glaubte er, dass er sie bald als Küchenhilfe bei seiner Frau Sauda abgeben und fortan nur noch als verhuschte Haremsgehilfin zu Gesicht bekommen würde. Doch irgendetwas zog ihn zu dem Mädchen hin. Vergnügt bemerkte er, dass Aja während der langen Schiffspassage ihren Appetit wiedergewann und ihm aufmerksam zuhörte, wenn er versuchte, ihr einige Wörter Arabisch beizubringen. Er ertappte sich dabei, wie ihm der Gedanke schmeichelte, sie könnte dies deswegen tun, weil sie sich in seiner Gegenwart wohlfühlte.

Während sich das Schiff Tanger näherte, gewann Aja gleichzeitig mit ihrem Gewicht auch ihren Lebensmut wieder, selbst wenn sie nach wie vor lange Stunden allein in ihrer Koje verbrachte und weinte. Die mitreisenden Händler hätten, wäre Aja noch einmal an Deck erschienen, nicht länger gespottet. Ihre Schönheit war blendend, ja atemberaubend, und den Schleier, den Abdallah ihr angeboten hatte, hatte sie abgelehnt. Er hatte nichts dagegen. Mit erstaunlicher Leichtigkeit hatte Aja zudem Arabisch gelernt und konnte bereits einfache Gespräche mit Abdallah führen, der ob ihres raschen Verstandes in Entzücken geriet.

„Hast du Kinder?“, fragte sie ihn einmal unvermittelt.

„Ja“, gab er zurück, „sie sind noch klein.“

„Und deine Frau?“

„Sie ist ...“ – Abdallah hielt inne, auf seltsame Weise berührt, und fuhr dann leise fort: „Sie ist mir immer fremd geblieben.“

„Verstehe nicht das Wort: fremd geblieben. Was bedeutet fremd?“

Abdallah war etwas verlegen. „Ich habe sie nie geliebt“, sagte er. „Verstehst du, Liebe?“

„Ja, ich verstehe Liebe“, sagte sie leise.

Seit diesem Gespräch war Abdallah des Nachts unruhig und fand kaum noch Schlaf. Einmal ankerten sie in einer klaren Bucht vor der tunesischen Küste. Es war schon nach Mitternacht, der Himmel wolkenlos, die Luft lau und windstill, als er, vom

Vollmond magisch angezogen, an Deck stieg und sich in einen rauen Kapuzenmantel gehüllt gegen den Bug kauerte. Er war in Gedanken versunken, bemüht zu begreifen, was in seinem Inneren vorging. Sein Blick schweifte zum Festland, eine schwarze Mauer am jenseitigen Ende der silbern schimmernden See. Beinahe hätte er nicht bemerkt, wie am Heck des Schiffes eine schwarze Gestalt an einem Tau hinunter ins Wasser glitt. Aja.

Sein erster Gedanke war, dass sie fliehen wollte. Das Ufer wäre schnell erreicht, das nächste Küstendorf nicht weit gewesen. Ein Gefühl von Panik wallte in ihm auf. Doch er beschloss, ihr nicht nachzusetzen. Denn Aja schien unschlüssig. Vor seinen Augen schwamm sie einige Male langsam hin und her, abwechselnd zum Ufer und zum Schiff hin blickend. Und dann geschah etwas Wunderbares. Sie verschob ihre Entscheidung. Ihre Bewegungen wurden plötzlich spielerisch. Mal hob sie den Arm, als wollte sie nach den Sternen greifen, mal tauchte sie geschmeidig kopfüber hinab, als wolle sie einem Fisch folgen. Ohne ein Geräusch kam sie wieder hoch und ließ sich genussvoll auf der glatten Oberfläche des Meeres dahintreiben. *Entlein*, dachte Abdallah. Schließlich drehte sie sich gar auf den Rücken, das Gesicht dem funkelnden Himmel zugewandt. Ihre Stirn und die nackten Arme, mit denen sie bedächtig durchs dunkle Nass ruderte, schienen im Mondschein wie Elfenbein. Das weiße Licht schmiegte sich sanft um ihren Oberkörper.

Ich danke dir, Gott, betete Abdallah, das Herz klopfte ihm bis zum Hals, *dass ich diesen köstlichen Augenblick erleben darf.* Er hätte eine Ewigkeit so dasitzen können, in den Schutz der Dunkelheit gehüllt, um ihr zuzusehen. Schließlich kam sie zum Boot zurückgeschwommen. *Sie kommt zurück,* dachte er, *zurück zu mir.* Leise kletterte sie aufs Deck und schlich sich auf Zehenspitzen zu ihrem Lager, ohne ihn zu bemerken.

Am Morgen weckte er sie behutsam auf.

„Ich habe geträumt", sagte sie, „dass ich bei meiner Familie am Ufer der Wolga war."

„Und ich", sagte Abdallah, „habe geträumt, dass ich in der Bucht vor unserem Boot einem Entlein beim Baden zugesehen habe."

Erschrocken sah sie ihn an. Dann klärten sich ihre Züge zu einem Lächeln.

Abdallah fühlte, ungläubig zunächst, dann im Innersten jubilierend, wie Ajas Gegenwart seine Seele in eine gleichsam schwerelose Schwingung versetzte. Im Grunde misstraute er der Vorstellung, dass der Mensch sich in kürzester Zeit verlieben könne. Hatte nicht Ibn Hazm, der spanische Dichter und Verfasser von *Das Halsband der Taube*, geschrieben: *Die wahre Liebe ist nimmer des Augenblickes Kind*? War es vielleicht so, dass Aja nur deswegen einen solchen Zauber auf ihn ausübte, weil er auf See immer in besonderem Maße frei und ungezwungen war und daher empfindsamer für die Regungen seines Herzens? Nein, entschied er schließlich, zwischen ihm und Aja bestand eine unausgesprochene Vertrautheit und Übereinstimmung der Gefühle. Die Seelen, so lehrten manche Philosophen, sind in Teile zerlegte Kugeln. Jede Hälfte verlangt heftig nach Vereinigung, und Gleiches fühlt sich zu Gleichem hingezogen. Genauso, beschloss Abdallah, ging es ihm mit Aja. Es war ihm, als hätte er sich immer schon nach ihr gesehnt, als hätte er darauf gewartet, dass sie in sein Leben trat, um es ganz zu erfüllen, ihn endlich, endlich ein Ganzes werden zu lassen, während ihm vorher, unbewusst zwar, aber nicht minder schmerzhaft, immer etwas gefehlt hatte.

Kurz darauf wurde sie seine Geliebte. Abdallah wollte es sich zunächst nicht eingestehen, aus Furcht vor dem Ungewitter, das er damit im Haus in der Tulaitulagasse heraufbeschwor. Zärtlich hielt er daran fest, Aja *Battuta* zu nennen, *Entlein*. Er wünschte sich, die Reise von Alexandria nach Tanger würde ewig andauern. Dieses Gefühl, nach dem er sein Leben lang süchtig gewesen war: unterwegs zu sein, noch nicht richtig fort und auch noch nicht richtig angekommen, nicht hierhin und nicht dorthin zu gehören, dieses Gefühl hatte ihn, in der magischen Verbindung mit der aufkeimenden Liebe zu einer Frau, in einen rauschartigen Glückszustand versetzt. Als das Schiff in Tanger einlief, begriff er, dass er nicht mehr anders konnte. Aja und er gehörten für immer zusammen.

Sauda wollte von all dem nichts wissen.

„Womit habe ich das nur verdient?“, klagte sie laut und rang die Hände vor ihrer Brust. Ihre Stimme schallte unheilsvoll durch die leeren Haremsgemächer.

„Beruhige dich, Sauda“, redete Abdallah auf sie ein. „Keines deiner Privilegien wird dadurch berührt werden.“

„Eine Schande!“, rief sie, ohne seinen Worten Beachtung zu schenken. „Du hast mein Gesicht und das deiner Kinder geschwärzt! Großer Gott, und dazu ist sie auch noch Christin!“

Doch dass Aja zum Propheten Jesus, zur Jungfrau Maria und zum heiligen Georg betete, war nicht wirklich das, was Sauda in gerechte Aufregung versetzte. Mit einer christlichen Konkubine hätte sie sich notfalls abgefunden. Jedoch sie merkte nur zu genau, wie Abdallah sich im Innersten von dem jungen Slawenmädchen berührt fühlte. Das verletzte sie tiefer, als eine Bettgespielin es je vermocht hätte. Sie weigerte sich, Aja in den Harem aufzunehmen, und verlangte, Abdallah solle sie unverzüglich weiterverkaufen. Derart bedrängt, blieb ihm nichts anderes übrig, als Aja freizulassen – nur um sie auf der Stelle zu heiraten.

Der Riss, der nun irreparabel durch seine Familie ging, spiegelte sich umgehend auch im Äußerlichen. Ein Flügel des Hauses im Tulaitulagässchen wurde für Aja abgetrennt und dort ihr eigener Harem eingerichtet. Aja bewies ihre Klugheit, indem sie darauf bestand, ihre Zimmer bescheiden zu halten, um Sauda nicht noch weiter zu verärgern. Aber das wäre sowieso nicht möglich gewesen. Sauda verschloss sich in ihren Gemächern. Sie schwor zwei Dinge: erstens, nie mehr in der Öffentlichkeit zu erscheinen – zu schmachvoll war die Erniedrigung, die sie hatte erfahren müssen; zweitens, nie wieder ein Wort mit ihrem Mann zu reden. Ihr Harem wurde ein Ort des Schweigens, wo nichts zu hören war als die rauschenden Gewänder der ängstlich durch die Räume eilenden Odalisken und das müde Plätschern des marmornen Löwenbrunnens im Hof. Und dabei blieb es. Nur selten wurde sie von Abdallah besucht, nur so oft, wie es ihr als erster Frau nach wie vor zustand. Die Gewissensbisse, die er ihr gegenüber empfand, und das eisige Schweigen, das sie ihm, zutiefst verletzt, unbeirrbar entgegenbrachte, während sie ihm formvollendet Tee servierte und seine Geschenke ungerührt entgegennahm, hielten ihn davon ab, sie häufiger als eben notwendig aufzusuchen.

In der Gesellschaft von Aja verlebte er unterdessen die glücklichsten Momente seines Lebens. Es dauerte nicht lange, bis Aja ihm ankündigte, sie sei schwanger. Abdallahs Herz wollte schier bersten vor Glück.

So kam Ibn Battuta zur Welt, der *Sohn des Entleins*, als das Kind einer großen Liebe, erzeugt von Eltern, wie sie verschiedener nicht hätten sein können, entsprungen einer Verbindung, die in einem fernen Land geknüpft und auf dem Niemandsland des Meeres besiegelt worden war. Ibn Battuta war der Sohn zweier Glaubensbekenntnisse, zweier Kulturen, zweier Welten. Und genau das sollte auch sein Schicksal sein: ein Leben lang die Grenzen der Länder, Kulturen und des Glaubens zu überschreiten, von Westen nach Osten, vom Äußerlichen ins Innerliche, von der hellen diesseitigen Welt ins Dunkel der Mysterien und des Ungesehenen.

Viertes Kapitel

Worin die Kindheit Ibn Battutas geschildert wird und wie er zum Studium an die Moschee der Leute aus Kairuan nach Fes geschickt wird

Aufzubrechen, das lieb Gewonnene zurückzulassen, neu zu beginnen: Nichts sollte im Leben Ibn Battutas, des Großen Reisenden, wie er später in der ganzen Welt genannt werden würde, alltäglicher sein. Doch das erste Abschiednehmen noch als Knabe in Tanger fiel schwer. Nur jenes letzte Mal, am Ende seiner Reise in die Dunkelheit, sollte ihn schwerer angehen. Wer konnte ahnen, dass ihm das letzte Abschiednehmen, jenes Zurückkehren in des Schöpfers Hand, einmal so viel Kummer bereiten würde?

Aja war seit Ibn Battutas Geburt oft krank. Die Entbehrungen, die sie in ihrer Gefangenschaft erlitten hatte, schienen sie auf immer gezeichnet zu haben. Auch die liebevolle Zuneigung Abdallahs, der ihr jeden Wunsch von den Augen ablas, konnte daran nichts ändern. Vielleicht lag es an Ajas schwächlicher Konstitution, dass Ibn Battuta ihr einziger Spross blieb. So schütteten seine Eltern ihre gesamte Liebe über ihn aus und gönnten ihm manches, was anderen Kindern vorenthalten blieb. Als Kind verlebte er ausgelassene Stunden im Harem seiner Mutter. In diesem wohnten, neben ihm und Aja, auch Abida, die schwarze Küchenbedienstete, die als Sklavin aus den Ländern südlich der Großen Wüste nach Tanger gekommen war, sowie eine Schwester Abdallahs, deren Name Sara war.

Tante Sara war unverheiratet geblieben, wohl weil sie nicht als besonders hübsch galt, auch wenn die blitzenden Augen und das, was man wohlwollend als eine volle Figur hätte bezeichnen können, ihrem Äußeren einen gewissen Reiz verliehen. Frühreif und verständig wie er war, merkte Ibn Battuta, dass Sara ihr lediges Dasein keineswegs bedauerte. Sie hatte sich durch eigene Studien eine umfassende Bildung angeeignet, konnte vorzüglich singen und Laute spielen, und sie wusste eine beachtliche Menge klassischer arabischer Dichtung auswendig herzusagen, einschließlich der *Sieben Aufgehängten* und einiger Oden Dscharirs und Farasdaks. Außerdem verfügte sie über einen bissigen Humor, vor dem niemand, schon gar nicht ihr Bruder Abdallah, sicher war. Sara war bald nach Abdallahs neuerlicher Heirat aus Saudas Harem zu Aja umgezogen. Mit der verbitterten Sauda hatte sie sich nie besonders gut verstanden, und von Beginn an empfand sie für Aja freundschaftliche Gefühle. Den kleinen Ibn Battuta hatte sie ebenfalls schnell in ihr Herz geschlossen. Sie wurde seine Zweitmutter und Lehrerin, die ihn liebevoll und mit großer Hingabe in die Feinheiten der arabischen Sprache und Musik einweihte.

Umgeben von der dicken Gutmütigkeit Abidas, dem Geistesreichtum Saras und der grenzenlosen Liebe seiner Mutter entwickelte Ibn Battuta ein sanftes Gemüt, einen schnellen Verstand und eine natürliche Zutraulichkeit. Zur Mittagszeit liebte er es, in der Küche herumzutollen und zuzusehen, wie Abida mit indischen Gewürzen verfeinerte Köstlichkeiten auf den Tisch zauberte, mit Pflaumen gefüllte Wachteln, Bratspieße auf Safranreis, zarte, mit Kardamom eingeriebene Lammkoteletts und dazu immer ofenfrisches Brot. Zu trinken gab es mit Eis gekühltes Rosenwasser und Beerensaft – sie gehörten zu den Glücklichen, die einen tiefen Eiskeller besaßen, wo sich das Eis vom Gletscher des Dschabal Tubkal gut verpackt monatelang hielt – und im Winter kräftig duftenden Minztee, den ihm Abida in hohem Bogen aus einer fein ziselierten Bronzekanne ins Glas goss, was Sara, die vergeblich versucht hatte, Abida das Lesen und Schreiben beizubringen, zu der Bemerkung veranlasste, dass Abida, wäre sie beim Lernen genauso schwungvoll wie beim Teeeingießen, wohl der erste weibliche Professor in der berühmten Universität der Leute aus Kairuan in Fes geworden wäre.

Die Nachmittage und die Abende gehörten der Mutter, die mit ihm spielte und ihm in ihrer slawischen Muttersprache Geschichten aus der Heimat erzählte, seltsame Sagen, die von Ungeheuern und mächtigen Königen handelten, deren Namen selbst die gebildete Sara noch nicht gehört hatte.

„Erzähl mir noch einmal die Geschichte vom heiligen Georg“, bat Ibn Battuta seine Mutter ein ums andere Mal, wenn sie ihn zu Bett brachte.

„Noch einmal?“, gab Aja lachend zurück. „Also gut. Aber jetzt legst du dich erst einmal hin und hältst ein wenig still. So, und nun hör gut zu: Der heilige Georg war ein Prinzensohn. Sein Vater hatte ihn verstoßen, weil er zum Christentum übergetreten war."

„Ja, ja, den Teil kenne ich schon", sagte Ibn Battuta ungeduldig. „Erzähl mir, wie das mit dem Drachen und der Prinzessin war!"

„Aber mein Lieber, dass Georg unserem Heiland Jesus Christus folgte, ist wichtig für alles Weitere! Nun gut, jedenfalls lebte damals nahe einer Stadt in Syrien ein furchtbarer Drache, dem die Einwohner der Stadt jedes Jahr eine Jungfrau opfern mussten, weil er sonst mit seinem Gifthauch alle Menschen umgebracht hätte. Nun kam die Reihe auch an die Tochter des Königs. Gerade als sie in der Wildnis ihrem Schicksal überlassen war und darauf wartete, dass der Drache sie holen komme, erschien der heilige Georg auf einem schönen weißen Hengst. ‚Warum weint Ihr denn?', fragte er die Königstochter. ‚Reitet schnell davon', erwiderte sie, ‚denn sonst wird der Drache, dem ich übergeben werden soll, uns beide verschlingen!' Da erschien auch schon der Drache. Der heilige Georg griff ihn mutig an, und mit einem mächtigen Hieb mit seiner Lanze streckte er das Untier zu Boden. ‚Werft Euren Gürtel um den Hals des Drachen!', rief er der Königstochter zu, und als sie dies getan hatte, folgte das Ungeheuer ihr zahm wie ein Schoßhündchen in die Stadt."

Ibn Battutas Augen glänzten vor Begeisterung. „Da war der König bestimmt froh!", krähte er aufgeregt.

„Das kannst du wohl sagen! Er ließ dem heiligen Georg zu Ehren eine gewaltige Kirche bauen. Auf dem Altar entsprang eine Quelle. Ein Schluck daraus machte alle Kranken wieder gesund."

„Und was ist aus dem heiligen Georg geworden?"

„Nun, wer den Drachen tötete, der überall Tod und Verwüstung gebracht hatte, der erlangte dadurch das ewige Leben. Also wandelt der heilige Georg seitdem unter uns. Er beschützt die Bauern und macht, dass im Frühling die Felder grün sprießen."

„Und weiß man auch, wo diese Kirche mit dem Wasser zu finden ist?"

„Leider nein", seufzte Aja, „aber glaube mir, ich wünschte, ich könnte einmal daraus trinken."

„Wenn ich groß bin", sagte Ibn Battuta und schlang seine

Ärmchen um den Hals der Mutter, „finde ich die Quelle für dich, das verspreche ich dir."

Aja lächelte, drückte dem Jungen einen Kuss auf die Stirn und ließ ihn allein. Vom Bett aus konnte Ibn Battuta auf die Hafenwerften Tangers hinuntersehen, an denen die Galeeren und Segelschiffe lagen. Von fernen Ländern, Königstöchtern und Abenteuern träumend, schlief er ein.

Abdallah hatte gestattet, dass sein Sohn seine Grundausbildung zu Hause von Sara erhielt und nicht auf die Kuttab, die Koranschule, geschickt wurde wie seine Altersgenossen. Abdallah wusste sehr wohl – und Ibn Battuta sollte sich später des Öfteren dankbar daran erinnern –, dass dem Jungen damit viel Gutes getan war. Denn Sara ließ ihn nicht nur einfach die Suren des Korans auswendig lernen, wie es in den Kuttabs üblich war, sondern sie war darauf bedacht, dass er auch das Vokabular verstand, die grammatikalischen Zusammenhänge erkannte und den tieferen Sinn der Offenbarung begriff. Machte er seine Sache gut, belohnte sie ihn mit einem Gedicht, zu dem sie sich selbst auf der Laute begleitete. Bald konnte der aufgeweckte Junge ansehnliche Mengen klassischer Dichtung auswendig rezitieren, und er hatte auch das Lautespielen erlernt.

Auch gab ihm Sara einen ersten Begriff von der schwierigen Wissenschaft der Überprüfung prophetischer Traditionen. Die gesammelten Aussprüche und Taten des Propheten Muhammad bildeten, zusammen mit dem Koran, die Grundlage des religiösen Gesetzes, der Scharia.

„Was da auf deinem Amulett steht, das dir dein Vater zur Geburt geschenkt hat", sagte sie einmal, „ist einer der wenigen Aussprüche des Propheten, die als wahr gelten dürfen."

„Was sagst du da, Tante", fragte der Junge erschrocken, „sind etwa die vielen Berichte über den Propheten, die mir Vater manchmal aus der *Wahrhaftigen Sammlung* des Buchari vorliest, alle gefälscht? Was wohl Vater dazu sagen würde?"

„Dass sie alle nicht wahr sind, verhüte der Allhörende! Aber wenn du einmal älter bist, wirst du sehen: So viele morsche Pfeiler sind darunter, man zweifelt an der Standfestigkeit des ganzen Gebäudes. Aber halte dich an den Spruch: *Suchet das Wissen, und sei es in China!* Selbst wenn er nicht vom Propheten stammte, er wäre seiner würdig."

Ibn Battutas rasche Fortschritte in den islamischen Wissenschaften bestärkten Abdallahs Überzeugung, sein Sohn solle die Laufbahn eines Gelehrten einschlagen. Zwar hielt er sich, was Ibn Battutas Erziehung anging, zurück. Unüblich lange ließ er den Jungen im Harem Ajas ein und aus gehen. Noch nach seinem siebten Lebensjahr erlaubte er ihm, sich uneingeschränkt bei Sara oder seiner Mutter aufzuhalten, obwohl der junge Ibn Battuta in religiöser Hinsicht bereits ein vollwertiges männliches Mitglied der Gemeinde der Gläubigen und aufgefordert war, am Gebet teilzunehmen. Jeden Freitag begleitete er seinen Vater in die große Moschee und nahm mit kindlicher Begeisterung an den Danksagungen und Preisungen Gottes teil, die abwechselnd im Stehen und in auf dem Boden ausgestreckter Haltung zum rituellen Gebet aneinander gereiht wurden.

Als er jedoch zwölf Jahre alt war und die Geschlechtsreife erlangte, war der Zeitpunkt gekommen, da er den mütterlichen Harem verlassen musste. Aja war untröstlich.

„Bitte Abdallah", flehte sie, „lass uns noch ein Jahr warten. Wir sind doch hier so glücklich zusammen!"

„Ich würde Dir jeden anderen Wunsch erfüllen, Entlein, aber mein Entschluss steht fest: Der Junge geht nach Fes, um Recht zu studieren! Er wird einmal ein berühmter Fakih werden."

Fes, die Hauptstadt der Meriniden, der Könige Marokkos, lag gute fünfzehn Tagesreisen im Landesinneren. Es war klar, dass Ibn Battuta nicht so einfach zwischen Tanger und Fes hin und her reisen konnte und dass er deswegen bis zum Ende seines Studiums sein Elternhaus nicht wiedersehen würde. Der Junge war so verzweifelt, dass er nicht ein noch aus wusste.

Bedenken, an der Eliteinstitution der Kairuaner zu bestehen, hatte er nicht. Das Zulassungskriterium, nämlich den Koran auswendig aufsagen zu können, erfüllte er schon seit seinem zehnten Lebensjahr. Mehr noch: Saras Ehrgeiz hatte ihn bereits mit vielen Wissensbereichen bekannt gemacht, von denen er wusste, dass sie an der Universität in Fes unterrichtet wurden: Koranauslegung, Korankantillation, Studium der dem Propheten Muhammad zugeschriebenen Aussprüche und Taten (Ibn Battuta hatte mittlerweile schon ein recht gutes Gespür dafür entwickelt, wie man zwischen echten und gefälschten Traditionen unterschied), Grammatik, arabische Dichtung, auch ein bisschen

Astronomie, vor allem aber das islamische Recht, die Scharia. Jedoch ahnte Ibn Battuta, wenn er an Fes dachte, dass ihm die frei schweifenden Gedankengänge und exotischen Geschichten seiner Mutter im Grunde viel mehr am Herzen lagen als die strengen Wissenschaften des Islam. Das Studium in Fes würde nur die eine, kleinere Hälfte seiner Neigungen befriedigen.

Zum Abschied schenkte ihm seine Mutter heimlich das kleine eiserne Kreuz, das sie um den Hals trug, ihr einziges Andenken an ein früheres, in einem Meer schmerzhafter Erinnerung versunkenes Leben.

„Dein Vater darf davon nichts wissen", flüsterte sie ihm zu, „das musst du mir versprechen."

Der einzige Kummer, den Aja ihrem Mann nach wie vor bereitete, war, dass sie der Botschaft des Korans und den Lehren des islamischen Propheten ohne Anteilnahme gegenüberstand. Abdallah war es nicht lieb gewesen, dass sie seinem Sohn Geschichten aus dem Leben Jesu und Heiligenlegenden erzählte und versuchte, ihm eine Vorstellung davon zu vermitteln, was das Christentum sei. Sie andererseits wehrte sich gegen den Wunsch Abdallahs, Ibn Battuta der *Reinlichkeit* zu unterziehen. Dies war in seinem siebten Lebensjahr geschehen. Aja weigerte sich einzusehen, wozu dem Knaben die Vorhaut entfernt werden sollte, wo sich doch Reinlichkeit genauso gut mit einem Schwamm und etwas Seife erreichen ließ. Abdallah erinnerte sie nach langer Diskussion daran, dass auch der Prophet Jesus beschnitten gewesen war. In Spanien, so hatte man ihm berichtet, sei seine Vorhaut an mehr als einem Dutzend Orten als Reliquie ausgestellt. Angeblich hatte sich der prophetische Hautzipfel wundersam vermehrt. Innerlich verurteilte Abdallah derartige Götzenanbeterei, aber wenn es ihm gegen Aja ein Argument an die Hand gab, bediente er sich christlicher Vorstellungen mit einigem Genuss. Schließlich hatte Aja eingewilligt, auch weil Abdallah ihr versicherte, der Eingriff sei medizinisch unbedenklich.

Das war er dann auch gewesen. Abdurrachman, der Drogist, der für die Durchführung der Zeremonie verantwortlich gewesen war, hatte seine Sache peinlich genau genommen – eine andere Hypothese besagte allerdings, dass er nur sehr kurzsichtig war. Stolz hatte er Abdallah und der versammelten Schar der Männer seiner Familie das noch blutige Beweisstück der *Reinlichkeit* entgegengehalten. Der kleine Ibn Battuta wäre indessen beinahe ohnmächtig geworden, aber als ihm wenig später zur Feier des Tages ein Berg honigverzierter Süßigkeiten geschenkt wurde, konnte er schon wieder blass lächeln. Abdallah, sein Vater, strahlte übers ganze Gesicht.

„Aber Mutter", sagte Ibn Battuta, das eiserne Kreuz nachdenklich in der Hand wiegend, „ein christliches Symbol in die Universität in Fes zu tragen, ins Herz des Islam – ich weiß nicht ..." Ihm machte die Vorstellung Angst, er könne entdeckt werden.

„Du musst das Kreuz immer bei dir behalten und es sorgfältig verstecken. Ich will nicht, dass du in Schwierigkeiten gerätst, mein Liebling, aber bitte, nimm es mit!" Hastig schloss sie seine Finger über dem Amulett. „So kann ich im Herzen bei dir sein."

Als die Karawane, der Ibn Battuta sich anschloss, um nach Fes zu reisen, das Stadttor Tangers passierte, umschloss er das eiserne Andenken seiner Mutter fest mit der Linken. In der Rechten hielt er die Hand seines Vaters, der ihn bis hierhin begleitet hatte, nun aber zurückblieb und ihn ein letztes Mal umarmte.

„Gott der Helfer behüte und segne dich, mein Kind!"

„Gott der Beschützer schenke dir Gesundheit und ein langes Leben, Vater!"

Dies war Ibn Battutas erster Abschied. Er konnte nicht ahnen, wie viele weitere ihm folgen sollten.

Fünftes Kapitel

Worin davon die Rede ist, wie Ibn Battuta die Bekanntschaft von Achmad Idrisi macht, und was sie zusammen erleben

Am Endes seines dritten Studienjahres hatte Ibn Battuta die wichtigsten islamischen Wissenschaften in ihren Grundzügen erlernt, einschließlich des besonders komplizierten und auch besonders langweiligen Erbrechts. Aller Begabung zum Trotz erwies sich Ibn Battuta indes nicht als herausragender Student. Das hatte seinen Grund.

Seit geraumer Zeit hatte er einen Widerwillen gegen die formelhafte Disputationsmethode und das stumpfe Auswendiglernen rechtswissenschaftlicher Maxime entwickelt, wie es an der Moscheeschule der Leute aus Kairuan mit großer Hingabe praktiziert wurde. Seine von Kindheit in ihm angelegte Neigung zum fantasievollen Geschichtenspinnen, zur Musik und zur Dichtung meldete sich mit lauter Stimme zurück. Die wenigen altarabischen Verse, die ihm in der Moscheeschule zum besseren Verständnis des Korans beigebracht wurden, konnten seine Sehnsucht nach Poesie und nach den langen Stunden, in denen er mit Sara musiziert und den Geschichten seiner Mutter gelauscht hatte, nicht stillen. Selbstständiges Denken, wie Sara es ihn gelehrt hatte, war, wie schon der Disput über die Erschaffenheit des Korans gezeigt hatte, in der Moscheeschule der Leute aus Kairuan nur bedingt erwünscht.

Einmal fragte er einen der jungen Repetitoren in der Medresse danach, einen jungen ernsten Mann mit gepflegtem Bart, der Usman hieß. Ibn Battuta vertraute ihm, denn er schien den Lehren der Professoren zuweilen kritisch gegenüberzustehen. Doch Usman sah ihn nur entsetzt an und ermahnte ihn, sich mit dem zu begnügen, was seit alter Zeit von den Großen der muslimischen Urgemeinde überliefert wurde. Sein Tonfall glich mit einem Mal dem trockenen Vortrag der Professoren, deren gestelzte Ausdrucksweise Ibn Battuta so lächerlich fand:

„Wisse, junger Ibn Battuta, dass kein menschliches Bemühen das Wissen der Altvorderen übertreffen kann, haben sie doch in so naher zeitlicher Nachbarschaft zum Propheten gelebt – Gott segne ihn und spende ihm Heil! Alles, was wir vermögen, ist ihre Weisheit treu an die nachfolgenden Generationen weiterzureichen und zu überprüfen, wer unter ihnen besonders vertrauenswürdig und wer vielleicht weniger vertrauenswürdig war. Damit sei es aber genug!"

Ibn Battuta sah Usman eingeschüchtert an. „Aber ... was ist mit dem Wissen, das wir auf der Grundlage unserer eigenen Beobachtungen und unseres eigenen Denkens erlangen und zu dem keine Überlieferung notwendig ist? Und warum studieren wir nicht auch die Schriften der islamischen Philosophen, wie zum Beispiel die Bücher des Avicenna oder die des Mystikers Ibn al-Arabi, die der Buchhändler im Drogistenbasar verkauft?"

Usman schaute Ibn Battuta einen Moment lang nachdenklich an, blickte sich dann um, als fürchte er, entdeckt zu werden, und beugte sich zu Ibn Battutas Ohr. Seine Stimme wurde leiser und eindringlicher.

„Du bist ein aufgeweckter Junge, mein Kleiner, und du stellst Fragen, die andere nicht zu stellen wagen. Das wird dir im Leben vielleicht noch von Nutzen sein. Aber wisse, dass die Schriften der alten Philosophen schon seit langem nicht mehr in den Medressen der islamischen Welt unterrichtet werden. Unser Scheich Algasel hat vor mehr als zweihundert Jahren den Avicenna zum Ungläubigen erklärt. Dagegen ist kein Widerspruch möglich. Auch die Mystiker sind zum Studium in unserer Medresse nicht freigegeben. Dieser Ibn al-Arabi, den du erwähnst, behauptet, dass der Schöpfer und seine Schöpfung im Wesen eins sind. Er leugnet damit auf sündhafte Weise die Transzendenz des Einen Erhabenen Gottes. Der Allmächtige behüte uns vor den Einflüsterungen des Satans!"

„Aber sowohl Avicenna als auch Ibn al-Arabi haben sich selbst doch als Muslime bezeichnet! Dürfen etwa nur die Gesetzesgelehrten in den Medressen und Moscheeschulen über Gott sprechen?"

„Hör zu, Ibn Battuta, wenn du mehr über die Philosophen und die Mystiker erfahren willst, musst du in den Abendgesellschaften der vornehmen Häuser von Fes nach ihnen fragen. Dort werden sie zuweilen diskutiert. Aber eins muss dir klar sein: Vom Standpunkt der Scharia aus leiten die Verstandeswissenschaften, denen die Philosophen huldigen, und die mystischen Einheitstheorien, denen die Sufis* anhängen, in die Irre. Deswegen rate ich dir: Halte dich an die Überlieferungswissenschaften, so wie wir sie hier lehren!"

Damit war die Neugier des Jungen erst recht geweckt.

Ibn Battuta fühlte immer deutlicher, dass er zu einem Dasein als Fakih nicht geeignet war. Das wollte ihm schier das Herz brechen, denn es lief dem Wunsch seines Vater zuwider. Zwar führte sein aufgewühlter Gemütszustand nicht dazu, dass er schlechte Noten bekam oder durch Prüfungen fiel, aber er tat nicht mehr, als nötig war. Die Professoren merkten dies. Sie ermahnten ihn mehr als einmal, das Lernen nicht zu vernachlässigen. Sie mochten den aufgeweckten Knaben, der mittlerweile zu einem jungen Mann herangewachsen war.

In der Tat war Ibn Battuta allseits beliebt. Er hatte von Sara gute Manieren gelernt und war in Gesellschaft von äußerst liebenswürdigem und unterhaltsamem Umgang. Stets konnte er das Gespräch mit einem geistvollen Zitat aus der arabischen Dichtung bereichern. In den Häusern der Familien in Fes, in denen er zuweilen verkehrte, wurde seiner angenehmen Gesangsstimme, die er mit makellosem Lautespiel zu begleiten verstand, gern gelauscht. Nicht zuletzt war sein Äußeres einnehmend. Aja hatte ihm ihre dunkelblonden Haare und blauen Augen vererbt. Das war in Marokko zwar keine allzu große Seltenheit, denn der berberische Teil der Bevölkerung war zuweilen von heller Natur. Doch gesellten sich bei Ibn Battuta dazu in glücklichster Weise die feinen arabischen Gesichtszüge seines Vater und dessen starker und hoch aufgeschossener Körperbau. Manch ein Familienvater in Fes hatte bereits seine Augen auf den jungen Mann geworfen, ob er der passende Mann für seine Tochter sei.

Ibn Battuta fand schließlich für seine Liebe zu frei schweifenden Gedanken, zu Musik und Dichtung einen Gefährten, der bald auch zu seinem besten Freund wurde. Seit dem dritten Studienjahr teilte er sein Zimmer im Obergeschoss der Medresse der Pantoffelmacher mit jenem dicken Studenten, der ihm zum

* Die Sufis sind die islamischen Mystiker, nicht dem Gesetz, sondern der Gottesliebe hingegebene Männer (Anm. des Übersetzers).

ersten Mal bei dem denkwürdigen Disput über die Natur des Korans aufgefallen war. Achmad Idrisi war Spross des in Fes ansässigen Idrisidengeschlechts, dessen Mitglieder großes Ansehen genossen, denn sie konnten ihre Herkunft bis zum Propheten Muhammad zurückverfolgen.

Achmad interessierte sich nur wenig für seine Studien, denn ihm war als Mitglied der Idrisidensippe eine gute Stellung in der Feser Gesellschaft auf jeden Fall sicher. Gleichwohl war er gewitzt, scharfsinnig und ausgesprochen schlagfertig. Er hatte schon manchen frömmelnden Kommilitonen, der ihn für seine Faulheit und Gleichgültigkeit tadelte, mit den Methoden der dialektischen Disputationskunst dem Gespött preisgegeben. Seine wirkliche Liebe galt jedoch, wie die Ibn Battutas, der Musik und der Poesie. An Freitagen wandelten die beiden Freunde häufig über die Hügel in der Umgebung oder in den Auen des Perlflusses. Achmad deklamierte mit glänzenden Augen und feuchter Aussprache die Kasiden der altarabischen Dichter und schmiedete eigene Verse, während Ibn Battuta ihn auf der Laute begleitete. Abends liefen sie zum Abbasidenplatz vor dem Ledertor, um den Geschichtenerzählern zu lauschen und die Gaukler, Tänzerinnen und Schlangenbeschwörer zu bestaunen.

Achmad war es auch, der Ibn Battuta in die Welt der mystischen Bruderschaften einführte, die in Fes zu jener Zeit großen Zulauf hatten. Ohne es zu ahnen, gab Achmad damit Ibn Battutas Leben eine entscheidende Wendung.

Die mystischen Bruderschaften trafen sich für gewöhnlich zu gemeinsamen meditativen Übungen im Grabbau ihres Ordensgründers. Die Treffen fanden täglich statt, doch am Freitagabend waren sie besonders gut besucht. Denn der Freitag war für die Leute von Fes der Religion vorbehalten. Morgens fand man sich in der Moschee der Leute aus Kairuan zum gemeinsamen Gebet ein. Nachmittags spazierten die Familien zu den Friedhöfen, die vor den Toren der Stadt lagen, um der Verstorbenen zu gedenken und die Gnade des Allbarmherzigen für sie zu erbitten. Im Anschluss an das Abendgebet schließlich kamen die Männer in ihren Bruderschaften zusammen, um mit Musik, Gesang und Tanz Gott, den Propheten und die Heiligen anzurufen.

Sie nannten sich Sufis, in Erinnerung an die einfachen wollenen Kleider, die, Jahrhunderte war es her, die ersten sufischen

Brüder getragen hatten.* Von der leibesfeindlichen Askese dieser frühen Sufis jedoch hatten sich die mystischen Zirkel in Fes und überall in der islamischen Welt mittlerweile entfernt. Der Sinnesrausch von Musik und Dichtung war ein zentraler Bestandteil ihrer Exerzitien geworden. Die Doktoren des islamischen Rechts und der islamischen Theologie, die an der Moscheeschule der Leute aus Kairuan unterrichteten, verurteilten dies zutiefst. Sie hielten die Ekstase der beglückt tanzenden und singenden mystischen Brüder für blanke Ketzerei. Die Sufis behaupteten, sich vollkommen und bedingungslos in der Herrlichkeit des göttlichen Lichts verlieren zu können. Das vertrug sich nicht mit der Doktrin, dass Gott ein transzendentes Wesen sei. Ein ontologischer Abgrund trennte den Schöpfer von seinen Geschöpfen: Das war das strenge Dogma, das die Gelehrten des Islam unablässig verkündeten. Ibn Battuta hingegen fühlte immer deutlicher, dass diese Glaubenssätze zu scharf gefasst waren. Daher sagte er freudig und voller Neugierde einer Einladung Achmads zu, ihn zu einer mystischen Séance in das Scharifenviertel von Fes zu begleiten.

Das Scharifenviertel war einer jener vielen Stadtteile von Fes, die nachts mithilfe großer schwerer Tore abgeriegelt wurden und somit gewissermaßen eine Stadt innerhalb der Stadt bildeten. Nur lebten im Scharifenviertel nicht, wie in den anderen Vierteln, die Vertreter einer bestimmten Zunft, sondern die Mitglieder der Idrisidenfamilie und alle anderen Bewohner von Fes, die ihre Abstammung auf den Propheten Muhammad zurückführten und deswegen den Ehrentitel Scharif führen durften.

Es war an einem frühen Freitagabend im Spätsommer, als Ibn Battuta mit Achmad aus der Medresse der Pantoffelmacher trat und die Große Steige hinunterschlenderte. Die Nacht war lau. Das Abendgebet war soeben zu Ende gegangen. Der Himmel über Fes leuchtete in tiefdunklem Blau. Die Zikaden zirpten. Vögel zwitscherten in der Krone eines Orangenbaums, der gegenüber dem Eingangstor zum Scharifenviertel stand.

* Arab. *suf* bedeutet „Wolle", die Etymologie ist aber umstritten (Anm. des Übersetzers).

Auf einem hölzernen Schemel unter dem Torbogen saß eine alte, krummgestaltige Frau. Die Leute in Fes nannten sie *die Puppe*, wohl weil sie klein und zerbrechlich war und weil ihre von einer milchigen Patina überzogenen Augen leblos geradeaus starrten, als seien sie aus Glas. Sie erinnerte in dem fortgeschrittenen Stadium geistiger Verwirrung, in dem sie sich befand, an ein Kind. Die Puppe war eine Idrisidin, doch hatte sie als einzige eine Epidemie überlebt, die ihren gesamten Familienzweig hinweggerafft hatte. Zweifellos war es das, was sie in den Wahnsinn getrieben hatte. Sie lehnte es ab, sich in eines der Häuser der anderen Idrisidenfamilien aufnehmen zu lassen. Stattdessen schlief sie in einem dunklen Verschlag gleich hinter dem Eingang zum Scharifenviertel. Auch wies sie die Kleidung zurück, die mitleidige Menschen ihr anboten. Ihr geschrumpfter Körper steckte in einem notdürftig zusammengestickten Flickenmantel, und sie lief barfuß. Einzig Nahrungsmittel nahm sie an, jedoch nur gerade so viel, wie sie zum Überleben brauchte.

Die Puppe verhielt sich, als hätte die Verzweiflung über ihr trauriges Schicksal alle Schranken des Benimms und der Zurückhaltung niedergedrückt. Sie schimpfte auf jeden ein, der das Pech hatte, an ihr vorbeizulaufen. Sie hatte eine spitze Zunge, und da sie alle Bewohner der Stadt, ob alt oder jung, arm oder reich, zu kennen schien, war es immer mit einem gewissen Risiko verbunden, sich in ihrer Gegenwart aufzuhalten.

„Du Schmutzfink!", rief sie etwa einem Passanten zu, „wäschst dich nicht vor dem Gebet, du Drecksack, und bist ein alter Knitterer, wenn's ans Almosengeben geht, aber spielst den Spendablen, wenn dir in den Schenken die Huren ans Hemd gehen! Gott der Plagenbringende verfluche dich!"

Oder sie begrüßte einen nichts ahnenden Händler, der im Basar seinen Geschäften nachging, mit diesen Worten: „Ha, da haben wir dich, du alter Halunke! Hat dich denn aller Verstand im Stich gelassen, dass du deine Frau schlägst, nur weil sie mehr Grips in der Birne hat als du!?"

Man erzählte sich, dass sie mit ihren Tiraden selbst den Sultan nicht verschonte, wenn der an ihrem Torbogen vorbeikam. Die Leute raunten, sie sei eine Heilige.

Auch Ibn Battuta und Achmad empfing sie mit einer Schimpfkanonade:

„Da kommt er ja, der verwöhnte Rotzbengel Achmad, der immer nur faulenzt, sich auf seine vornehme Abstammung was einbildet und glaubt, zu fein zum Arbeiten zu sein! Und wen Hübsches hat er denn da mitgebracht!? Ei, das ist wohl der Lümmel aus Tanger, der so 'ne Nachtigall ist und sein niedliches Näschen so hoch trägt!"

Ibn Battuta blieb wie angewurzelt stehen. „Der Friede ...", war alles, was er herausbrachte – „... sei mit dir, Tante", ergänzte Achmad hastig und drängte an ihr vorbei, wobei er seinen Freund mitzog.

„He, Goldkehlchen, schön die Schuhe ausziehen!"

Es war althergebrachte Sitte, dass gewöhnliche Menschen das Scharifenviertel nur barfuß betreten durften. Die Puppe wachte mit unnachgiebiger Strenge darüber. Ibn Battuta streifte sich wortlos die Schlappen von den Füßen und eilte Achmad hinterher, der der schimpfenden Alten bereits einige Schritte entkommen war.

„Nichtsnutze, Tagträumer, das wird noch böse enden ...", krächzte ihnen die Puppe hinterher, doch schon bogen sie um eine Ecke und machten dann halt. Sie standen vor dem Eingang zum Grabmal des berühmten Sufiheiligen Schasili.

Sechstes Kapitel

Welches schildert, wie Ibn Battuta in den Kreis der Mystiker des Schasilijja-Ordens aufgenommen wird und wie er im Rausch dem Propheten Chiser begegnet

Ibn Battuta holte tief Luft, als er Achmad über die Schwelle ins Innere des Mausoleums folgte. Sie betraten einen großen achteckigen Kuppelraum, spärlich beleuchtet von ein paar Kerzen. In der Mitte des Raumes erhob sich das schlichte steinerne Kenotaph des Scheichs Schasili.

Schasili, der Gründer des Schasilijja-Ordens, hatte, so wie Ibn Battuta, an der Moscheeschule der Leute aus Kairuan die islamischen Wissenschaften studiert. Dann aber hatte er sich der Mystik zugewandt und war zu einem berühmten Sufi geworden. Er war weder bei den Rechtsgelehrten beliebt gewesen, die ihn als einen Abtrünnigen ansahen, noch beim Sultan, der ihn für einen Unruhestifter hielt. Als die Obrigkeiten, auf Betreiben der Fakihs, ihm zunehmend zusetzten, war der Scheich nach Osten geflohen. Man erzählte, er sei auf der Suche nach dem im Verborgenen lebenden obersten Sufimeister gewesen, jenem sagenhaften Weisen, den die Sufis den *Pol* nannten.

Manche glaubten, dass das Amt des Pols seit Beginn des Islam von Generation zu Generation von einer auf die nächste Person vererbt wurde. Andere hingegen versicherten, der Prophet Chiser sei der Pol. Chiser, so wussten die Weisen zu berichten, war unsterblich geworden, als er aus dem Quell des Lebens trank. Schon seit den mythischen Zeiten der vorislamischen Heidenkönige wandelte er auf Erden, ein Vertrauter des Verborgenen, welchen er mit seinem hundertsten Namen anzureden verstand. Von Gottes Namen waren im Koran nur neunundneunzig genannt, doch gab es, so hieß es, auch einen geheimen letzten Namen, den jedoch nur jene kannten, die volle Gotteserkenntnis erlangt hatten, so wie eben der sagenhafte Chiser.

Was Schasili betraf, so wusste niemand, ob er auf seiner Wanderung nach Osten Chiser tatsächlich gefunden hatte. Einige Jahre hatte er sich in der Stadt Schasila im Süden von Tunis aufgehalten. Seitdem wurde er denn auch Schasili genannt, der Mann aus Schasila. Eine andere Erklärung seines Namens war jedoch die bekanntere: Man konnte seinen Namen auch als *Schas li** lesen, als eine Bezeichnung, die der Allgütige selbst dem Scheich gegeben haben musste. Begreiflicherweise standen die Doktoren des islamischen Rechts, die sich als einzig wahre Vertreter der Religion ansahen, den Sufis ablehnend gegenüber.

Schasili starb später in Unterägypten während einer Wallfahrt nach Mekka. Das war nun schon über fünfzig Jahre her. Seitdem war sein Ruhm ständig gewachsen. In Marokko waren seine Anhänger, die sich Schasilijja nannten, auf dem besten Wege, zur mitgliederreichsten Sufibruderschaft zu werden. Die bekannteste Gründung der Schasilijja in Fes ging auf ein prominentes Mitglied der Idrisidenfamilie zurück, nämlich auf Achmad Idrisis Vater, welcher Abu A'la hieß. Er hatte das Grabmal im Scharifenviertel errichtet. Hier trafen sich an Freitagabenden die Schasilijja-Brüder zum gemeinsamen Gebet und meditativer Übung.

Bei der Ankunft Achmads und Ibn Battutas waren schon an die zwanzig Männer versammelt. Sie saßen auf dem Steinboden um das Kenotaph und unterhielten sich gedämpft. Ein hochgewachsener Mann mittleren Alters erhob sich und kam zu den beiden Studenten herübergelaufen, die immer noch am Eingang des Mausoleums standen. Er begrüßte Achmad mit einem Kopfnicken und wandte sich dann an Ibn Battuta:

„Mein lieber Ibn Battuta, da bist du ja endlich! Wir hatten schon lange gehofft, dass du uns einmal aufsuchen würdest. Mein Sohn hat uns viel von dir erzählt!"

Ibn Battuta errötete.

„Gottes Segen, Abu A'la! Danke für eure Gastfreundschaft. Darf ich diesen Abend mit euch in Gebet und Lobpreisung verbringen?"

„Selbstverständlich! Du bist hochwillkommen, mein Lieber! Heute Abend singen wir eine Litanei zu Ehren des Propheten Chiser, mit dem unser Meister Schasili durch die Lande gewandert

* Das bedeutet „Der für Mich besonders ist" (Anm. des Übersetzers).

ist. Setz dich nur dort in die Reihe der Brüder und mach einfach nach, was sie vormachen. Es ist so einfach wie das Atmen selbst, und du wirst sehen, es wird Frieden in deine Brust senken.“

Ibn Battuta ließ sich auf dem Boden neben den anderen Männern nieder. Von allen Seiten wurde ihm freundlich zugelächelt und der Friedensgruß entrichtet. Wie sehr unterschied sich dieser herzliche Empfang doch von dem strengen Umgang in der Moschee der Leute aus Kairuan! Bald war Ibn Battuta in ein angeregtes Gespräch mit seinen Sitznachbarn verwickelt, sodass er es kaum bemerkte, als sich die anderen Brüder zu ihnen setzten und eine kleine Gruppe, geleitet von Abu A‘la, in leisem Singsang eine immer wiederkehrende Melodie anstimmte. Zunächst konnte Ibn Battuta nicht ausmachen, welche Worte gesungen wurden, doch nach einer Weile hatte er die sich formelhaft wiederholende Litanei entschlüsselt:

Gott! Muhammad! Chiser!
O Mächtiger, Prächtiger, Wonnenreicher, Sonnengleicher!
Du bist mein Gebieter, vor Gefahren Behüter!
Du hilfst, wie Du willst,
denn Du bist unerreichbar, unvergleichbar,
allmächtig, allwissend, alles!
K-Y-A-S, H-M, A-S-Q!
Gott! Muhammad! Chiser! ...

Die Brüder schienen die einstimmig gesungene Litanei dazu zu nutzen, eine gemeinsame Stimme zu finden und ihre Herzen in Einklang zu bringen. Achmad saß höchst vergnügt inmitten der Männer, wie ein dicker Frosch, der in die Sonne blinzelnd die Backen bläht, prächtig und übers ganze Gesicht glänzend, denn er sang mit so viel Begeisterung, dass ihm der Speichel über das Kinn lief. Nach etwa zwanzig Minuten ebbte der Gesang ab und ging langsam wieder in Gespräche über, die dieses Mal ruhiger verliefen als zuvor. Starker Kaffee wurde gereicht, ein Brauch, den die Schasilijja-Brüder in die mystische Andacht eingeführt hatten und dem die Rechtsgelehrten der Moscheeschule der Leute aus Kairuan ebenfalls ablehnend gegenüberstanden.

Erstaunt hatte Ibn Battuta jenen geheimnisvollen Buchstaben gelauscht, die die Brüder am Ende einer jeden Wiederholung der Lobpreisung rezitiert hatten. Zwar war ihm bekannt, dass diese Buchstaben am Anfang einiger Korankapitel standen, doch hatte keiner der gelehrten Doktoren in Fes vermocht, ihm ihren Sinn zu erklären. Den ehrwürdigen Koranauslegern an der Moscheeschule der Leute aus Kairuan schienen die Buchstaben geradezu peinlich, sodass sie sie meistens einfach übergingen. Hatten etwa die Sufibrüder dieses Rätsel entschlüsselt? Ibn Battuta wandte sich an seinen Sitznachbarn, einen Mann, in dem er den Bäcker des Pantoffelmacherviertels wiedererkannte:

„Sag mir, Bruder, was hat es mit diesen Buchstaben *K-Y-A-S, H-M, A-S-Q* auf sich? Wisst Ihr etwa ihre Bedeutung?"

Der Bruder lächelte:

„Weiß Gott, nein! Unser Meister Schasili hat sie uns gelehrt, zusammen mit den Lobgedichten, von denen du gerade eins gehört hast. Schasili hat sie auf Anweisung Chisers in die Litanei aufgenommen. Den Buchstaben werden besondere magische Kräfte zugesprochen, manche vermuten auch, dass sich aus ihnen der hundertste Name Gottes zusammensetzt, aber ihre genaue Bedeutung ist außer dem Allwissenden wohl nur Chiser bekannt. Hör nur! Die Brüder haben wieder angefangen, Chiser zu preisen!"

Tatsächlich hatten einige Sufis eine zweite Litanei angestimmt. Innerhalb kurzer Zeit fielen auch die anderen ein. Dieses Mal handelte es sich um eine einfache, aber in ihrem stetigen Auf und Ab mitreißende Melodie. Ibn Battuta war bald in ihren Bann gezogen. Die Gruppe der Sufibrüder schien mit *einem* Atem zu atmen, mit *einem* Bewusstsein zu denken, ja mit *einem* Körper in schwingender Harmonie verbunden zu sein:

Chiser! Grüner Gesandter, Meister des Meisters!
Schutz der Reisenden, Ziel der Suchenden!
Oh Pol der Gottliebenden!
Lebst ewig, strebst ewig!
Ewige Weisheit nennst Du Dein eigen!
T-S-M, H-M!
Chiser! Grüner Gesandter ...

Ibn Battuta wusste nicht, wie ihm geschah. Bald vergaß er, wie lange er schon mitgesungen hatte. Zeit schien ihm wie Sand zwischen den Fingern zu zerrinnen. Sein Puls hatte sich dem Rhythmus der Musik angeglichen. Wie gegen seinen eigenen Willen begann er, seinen Kopf hin und herzuwiegen, zunächst in sanfter Bewegung, dann immer rascher und heftiger.

T-S-M, H-M! ...

Schweißperlen traten ihm auf die Stirn. Nur noch schemenhaft nahm er seine Umwelt wahr.

Chiser! Grüner Gesandter ...

Auf einmal klärte sich das Durcheinander der Eindrücke. Plötzlich schien es ihm, als schaute er alles Gegenwärtige und alles Vergangene wie in einem klaren Glas. Eine vollkommene Stille und Ruhe überkam ihn.

Dann war ihm, als hätte sein Geist den Körper verlassen und stünde nun neben ihm. Er sah sich selbst inmitten der Sufis sitzen, sah seinen sich wiegenden Körper, sah, wie seine Augen sich verdrehten, sodass nur noch das Weiße in ihnen aufblitzte, und wie aus der Ferne hörte er seine eigene Stimme, die immer schneller, immer heftiger, die rätselhaften Buchstaben sang.

Plötzlich erblickte er in einer nur spärlich erleuchteten Ecke des Raumes einen Mann, den er zuvor nicht bemerkt hatte. Er stand still an eine Säule gelehnt und schaute dem wogenden Treiben nachdenklich zu. Jetzt winkte er Ibn Battuta zu sich heran. Ibn Battuta folgte der Aufforderung. Sein singender, wie von einem mächtigen Mechanismus getriebener, sich wiegender Körper hingegen blieb zurück.

Der große, hagere Mann, dem er sich nun gegenübersah, war in ein schlichtes minzegrünes Gewand gekleidet. Weder sah er ärmlich aus, noch besonders reich. Vielmehr war seine Erscheinung ganz und gar unauffällig. Wenn nicht, ja wenn da nicht diese Augen gewesen wären, mit denen er Ibn Battuta eindringlich ansah. Sie waren von einem schier unerträglich tiefen Grün und schienen auf geheimnisvolle Weise zu leuchten. Das Gesicht des Mannes war von vielen Erinnerungen geprägt. Es war kein junges Gesicht, wahrlich nicht, aber auch kein überaus altes, faltiges.

Kein Zweifel, dachte Ibn Battuta, *dies ist Chiser selbst! Der unsterbliche Prophet leibhaftig!*

Sag mir, Prophet, was rätst du mir?, hörte Ibn Battuta sich sagen.

Finde mich, Ibn Battuta, tönte es zurück, *und der Sinn der geheimnisvollen Buchstaben wird sich dir entschlüsseln!*

Ibn Battuta schauderte es. *Welcher Sinn? Was soll sich mir entschlüsseln?*

Nur noch die grünen Augen Chisers schienen zu sprechen. *Ich lehre dich den hundertsten Namen Gottes, Ibn Battuta, und ich lasse dich vom Lebenswasser trinken! Ich bin deine Bestimmung, Ibn Battuta, dein Schicksal! Mir sollst du dein Leben verschreiben!*

Wo soll ich dich suchen, grüner Gesandter?

Chiser sah ihm in die Seele, als prüfe er die Reinheit eines Goldstücks:

Suche das Wissen, und sei es in China!

Dann verschwand er, wie vom Erdboden verschluckt.

Ibn Battuta fand sich, auf dem Rücken liegend, unter den Sufis wieder, die ihre Meditation mittlerweile beendet hatten und im Kreis um ihn herum standen. Abu A'la beugte sich über ihn und sah ihn halb besorgt, halb erfreut an:

„Gott sei Dank, Ibn Battuta! Der Gesang hat dich wohl mit sich fortgetragen! Wir hatten schon befürchtet, du würdest nicht mehr zu uns zurückfinden!"

Ibn Battuta brauchte ein paar Momente, um sich zu fangen. Er murmelte Entschuldigungen, aber die Brüder wiegelten lachend ab. Sie lobten seine Hingabe beim Singen der Litanei. Während sich die Männer voneinander verabschiedeten und heiteren Gemüts aus dem Heiligtum in die Straßen des Scharifenviertels strömten, wollten sie gar nicht damit aufhören, freundlich und anerkennend über Ibn Battuta zu reden.

Ganz offenbar hatte der Junge eine große Begabung für die sufische Meditationspraktik.

Siebentes Kapitel

Worin Ibn Battuta sich verliebt, was zu einer Reihe von unglücklichen Entwicklungen führt

Seitdem Ibn Battuta regelmäßig an den Sitzungen der Brüder des Schasilijja-Ordens teilnahm, führte er ein anderes Leben. Zwar logierte er weiterhin in der Medresse der Pantoffelmacher und ging zum Studium in die Moscheeschule der Leute aus Kairuan, aber fortan waren die freitäglichen Versammlungen im Scharifenviertel der Wochenhöhepunkt, dem er Tag für Tag entgegenfieberte. Was Ibn Battuta vielleicht am meisten an den Sufis gefiel, war, dass sie ihn wie ihresgleichen behandelten, obwohl sie häufig um vieles älter und erfahrener waren als er. Sie scherzten mit ihm und ließen ihn an ihren Diskussionen über die Neuigkeiten des Feser Stadtlebens teilhaben, so als sei er ein alter Freund. *Das* war die Art von Gemeinschaft, nach der Ibn Battuta sich gesehnt hatte: nicht der formelle, kalte Umgang der Scholaren in der Moschee der Leute aus Kairuan, sondern das gemeinsame Erleben religiöser Hochstimmung im Kreis der mystischen Brüder. Der Prophet Chiser erschien ihm allerdings nicht mehr, auch wenn er während der sufischen Exerzitien das eine oder andere Mal in Trancezustände geriet. Seine erste Begegnung mit dem Propheten war von den Brüdern als gutes Omen aufgefasst worden, und schon kurze Zeit später wählten sie ihn zu einem vollwertigen Mitglied des Ordens. Zu seinen Schutzheiligen, welchen er sich mit feierlichem Schwur verpflichten musste, erkoren die Brüder den Ordensgründer Schasili und jenen geheimnisvollen grüngewandeten Propheten, den legendären Chiser.

Und noch mehr Gutes war aus Ibn Battutas Teilnahme an den Sitzungen der Schasilijja erwachsen. Achmads Vater Abu A'la hatte den jungen Mann ins Herz geschlossen, nicht zuletzt weil er mit seiner schönen Singstimme den Séancen der Brüder, denen Abu A'la vorstand, eine neue musikalische Qualität verlieh. Bald ging Ibn Battuta in Achmads Haus ein und aus.

Abu A'las Stadtpalais übertraf an Schönheit alle Wohnhäuser, in denen Ibn Battuta jemals zu Gast gewesen war. Abu A'la hatte einige Handwerker, die zuvor an den Dekorationsarbeiten in der

Medresse der Pantoffelmacher mitgewirkt hatten, die Empfangsräume und Innenhoffassaden gestalten lassen. Das Ergebnis war den verzierten Wänden von Ibn Battutas Wohnheim nicht unähnlich, nur farbenfroher, mit viel Blau, Gelb und Grün in den Kachelfriesen. Um den munter plätschernden Brunnen in der Mitte des quadratischen Hofes standen in großen Erdkübeln Orangenbäume, und wohlduftende Jasminsträucher rankten an den Säulen empor. Die Medresse der Pantoffelmacher erfüllte Ibn Battuta mit Ehrfurcht, Abu A'las Haus jedoch war ein kleiner Garten Eden, einladend und erfrischend. An den Freitagen war Ibn Battuta ständiger Gast beim Mittagsmahl.

In der Regel aßen die Männer allein, doch wenn der Tee gereicht wurde, gesellten sich auch Nasiba, die Ehefrau Abu A'las, oder eine der Töchter zu der Runde. Gebäck wurde dann herbeigetragen, köstliche Sesamkringel, mit Dattelmus gefüllte Biskuits, die Achmad besonders liebte, und noch mehr Tee und frisches Obst mit Rosenscherbet. Diese fröhlichen Zusammenkünfte zogen sich häufig bis spät in den Nachmittag hinein. Bei einem dieser gedehnten Mittagsmahle lernte Ibn Battuta Achmads Schwester Laila kennen.

Laila war fünfzehn Jahre alt und damit zwei Jahre jünger als Ibn Battuta, der mittlerweile sein siebzehntes Lebensjahr erreicht hatte und stolz auf seinen allerersten Bart hinarbeitete. Sie war ein fröhliches und blitzgescheites Mädchen. Das brachte Ibn Battuta nicht selten in Verlegenheit, denn obwohl er in der Umgebung von Frauen aufgewachsen war, fühlte er sich in Gegenwart dieser hübschen und dazu noch wortgewandten jungen Dame ungewohnt schüchtern und gehemmt.

Abu A'la, der nichts davon hielt, Frauen im Harem einzuschließen und keiner Erziehung teilhaftig werden zu lassen, verwandte viel Aufmerksamkeit auf die Ausbildung seiner Töchter. Er hatte eine verwitwete Scharifin als Hausgehilfin engagiert, die vormittags Laila und ihren kleinen Schwestern Fatima und Zainab Unterricht in arabischer Grammatik, Koranrezitation, und Literatur erteilte. Abends, wenn Abu A'la von der Arbeit zurückkam – er war ein angesehener Händler in Fes und führte seine eigene Karawanserei – setzte er sich zuweilen mit den Mädchen im Harem zusammen und ließ sich von ihnen erzählen, was sie gelernt hatten. Er wusste, dass er seine Töchter nur dann in eine der großen und einflussreichen Familien von Fes verheiraten konnte, wenn sie nicht nur schön, sondern auch gebildet waren. Auch machte es ihm selbst Freude zu beobachten, wie ihr kindlicher Geist sich regte und formte.

Dass Laila dazu bestimmt war, den Sohn eines Großhändlers oder sogar einen Meriniden-Prinzen zu heiraten, hinderte Ibn Battuta nicht daran, sich im Laufe der Zeit hoffnungslos in sie zu verlieben. Mit wachsender Panik bemerkte er, wie ungeahnte Gefühle in ihm wach wurden. Während der ersten Monate ihrer Bekanntschaft hatte er sich noch bemüht, Laila nicht weiter zu beachten. Doch bald ertappte er sich dabei, wie er heimlich ihren schlanken Hals betrachtete, ihr pechschwarzes Haar, die zarten Finger oder die fein geschwungenen Lippen ihres Mundes. Plötzlich durchlief ihn dann ein leichtes Schauern, und verlegen blickte er zu Boden, hoffend, dass man seinen Gemütszustand nicht bemerken würde. Stand Laila von der Teerunde auf, sah er ihr verstohlen nach. Hörte er, wie sie aus den oberen Gemächern des Harems ins Parterre hinuntergelaufen kam, richtete er es so ein, dass er ihr allein am Treppenabsatz begegnete, um ein paar flüchtige Worte mit ihr zu wechseln.

Laila nahm an dem Spiel, das sich zwischen ihnen entspann, mit größter Unschuld teil. Ihr Umgang mit ihm blieb bezaubernd fröhlich und ungezwungen. Das machte die Sache für Ibn Battuta noch unerträglicher.

Immer häufiger wachte er morgens auf und stellte entsetzt fest, dass er von Laila geträumt hatte. Schon lange waren dies keine unschuldigen Träume mehr, oh nein. Im Schlaf malte er sich aus, wie er sich allein mit Laila in einem grün gepolsterten Raum befand, der dem Empfangsraum in Abu A'las Haus ähnelte, nur dass ihn das Licht vollkommen durchflutete, sodass sich Lailas Gestalt in scharfen Konturen gegen die einfallenden Sonnenstrahlen abzeichnete. Er näherte sich ihr, doch sie wich zurück, bis sie schließlich mit dem Rücken zur Wand stand. Mit zitternden Händen ergriff Ibn Battuta das ihr in langen Falten über den Körper fallende Kleid. Die Ärmel rutschten etwas zurück, sodass er ihre nackten Arme sehen konnte. Ihr Busen, der sich eben erst zu bilden begann, hob und senkte sich, heftig atmend. Ibn Battuta fasste sie in den Hüften. Der Stoff ihres Gewandes spannte sanft gegen den mädchenhaften Körper, der sich ihm entgegenbog. Plötzliche Hitze durchwallte seinen Körper ...

An dieser Stelle wachte er schweißgebadet auf. Verzweifelt spürte er die Scham, mit der er sich befleckt hatte. Ein unbändiger männlicher Trieb, der ihn in letzter Zeit immer häufiger überkam, hielt seinen Körper gespannt bis in die letzte Faser. Achmad und die anderen Studenten, mit denen er das Zimmer teilte, hatten zum Glück nichts bemerkt. Nach einigen Minuten stahl er sich durch die Stille der Nacht ins Bad, um sich zu waschen.

Kurze Zeit später geschah das Unglück. Alles ging so schnell, dass Ibn Battuta auch im Nachhinein nicht recht wusste, was eigentlich vorgefallen war. Im Laufe eines der gemeinsamen Mittagsmahle im Hause Abu A'las war Ibn Battuta in der Diele Laila begegnet und hatte ihr in sinnloser Verwirrung der Gefühle seine Liebe gestanden. Das Mädchen hatte zunächst verlegen gekichert. Als er aber schüchtern versuchte, sie am Arm zu berühren, war sie kreischend entflohen. Ibn Battuta war auf die Straße gestürzt.

Das war das Ende seiner Besuche bei der Familie Achmads. Laila, die sich nichts weiter dabei dachte, war zu ihrer Mutter gelaufen und hatte ihr von Ibn Battutas Annäherungsversuch berichtet. So musste es jedenfalls gewesen sein, denn schon am nächsten Tag kam Abu A'la selbst in die Medresse der Pantoffelmacher, um mit Ibn Battuta zu sprechen.

„Zweifellos", begann er, „war es närrisch von mir zu glauben, Ihr könntet wie Geschwister sein. Gott vergebe mir meine Dummheit! Ich dachte, ein Student an der Moschee der Leute aus Kairuan, ein Adept Schasilis dazu!, wüsste wohl, was sich gegenüber der Familie seines Gastgebers geziemt. Dass du ein Auge auf Laila werfen würdest ... Wo doch allgemein bekannt ist, dass sie für jemand anders bestimmt ist! Lass es dir gesagt sein: Letzte Woche habe ich mit einem Geschäftspartner den Heiratsvertrag zwischen Laila und seinem Sohn aufgesetzt! Ach Ibn Battuta ... Wie sehr wünschte ich, du hättest uns diese Schande erspart! Jetzt muss ich dich bitten, nicht mehr unser Haus zu betreten. Aus der Gemeinschaft der Brüder kann ich dich nicht ausschließen, denn du bist ein gleichberechtigtes Mitglied unserer Verbindung. Ich möchte aber gleichwohl an dich appellieren, auch dort nicht mehr zu erscheinen."

Ohne darauf zu warten, dass Ibn Battuta antwortete, erhob sich Abu A'la, schritt zur Tür, drehte sich noch einmal um und sagte: „Ich wünsche Gottes Segen auf dich. Der Friede sei mit dir!"

Ibn Battuta blieb wie zerschmettert zurück. Im ersten Moment traf ihn am tiefsten, dass Laila einen anderen heiraten würde. Doch war dies nur der Anfang von seinem Elend. Auf Anweisung seines Vaters mied nun auch der geknickte Achmad seinen Umgang und zog schließlich in ein anderes Zimmer in der Medresse. Zum zweiten Mal im Laufe seiner Studienzeit veränderte sich Ibn Battutas Leben grundlegend. Alles, was ihm in den letzten zwei Jahren lieb geworden war, Achmads Freundschaft, seine Familie, die Sitzungen der Brüder und Laila – alles war mit einem Mal dahin.

Ein neues Studienjahr begann. Ibn Battuta mietete sich mit dem Geld, das ihm sein Vater Abdallah regelmäßig aus Tanger schickte, ein bescheidenes Zimmer in der Nähe des Ledertors. Zu Achmad verlor er bald jegliche Verbindung. Er sah ihn nur noch ab und zu während der Vorlesungen in der Moschee der Leute aus Kairuan. Später erfuhr er, dass Achmad gegen den Willen seines Vaters das Studium an der Moscheeschule abgebrochen hatte, denn mittlerweile war er durch seine Verskunst so bekannt geworden, dass er beschlossen hatte, eine Laufbahn als Dichter einzuschlagen. Man erzählte, Achmad habe sich darüber mit seinem Vater so sehr verzankt, dass er nach Damaskus in Syrien aufgebrochen war, um dort sein Glück zu versuchen.

Aus der anfänglichen Niedergeschlagenheit und Trauer, die ihn nach dem Vorfall mit Laila ergriffen hatte, erwuchs in Ibn Battuta tiefer Groll. Er redete sich ein, es sei ein verfluchter Tag gewesen, an dem er zum ersten Mal den Fuß in das Haus Abu A'las gesetzt hatte. In einsamen Stunden festigte sich in ihm die Überzeugung, nur das liederliche Zusammensein mit den mystischen Brüdern sei schuld daran gewesen, dass er sich so hemmungslos in Laila verliebt hatte. Kein Wunder, die Sufis redeten ja von nichts anderem als der liebestrunkenen Vereinigung mit dem Höchsten Wesen! Grimmig lachte Ibn Battuta in sich hinein. Welche Verblendung! Hätte er doch nur auf seine Lehrer in der Moschee der Leute aus Kairuan gehört! An eine vom Menschen selbst bewirkte Vereinigung mit dem Einen Majestätischen zu glauben war frevelhafter Hochmut!

Von Schuldgefühlen verfolgt, stürzte sich Ibn Battuta mit zwanghaftem Fleiß in die Arbeit. Verbissen und bis zur vollständigen körperlichen Erschöpfung verfolgte er das Ziel, sein Studium zu beenden und zum Fakih zu werden. Es bereitete ihm bitteres Vergnügen, wenn seine Professoren im Unterricht auf jene Sünder schimpften, die Unzucht trieben und ihre Frauen nicht im Haus einsperrten, wie es der Koran ihrer Auslegung zufolge vorschrieb. Ibn Battuta bemühte sich fortan, die Vorschriften der Scharia aufs Genaueste zu befolgen. Pünktlich erschien er zu allen fünf Gebeten in der Moschee; früher hatte er auch gelegentlich für sich allein in seinem Zimmer gebetet. Eitel pflegte er seinen noch kurzen Bart, denn der mekkanische Prophet hatte das Barttragen ausdrücklich empfohlen. Ein wenig Kummer bereitete ihm sein helles Haar. Das wollte nicht recht in die ehrwürdige Reihe der langen schwarzen und braunen Bärte passen, neben denen er sich fünfmal am Tag zum Gebet verneigte. So half er mit Henna nach, was ihn aber auch nicht ehrwürdiger aussehen ließ.

Glücklich war er nicht. Insgeheim vermisste er den ungezwungenen Umgang mit den Sufibrüdern, die fröhlichen Zusammenkünfte im Haus Abu A'las und die Freundschaft mit Achmad. An Freitagabenden schlich er sich jetzt oft allein auf den Abbasidenplatz vor dem Ledertor der Stadtmauer. Dort war immer eine große Menschenmenge versammelt. Dicht umdrängt boten Gaukler, Musiker und Künstler aller Art im flackernden Fackellicht dem Publikum ihr Können dar. Der Trommelschlag von Berbertänzen scholl herüber, und das Klagen der Holzflöte eines Schlangenbeschwörers erfüllte die Luft, hier und da unterbrochen vom plötzlich aufschallenden Lachen der Zuhörer eines Geschichtenerzählers oder dem bewundernden Stöhnen derer, die einem Akrobaten zuschauten. Über allem lag, wie ein hauchdünn gewobener Teppich, das stete Gemurmel Tausender aufgeregter Stimmen.

Einige Akrobaten, die ihn mittlerweile gut kannten, luden Ibn Battuta eines Abends ein, sie in eine Schenke zu begleiten. Die Versuchung war groß, und außerdem sehnte sich Ibn Battuta, der oft einsam war, nach der Gesellschaft von Menschen. Im Seilmacherviertel stiegen sie durch eine kleine Tür in ein Kellergewölbe, das mit Samtkissen ausgelegt war und in dem der Geruch von Apfeltabak und Moschusparfüm die Luft schwängerte. Aus ellenhohen Wasserpfeifen dampfte dichter Rauch zur Decke. Mit Silberschmuck behangene Sklavinnen reichten den Gästen mit Wein gefüllte Trinkschalen. Auch der Versuchung des vom Propheten ausdrücklich verbotenen Alkoholgenusses erlag Ibn Battuta bald. Der Rausch, in den ihn der süßliche Trunk versetzte, erinnerte an die Trance, die er im Kreis der mystischen Brüder des Schasilijja-Ordens erlebt hatte, wenn er auch um vieles gröber war und die Sinne benebelte, anstatt sie zu schärfen. In jener schmuddeligen kleinen Taverne gab es auch einige Prostituierte, und es dauerte nicht lange, bis er dort seine Unschuld verlor. Immer häufiger verbrachte Ibn Battuta die Nacht an diesem Ort, ja er wurde abhängig von dem rohen Genuss, den ihm das Weintrinken und das Liegen in den Armen namenloser Frauen bereiteten. Es betäubte seine unglückliche Seele. Am Tage führte er das Leben eines allen Sinnesfreuden abgewandten Rechts- und Religionsstudenten. Bald hatte ihn dieses Doppelleben in einen Zustand innerer Unrast und Zerrüttung versetzt.

So näherte sich das Ende seiner Studienzeit in Fes. Ibn Battuta lebte jetzt als Einzelgänger und nur für sich selbst, denn längst hatten sich die Freunde, die er in der Medresse der Pantoffelmacher gehabt hatte, von ihm abgewandt. Die Leute begannen, ihre Köpfe zusammenzustecken, wenn er an ihnen vorbeilief. Die Puppe machte alles nur noch schlimmer, denn jedes Mal, wenn sie ihn erspähte, krächzte sie mit lauter Stimme:

„Na du bist mir ein feiner Knabe! Guckst den Mädchen hinterher und tust auf heilig! Was treibst du denn so spät in der Nacht noch in den Straßen? Du Scheinheiliger, du!“ Er begann, einen großen Bogen um das Scharifenviertel zu machen.

Schließlich hatte er alle Zulassungsprüfungen zum Rechtsgelehrten bestanden und sich eine Reihe von Zeugnissen erworben, die ihm erlaubten, bestimmte Standardwerke der islamischen Wissenschaften – Überprüfung prophetischer Traditionen, Koranauslegung, Vertragsrecht, Strafrecht und auch Erbrecht – an Dritte weiterzugeben. Doch anstatt sich nach einer sinnvollen Tätigkeit umzusehen, gab er sich seinen Leidenschaften hin, hielt sich über Wochen hinweg tagsüber auf den Straßen und nachts in den Tavernen auf.

Es kam der Morgen, an dem er nach einer durchzechten Nacht in seinem Zimmer aufwachte, nicht wissend, mit wem er das Bett geteilt und wann oder wie er nach Hause gefunden hatte. Es war heiß und schwül. Dröhnende Kopfschmerzen fesselten ihn an sein Lager. Seine Kehle war trocken, doch der tönerne Wasserkrug, der neben ihm zu stehen pflegte, war leer. Ibn Battuta fühlte sich zu matt, um nach unten in den Hof zu laufen und ihn aufzufüllen. Eine Fliege kreiste über ihm und landete mit lautem Summen ein ums andere Mal auf seinem Gesicht. Ibn Battuta übergab sich in den Krug. Brummend ließ das grün schimmernde Insekt sich auf dem Erbrochenen nieder.

Plötzlich spürte er, wie sich ein eckiger Gegenstand in seinen Rücken bohrte. Er hatte sich in seinem elenden Zustand unruhig auf dem verschmutzten und verschwitzten Laken hin und her geworfen. Dabei war ihm der lederne Beutel unter den Körper gerutscht, in dem er seine wenige persönliche Habe aufbewahrte. Verärgert öffnete er den Beutel. Das eiserne Kreuz seiner Mutter fiel ihm entgegen.

Schon lange hatte er es nicht mehr in die Hand genommen. Anfangs, in der Medresse der Pantoffelmacher, hatte er es noch wie seinen Augapfel gehütet und jeden Abend im Bett heimlich hervorgeholt, um es für einige Augenblicke festzuhalten. Als er die Bekanntschaft Achmads und seiner Familie machte, hatte er diese Gewohnheit aufgegeben. Seitdem war das Kreuz im Beutel geblieben, unbenutzt und vergessen. Plötzlich kehrten die Erinnerungen an die glücklichen Tage in der Tulaitulagasse in Tanger zu ihm zurück. Tränen flossen ihm übers Gesicht. Schluchzend sank er auf sein Lager zurück.

Der scharfe Geruch seines Erbrochenen stieg ihm in die Nase, eine beißende Empfindung, die ihm auf einen Schlag die ganze Widerwärtigkeit und Verzweiflung seiner Lage bewusst machte. Erbärmlich und niederträchtig erschien ihm seine Existenz. Kalter Ekel stieg in ihm auf. Er verlor die Kontrolle über sich. Rasend vor Wut schleuderte er das Kreuz gegen die Wand, von der es scheppernd auf den Boden zurück fiel.

Ein Monat verging. Die Langeweile und der Ekel drohten ihn gänzlich zu zermürben. Eines Tages erreichte ihn ein Brief von Sara aus Tanger. Ibn Battuta wunderte sich, denn normalerweise schrieb nicht seine Tante, sondern sein Vater, der ihm nüchtern über den Gang seiner Geschäfte berichtete und die Grüße seiner Mutter übermittelte. Sara fügte dem Schreiben zwar hin und wieder ein paar Sätze hinzu, dieses Mal jedoch hatte sie den Brief eigenhändig adressiert. Ibn Battuta ahnte Schlimmes. Mit zitternder Hand öffnete er das Schreiben.

Vor etwas mehr als drei Wochen war seine Mutter gestorben.

Achtes Kapitel

Worin berichtet wird, wie Ibn Battuta nach Tanger zurückkehrt und wie er den Entschluss fasst, nach der Quelle des Lebens zu suchen

Auf dem langen Ritt von Fes nach Tanger mischten sich in Ibn Battuta alptraumhafte Gemütsschwere und tiefe Nachdenklichkeit. Die grandiose Berglandschaft des Atlas, der schneeglitzernde Gipfel des Dschabal Tubkal und die grünen Wiesen des Rif zogen unbemerkt an ihm vorbei. Mechanisch bestieg er morgens den Rücken seines Kamels und reihte sich in den Karawanenzug ein, und genauso mechanisch stieg er abends mit schmerzenden Schenkeln ab und richtete sein Lager zur Nachtruhe her. Mit seinen Mitreisenden wechselte er kein Wort.

Der gleichmäßige Rhythmus des wiegenden Schrittes seines Reittiers gab ihm die Gelegenheit, die vielen Gedanken und Erinnerungen zu entflechten, die sein Bewusstsein ausfüllten. Er überdachte sein noch junges Leben und was es an Glücksmomenten und Kummer mit sich gebracht hatte. Wenn er sich vor Augen führte, in welche Extreme des Lebenswandels er in Fes verfallen war, schüttelte er den Kopf. Wie unvorsichtig er gewesen war, sich, angeregt von der ekstatischen Stimmung im Kreise der Schasilijja-Brüder, einer aussichtslosen Liebe zu verschreiben! Wie töricht aber auch, den strengen Religionsgelehrten zu spielen, alldieweil ihn dies unbefriedigt ließ und nur dadurch erträglich wurde, dass er seine Verzweiflung im schalen Genuss körperlicher Rauscherlebnisse ertränkte! In ihm reifte der reumütige Entschluss, alles noch einmal von vorne zu beginnen.

Als er in Tanger ankam, waren die vorgeschriebenen vierzig Tage der Trauer gerade zu Ende gegangen. Doch die Räume des Harems seiner Mutter, welche nach wie vor von Sara und Abida bewohnt wurden, blieben dunkel verhangen. Ibn Battuta erfuhr nun die genauen Umstände von Ajas Dahinscheiden.

Sie hatte nach der Geburt Ibn Battutas ihre volle Gesundheit nie wiedererlangt. Die Entbehrungen während der Gefangenschaft als Sklavin hatten ihren Körper auf Lebzeiten geschwächt. Von einer Lungenentzündung, die sie sich im letzten Winter zugezogen hatte – in Tanger konnte es empfindlich kalt werden –, hatte sie sich nicht wieder erholt. Nach kurzem Todeskampf starb sie in den Armen Abdallahs. Die besten, die teuersten Doktoren hatten ihr nicht helfen können. Sie war mit derselben schwerelosen Leichtigkeit aus der Welt geschieden, mit der sie vor etwas mehr als zwei Jahrzehnten in Abdallahs Leben getreten war.

Ibn Battutas Vater war ein gebrochener Mann. Über Nacht war sein Haar schlohweiß geworden. Keinen Fuß hatte er mehr in sein Handelskontor gesetzt. Abdallahs ältester Sohn Idris, der aus seiner ersten Ehe mit Sauda stammte, hatte die Zügel des Unternehmens in die Hand genommen. Er schien wenig gewillt, sie jemals wieder abzugeben. Dem Vater war das gleichgültig. Tagein, tagaus saß er im Harem und brütete vor sich hin, versorgt von Sara und Abida. Als Ibn Battuta ihn aufsuchte, hellten sich seine gealterten Züge auf, doch ebenso schnell fiel er zurück in seine Trauer, und nichts schien zu ihm durchdringen zu können.

Derweil quälten Ibn Battuta Gewissensbisse. Konnte es ein Zufall gewesen sein, dass seine Mutter gestorben war, kurz nachdem er in lästerlicher Weise ihr Kreuz geschändet hatte? Wie hatte er ihrer über seinen jämmerlichen Abenteuern in Fes nur vergessen können? Hätte er nicht häufiger an sie denken, regelmäßiger Briefe schicken sollen? Die Selbstvorwürfe waren unerträglich. Täglich unternahm er mit seiner Tante Sara den Gang zum Grab seiner Mutter auf dem Christenfriedhof, der etwas außerhalb der Stadt lag, auf einem Hügel, von dem aus man das Meer und das spanische Festland sehen konnte. Eines Tages vertraute er ihr auf dem Rückweg seine Gedanken an. Eine kühle Frühlingsbrise wehte von der Küste und ließ Saras schwarzes Gewand im Wind flattern. Sie schüttelte bedächtig den Kopf, dass die Ohrringe klimperten.

„Mein lieber Ibn Battuta“, sagte sie, „was soll das? Du weißt doch selbst, dass Gott der Schöpfer Leben gibt und dass Gott der Todbringende Leben nimmt, wie es ihm gefällt. So steht es im Koran: {Gott ist eines jeden Dinges mächtig. Er schafft den Tod und das Leben. Damit prüft Er euch, aber dies geschieht zu eurem Vorteil, denn Er ist erhaben und allvergebend.} Man soll im Angesicht des Todes standhaft sein und nicht verzweifeln. Ich halte nichts von hysterischen Klageweibern und salbadernden

Koranrezitatoren, wie man sie auf den Friedhöfen antrifft. Quäl dich nicht mit unnützen Vorwürfen! Dich trifft keine Schuld am Tod deiner Mutter!"

„Deine Koranfestigkeit und Gelehrtheit in Ehren, Tante Sara, aber was ist das für ein Gott, der einen Menschen so früh sterben lässt, der durch und durch gut ist wie meine Mutter? Könnte man sich eine tugendhaftere Frau denken? Ich sage dir, Sara: Sie hätte es verdient, ewig zu leben! Als ich ein kleines Kind war, erzählte sie mir häufig die Geschichte vom heiligen Georg und von dem Wasser, das jeden Kranken gesund macht. Damals versprach ich, ihr dieses Wasser zu finden. Doch was habe ich getan? Nutzlos in Fes meine Zeit vergeudet!"

„Die Wege Gottes sind unergründlich, mein Sohn. Unsterblichkeit ist das Privileg des barmherzigen Erbarmers, und niemand außer dem Propheten Chiser hat es Ihm bislang darin gleichgetan."

„In der Tat, so wird erzählt", erwiderte Ibn Battuta. „Chiser ist dem Geheimnis der Unsterblichkeit auf die Spur gekommen. Man müsste, wie es ihm gelang, die Quelle des ewigen Lebens finden."

„Gib dich nicht solchen Gedanken hin, mein Lieber. Niemand weiß, wo sich diese Quelle befindet und ob sie überhaupt existiert. Und niemand kann im Übrigen sagen, ob die Lebensquelle, so wie der geheime hundertste Name Gottes, nicht nur ein Symbol für die Gotteserkenntnis ist."

„Da hast du vollkommen Recht, liebe Tante", sagte er langsam, „niemand außer Chiser. Alles, was demnach zu tun bleibt, ist Chiser zu finden. Schließlich ist er mir schon einmal erschienen, während jener ersten Sitzung bei den Sufis im Scharifenviertel von Fes. Und bekanntlich ist Schasili ihm begegnet! Gewiss, Schasili ist tot, aber er hat viele Schüler hinterlassen, die noch am Leben sind! An sie müsste man sich wenden!"

Sara zog es vor, nicht zu antworten. Sie wollte Ibn Battutas Schmerz über den Verlust seiner Mutter mit ihrer Skepsis nicht zusätzlich anstacheln.

Ibn Battuta hingegen hatte plötzlich einen Gedanken gefasst, an dem er sich festhalten konnte. Er zweifelte keinen Augenblick an der Existenz des grüngewandeten Propheten. Zwar schien Chiser die meiste Zeit im Verborgenen zu leben, aber sagte der

Koran nicht: ﴿Gläubig sind die, die an das Verborgene glauben﴾? Lehrten nicht die Bücher der Altvorderen, dass zahllose Sufis – Schasili war nur einer von vielen – dem Propheten Chiser wirklich begegnet waren? Vom mazedonischen König Iskandar* erzählte man dies genauso. Daher ging denn auch die Meinung aller Muslime einstimmig dahin, dass Chiser auf Erden weilte. Das war so gut wie ein Beweis seiner Existenz, denn der Konsens der Gläubigen galt als eine sichere Quelle der Erkenntnis. Ibn Battuta erinnerte sich genau des Prophetenworts, das man ihn im Rechtsmethodologieunterricht an der Moschee der Leute aus Kairuan gelehrt hatte: *Meine Gemeinde wird niemals in einem Irrglauben übereinstimmen!*

Ich werde Chiser finden, ging es ihm durch den Kopf, *der Unsterbliche hat es mir ja in Fes selbst aufgetragen! Mein Leben wird fortan ein Ziel haben! Nicht das trockene Bücherstudium, noch der blinde Gehorsam gegenüber dem religiösen Gesetz und schon gar nicht die faule Sinneslust bei Dirnen und Wein ist mein Weg! Nach der Lösung drängender Fragen will ich streben: Was bedeutet Tod und Vergänglichkeit? Was Ewigkeit und Unsterblichkeit? Und besonders eines soll mir wichtig sein: Aus mir selbst will ich schöpfen, nicht sklavisch dem Weg zum Heil folgen, wie ihn andere predigen, seien es nun die Professoren in den Medressen oder die Sufimeister!*

Einige Tage lang war er von dem Gedanken wie berauscht. Doch was Ibn Battuta von seinen Mitmenschen im Kern unterschied, war, dass er es beim bloßen Träumen nicht beließ. Er war, wie sich noch oft erweisen sollte, ungewöhnlich hartnäckig und entschlossen. Es genügte ihm nicht, wie die anderen in den Tavernen zu sitzen und große Reden zu schwingen, *Nächstes Jahr fahre ich nach Timbuktu!*, nein, er war einer jener rastlosen Charaktere, die es vorzogen, sich still und heimlich im Morgengrauen auf ein Kamel zu setzen und einfach loszureiten. Dieser Drang sollte ihn ein Leben lang begleiten: sich fortzubewegen, immer die Dinge zu *tun*, anstatt sie sich nur sehnsüchtig vorzustellen,

* Iskandar ist der arabische Name Alexanders des Großen (Anm. des Übersetzers).

dann aber im letzten Augenblick auszukneifen. Viele Jahre später würde ihm sogar der Gedanke kommen, diese Sucht, immer weiter voranzugehen, ins Ungewisse vorzustoßen, sei selbst eine Art Käfig, dem er nicht entfliehen konnte.

Aber noch war er jung, und die Reiselust, die sein Vater ihm vererbt hatte, regte sich mächtig in ihm. Die dunklen Wolken, die seine Gedanken vernebelt hatten, lichteten sich. Welch ungemeiner Tatendrang! Einer Mission fühlte er sich von nun an verpflichtet, einer Vision: Macht über Leben und Tod zu erlangen! Dem Geheimnis menschlicher Unsterblichkeit auf den Grund zu gehen! Auf gen Osten also, denn nur dort würde er sein Ziel erreichen!

Gegenüber seiner Familie gab er vor, er wolle sich auf die Pilgerreise nach Mekka begeben. Ein günstigerer Zeitpunkt, zum heiligen Zentrum der muslimischen Welt, zur Kaaba in Mekka zu reisen, schien in der Tat kaum denkbar. Die Pilgerfahrt war der einzige der fünf Pfeiler des Islam, den Ibn Battuta noch nicht erfüllt hatte. Einem Absolventen der berühmten Moscheeschule der Leute aus Kairuan stand es wohl an, nach Beendigung der Studien die Wallfahrt zu unternehmen.

Sara war über seine Abreise betrübt, aber sie billigte sein Vorhaben. Achtundzwanzig Jahre später, bei Ibn Battutas Rückkehr nach Tanger, sollte sie die einzige ihrer Generation sein, die noch am Leben war. Sein Vater Abdallah war anlässlich Ibn Battutas Aufbruchs keiner besonderen Reaktion fähig. Er besaß gerade noch genug Geistesgegenwart, ihm ein paar Wechsel auszuhändigen, die er bei Handelskollegen, die über fast die gesamte islamische Welt verstreut waren, würde eintauschen können. Es schmerzte Ibn Battuta, seinen Vater in diesem Zustand zurückzulassen. Er sollte ihn nie wieder lebend zu Gesicht bekommen. Was die übrigen Familienmitglieder anging, so weinten weder sie ihm noch er ihnen eine Träne nach. Mit seinen verheirateten Halbschwestern verband ihn nichts, und sein Halbbruder Idris hatte ihm bereits zu verstehen gegeben, dass im Unternehmen seines Vaters für ihn kein Platz war. Einzig Sauda, die sich seit dem Tod Ajas versöhnlich zeigte und sogar in den Harem ihrer Konkurrentin gekommen war, um sich um Abdallah zu bemühen, bat ihn, er möge bleiben, um seinem Vater zur Seite zu stehen. Sie überlebte ihren Mann um viele Jahre und hätte beinahe noch die Rückkehr Ibn Battutas nach Tanger gesehen, starb aber kurz davor.

Als erstes Ziel nahm sich Ibn Battuta vor, einen berühmten Schüler Schasilis, den in Unterägypten lebenden Sufimeister Murschidi, aufzusuchen. An einem Donnerstag im Frühling des Jahres 725*, im Alter von einundzwanzig Jahren, machte Ibn Battuta sich zum zweiten Mal aus seiner Heimatstadt Tanger auf. Es war ein Abschied auf ungewisse Zeit. Als er sein Kamel durch das Stadttor lenkte, fühlte er sich wie ein Vogel, der endgültig das Nest verlässt. Um den Hals trug er das Amulett seines Vaters. Etwas tiefer, vor dem Herzen, hing an einem Lederriemen das eiserne Kreuz seiner Mutter. Er konnte nicht ahnen, wie eng sein weiteres Schicksal mit diesen beiden Gegenständen verknüpft sein würde.

* 1325 unserer Zeitrechnung (Anm. des Übersetzers).

Neuntes Kapitel

Das von Ibn Battutas Ankunft im ägyptischen Alexandria handelt und von seiner Begegnung mit dem Sufi Murschidi, der ein Schüler des Schasili war

Alexandria pulsierte mit buntem Leben. Der in der Sonne glitzernde Hafen fasste zehnmal mehr Schiffe als der in Tanger. Nur die Häfen des indischen Subkontinents und des fernen China konnten sich rühmen, größer zu sein. Hier lagen auch farbenfrohe genuesische und venezianische Schiffe vor Anker, Meeresungetüme mit dicken Bäuchen und spitzen Segeln wie zottige Schuppen. Im Vergleich wirkten die muslimischen Handelsgaleeren geradezu zerbrechlich. An der Hafeneinfahrt, auf einer etwas vorgelagerten Landzunge, prangte der berühmte Leuchtturm, in sich zusammengefallen zwar, aber immer noch mächtig. Hier hatten sich Ibn Battutas Vater und Mutter in Richtung Tanger eingeschifft. Alexandria war in gewisser Weise eher sein Geburtsort als die weiße Stadt seiner Kindheit.

Nach über acht Monaten und ungefähr zweitausend Parasangen* auf dem Kamelrücken hatte er die Stadt erreicht. Über Algerien, Tunis, die Kastelle von Sousse, Sfax und Gabés und schließlich Tripolis hatte die lange und beschwerliche Reise geführt. Berberbanden machten die Wege unsicher, und oft ängstigte er sich, denn alles war ungewohnt, unheimlich. Andererseits spürte Ibn Battuta, wie sehr er sich nach eben jener Konfrontation mit dem Unbekannten sehnte. Schon bald hatte er nicht mehr gewusst, welches Gefühl in ihm überwog: die Trauer über den Abschied oder die freudige Erwartung der Welten versprechenden Weiten, die vor ihm lagen.

Zwischenzeitlich war er von einem schweren Fieber ergriffen worden, welches ihn so schwächte, dass er sich mit dem Stoff seines Turbans am Sattel festband, aus Angst herunterzufallen. Des Nachts hätte er unbemerkt liegen bleiben und tags darauf

* Eine Parasange entspricht ca. sechs Kilometern.

unter der unbarmherzigen Sonne Afrikas verdursten können. Doch Chiser, dem Schutzheiligen der Reisenden, sei Dank! – unbeschadet war Ibn Battuta in Alexandria angelangt.

Er verabschiedete sich von der Karawane, mit der er in Alexandria eingezogen war, und machte sich allein auf den Weg. Bis Fuwa, dem Wohnort Murschidis, war es nicht mehr weit. Auf dem Markt kam er an einer freistehenden Säule vorbei, die zwölf oder vierzehn Ellen hoch gewesen sein mochte. Auf ihrer Spitze sah er zu seinem großen Erstaunen einen Mann. Einige Menschen standen um den Sockel herum und legten Brot und Obst in einen Korb, den ihnen der Mann an einem Seil heruntergelassen hatte.

„Wie ist denn der auf die Säule hinaufgekommen?", fragte er den nächstbesten Beisteher.

„Ein Heiliger ist das!", sagte der Mann begeistert, ein einfacher Bauer, der auf den Markt gekommen war, um ein Bündel Spinat zu verkaufen. „Der Allmächtige hat ihm übernatürliche Kräfte verliehen! Er ist bequem an der Säule hochspaziert, ich schwöre es bei beim Barte des Propheten, grad so, als liefe er über ein flaches Feld und nicht senkrecht nach oben! So's Gott gefällt, *ma scha'allah!*, ein Wunder, ein Wunder!"

„Unfug!", ertönte eine autoritäre Stimme hinter ihnen. Ibn Battuta wandte sich um. Ein hochrangiger Beamter mit prachtvollem Turban bahnte sich, Soldaten im Schlepptau, einen Weg durch die gaffende Menge. „Macht Platz für den Marktvogt! Lasst mich durch!"

Der Säulensitzer über ihnen war auf den Tumult aufmerksam geworden. Belustigt nahm er auf dem Rand der Säule Platz und schaute zu ihnen hinunter.

„Junger Mann", wandte sich der Marktvogt an Ibn Battuta, „man sieht Euch an, dass Ihr nicht aus Alexandria seid. Ihr solltet besser nicht glauben, dass die Menschen hier alle in dem Maße leichtgläubig sind, dass sie Scharlatanen aufsitzen! Der Mann ist ein Hochstapler!"

„Wie ist er dann auf die Säule hinaufgekommen?"

„Ganz einfach, wie mir scheinen will. Ich rekonstruiere: Als Erstes hat er einen Pfeil, an den er einen langen Faden geknüpft hatte, über die Säulenplattform geschossen und ein Seil daran befestigt. Dann hat er das Seil vorsichtig über die Säule gezogen und ein Ende im Boden verankert. Auf der anderen Säulenseite hat er sich dann hinaufgehangelt."

„Aber warum ist dann nichts von dem Seil übrig geblieben?", hakte Ibn Battuta nach, den die Geschichte zu amüsieren begann.

„Ihr müsst wissen, dass Gaukler und Heiligtuer in Ägypten leider gut organisiert sind. Wahrscheinlich hat einer seiner Freunde das Seil vom Boden gelöst, und dann hat er es zusammen mit dem Korb zu sich nach oben gezogen. Aber lange bleibt er nicht da oben. Meine Soldaten werden ihn schon herunterholen!"

Statt dass diese Drohung bei dem Seilkünstler irgendeine Wirkung zeigte, streckte er ihnen die Zunge heraus und begann dann seelenruhig, von seiner hohen Warte auf sie hinunterzupinkeln. Ibn Battuta und der Marktvogt sprangen zur Seite.

„Du elendiger Hund, der Allbezwinger verfluche dich!", schimpfte der Marktvogt.

„Übrigens", sagte Ibn Battuta erheitert, „ich komme aus Marokko. Ibn Battuta."

„Gottes Segen", gab der Marktvogt zurück. „Mein Name ist Ibn al-Uchuwa, Marktvogt seiner Herrlichkeit des Sultans in Kairo. Mir untersteht auch das Marktwesen und die Kontrolle der Zölle in Alexandria, wozu ich mich zurzeit hier aufhalte. An Eurer Art zu sprechen merkt man sofort, dass Ihr Fakih seid."

„Aus der Moscheeschule der Leute aus Kairuan in Fes. Ich bin auf dem Weg nach Fuwa zum heiligen Murschidi."

„Ausgezeichnet!", rief der Marktvogt. „Ihr kommt mit mir! Fuwa liegt auf meinem Rückweg nach Kairo, und ich wollte den Alten schon seit langem einmal wiedersehen!"

„Kennt Ihr den Murschidi?"

„Ein alter Freund, wirklich ein hervorragender Mann, ein echter Sufi und Anhänger der Lehren Schasilis, nicht so ein Philister wie die ganzen anderen Möchtegernmystiker." Ibn al-Uchuwa nahm Ibn Battuta beim Arm und blickte dann noch einmal finster zu dem Mann auf der Säule empor. „Und was dich angeht, du Schande des Storchengeschlechts, irgendwann kommst du von da oben schon wieder herunter, und dann gnade dir Gott!"

Fuwa lag landeinwärts, einen Tagesritt von Alexandria entfernt. Für die kurze Strecke tauschte Ibn Battuta sein Kamel gegen ein

Maultier. Murschidis Heimatort war ein hübsches grünes Städtchen. Obstbaumhaine säumten die Straßen. Die Hütte des Heiligen befand sich auf dem Friedhof, einem Ort, von dem einfache Menschen glaubten, dass in ihm die Dschinn wohnten und allerlei übernatürliche Dinge vor sich gingen.

Ein passender Wohnsitz für einen Mystiker, dachte Ibn Battuta, während er sein Maultier neben dem Pferd Ibn al-Uchuwas vorsichtig an den verwitterten Grabsteinen vorbei leitete. Auch die heiligen Männer in Marokko, so erinnerte er sich, lebten oft in abseits gelegenen Klausen. Die Menschen zogen mit ihren Bitten und Fragen hinaus zu ihnen, um für kurze Zeit ganz in die machtvolle Präsenz des Heiligen einzutreten. Das Leben auf Distanz zum Alltag brachte immer Respekt und Autorität mit sich.

Ibn al-Uchuwa ritt einen prächtig aufgezäumten Rappen. Er war ein würdevoller, schon etwas älterer und auch eitler Mann mit gepflegtem weißem Vollbart, der seinen Turban hoch aufgetürmt um die rote Kalaftakappe trug und offenbar über nicht geringen Einfluss und Ansehen verfügte. Öfters ließ er anklingen, dass er ein Vertrauter des Sultans in Kairo war.

Vor der Hütte banden sie ihre Tiere an, während die Soldaten des Marktvogts auf einem hinter dem Friedhof liegenden Hügel ihre Zelte aufschlugen. Es dämmerte bereits. Ibn Battuta und Ibn al-Uchuwa traten in das Halbdunkel des Empfangssaals. Es funkelte durch das Zwielicht: Etwa vierzig Katzenaugenpaare leuchteten sie an. Sonst aber war wenig zu sehen. Die weiß getünchten Wände waren leer. In einer Ecke auf dem Boden, der mit zwei großen Teppichen ausgelegt war, stand ein Holzständer mit aufgeschlagenem Koran darauf. Davor bemerkten sie nun den sitzenden Murschidi, in eine einfache blaue Kutte gekleidet und ohne Kopfbedeckung. Eine lange graue Haarmähne und ein strubbeliger weißer Bart umrahmten sein verwittertes Gesicht, in dem zwei rabenschwarze Augen funkelten. Er rezitierte leise die heilige Schrift, wobei er leicht mit dem Oberkörper vor und zurück wippte. Als er sie sah, sprang er, was angesichts seines Alters erstaunte, behände auf die Füße, sodass die Katzen um ihn herum miauend auseinanderstoben, und begrüßte sie überschwänglich.

„Tretet ein, tretet ein!“, rief er mit hoher, schon etwas brüchiger Stimme. „Der Friede sei mit den geehrten Gästen. Welche Freude, den Marktvogt des Sultans bei mir begrüßen zu dürfen!"

Murschidis bescheidenes Auftreten stand in starkem Kontrast zu dem kostbaren brokatbestickten Stoff und dem prunkvollen Turban, den Ibn al-Uchuwa trug, doch war es, als mache Murschidi den Standesunterschied mit seiner vollendeten Liebenswürdigkeit um ein Vielfaches wett.

„Und mit Euch der Friede", sagte Ibn al-Uchuwa, „werter Murschidi, und Gottes Gnade und Segen! Wir kommen aus Alexandria, dieser junge Mann neben mir sogar von noch viel weiter her, und wir würden uns gern eine Weile mit Euch zusammensetzen und uns ausruhen."

„Mein Haus ist euer Haus!", sagte Murschidi, umarmte sie beide und richtete mit Kissen ein Sitzlager für sie her, worauf er aus dem Zimmer eilte, um Kaffee und einen großen Teller mit allerlei Keksen, kandierten Früchten und Honigbackwerk herbeizuholen.

„Dass ein vornehmer junger Herr so weit reist, um mich armen Sufi zu besuchen, freut mich von Herzen", begann Murschidi, während er, kaum hatte er sich wieder gesetzt, auf den Teller langte und sich eine marzipangefüllte Dattel in den Mund schob.

„Einem Schüler des großen Schasili gebührt Ehre", gab Ibn Battuta mit leichter Verneigung zurück.

„Schasili war ein großer Meister, da habt Ihr recht, junger Herr. Dank ihm hat der Sufismus in den letzten Generationen einen großen Siegeszug angetreten. Die Sufis schicken sich gar an, die Rechtsgelehrten und Theologen im Ansehen zu übertreffen! – Aber nehmt doch von den Süßigkeiten!"

„Der Allernährer vergelte es Euch, Murschidi!", sagte der Marktvogt. „Wir wollen nur hoffen, dass die gestiegene Einflussnahme der Sufis sich nicht gegen das geoffenbarte Gesetz wendet. Leider, so muss ich Euch berichten, benehmen sich in Kairo und Alexandria einige Männer, die sich als Sufis bezeichnen, gegen alle guten Sitten, um sich ein wenig Geld zu erschwindeln! Es ist schon vorgekommen, dass sie beim Gemeinschaftsgebet in der Moschee absichtlich laut herumfurzen. Die Gläubigen stecken ihnen dann ein paar Dirhams zu, damit sie sich davonmachen."

„Da seid nur unbesorgt, lieber Marktvogt", beteuerte Murschidi unter dem lauten Krachen kandierter Nüsse, „das sind ohne Zweifel Abweichler vom rechten Weg, keine echten Sufis, traurige Ausnahmen, denen Ihr sicher bald das Handwerk gelegt haben werdet! Doch lasst uns von unserem jungen Besucher berichten, wie die Dinge im fernen Westen stehen!"

Ibn Battuta beschrieb ihnen die Lage in Marokko und wie sich dort die Schasilijja-Brüder einen festen Platz in der Gesellschaft erstritten hatten. Murschidi schwieg und kraulte hin und wieder den Kopf einer der Katzen, die unaufhörlich um ihn herumstrichen. Ansonsten begnügte er sich damit, den Teller mit Backwerk zu leeren. Viele Sufis waren bekannt dafür, dass sie einerseits Asketen, andererseits aber ganz dem Naschen verfallen waren. Das galt als lässliche Sünde, denn auch der Prophet des Islam, so wurde überliefert, war ein großer Liebhaber süßer Speisen gewesen, und Kandiszucker und Honig erinnerten die Sufis an die süße Gegenwart des göttlichen Geliebten. Murschidi schien sich des Unwiderstehlichen sehr oft erinnert zu haben, jedenfalls soweit man vom Zustand seiner Zähne her urteilen konnte. Mit einem zufriedenen, ja fast entrückten Lächeln lutschte er an einer Honigstange, während Ibn Battuta von seiner Initiation in den Kreis der Schasilijja in Fes erzählte. Doch als er seine Vision des Propheten Chiser schilderte, hielt Murschidi inne und schaute ihn ernst an. Fast schien er erschrocken.

Gerade wollte er das Wort ergreifen, da rief der Muezzin vom Minarett der Dorfmoschee das *Allahu akbar.* „Lieber Ibn Battuta", sagte Murschidi, „seid so gut, erweist uns die Ehre und übernehmt die Rolle des Vorbeters. Wir wollen das Nachtgebet verrichten."

In Gegenwart des ehrwürdigen Marktvogts und des heiligen Mannes das Gebet zu leiten war eine große Auszeichnung, und Ibn Battuta begann zu begreifen, worin Murschidis besondere Ausstrahlung, ja vielleicht sogar seine Heiligkeit lag: Er schaffte es, mit einem Wort, einem Lächeln, einer einfachen Geste seinem Gast das Gefühl zu geben, er sei von Herzen willkommen.

Nach dem Gebet servierte eine Dienerin, die Ibn Battuta in ihrer Fülligkeit an seine Haremsköchin Abida erinnerte, ein Abendessen aus in Zucker gebackenen Bananen. Dann begaben sie sich zur Ruhe, denn es war schon spät. Ibn al-Uchuwa kehrte zu seinen Soldaten zurück, während Ibn Battuta auf das Dach der Hütte Murschidis geführt wurde. Dort war bereits ein Lager für ihn bereitet.

Er war sehr müde. Zum ersten Mal seit langer Zeit schlief er im Haus eines Freundes, und trotz der unendlichen Weite des Sternenhimmels über ihm fühlte er sich geborgen. Weder das Fauchen der kämpfenden Kater im Hinterhof noch die stumme Präsenz dutzender leuchtender Augenpaare auf dem Dach konnten ihn seiner Schläfrigkeit entreißen. Vom Meer her kam ein leichter Luftzug. Ein bekanntes Prophetenwort ging ihm noch durch den Kopf: *Katzenliebe ist ein Glaubensartikel*, so soll der Verkünder des Islam einmal gesagt haben. Dann schlief er ein.

Im Traum sitzt er auf dem Rücken eines großen Vogels. Vielleicht ist es der Vogel Roch, den er kennt aus den Geschichten aus Tausendundeiner Nacht, die Sara ihm zuweilen erzählt hat. Der Vogel lässt sich auf einem Felsen nieder, zu dessen beiden Seiten zwei Meere wogen. Am Fuße des Felsens bestürmt der heilige Georg, in voller Rüstung und auf einem silberfarbenen Ross, einen grüngewandeten Dämon, dessen Gesicht die Züge des Propheten Chiser trägt, so wie ihm Ibn Battuta in der Trance im Kreise der Schasilijja-Brüder begegnet ist. Der Vogel fliegt weiter nach Osten und landet nach einiger Zeit in einer düsteren Landschaft, die nur von wenig Sonnenlicht erhellt wird. Vom Vogel allein gelassen, erklimmt Ibn Battuta Stufen, die einen Berg hinanführen, vernimmt das Plätschern eines Baches, und eine Stimme spricht die Worte: *Hier bist du am Ziel ...*

Am Morgen erklärte er Murschidi, welches der eigentliche Grund für seinen Besuch war, dass er nämlich von ihm Auskunft erhoffte, wie und wo Schasili den grüngewandeten Propheten Chiser gefunden hatte. Auch bat er ihn, ihm seinen Traum zu deuten.

„Mein lieber Ibn Battuta", sagte Murschidi, „Ihr habt Euch ein schwer zu erreichendes Ziel gesetzt. Es ist wahr: Unser Meister Schasili, so heißt es, hat den Chiser persönlich getroffen. In der wenigen Zeit, die ich ihn kannte, hat er aber nie darüber gesprochen. Ich kann Euch also den Aufenthaltsort des grüngewandeten Propheten nicht nennen. Er ist ja sowieso bekannt dafür, ständig unterwegs zu sein."

Ibn Battuta fiel es schwer, seine Enttäuschung zu verbergen. „Bin ich also die vielen hundert Parasangen von Tanger bis hierher ganz umsonst gereist? Es muss doch wenigstens Anhaltspunkte geben, wie dieser Chiser zu finden sei."

„Lasst Euch gesagt sein, junger Freund, der Weg zur Vollkommenheit ist in der Tat weit. Euer Traum scheint in jedem Fall darauf hinzudeuten, dass Ihr noch viele Reisen unternehmen werdet, bevor Ihr Euer Ziel erreicht. Bestimmt werdet Ihr auf Eurer Reise die Wallfahrt nach Mekka vollziehen, und vielleicht gelangt Ihr sogar nach Südarabien, Persien und in die Länder der Türken, Inder und Chinesen!"

„Verehrter Murschidi, ich hoffe, das meint Ihr nicht ernst." Der alte Sufi schien Ibn Battuta recht exzentrisch.

„Lasst Euch nicht entmutigen! Und wer weiß schon: Manchmal müssen wir lange gehen, nur um festzustellen, dass das von uns Gesuchte unmittelbar greifbar ist. Wie sagte nicht unser Meister Schasili: *Manchmal siehst du Gott nicht, weil Er dir so nahe ist.*"

„Indien?", murmelte Ibn Battuta, „China ...?"

Murschidi fuhr ungerührt fort: „Ich habe in diesen fernen Ländern drei liebe Freunde, die zu grüßen ich Euch herzlich bitten möchte: den Ruknuddin in Sind, den Schahdschalal in Bengalen und den Burhanuddin in China. Mit Burhanuddin verbindet mich eine besondere Freundschaft. Er ist ein großer Reisender, der eine Klause in der Nähe des Hofes des chinesischen Kaisers bewohnt. Ein liebenswerter Gottsucher, der wie ich eine Schwäche für Süßigkeiten hat. Wenn er spricht, ist es, als wenn Gold von seinen Lippen tropft, und niemand kann seiner Überzeugungskraft widerstehen. Er gilt als Großmeister der fernöstlichen Sufis, und Ruknuddin und Schahdschalal sind seine Schüler. Alle drei sind in die Chiser-Mysterien eingeweiht und können Euch sicher besser helfen als ich einfacher Gottsucher, der sich mit solchen Geheimnissen nicht auskennt."

„Lieber Scheich", sagte Ibn Battuta tapfer, „lieber wäre es mir, nicht gar so weit reisen zu müssen! Aber wenn Ihr all dies für mich voraussehr, und es anders nicht gehen soll, so werde ich nicht zögern. Aber sagt mir, hat unser Meister Schasili denn wirklich keinen einzigen Hinweis darauf hinterlassen, wo er mit Chiser zusammengetroffen ist?"

Murschidi blickte einen Moment lang zu Boden, so als müsste er sich weit, weit zurückerinnern. „Seltsam sind die Wege des

Herrn", murmelte er. „Ich war noch ein Kind, als der alte Schasili auf seiner Reise gen Osten in unser Dorf kam, begleitet von seinem seltsamen Kammerdiener, der mir mit seiner unheimlichen Art immer Angst zu machen pflegte. Schasili war krank, von heftigem Husten geschüttelt, Blut spuckte er und mager war er zum Gotterbarmen. Er beschloss eine Rast einzulegen und blieb schließlich ein ganzes Jahr hier. Kurze Zeit vorher war mein Vater gestorben, und meine Mutter wusste nicht, wie sie mich und meine fünf Geschwister durchbringen sollte. Sie war daher froh, als Schasili sie bat, sich in unserem Haus gegen ein Entgelt einquartieren zu dürfen. Eine der drei Kammern in unserer Hütte wurde für ihn hergerichtet. Meine Mutter sorgte für ihn, bekochte ihn und seinen Diener, wusch seine Kleider. Als dann der Frühling kam, saß er stundenlang in der Morgen- und Abendsonne auf einer Bank vor unserem Haus. Ich setzte mich oft zu ihm und lauschte seinen Erzählungen. So lernte ich den großen Mann kennen. Seitdem bin ich nicht mehr von seinem Pfad abgewichen, habe später bei seinen Meisterschülern Mursi und Ibn Ata'allah gelernt und noch miterlebt, wie die Schasilijja in Ägypten zur größten Sufibruderschaft wurde. – Aber vergebt mir, ich schweife ab. Jedenfalls, obwohl meine Mutter ihn gepflegt hatte, war Schasili immer noch schwach, aber wenigstens ließen im Frühsommer dank ihres Honigtees endlich seine Hustenattacken nach, und so machte er sich wieder auf den Weg. *Nach Osten muss ich ziehen, zum Pol nach Osten*, wiederholte er immer wieder. Kein Zweifel, er wusste, dass er nicht zurückkommen würde. Ich war dabei, als er seinem Diener befahl, auf die Reise ein Seil, einen Eimer und Balsam zum Herrichten von Leichen mitzunehmen. Als der Diener ihn fragte, wozu dies geschehe, sagte Schasili: *In Humaisira wirst du verstehen!*"

„Humaisira?", fragte Ibn Battuta. „Wo ist das?"

„Mitten in der Wüste Oberägyptens, welche sich zwischen dem Nil und dem Hafen von Aisab am Roten Meer erstreckt. Wie man mir berichtet, kein besonders freundlicher Ort. Es gibt dort nichts als einen salzigen Brunnen und jede Menge Hyänen."

„Und was geschah mit Schasili?"

„Als Schasili und sein Diener dorthin gelangten, zog sich Schasili nachts zum Gebet zurück. Am nächsten Morgen fand ihn der Diener tot vor der Hütte auf der Erde liegen – der Erhabene erbarme sich seiner! Dem Diener blieb nichts anderes übrig, als seinen Leichnam zu waschen und auf der Stelle zu begraben. Was in jener Nacht mit Schasili geschehen ist, wer weiß es schon. Ich selbst bin niemals in Humaisira gewesen, aber man sagt, dass die Leute ein kleines Grabmal errichtet haben, zu dem sie aus den umliegenden Dörfern pilgern, um Schasili um Fürsprache zu bitten. Mag sein, dass er dem Chiser dort begegnet ist."

Immerhin, Ibn Battuta hatte nun eine Spur. Das war weniger, als er sich erhofft hatte, aber nun musste er eben nach Humaisira reisen, um am Grab des Schasili nach Hinweisen zu suchen, und wenn das nichts einbrachte, waren da die drei Heiligen des Ostens, die in die Chiser-Mysterien eingeweiht waren, und sicher gab es auch noch andere Sufimeister, die ihm weiterhelfen konnten.

Murschidi segnete und umarmte ihn zum Abschied. Der Alte hatte den jungen Ibn Battuta sofort ins Herz geschlossen. Einen kleinen Beutel gab er ihm mit auf den Weg. Ibn Battuta bestieg sein Maultier und wünschte Murschidi Lebewohl. Während er davonritt, schaute ihm der Heilige noch lange nach, um sich herum die Schar der Katzen, die Ibn Battuta reglos hinterherstarrten, als wüssten sie, welche gewaltigen Prüfungen ihn noch erwarteten und als seien sie froh, nichts damit zu tun zu haben. Als er außer Sichtweite der Einsiedelei war, öffnete er den Beutel. Murschidi hatte ihm honigbestrichene Kekse, Kandis und Pistazien eingepackt und auch ein paar Silbermünzen dazugelegt. Alles klebte unbekümmert aneinander, und Ibn Battuta musste lächeln.

Zehntes Kapitel

Worin Ibn Battuta auf der Straße nach Kairo einen seltsamen Gesellen trifft und auf dem Nil nach Süden fährt

Der Marktvogt Ibn al-Uchuwa hatte angeboten, Ibn Battuta den Schutz seiner Abteilung zu gewähren und ihn bis zum nächsten Nilhafen zu begleiten, wo er ein Boot nach Kairo besteigen wollte. Der Sommer war gekommen, und große Hitze lastete auf dem Land. Einen halben Tag bereits hatten sie ihre Tiere unter der sengenden Sonne über die staubige Straße geführt, als sie in einiger Entfernung eine Gestalt gewahrten, die sich ihnen mit sonderbaren Bewegungen näherte. Ibn Battuta wollte seinen Augen nicht trauen. Er konnte sich nicht erinnern, jemals einer seltsameren Erscheinung begegnet zu sein.

Der Mann, der Ibn Battuta in solches Erstaunen versetzte, bewegte sich hüpfend fort, brabbelte laut vor sich hin und schlenkerte unkontrolliert den Kopf hin und her. Hatte er zwei Sprünge vorwärts gemacht, hopste er einen wieder zurück. Sein dürrer Körper war in zerschlissene braune Lumpen gehüllt, die seine Gliedmaßen mehr schlecht als recht bedeckten. Nicht nur sein Bart war geschoren, sondern auch der Kopf und die Augenbrauen, was seinem Gesicht, wie Ibn Battuta mit einem Anflug von Ekel feststellte, einen ungemein hässlichen Ausdruck verlieh. Seine langen Genitalien baumelten wie Tentakeln gut sichtbar zwischen den Schenkeln. Durch die Eichel seines Penis war ein faustgroßer eiserner Ring gezogen.

Nur mit Mühe gelang es Ibn Battuta, die Fassung zu bewahren. Etwas atemlos wandte er sich zu Ibn al-Uchuwa: „Wer in Gottes Namen ist das denn? Wer wagt es, sich so skandalös aufzuführen?“

Ibn al-Uchuwa knirschte mit den Zähnen: „Einer der verfluchten Kalandar-Derwische! Sie sind eine Seuche in unserem Land, die verdammten Zottelfratzen!“

„Vergebt meine Unwissenheit, aber wer sind diese Kalandars?“

Der Marktvogt, sichtlich verlegen, holte tief Luft:

„Sie halten sich für Sufis – schamlose Verrückte, die sie sind!

Im Badehaus hörte ich, dass ihr Orden aus Persien stammt, wo er einst hohes Ansehen genoss, weil seine Mitglieder sich äußerst, ja übertrieben fromm benahmen. Sie wollten um jeden Preis vermeiden, als Heilige verehrt zu werden, denn sie hielten das für Götzendienst. Also beschlossen sie, ihre Frömmigkeit zu verbergen und nur noch die niedrigsten Arbeiten zu verrichten, die Kloaken zu reinigen und die Toten zu waschen, alles unreine Tätigkeiten, die bei ihren Mitmenschen höchstens Abscheu, aber keine religiöse Hochachtung erregen würden. Manche sagen, sie hätten den indischen Sadhus nachgeeifert, andere behaupten, sie wären dem Vorbild der griechischen Zyniker gefolgt. Wer vermag das schon zu entscheiden? Sicher ist hingegen, dass ihr Orden durch einen gewissen Mann namens Sawi zu dem herabsank, was Ihr vor Euch seht."

„Wie kann man sich selbst nur so entstellen?", wunderte sich Ibn Battuta.

„Das hat alles dieser Sawi zu verantworten! Er war der Erste, der sich den Kopf und die Brauen rasierte. Der Grund dafür war, dass eine Witwe einmal versuchte, ihn zu verführen."

„Die arme Frau muss ja gewaltig unter Geschmacksverirrung gelitten haben."

„Wartet nur ab, wie die Geschichte geht! Schon seit einiger Zeit hatte diese Frau Sawi in ihr Bett holen wollen – Gott beschütze uns vor der List der Frauen! Zu Sawis Unglück war sie so gerissen wie Potiphars Weib, das dem Joseph nachstellte. Unter einem hinterhältigen Vorwand lockte sie ihn in ihr Haus. Rums! fiel die Tür hinter ihm ins Schloss und die Witwe machte sich sofort über ihn her. Weil er sich ihrer nicht anders erwehren konnte, versprach er schließlich, ihrem Wunsch nachzugeben. Er wolle sich aber vorher waschen. Nun wollte es die göttliche Vorsehung, dass er ein scharfes Messer bei sich trug, und so scherte er sich im Badezimmer die Haare, den Bart und die Augenbrauen. Als die Frau das sah, widerte er sie an, und sie warf Sawi kurzerhand aus dem Haus. Seitdem führte er das Leben eines Eremiten und wurde weit und breit als ein heiliger Mann geehrt."

„Vergebt mir, die Geschichte ist unterhaltsam, aber doch etwas unglaubwürdig", sagte Ibn Battuta. „Wahrscheinlich war dieser Sawi von Geburt an hässlich und wälzte nur alle Schuld auf die Frauen ab."

„Jedenfalls glauben seine Nachfolger mittlerweile, sich alles erlauben zu können. Seht nur, was dieser Unglückliche mit seinem Genital angestellt hat, das ihm der allmächtige Gestalter besser nicht anerschaffen hätte können. Was für eine Verschwendung! Dabei müsst Ihr wissen, dass die Kalandars sich im Allgemeinen nicht gerade keusch benehmen. Die Frauen auf der Straße sind nicht vor ihnen sicher. In Kairo gibt es einen, der die hübschen Mädchen unsittsam anfasst und die Männer, wie es ihm gerade gefällt, mit seinem Stock prügelt. Die dumme Masse hält das für ein Zeichen von göttlicher Auserwähltheit und wagt nicht, sich zu wehren. Sogar die Mamlukenemire lassen sich verhöhnen. Letztens hat jener Kalandar einen Emir mit der Schuhsole weichgeprügelt und alles, was er als Vergeltung erfahren hat, war eine Einladung zum Tee. Eine Schande!"

Mittlerweile war der Kalandar bis an das Maultier Ibn Battutas herangekommen. Er hatte aufgehört, vor sich hin zu brabbeln. Wortlos starrte er Ibn Battuta an. Irgendetwas an dem Mann kam Ibn Battuta bekannt vor, er wusste nicht genau was. Plötzlich spuckte der Kalandar auf den Boden und schnitt eine grelle Fratze.

„BAAAH!", fuhr er Ibn Battuta an. „Vornehmer Herr, was? Aus fernem Land nach Ägypten gekommen, was? GOTT IST GROSS! GOTT IST GROSS! Kluger Herr, studierter Herr! Trägt die Kleidung eines Fakihs! Ich armer Kalandar, was weiß ich schon? ABER GOTT WEISS ES AM BESTEN! GOTT WEISS ES AM BESTEN!"

Ibn Battuta war peinlich berührt. Hatte er einen Geisteskranken vor sich? Wollte der tolle Strolch ihn beleidigen? Wild zuckte der speicheltriefende Mund des Kalandars.

„Dein Wissen ist größer als meines, aber im Vergleich zum Wissen des Allmächtigen ist es wie ein Tropfen Wasser im Meer! Hüte dich! Suche nicht nach dem, was du nicht begreifen kannst! HÜTE DICH! BAAAH!"

Er schlenkerte mit Armen und Beinen, sodass die Metallgegenstände klapperten, die an seinem Körper hingen, einschließlich des fatalen Reifs, der sich durch seine beeindruckende Männlichkeit bohrte.

„Achtet nicht auf den frechen Burschen, Ibn Battuta!", rief Ibn al-Uchuwa. „Er verdient Euer Ohr nicht. Wenn er nicht sofort das Maul hält, gebe ich meinen Soldaten Anweisung, ihn gehörig durchzuprügeln."

„Verdient Euer Ohr nicht“, äffte der Kalandar den Marktvogt nach. „Soso! Nicht so schnell die Herren! Ho-ho! Bevor mich deine Soldaten auch nur anrühren, habe ich sie in grunzende Schweine verwandelt!“

Die Soldaten, die hinter Ibn Battuta und Ibn al-Uchuwa angehalten hatten, fuhren zusammen. Offensichtlich waren sie abergläubischer als ihr Anführer.

Der zottelige Geselle starrte wieder Ibn Battuta an: „BAAAH! Was will der gelehrte junge Herr in Ägypten? Nichts Gutes, nichts Gutes, mir scheint's! Sucht nach Wissen, das er nicht begreifen kann, mir scheint's! Große Geheimnisse sind nichts für zarte Buben wie ihn! Was er sich nur dabei gedacht hat, der junge Herr, was er sich nur dabei gedacht hat? Was soll denn der Unfug? Chiser muss man sein, um am Wissen des Alleseinschließenden, des Allkundigen teilzuhaben!“ Er verdrehte die Augen in den Höhlen, sodass nur noch das Weiße zu sehen war, und fuhr in lautem Singsang fort: „Gepriesen-sei-Chiser, Beschützer-der-Reisenden! *T-S-M, H-M!* Chiser, grüner-Gesandter, lebst-ewig-strebst-ewig, ewige-Weisheit-nennst-du-dein-eigen! *T-S-M, H-M!* Was will der junge Herr hier?! Geh dahin zurück, wo du herkommst! GEH ZURÜCK! BAAAH!“

Ehe Ibn Battuta den Kalandar etwas fragen konnte – wusste er etwa von seiner Suche nach Chiser? –, war dieser mit herausgestreckter Zunge in seiner drolligen Art fortgehüpft. Ibn Battuta wandte sich um, um ihn zurückzurufen, doch mit einer Schnelligkeit, die man nicht vermutet hätte, war Kalandar schon hinter der nächsten Anhöhe verschwunden. Ein leichtes Gruseln erfasste Ibn Battuta, so als wäre der Gluthauch eines Dschinns über ihn hinweggezogen. Wortlos blickte er zurück und wusste nicht, wie ihm geschehen war.

Der Marktvogt Ibn al-Uchuwa grollte. „Eine Schande“, raunzte er, sichtlich verärgert darüber, dass der Lumpengeselle seine Autorität herausgefordert hatte. „Was befehlige ich nur für Weichlinge!“

Schließlich gelangten sie nach Samannud am Nil, wo Ibn Battuta ein Boot bestieg. Beim Abschied musste er versprechen, Ibn al-Uchuwa möglichst bald in Kairo aufzusuchen.

In einem der langmastigen Boote den Nil hinaufzusegeln, war ein Spektakel! Der Fluss, auf dem Ibn Battuta der glanzvollen Hauptstadt des Mamlukenreichs entgegenfuhr, war ein Bestiarium ganz eigener Art. Schare bunter Vögel nisteten an den Ufern, und das Wasser quoll von Fischen geradezu über. Bei einer kurzen Rast am ersten Tag der Schiffsfahrt war Ibn Battuta an Land gestiegen, um sich eines menschlichen Bedürfnisses zu entledigen. Gerade hatte er sich im flachen Wasser in Position gebracht, als einer der Bewohner des Dorfes, in dessen Hafen sie angelegt hatten, zu ihm ins Wasser gestürzt kam und sich in geringer Entfernung hinter ihm aufstellte, so als wollte er genau inspizieren, auf welche Weise Fremde aus dem Westen ihr Geschäft erledigten.

„Eine Impertinenz", schimpfte Ibn Battuta, als er auf das Boot zurückgekehrt war, „eine unverschämte Indiskretion! Sind das die berühmten ägyptischen Manieren?"

Der Kapitän sah ihn seelenruhig an und deutete stumm auf das gegenüberliegende Flussufer. Dort lagen, faul in der Sonne hingestreckt, Furcht erregende schuppige Untiere, dem Drachen nicht unähnlich, den der heilige Georg einst zur Strecke gebracht hatte.

„Ich flehe Gott um Schutz an! Was sind denn das für Monster?", stieß Ibn Battuta hervor.

„Krokodile, mein lieber Freund aus dem Westen", erklärte ihm der Kapitän heiter. „Die sind in der Lage, ein ganzes Pferd mit sich in die Tiefe zu reißen und zu verschlucken. Sei froh, dass die Ägypter so gastfreundlich sind! Der Mann vorhin hat sich dir als Krokodilspäher zur Verfügung gestellt, ein hierzulande üblicher Freundschaftsdienst. Die Viecher sind eine echte Plage!"

Boote aller Bauart und Größe, bunt bemalt und mit vielfarbigen Segeln, glitten den Fluss hinauf und hinab. Der Nil wurde auf beiden Seiten von Dörfern gesäumt, so dicht wie Perlen auf einer Schnur. Zur Gebetszeit musste das Boot nur einfach an der nächstbesten Stelle andocken und die Passagiere konnten bequem in die Moschee laufen. Jede der kleinen Uferstädte schien über einen eigenen Markt zu verfügen, auf dem man sich mit allem Notwendigen versorgen konnte. Der wasserreiche Fluss gestattete den Orten eine ausgedehnte Landwirtschaft. Das Delta und ganz Ägypten waren reich und satt – Ibn Battuta schien es, als habe er noch nie in seinem Leben so viel Wohlstand gesehen. Schließlich segelten sie am Abend des fünften Tages ihrer Reise an den Pyramiden von Gizeh vorbei. Linker Hand des Flusses erhoben sich ihre marmorverkleideten Spitzen dunkel gegen den von der untergehenden Sonne blutrot gefärbten Himmel. Eine leichte Abendbrise beendete die Hitze des Tages, und wenig später legte das Schiff im Hafen von Kairo an. Kairo, genannt die Mutter der Welt.

Elftes Kapitel

Worin Ibn Battuta in Kairo ein Badehaus besucht und durch einen Holzverschlag hindurch eine denkwürdige Bekanntschaft macht

Seitdem die Mongolen die alte Kalifenresidenz Bagdad zerstört hatten, gab es für die Nilmetropole keinen ernst zu nehmenden Konkurrenten mehr. Hell strahlte ihr Ruhm bis in die entferntesten Winkel der bewohnten Erdzonen, denn die mächtigste Dynastie der islamischen Welt hatte Kairo zu ihrer Hauptstadt erkoren.

Ihren legendären Ruf als Kriegsmacht hatten die Mamluken erworben, indem sie den Mongolen Einhalt boten. Die plündernden Horden des Großkhans waren auf ihren kleinen und wendigen Pferden schon bis Damaskus vorgedrungen. Erbarmungslos hatten sie alles niedergemetzelt, was sich ihnen in den Weg stellte. In Kairo erzählte man sich immer noch mit Schaudern, dass sie in Persien und weiter östlich ganze Städte dem Erdboden gleichgemacht hatten. Waren sie auf Widerstand getroffen, hatten sie die Frauen vergewaltigt und ihnen anschließend die Bäuche aufgeschlitzt, die Männer hatten sie zu Hunderten geköpft und dann die Schädel vor den Toren der eroberten Städte zu Hügeln aufgetürmt. Ob die Mongolen von Natur aus besonders grausam waren oder ob sie nur von vornherein jeglichen Widerstand brechen wollten, wer wusste es schon. Als letzte Streitkraft, die den mongolischen Vormarsch nach Westen aufzuhalten imstande war, hatten sich ihnen die Mamluken entgegengestellt. In einer blutigen Schlacht an der Goliathquelle in Palästina hatten sie die zentralasiatischen Kriegerscharen zurückgeschlagen – und somit Afrika vor der Verwüstung bewahrt.*

Seitdem galten, wenigstens in den westlichen Ländern Nordafrikas, die Mamluken als die Retter des Islam. Während in Persien sich die Nachfolgedynastien der Mongolen in inneren Zwistigkeiten verfingen und an Macht einbüßten, erschufen die

* Diese Schlacht fand am 3. September 1260 statt (Anm. des Übersetzers).

Mamluken einen straff organisierten Staat aus entführten Sklavenjungen. Die Militärakademie in der Saladin-Zitadelle schulte die Jungen zu stahlharten Kämpfern, die ihren Herren bedingungslos ergeben waren und die, wenn sie selbst zu Herren wurden, von ihren Soldaten ebensolchen sklavischen Gehorsam erwarteten. Ibn Battutas gelehrte Tante Sara hatte das mamlukische Herrschaftswesen einmal als die Oligarchie verloren gegangener Kinder bezeichnet.

Noch am Flusshafen von Kairo mietete sich Ibn Battuta einen Kamelführer, der ihn mitsamt seinem Gepäck zum Haus des Marktvogts Ibn al-Uchuwas geleitete. Dieses befand sich inmitten des alten Kairo, in unmittelbarer Nähe der Prachtstraße, welche *Zwischen den Palästen* genannt wurde. Die Mamlukenherrscher hatten hier prunkvolle Moscheen und Grabschreine errichten lassen. Sich voller Staunen nach allen Seiten umschauend, ritt Ibn Battuta vorbei an den rotweißgestreiften Fassaden der Gotteshäuser, den mit Stalaktitengewölben verzierten Eingangstoren und den so himmelhohen wie zierlichen Minaretten. Alles war wie von Riesen gebaut – kunstfertigen Riesen. Die Moscheen, Medressen und Mausoleen waren über und über mit kostbaren Marmormosaiken versehen, die in ihrer strengen Geometrie nur wenig mit der verschlungenen Vielfalt der marokkanischen Stuckverzierungen gemeinsam hatten. In schwindelnder Höhe waren an den Fassaden Kalligraphiebänder angebracht, deren lang gestreckte Buchstaben in stolzer Vertikalität über sich selbst hinauszuzeigen schienen.

Im Chanulchalilibasar, der sich von hier aus in alle Himmelsrichtungen erstreckte, herrschte wüstes Gedränge. An Ketten wurden Kolonnen weißer, blondschopfiger Sklaven jeden Alters durch die Gassen geführt. Schwarze Diener balancierten ausladende Tabletts mit Kaffee und Süßigkeiten darauf. Männer mit spitzen roten Hüten trugen große Wasserschläuche auf dem Rücken, klapperten mit Blechschellen und verkauften den Durstigen in silbernen Bechern Wasser. An den Straßenecken saßen Astrologen und boten Horoskope feil, nebst anderen magischen Schriftstücken. Ein Geruch von Harisa-Fleischsuppe, Zulabijja-Mandeltörtchen und frittiertem Fisch waberte durch die Luft. Lautstark priesen Händler ihre Waren an. Vereinzelt bekam man auch Fakihs zu Gesicht, die gemessenen Schritts ihre Talare durch den Markt spazieren trugen, und gelegentlich tauchte ein Kalandar-Derwisch in der Menge auf. Ibn Battuta fühlte sich an das Gewirr auf dem Abbasidenplatz in Fes erinnert, doch im Unterschied zu Fes atmete Kairo den Duft der weiten Welt.

Ibn al-Uchuwa besaß ein schmuckes kleines Palais in einer Seitengasse des Basars. Gerade erst war er, den Staub noch auf den Kleidern, zu Pferde von seiner Mission aus dem Deltagebiet zurückgekehrt. Er hieß Ibn Battuta überschwänglich willkommen, wies ihm sogleich ein Gästezimmer im Erdgeschoss zu und lud ihn zur Erfrischung zu einem Besuch ins Badehaus ein.

„Ihr müsst wissen, junger Freund", begann er, als sie aus dem Haus und auf die Allee *Zwischen den Palästen* traten, „dass mein Amt eine der angesehensten öffentlichen Stellungen ist. Im Sultansgericht sitze ich gleich neben den Richtern der vier großen Rechtsschulen zu Seiten des Sultans. In letzter Zeit, leider kann ich es Euch nicht verheimlichen, war das Amt des Marktvogts käuflich geworden und wurde nicht mehr nach Ansehen und gutem Ruf vergeben ... Gott sei gelobt, dass ich nun an die Reihe gekommen bin. Der Sultan steht mir sehr nah ..."

Ibn al-Uchuwa war ein zwar eitler, aber überaus würdiger und honetter Mann, der ganz seiner Tätigkeit hingegeben war, wenn vielleicht auch mehr von einem Gelehrten in ihm steckte als von einem tatkräftigen Polizeichef.

„Ihr müsst mir unbedingt im Detail erläutern, welche Ingredienzien die Wurstmacher im Markt von Fes verwenden", sagte er unvermittelt zu Ibn Battuta, als sie gemeinsam durch die appetitlich duftende Fleischergasse im Chanulchalilibasar schlenderten. „Ich bin nämlich im Begriff, ein großes Handbuch zu verfassen, in dem sämtliche auf dem Markt ausgeübten Berufe aufgeführt werden, von den Bäckern und Konfiteuren über die Verkäufer von gegrillter Leber, gekochten Schafsköpfen und eingelegtem Gemüse bis hin zu den Apothekern, Wollspinnern, Geldwechslern, Schuhmachern, Goldschmieden, fahrenden Ärzten und Zahnziehern, Astrologen, Briefeschreibern und allen anderen denkbaren Gewerben. Für jeden einzelnen Beruf werden in meinem Buch strikte Verhaltensregeln niederlegt. Der Vergleich mit den Sitten in anderen Ländern ist da höchst aufschlussreich!"

Ibn Battuta erschien Ibn al-Uchuwas Unternehmen etwas utopisch, aber durchaus unterstützenswert. Nur wer die Herstellung von Esswaren genau überwachte, konnte Epidemien verhindern.

„Das Wurstmachen", sagte er daher so bedauernd wie höflich, „war an der Moscheeschule der Leute aus Kairuan leider nicht Bestandteil des Kurrikulums, höchstens das Wurstverspeisen. In der Medresse gab es einmal ein legendäres Wurstwettessen zwischen den Studenten." Ibn Battuta konnte sich gut erinnern, dass Achmad sich bei jener Gelegenheit besonders hervorgetan hatte.

Während sie sich so unterhielten, erreichten sie den Eingang zum berühmten Sultanshammam, einer der bekanntesten Badeanstalten Kairos. Im Vorraum, der nur von wenig Licht erhellt wurde, saß hinter einem Kontor ein zahnloser Alter, der das Eintrittsgeld entgegennahm – feixend tat er so, als überprüfe er mit seinen Zähnen die Echtheit der Münzen. Sie entledigten sich ihrer Sachen, welche der Alte gegen ein Trinkgeld verwahrte, und betraten dann, ein großes Handtuch um die Lenden, das mit prunkvollen Kacheln ausgelegte Innere des Bads.

Im ersten Raum, der nur leicht geheizt wurde, verbrachten sie gerade genug Zeit, um ihren Kreislauf anzuregen. „Was mir jedoch am meisten Sorge macht, mein lieber Ibn Battuta", nahm Ibn al-Uchuwa ihr Gespräch wieder auf, während sie durch den mittleren Raum, den etwas wärmeren Waschraum, in den Heizraum schritten, „ist weniger die Qualität der Wurstwaren als vielmehr die nachlassende Moral der Kairiner. Was in den dunklen Hinterzimmern mancher Waschanstalten vor sich geht, will ich Euch lieber verschweigen."

Ibn Battuta schöpfte er aus einem steinernen Becken heißes Wasser, goss es sich über den Körper und ließ sich behaglich auf die erwärmten Kacheln nieder. Feuchter Dampf stand in der Luft. In das schummrige Halbdunkel fiel durch eine sternförmige Öffnung im Kuppeldach ein schmaler Lichtstrahl.

Badehäuser gaben ihm stets das beglückende Gefühl, in einem Zwischenbereich angekommen oder vielmehr in einen solchen zurückgekehrt zu sein. Verschwommen geisterten Bilder nackter Frauen durch seinen Kopf. Er erinnerte sich nicht ohne eine gewisse Erregung (auf die er, damit sie sich nicht auswuchs, für einen Moment seine Konzentration verwenden musste), wie er als kleiner Junge von Mutter und Tante regelmäßig ins Badehaus mitgenommen wurde. Jedes Mal, wenn er sich ins Hammam begab, weckte der Zustand zwischen hell und dunkel, außen und innen, trocken und nass, ja zwischen männlich und weiblich jene süße Erinnerung der Nähe zum anderen Geschlecht, jenes vage Gefühl, im Herzen der Dinge angelangt zu sein. Jedoch wusste Ibn Battuta nur zu gut, worauf Ibn al-Uchuwa anspielte. Manche Männer pflegten im Hammam, von dem man sagte, es sei der Lieblingsaufenthaltsort der Dschinn, mehr miteinander zu verhandeln, als es das Waschprotokoll vorsah.

Zwei Badehausgehilfen waren in der Zwischenzeit zu ihnen getreten und begannen nun, sie mit Olivenseife von Kopf bis Fuß einzuschäumen. „Was soll ich Euch sagen", fuhr Ibn al-Uchuwa fort, eine weiße Krone auf dem Kopf, „selbst auf offener Straße werden hier täglich die unmoralischsten Dinge verbrochen. Ständig müssen meine Agenten einschreiten, weil junge Männer ungeniert mit unverheirateten Frauen ihre Scherze treiben. Häretische Prediger und die verdammten Kalandars verbreiten ketzerisches Gedankengut, und die dummen Massen sitzen ihnen zu Füßen und hören gebannt zu. Stellt Euch vor: Auf dem Qarafa-Friedhof benutzen die Prostituierten die Grabkapellen, um sich dort mit ihren Freiern einzuschließen!"

„Auf dem Friedhof sagt Ihr?" Der Badehausgehilfe goss einen Eimer warmes Wasser über Ibn Battuta aus, sodass er nach Luft schnappte. „Ich dachte, die Friedhöfe in Ägypten seien vielmehr Wohnorte der Sufis?"

Ibn al-Uchuwa nickte, während die Waschdiener nun darangingen, ihnen mit groben Basthandschuhen in stetiger, kreisender Bewegung über die Haut zu fahren und den Talg aus den Poren zu treiben, eine schmerzvolle, aber äußerst angenehme Prozedur. „Was soll man sagen: Leider sind dort, wo es sündhaft zugeht, die Sufis nie fern, unser alter Freund Murschidi verzeihe mir meine Worte. Der Qarafa-Friedhof ist ein rechter Hort der Unmoral! Dort liegen aber auch viele Heiligengräber, und die Sufikonvente haben sich deshalb ganz in der Nähe angesiedelt. Wenn die Einwohner von Kairo am Freitag zum Friedhof spazieren, um an den Heiligengräbern um Fürsprache beim göttlichen Richter zu bitten, gehen sie häufig auf dem Rückweg bei den mystischen Brüdern vorbei, um sich spirituellen Rat einzuholen und im Gegenzug Almosen zu verteilen."

Sie kehrten nach einem letzten Waschgang in den mittleren Raum zurück und streckten sich bäuchlings auf den Kacheln aus, wo sie nun massiert wurden.

„Erlaubt mir die Frage, werter Marktvogt", sagte Ibn Battuta unter dem Klatschen kräftiger Hände auf seiner Haut, „wenn die Menschen mit dem Sultan und seinen Rechtsgelehrten und Theologen zufrieden wären, würden sie sich dann so sehr an die Sufibrüder halten?"

„Man kann jedenfalls nicht sagen", grunzte Ibn al-Uchuwa, „dass der Sultan sich nicht um seine Untertanen bemüht! Nehmt nur das hiesige Krankenhaus zum Beispiel! Es gibt dort verschiedene Abteilungen, die sich auf je eine Krankheitsgruppe spezialisieren, daneben verfügt der Bau über einen Vorlesungssaal und Laboratorien. Auf jedem der langen Korridore sind mehrere Küchen und Bäder mit fließendem Wasser verteilt. Jedermann, ob Mann oder Frau, reich oder arm, einheimisch oder fremd, wird in das Krankenhaus aufgenommen und in ihm versorgt, unabhängig von Rang oder Abstammung. Jeder, der es verlässt, erhält als Geschenk Kleidung und ein wenig Geld. Wenn das nicht von herrscherlicher Fürsorge spricht, was dann?"

„Das ist alles höchst beeindruckend, lieber Ibn al-Uchuwa, doch Ihr wisst so gut wie ich: Des Menschen Wohlbefinden misst sich nicht nur an seiner körperlichen, sondern vielmehr auch an seiner geistigen Hygiene."

Ibn al-Uchuwa stöhnte auf. Ibn Battuta wusste nicht, ob er einen Nerv getroffen hatte oder ob es der Masseur gewesen war. „Natürlich habt Ihr recht, und mit Letzterem steht es nicht gerade zum Besten in dieser Stadt. Ich kann nicht leugnen, dass die Mamluken daran ihr Scherflein Schuld mittragen. Vom Alkohol, der in Kairo in Strömen fließt, will ich gar nicht sprechen. Erst neulich musste ich am helllichten Tag einen betrunkenen Emir vom Pferd holen und in aller Öffentlichkeit auspeitschen lassen."

In diesem Moment stürmte einer der Agenten Ibn al-Uchuwas ins Bad. Er war vom Laufen völlig außer Atem, Schweißperlen standen ihm auf der Stirn. „Herr", sagte er nach Luft schnappend, „es gibt Ärger unten am Hafen! Ein Kalandar ist auf eine Galeere des Sultans vorgedrungen und hat die gesamte Ladung an Weinamphoren zerschlagen. Ich glaube, Ihr solltet Euch das ansehen!"

Ibn al-Uchuwa sprang sofort auf die Beine, wobei ihm beinahe sein Handtuch von den Lenden gerutscht wäre, und verabschiedete sich unverzüglich von Ibn Battuta. „Ich sehe Euch später", rief er ihm zu, „wenn ich mit diesem verdammten Kalandar fertig geworden bin! Vielleicht fallen Euch bis dahin ja noch ein paar Rezepte aus Marokko ein!" Und schon war er in den Dampfschwaden des Bades verschwunden.

Ibn Battuta fand sich rundum erholt und ziemlich hungrig vor der Azharmoschee im Herzen der Stadt wieder. Die geschmackvolle Schlichtheit des alten Gebäudes stand in reizvollem Kontrast zu dem Prunk der sie umgebenden Mamlukenbauten. Da jedoch die Zeit des Abendgebets noch nicht gekommen war, beschloss er, seinen Spaziergang durch die Stadt noch weiter fortzusetzen. Etwas weiter südlich kam er unvermittelt auf den Sklavenmarkt. Das Los dieser armen Menschen erregte sein Mitleid. Wie Vieh wurden sie angeboten und verkauft. Zwar sanktionierte der Koran den Besitz von Sklaven, doch er hob auch an mehreren Stellen hervor, dass ihre Freilassung ein besonders lobenswertes Werk war.

Ibn Battuta hatte, dem Gefeilsche der Händler und Käufer zuhörend, bald herausgefunden, dass die großen und kräftigen Sklaven aus den afrikanischen Ländern am begehrtesten waren. Sie gaben als Kastraten hervorragende Haremswächter ab, und unverschnitten wurden sie als Leibgarden geschätzt. Auch die jungen Mädchen und Männer aus den zentralasiatischen und slawischen Gebieten standen hoch im Kurs. Vereinzelte christliche Kriegsgefangene aus den Ländern der Franken waren hingegen nicht sonderlich beliebt. Sie galten als störrisch und dumm. Ibn Battuta musste unwillkürlich daran denken, dass vor nicht allzu vielen Jahren seine Mutter an diesem tristen Ort zum Verkauf angeboten wurde.

Aja! Schmerzlich durchfuhr ihn die Erinnerung an die traurigen Umstände, in denen er zu seiner Reise aufgebrochen war. Eingekeilt in der Menschenmenge, die den Basar bevölkerte, und von links wie von rechts dem aufdringlichen Geschrei der Händler ausgesetzt, fühlte er sich auf einmal etwas benommen. Er war schon lange zu Fuß unterwegs, und der Tag war warm und schwül. Von der Hauptstraße zog er sich in eine der seitlichen Parallelgassen zurück und setzte sich, um etwas auszuruhen, an der Rückwand einer der großen Holzbuden nieder, in denen Sklaven verkauft wurden.

Plötzlich drang durch die Holzwand ein leises Schluchzen an sein Ohr. Er beugte sich näher an die Wand heran. Es war die Stimme einer Sklavin, die, von leisem Weinen unterbrochen, ein Gebet sprach. Ibn Battuta wollte seinen Ohren zunächst nicht trauen, doch zweifelsohne betete die Sklavin in der Sprache seiner Mutter, jenem weichen Dialekt der Wolga, und mehr noch: Ihr Bitten und Flehen galt dem heiligen Georg Drachentöter, jenem unsterblichen Frühlingsboten, von dem ihm vor Jahren seine Mutter erzählt hatte!

„Lieber heiliger Georg!“, hörte er das Mädchen sagen, „beschütze mich vor dem Drachen, der mich verschlingen will! Befreie mich aus seinen Klauen und lass mich zurückkehren an den Ort meiner Kindheit am großen Fluss. Auch bitt‘ ich dich, behüte meine Familie, die ich zurücklassen musste. Wie es ihnen wohl ergangen ist? Ach Gott, mein Herz ist voller Angst! Hilf, lieber Georg, hilf mir armem Mädchen!“

„He da!“, flüsterte Ibn Battuta, den Mund eng an die Wand der Bretterbude gelegt.

Erschrockenes Schweigen auf der anderen Seite.

Ibn Battuta fuhr fort: „Wer seid Ihr, und wie kommt es, dass Ihr den heiligen Georg anruft? Woher kennt Ihr ihn?“

Stille. Dann, in einem Ton, der viel stolzer und forscher war, als das zuvor Gehörte hätte erwarten lassen, kam die Antwort:

„Wer ich bin? Warum sollte ich wohl einem fremden Mann, der mich ohne Scham in meinem Gebet stört, auf diese Frage antworten? Wie lange er mich wohl schon belauscht hat? Wäre es nicht an ihm, sich vorzustellen und mir zu erklären, warum er meine Sprache spricht, anstatt dass er sich noch weiter in Dinge einmischt, die nur mich angehen?“

„Keine Sorge“, erwiderte Ibn Battuta, „ich höre Euch erst seit einem Augenblick zu, und was mich betrifft, ich stamme aus dem fernen Westen und beherrsche Eure Sprache, weil sie die meiner Mutter ist, die eine Sklavin von der Wolga war, bevor sie mein Vater freiließ und zur Frau nahm.“

Das Mädchen hinter der Holzwand seufzte. „Auch ich wurde von dort verschleppt ... Nur werde ich nicht freigelassen und geheiratet. Dieser widerliche Menschenhändler – zum Teufel mit ihm! Ich bin bereits verkauft wie eine Stopfgans und werde morgen früh von meinem neuen Herrn abgeholt. Nach Persien soll ich ihn begleiten! Sollte ich mich da nicht fühlen wie die Prinzessin, nach der sich der Drache schon die Lefzen leckt? Nur dass in meinem Fall wahrscheinlich kein heiliger Georg erscheinen wird, um dem fetten Schacherer und seinem geilen Perser eine Lanze durch den Wanst zu bohren! Ich nehme doch zu Recht an, dass Ihr nicht der heilige Georg seid? Wenn doch, dann lasst Euch gesagt sein: Es ist höchste Zeit, etwas zu unternehmen!"

Ibn Battuta lachte über die Schimpfkanonade. „Recht habt Ihr! Diese Heiligen, nie sind sie da, wenn man sie braucht! Auch ich bin auf der Suche nach einem Heiligen, von dem niemand weiß, wo er zu finden ist. Wir sollten beide standhaft bleiben und daran glauben, dass Rettung nah ist! Leider kann ich Euch nicht helfen, aber ..."

Er hielt inne. Wie seltsam es war, in dieser dunklen Seitengasse Kairos, an eine Holzwand gelehnt, mit einer Unbekannten ein Gespräch in der Sprache seiner Mutter zu führen! In dem Mädchen hinter dem Verschlag meinte er auf einmal Aja wiederzuerkennen: So musste sie vor etwas weniger als fünfundzwanzig Jahren gewesen sein. Einem unerklärlichen Impuls folgend, entnahm er seinem Gewand das eiserne Kreuz seiner Mutter.

„Hier", sagte er und schob das Kreuz unter der Holzwand hindurch. „Nehmt dies zum Andenken an unsere seltsame Begegnung! Ich hoffe, es bringt Euch Glück!"

Es dauerte eine kleine Weile, bis sie es endlich auf ihre Seite hinübergezogen hatte. Offensichtlich war sie überrascht.

„Was soll man davon halten?", hörte er sie sagen. „Ihr werdet mich ja kaum jemals wiedersehen, da ich morgen in ein fernes Land aufbreche, um für den Rest meines Lebens ein jämmerliches Dasein im Harem eines feisten muslimischen Prinzen zu fristen." Ihre Stimme wurde leiser. „Ich kann Euch nichts zum Dank anbieten, lieber Herr, es sei denn, einen Platz in meinem Herzen. Den will ich Euch freihalten. In einem Moment großer Not habt Ihr etwas Licht in meine Finsternis gebracht. Vielleicht seid Ihr ja doch der heilige Georg." Plötzlich, wieder mit Stolz in der Stimme, sagte sie: „Nun geht aber, schnell, und mit Gott!"

„Mit Gott und in Frieden!", antwortete Ibn Battuta, stand auf und ging davon.

Auf dem Rückweg zum Haus Ibn al-Uchuwas dachte er verwundert über das Geschehene nach. Er hatte das Mädchen noch nicht einmal nach ihrem Namen gefragt.

Zwölftes Kapitel

Worin Ibn Battuta mit einem syrischen Mönch seltsame Gespräche führt und zum Grabmal des Schasili reist, wo er eine wichtige Lektion lernt

Die Zalladsch, auf der Ibn Battuta den Nil hinauf nach Süden segelte, bot etwa einem Dutzend Passagieren Platz. Neben dem knarrenden Mast, im Schatten des anmutig geschwungenen dreieckigen Segels, hatte sich ein schon etwas älterer christlicher Mönch niedergelassen. Sein von der Sonne gebräuntes Gesicht wurde von einem mächtigen grauen Bart und weißen Augenbrauen beherrscht, und auch aus den Ohren und der Nase wuchsen ihm Erfurcht gebietende Haarbüschel. Seine graue Kutte wurde in der Hüfte von einer einfachen Hanfkordel zusammengehalten. Er genoss die Nilfahrt sichtlich, doch war sein Verhalten höchst merkwürdig. Ibn Battuta hatte ihn bereits einige Male dabei beobachtet, wie er ein ledernes Säckchen aus der Brusttasche fischte, ihm einen fingergroßen Knochen entnahm, den er mit Rührung in den milchig getrübten Augen küsste und dann sorgsam wieder in den Beutel unter seine Kutte steckte. Der Mann wirkte dabei so zufrieden und satt, als hätte er ein köstliches Zuckergebäck genossen. Er schien eindeutig nicht ganz bei Sinnen zu sein.

„Entschuldigt meine Neugier", sprach Ibn Battuta ihn schließlich an und setzte sich zu ihm. „Darf ich fragen, wie Ihr heißt, werter Scheich, und woher Ihr kommt?"

„Gottes Segen auf dich, junger Freund!", gab der Mönch zurück. „Mein Name ist Anton, und ich komme aus dem Kloster des heiligen Georg in den syrischen Bergen. Und wer seid Ihr?"

„Ibn Battuta, Reisender aus Marokko, der allhörende Erhörer vergelte Euch den frommen Wunsch. Wenn Ihr erlaubt, Meister, was führt Euch nach Oberägypten?"

Die buschigen weißen Augenbrauen des Mönches schossen nach oben. „Etwas ganz Außergewöhnliches, mein junger Freund, etwas wirklich Wunderbares! Meine Mission ist die Vorhaut des heiligen Athanasius. Ich soll sie im Kloster in Edfu abholen und nach Syrien bringen."

Ibn Battuta räusperte sich und senkte die Stimme. „Sagtet Ihr

Vorhaut?“ Zu dem Stichwort fielen ihm nur ein kurzsichtiger Drogist und ein Berg Süßigkeiten ein, nicht aber christliche Devotionalien.

„Es betrübt mich, dass Ihr über den Patriarchen Ägyptens nicht unterrichtet seid“, sagte der Mönch. „Athanasius, Gott sei ihm gnädig, war der Gründer des ersten Wüstenklosters in Ägypten, ein großer Wundertäter, den Säulenheiligen Syriens durchaus in nichts nachstehend.“

„Den Säulenheiligen Syriens?“ Der Mönch sprach in Rätseln.

„Ja, Säulenheilige, Styliten auf Griechisch, großartige Asketen waren das, die sich, um der Welt zu entfliehen, auf das Kapitell alter römischer Säulen zurückzogen und dort für lange Zeit ausharrten, Sturm und Regen und Sonne trotzend, allein um ihres Schöpfers Lob zu singen! Der heilige Simon zum Beispiel verbrachte ganze dreißig Jahre auf seiner Säule. Er sah dabei zu, wie die Gläubigen, die in immer größeren Scharen zu ihm pilgerten, ja ihn wie ein Ozean umbrandeten, über seiner Säule eine herrliche Basilika errichteten!“

Ibn Battuta fragte sich, ob der Stylit, den er in Alexandria gesehen hatte, mittlerweile von seiner Säule heruntergekommen war. Die Schergen Ibn al-Uchuwas hatten ihm sicherlich eine ordentliche Tracht Prügel verabreicht. Wenn sie nicht vorher davongelaufen waren.

Er räusperte sich erneut. „Was wollt Ihr denn mit der Vorhaut jenes Athanasius?“

„Anbeten werden wir sie, die heilige Reliquie, sie soll uns mehr wert sein als alles Gold und Silber dieser Erde zusammen!“

Das wurde ja immer abenteuerlicher. „Was soll das überhaupt sein, eine Reliquie?“

„Reliquien sind die sterblichen Überreste der unsterblichen heiligen Märtyrer unserer Glaubensgemeinde. Ihr müsst wissen, dass das Christentum, gerade zur Zeit seiner Entstehung, unter furchtbarer Verfolgung litt. Viele edle Männer gaben ihr Leben, nur um ihrem Glauben nicht abschwören zu müssen. Ihre Knochen, Haare, Innereien und Ähnliches werden von uns seitdem aufbewahrt und zur Verehrung ausgestellt. Sie transportieren unsere Gebete in den Himmel.“

Ibn Battuta war erleichtert, dass er als Muslim keine Vorhaut anbeten musste. „So etwas wie Reliquien gibt es im Islam nicht.“

Der alte Mönch lächelte Ibn Battuta milde an. „So spricht nur ein junger, dem Verstande zugeneigter Mann, der von den Mysterien der Religion nichts versteht. Ich sehe es Euch nach. Aber lasst Euch gesagt sein, Reliquien gibt es durchaus auch bei euch Muslimen. Denkt nur an den Kopf des Husein in Kairo!"

Anton hatte Recht. In einer mamlukischen Moschee in Kairo wurde der Schädel Huseins ausgestellt, des Enkels des Propheten. Ibn Battuta hatte es selbst gesehen.

„Das ist die Ausnahme", wand er sich. „In den Schreinen unserer Heiligen werden sonst aber keine zerstückelten Leichname, sondern nur in einem Stück begrabene Körper verehrt. Im Übrigen gilt die Heiligenanbetung den Religionsgelehrten des Islam als ausgesprochen verdächtig. Es besteht die Befürchtung, der Mensch könne sich vom Unvergleichlichen abwenden und stattdessen die Heiligen vergöttern."

„Wenn Ihr gestattet, junger Freund", sagte der Mönch und legte Ibn Battuta eine Hand auf den Arm, „hierin scheint mir ein überaus gewichtiger Unterschied zwischen unseren Religionen zu liegen."

„Ihr könnt offen mit mir sprechen, Meister Anton, ich will Euch nicht verheimlichen, dass meine Mutter Christin war und ich den Lehren des Propheten Jesus durchaus offen gegenüberstehe."

„Nun, das ist erfreulich. Ich will meinerseits bekennen, dass mir die Distanz zwischen Gott und dem Menschen im Islam allzu groß erscheint! Und keine Heiligen oder Propheten gibt es, in denen der göttliche Funke sich den Menschen auf Erden offenbart! Wie soll man da als Mensch nicht verzweifeln? Jesus Christus hingegen war Gott und Mensch zugleich. Durch ihn ist Gott in die Welt gekommen."

„Genau das ist es, verehrter Meister Anton, was mir so widersinnig erscheint: dass Jesus für euch Christen Mensch und Gott gleichzeitig ist. Der Koran aber sagt: ﴾Gott will es Euch leicht machen, denn der Mensch ist ein schwaches Geschöpf﴿. Die christliche Dreieinigkeit hingegen bleibt mir unbegreiflich. Wie heißt es im Koran: ﴾Es gibt nur einen einzigen Gott, fern von Ihm, dass Er einen Sohn hat!﴿."

Der alte Mönch schien sich von Ibn Battutas Worten nicht im Geringsten angegriffen zu fühlen. Versonnen wandte er den Blick auf die an ihnen vorüberziehenden Nilauen, die in der Abenddämmerung golden leuchteten.

„In der Tat“, sagte er leise, „ist Jesu Göttlichkeit das große Mysterium des christlichen Glaubens. Unsere Gelehrten zerbrechen sich darüber schon seit Jahrhunderten den Kopf. Aber fordert Gott von uns nicht, dass wir an Wunder glauben müssen? *Ist Christus nicht auferstanden, so ist euer Glaube eitel*, sagt der Apostel Paulus.“

Ibn Battuta beschloss, es hierauf beruhen zu lassen. „Ich habe Euch übrigens beobachtet, wie Ihr vorhin einen Knochen geküsst habt. Wenn Ihr gestattet, was hat es damit auf sich?“

„Das, lieber Freund, ist der Mittelfinger des heiligen Georg.“

„Den Ihr gegen die Vorhaut des Athanasius einzutauschen gedenkt?“

„Ganz genau. Ein hervorragendes Geschäft für unser Kloster. Vom heiligen Georg haben wir eine ganze Reihe von Reliquien. Der Mittelfinger ist da entbehrlich. Etwas von Athanasius wird sicher viele Pilger anziehen.“

„Der heilige Georg ist mir wohlbekannt. Meine Mutter, der Auferwecker habe sie selig, erzählte mir früher oft die Geschichte seines Kampfes gegen den Drachen. Aber erklärt mir eins, lieber Anton: Wenn der heilige Georg, wie meine Mutter mir versicherte, unsterblich ist und noch unter uns weilt, wie könnt Ihr da eine Reliquie von ihm mit Euch durch die Welt tragen?“

Anton sah Ibn Battuta an und strich sich vergnügt den Bart. „Ein Wunder, mein Freund, ein Wunder.“

Drei Tage hinter Luxor, vorbei an den mächtigen Pylonen und Lotussäulen verlassener Pharaonentempel, gelangten sie nach Edfu. Von dort schloss sich Ibn Battuta einer Karawane an, die durch die Wüste des östlichen Oberägypten zur Küstenstadt Aisab am Roten Meer zog. Der Weg führte durch eine eintönige, hügelige Sand- und Felsenlandschaft. In der Nacht wachten sie reihum, um sich die Hyänen vom Hals zu halten.

Am zehnten Tag kam ihnen eine mamlukische Reiterschar entgegengesprengt, die schlechte Nachricht aus Aisab brachte. Kriegerische Badschat-Nomaden hatten sich gegen den in Aisab residierenden Gouverneur erhoben. Die mamlukischen Reiter waren auf der Flucht vor den ihnen nachsetzenden Truppen. Der Weg war nicht länger sicher. Nach kurzer Beratung beschlossen die Händler, nach Edfu zurückzukehren. Vergebens versuchte

Ibn Battuta, die angsterfüllten Männer umzustimmen. Schließlich sah er sich gezwungen allein weiterzureiten. Das war nicht ungefährlich, denn zum einen konnte er den Badschat in die Hände fallen, zum andern war es ein Leichtes, sich auf dem Weg nach Humaisira, das etwas abseits der Route nach Aisab lag, zu verirren. Aber er ließ sich nicht abhalten.

Wie ihm die Händler beim Abschied eingeschärft hatten, lenkte er sein Kamel nach einem halben Tagesritt südwärts in ein weites Tal, an dessen Ende, wie er hoffte, Humaisira lag. Jedoch schon nach kurzer Zeit hatte er die Orientierung verloren. Das Tal, offensichtlich nicht jenes, von dem die Händler gesprochen hatten, war in eine weite wellige Steinwüste ausgelaufen. Es bestand keine Aussicht, dass er zum Weg zurückfand. Der felsige Boden hatte keine Spuren hinterlassen, die er zurückverfolgen konnte. Noch schwerer dagegen wog, dass sein Wasservorrat für höchstens zwei Tage reichen würde.

Die erste Nacht verbrachte Ibn Battuta eng an sein Reittier geschmiegt und in ständiger Furcht vor den Hyänen. Im Morgengrauen aufbrechend, bemühte er sich, in Richtung Aisab zu reiten, welches er für die nächstgelegene Siedlung hielt, aber im Grunde wusste er, dass er sich hoffnungslos verirrt hatte. Die Sonne brannte unbarmherzig auf ihn herab. In der zweiten Nacht schlief Ibn Battuta vor Erschöpfung ein, obwohl er die Hyänen heulen hörte. Am dritten Tag gingen seine Kräfte ihrem Ende entgegen. Alles Wasser war aufgebraucht, seine Kehle wie Kautschuk, die Lippen aufgesprungen. War dies, wovor ihn der Kalandar bei Fuwa gewarnt hatte? Hätte er besser daran getan, den Worten des zottigen Landstreichers (oder war er doch ein Heiliger gewesen?) zu folgen und nach Marokko zurückzukehren?

Gerade als er ernsthaft darüber nachzudenken begann, welchen Sinn der Allesberechnende wohl verfolgen mochte, ihn hier in der Wüste einsam verdursten zu lassen, erspähte er am Horizont ein kleines Gebäude. Als er näher kam, stellte er überrascht fest, dass es sich um ein Grabmal handelte, einen einfachen, strahlendweißen Kuppelbau, der sich scharf gegen den tiefblauen Himmel abhob. Er rieb sich die verkrusteten Augen. Das konnte nur ein Traum sein, eine Luftspiegelung. Als er dann auch noch zwischen struppigen Gewächsen einen Brunnen sah, war er endgültig überzeugt, vor Durst zu halluzinieren. Doch es war – er dankte Gott – wahrhaftig ein echter Brunnenschacht, wo er Wasser schöpfen konnte. Erschöpft stillte er seinen Durst. Später warf er einen Blick in das Gebäudeinnere. Hier herrschte angenehme Kühle – und völlige Stille. Im Halbdunkel des Grabraums konnte er einen schmucklosen, flach auf dem Boden liegenden Gedenkstein erkennen, über den ein grünes Tuch ausgebreitet war. Am Fuße des Grabsteins war in kufischen Lettern eine einfache Inschrift angebracht. Ibn Battuta las:

Im Namen des allbarmherzigen Erbarmers!
Hier ruht der Scheich Schasili.
Tritt ein, Fremder, und gedenke des Todes!
﴿Wir sind Gottes und zu Ihm kehren wir zurück!﴾

Ibn Battuta wusste nicht, ob er lachen oder weinen sollte. Durch Zufall hatte er Humaisira gefunden, welches nicht mehr war als eine brüchige Hütte inmitten eines kümmerlichen Brunnenhains. Dies sollte also das Grab Schasilis sein, dieser bescheidene Bau, in dem jeglicher Hinweis auf Chiser fehlte? Hatte er hierfür Tausende von Parasangen hinter sich gebracht? War die Belohnung für seine Mühen nur diese nichtssagende kurze Inschrift? Ihm schwindelte. Schwer sackte er auf der Schwelle des Mausoleums zu Boden.

Da drang eine hohe und vertrocknete Stimme an sein Ohr:

„Was ist, hattest du etwa mehr erwartet?"

Ibn Battuta schaute verblüfft auf. In der dunklen Ecke hinter dem Kenotaph saß ein kleines Männchen. Bis jetzt hatte es sich nicht gerührt, sodass Ibn Battuta seine Anwesenheit nicht bemerkt hatte. Der Mann war in einen braunen Stoffmantel gehüllt, der seinen Körper vollständig bedeckte. An seiner Seite hielt er einen dürren Stab. Der Kopf war kahl, nur zwei graue Büschel über den Ohren und ein paar sich kräuselnde Haare auf dem Kinn waren ihm geblieben.

Ibn Battuta schluckte seine Überraschung hinunter. „Der Friede sei mit dir!", antwortete er. „Mein Name ist Ibn Battuta, und ich bin, wenn es erlaubt ist, auf der Suche nach Chiser, dem Meister des Schasili. Ich hatte gehofft, hier ein Zeichen zu finden, wo er anzutreffen sei."

Das Männchen krächzte amüsiert. „Chiser, ha! Haha. Ibn Battuta, Sohn des Entleins, was? Hehe ... Da bist du schon an der richtigen Stelle, mein Sohn, aber die Antwort auf die Frage, die dich umtreibt, sieht anders aus, als du sie dir vorgestellt hast."

Ibn Battuta rieb sich verwundert die Augen: „Wer seid Ihr, ehrwürdiger Alter, und was für seltsame Dinge sagt Ihr da?"

„Der Grabwächter bin ich. Jeden Morgen komme ich die zwei Wegstunden von Aisab hergelaufen, um das Andenken des Meisters zu ehren. Es kommen nicht viele Menschen hier vorbei, musst du wissen. Ziemlich ruhig hier. Nicht viel los."

Ibn Battuta erhob sich und setzte sich neben den alten Mann auf den Boden. „Wie kommt es", fragte er, „dass ihr Euer Leben dem Schasili verschrieben habt? Seid Ihr einer seiner Schüler?"

„Einer seiner Schüler?", wiederholte der Greis in spottendem Tonfall. „Begraben habe ich ihn, den alten Meister! Begleitet habe ich ihn auf seiner letzten Wallfahrt bis hierhin und dann, als er starb, habe ich seinen Leichnam in der Erde verscharrt, das Gesicht nach Mekka, und dieses bescheidene Grabmal errichtet."

„Dann seid Ihr der Kammerdiener Schasilis, von dem mir berichtet wurde! Ich wusste ja nicht, dass Ihr noch am Leben seid! Das sind ja wunderbare Neuigkeiten!" In Ibn Battuta kehrte das Leben zurück. „Sagt mir, Alterchen, könnt Ihr mir etwas darüber berichten, ob Schasili vor seinem Tode etwa noch einmal Chiser begegnet ist oder ob er irgendetwas über ihn gesagt hat, bevor er starb?"

Das Männlein beugte sich zu Ibn Battuta hinüber, senkte die Stimme und raunte ihm geheimnisvoll ins Ohr.

„Und ob, junger Herr, und ob ... Chiser war noch kurz vor seinem Tode bei ihm. Und darüber gesprochen hat Schasili in seinen letzten Stunden unentwegt. Dunkle Dinge sagte der Meister, schon halb im Delirium, als er nicht weit von diesem bescheidenen Bau im Schatten einer Palme darauf wartete, dass die Engel ihm seine Seele aus dem Körper zögen. Er sagte, dass ein Mann hierher kommen würde, der auf der Suche nach Chiser ist. Er hat mir eine Nachricht an diesen Mann hinterlassen."

Ibn Battuta sprang auf. „Das bin ich! Kein Zweifel! Seit beinahe einem ganzen Jahr bin ich auf der Suche nach Chiser! Einmal ist er mir begegnet, als ich in Trance geriet. Seitdem habe ich überall in Nordafrika und Ägypten nach ihm Ausschau gehalten! Sagt mir, ehrwürdiger Scheich, wie lautet die Nachricht? Wie kann ich Chiser finden?“

Der Alte lehnte sich zurück an die Wand und sagte dann langsam: „Dies waren Schasilis Worte an dich: *Nur wer alles hinter sich lässt, was ihm lieb ist, nur wer in die Tiefen der Seele hinabsteigt, auf den Grund des Meeres hinunterfährt und ins Herz der Wüste vorstößt, die bekannte Welt von Westen nach Osten und von Süden nach Norden bereist, vom Äußeren ins Innere vordringt, alles das, um Wissen zu erlangen, und sei es in China, nur der ist würdig, Chiser nachzufolgen.*“

Ibn Battuta erstarrte vor Erstaunen und Ratlosigkeit angesichts dieser seltsamen Prophezeiung. „Das sind in der Tat dunkle Worte.”

„Du musst sie dir nur zu Herzen nehmen, dann erhellen sie dir dein ganzes Leben.“

„Aber wie soll das angehen?“

„Begib dich als Erstes in die Tiefen der Seele, Ibn Battuta! Chiser findest du nicht in der äußeren Welt, bevor du ihn nicht in dir selbst gefunden hast.“

„Wie, oh Scheich?“

Der Greis wandte sich Ibn Battuta zu, langsam wie ein uraltes Reptil, und blickte ihn eindringlich an. In seinen Augen schimmerte fanatischer Glanz.

„Begebe dich auf den Pfad der Mystiker! Werde ein Sufi, Ibn Battuta! Nur so wird sich dir Chiser ein weiteres Mal offenbaren.“

Da begriff Ibn Battuta, dass seine Reise gerade erst begonnen hatte.

Erstes Zwischenstück des Übersetzers: Wege der Gotteserkenntnis

Genau an dieser Stelle, just nach Ibn Battutas Erlebnis am Grab des Schasili in Humaisira, fehlen mehrere Kapitel. Ob eine Absicht dahinter steckt oder ob ein Teil des Textes verschollen ist, bleibt unklar, und ich nahm mir fest vor, den Buchhändler Muhammad ibn al-Qali diesbezüglich zu befragen, wenn ich nach Fertigstellung meiner Arbeit noch einmal mit ihm in Kontakt treten würde. Hatte er mir doch einen vollständigen Bericht versprochen. Jedenfalls konnte ich als Wissenschaftler eine solche Lücke nicht einfach stehen lassen. Also bemühte ich mich, den Inhalt der fehlenden Teile auf Grundlage des Berichts des Ibn Dschusai und anderer Quellen so gut wie möglich zu rekonstruieren.

Inzwischen war meine Arbeit am Text viel intensiver geworden, als ich es mir hätte vorstellen können. Mit dem Eifer eines Schatzsuchers, der eine geheimnisvolle Karte entschlüsselt, hatte ich mich nach der ersten Begutachtung des Manuskriptes an die Arbeit gemacht, vergraben zwischen den Bänden meiner bescheidenen, aber wohlgeordneten Bibliothek, in der ich die wichtigsten Nachschlagewerke, Wörterbücher und Konkordanzen der orientalistischen Wissenschaften zusammengetragen habe, um ungestört meinen Forschungen nachgehen zu können. Mein Lebensrhythmus glich in seiner monotonen Regelmäßigkeit bald dem Pendelschlag einer Uhr. Mit der mir eigenen, zuweilen schmerzhaft unnachgiebigen Beharrlichkeit widmete ich mich tagein, tagaus dem so beschwerlichen wie reizvollen Geschäft des Übersetzens.

An dieser Stelle muss ich der Vollständigkeit halber zugeben, dass ich hauptberuflich kein Akademiker bin und keine unter Orientalisten anerkannte wissenschaftliche Institution vertrete. Tagsüber arbeite ich als Beamter im Rathaus meiner Heimatstadt, in der Prüfungsstelle B-9, als Leiter des Ressorts für Hundesteuer. Dieser profanen Tätigkeit gehe ich nur nach, um in der Zeit, die mir bleibt, mit dem Nötigsten versorgt zu sein und mich ausschließlich meiner Privatstudien zu befleißigen. Zwar habe ich, nachdem in Kindheitstagen die Lektüre der Bücher Sven Hedins zum ersten Mal meine Leidenschaft für den Orient geweckt hatte, fünf Jahre Orientalistik an der Universität Tübingen studiert – die glücklichste Zeit meines Lebens. Aufgrund widriger Umstände musste ich jedoch mein Studium ohne Abschluss abbrechen. Bis auf Weiteres zog ich danach wieder bei meiner verwitweten Mutter ein. Das Arrangement sollte natürlich nur vorübergehend sein, jedoch entwickelten wir eine Art Zweckgemeinschaft, die zwar bequem, aber nicht sonderlich ruhmreich war, indem sie mich mit Essen versorgte und ich sie mit Gesellschaft.

Gegenstand unserer Gespräche waren oft meine schmerzhaft erfolglosen Versuche, auch ohne einen akademischen Grad mit verschiedenen Aufsätzen und Forschungen im Bereich der Orientalistik die Anerkennung der gelehrten Zunft zu erringen. Zwischen den Zeilen der Ablehnungsbescheide von Professoren und Fachredaktionen las ich immer eine gewisse Häme meinem Status als Amateurforscher gegenüber. Vor diesem Hintergrund ist es nun dem geneigten Leser vielleicht verständlicher, dass ich so viel frenetische Arbeit in die Übersetzung steckte. Die übermäßige Anstrengung war mir Last und Freude zugleich.

Ganz dem Bericht des Ibn al-Qali hingegeben, wurden mir die langen Stunden im Dienst noch unerträglicher als sonst. Sehnsüchtig wartete ich auf den Feierabend, um nach Hause zu eilen und mit der Übersetzung fortzufahren.

Während ich Ibn Battuta nach Fes und Kairo folgte, herrschte in Deutschland tiefster Winter. Von dem Fenster meiner Studierstube bietet sich mir ein bezaubernder Anblick des Saaletals und eine der das Tal zierenden Burgen. Schnee bedeckte die Talwände und hüllte die liebliche Landschaft meiner Heimat in verhaltene Farben.

Kam ich am frühen Abend nach Hause, setzte ich mich sogleich ans Pult und begann. Nichts konnte mich stören, und oft arbeitete ich bis tief in die Nacht hinein. Nur meine Mutter, die mich loyal in meinen exzentrischen Interessen unterstützte, kam zuweilen ins Zimmer, um mir Tee zu bringen oder das Abendessen zu reichen, wenn ich es mal wieder nicht pünktlich ins Esszimmer geschafft hatte, wo wir abends sonst regelmäßig zusammen speisten, mit Vorliebe Dampfnudeln in jener heißen Preiselbeersoße, die sie so vortrefflich zuzubereiten weiß.

Zunächst war ich von den philologischen Schwierigkeiten und dem allgemeinen Handlungsverlauf so vereinnahmt, dass ich keine Muße fand, Abstand zu nehmen und den Text als Ganzes kritisch zu bewerten. Erst als ich das Schlusskapitel des ersten Fragments ins Deutsche übertragen hatte, begann ich zu begreifen, welch ungewöhnliches Zeugnis ich vor mir hatte.

Zum einem liegt uns aus dem Mittelalter, der Zeit islamischer Größe, kein Text vor, der auch nur annähernd so farben- und facettenreich über das Leben und Werden eines muslimischen Gelehrten und Edelmanns, wie Ibn Battuta es war, Auskunft erteilt. Wahrlich ein sensationeller Fund! Ibn al-Qalis erzählerische Frische übertraf meine kühnsten Erwartungen, ja ich gestehe, dass mich seine unverblümte Sprache zuweilen in Bedrängnis brachte.

Mit dem Erzählstil Ibn al-Qalis bricht sich eine völlig neue arabischsprachige Literatur Bahn. Reiseberichte hat es freilich auch schon vor Ibn al-Qali gegeben, sie halten jedoch keinen Vergleich mit seinem Text stand, denn sie sind voller langwieriger Aufzählungen lokaler Notabeln und anderer ermüdender Details. Dagegen wirkt Ibn al-Qalis Behandlung des Stoffes romanhaft, seine Sprache geradezu modern.

Der erste Teil des Berichts verließ Ibn Battuta in Humaisira am Grab des Schasili. Am Anfang des zweiten Fragments finden wir ihn wieder, als er sich gerade von Mekka aus in den Irak und nach Persien aufmacht. Ich muss deshalb auf der Grundlage des Berichts des Ibn Dschusai und einiger allgemeiner historischer Zeugnisse aus der Region darauf eingehen, was mit ihm in der Zwischenzeit geschah. Wie war er nach Mekka gelangt?

Es mag für Ibn Battuta nahegelegen haben, in die heilige Stadt des Islam zu pilgern. Denn der Hadschdsch, die Wallfahrt nach Mekka, gilt jedem Muslim, ganz gleich ob Rechtsgelehrter, Philosoph oder Mystiker, als eine der Säulen des Glaubens. Wie im zweiten Fragment deutlich werden wird, hatte er sich zudem den Ratschlag des alten Grabwächters zu Herzen genommen, Chiser auf dem inneren Weg des Sufismus zu suchen. Zur spirituellen Perfektion, wie er sie fortan anstrebte, gehörte der Hadschdsch wie alle anderen asketischen Übungen, denen sich die Sufis hingaben.

Im Jahr 1326 hatte der Aufstand der Badschat in Aisab die Route über das Rote Meer unwegbar gemacht. So blieb Ibn Battuta nichts anderes übrig, als nach Kairo zurückzukehren und in die Arabische Halbinsel von Norden her einzureisen. Während der Schiffspassage den Nil hinunter mag er beschlossen haben, nicht auf den Aufbruch der Pilgerkarawane in Kairo zu warten, der Anfang September erfolgen würde, sondern sich gleich dem Strom der Wallfahrer in Damaskus anzuschließen. Noch war der Pilgermonat nicht nahegerückt, und der Umweg über Syrien würde es ihm erlauben, die heiligen Städte Hebron und Jerusalem zu besuchen. Von Kairo reiste er also gleich weiter, zunächst nordwärts durch das Nildelta, dann entlang des sandigen Küstenstreifens bis in die Ebene von Gaza, dem Tor nach Palästina. Bei Gaza verließ Ibn Battuta die Hauptstraße und wandte sich nach Osten zur Stadt Jerusalem in die Hochebene Judäas.

Jerusalem war in jenen Tagen nicht mehr als ein verschlafenes Provinznest, nur von dem nicht abreißenden Strom der Pilger am Leben gehalten, die hierher kamen, um sich an der Klagemauer des Tempels Salomos zu erinnern, in der Grabeskirche der Passion Christi zu gedenken oder im Felsendom den Propheten Muhammad zu ehren, der von dort auf dem geflügelten Pferd Burak in den siebten Himmel und in Gottes Gegenwart aufgestiegen war. Die karge Ödnis, die die Stadt umgab, machte sie für die Mamluken in politischer und wirtschaftlicher Hinsicht ansonsten aber uninteressant. Jerusalem galt als weltabgeschieden und bedeutungslos, sodass der Sultan in Kairo Mamlukenemire, die in Ungnade gefallen waren, aber nicht exekutiert werden konnten, mit Vorliebe hierhin verbannte. So floss immerhin etwas zusätzliches Geld in die Stadt, und die exilierten Emire verwandten beträchtlichen Prunk auf den Bau ihrer Alterssitze.

Seit seiner Abreise aus Tanger war Ibn Battuta nun über ein Jahr unterwegs gewesen. Der Bericht des Ibn Dschusai erwähnt, dass Ibn Battuta im Jerusalemer Felsendom einem Sufimeister namens Abdurrachman ibn Mustafa begegnete und dass dieser ihm die Chirka, den Flickenrock des Sufiadepten verlieh. Der eitle Literat Ibn Dschusai, dem solche Details nebensächlich erscheinen mussten, geht auf diese bemerkenswerte Begegnung nicht näher ein, sehr zu unserem Bedauern. Aber aus dem zweiten Fragment des Ibn al-Qali wird uns darüber noch mehr zu Ohren kommen.

Über die Golanhöhen führte ihn sodann sein Weg nach Damaskus. Die meiste Zeit seines etwa einmonatigen Aufenthalts verbrachte er ohne Zweifel in der Großen Moschee im Herzen des Basars. Hier lehrten einige der größten Koryphäen der islamischen Wissenschaften. Ibn Battuta studierte bei ihnen die *Wahrhaftige Sammlung* des Buchari, und er hörte auch einen Prediger namens Ibn Taimijja, der in flammenden Reden über die Sufis und ihre esoterischen Lehren herzog und den Gläubigen anbefahl, sich an den klaren Wortlaut der Offenbarung und an das Vorbild des Propheten zu halten. Ibn Battuta wird sich von diesem berühmten Mann, der über einen messerscharfen Verstand verfügte, aber als kauzig galt, ferngehalten haben, hoffte er doch insgeheim, dass die islamische Mystik ihm den Weg zu Chiser zeigen würde.

Von Damaskus bis Mekka waren es noch ungefähr eintausend Kilometer, und die Reise war damals beschwerlich und voller Gefahren. Als die große Pilgerkarawane des Jahres 1326, an welcher etwa zwanzigtausend Menschen teilnahmen, nach Süden aufbrach, wusste jeder der mit ihr Ausziehenden, dass er sein Leben riskierte, um der heiligen Pflicht des Hadschdsch nachzukommen. Hinter der Oase Tabuk, dem Tor zu Arabien, liegen auf dem Weg nach Medina und Mekka nur kahle Berge und schwarze Lavafelder. Ereilte die Pilger in dieser Einöde der gefürchtete heiße Wüstenwind Samum, mochten viele von ihnen am Wassermangel zugrunde gehen. Beduinenräuber machten die Passage zusätzlich gefährlich.

Einige Kilometer hinter Medina legten die Pilger das weiße Pilgergewand an. Sie traten damit in den Weihezustand ein, der bis zur Beendigung der Wallfahrt andauern würde. Zwar waren bis Mekka noch gute zweihundertfünfzig Kilometer zurückzulegen und der Weg führte weiter durch unwirtliche Wüstenlandschaft, aber von nun an verwandelte sich die staubige Gemeinschaft der Pilger in eine strahlend weiße Prozession. Während sie in brüderlicher Eintracht die Straße entlangzogen, riefen die Frommen inbrünstig die neunundneunzig Namen Gottes in die Leere der arabischen Wüste. Schließlich erreichten sie, fünfundvierzig Tage nach ihrem Aufbruch aus Damaskus, die heilige Stadt des Islam.

Zum Hadschdsch versammeln sich in Mekka die Muslime aller Nationalitäten und innerislamischer Denominationen, um für einen kurzen Moment eine Gemeinschaft zu bilden, in der

Hautfarbe, Herkunft und sozialer Status keine Rolle spielten, getreu dem Ideal der vom Propheten gestifteten Umma. Beim rituellen Umrunden der Kaaba, des würfelförmigen Baus im Hof der Großen Moschee, laufen Türken aus Aserbaidschan neben Malinken aus dem Sudan, Berbern aus dem Atlasgebirge und Indern aus Gudscharat. Reich und arm vollziehen einträchtig das nachmittägliche Große Stehen am Berge Arafat, das den Höhepunkt des Hadschdsch darstellt, eine Vorwegnahme jenes endzeitlichen Stehens vor Gottes Gericht. Danach ziehen die Pilger in die Ebene von Mina und opfern ein Schaf, eine Ziege, oder ein Kamel. Mit der rituellen Kopfrasur und einer letzten Umrundung der Kaaba endet der Hadschdsch.

Ibn Battuta durfte sich von nun an Hadschdschi nennen, *der-die-Wallfahrt-vollzogen-hat*, ein Titel, der in der islamischen Welt viel Ehre bedeutete, vor allem in Ländern, die fern von Mekka lagen. Doch war sein Geist zweifellos nicht nur auf die Riten der Wallfahrt gerichtet. Seit seiner Begegnung mit dem Wächter am Grabmal des Schasili in der Wüste wird er nach Hinweisen gesucht haben, wie er den mystischen Pfad der Sufis begehen konnte. Möglicherweise war dies der eigentliche Grund, weswegen er nach Mekka pilgerte, denn zum Hadschdsch kamen hier die Sufis aus aller Welt zusammen.

Hier nun setzt das zweite Fragment des Ibn al-Qali ein, in der Mitte des Novembers 1326, zu dem Zeitpunkt, als Ibn Battuta sich anschickt, sich der Karawane der Rückkehrer von der Wallfahrt anzuschließen, jedoch nicht der nach Damaskus, sondern der nach Bagdad und in die persischen Länder. Wahrscheinlich hatte er, womöglich von einem Sufi, den er in Mekka traf, den Hinweis bekommen, dass in Persien die Chiser-Verehrung unter den Sufis weit verbreitet war und daher dort Informationen über ihn am ehesten erhältlich sein würden.

An dieser Stelle möge mir der werte Leser einige Bemerkungen zur Rolle Chisers in der islamischen Mystik gestatten. Auf diese Weise wird sich ihm das Nachfolgende leichter erschließen. Chiser, dieser bemerkenswerte legendäre islamische Heilige, wurde von den Sufis als der vorbildhafte Freund Gottes verehrt, der vom allbarmherzigen Erbarmer in die Geheimnisse der Schöpfung eingeweiht worden war, selbst in das der Unsterblichkeit. Die Sufis verstanden sich als die Erben dieses Heiligen, als Gottessucher.

Chiser wurde auch der *Grüngewandete* genannt. Grün ist die Farbe göttlicher Vollkommenheit, die Farbe des Lebens und des Paradieses und die Lieblingsfarbe des Propheten Muhammad. Es verwundert nicht, dass eine Religion, die ihren Ursprung in der Wüste hat, gerade diese Farbe so hochhält. Der Flickenrock der Sufis, Zeichen ihrer Bedürfnislosigkeit, war in der Regel blau, denn Blau galt als die Farbe der Trauer und Entsagung von der Welt, ein Ideal, dem die Sufis zu allen Zeiten nachstrebten. Nur denjenigen, die die höchste geistige Stufe erreichten, war es vorbehalten, sich grün zu kleiden.

Jedoch darüber, wie genau sich Chiser zu den Sufis stellte, schieden sich die Geister. Manche wollten in ihm das leuchtende Vorbild sehen, dem es nachzueifern galt, indem man aus eigener Kraft den Weg zu Gott fand, so wie Chiser den Weg zur Quelle des Lebens gefunden hatte. Diese Ansicht schloss den Glauben daran ein, dass der Mensch ohne fremde Hilfe den steilen Aufstieg zu Gott bewältigen konnte. Diese Haltung kann man als den *aktiven Weg der Gotteserkenntnis* bezeichnen.

Für andere islamische Mystiker war Chiser ein Symbol der Gnade Gottes, ein Helfer, der sich dem Sufi offenbaren mochte, wann immer er wollte – oder auch nicht. Dem Sufi aber blieb dem Heiligen gegenüber nichts als liebende Verehrung und die Hoffnung, von ihm erwählt zu werden. Aus eigener Kraft jedoch konnte ihn niemand erreichen. Diese Haltung könnte man als den *passiven Weg der Gotteserkenntnis* charakterisieren.

Für beide Formen der Chiser-Verehrung seien Beispiele genannt.

Sicher suchte Ibn Battuta bei seinem Besuch in Damaskus das Grab des Ibn al-Arabi auf, des größten Sufis im späten islamischen Mittelalter. Ibn al-Arabi stammte aus dem spanischen Murcia. Er behauptete, dass Chiser selbst ihn in die höheren Weihen des Sufismus initiiert und ihm den sufischen Flickenrock verliehen habe. Dreimal, so berichtet Ibn al-Arabi in seinem mystischen Hauptwerk, den *Mekkanischen Eröffnungen*, sei er Chiser begegnet.

Ibn al-Arabi ist ohne Zweifel ein Vertreter des *aktiven Wegs der Gotteserkenntnis*. Der Sufi soll auf den höchsten Stufen der Kontemplation in der von Gott geschaffenen Natur die *Einheit des*

Seins erkennen. Gottes Erhabenheit und Schönheit spiegelt sich für Ibn al-Arabi in einer Fülle von Phänomenen, nicht zuletzt in der Gestalt einer schönen Frau. Als Ibn al-Arabi – etwa hundert Jahre vor Ibn Battuta – nach Mekka pilgerte, lernte er dort eine junge Perserin namens Nisam kennen, von deren Anmut und Charakter er so beeindruckt war, dass er für sie eine berühmte Sammlung von Liebesgedichten komponierte, den *Dolmetsch der Sehnsüchte*. Diese Gedichte sind höchst erotisch, was Ibn al-Arabi bald den Vorwurf einbrachte, kein echter Sufi zu sein. Zu seiner Verteidigung schrieb er einen Kommentar zum *Dolmetsch*, in welchem er die Verherrlichung Nisams als Ausdruck seiner Liebe zu Gott interpretiert und als Metapher für seine Sehnsucht nach Vereinigung mit dem höchsten göttlichen Wesen, einem Zustand vollkommener Glückseligkeit, den die Sufis *Entwerdung* nennen, *Fanaa*. Mit der „Geliebten" seiner Gedichte, so Ibn al-Arabi, meine er niemand anderen als Gott, und die „Verschmelzung", von der im *Dolmetsch* oft die Rede ist, sei nicht im körperlichen Sinne zu verstehen, sondern als der Vorgang der mystischen Gottesschau. Auch Ibn Battuta sollte, wie wir im zweiten Fragment des Ibn al-Qali erfahren werden, von einer schönen Frau die eigene Vervollkommnung erhoffen

Um Ibn Battutas mystischen Werdegang zu verstehen, müssen wir noch kurz auf einen weiteren Sufimeister eingehen, der zu Chiser eine besondere Beziehung hatte und für Ibn Battuta eine große Rolle spielen sollte, nämlich Ala'uddaula Simnani. Zu der Zeit, als Ibn Battuta durch die Welt reiste, leitete dieser Simnani ein Sufikloster im Norden Persiens, unweit der heutigen Hauptstadt Teheran. Er war ein erbitterter Gegner der Lehre Ibn al-Arabis von der *Einheit des Seins*. Zwar leugnete er keineswegs die Möglichkeit einer mystischen Gottesschau, doch war seine Vorgehensweise dabei grundverschieden von der des Mannes aus Murcia. In seiner Lehrschrift *Trost der Gottesliebenden und Beruhigung der Sehnenden* beschreibt Simnani, wie er selbst auf den Weg der Gotteserkenntnis gelangte und welche Rolle Chiser dabei spielte.

> Lob sei Gott! Ich armer Schreiber dieser Zeilen, nachdem ich der Welt entsagt hatte und in Liebe zu Gott entbrannt war,

klopfte, da kein Meister da war, mich zu führen, an alle Türen, erkundigte mich an allen Ufern nach jemandem, der mir den Weg zu Gott hätte zeigen können. Jedoch umsonst.
Schließlich versuchte ich mich auf eigene Faust in mannigfaltigen Arten der Gottesgehorsamkeit, der Riten und Ekstase-Praktiken, und ich verbrachte meine Tage damit, die Schriften zu studieren, die den mystischen Pfad der Gotteserkenntnis zum Inhalt haben. Aber von dem, wonach ich ureigentlich suchte, war nach wie vor keine Spur. Als meine Not und Bedrängnis schließlich alle Maßen überstiegen, gab ich mich unvermittelt Gott anheim, denn wie ich in den Büchern der Weisen gelesen hatte, war darauf Verlass, dass der Allmächtige – Er ist erhaben und geheiligt! – niemals jemanden, der aufrichtig nach Ihm suchte, zugrunde gehen ließ. Entweder würde Er den Propheten Chiser senden, damit er mir Suchendem zu Hilfe komme; oder Er würde einen Dschinn schicken, um mir den rechten Weg zu weisen; oder Er würde einen Meister erscheinen lassen, welcher selbst den Weg der Gotteserkenntnis bis zu Ende gegangen war und dort vom Wasser des ewigen Lebens gekostet hatte, auf dass er mich unterrichte und zum allbarmherzigen Herrn führe. Und siehe! Mein Herz ward mit Freude erfüllt, wie ich es zuvor noch nie erlebt hatte ...

Aus dieser Passage, der Leser ahnt es, wird deutlich, dass Simnani als Vertreter des *passiven Wegs der Gotteserkenntnis* anzusehen ist. Er weiß, dass er aus eigener Kraft Gott nicht erkennen und, wie er sagt, *vom Wasser des ewigen Lebens kosten* kann. Gott in seiner Gnade wird jemanden schicken, sich ihm zu offenbaren. Ohne einen Meister kann der Sufiadept nicht hoffen, den mystischen Pfad erfolgreich zu durchwandern. Aus eigener Anstrengung kann er sich niemals zur Gotteserkenntnis und *Entwerdung* emporschwingen. Dieser Meister mag durchaus Chiser sein, der Hohe Herr, wie Simnani ihn zu nennen pflegt und an dessen realer Existenz er nicht den geringsten Zweifel hegt. In der dreiunddreißigsten seiner *Vierzig Sitzungen* schreibt Simnani:

Chiser existiert wirklich, ist ein Mensch, und genauso wie wir anderen Menschen bekennt er sich zu Gott ... Gottes Wort bezeugt, dass es bezüglich Chisers Existenz genauso wenig Zweifel gibt wie bezüglich der Tatsache, dass ich auf dieses Papier schreibe.

Soll man, wie Ibn al-Arabi vorschlägt, dem Vorbild Chisers nacheifernd aus eigener Kraft und Anstrengung die Einheit von Gott und Schöpfung zu erfahren suchen? Oder muss man sich, wie Simnani lehrt, ganz dem Willen eines Meisters unterwerfen und kann lediglich darauf hoffen, dass vielleicht Chiser sich von selbst offenbart und seine Erkenntnis mit dem Sufi teilt? Diese grundlegende Spannung innerhalb der islamischen Mystik sollte Ibn Battuta, zu dem wir nunmehr zurückkehren, am eigenen Leibe auf dramatische Weise erfahren.

Zweites Fragment: Mystik

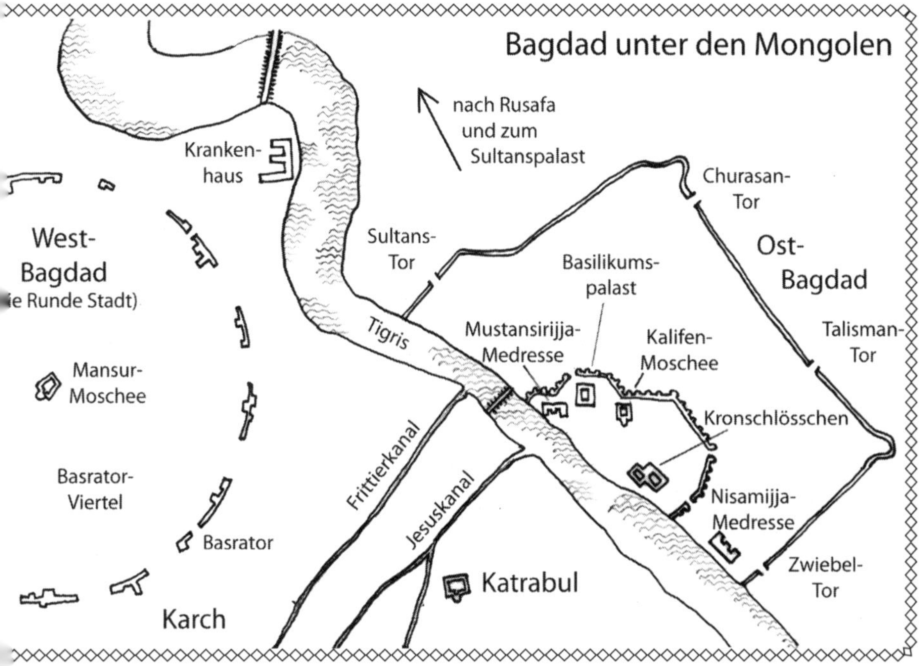

Fünfunddreißigstes Kapitel

Worin beschrieben wird, wie Ibn Battuta mit der Pilgerkarawane von Mekka in den Irak zieht und wessen Bekanntschaft er dabei macht

Das Aufbruchsdatum der Karawane war auf das Ende des Wallfahrtsmonats festgelegt worden, genau zwölf Tage nach dem Großen Stehen auf der steinigen Ebene von Arafat. Diese Tage verwandelten die Zerknirschung des Großen Stehens in Jubel und Heiterkeit. Stolz erfüllte die Herzen der Pilger. Das Opferfest, der besinnliche Schlusspunkt der Wallfahrt, war nahtlos in ausgelassene Feierlichkeiten übergegangen. Abends besuchten sich die Männer gegenseitig in den Karawansereien und priesen, schwelgend im Hochgefühl des gemeinsam Erlebten, die Gnade des Vielgelobten, welche sie in den heiligen Bezirk von Mekka geführt hatte. Ibn Battuta machte einige interessante neue Bekanntschaften. Doch erst am Tag vor seiner Abreise schloss er eine richtige Freundschaft.

Bei der Abschiedsumrundung der Kaaba bemerkte er einen Mann, dessen nur spärlich sprießender Kinnbart, die hohen Wangenknochen und die langgezogenen mandelförmigen Augen verrieten, dass er aus den zentralasiatischen Steppen stammte. Sein Gewand war auffällig prunkvoll, was nahelegte, dass er eine wichtige Persönlichkeit war. Ibn Battuta beobachtete ihn, wie er, umgeben von mehreren Bediensteten, die, so schien es, zu seinem körperlichen Schutz abgestellt waren, an die Ecke der Kaaba herantrat, in die der berühmte schwarze Stein eingelassen ist.

Der schwarze Stein, so heißt es, ist eine geronnene Träne Adams. Der Menschheitsvater habe sie vergossen, als er nach der Vertreibung aus dem Paradies und der zwischenzeitlichen Trennung von Eva seine Gefährtin wiederfand. Der Stein ist mit einer silbernen Maske überzogen, die eine leicht nach außen gewölbte, wulstig gerundete Öffnung aufweist. Führt man die Hand hinein, kann man das ehrwürdige Relikt berühren.

Als Ibn Battuta sah, mit welcher Andacht und Inbrunst der Mann nun diese heilige Stelle betastete, sie mit Küssen bedeckte, geradeso als liebkose er den Körper einer Frau, durchfuhr ihn der Gedanke, die vulvaförmige Vertiefung des Silberbeschlags über dem Stein erinnere auf allzu passende Weise an die Mutter aller Frauen dieser Welt, die ewig lockende Eva, Sinnbild der Weiblichkeit. War das etwa auch ein Bestandteil der großen Wallfahrt nach Mekka? Beteten die Pilger etwa nicht nur den *einen* Schöpfergott an, sondern, vielleicht ohne es zu merken, auch Eva, die Heilige der Fruchtbarkeit, die *eine* ewig gebärende Mutter? Entsprang gar seine eigene Suche nach Unsterblichkeit nur der Sehnsucht nach Vereinigung mit dem lebenserzeugenden Element, der fruchttragenden Kraft des Weiblichen?

Ibn Battuta erschrak über sich selbst. Welch seltsame, verworrene Gedanken! Er war so sehr in seine Überlegungen vertieft, dass er nicht merkte, wie er neben dem zentralasiatischen Edelmann zu stehen kam. Gerade wandte dieser sich von dem schwarzen Stein ab. Scharf fasste er Ibn Battuta, dessen träumerische Hingabe ihm nicht entgangen war, ins Auge.

„Der Friede sei mit Euch, junger Herr!", sagte er freundlich. „Offenbar seid Ihr von dem Mysterium dieses Steins ebenso verzaubert, wie ich es bin. – Was meint Ihr, was Gott uns damit sagen will?"

„Und mit Euch der Friede!", antwortete Ibn Battuta und rezitierte dann jenen Koranvers, den er auf dem einsamen Grabmal in der Wüste gelesen hatte: „﴾Wir sind Gottes und zu Ihm kehren wir zurück.﴿ Dieser Stein ist ein Symbol für die Schöpferkraft des Allumfassenden und für die Gnade, die Er uns Menschen, Mann und Frau, im Leben und im Tod erweist. Aber noch viel mehr ließe sich darüber sagen!"

„Was mich angeht", sagte der Mann, „so muss ich jedes Mal, wenn ich vor dem schwarzen Stein stehe, an die zarten Worte des Ibn al-Arabi im *Dolmetsch der Sehnsüchte* denken, wo er nämlich den Liebenden mit dem Pilger vergleicht, der den schwarzen Stein umkreist, geradeso wie der Liebende das Herz seiner Geliebten."

Von hinten drängten Wallfahrer heran, sodass Ibn Battuta und der Mann samt seiner Leibwächter, die Ibn Battuta nicht aus den Augen ließen, zur Seite weichen mussten und schließlich in den Strom der die Kaaba umkreisenden Menschen zurückgerissen wurden.

Ibn Battuta hatte richtig vermutet, dass der Mann eine hohe Stellung innehatte. Es handelte sich um den Emir Hawi, den

Anführer der Pilgerkarawane aus Bagdad. Der mongolische Herrscher von Irak und Persien, der junge Sultan Abu Said, hatte ihm in diesem Jahr die ehrenvolle Aufgabe übertragen, seine wallfahrenden Untertanen auf dem beschwerlichen Weg nach Mekka und zurück nach Bagdad zu begleiten, eben jene Pilgergruppe, in der Ibn Battuta am nächsten Tag Mekka verlassen wollte. Der Emir erwies sich nicht nur als gebildeter, sondern auch als äußerst großzügiger Mann. Während sie gemeinsam zum letzten Mal die Kaaba umrundeten, versprach er Ibn Battuta, ihm am nächsten Tag eine Sänfte zu schicken, in der er unbeschwert in den Irak reisen sollte. Es schien, als wollte sich der Emir den langen Ritt verkürzen, indem er den jungen Gelehrten aus Marokko in seiner Nähe hielt, um ihn über die Verhältnisse in den westlichen Ländern des Islam zu befragen und sich über den Lehrbetrieb in der berühmten Moscheeschule in Fes unterrichten zu lassen.

Einige Tage zuvor waren bereits die beiden anderen großen Pilgerkarawanen in Richtung Damaskus und Kairo aufgebrochen. Nun bliesen auch die Soldaten der irakischen Karawane zum Aufbruch. Wie eine gewaltige Welle ergoss sich am Morgen des zwanzigsten Tages des Pilgermonats der Zug der Wallfahrer aus der heiligen Stadt Mekka in die hügelige Wüstenlandschaft, die sich von hier bis nach Medina erstreckte. Ibn Battuta, der es vorgezogen hatte, auf die Sänfte zu verzichten und stattdessen auf dem Kamelrücken zu reisen, ritt nicht weit hinter dem Emir Hawi. Zuweilen blickte er sich um und sah, wie die Reihen der Pilger hinter ihm über die Anhöhen fluteten, so als schöbe sich eine Wolke über die nächste. Hinter dem Tross des Emirs folgten Kamele, welche Essensvorräte, Wasser und Medizin für bedürftige Pilger trugen. Auch ein paar unberittene Tiere waren dabei, auf die diejenigen gesetzt wurden, die wegen Krankheit oder Schwäche nicht weiterkonnten. Ständig ritten Bedienstete des Emirs mit Wasserschläuchen entlang der Karawane auf und ab, um den Dürstenden zu trinken zu geben. Den Zug begleiteten Händler, von denen man Esswaren erhalten konnte, sogar Süßgebäck und Früchte. Während der Rastzeiten wurde für alle, denen die Mittel ausgegangen waren und die sich nicht länger selbst versorgen konnten, in großen Kupferkesseln Fleischsuppe gekocht. Brach die Dunkelheit an, bevor die Karawane ihren Zielort erreicht hatte, wurden abertausende Fackeln in Brand gesteckt. Ein Meer funkelnder Lichter erleuchtete dann den Weg und verwandelte die Nacht zum Tag. Die Fackeln verbreiteten Rußgeruch und wärmten die von der Sonne verbrannten Gesichter der Pilger, die sich ob der plötzlich einsetzenden Abendkälte in Decken mummelten und, leise vor sich hin singend, an die Lieben zu Hause dachten, die sie nun bald wiedersehen würden. Zwanzigtausend Seelen mochte die Pilgerkarawane zählen. Wer sich vom Lager entfernte, um auszutreten, war gut beraten, sich seinen Schlafplatz genau einzuprägen. Anderenfalls bestand nur geringe Aussicht, dass er ihn jemals wiederfinden würde.

Mit dem Emir Hawi führte Ibn Battuta lange Gespräche. Er berichtete ihm von den Ländern westlich von Mekka, und der Emir erzählte ihm im Gegenzug von den Eroberungen der Mongolen im Osten, dem Staat, den sie in Persien und Irak aufgebaut hatten, und von seiner Stellung am Hof des jungen Sultans Abu Said, einem Mongolenabkömmling. Der Emir hatte, kurz bevor er nach Mekka aufgebrochen war, geheiratet und sehnte sich bereits nach seiner jungen Frau in Bagdad.

Seit dem Aufbruch von Mekka waren Ibn Battuta zwei Begleiter Hawis aufgefallen, die wegen ihres seltsamen Aufzugs und Benehmens aus der Gruppe herausstachen. Sie ritten manchmal neben dem Emir und schienen ihn dabei gut zu unterhalten, von seinem herzhaften Lachen her zu urteilen. Meistens jedoch hielten sie sich etwas abseits, scheinbar unablässig in leidenschaftliche Diskussionen vertieft.

Einer der beiden war von kleinem und schmächtigem Wuchs, und sein an sich schon übergroßer Schädel, der eng von einer schmucklosen grauen Kappe überzogen wurde, mutete daher riesenhaft an. Sein sehniger Körper war ständig bis in die letzte Faser angespannt, die Bewegungen hektisch und zerfahren. Eine erstaunlich krumme und hässliche Nase zierte sein hageres Gesicht, in dem zwei wache Augen funkelten. Der Mann kniff beim Zuhören das linke Auge zusammen und blinzelte angestrengt mit dem rechten. Führte er selbst das Wort, fuchtelte er mit seinen kleinen trockenen Händen heftig argumentierend in der Luft herum.

Sein Begleiter war das genaue physische Gegenteil. Schwer hing sein massiver, aus allen Nähten platzender Körper auf dem

Höcker seines Reitkamels, das an der Last sichtbar schwer zu tragen hatte. Der Mann war in ein schreiend grünes, silberbesticktes Samtgewand gekleidet, trug spitz zulaufende, golddurchwirkte Pantoffeln und einen auf groteske Weise ausladenden Turban. Schweißperlen standen ihm auf der Stirn und kullerten ihm von dort über die kurze fleischige Nase, die überhängenden Wangen und die dicken, immerzu feuchten Lippen, welche er beim Zuhören aneinanderrieb, ohne dass sich dabei die Kinnladen im Geringsten zu bewegen schienen. Er hatte große und schöne braune Augen, deren Ränder er mit einem Kajalstift nachgezogen hatte, was ihm endgültig den Ausdruck einer übergewichtigen Konkubine verlieh. Trotz seiner äußerlichen Schwerfälligkeit war der Mann jedoch von einiger Eleganz und großer Lebendigkeit. Als er mit seinem schmächtigen Begleiter wieder einmal in ein Streitgespräch verwickelt schien, lenkte Ibn Battuta sein Kamel in ihre Nähe.

„Mein lieber Dscharir", sagte gerade der kleine Mann, „du bist ein unverbesserlicher Optimist! Kannst du die Welt nur in rosaroten Farben sehen?"

Er hatte eine sonderbar genaue Aussprache des Hocharabischen. Seine sorgfältige Art, den reichen Konsonantenschatz dieser Sprache gebührlich zu behandeln, die Rachen- und Kehllaute liebevoll voneinander zu unterscheiden, lange Vokale gegen die kurzen einzufärben, die dumpfen T-, D- und S-Laute bewusst auszusprechen, kurz, seine gesamte klare und feine Diktion musste jedem gebildeten Araber das Herz erfreuen.

„Wäre ich nicht so ungemein nachsichtig", fuhr er fort, „würde ich dich schon hundert Mal mit der ganzen verfluchten traurigen Realität, in der wir leben, konfrontiert und dich deiner Illusionen beraubt haben! Begreif doch endlich, dass die Wüstenaraber, auf die du so schmachtende Oden schmiedest, deines Lobes nicht würdig sind! Die Zeit, in der sie ein großes und stolzes Volk waren, sind vorüber! Jämmerliche Diebe sind sie geworden, die es noch nicht einmal verstehen, ordentlich arabisch zu reden!"

„Gemach, gemach, liebster Farasdak", gab der Dicke zurück, wobei er seinen Gesprächspartner im Eifer des Gefechts mit einem kleinen Sprühregen von Speicheltropfen eindeckte. „Deine Kenntnisse der arabischen Sprache in hohen Ehren, aber was deine Einschätzung der Beduinen angeht, bin ich ganz und gar nicht deiner Meinung! Schau dich doch nur einmal um! Siehst du denn nicht, in welch zauberhafter Landschaft sie leben? Ihr reger Geist wird nur durch den hohen Himmel, die Sterne und die Weiten der Wüste beschränkt! Sie sind das freieste und edelste Volk, das jemals gewesen! Und wenn sie nicht mehr so frei und edel sind wie früher, ist mir ein geschickt erdichtetes Ideal noch immer lieber als die nüchternen Gehässigkeiten, für die du so berühmt bist!"

„Entschuldigt meine Herren, und der Friede sei mit euch", unterbrach sie Ibn Battuta, „darf ich mich euch anschließen? Ich reite schon eine Weile allein für mich hin und bin, um offen zu sein, etwas gelangweilt. Ihr Herren jedoch, so scheint mir, seid immer für ein lebhaftes Gespräch gut."

Der dicke Dscharir strahlte ihn mit solcher Hingabe an, dass Ibn Battuta befürchtete, sein Gesicht müsste in jedem Moment platzen. Ein Tröpfchen Speichel lief ihm übers glänzende Kinn. Seine feuchte Aussprache kam Ibn Battuta auf einmal sehr bekannt vor.

„Gott ist groß!", entfuhr es ihm. „Achmad!"

Ibn Battutas Freund aus Feser Studientagen stieß einen schrillen Schrei aus und wäre vor Schreck und vor Freude beinahe vom Kamel gefallen, fing sich aber mit der ihm eigenen Eleganz, rückte seinen Turban zurecht und prustete los:

„Ibn Battuta!", rief er, „Gott sei gepriesen! Vergib, dass ich dich nicht sofort erkannte!"

„Ehre sei dem ruhmreichen Gott! Wie hättest du mich auch erkennen sollen, nach so vielen Jahren! – Aber wie kommst du zu deinem neuen Namen?"

Achmad war vor Aufregung noch ganz außer Atem. „Seitdem ich vor Jahren in Damaskus eine Anstellung fand, nenne ich mich Dscharir. Welche Freude, dich wiederzufinden! Wer könnte uns willkommener sein, in der Tat! Ich will nicht verheimlichen, dass du mir und meinem Begleiter hier" – er nickte mit dem Kopf in Richtung seines Mitreisenden, der zwischen ihm und Ibn Battuta ritt – „schon aufgefallen bist. Man sieht nicht jeden Tag so stattliche junge Arabermänner mit so blauen Augen, wie du sie hast. Wir hatten uns schon seit längerer Zeit gefragt, woher du wohl kommen magst? Und nun bist *du* es! Welch glückliche Fügung! Der Erschaffer alles Erschafften sei gepriesen!"

Achmads Begeisterung war echt. Nichts in seiner Stimme verriet auch nur die geringste Verstimmung. Es war ganz so, als hätte ihre Entfremdung nie stattgefunden. Achmads kleiner Begleiter hatte derweil keine Miene verzogen, sondern musterte Ibn Battuta nur mit einem stechenden, aber durchaus wohlwollenden Blick.

„Willkommen in unserem Zelt!“, sagte er nun, den alten beduinischen Gruß entrichtend, „ich bin angenehm überrascht, was Dscharir für Freunde hat! Mit wem haben wir denn die Ehre?“

„Mein Name ist Ibn Battuta. Ich komme aus Tanger in Marokko und habe in Fes mit Achmad die Jurisprudenz studiert, nach Abschluss meines Studiums aber die Entscheidung getroffen, die Wallfahrt zu unternehmen. Und wie lautet Euer ehrenwerter Name?“

„Ihr mögt mich Farasdak nennen“, sagte er, „und ich freue mich, Eure Bekanntschaft zu machen. Ich und Dscharir, der Euch so angrinst, als habe er gerade eine der paradiesischen Jungfrauen gesehen, wir sind von Beruf Dichter, und zumindest, was mich betrifft, auch von Berufung. Dscharir komponiert Lobgedichte, während ich Schmähgedichte verfasse. Wie ich meinen will, ergeben wir zusammen eine recht ordentliche Mischung. Ich schärfe meine kritische Feder an Dscharirs Lobhudeleien, und Dscharir lässt sich von meinen Verrissen zu einer noch wohlmeinenderen Sicht der Dinge inspirieren. Natürlich verschwendet *er* dabei sein Talent, welches mit seiner Leibesfülle korreliert, das meine ich als Kompliment. Aber wenn er mir dadurch hilft, die Unzulänglichkeiten dieser Welt mit noch unbarmherzigerem Blick zu durchschauen, kommt mir das Opfer, das er dafür auf sich nimmt, recht gelegen.“

Ibn Battuta verbiss sich ein Lachen. „Ihr führt passende Namen, wenn ihr mir die Bemerkung gestattet.“ Dscharir und Farasdak hießen schon zwei frühislamische Dichter, die der Nachwelt vor allem für ihre erbitterte Fehde in Erinnerung blieben. Wenigstens die Hälfte ihres Schaffens bestand aus ausgesucht gemeinen Schmähgedichten, die sie sich gegenseitig und mit wahrer Begeisterung gewidmet hatten. Schon seine Tante Sara hatte ihn mit dem wortgewaltigen Sarkasmus dieser beiden Poeten bekannt gemacht, und auch erinnerte Ibn Battuta sich, wie er mit Achmad in den Auen des Perlflusses in Fes gesessen und die Kasiden der beiden berühmten Dichter deklamiert hatte.

„Was bringt euch nach Irak?", wandte er sich an Dscharir.

„Die Frage musst du an Farasdak richten, lieber Freund", sagte Dscharir, seufzte mit hoher Stimme und richtete die Augen zum Himmel. Sein Kamel erwiderte seinen Seufzer mit einem gequälten Grunzen. „Ich meinerseits wäre ja in Damaskus geblieben, es ist eine gar so schöne Stadt, und unsere Stellung am Hof war auch ganz einträglich. Aber der durchlauchte Dichterfürst an meiner Seite hat es nun einmal dort nicht länger ausgehalten. Was für eine Idee! Vorzutäuschen, dass wir die Pilgerfahrt nach Mekka vollziehen, uns mit gespielter Hoffnung auf baldiges Wiedersehen vom Gouverneur von Damaskus zu verabschieden und uns dann auf dem Rückweg der Karawane nach Irak anzuschließen! Wahrlich ein Plan, der eines Mannes vom Schlage Farasdaks-mit-der-großen-Birne würdig ist!"

„Ein verkommenes Provinznest ist Damaskus!", schnaubte Farasdak verächtlich. „Dankbar solltest du mir sein! Ich erinnere dich daran, dass uns im Irak am Hofe des jungen Herrschers Abu Said hingegen große Ehre und ein stattliches Einkommen winkt! Dieser Nachkomme der Mongolen hat sich sowohl die verfeinerte Kultur der Perser als auch die Kunst der arabischen Dichtung in Windeseile zu Eigen gemacht. Persien ist die Zukunft, sage ich dir! Übrigens, du solltest auf deinem Kamel etwas weiter nach hinten rutschen, sonst bricht dem armen Tier noch der Hals."

Ibn Battuta nahm belustigt zur Kenntnis, dass die beiden offensichtlich unzertrennlich waren. Der Gedanke, einfach allein in Damaskus zu bleiben, war Dscharir anscheinend gar nicht gekommen.

„Und du, Ibn Battuta?", fragte Dscharir wohlwollend. „Was bringt einen jungen und erfolgreichen Mann aus dem Westen so weit in den Osten? Warum bist du nach der Wallfahrt nicht einfach nach Hause zurückgekehrt?"

Ibn Battuta bemühte sich, Dscharirs feuchte Frage unauffällig von der Wange abzuwischen. Er beschloss kurzerhand, die beiden in seine Suche einzuweihen. Er erzählte ihnen von seiner Begegnung mit Chiser in Fes, dem Tod seiner Mutter, seiner Reise nach Ägypten, dem Treffen mit Murschidi und dem Wächter am Grabe des Schasili sowie seinen Abstechern nach Jerusalem und Damaskus.

Dscharir gluckste vor Vergnügen. „Das ist ja herrlich!", sagte er. „Und jetzt willst du in Irak und Persien nach Sufimeistern suchen, die dir den Weg zu Chiser weisen? Wunderbar! Dann können wir ja noch eine Weile gemeinsam reisen. Farasdak und ich haben nämlich vor, uns dort einige Städte anzusehen, bevor wir uns in den Dienst von Abu Said begeben. Der junge Herrscher ist sowieso ständig mit seinem Heerlager unterwegs, sodass wir gar nicht genau wissen, wo wir ihn antreffen werden."

Unterdessen hatte Farasdak geschwiegen und stirnrunzelnd vor sich hin geschaut. „Ich bin mir nicht ganz sicher, Ibn Battuta", sagte er, „wie groß deine Aussichten sind, Chiser zu finden. Natürlich wird er irgendwo anzutreffen sein, aber wie jedermann weiß, hat er die Gabe, in kürzester Zeit lange Strecken zurückzulegen, einmal hier und dann wieder dort zu sein, in China wie auch in Spanien. Dass er sich nun gerade in Persien aufhalten sollte, wenn du dort nach ihm suchst, halte ich eher für fraglich."

„Du musst auch immer alles gleich von der schlechten Seite sehen, Farasdak!", zischte Dscharir. „Siehst du denn nicht, wie du unserem jungen Freund den Mut nimmst?"

„Na, na, so habe ich es ja gar nicht gemeint", beschwichtigte Farasdak, dem es schon Leid tat, „wir wollen dir so gut wir können beistehen, junger Freund! Schon in Nadschaf kannst du vielleicht ein paar Hinweise erhalten. Nur noch ein paar Tage und wir sind dort!"

„Wieso Nadschaf?", fragte Ibn Battuta. Die Stadt lag auf dem Weg nach Bagdad, war Ibn Battuta aber nur als Begräbnisort von Ali bekannt, dem Vetter des Propheten, und als Wallfahrtsort der schiitischen Muslime.

Farasdak lächelte. „Weißt du denn nicht, dass auch Ali dem Chiser begegnet ist? Die schiitischen Wächter seines Grabes erinnern daran jeden Donnerstagabend mit einem besonderen Gebet. Sicher können sie dir sagen, wo man in Irak und Persien am ehesten jemanden finden kann, der dich zu Chiser führt."

Ibn Battuta dankte dem göttlichen Berechner, dass er ihn Farasdak und Dscharir hatte treffen lassen und dass er ihn auf den Weg nach Nadschaf geleitet hatte. Auf einmal schien über seiner Suche wieder ein guter Stern zu leuchten. Den Rest der Reise ritten sie nebeneinander her und unterhielten sich ausgezeichnet.

Am östlichen Rand der großen Nafudsandwüste zogen sie weiter in Richtung Bagdad. Bei Waqisa, der letzten größeren Oase vor dem mesopotamischen Becken, kam ihnen ein Empfangskomitee aus dem Irak entgegen, das aus fünfzig Reitern und Proviantkamelen bestand und frisches Brot, Datteln und Obst brachte. Sechs Tage später, vierundvierzig Tage nachdem sie Mekka verlassen hatten, ritten sie in Nadschaf ein.

Sechsunddreißigstes Kapitel

Welches von Ibn Battutas Ankunft im Zweistromland handelt und von seinem Besuch am Grabmal Alis, des Befehlshabers der Gläubigen

Nadschaf liegt am Rande der Wüste auf einer leicht erhöhten Ebene. Hier, in der Übergangszone zwischen dem trockenen Syrien und dem saftigem Zweistromland, hatte einst der Perserkönig Jasdegird der Dritte sich dem vom arabischen Propheten entfachten Sturm der Wüstenkrieger entgegengestellt und war vernichtend geschlagen worden. Seitdem herrschte der Islam über den Irak.

Als die Karawane sich der Stadt näherte, passierten sie weite Gräberfelder. Der heilige Ali war in Nadschaf begraben, und fromme Schiiten, die ihn über alles verehrten, ließen sich mit Vorliebe in seiner Nähe beerdigen. Der Zug der Pilger hatte wegen seines großen Umfangs in einiger Entfernung von der Stadtmauer angehalten, um hier die Zelte aufzuschlagen; dennoch hatten die Menschen Mühe, zwischen den Gräbern Platz zu finden.

Ali, den die Schiiten nur den *Befehlshaber der Gläubigen* nannten, hatte nach dem Tod seines Vetters und Schwiegervaters Muhammad vielen als der erste Anwärter auf das Amt des Kalifen gegolten, des Nachfolgers und Stellvertreters des Propheten. Zwar war Ali ein unansehnlicher Mann mit auffallend kurzen Beinen, doch hatte er sich als geschickter Feldherr und verbissener Kämpfer einen Namen gemacht. Drei andere Stammesälteste waren ihm jedoch zuvorgekommen, und so übernahm er erst als vierter Kalif die Leitung des muslimischen Staatswesens, welches sich in Windeseile zu einem Großreich herausgeformt hatte. Der Neid und die Machtgier anderer setzten ihm bald zu. Der mekkanische Adel wandte sich gegen ihn. Ein mörderischer Bürgerkrieg war die Folge. Bis zu dem Zeitpunkt, als er in der irakischen Stadt Kufa von einem fanatischen Gegner erdolcht wurde, hatte Ali sich nicht entscheidend durchsetzen können. Der Clan der Umajjaden, Statthalter in Damaskus, ergriff die Macht. Die Schiiten hingegen, Alis Parteigänger, waren gezwungen, im Geheimen fortzuwirken. Im Laufe der Jahrhunderte hatten sie ihre Stellung gefestigt. Trotz ab und zu aufflammender Gegensätze waren sie zu friedlichen und anerkannten Nachbarn geworden.

Die schiitische Legende will es, dass Ali, von der kalten Klinge des Mörders Ibn Muldscham tödlich getroffen, sterbend befahl, man solle seinen Leichnam auf ein Kamel binden und dieses dann frei laufen lassen. Dort, wo es niederkniete, wolle er begraben sein. Kurioser Leichenzug! Gefolgt von Trauernden, schritt das Tier langsam und mäandernd von Kufa bis nach Nadschaf. Wo Ali zu Grab gelassen wurde, blieb jedoch lange Zeit geheim: die Schiiten fürchteten, dass die Umajjaden die heilige Stätte schändeten, und die Umajjaden sorgten sich, dass der Ort zu einem Sammelort für Aufständische würde. Erst unter dem Kalifen Harun ar-Raschid – mehr als ein Jahrhundert war vergangen – wurde Nadschaf zu Alis Begräbnisort erklärt.

Harun ar-Raschid war auf der Jagd in dichtes Unterholz eingedrungen. Plötzlich scheute sein Ross, und nichts konnte es dazu bewegen, auch nur einen Huf weiter hinein in das Dickicht zu setzen. Der Kalif fragte die Bauern auf dem Acker, was es mit dem Ort auf sich habe. Sie sagten, dies sei die Stelle, an der Ali ruhe, ein unverletzbares Heiligtum, in dem selbst wilde Tiere göttlichen Schutz genossen. Der Kalif befahl sofort, nach den Überresten Alis zu graben. Als man sie fand, ließ er über der Stelle einen Schrein bauen. Dieser Schrein war seitdem einer der heiligsten Orte des schiitischen Islam, und auch Muslime anderer Konfessionen besuchten ihn, denn sie verehrten Ali als einen der rechtgeleiteten ersten vier Kalifen.

Hier am Grab des *Befehlshabers der Gläubigen* war Ibn Battuta endgültig im Herrschaftsbereich der Mongolenkönige Iraks und Persiens angekommen. Ebenso rasch und unvermittelt wie sie achtzig Jahre zuvor Verwüstung und Tod gebracht hatten, waren die Erben des Dschingis Khan darangegangen, die eroberten Länder wieder aufzubauen und zu neuer Blüte zu führen. Kaum dreißig Jahre war es her, dass einer von ihnen in Nadschaf ein prächtiges Sufikloster gestiftet hatte. In diesem Kloster stiegen Ibn Battuta, Dscharir und Farasdak ab. Jedem Reisenden mit adäquaten Referenzen wurde hier drei Tage lang unentgeltlich

Unterkunft gewährt, und zweimal am Tag wurden sie mit Brot, Fleisch und Datteln verköstigt.

Es war ein heißer, staubiger Freitagnachmittag, und sogleich machten sie sich zur Grabanlage Alis auf. Sie überquerten den weiten Vorhof und gelangten zur Eingangstür des Grabbaus, welcher von einer großen goldenen Kuppel überspannt wurde. Eine Gruppe zeremoniell gekleideter Wächter stellte sich ihnen entgegen, Abgesandte vornehmer schiitischer Familien Nadschafs, in Begleitung ihrer Kammerdiener und Eunuchen. Einer von ihnen, der an seinem großen Turban als Sajjid, also als ein Nachkomme Alis erkennbar war, löste sich aus der Gruppe, kam auf sie zu und sprach sie an:

„Der Friede sei mit euch, Fremde! Nisamuddin ist mein Name, Wächter am Grab von Ali! Wünscht ihr den *Befehlshaber der Gläubigen* zu besuchen?"

„Und mit Euch der Friede!", gab Ibn Battuta zurück. „Mekkapilger bitten um die Ehre, dem Chiser-Gebet beizuwohnen."

Nisamuddin lächelte, führte sie an die versilberte Schwelle des Eingangstores und rief, zum Grab gewandt, mit lauter Stimme:

„Ich bin zu Euren Diensten, verehrter *Befehlshaber der Gläubigen*! Diese geringen Diener des wohltätigen Gottes bitten, in den erlauchten Garten eintreten zu dürfen! Wenn Ihr es erlaubt, so danken wir für die erwiesene Gunst! Wenn nicht, werden sie auf der Stelle zurückkehren. Denn vielleicht erachtet Ihr sie nicht für würdig, seid Ihr doch edel und erhaben!"

Aus dem Inneren des Grabraums kam keine Antwort. Offenbar hatte Ali gegen den Besuch nichts einzuwenden. Mit Zeichen bedeutete Nisamuddin ihnen, die silberne Schwelle und die Türpfosten zu küssen und durch den Seidenvorhang, der den Eingang abdeckte, den Innenraum zu betreten. Goldene und silberne Lüster hingen von der Decke. Die Wände waren mit erlesenen Kaschankacheln verziert, schimmernd in irisierender Vielfarbigkeit. Seidenteppiche bedeckten den Boden und dämpften sanft die Schritte der Eintretenden. Angenehm kühl war der Ort und atmete den Duft frommer Andacht.

Alis schlichter länglicher Grabstein ruhte auf einem flachen Podest, auf den man mit Silbernägeln Goldplatten geschlagen hatte. Zur Linken und zur Rechten lagen zwei weitere Gräber, Adam und Noah zugeschrieben. Nisamuddin forderte sie auf, ihre Hände in ein goldenes Bassin zu tauchen, das mit Rosenwasser und Moschusessenzen gefüllt war. Dann teilte er ihnen einen Platz in den Reihen der Gläubigen zu, die sich in Erwartung des Abendgebets hier versammelt hatten, trat vor die Menge und begann, laut die Faticha zu rezitieren, die erste Sure des Korans:

Im Namen Gottes des allbarmherzigen Erbarmers!
Gelobt sei Gott, der Herr der Welten!
Der Allbarmherzige, der Erbarmer,
Der König des Gerichtstags.
Dir dienen wir, Dich rufen wir um Hilfe an.
Führe uns den Weg, den geraden!
Den Weg derjenigen, über die Du gnadest,
derer, auf die nicht wird gezürnt, und derer, die nicht irrgehn.

Sie vollzogen die dreimalige Niederwerfung und sprachen die Bittgesuche.

„Hört nun das beste aller Bittgebete", sagte Nisamuddin mit weihevoller Stimme, „das Gebet, welches Chiser – Friede sei mit ihm! – Ali, den *Befehlshaber der Gläubigen* – Gott spende ihm Heil! – gelehrt hat."

Einige der Anwesenden fielen leise murmelnd ein, bis die gesamte Grabkapelle Alis sanft von diesen Worten widerhallte:

Im Namen des allbarmherzigen Erbarmers!
Gott ist groß! Ich bitte dich:
Bei Deiner Güte, welche alle Dinge umfasst!
Bei Deiner Pracht, vor der alles verblasst,
welcher alles untersteht,
vor welcher aller Stolz vergeht!
Bei Deiner Macht, der nichts widersteht!
Bei Deinem allweisen Wissen!
Bei Deines Gesichtes Licht!
Großer Gott! Vergib meine Sünden,
die mich im Innersten unrein gemacht!
Großer Gott! Vergib meine Sünden,
die Du mit schwerer Strafe bedacht!

Das Gebet war lang, doch das wollte Ibn Battuta nichts ausmachen, denn er schwelgte in der kunstvollen Sprache, den schier unendlichen spielerischen Verästelungen des Arabischen, welches den Wörtern erlaubt, sich zu immer neuen Ableitungen und Variationen zusammenzufügen und dabei doch den refrainartig klingenden Endreim eines jeden Verses beizubehalten. Die Größe und Herrlichkeit des himmlischen Führers wurden auf alle erdenklichen Weisen gepriesen, die Sündhaftigkeit der Menschen in jeder möglichen Weise reuevoll eingestanden.

Schließlich, eine Stunde mochte vergangen sein, schloss die Litanei mit den üblichen Segenswünschen für den Propheten, seinen Schwiegersohn Ali und die Mitglieder ihrer Familie.

„Das war ganz ordentlich", flüsterte Farasdak, die lange Nase rümpfend. „Dieser Chiser versteht offensichtlich etwas von Dichtung."

Die anwesenden Männer umarmten sich, einige tauschten Küsse aus. Nisamuddin trat erneut zu ihnen. Dass er das Gebet geleitet hatte, legte nahe, dass er der Hauptmann der Aliden Nadschafs war, der Vorsteher der Edlen, wie man ihn nannte, gleichzeitig Gouverneur der Stadt. Ibn Battuta staunte über die Bescheidenheit des Mannes, der sich nicht zu schade war, zusammen mit den Kammerdienern und Eunuchen am Grabe Alis Wache zu halten und Fremden die Örtlichkeiten zu zeigen.

„Wie hat meinen werten Gästen das Gebet gefallen?", fragte Nisamuddin freundlich.

„Ausgezeichnet", erwiderte Farasdak, und bei ihm wollte das was heißen.

„Allerliebst, inniglich beseelt, königlich erhaben!", flötete Dscharir mit vor Speichel glänzendem Kinn.

„Sehr schön", pflichtete Ibn Battuta bei, „und es ist uns eine große Ehre, die Bekanntschaft des Hauptmanns der Aliden von Nadschaf zu machen. Aber erlaubt mir eine Frage: Woher weiß man denn so genau, dass Ali das Gebet wirklich von Chiser gelernt hat?"

„Nun", sagte Nisamuddin, „so ist es von Generation zu Generation seit der Zeit von Kumail überliefert worden, der ein enger Vertrauter Alis war. Alle Glieder in der Überlieferungskette seit ihm waren vertrauenswürdige Leute. An der Echtheit des Gedichts kann genauso wenig Zweifel bestehen wie an der Tatsache, dass Ali hier begraben liegt. Immerhin bestätigen regelmäßige Wunder die segensbringende Anwesenheit des *Befehlshabers der Gläubigen.*"

Ibn Battuta wurde neugierig. „Was Ihr nicht sagt!", bemerkte er. „Um Wunder welcher Art handelt es sich denn?"

„Einmal im Jahr, in der Nacht des Siebenundzwanzigsten des Monats Radschab, kommen an die fünfzig Krüppel, Blinde und sonstig Kranke von überallher hier zusammengeströmt, um während der *Nacht der Wiederbelebung* von ihren Leiden geheilt zu werden. Sie werden allesamt auf die Plattform gesetzt, auf der Alis Grab liegt. Sie beten, lobpreisen den Herrn und rezitieren den Koran. Genau zur halben Nacht stehen sie alle von allein auf und sind geheilt. Aus Dankbarkeit haben schon viele wertvolle Gegenstände für die Schatzkammer des Schreins gestiftet. Die Handkranken spenden manchmal eine goldene oder silberne Hand. Wer von einem Kopfleiden erlöst wurde, gibt einen aus Gold oder Silber gefertigten Kopf, und so weiter. Ihr solltet einmal unsere Schatzkammer sehen! Eine kleine Armee von Gold- und Silberpuppen könnten wir aufstellen!"

„Werden auch Tote zum Leben erweckt?", wollte Ibn Battuta wissen.

„Ich flehe Gott um Beistand gegen den verfluchten Satan an!", zischte Nisamuddin streng. „Über Leben und Tod zu entscheiden, ist, wie du nur zu genau weißt, junger Freund, einzig und allein dem göttlichen Urheber aller Dinge vorbehalten."

„Man erzählt", erwiderte Ibn Battuta, „dass auch Chiser diese Fähigkeit besitzt und dass er weiß, wo die Quelle des ewigen Lebens zu finden sei."

„Mag sein, aber mit Chiser hat die *Nacht der Wiederbelebung* nichts zu tun. Im Übrigen erscheinen mir solche Vorstellungen verdächtig, um nicht zu sagen häretisch. Man sollte meinen, dass die Sufis sich besser damit auskennten. Sie behaupten ja, durch eigene Anstrengung dem Geheimnis von Gottes Herrlichkeit auf die Spur zu kommen und sogar Vereinigung mit ihm zu erzielen! Welche Torheit! – Aber ich will mich nicht erregen. Jedenfalls verwundert es nicht, dass sie Chiser folgen. Wenn der grüne Prophet dein Anliegen ist, junger Freund, musst du die großen Sufis fragen, den Kutbuddin in Isfahan, oder den Ala'uddaula in Simnan, der als größter Chiser-Verehrer von allen gilt."

„Die von Euch genannten Meister würde ich gern aufsuchen", sagte Ibn Battuta, bemüht, seine Aufregung zu beherrschen. „Wie kann man ihnen denn begegnen?"

„Das ist gar nicht schwer", sagte Nisamuddin. „Ihre Klöster, in denen sie Novizen ausbilden, sind jedermann zugänglich, schon gar so gebildeten jungen Männern, wie du einer bist. Aber nach Simnan im Norden solltest du dich im Moment besser nicht aufmachen."

„Warum nicht?"

Der Vorsteher der Edlen seufzte, blickte sich vorsichtig um und sagte dann mit leiser Stimme: „Leider hat der junge Herrscher Abu Said das Land nicht unter Kontrolle. Das Reisen ist gefährlich, vor allem in den nördlichen Provinzen. Abu Said ist zweifellos ein äußerst talentierter und vielversprechender junger Mann, von seinem Verstand und seinen feinen Manieren wird allseits geschwärmt. Aber sein Vormund, der Emir Tschoban und auch dessen Söhne Dimaschk und Husein manipulieren ihn nach Lust und Laune und führen sich wie Ungeheuer auf am Hofe. Die müsste er loswerden, das sage ich euch, denn ihr habt ehrliche Gesichter. Ehe Abu Said das nicht schafft, kann er seine hervorragenden Veranlagungen nicht zum Wohle des Volkes einsetzen. So wie die Dinge stehen, hat er keine Macht, um für Ordnung im Lande zu sorgen. Selbst in der Umgebung von Nadschaf sind in letzter Zeit Räuberbanden unterwegs!"

„Der arme Sultan", fiel Dscharir ein und klimperte mitleidig mit seinen kohlestiftgeschwärzten Wimpern. „Wo hält er sich denn zurzeit auf, unser talentierter junger Herrscher?"

„Vor nur wenigen Tagen ist er mit dem Emir Dimaschk und dem sultanischen Heer hier in der Nähe vorbeigezogen. Er war auf dem Weg nach Basra im Süden. Wenn ihr ihn aufsuchen wollt, nehmt euch vor Dimaschk in Acht! Er ist furchtbar jähzornig. Letztens hat er in einem der für ihn typischen Wutanfälle seinem Pferd die Schnauze abgesäbelt."

Das sprach nicht für Dimaschk, aber die Warnung konnte Ibn Battuta und seine Begleiter nicht abschrecken. Auf dem Rückweg in ihre Unterkunft schäumten Dscharir und Farasdak über vor Zufriedenheit.

„Auf nach Basra!", schnurrte Farasdak. „Mit unserer Dichtkunst erobern wir den Hof Abu Saids im Sturm!"

„Und was mich beinahe noch glücklicher macht als die Aussicht auf unseren nahen Ruhm, lieber Farasdak", freute sich Dscharir, „ist, dass wir noch eine kleine Strecke mit Ibn Battuta reisen können. Er wird sich, wenn ich mich nicht irre, als Nächstes zum Kutbuddin in Isfahan aufmachen. Da liegt Basra ja auf dem Weg!“

Siebenunddreißigstes Kapitel

Worin Ibn Battuta Zeuge zweier höchst unterschiedlicher religiöser Exerzitien wird

Auf dem Markt von Nadschaf wurde eine seltsame Mischung aus profanen Waren und Devotionalien angeboten. Zwischen Dattelbergen standen Votivkerzen und Räucherstäbchen, neben Knoblauchstauden baumelten die Hand Fatimas und andere apotropäische Amulette, und Seite an Seite mit bunter Gebrauchskeramik verkaufte man hier ein gewisse Art handtellergroßer Tontäfelchen, auf die die Namen Alis und seiner elf Nachfolger, der schiitischen Imame, geritzt waren. Am Morgen fanden sie dort Anschluss an eine Karawane, die weiter gen Osten zog. Mit ihr wollten sie über den Euphrat und bis zur der am Tigris liegenden Stadt Wasit gelangen. Von dort aus würden sie entlang des Stroms südwärts nach Basra weiterreisen. Ehe sie aufbrachen, ritten sie hinaus vor die Stadtmauern, um dem Emir Hawi Lebewohl zu sagen. Dieser war im Begriff, die Pilgerkarawane nach Bagdad zurückzuführen. Er zeigte sich enttäuscht, auf ihre Gesellschaft verzichten zu müssen, schenkte ihnen zum Abschied aber etwas Reisegeld und lud sie ein, ihn bald in Bagdad zu besuchen.

Vor ihnen lag nun der Große Sumpf, eine weit ausgedehnte Schilflandschaft, die von Seen und Morästen durchzogen war. Räuberbanden hielten sich hier versteckt, denn in dem unwegsamen Gelände waren sie vor den Truppen des Sultans sicher. Am nördlichen Rand dieses Sumpfes entlang ging es nach Osten. Nach einer Woche erreichten sie Wasit.

Während die Karawane, in der sie gekommen waren, eine Karawanserei bezog, um dort ihre Waren loszuschlagen, kamen Ibn Battuta und seine beiden Begleiter in einer Medresse unter. Wasit war eine florierende Stadt mit hübschen Märkten und Gärten; vor allem aber genoss sie Ruhm als Zentrum der Koranrezitation. Aus dem ganzen Irak und sogar aus Syrien und Persien kamen hier junge Männer zusammen, die die Kunst erlernen wollten, das heilige Buch nach der Art der Alten vorzutragen. Eine schwierige Wissenschaft ist dies, denn die Studenten müssen nicht nur den Koran auswendig kennen, sondern auch alle Variationen seines

Wortlauts beherrschen, und wenn möglich soll die Kantillation mit schöner Stimme erfolgen.*

Als sie sich in einer Zelle im zweiten Stockwerk der Medresse ihr Lager herrichteten, hörten sie, wie unten im Hof ein Student den berühmten Lichtvers rezitierte. Er hatte eine weiche, doch starke Stimme, die sich in Verzierungen und Melismen geradezu überschlug und die Worte so eng miteinander verband, dass alles nahtlos ineinander überzugehen schien. Dscharir trat zu Ibn Battuta, der am Geländer lehnte und fasziniert lauschte.

„﴾*Gott-ist-das-licht-der-himmel-und-der-erde ... sein-licht-gleicht-dem-licht-einer-lampe-welche-in-einer-nische ...*﴿“

Hier wurde der Vortragende von seinem Lehrer unterbrochen: „Das *n* in *nische* musst du stärker nasalieren, mein Sohn, und das *r* von *einer* wird dabei assimiliert, also *eineng-nische*. Noch mal!“

Nasalisierung galt als eines der vornehmsten Mittel, um das Arabische des Korans über die normal gesprochene Sprache zu erheben.

Der Schüler setzte neu an:

„﴾... *in-eineng-nische* ...﴿“

„Gut!“

„﴾... *steht-von-glas-umfasst* ...﴿“

„Hier kannst du kurz Luft holen“, fiel der Lehrer ein, „um Atem für den langen folgenden Vers zu sparen!“

„﴾... *umfasst* ...﴿“, begann der Schüler von Neuem, hielt kurz inne und fuhr dann fort: „﴾... *einem-glas-das-funkelt-wie-ein-stern ... entzündet-vom-öl* ...﴿“

„Der Vokal hat hier die Länge von sechs Herzschlägen, mein Sohn, du musst ihn länger halten!“

„﴾... *entzündet-vom-ööö-* ...﴿“ – die Stimmkaskaden des Schülers waren auf einer hohen Note zum Stehen gekommen, auf dem er nun das *ö* sechs Herzschläge lang aushielt – „﴾... *-öööl-eines-gesegneten-baumes-welcheng-nicht-im-osten-ung-nicht-*

* Wenigstens zehn verschiedene Lesarten des Korans sind bekannt. Das Arabische schreibt die Vokale nicht aus, daher lassen viele Wörter mehr als eine Lesung zu (Anm. des Übersetzers).

im-westen-wurzelt ... das-ööööööl-glänzt-helle-obgleich-kein-feuer-es-erfasst ...﴿“

Hier machte er eine weitere kurze Pause, und nun erhob sich seine sanft modulierende Stimme zu einem entrückten, engelsgleichen Gesang von solcher Schönheit, dass es den unerkannt Lauschenden die Tränen in die Augen trieb.

„﴾*...licht-über-licht! ... Gott-führt-zu-seinem-licht-wen-er-will ... er-gibt-den-menschen-gleichnisse ... Gott-weiß-über-alle-dinge-bescheid ...*﴿“

„Gott ist groß!“, seufzte mit feuchten Augen Daschrir, der still und reglos wie ein schlafender Elefant neben Ibn Battuta gestanden und andächtig zugehört hatte. „Unsere ärmlichen Verse verblassen im Vergleich mit Seinem Wort!“

Zwei Tage sollte der Aufenthalt ihrer Karawane in Wasit dauern. Ibn Battuta kam dies nicht ungelegen. Seit geraumer Zeit hegte er einen Wunsch. Er wollte das Grab des Achmad Rifai besuchen, des Gründers des Rifai-Sufiordens, dessen Mitglied er geworden war, als er in Jerusalem den Abdurrachman ibn Mustafa kennengelernt hatte. Das Mausoleum Rifais lag bei einem kleinen Dorf nur einen Tagesritt von Wasit entfernt. Farasdak, skeptisch wie immer, zeigte an dem anstrengenden Ausflug kein Interesse. Dscharir, zunächst von der Idee angetan, entschied sich, an der Seite Farasdaks zu bleiben. So mietete Ibn Battuta zwei ortskundige Führer mitsamt schnellen Pferden an und machte sich am nächsten Morgen auf den Weg.

Gerade rechtzeitig zum Nachmittagsgebet erreichte er die Anlage, einen weiten, von einer Mauer umgebenen Platz, in dessen Mitte sich ein schlichtes Grabmal erhob. Darum gruppierten sich einfache Unterkünfte für die Pilger. Auch einige Rifai-Brüder, die von den Almosen der Besucher lebten, hatten sich hier niedergelassen. Sie saßen bei starkem Kaffee zusammen auf einem rauen Teppich, den sie vor ihrer Klause auf dem Boden ausgebreitet hatten. Ibn Battuta entrichtete ihnen den Friedensgruß und stellte sich als Adept des Abdurrachman ibn Mustafa aus Jerusalem vor, zum Beweis den Flickenrock zeigend, den man ihm dort verliehen hatte. Freudig hießen sie ihn da willkommen und wiesen ihm einen bevorzugten Platz in der Meditationsübung zu, die sogleich beginnen sollte.

Die Rifais hatten sich in den hundertfünfzig Jahren ihres Bestehens den Ruf erworben, in der Ausübung ihrer Andachten besonders ausschweifend zu sein. Ihre ekstatischen Praktiken galten als anrüchig, ja blasphemisch. Viele verglichen die Rifais gar mit den Kalandars, jenen wilden Gesellen, die Ibn Battuta schon in der Gestalt jenes verstümmelten, mit Metallreifen klappernden Landstreichers auf der Straße nach Kairo kennengelernt hatte. Doch als sich die Rifais nun unter einem großen Baldachin auf dem Platz vor dem Grabmal zu einem Kreis formierten, die Arme gegenseitig über die Schultern gelegt, und zum Trommelschlag einen fröhlichen Tanz aufführten, wollte Ibn Battuta dies als das harmloseste Vergnügen auf der Welt erscheinen. Der Nachmittag verging in großer Ausgelassenheit. Willig ließ Ibn Battuta sich von der allgemeinen Begeisterung anstecken, genoss die von Verkrampfungen lösenden Bewegungen des Tanzes, tauchte ein in die Geborgenheit der Gemeinschaft und sang aus vollem Hals die herrlichen Loblieder zu Ehren des erhabenen Erhöhers.

Dann wurde gegessen. Man reichte Reisfladen, Fisch, Joghurt und Datteln, ein einfaches, aber herzhaftes Mahl. Nach dem Abendgebet, über ihnen funkelten schon die Sterne, fanden die Brüder sich im Kreis um ein loderndes Feuer zusammen. Ernst und feierlich standen sie und warteten, bis ein Vorsinger das muslimische Glaubensbekenntnis anstimmte.

„*La ilaha illa Allah*!“, rief er in die nächtliche Stille. „Es gibt keinen Gott außer Gott!“

Da griffen die anderen jubelnd den Ruf auf und antworteten ihm im Chor. Ein langsam schreitender Trommelschlag erscholl, und der Vorsinger rief:

„*La ilaha illa huwa*! Es gibt keinen Gott außer Ihm!“

„Es gibt keinen Gott außer Ihm!“, wiederholten die Brüder wie mit einer Stimme und mit geschlossenen Augen, *la ilaha illa huwa!*, ohne Unterlass im rhythmischen Einklang, bald lauter und schneller, immer wieder und wieder, bis die Silben zuletzt zu nicht mehr als kurzen *ha!*s, *hi!*s und *hu!*s zusammengeschrumpft waren. Dabei schüttelten sie im Gleichtakt die Köpfe: Das *ha!* riefen sie gegen die linke, das *hi!* gegen die rechte Schulter, beim *hu!* schlugen die Kinnladen geräuschvoll auf die Brust. Ibn Battuta, dem der anstrengende Tag noch in den Knochen steckte, wurde von der kopfkreisenden Übung bald schwindelig. Er löste sich vorsichtig aus der Reihe und trat einen Schritt zurück, um sich unter die Zuschauer zu mischen, die herbeigeströmt waren, um das Spektakel mitzuverfolgen.

Der Rhythmus der Andachtsformel war nun noch schneller geworden, und das ursprüngliche *la illaha illa huwa!* hatte sich in gepresste Seufzer verwandelt, die immer unartikulierter ausgestoßen wurden, bis sie dem Heulen eines verwundeten Tieres glichen. Nur noch ein dumpfes *hu!* war zu hören.

Hu war die übliche Kurzform für *huwa*, „er". Damit meinten die Rifais niemand anderen als *Ihn* – nämlich Gott. Manche Sufis lehrten sogar, dass *huwa* der geheime hundertste Name Gottes sei, die alles umfassende, alle Gegensätze in sich auflösende Bezeichnung des Weltenherrschers. So wie man einen König niemals mit „du" ansprechen durfte, sondern nur in der dritten Person mit „er", so ziemte es sich, den Herrn des Jüngsten Gerichts nur mit *huwa* zu benennen. *Hu-hu-hu!*, stöhnten die Rifais im Einklang und mit so viel Inbrunst, als versetze sie das geheimnisvolle Kürzel in die unmittelbare Gegenwart ihres Schöpfers, als verschmölze ihre Gemeinschaft zu einer überirdischen, geistigen Einheit. Sollte ihre Ekstase tatsächlich der Schlüssel zum hundertsten Namen sein? War Ibn Battuta hier an sein Ziel gelangt? Für einen kurzen Moment war er von dem Gedanken in Bann geschlagen.

Dann geschah das Ungeheuerliche.

Aus dem Kreis der heulenden Derwische lösten sich einzelne Männer, um mit nackten Füßen in das Feuer in ihrer Mitte zu steigen. Ihre Augen waren in Trance weit aufgerissen und schimmerten glasig, der Widerschein der Flammen flackerte in den Pupillen. Ihre Blicke gingen durch Ibn Battuta und die anderen Anwesenden hindurch, geradeso als wären sie schon auf das Jenseits gerichtet. Einer der Rifais wälzte sich gar in der Glut, ergriff ein brennendes Scheit, wiegte es in seinen Händen, steckte es in den Mund und schluckte es hinunter.

Doch das war nur der Anfang. Ein anderer Rifai zog einen Dolch aus dem Gürtel, führte ihn in den Mund und durchbohrte damit von innen nach außen die Wange, woraufhin er ungerührt fortfuhr, den Kopf hin und her zu kreisen. *Hu-hu-hu!*, brüllten die Brüder, und in der Kühle der Nacht dampften ihre schweißüberströmten Körper. Ein hagerer Rifai trat stieren Blicks zum

Feuer und zog aus seinem Hemd eine Schlange, die sich ihm zischend entgegenreckte. Langsam näherte er seinen Mund dem züngelnden Tier, das ihn abwartend anblickte, dann schloss er seine Lippen um den Kopf und biss ihn mit einem Knacken ab.

Ibn Battutas Herz klopfte wie rasend. Übelkeit stieg in ihm hoch. *Der Allverwahrer behüte mich vor solchem Wahnsinn*, dachte er, *dies kann unmöglich die Art von Sufismus sein, die mich zu Chiser führen wird.* Er wollte gerade zu seinem Lager zurückkehren, als er plötzlich neben sich einen der Brüder gewahrte, der sich selbstverloren um die eigene Achse drehte. Verklärt lächelte der Rifai ihn an, während er ächzend und immerfort mit dem Kopf zuckend das *hu!* ausstieß. Dann pulte er sich erstaunlich geschickt mit der rechten Hand ein Auge aus der Höhle und hielt es Ibn Battuta grinsend entgegen.

Ibn Battuta konnte nicht länger an sich halten. Er stürzte davon, lief eine Weile und kniete in einiger Entfernung an einem vertrockneten Gebüsch nieder, um sich zu übergeben. Er war so erschöpft, dass er sich im Schutz der Mauer des Grabkomplexes auf den Boden legte und die Augen schloss. Aus der Ferne drang das Geheule der Rifais weiter an seine Ohren. Endlich fiel er in einen unruhigen Schlaf.

Als er erwachte, wusste er nicht, wie spät es war. Er fühlte sich ausgezehrt wie nach einer durchzechten Nacht. Stille hatte sich über den Platz gelegt. Nichts erinnerte an die Geschehnisse des Abends. Ibn Battuta setzte sich auf und blinzelte in das erste graue Licht des heraufziehenden Morgens. Er hielt seinen Kopf, denn dort jagten sich die Eindrücke der vergangenen Tage. Das furchtbare Heulen der Rifais war kein Vergleich zu der sanften Kantillation des Studenten in der Medresse in Wasit, aber dennoch, so schien ihm, besaßen beide Andachtsformen ihre eigene Stärke und Wirklichkeit: lieblich und anheimelnd die eine, erschreckend und befremdlich die andere. So barg auch die Seinsfülle des Schöpfers beide Aspekte. Denn Gott war schön und milde, doch Er war auch erhaben und furchterregend. Er war Er: der Lebensspender und Todbringende, der Ehrende und der Demütigende. Ibn Battuta begriff, dass man nicht die eine Seite ohne die andere anbeten durfte, denn ohne Zweifel umfasste der geheime Name Gottes *alle* Seine Eigenschaften. Nur ein echter

Sufimeister, einer, der das Geheimnis Chisers kannte, würde Ibn Battuta den rechten Weg zu diesem Namen weisen können. Hier jedoch wollte er sich nicht einen Moment länger aufhalten.

Er schlich zum Lager seiner Führer, rüttelte sie vorsichtig wach und trieb die müden und mürrischen Männer zum Aufbruch. Unbemerkt sattelten sie ihre Pferde. Als der erste Sonnenstrahl über dem Horizont erschien, ritten sie, ohne sich verabschiedet zu haben, durch den Torbogen der Grabanlage hinaus in die gerade zum Leben erwachende Wildnis der irakischen Wälder und wendeten sich zurück nach Wasit.

Achtunddreißigstes Kapitel

Welches schildert, wie Ibn Battuta durch den Großen Sumpf nach Basra fährt, wo er zum ersten Mal den Sultan von Irak und Persien sieht

Auf dem Rückweg rasteten sie mehrmals, von der feuchten Hitze erschöpft, und als sie bei Sonnenuntergang schließlich Wasit erreichten, war die Karawane der Händler bereits nach Basra aufgebrochen.

„Mein lieber Freund", empfing ihn Farasdak verdrießlich, „du kommst zu spät! Aber allein wollten wir dich dann doch nicht durch den Großen Sumpf nach Basra ziehen lassen. Die Gegend ist, wie du weißt, gefährlich!"

„Ohne uns wärst du dort verloren!", pflichtete Dscharir eifrig bei. Ein Speicheltropfen landete genau auf Ibn Battutas Nasenspitze.

Der Süden Iraks ist äußerst fruchtbar. Abertausende von Kanälen verbinden dort den Euphrat mit dem Tigris und verwandeln weite Teile des Landes in einen blühenden Garten, der jedes Jahr reiche Ernte trägt. Auch der Große Sumpf war einmal kultivierte Erde gewesen. Doch schon die letzten Perserkönige konnten das komplizierte Damm- und Irrigationssystem, das die Wassermassen der beiden Flüsse in Regenzeiten regulierte, nicht mehr aufrechterhalten. Der gesamte Bereich zwischen Nadschaf, Wasit und Basra war überschwemmt worden und hatte sich vielerorts, da das Wasser nirgendwohin abfließen konnte, in eine fiebrigfeuchte Sumpflandschaft verwandelt.

Durch dieses Sumpfgebiet fuhren sie nun auf einem kleinen Frachtboot in Richtung Basra. Der Tigris war hier eine Abfolge von mehr oder weniger großen Seen, die jeweils durch ein kurzes Stück Fluss miteinander verbunden waren. Zu ihrer Rechten sahen sie ein scheinbar endloses Schilfmeer, während zu ihrer Linken von Zeit zu Zeit Wachtürme am Ufer auftauchten. Der Wasserweg musste gegen Banditen gesichert werden, weil er die wichtigste Handelsroute für Schiffe war, die zwischen Bagdad und dem Meer verkehrten. Schließlich, am zweiten Tag nach ihrer Abreise, mündeten von Westen die verschiedenen Arme des

Euphrats in den Tigris und vereinten sich mit ihm zum großen irakischen Delta, dem Blinden Tigris, wie die Einheimischen ihn nennen, einem gewaltigen Strom, der noch mehr als hundert Meilen durchs Land fließt, bevor er sich in den Persischen Golf ergießt. Nachdem sie etwa die Hälfte des Blinden Tigris hinter sich gebracht hatten, bogen sie mit dem Schiff rechts in einen Kanal ein, der nach Basra führte.*

Diese Stadt war der Seehafen Bagdads, die Endstation der großen Schiffe vom Persischen Golf, deren Güter hier auf Boote mit weniger Tiefgang geladen wurden, um sie den Fluss hinauf zu transportieren. Basra grenzte im Nordosten an den Großen Sumpf und das Flussdelta, im Westen an die arabische Wüste. Der Ort war nur wenige Jahre nach dem Tod des Propheten Muhammad gegründet worden und diente als einer der Hauptstützpunkte für den Siegeszug des Islam in die Länder Asiens. Was Athen für das alte Griechenland, war Basra für die ersten zwei Jahrhunderte des Islam gewesen: Hier hatte Sibawaih die Grundlagen der arabischen Grammatik geschaffen, waren die ersten zarten Knospen der dialektischen Theologie gesprossen, hatte der fromme Hasan al-Basri, der Erzvater der islamischen Mystik gelebt, hatte Baschschar ibn Burd die neue arabische Dichtkunst begründet und Nazzam seine unübertroffenen Prosawerke verfasst.

Welch erhebender Augenblick, als sie mit dem Boot im Hafen Basras anlegten und zum ersten Mal den Fuß auf diesen geschichtsträchtigen Boden setzten! Dscharirs Augen leuchteten, als er über den Landesteg auf den vor Leben wimmelnden Kai stieg, und voller Begeisterung wandte er sich an seine beiden Gefährten:

„Diese Stadt, meine Herren, ist ohne Zweifel gesegnet! Unsere Vorfahren, die Gefährten des Propheten Muhammad – Gott spende ihm Heil! – bewiesen große Weisheit, als sie diesen Ort als ihre Garnisonsstadt wählten! Was könnte reizvoller sein, als genau auf der Schnittstelle zwischen Wüste und Ozean zu liegen?“

* Seit den Zeiten unseres Chronisten Hamid ibn al-Qali hat sich der Lauf des Tigris erneut geändert, Hamids Beschreibung des südlichen Irak stimmt also nicht mehr hundertprozentig (Anm. des Übersetzers).

Mit diesen Worten setzte er das Bein auf einen Poller, rückte seinen mächtigen Turban zurecht, straffte den massigen Körper, hob den Kopf und deklamierte mit feuchter, ja überschäumender Stimme:

Paradiesisch thronst du, Basra!, preislos, unvergleichlich schön,
über allen and'ren Gärten! Herrlich bist du anzuseh'n!
Meinem Herz bist du geworden liebgewonn'nes Vaterland,
dein bestrickend süßer Zauber meine Brust als Wohnstatt fand.
Stadt der unbegrenzten Freiheit! Igel macht mit Fisch gemein,
wie als Braut und Bräutigam zur Hochzeit alle laden ein.
Stolz wie Vogelsträuße segeln Schiffe hoch auf Basra zu,
aus der Wüste eilen Straußenvögel Schiffen gleich dazu.
Wenn du über Basra urteilst, solltest du vergessen nicht,
dass als kultiviert kann gelten, nur wer denkt, bevor er spricht.

Ibn Battuta zollte Beifall, und auch Farasdak wackelte widerstrebend mit dem großen Kopf.

Doch als sie sich mit einem Führer, den sie mitsamt seinem Esel anmieteten, vom Hafen aufmachten, um die Stadt näher zu erkunden, mussten sie bald einsehen, dass es mit der Herrlichkeit Basras, von der sie so viel gehört hatten, in Wirklichkeit nicht weit her war.

Seit dem Niedergang Bagdads hatte auch Basra an Bedeutung verloren. Einstmals als Stadt der tausend Kanäle besungen, waren die meisten ihrer Brücken entweder zusammengefallen oder plumpen Holzkonstruktionen gewichen, und über dem modrigen Wasser der Grachten standen dichte Mückenschwärme. Ganze Stadtviertel waren dem Verfall preisgegeben. Ruinenfelder umgaben die prächtige Freitagsmoschee, deren Bau man dem *Befehlshaber der Gläubigen* Ali zuschrieb. Ibn Battuta und seine beiden Begleiter hatten sich, nachdem sie ihre Sachen in einer Karawanserei verstaut hatten, hier zum Freitagsgebet eingefunden. Entsetzt stellten sie fest, dass der Prediger die Regeln der Grammatik des klassischen Hocharabisch nicht beherrschte und die Gemeinde stattdessen in einem rohen örtlichen Dialekt ansprach. Nichts hätte eindringlicher vom kulturellen Niedergang der Stadt Zeugnis ablegen können. Betrübt machten sie sich von der Moschee auf den Weg zurück zu ihrer Herberge.

„Ich habe es ja geahnt", murrte Farasdak, „unser Freund Dscharir hat wieder einmal zu früh Lobreden geschwungen und ist seiner eigenen Maxime nicht gefolgt, vor dem Sprechen erst zu denken."

Er blieb stehen, verschränkte die Arme vor der Brust, räusperte sich und deklamierte mit messerscharfer Diktion:

Basra ist ein fauler Ort,
  man sieht's dem Basrier an.
Im Dreck wird er geboren dort
  und wird zum Manne dann.
Gestank bei Dunkelheit und Licht
  ihm in die Nase steigt.
Wen wundert's schon, wenn sein Gesicht
  zur Gelblichkeit hinneigt.

Ibn Battuta, der mit Dscharir stehen geblieben war, um Farasdak zuzuhören, unterdrückte ein Lachen. Dscharir hingegen schaute sich vorsichtig um.

„Nicht so laut, Farasdak, wenn ich bitten darf!", sagte er besorgt. „Im Übrigen war ich schon immer der Ansicht, dass du dich mit zu großer Nachgiebigkeit poetischer Lizenzen bedienst."

„Keine Sorge, Dscharir", gab Farasdak zurück, „ich spare mir meine Schöpferkraft für unsere Audienz beim Sultan auf. Da werden dir noch die Sinne vergehen, werter Kollege!"

Damit war ihr Dichterwettstreit bis auf Weiteres vertagt, und sie versuchten gemeinsam in Erfahrung bringen, wo der Sultan Abu Said zu finden war.

Für die Mongolenherrscher Iraks war Basra inzwischen nicht mehr als eine abgelegene Provinz. Es war ungewöhnlich, dass sie den jungen Sultan Abu Said gerade hier antrafen. Doch Abu Said war mit seinem Tross auf einer Rundreise durch den Irak, um die Edlen in den Provinzen auf seine Oberherrschaft neuerlichen Eid schwören zu lassen. Die Gouverneure großer Städte wie Isfahan und Schiras versuchten unverdrossen, die Schwäche des jungen Sultans, der von seinem intriganten Militärbefehlshaber Tschoban und dessen Sohn Dimaschk kontrolliert wurde, auszunutzen und sich zu unabhängigen Herrschern aufzuschwingen. Ibn Battuta war die politische Lage im Land einigermaßen gleichgültig, denn er wollte nur so schnell wie möglich nach Isfahan zum Scheich Kutbuddin gelangen. Für Dscharir und Farasdak verband sich der Aufenthalt in Basra jedoch mit der Hoffnung, in den Dienst des Sultans aufgenommen zu werden.

Noch bevor sie, von der Freitagsmoschee zurückkehrend, die Karawanserei erreicht hatten, versperrte ihnen eine große Menschenmenge den Weg. Entlang der Hauptstraße standen Soldaten, die jeden anhielten, der in die südliche Hälfte der Stadt gelangen wollte.

„Was ist denn hier los?", wandte sich Ibn Battuta fragend an einen der Umstehenden.

„Eine Parade des Sultans", antwortete der Mann. „Er zieht gerade vom Palast des Gouverneurs in sein Feldlager, das er vor den Stadtmauern aufgeschlagen hat."

Da erschien auch schon ein Herold auf der Straße, der mit lauter Stimme das Kommen des Sultans ankündigte:

„Macht Platz Leute, und habt acht, denn hier kommt der Sultan Abu Said, der Sohn des Öldscheitu Eselsdiener!"

Ein vergnügtes Raunen lief durch die Menge, denn der Beiname des Vaters von Abu Said erregte einige Heiterkeit. Die Mongolen folgten der Sitte, das Neugeborene nach dem zu benennen, was nach der Geburt als Erstes ins Zelt hineinkam. Im Fall des Vaters von Abu Said war dies ein Eselsdiener gewesen. Das war indes noch schmeichelhafter als der Beiname von Abu Saids Onkel, welcher vor Öldscheitu Eselsdiener Sultan gewesen war: Bei seiner Geburt hatte eine Sklavin einen Suppentopf vor sich her ins Zelt getragen.

Der Rufer schraubte seine Stimme noch etwas höher, um eine weitere Ankündigung zu machen:

„Erstarrt in Ehrfurcht, denn dem Sultan zur Seite reitet der Held glorreicher Taten, der edle Baum im Garten der Gerechtigkeit, die Perle unter den Großen des Reiches, der vom Schicksal begünstigte Erbe von Weisheit, Wohlstand und Macht, der erhabene Liebling des Einen allmächtigen Gottes, der sonnengleiche und schöngesichtige Emir Dimaschk ibn Tschoban!"

Diese wortreiche Lobpreisung des Dimaschk stand in einem grotesken Missverhältnis zu den wenigen Worten, die der Herold dem eigentlichen Herrscher, dem Abu Said gewidmet hatte. Farasdak lachte grimmig und wandte sich an Dscharir:

„Wenn du Lobeshymnen dichten willst, mein Lieber, mach dich darauf gefasst, dass sie eher dem Dimaschk ibn Tschoban zu gelten haben als dem Sultan!"

Dem Herold folgten nun Trommler und Trompetenbläser, dann eine Truppe von Fußsoldaten, Kavallerie und schließlich die Leibgarde mit dem Sultan und dem Emir Dimaschk.

Mit zwölf war Abu Said seinem Vater auf den Thron gefolgt und mochte nun fast sechzehn Jahre alt sein. Auf seiner großen weißen Stute sah er blass und schmächtig aus, ja beinahe wirkte er eingeschüchtert. Die Insignien des Sultans, der golddurchwirkte hohe Turban und der Zepterstab, lasteten schwer auf ihm. Er war ein Ururenkel des Hülägü, des mongolischen Eroberers von Persien und Irak. Da aber Hülägü und seine Nachfolger einheimische Prinzessinnen geheiratet hatten, wies sein Äußeres eher persische als mongolische Züge auf. Die Wangenknochen standen zwar hoch wie bei seinen Landsleuten, doch waren sie sanft geschwungen. Die dunklen, mandelförmigen Augen blickten unter langen Wimpern unstet und scheu. Die Nase war vornehm schmal, die Wangen bartlos, und auffallend deutlich hoben sich die sensiblen kirschroten Lippen gegen die elfenbeinfarbene Gesichtshaut ab. Etwas unbeholfen mit der linken Hand winkend, dankte Abu Said den Huldigungen seiner Untertanen.

Der Emir Dimaschk hingegen, der auf einem schwarzen Araberhengst neben ihm ritt, war eine derbe Erscheinung, ein stämmiger Krieger mit breiten Schultern und dickem Schädel. Er trug zwei Zöpfe, die er hinter dem Kopf zusammengeflochten hatte. Seine Nase war nach Mongolenart breit und flach, die weit auseinanderstehenden Augen schienen winzig, mit Lidern, die relieflos in die Brauen übergingen. Auf der pickeligen Oberlippe sprossen vereinzelt lange Barthaare, die ihm links und rechts über den zusammengekniffenen Mund fielen. Verächtlich und misstrauisch blickte er auf die am Straßenrand stehende Menschenmenge.

„Der arme Sultan", flüsterte Dscharir. „Da hat sich wieder einer dieser rohen Militärs des rechtmäßigen Thronfolgers bemächtigt und springt nach Lust und Laune mit ihm um. Ich hoffe nur, dass dieser brutale Mensch unser Anstellungsgesuch bei Hofe nicht in Gefahr bringt."

Der Tross war nun vorbeigezogen, und die Straße wurde wieder freigegeben. Dscharir und Farasdak beschlossen, dem Sultan unverzüglich ins Zeltlager zu folgen und bei ihm vorstellig zu werden. Ibn Battuta wollte die Stunden vor Sonnenuntergang dazu nutzen, dem Friedhof von Basra einen Besuch abzustatten.

Der Friedhof lag am anderen Ende der Stadt in Richtung der westlichen Wüste, hinter dem Viertel, das man Mirbad nannte. Hier pflegten früher die Araber nach langen Wüstenexpeditionen zusammenzukommen, um Waren zu tauschen und sich Gedichte vorzutragen, die sie in der Einsamkeit eintöniger Kamelritte erdacht hatten. Auf dem Friedhof befanden sich die Gräber vieler berühmter Zeitgenossen des Propheten Muhammad, einschließlich des Grabes seiner Amme und seines Milchbruders; auch viele große Männer aus der Geschichte Basras waren hier beerdigt.

Ibn Battuta stieg über umgestürzte Grabsteine und lief lange, menschenverlassene Alleen hinunter. Da fiel sein Blick auf eine Grabstele, in die der Name Dirar ibn Amr gemeißelt war.

Hier lagen sie also, die sterblichen Überreste jenes basrischen Theologen und Freidenkers aus der Frühzeit des Islam, der geglaubt hatte, das mechanistische Weltbild der griechischen Naturphilosophen noch bedenkenlos mit dem Koran vereinbaren zu können. Die Seele, hatte Dirar gelehrt, war nur eine Eigenschaft des Körpers, die ihm anhaftete und ganz von ihm abhängig war. Mit dem Verfall des Körpers verfiel die Seele in der gleichen Weise, wie das Grünsein oder Hochsein des Dattelbaumes mit seinem Verbrennen zugrunde ging. Erst bei der Wiederauferstehung am Ende aller Zeiten würde die Seele zusammen mit dem Körper neu geschaffen werden.

Dirar meinte also, dass die Seele keineswegs unsterblich sei. Die neu geschaffene Seele am Tag des Jüngsten Gerichts war ihm zufolge eine zwar ähnliche, aber eine durchaus andere Seele als die, welche am Ende des Erdenlebens gestorben war. Eine seltsame Theorie war dies. Denn die Seele war es doch, die dem Menschen Identität verlieh! Wie sollte Gott, wenn die Seele nicht unsterblich war, beim Jüngsten Gericht den Menschen für seine Sünden auf Erden zur Verantwortung ziehen?

Bald hatte sich in der islamischen Theologie Widerstand gegen Dirars Lehre gebildet. *Die Seele ist unsterblich!*, proklamierte die neue Generation muslimischer Denker. Avicenna führte dazu Folgendes aus: Jeder Körper verfällt beim Tode; die Materie, aus der er sich zusammensetzt, wird aber im Laufe des organischen

Lebenszyklus in neue Körper zurückgeführt. Die Bestandteile eines Menschenkörpers werden im Laufe der Zeit also zu Bestandteilen anderer Menschenkörper, wie ja auch nicht ausgeschlossen werden kann, dass man von einem Kannibalen verspeist wird. Zweifelsohne sind die Seelen hingegen einzig und unvermischt – jeder Mensch hat seine eigene Seele. Mithin würde es am Tag der Wiederauferstehung mehr Seelen geben, als Körper zur Verfügung stünden! Daher, schlussfolgerte Avicenna, findet gar keine leibliche Wiederauferstehung statt. Sollte etwa ein Gläubiger, der von einem ungläubigen Kannibalen gefressen wird, im Körper des Kannibalen wiederauferstehen? Er wäre dann nicht nur im Diesseits grausam gequält worden, sondern müsste auch noch in der Hölle schmoren! Das wäre alles andere als gerecht und würde auch dem Grundsatz, dass alle Gläubigen ins Paradies kommen, widersprechen. Aus all diesen Gründen, so räsonierte Avicenna, überleben nur die unsterblichen Seelen und werden am Tag des Jüngsten Gerichts auf ewig ins Paradies oder auf ewig in die Hölle eingehen.

Damit war das dritte Stadium der islamischen Lehre über die Seele erreicht. Denn wieder erhob sich Widerspruch. *Ketzerei!*, rief Algasel dem Avicenna entgegen. Sollte man etwa nicht daran glauben, dass die Gläubigen im Paradies leibliche Genüsse und die Sünder in der Hölle leibliche Qualen erwarten? So stand es doch im Koran geschrieben! Wie aber sollte eine körperlose Seele sich an den Flüssen aus Honig, Milch und Wein laben, die im ewigen Garten fließen? Wie sollte sie im Höllenfeuer brutzeln? Nein, erklärte Algasel, zwar ist die Seele in der Tat unsterblich, aber an der leiblichen Wiederauferstehung am Ende der Zeiten ist nicht zu zweifeln. Der allmächtige Gott ist durchaus in der Lage, für jede Seele ihren eigenen Körper wiederzuerschaffen. Denn das Jüngste Gericht ist im Grunde genommen eine völlige Umordnung der Welt, bei der Gott beliebig verfahren kann. Der Mensch kann sich diese Neuordnung vielleicht nicht vorstellen, aber glauben muss er daran trotzdem.

Mit Algasel hatte der Glaube die Philosophie aus der islamischen Theologie verdrängt. Algasel hatte den Dingen ihr Geheimnis zurückgegeben. In einem solchen, Wunder zulassenden Rahmen, überlegte Ibn Battuta, war sogar auch die Unsterblichkeit des menschlichen Körpers denkbar. Denn Gott konnte, wenn er wollte, den Zerfallsprozess der Materie außer Kraft setzen. Die Kausalität des Verfalls konnte einer Kausalität der Permanenz weichen. Man musste nur die Regeln dieser anderen Kausalität kennen, so wie jene Heiligen oder Propheten, denen auch der geheime Name Gottes nicht verborgen war. Und als ihr Anführer galt weithin Chiser.

So hatte Ibn Battutas theologischer Exkurs ihn zurück zum grünen Gesandten geführt. Er grübelte darüber, wie er nun, da Farasdak und Dscharir ihn verlassen würden, weiter vorgehen sollte. In Isfahan beim Meister Kutbuddin würde er sich am ehesten auf den Weg begeben können, der ihn zu Chiser führte. Denn Südpersien war ein Zentrum der Gelehrsamkeit und Sufifrömmigkeit, was nicht zuletzt damit zusammenhing, dass es von der Geißel der Mongolenheere verschont geblieben war. Auf welche Art und Weise er mithilfe der Sufis Chiser finden würde, war Ibn Battuta indes nach wie vor völlig unklar.

Für eine Weile, während der nur die Toten ihm Gesellschaft leisteten, gab er sich dem Tagträumen hin, dachte an seine verstorbene Mutter und seinen Vater im fernen Tanger; an Sara, die, wenn sie gewusst hätte, auf welchen Pfaden er wandelte, ihn sicher gescholten hätte; an Dscharirs Schwester Laila, die nun verheiratet und wahrscheinlich auch schon Mutter war; an die geheimnisvolle Sklavin in Kairo, der er in einem Anflug unerklärlicher Zuneigung das eiserne Kreuz seiner Mutter geschenkt hatte, ohne sie auch nur zu Gesicht bekommen zu haben. Hatte sie während ihrer kurzen Unterhaltung durch den Bretterverschlag im Sklavenmarkt nicht erwähnt, dass ihr neuer Herr sie nach Persien bringen würde? Nun war er selbst, ohne damit gerechnet zu haben, auf dem Weg dorthin. Ob er ihr gar wiederbegegnen würde? Nur an dem Kreuz, das sie vielleicht noch um den Hals trug, würde er sie wiedererkennen ...

Als die Zeit des Abendgebetes gekommen war, betete er allein in der kleinen Friedhofsmoschee und lief dann zurück zur Karawanserei. Erst jetzt fiel ihm auf, dass sich über dem Eingang ein Fries befand, der darstellte, wie der heilige Chiser, Schutzpatron der Reisenden, mit einer Lanze den Wanst eines brüllenden Untiers durchbohrte. Kaum hatte er seine Kammer betreten und sich müde auf sein Lager gestreckt, stürmten Farasdak und Dscharir herein. An ihrem Ausdruck konnte er sofort erkennen, dass die Dinge nicht günstig gelaufen waren.

Farasdak setzte sich, ohne zu grüßen, auf sein Lager und reckte beleidigt sein schmales Kinn in die Höhe. Offensichtlich kochte er vor Wut.

„Dieser Hund von einem Dimaschk!“, stieß er hervor und fuhr mit dem dürren Zeigefinger durch die Luft. „Seinem Pferd die Schnauze mit dem Säbel abschlagen, das sieht ihm ähnlich! Sobald wir auf sicherem Boden sind, werde ich ein ausgesucht gemeines Schmähgedicht auf ihn komponieren! Mich so zu behandeln, mich, den großen Farasdak! Gott der Bezwinger verfluche ihn!“

Ibn Battuta schaute Dscharir fragend an. Der seufzte und ließ sich schwer in ein Kissen plumpsen.

„Zunächst schien alles bestens zu laufen. Der Wesir des Sultans empfing uns ohne Umschweife, ein feiner Herr, in der Tat, ein gebildeter Perser, aber auch er steht dem Dimaschk machtlos gegenüber. Gerade, als er uns beim Sultan Abu Said anmelden will, kommt dieser Widerling Dimaschk ins Zelt gebolzt wie ein wildgewordener Elefantenbulle, stellt uns peinliche Fragen: Woher wir kommen? Wem wir vorher gedient haben? Und als wir sagen, wir hätten eine Zeit lang für den Gouverneur von Damaskus Gedichte verfasst, läuft er vor Wut rot an und schreit, er habe keine Verwendung für syrische Mamluken-Spione und wir sollten uns schnellstens aus dem Staub machen, wenn uns daran gelegen sei, unsere Köpfe auf den Schultern zu behalten. Farasdak beging dann den Fehler zu sagen, ein kopfloser Dichter sei immer noch besser als ein hirnloser Mongole, aber zu unserem Glück sind wir mit einem Fußtritt ins Hinterteil davongekommen. Aber in Basra können wir nicht länger bleiben, ohne unser Leben zu riskieren.“

„Ich nehme an“, sagte Ibn Battuta, „ihr verspürt auch keine große Lust nach Damaskus zurückzukehren?“

„Der Gouverneur würde uns in Stücke reißen lassen“, bemerkte Farasdak verächtlich. „Uns bleibt nichts anderes übrig, als an einem der kleinen Provinzhöfe vorstellig zu werden, zum Beispiel in Persien oder weiter östlich, obwohl ich keine großen Hoffnungen hege, dass man dort für arabische Dichter viel Verwendung hat.“

„Dann ist es also abgemacht!“, frohlockte Ibn Battuta. „Ich fürchtete schon, ich müsste mich allein auf den Weg nach Isfahan machen!“

„Ach, Basra“, seufzte Dscharir, sich für einen Moment schwermütigen Gedanken hingebend, „Gedichte komponierend sind wir auf Schiffen stolz in deine tausend Kanäle eingelaufen wie in den heimatlichen Hafen. Doch was ist daraus geworden? Wie Diebe auf der Flucht verlassen wir dich heimlich im Morgengrauen.“

„Wie dumme Diebe ohne Beute“, ergänzte Farasdak missmutig.

Neununddreißigstes Kapitel

Worin Ibn Battuta eine Reihe meditativer Stationen durchläuft, bevor ihn widrige Umstände zwingen, den inneren Pfad zu verlassen

Am fünften Tag seiner Klausur im Kloster Kutbuddins in Isfahan wurde Ibn Battuta von großer Reue erfüllt. Fünf lange Tage hatte er gebraucht, um seinen Geist in dem Maße zu beruhigen, dass es ihm möglich wurde, nur still zu sitzen und nichts zu tun als in sich hineinzuhorchen. In den ersten Tagen war er aufgeregt in seiner Zelle hin und her gelaufen. Wild hatten die Erinnerungen an seine Erlebnisse in Tanger, Fes und an die Reisen der letzten beiden Jahre in seinem Kopf gewuchert. Unruhig hatte er darauf gewartet, dass einer der Klosterbrüder ihm etwas Essen brachte und seine Einsamkeit für einen kurzen Moment durchbrach.

Von Basra waren sie in einem Kahn bis fast an die Tigrismündung gefahren, dann bei einer Ortschaft namens Machul auf Pferde umgestiegen, um die sumpfige, zuweilen mit Zuckerrohr bestandene Tiefebene von Chusistan in nordwestlicher Richtung zu durchqueren. Manchmal brachen sie sich ein Rohr ab und kauten darauf herum, um sich die eintönige Reise zu versüßen. Durch schmale Täler hatten sie sich anschließend beharrlich über die mächtige Kette der Zagrosberge gekämpft, die das mesopotamische Becken vom Hochland Persiens trennt, und waren dann auf der anderen Seite in die Ebene hinabgestiegen, in der Isfahan lag.

Meister Kutbuddin hatte Ibn Battuta, kaum dass er im Kloster eingetroffen war, als Novizen angenommen und in Aussicht gestellt, dass er, wenn er einmal die Aufnahmeriten des Ordens durchlaufen hatte, mehr über Chiser erfahren würde. Die erste Pflichtübung des Sufis, die Ibn Battuta sogleich begonnen hatte, war die Klausur, welche auch „die Vierzig“ genannt wurde, ein unumgänglicher innerer Reinigungsprozess, bei der die Seele geläutert wurde, denn anders durfte der Sufi nicht hoffen, vor den Hocherhabenen zu treten. Die Vierzig waren gefürchtet ob der Gefahren, die sie bargen, denn die Seele, so predigten die Sufis seit altersher, war ein widerspenstiges Tier, das den Novizen überfallen und zugrunde richten konnte wie ein Ungeheuer, das sich aus finsterer Höhle auf den Wanderer wirft. Daher durften die Vierzig nur unter Anleitung eines erfahrenen Meisters durchlaufen werden, der die Träume und Visionen des Novizen auslegte, seine Gedanken las und aufmerksam jede Regung seines Bewusstseins und Unterbewusstseins verfolgte. Der Meister musste wie ein Arzt handeln, der die Seelenerkrankungen des Patienten diagnostizierte – und schließlich heilte. Der Novize hingegen war aufgefordert, sich dem Meister gänzlich hinzugeben, ja so passiv zu verharren, als wäre er, wie ein Sufidichter es einmal ausgedrückt hatte, eine Leiche in der Hand eines Leichenwäschers.

Doch ganze fünf Tage war Ibn Battuta nun schon allein geblieben, ohne dass Kutbuddin seiner Zelle einen Besuch abstattete. Der einzige Mensch, der sich seiner zu erinnern schien, war der Sufibruder, der ihm wortlos jeden Abend etwas Brotsuppe hinstellte. Nahrung und jegliche Annehmlichkeiten wurden während der Vierzig auf ein Mindestmaß beschränkt, denn Entsagung von allen weltlichen Dingen war die Grundlage, auf der der mystische Pfad erst beschritten werden konnte.

Ibn Battuta begriff, dass er absichtlich allein gelassen wurde. Er wusste, dass am Beginn der Vierzig der Novize zur Introspektion aufgefordert war. Es galt, den Blick nach innen zu richten, sich selbst in die Augen zu sehen! Und als Folge dieses Sichselbst-Betrachtens hatte ihn nun tiefe Reue ergriffen.

Es war dies nicht Reue darüber, sein noch junges Leben der Suche nach Chiser verschrieben zu haben, nach etwas Unvergänglichem in der Welt der vergänglichen Erscheinungen, nach etwas Transzendenz im Diesseits – nichts anderem galt ja das Streben der Sufis. Vielmehr empfand er Reue darüber, nicht früher und ernsthafter diesem Weg gefolgt zu sein. Besonders quälte ihn die Erinnerung daran, wie er sich in Fes eine Zeit lang dem Weinrausch und an der körperlichen Vereinigung mit namenlosen Frauen hingegeben hatte, um seiner damals so sinnlos erscheinenden Existenz etwas Tiefe und Wärme vorzutäuschen. Nie wieder würde er auf so niedrige Art und Weise seine fleischlichen Wünsche zu befriedigen suchen! Jetzt taten ihm die Mädchen Leid, die er zurückgelassen hatte, ohne ihrer weiter zu gedenken. Die Scham wollte ihn zur Verzweiflung treiben.

Doch nach langen Stunden, die er in elendigem Zustand verbracht hatte, kam ihm plötzlich eine Erkenntnis. Nicht nur durfte er für die Zukunft gute Vorsätze schmieden, er musste auch seine Vergangenheit läutern: Wollte er sein Herz einzig und allein dem Allnachsichtigen zuwenden, musste er die Erinnerung an begangene Sünden aus seinem Gedächtnis verbannen, denn diese Erinnerung würde immer ein Schleier sein, der eine klare Sicht auf den Allbarmherzigen unmöglich machte. Je tiefer dieser Gedanke sich seiner bemächtigte, umso ruhiger wurde er. Er schöpfte etwas Atem.

Als wüsste er zeitgenau um die inneren Entwicklungen seines Novizen, kam Kutbuddin abends zu ihm in die Zelle. Ibn Battuta eilte auf ihn zu, fiel vor ihm auf die Knie und küsste den Saum seiner Kutte. Der Meister bedeutete ihm, sich auf sein Lager zu setzen und ließ sich selbst im Schneidersitz in der Mitte des Raumes nieder. Er war ein kleiner Mann mit einem gepflegten weißen Bart und runder Nase. Lachfalten umspielten seine Mundwinkel und die großen vergnügten Augen.

„In deinem Gesicht", sagte er bedächtig, „lese ich, dass du die Station der Reue erreicht und hinter dir gelassen hast, Ibn Battuta. Gut. Du enttäuschst mich nicht. Aber sei gewarnt: Der Kampf gegen die Triebseele beginnt erst jetzt. Sei tapfer!"

Damit stand er auf und verließ den Raum. Ibn Battuta wagte nicht zu sprechen. Er wünschte, Kutbuddin wäre länger geblieben, doch musste er lernen, dem Meister blind zu vertrauen. Alles was der Meister tat, geschah zu seiner Rechtleitung.

Ibn Battuta wusste nicht recht, wie er sich die Triebseele, vor der Kutbuddin so eindringlich gewarnt hatte, vorstellen sollte. Er kannte den Prophetenausspruch: *Der schlimmste Feind, den ihr habt, ist die Triebseele, die in eurer Brust wohnt.* Auch wusste er, dass die Sufis den Kampf gegen die Triebseele als den *dschihad akbar* bezeichneten, das größere Sich-Bemühen. Aber wie hatte man diesen Kampf zu verstehen? Sollte man sich von der Triebseele mit ihren geheimen Wünschen, dem Neid, der Habsucht und den Eitelkeiten gänzlich trennen? Sollte man seine Seele etwa ganz aufgeben? War das überhaupt möglich?

Ihm dämmerte die Einsicht, dass der Kampf gegen die Triebseele nicht ihre Abtötung zum Ziel hatte. Vielmehr galt es die Instinkte zu zähmen, die in ihr veranlagt sind und die sich darauf richten, den Menschen selbstzufrieden zu machen und ihn in einen Zustand des sündigen Hochmuts zu locken, in dem er sich über Gottes allweisen Ratschluss erhaben dünkt, alldieweil vergessend, dass Glück und Zufriedenheit nur durch Gottes Gnade erreichbar sind, nicht aber durch die schale Befriedigung menschlicher Gelüste, ganz gleich ob grobe sinnliche Genüsse oder auch subtilere Formen wie falsche Frömmigkeit. Obzwar nun sündhafte Verhaltensweisen in der Seele angelegt waren, konnte der Mensch die Seele doch nicht loswerden, ohne dabei den Kern seines Seins zu zerstören, genauso wenig, wie er seinen Körper töten konnte, ohne gleichzeitig seine physische Existenz auszulöschen. Folglich musste der Mensch seine Seele dressieren wie ein widerspenstiges Pferd, abhungern wie ein störrisches Maultier, beschwörend bändigen wie eine drohende Schlange.

Je angestrengter Ibn Battuta über die Triebseele in seiner Brust meditierte, je schärfer er sein Bewusstsein dieser Triebseele gegenüberstellte, in ein inneres Gespräch mit ihr eintrat, umso konkreter, realer wurde sie. Schließlich begann er, sie als einen eigenständigen Körper zu begreifen, ja er sah, wie sie außerhalb seiner selbst Gestalt annahm. Während er in einer Ecke seiner Zelle hockte, näherte sie sich zum Beispiel als schwarzer Hund, der ihn mit eingezogenem Schwanz und feuchten Augen um etwas Futter anbettelte.

Nein, dachte Ibn Battuta, *du bekommst nichts von mir! Gebe ich dir jetzt etwas, gewöhnst du dich daran. Erst musst du mir gehorchen, dann bekommst du etwas.*

Der Hund knurrte, doch Ibn Battuta blieb hart.

Verschwinde!, dachte er. *Hör auf zu betteln und mach dich davon! Lerne, nur dann zu fressen, wenn ich mich entschließe, dich zu füttern!*

Das Tier winselte, schlich ein paar Mal um Ibn Battuta herum und stahl sich schließlich davon. Ibn Battuta schlief erschöpft ein.

Ein anderes Mal träumte ihm, wie er durch eine Einöde zu einer Wasserquelle wanderte, als er am Wegesrand plötzlich eine Hütte bemerkte. Eine schöne Frau trat zu ihm heraus, Hände und Stirn mit Henna verziert. Sanft wiegten sich ihre Hüften. Sie kam auf ihn zu und lächelte ihn an.

Komm doch herein und leiste mir Gesellschaft, flüsterte sie und legte eine Hand auf seinen Arm. *Ich bin allein und sehne mich nach einem Mann!*

Das Blut wallte gewaltig durch Ibn Battutas Körper. *Wer bist du?,* fragte er stöhnend.

Die Lust, antwortete sie.

Ibn Battuta stürzte fort, in schrecklicher Aufregung. Erst nachdem er eine Weile gelaufen war, blickte er sich um. Aus der Ferne sah er, dass aus der Hütte eine Schar zotteliger Dämonen getreten war, mit Streitäxten und gezackten Dolchen bewaffnet, die ihm mit rot funkelnden Augen nachschauten. Die Lust hatte ihn in einen Hinterhalt locken wollen.

Einige Tage vergingen, während derer Ibn Battuta unter diesen und ähnlichen Visionen litt. Aber er hielt den Anfeindungen seiner Triebseele stand; sein Geist behielt die Oberhand. Schließlich – er war schon nahe daran, die Hoffnung aufzugeben, dass dieser Zustand irgendwann ein Ende haben würde – überkam ihn ein Gefühl großen Ekels. Eine vorher nie gekannte Schwäche und Übelkeit warf ihn zu Boden. Aus seinem Magen schien etwas hochzusteigen, etwas Wolliges, Dickes, das ihm den Rachen versperrte und sich einen Weg nach oben bahnte. Die rechte Schläfe auf den Steinboden gepresst, auf den von seiner Stirn kalte Schweißtropfen fielen, und die Augen starr nach vorn gerichtet, sah er, wie seinem Mund eine Maus entwich, piepsend durch die Zelle wuselte und in einer Ritze in der Wand verschwand. Er erbrach sich und blieb wie bewusstlos liegen.

Als er aufwachte, war der Meister in die Zelle getreten und hatte in der Mitte auf dem Boden Platz genommen. Jemand hatte das Erbrochene weggewischt. Kutbuddin blinzelte den auf sein Lager gebetteten Ibn Battuta freundlich an, wiegte den Kopf und sagte dann:

„Du hast einen weiteren inneren Kampf bestanden, mein lieber Ibn Battuta. Doch wie du bereits erkannt hast, kannst du deine Triebseele nie vollkommen loswerden. Du hast noch viele Mäuse in deiner Kehle stecken! Die Triebseele begleitet dich ein Leben lang. Sei also auf der Hut vor ihren Einflüsterungen! Halte sie im Zaum!“

„Meister“, sagte Ibn Battuta, „wie lange muss ich noch ausharren?“

„Du machst zwar rasche Fortschritte, doch diese Frage verrät mir, dass du den Gedanken daran, ein Ziel zu erreichen, noch nicht aufgegeben hast. Mach dich davon frei! Geh nur weiter auf dem Pfad und kümmere dich nicht darum, wann du ankommst! Deine Gesinnung muss rein sein und frei von Wünschen! Alles andere kommt von allein. Als Nächstes lerne, dich an Gott zu erfreuen!"

Damit verließ der Meister ihn ein weiteres Mal.

Während des Kampfes mit seiner Triebseele hatte Ibn Battuta aufgehört, die Tage zu zählen, die er schon in Klausur verbracht hatte. Es mochten an die zehn sein, vielleicht aber auch schon zwölf oder gar fünfzehn. Gott sei Dank, es ging ihm nun besser. Manchmal geriet er geradezu in Hochstimmung. Seiner Seele, die er geknebelt, dressiert, beschnitten, in zähem Ringen sich unterworfen hatte, konnte er nun ohne Bedenken erlauben, Freude über die Schönheit des allliebenden Schöpfers und der Schöpfung zu empfinden. Seine Seele nahm das Geschenk an, spannte wie ein Vogel ihre Flügel aus und flog durch die weite Welt, badete sich in tausendfachen Farben, trank vom warmen Licht der Erscheinungen, die ihm jetzt freundlich und einladend erschienen, weil er sie nicht länger begehrte, sich nicht länger fürchtete, von ihnen verführt zu werden.

Ibn Battuta zog aus diesen Glückserfahrungen neue Stärke. Mit dem enthusiastischen Gefühl innerer Ausdehnung und Verbundenheit mit der Schöpfung ging Hoffnung einher, Hoffnung, dass der allgerechte Richter ihm seine Sünden vergeben und ihn annehmen würde. Zwei Tage lang glaubte Ibn Battuta sich auf dem rechten Weg.

Doch nagend schlichen sich in diesen Zustand Zweifel und Furcht ein. Wer konnte schon sicher glauben, vom Allmächtigen gerettet oder angenommen zu sein? War die Glückseligkeit, die er empfand, nicht wieder nur ein Ränkespiel seiner Triebseele? Aus böser Ahnung wurde beklemmende Angst und schließlich schneidende Furcht. Dies war die Peitsche, mit der Ibn Battuta nun begann, wieder sich selbst zu züchtigen, seine Seele wieder in ihre Schranken zu weisen. Sprach der Koran nicht häufig genug von der Gottesfurcht, der Furcht vor dem Jüngsten Gericht, und rief er die Gläubigen nicht immerfort dazu auf, dieser Furcht Tribut zu zahlen? Ibn Battutas Seele presste sich zusammen, als müsste sie durch ein Nadelöhr hindurch. Sein Selbstbewusstsein, das noch vor kurzem so weit und stark gewesen war, schrumpfte unter der Last dieses Bangens und der Erkenntnis, dass er einzig und allein auf den ewig Kraftvollen angewiesen war. Sein Ich erschien in der engen Dunkelheit seiner Klausur zu verlöschen, sich in der bedrückenden Wüste seiner Einsamkeit zu verlieren, im irdenen Boden seiner Zelle zu versinken.

Wieder erschien Kutbuddin.

„Verzage nicht!", sagte er aufmunternd. „Du hast allen Grund, auf Gottes Gnade zu hoffen, doch eben niemals ohne Furcht. Ausdehnung und Seelenenge sind nun einmal untrennbar miteinander verbunden und in unserer Natur angelegt. Die Stadien der Hoffnung und Furcht lasse aber nun hinter dir! Erinnere dich jetzt, dass wir nichts sind als schwache Geschöpfe des Herrn, der größer, schöner, besser ist, als wir es uns jemals vorstellen könnten! Sei damit zufrieden und zeige dich dankbar!"

Die nächsten Tage ergab sich Ibn Battuta dem Gefühl geduldiger Dankbarkeit. Er dankte dem göttlichen Seinsgeber für die Gaben, die er ihm zugeteilt, die Wege, die er ihn hatte gehen lassen. Auch dankte er ihm für all die Dinge, der er ihm *nicht* gegeben hatte, ja selbst für die Versuchungen, die er ihm gesandt hatte, denn zweifellos war dies alles nur um des einen allweisen, göttlichen Planes willen geschehen, der ihn letztlich zur Gotteserkenntnis führen würde, so Gott wollte. Zu guter Letzt dankte er Gott dafür, ihm die Fähigkeit verliehen zu haben, ihm zu danken, denn selbst dies war eine göttliche Gabe, wie er einsah – zu anderen Zeiten wäre ihm das schwergefallen.

Ibn Battuta begann, mit dem Herzen zu sehen, den Segen zu erkennen, der hinter den Dingen dieser Welt verborgen ist. Er hatte einen Zustand erreicht, in dem es ihm möglich schien, die letzten Etappen auf dem mystischen Pfad hinter sich zu legen, er hatte eine Gesinnung gewonnen, mit der er sich dem Allwahrhaftigen und den Geheimnissen seiner allumfassenden Liebe verbunden fühlte und mit der er sich vielleicht auch der Unsterblichkeit nähern konnte, die Chiser erreicht hatte. Dankbar wartete er darauf, dass Gott ein weiteres Mal Kutbuddin schicken würde, um ihm den Weg zu zeigen.

Von draußen näherten sich Schritte, doch hallte in ihnen nicht der gemessene Gang des Meisters wider, sondern das eilige Vorwärtshasten zweier Männer. Unsanft wurde die Tür aufgestoßen, und zwei Dämonen von seltsamer Gestalt stürmten herein, klein und krumm der eine, aufgeblasen unförmig der andere. Ibn Battuta blinzelte. Das konnte nur eine Vision sein. Was war ihr Sinn?

„Stell keine Fragen, Ibn Battuta, und komm einfach mit!", rief Farasdak. „Hier ist dein Leben nicht länger in Sicherheit!"

Dscharir fasste ihn vorsichtig, doch mit Nachdruck am Arm und zog ihn zur Tür.

„Was soll das?", protestierte Ibn Battuta schwach. „Seid ihr verrückt geworden? Was stört ihr meine Klausur? Und wo ist Kutbuddin?"

„Dein feiner Meister hat Fersengeld gegeben!", schimpfte Farasdak, während er den Widerstrebenden über die Schwelle schob. „Wir haben ihn am Klosterausgang getroffen. Er wollte sich vor den Unruhen, die seit gestern toben, gerade in Sicherheit bringen und trug uns auf, dich hier herauszuholen."

„Wer weiß, ob der fromme Alte dich nicht glatt vergessen hätte, wenn wir nicht vorbeigekommen wären!", bemerkte Dscharir aufgeregt und sprühte eine Wolke Speicheltropfen in Ibn Battutas Gesicht. „Ich hatte ja schon ein schlechtes Gefühl, als wir dich vor Wochen hier zurückließen."

„Was für Unruhen? Was ist denn los?"

Farasdak drängte ihn zur Eile. Während sie aus dem Vorratsraum des Klosters Ibn Battutas Gepäck zusammensuchten, fasste er die Situation kurz zusammen.

„Ach, die Isfahaner!", schimpfte er. „Leben in einer solch gesegneten Stadt und müssen sich trotzdem ständig in den Haaren liegen! Die Schiiten und die Sunniten liefern sich wieder einmal Straßenschlachten. Hier ist es zurzeit nicht mehr sicher. Wir bringen dich erstmal in die Karawanserei, in der wir abgestiegen sind. Dort erklären wir dir alles!"

Isfahan war eine alte und berühmte Stadt, die schon lange, bevor der Islam Einzug hielt, eine wichtige Rolle in der Region gespielt hatte. Als Nebukadnezar den Tempel in Jerusalem schleifen ließ und die Juden ins babylonische Exil führte, hatten sich viele von ihnen in unmittelbarer Nähe Isfahans niedergelassen. Dort hatten sie einen Vorort, Jahudijja, gegründet, der rasch so groß und reich wurde, dass Isfahan zur Doppelstadt anwuchs – bis das alte Isfahan vollständig aufgegeben wurde und die Einheimischen zu ihren jüdischen Nachbarn zogen. Das neue Isfahan, das alte Jahudijja, war bekannt für seine Pracht und das händlerische Vermögen seiner Einwohner, ganz gleich ob Juden, Muslime oder Zoroastrier.

Den Isfahanern sagte man indes noch eine andere Eigenschaft nach: die Bereitschaft, jede noch so kleine Streitigkeit im Kampf auszutragen. Der persische Dichter Firdausi berichtet in seinem *Buch der Könige*, wie einst der Tyrann Dahhak jeden Tag zwei seiner Untertanen schlachten ließ, um ihre Eingeweide an zwei Schlangen zu verfüttern, die er auf den Schultern trug. Einmal sollte die Reihe an einen Schmied aus Isfahan kommen, einen Mann namens Kaweh. Statt sich in sein Schicksal zu ergeben, wickelte dieser Kaweh die Lederschürze, die sonst seine Knie vor dem Schmiedefeuer schützte, um einen langen Stock und zog mit diesem Abzeichen durch die Stadt, laut den Aufstand ausrufend. Tatsächlich erhoben sich die Isfahaner und bald das ganze Land. Dahhak wurde gestürzt. Der gerechte Herrscher Faridun folgte auf den Thron, und als Anerkennung für die Tapferkeit der Isfahaner durften sie, wenn der König in den Krieg zog, seitdem sein Feldbanner tragen, welches auf ewig an Kawehs Aufstand erinnerte.

Die Kehrseite dieser Tapferkeit war die Streitsucht der Isfahaner. Seitdem Isfahan nicht mehr Hauptstadt Persiens war, was die Isfahaner den Mongolenherrschern sehr übel nahmen, entglitt dem ilchanidischen Gouverneur die Kontrolle über die Fehden, die vor allem zwischen den Sunniten und den Schiiten gang und gäbe waren.

Während Farasdak und Dscharir den immer noch wie betäubt mitstolpernden Ibn Battuta vorsichtig durch die Gassen der Nordstadt und um die berühmte Freitagsmoschee herum nach Süden führten, sahen sie, wie Schlägertrupps in den Straßen patrouillierten. Mehr als einmal mussten sie sich in einem Hauseingang verstecken, um ihnen auszuweichen. Schließlich überquerten sie die alte Steinbrücke über den Zajandarud und gelangten in die sicherere südliche Hälfte der Stadt.

Nur widerwillig wurde ihnen das Karawanserei-Tor geöffnet, doch als der Türsteher sah, dass Ibn Battuta den Flickenrock der

Sufis trug, war er beruhigt und erklärte sich sogar bereit, ihnen Tee zu kochen und auf die Kammer zu bringen.

„Ein schreckliches Missgeschick", murmelte Ibn Battuta, während er ein Zuckerstück auf der Zunge zergehen ließ und vorsichtig an seinem heißen Tee nippte. „Ich war gerade auf dem Weg, tiefer in die sufischen Mysterien einzudringen, vielleicht sogar Chiser auf die Spur zu kommen, und dann passiert das!"

„Ach, wenn du nur nicht so auf die spinnerte Kontemplation versessen wärst!", rief Farasdak aus. „Besser, du kommst erst einmal mit uns! Wer weiß, wann dein Kutbuddin zurückkommt, und auch uns ist nicht unbedingt daran gelegen, noch länger hier zu bleiben."

„Wieso, hatte euer Anstellungsgesuch beim Gouverneur von Isfahan etwa keinen Erfolg?", fragte Ibn Battuta.

Farasdak stand vom Boden auf, warf sich in Pose und schmetterte mit schneidender Schärfe seine Antwort in den Hof der Karawanserei hinunter:

Gott verfluche Isfahan!
Schicke Flut und Seuchenwahn!
Wer mit diesen Leuten hier
Handel treibt, verzweifelt schier!
Selbst 'nen alten Lappen kann
nur mit Bürgen kaufen man.
Geizig und im Feilschen hart,
ist die Isfahaner Art.
Gott verfluche Isfahan!
Schicke Flut und Seuchenwahn!

„Bravo", sagte Dscharir trocken, ganz entgegen seiner Gewohnheit. „Mach nur weiter so! Wenn du noch etwas lauter schreist, können wir gleich aus dem Fenster springen, um uns vom Isfahaner Mob zusammenschlagen zu lassen."

So machten die drei sich wieder auf den Weg. Selbst die Südstadt war jetzt wie ausgestorben, und als sie ihre Pferde durch das Schirastor lenkten, war dort weder ein Wächter noch sonst jemand anzutreffen. Sie waren noch nicht weit geritten, als Dscharir sich ein letztes Mal umblickte.

„Es tut mir leid, lieber Ibn Battuta", sagte er, „dass du so wenig

Gelegenheit bekommen hast, diese schöne Stadt näher kennenzulernen. Von den geringfügigen Unannehmlichkeiten, die wir hier erleiden mussten, einmal abgesehen, kann ich mir kaum einen Ort denken, der mir besser gefallen hätte. Die Luft und das Wasser hier sind, besonders jetzt im Frühling, von besonderer Reinheit, und die Oase ist ungeheuer fruchtbar. Sie produziert alles im Überfluss: Weizen, Hafer, Reis – und die Melonen, mein Lieber, die Melonen! Auch das Opium ist nicht schlecht, und es gibt alle Arten von Nüssen und erlesenen Früchten. Die Küche ist, mit einem Wort, vorzüglich! Dabei ist die Stadt völlig frei von Ungeziefer und, wie jemand durch und durch Vertrauenswürdiges mir berichtet hat, so rein, dass selbst die Leichen im Erdreich nicht vermodern, wie auch Kochfleisch nicht schlecht wird, auch nicht einen Monat, nachdem man es zubereitet hat."

Farasdak verzog angeekelt den Mund und blinzelte angestrengt mit dem linken Auge. Dscharir sah darüber hinweg:

„Manchmal, so hat man mir erzählt, geschieht es, dass tausend Jahre alte Gräber zufällig aufgegraben werden, und dann findet man die Leichen in unversehrtem Zustand! Äpfel bleiben sieben Jahre lang frisch, ohne dass Würmer sie befallen. Wirklich ein herrlicher Ort! Ich wünschte, wir hätten länger bleiben können!"

Und während sie die Anhöhe überquerten, hinter der die Stadt ihren Blicken entschwand, richtete Dscharir seinen großen Körper im Sattel des Pferdes auf, heftete die Augen auf den Horizont und sang das Lob Isfahans:

Als in Isfahan ich weilte, hab ich nichts vermisst.
Frisches Wasser, süß wie Nektar, reichlich in ihr fließt.
Eine sanfte Bris' aus Osten, und aus Westen weht
kühler Wind; die Luft der Stadt ist klar von früh bis spät.
Safran, Blütenhonig, Zimt, Melone, Tamarind:
Köstlichkeiten aller Art in ihr zu finden sind.

Vierzigstes Kapitel

Welches von Ibn Battutas Reise durch das mythische Land zwischen den zwei Flüssen nach Bagdad handelt und wie er dabei die heiligen Stätten der Schiiten besucht

Abermals zogen sie über die Bergkette, die das persische Hochland vom Irak trennt. Als sie nach vier Wochen, während derer sie zumeist in Sufiklöstern und Medressen übernachteten, etwas südlich von Wasit zum zweiten Mal den Tigris überquerten, waren sie zurück im uralten Land *zwischen den beiden Flüssen*. Zwar war der Islam nun schon seit langer Zeit die vorherrschende Religion im Land, aber die Einwohner Mesopotamiens bewahrten bis heute das Andenken an die mythische Vergangenheit dieser Erde, an die Zeiten der Babylonier, Assyrer und Perser. Die Gegend war übersät mit heiligen Stätten, der fruchtbare Boden getränkt mit Legenden.

Sie erreichten die Ruinen Babylons, am Nordrand des Großen Sumpfes. Von der mächtigen Kapitale war nichts geblieben als ein paar Mauern und ein grün bewachsener Hügel mit einer kleinen Siedlung auf der Kuppe. Ein Brunnenschacht führte durch die verschüttete Stadt hinunter in die Tiefe. Man erzählte sich, dass in diesem Schacht zwei Engel gefangen waren und auf den Tag des Jüngsten Gerichts warteten. Harut und Marut waren in ihrem Hochmut auf die Erde hinabgestiegen, so hieß es, um ihrem Schöpfer zu beweisen, dass sie edlere Wesen seien als die sündigen, aus Lehm geformten Söhne Adams. In Babylon trafen sie eine betörend schöne Frau, die sich ihrerseits sehr von der himmlischen Schönheit der Engel angezogen fühlte. Beim Liebesspiel wurden sie vom Ehemann ertappt, den Harut und Marut, Entdeckung fürchtend, auf der Stelle erschlugen. Gott, dem nichts verborgen bleibt, stellte sie vor die Wahl, entweder bis zur Auferstehung in den Himmel zurückzukehren und danach ewig im Höllenfeuer zu brennen, oder aber auf Erden ihre Sünden zu büßen, um schließlich doch noch ins Paradies einzugehen. So wurden Harut und Marut an den Füßen und unter schrecklichen Qualen in eben jenem Brunnen aufgehängt, an dem Ibn Battuta mit seinen beiden Freunden nun vorbeizog. Der Wind strich klagend über die Ruinen, und es schien ihnen, als hörten sie das Heulen der beiden gefallenen Engel.

Ibn Battuta konnte nicht anders, als sein Pferd zu wenden und den Brunnenschacht zu suchen. Als Farasdak und Dscharir ihn fanden, lag er auf dem Bauch und spähte angestrengt in die Tiefe. Er sah nur endlose Schwärze. Es war, als blicke das Nichts ihn an.

Kurz vor Nadschaf überquerten sie den Euphrat und wandten sich nach Kufa. Basras Zwillingsstadt war als Garnison für die muslimischen Erobererheere gegründet worden und seit alter Zeit ein Zentrum der Schiiten, der Parteigänger Alis. Kurz nachdem Ali seine Hauptstadt hierher verlegt hatte, streckten ihn in der Großen Moschee Kufas die Dolchstöße des Mörders Ibn Muldscham nieder. Diese Moschee war mittlerweile zur größten Attraktion der Stadt geworden, und als sie eben durch das aus Ziegelsteinen errichtete Eingangstor in den Hof treten wollten, hing sich ein Fremdenführer an ihre Seite, ein kleiner dicker Mann mit knubbeligem Gesicht und aufgeregt hin und her flackernden Augen.

„Herzlich willkommen, die Herren, herzlich willkommen! Aus welchem Land kommen die erlauchten Besucher?“, schnurrte er beflissen. Ibn Battuta wäre es lieber gewesen, sie hätten den ehrwürdigen Ort in Ruhe und allein besichtigen können.

„Aus Marokko“, sagte er kurz.

„O, Marokko, ein ganz zauberhaftes Land“, säuselte der Fremdenführer, als wäre er schon einmal dort gewesen, „hier kommen des Öfteren Besucher aus Marokko vorbei, ich habe einen Freund in Tanger, der mir regelmäßig schreibt.“

Er kramte in der Tasche seines speckigen langen Gewandes und holte einen auf plumpe Weise gefälschten und vor Fehlern strotzenden Brief hervor. Ibn Battuta las:

> Lieber Ali,
> Gottes Segen auf dich und Frieden von mich für euch! Jetzt aber zur Sache: Seit einem Monat bin ich wieder in Marokko, aber ich denke immer noch daran, wie schön es bei dich in Kufa war und was für einen ausgezeichneten Fremdenführer du gewesen bist. Ich würde dir an jedem Besucher ohne Bedenken aufs Wärmste empfehlen und ich hoffe, dass du immer

reichlich für deine Dienste entlohnt wirst, nicht unter zehn Dirhams die Stunde. Meiner Mutter geht es gut.

Dein Idris

„Faszinierend", sagte Ibn Battuta trocken, und dann verlegte er sich, um den aufdringlichen Kerl loszuwerden, auf eine groteske Lüge: „Leider-ich-nicht-gut-gekonnt-Arabisch, weil-Berber-meine-Muttersprache, also-ich-dich-nicht-brauche-für-Moschee-Besichtigung."

„*Allahu akbar!* Gott ist groß!", rief der Fremdenführer. „Berber ist meine Lieblingssprache!" Und schon redete er in gebrochenem Berber auf sie ein: „Guten-Tag-lieber-Herr-wie-geht-es-Ihnen? Gute-Nacht. Ich-liebe-dich. Dies-ist-große-Moschee-von-Kufa-hat-Nische-wo-Ali-ermordet-ist."

Damit hatte Ibn Battuta nicht gerechnet. Doch er fing sich und beschloss, das Spiel mitzuspielen.

„Das ist ja wunderbar", sagte er ebenfalls auf Berber, „aber auch das wird nicht viel helfen, weil meine beiden Freunde aus Spanien sind und nur Aljamiado, das spanische Arabisch verstehen."

„*Ay senhor!*", rief der Fremdenführer aus, „kein-schwierig!" Und dann wandte er sich an Farasdak und Dscharir und plapperte auf Aljamiado: „Willkommen-liebe-Freunde! Dies-große-Moschee-von-Kufa-wo-Nische-Ali-umgebracht-wurden!"

Farasdak und Dscharir sahen Ibn Battuta mit großen Augen an.

„Schon gut", murmelte Ibn Battuta, „Arabisch wird es auch tun. Dann zeig uns einmal die Moschee!"

Ihr kleiner Fremdenführer erwies sich in der Tat als eine sprudelnde Informationsquelle. Er zeigte ihnen den runden, von Teakholz getragenen Mihrab, die Gebetsnische, die den Ort markierte, an dem Ali von der Kanzel gestiegen war und die tödliche Verwundung empfangen hatte; eine Säule, auf der man einen Handabdruck sehen konnte, der ebenfalls Ali zugeschrieben wurde; eine weitere Nische, in der der Stab des Mose aufbewahrt wurde; eine Zelle, von der man sagte, Abraham habe in ihr gebetet; einen steinernen Ofen im Hof der Moschee, aus dem, wie der Fremdenführer versicherte, die Wassermassen der Sintflut emporgeschossen waren; daneben die Stelle, an der Noah die

Arche gebaut hatte; ein weiteres Gebäude im Hof, das man für die Gebetszelle des Propheten Henoch hielt; und schließlich, an der Außenmauer der Moschee, die Wohnhäuser von Noah und Abraham.

„Kufa", spulte der Fremdenführer seinen Text herunter, „so hat der *Befehlshaber der Gläubigen* Ali gesagt, ist der Schatz des Glaubens, ein Ort der Frommen und Hort der Gastfreundlichkeit! In dieser Moschee werden am Tag der Wiederauferstehung siebzigtausend Seelen zusammenkommen, die sich nicht vor dem göttlichen Richter verantworten müssen, denn dies ist ein geheiligter Platz! Die Moschee ist von einem Garten umgeben, dem drei Quellen entspringen, die mit dem Paradies in Verbindung stehen und uns Kufier von unseren Sünden reinwaschen werden."

Ibn Battuta, Farasdak und Dscharir hatten genug von dem geschwätzigen Kerl, und um ihn loszuwerden, bezahlten sie ihm den Wucherpreis von fünfzehn Dirhams, worauf er im nächsten Moment und ohne ein weiteres Wort wie vom Erdboden verschluckt war. Auf dem Rückweg zur Karawanserei bemerkte Farasdak, dass ihm der kleine Lederbeutel fehlte, den er am Gürtel trug und in dem er immer ein paar Münzen zu führen pflegte.

„Dieser verfluchte fette Knirps von Märchenerzähler", schnaubte er, „erst belästigt er uns mit seinen absurden Geschichten, prahlt mit seiner Frömmigkeit, und dann besitzt er doch tatsächlich die Frechheit, mich zu beklauen!"

Und mit vor Wut gewölbter Brust wandte er sich zurück in Richtung der Großen Moschee und deklamierte:

Nachts tun alle Kufier sich als Diebe profilieren,
tags darauf hört man sie frömmelnd Suren rezitieren.
Sie verschmähen ihre Frauen, um mit ihren Latten
ungeniert am Euphratufer Kühe zu begatten.
Zwischen ihnen möge Gott viel Hass und Feindschaft säen!
Ihre Feinde könnten sie dann leichter niedermähen!

„Also, die Qualität deiner Verse", sagte Dscharir stirnrunzelnd, „ist auch nicht mehr das, was sie einmal war."

Ohne Umschweife machten sie sich auf den Weg nach Bagdad.

Ihre nächste Zwischenstation war Kerbela. Dort war es geschehen, dass Husein, der Sohn des Ali, von seinen schiitischen Anhängern im Stich gelassen und von einer Übermacht feindlicher Söldner niedergemetzelt wurde. Husein war auf Ersuchen der irakischen Schiiten auf dem Weg nach Kufa, um sich an die Spitze einer Revolte gegen den Kalifen von Damaskus zu stellen. Kaum hatte er davon erfahren, sandte der umajjadische Gouverneur von Kufa einen Trupp gedungener Mörder gegen Husein aus, die ihn auf der Ebene von Kerbela stellten und zum Kampf zwangen. Anstatt ihrem Imam zur Hilfe zu eilen, versteckten sich die Schiiten Kufas feige in der Stadt. Machtlos musste Husein mit ansehen, wie seine Söhne einer nach dem anderen, bis auf einen einzigen, niedergemacht wurden. Dann fand er selbst, von den Pfeilen seiner Feinde durchbohrt, im Staub von Kerbela den Tod. Schamir, der Anführer der umajjadischen Häscher, schnitt ihm den Kopf ab und sandte ihn zum Kalifen nach Damaskus. Man erzählte, das abgetrennte Haupt des Imams habe auch noch nach mehreren Tagen einen angenehmen Duft verströmt und sei überdies äußerst redselig gewesen. Während des ganzen Weges von Kerbela nach Damaskus habe der Kopf Predigten gehalten. Den Kalifen habe das dermaßen mit Wut erfüllt, dass er ihm mit seinem Zepterstock im Mund herumgestocherte habe. Auf Umwegen gelangte Huseins Schädel später als Reliquie in jene Moschee in Kairo, wo ihn Ibn Battuta auf seiner Hinreise gesehen hatte.

Kerbela ist ein brennendes Mal im Gewissen der Schiiten. Jährlich am Zehnten des Monats Muharram veranstalten sie eine Prozession, in der sie des Mordes an Husein und der schmählichen Untreue ihrer Vorfahren gedenken. Laut ihre Sünden beweinend, ziehen sie durch die Straßen und geißeln mit Eisenketten ihre Rücken bis aufs Blut. Unter sunnitischen Herrschern wurden ihnen diese Exzesse für gewöhnlich verboten, aber im Ilchanidenreich durften sie ihr schauriges Ritual öffentlich begehen.

Ibn Battuta, Farasdak und Dscharir gelangten genau am zehnten Muharram nach Kerbela. So wurden sie Zeugen der Gedenkfeier zu Ehren des Martyriums von Husein. Vor der Freitagsmoschee hatte man eine hölzerne Tribüne errichtet, auf der Zuschauer saßen, während vor ihnen auf dem Platz eine Gruppe von Laiendarstellern die Geschehnisse von Kerbela nachspielte. Es war ein langes Drama, das sich da vor Ibn Battutas, Farasdaks und Dscharirs Augen entfaltete. Der Auszug Huseins aus Medina in Richtung Kufa mit den einzelnen Mitgliedern seiner Familie, der Durst, den sie auf der Ebene Kerbela, umzingelt von den Truppen Schamirs, erleiden mussten – alles wurde mit allergrößter Genauigkeit zur Aufführung gebracht. Manche Schauspieler hatten sich gar bis zum Hals in den Boden eingraben lassen. Die Schädel mit blutroter und blauer Farbe furchtbar verunziert, stellten sie die im heißen Staub liegenden, abgeschlagenen Häupter der Getreuen Huseins dar. Die Stimmung unter den Zuschauern drohte überzukochen, als der Darsteller des Schamir auf einem Rappen in die Arena galoppiert kam, um dem blutüberlaufenen, mit Pfeilen gespickten Husein, der sich unter Schmerzen krümmte, den letzten Stoß zu versetzen. Als Husein mit viel Pathos endlich zu Boden gesunken war, brach die Hölle los. Zuschauer stürmten auf den Platz vor der Tribüne und gingen auf den falschen Schamir los, dem nichts anderes übrig blieb, als sein Pferd zu wenden und sich schleunigst davonzumachen. Die Menge schien durchaus Lust zu haben, ihn zu lynchen. Das aufgeregte Gewühl verwandelte sich sodann in eine Büßerprozession, bei der die Männer die Brust entblößten, Klagelieder erhoben und sich geißelten, bis ihre Haut rot anlief und mit blutigen Striemen übersät war.

Farasdak schüttelte skeptisch den Kopf. Dscharir hingegen stand gebannt und mit feuchten Augen daneben, die vom Speichel glänzenden Lippen mühlenartig gegeneinanderreibend. Ibn Battuta war hin- und hergerissen. Einerseits erfüllte ihn Abneigung angesichts dieser übertriebenen Selbstkasteiung, andererseits fühlte er Mitleid und Anerkennung für das tiefe Empfinden dieser frommen Menschen.

„Ach, Husein“, stöhnte Dscharir, und eine silbern schillernde Träne kullerte ihm über die rot glänzende Wange.

„Pah!“, entfuhr es Farasdak. „Der Wahnsinn der Schiiten kennt keine Grenzen! Stellt euch vor, nicht weit von hier, in der Ortschaft Hilla, warten sie seit Jahren auf die Rückkehr des Mahdi, Huseins direkten Nachkommens und letzten der schiitischen Imame. Er soll dort vor Jahrhunderten in der Freitagsmoschee im Boden verschwunden sein – Gott allein weiß, wie das vor sich gegangen ist! Jedenfalls versammeln sich die Männer von Hilla jeden Freitag nach dem Nachmittagsgebet in voller Rüstung und mit gezückten Schwertern, weil sie dem Mahdi einen gebührlichen Empfang bereiten wollen. Sie nennen ihn den *Herrn der Zeiten* ..."

Ein weiterer Unsterblicher, dachte Ibn Battuta, *und vielleicht ist er ja auch Chiser begegnet, wie schon sein Ahne Ali.* Diese Schiiten hatten jedenfalls mehr Sinn für das Geheimnis der Unsterblichkeit als die nüchternen Sunniten.

„Was soll ich euch sagen, liebe Freunde", bemerkte Farasdak, als sie längst wieder auf der Straße waren, „in einem Land, in dem Engel in Brunnenschächten hängen, die Sintflut aus Öfen hervorschießt und abgetrennte Häupter zu reden verstehen, darf man sich nicht wundern, dass unsterbliche Imame in der Verborgenheit leben und am Ende der Welt aus ihren Löchern kommen, um alles auf den Kopf zu stellen."

„Ach, Farasdak", gab Dscharir erregt zurück, „siehst du denn nicht, wie diese fruchtbare Erde seit Urzeiten die wunderbarsten Geschichten gebiert? Wo wären wir Dichter, wenn es diese Fabeln und Legenden nicht gäbe?"

Drei Tage später zogen sie durch das Kufator in Bagdad ein.

Einundvierzigstes Kapitel

Worin erzählt wird, wie Ibn Battuta mit seinen Freunden Bagdad erkundet und im Zeltlager des Sultans zum Mitverschwörer wird

Es war ein herrlicher Morgen. Am Himmel glänzte golden die Sonne. Eine frische Brise wehte über die Tigrisbrücke, auf der Ibn Battuta zusammen mit Farasdak und Dscharir in bester Stimmung entlangspazierte. Der breite Fluss lag wie ein Spiegel zwischen dem alten Bagdad im Westen und dem neuen östlichen Teil der Stadt. Die leicht sich kräuselnden Wellen glitzerten im Sonnenlicht, was Dscharir veranlasste, den Fluss mit einer Perlenkette zwischen den vollen Brüsten einer Frau zu vergleichen. Farasdak schüttelte missbilligend den Kopf und fragte, wo genau die Brüste denn im Stadtbild lokalisiert seien.

Auf der Brücke drängten sich Tausende schaulustiger Menschen. Sie alle beugten sich über das südliche Geländer, was die gewaltige Konstruktion in eine bedenkliche Schieflage brachte. Die Brücke ruhte lediglich auf trogförmigen Kähnen, die von dicken, an beiden Ufern verankerten Eisenketten an ihren Plätzen gehalten wurden. Auch Ibn Battuta, Farasdak und Dscharir sahen zu, wie die Flotte des Sultans Abu Said festlich geschmückt auf dem Tigris paradierte. Zehn schnelle Kriegsschiffe begleiteten die prächtige Galeere des Sultans. Dieser saß auf dem Vorderdeck unter einem goldenen Sonnenschirm und nahm die Huldigungen seiner jubelnden Untertanen entgegen. Gleich hinter ihm stand in blitzender Rüstung der finster blickende Dimaschk, der Sohn des Oberemirs des Reiches, des gefürchteten Tschoban. Musikanten auf dem Hinterdeck spielten laut auf Trommeln und Trompeten. Um die Masten waren flatternde rote und blaue Girlanden gewickelt. Der gesamte Hofstaat des jungen Herrschers hatte sich anlässlich der Parade in schönste Gewänder gehüllt. Linker Hand am Ufer erhoben sich die Kalifenpaläste in den Himmel und bildeten eine strahlende Kulisse für die Prozession auf dem Wasser.

„Herrlich“, seufzte Dscharir, „dass ich das miterleben darf!“

Bagdad symbolisierte für jeden gebildeten Muslim die Größe der islamischen Zivilisation. Jedes Kind von Marrakesch bis Samarkand wusste von der wechselvollen Geschichte der Stadt, kannte die Märchen aus Tausendundeiner Nacht, die Chroniken des Tabari und des Chatib und die unzähligen Gedichte, die man Bagdad gewidmet hatte. Als am vierten Safar des Jahres 656* die Stadt nach nur fünfzig Tagen Belagerung in die Hände der ungläubigen Mongolen fiel, ging ein Zittern durch die islamische Welt. Das war nun kaum 75 Jahre her.

Mit Bagdad war es damals schon längere Zeit bergab gegangen. Der Kalif hatte zwar eine gewisse Selbstständigkeit gegenüber den Sultanen der umliegenden Länder behalten, sein Herrschaftsgebiet war aber auf die Größe eines durchschnittlichen Lehenstaats geschrumpft. Das Brandschatzen und Plündern der grausamen mongolischen Steppenkrieger erschien seinen Untertanen wie der Beginn vom Ende aller Zeiten. Das mussten die apokalyptischen Heere Gog und Magog sein, die aus dem Land der Finsternis hinter der Großen Mauer im fernen Osten über die Länder des Islam herfielen, vom allbezwingenden Plagenbringer gesandt, um die Menschen zur Reue zu rufen und für das Jüngste Gericht zusammenzutreiben. Khan Hülägü, ein Enkel des Dschingis Khan, hatte nicht gezögert, zehn Tage nach dem Fall der Stadt den letzten Kalifen von Bagdad kaltblütig erdrosseln, in einen Teppich wickeln und von Mongolenpferden zertrampeln zu lassen. Später knüpfte man am Eingangstor des Palastes den Fleischklumpen auf, der von seinem Leichnam übrig geblieben war. Damit fand das Kalifat, die einzige Institution, die dem Islam wenigstens den Anschein von politischer Einheit verliehen hatte, ein erbärmliches und unrühmliches Ende.

Ibn Battuta, Farasdak und Dscharir hatten sich über den Zustand der Stadt keine Illusionen gemacht. Umso angenehmer waren sie überrascht, als sie feststellten, dass die Mongolen keineswegs nur Chaos und Zerstörung gestiftet hatten. Hülägü hatte nach der Eroberung und Plünderung sofort den Befehl gegeben, die beschädigten Gebäude wieder herzurichten. Das Ende der

* 10. Februar 1258 u. Z. (Anm. des Übersetzers).

Zeiten war nicht gekommen, oh nein. Unter der Leitung einheimischer Beamter war es Bagdad in den letzten Jahrzehnten gelungen, sich zu erholen und erneut zur mesopotamischen Provinzhauptstadt heranzuwachsen. Auf der Ostseite des Flusses boten die berühmten Medressen der Mustansirijja und Nisamijja weiterhin Unterricht in den islamischen Wissenschaften an. Die Große Moschee und die Paläste der Kalifen standen nach wie vor. Auf dem Markt im Palastviertel konnte man alles erstehen, wonach es einen gelüstete, selbst Fisch aus dem Arabischen Golf, wenn auch nicht immer frischen.

Ibn Battuta war mit seinen Freunden beim Emir Hawi untergekommen, mit dem er in Mekka Bekanntschaft geschlossen hatte. Sie logierten im Zeltlager des Sultans, das nahe dem Palast am Ostufer aufgeschlagen worden war. Den Emir selbst hatten sie noch nicht zu Gesicht bekommen. Er hatte sich wegen dringender Geschäfte entschuldigen lassen, wollte sie an diesem Nachmittag aber empfangen. So waren sie morgens losgezogen, in aller Frühe, um die Frische des noch jungen Tages zu nutzen, denn mittlerweile hatte der Sommer eingesetzt, der hier in den Niederungen des Zweistromlandes schier unerträglich heiß und schwül sein konnte.

Sie hatten zunächst die Kalifen- und Heiligengräber im Vorort Rusafa, dann das restliche Ostufer erkundet, waren die vier großen Stadttore der alten Kalifenresidenz abgelaufen, das Sultanstor, Chorasantor, Talismantor und Zwiebeltor, hatten den Basilikumpalast, die Hasaniburg und das Kronschlösschen besichtigt und in der Großen Kalifenmoschee das Morgengebet verrichtet. Dann hatten sie über die Tigrisbrücke ins Handwerkerviertel Kutrabul und in die Schiitenvorstadt Karch laufen wollen, waren aber in der Mitte der Brücke stehen geblieben, um der Parade Abu Saids zuzuschauen.

Diese ging nun zu Ende. Die Galeere des Sultans legte an der großen Nadelmacherwerft nahe der Mustansirijja-Medresse an. Der Sultan ließ an blinde Bettler Geld und Kleider verteilen und schenkte jedem sogar einen Diener, der ihnen als Blindenführer zur Seite stehen sollte. Dann bestieg er unter schmetterndem Fanfarenklang einen prächtigen weißen Hengst, und von seinen vier persönlichen Schwertträgern und Bognern sowie der Leibwache umgeben zog er zurück zum Sultanspalast.

Dscharir blickte dem Spektakel verzückt hinterher. Während auf der Tigrisbrücke die Menschenmenge auseinanderlief und ein jeder zu seiner Beschäftigung zurückkehrte, improvisierte Farasdak einen kurzen Vierzeiler, der den Freund jäh aus seinen Träumen riss:

Der reiche Mann in Bagdad lebt in Saus und Braus.
Sein Nachbar nebenan ist arm wie eine Maus.
In Bagdads Gassen ging zu Gast ich ein und aus,
als wär' ich ein Koran in eines Ketzers Haus.

Dscharir schürzte die dicken Lippen zu einem gequälten Lächeln und zog die Brauen hoch, als wäre es der Mühe nicht wert, Farasdak zu antworten, welcher ihn aus stechenden Augen herausfordernd ansah.

„Genug jetzt, ihr zwei!", forderte Ibn Battuta. „Lasst uns dem Sultan zum Palast folgen! Der Emir Hawi erwartet uns sicher schon!" Und während Dscharir und Farasdak noch einige spitze Bemerkungen wechselten, liefen sie zurück in den Ostteil der Stadt, zum Feldlager am Palast.

Die mongolischen Herrscher Iraks hatten im Laufe der Zeit viele ihrer nomadischen Gepflogenheiten abgelegt und sich die komfortableren Einrichtungen der eroberten Gegenden zu eigen gemacht. Öldscheitu Eselsdiener, Abu Saids Vater, hatte als erster Mongole eine eigene Hauptstadt gebaut, Sultanijja im Norden des Landes, und aufgehört, wie seine Vorfahren in Zelten zu residieren. Abu Said hatte für die Dauer seines Bagdadaufenthalts den alten Sultanspalast herrichten lassen und mit seinem Harem bezogen. Die mongolischen Emire jedoch mussten vor den Toren des Palastes ihre Jurten aufschlagen.

Etwa tausend Jurten und etliche Gemeinschaftszelte bildeten hier in Bagdad das Feldlager des Sultans. Die Jurte des Emirs Hawi lag unweit des Eingangstores zum Sultanspalast und war nicht schwer zu finden. Ibn Battuta, Farasdak und Dscharir betraten das geräumige Hauptzelt.

„Ich freue mich", sagte der Emir, indem er sich erhob, „euch endlich als meine Gäste begrüßen zu dürfen!"

„Welch große Ehre", erwiderte Ibn Battuta, „Euer Gast zu sein!

Der Hocherhabene sei gepriesen, dass er mich an der Kaaba mit Euch bekannt werden ließ."

„Die Ehre ist ganz meinerseits, junge Herren!" Hawi umarmte sie und hieß sie auf dem Teppich Platz nehmen. Eine Bedienstete erschien und brachte eine silberne Schale, in der sie sich die Hände wuschen. Dscharirs Augen leuchteten, denn dies konnte nur bedeuten, dass das Essen bereits angerichtet war.

„Ist es nicht wunderbar", fuhr der Emir fort, „dass ein Gelehrter aus dem fernen Tanger und zwei Dichter aus Syrien mit einem Nachkommen mongolischer Krieger zu einem Mahl zusammensitzen, eine Sprache sprechen und denselben Gott anbeten können?"

„Wir preisen uns glücklich", sagte Ibn Battuta, „dass dem so ist, und bitten den Allhörenden, dass es noch lange so bleiben möge! Der Allhilfreiche möge Euch beistehen!"

Hawi klatschte in die Hände, und sofort trugen Diener auf goldenen Tabletts die herrlichsten Speisen herbei, Schüsseln gefüllt mit dampfendem Safranreis, bedeckt mit einer buttertriefenden Reiskruste und mit Pistaziensplittern verziert, dazu Brotfladen aus dem Steinofen, gekühlten Jogurt und Sträuße frischer Kräuter und zur Krönung des Ganzen eine enorme Pyramide aus Täbriser Lammklößen. Nur die besten Köche verstanden es, diese Leibspeise von Königen richtig zuzubereiten. Eine Mischung aus Erbsenpüree, gekochtem Reis und gehacktem Lammfleisch, abgeschmeckt mit Zwiebel, Pfeffer, Nelken und Gelbwurz, umhüllte den Kern aus in Mandeln dressierten Pflaumen – ein Traum von einem Gericht.

„Gott ist groß und erhaben!", flüsterte Dscharir und griff zu.

„In der Tat stehen die Dinge einigermaßen günstig", sagte der Emir und senkte die Stimme, um fortzufahren: „Der Emir Tschoban und sein Sohn Dimaschk sind, wie Ihr wisst, ein Unglück für alle Sultansgetreuen, aber ich glaube, sie haben uns die längste Zeit tyrannisiert. Die meisten Emire sind auf unserer Seite. Wir haben nur auf einen Anlass gewartet, gegen sie vorzugehen. Dieser Anlass ist gekommen."

„Wie das?", fragte Ibn Battuta, während er sich etwas Reis auf den Teller löffelte.

„Dimaschk ist unvorsichtig geworden. Er fühlt sich zu sicher. Vor wenigen Tagen war ich beim Sultan im kleinen Audienzraum, als die Lieblingsfrau seines verstorbenen Vaters zu uns hereintrat. Sie ist schon an die vierzig, aber immer noch sehr schön. Als der Sultan sie fragte, warum sie so besorgt blicke, sagte sie zu ihm: *Wenn wir Frauen Männer wären, würden wir den Tschoban und seinen Sohn schon davon abhalten, ihre Finger so gierig nach dem auszustrecken, was ihnen nicht gebührt. Dimaschk ist gestern in den Harem deines Vaters eingedrungen und hat die Nacht bei Taghi Chatun verbracht. Dann hat er zu mir schicken lassen mit der Nachricht, dass er bald auch mich besuchen will.* Taghi Chatun war eine der Favoritinnen des verstorbenen Sultans. Abu Said, der bis jetzt eher zögerlich handelte – man muss es seiner Jugend nachsehen –, hat das verständlicherweise in höchste Aufregung versetzt, denn der Harem des Herrschers, selbst der des verstorbenen, ist allen anderen, einschließlich seines eigenen Sohnes, streng untersagt. Wenn er nicht alle Selbstachtung und die Achtung der anderen verlieren wollte, musste er jetzt handeln. Er versprach also der Frau seines Vaters, Dimaschk zu bestrafen. Dann rief er die ihm ergebenen Emire und beauftragte schließlich mich damit, dem Dimaschk einen Hinterhalt zu bereiten. Wenn Dimaschk heute im Schutze der Dunkelheit zum Palast hinaufsteigt, um dort die Nacht zu verbringen, wird eine Dienerin aus dem Harem sein Kommen melden. Dann lauern wir ihm auf und fassen ihn, wenn er aus dem Harem herauskommt! Die Gelegenheit ist günstig, denn den Harem kann er nur in Verkleidung und ohne seine Leibgarde betreten, und sein Vater Tschoban hält sich gerade im Norden des Landes auf und kann nichts unternehmen. Es kann nicht misslingen! Falls ihr sehen wollt, wie es mit Dimaschk ein Ende nimmt, haltet euch heute Nacht bereit!"

Ibn Battuta hätte sich beinahe verschluckt. Er blickte zu seinen beiden Freunden. Dscharir schien nichts um ihn herum wahrzunehmen. Er schaufelte sich den Reis aus vollen Händen ins Maul. Farasdak hingegen bewies vornehmere Manieren; er bediente sich kleiner Brotstücke, mit denen er die Speisen elegant aufnahm und zum Mund führte.

„Zwar bin ich kein Krieger, wie Ihr wisst", sagte Ibn Battuta langsam, „doch den Sturz des Dimaschk würde ich gern miterleben."

Dscharirs Augen leuchteten bei diesen Worten begeistert auf, jedoch nun ergriff Farasdak räuspernd das Wort, nachdem er sich mit einer Serviette fein die Mundwinkel gesäubert hatte. „Ich meinerseits führe die Feder weit besser als das Schwert! Deshalb verzichte ich, auf Eure Nachsicht hoffend, mit herzlichem Dank auf die Einladung. Aber wenn es nicht zu viel verlangt ist, wäre ich Euch äußerst verbunden, wenn Ihr uns bei nächstbester Gelegenheit beim Sultan einführen könntet!"

Dscharir, von dieser neuen Idee sofort angetan, nickte eifrig mit dem Kopf und zeigte ein breites Grinsen. Frischer Koriander steckte ihm büschelweise zwischen den Zähnen. „Gott ist groß und erhaben!", wiederholte er begeistert, rülpste atemlos, und ein wenig des siebten Täbriser Lammkloßes, den er sich gerade einverleibt hatte, landete auf Ibn Battutas Ärmel. *Man muss ihn einfach gernhaben*, dachte Ibn Battuta.

Der Emir lächelte. „Das soll sogleich geschehen, liebe Freunde!", sagte er und sprang auf die Füße. „Kommt nur mit, wir wollen zum Palast laufen, denn der Sultan hält gerade Audienz."

Gemeinsam verließen sie das Zelt. Ibn Battuta wollte, während seine Freunde dem Sultan ihren Dienst anboten, das Lager besichtigen. Ohne Eile schlenderte er zwischen den Zelten einher. Die Jurten bestanden in der Regel aus einem großen Hauptzelt und mehren Nebenzelten, denn auch die Frauen, Kinder und das Dienstpersonal mussten untergebracht werden. Der Eingang wies immer nach Süden, ein Brauch aus den Zeiten der alten Schamanen, welche die Sonne anzubeten pflegten. Von außen sahen die Zelte schlicht, ja geradezu primitiv aus. Im Inneren verbarg sich jedoch häufig erlesener Komfort.

Als er zur Jurte des Emirs Hawi zurückkam, sah er, wie aus einem Nebenzelt eine junge Frau trat. Sie war in ein exquisit besticktes, weites Gewand aus elegantem Tuch gekleidet, das auf Mongolenart über der Schulter verknüpft und auf der linken Seite geöffnet war. Darunter trug sie Seidenhosen und Filzpantoffeln, die mit Silberfäden bestickt waren. Ihren Kopf bedeckte der für verheiratete Mongolinnen übliche Boythay, ein aus Birkenrinden zusammengenähter Hut, dessen Form an einen umgekehrten Stiefel erinnert. Dieser war mit roter Seide bespannt und mit einer Entenfeder verziert. Darunter kamen ihre dunkelblonden Haare zum Vorschein, die sie zu einem langen Zopf geflochten hatte, welcher ihr über die Schulter auf die Brust fiel. Die mongolischen Frauen ließen ihr Gesicht in der Regel unbedeckt; darin erinnerten sie Ibn Battuta angenehm an die Berberfrauen seiner Heimat. Wie er jedoch erstaunt feststellte, war die Frau keine Mongolin. Ihre Wangenknochen waren zwar etwas hochgestellt, aber sie war schlanker und größer gewachsen und hatte auch nicht die kurze Nase und dünnen Lippen der zentralasiatischen Frauen. Ihre Augen waren wasserblau, und ihre zarte weiße Haut war mit Sommersprossen besprenkelt.

„Der Frieden sei mit Euch!", grüßte Ibn Battuta etwas verlegen, denn auf diese Begegnung war er nicht vorbereitet gewesen. Er wusste nicht recht, wie er sich gegenüber einer der Frauen des Emirs Hawi benehmen sollte.

„Und mit Euch der Friede, junger Herr", antwortete die junge Frau unbeschwert. „Darf ich fragen, was Ihr auf meiner Jurte zu suchen habt?"

Ibn Battuta gefiel der selbstbewusste Ton der anmutigen jungen Frau. Ihm gefiel auch, dass sie Arabisch sprach, was bei Mongolinnen unüblich war, denn diese sprachen neben ihrer Muttersprache allerhöchstens die Umgangssprache am Hof, also Persisch.

„Ich habe das Glück, ein Gast des Emirs zu sein", erwiderte er. „Bitte vergebt die Belästigung, die Euch dadurch widerfährt. Aber wie kommt es, dass Ihr arabisch sprecht? Offensichtlich seid Ihr weder Mongolin noch Araberin?"

„Das dürfte Euch kaum etwas angehen", antwortete sie stolz, „und im Übrigen lasse ich mich nur ungern an die Umstände erinnern, unter denen ich diese Sprache lernen musste. Aber Ihr selbst seht mir nicht gerade arabisch aus mit Euren blauen Augen und den hellen Haaren. Fast möchte ich meinen, Ihr entstammt meinem eigenen Volk, aber wie könntet Ihr dann ohne Akzent Arabisch sprechen? Eure Gesichtszüge scheinen zu verraten, dass Ihr aus dem Westen kommt. Vielleicht seid Ihr ein Berber?"

Ibn Battuta lachte. „Ihr habt eine scharfe Beobachtungsgabe! Ich bin in der Tat in Marokko geboren, und mein Vater war zur Hälfte Berber, doch bei uns zu Hause wurde immer nur Arabisch gesprochen. Das heißt, nicht immer, denn mit meiner Mutter sprach ich manchmal auch einen slawischen Dialekt, den sie als Kind gelernt hatte. Sie stammte aus einem christlichen Land an dem Fluss, der Wolga genannt wird. Als sie starb, verließ ich Marokko."

Hätte Ibn Battuta etwas genauer achtgegeben, hätte er bemerkt, dass die junge Frau bei seinen Worten kurz zusammengezuckt war.

„Oh“, sagte sie und schlug die Augen zu Boden, „das tut mir leid für Euch!“ Und dann, ohne ein weiteres Wort, drehte sie sich um und verschwand in ihrem Zelt.

Etwas verwirrt blieb Ibn Battuta zurück.

Zweiundvierzigstes Kapitel

Worin Ibn Battuta seinen Mut beweist, die Schriften des Algasel und Ibn al-Arabi liest und einer denkwürdigen Bekanntschaft wiederbegegnet

Es war noch tiefste Nacht, als Ibn Battuta unsanft aus dem Schlaf gerüttelt wurde. „Wach auf, Ibn Battuta, es ist Zeit!"

Neben seinem Lager kniete der Emir Hawi. Sofort war Ibn Battuta auf den Beinen, hatte seinen Mantel übergeworfen, sich mit einem Dolch gegürtet und war dem Emir hinaus in die Nacht gefolgt. Der Vollmond warf einen silbrig fahlen Glanz auf die Zelte. Sie schlichen durch die Reihen der Jurten und gelangten an die Rückseite des Sultanspalastes, der an den still dahinfließenden Tigris grenzte. An einem kleinen Tor in der Palastmauer wartete bereits eine kleine Patrouille ergebener Soldaten des Emirs.

„Hier muss er herauskommen", flüsterte der Emir, „denn diese Tür führt durch einen Korridor direkt in die Haremsgemächer. Vor etwa einer Stunde ist er hineingegangen, in Begleitung eines weiteren Mannes. Ich kann nur hoffen, die Frauen des Harems können ihn sich vom Leibe halten, sodass er bald wieder herauskommt."

Doch Dimaschk ließ sich Zeit. Es war unangenehm für alle Beteiligten, sich vorzustellen, was der verhasste Mann im Harem trieb, während sie hier tatenlos auf ihn warteten. Endlich hörten sie auf der anderen Seite der Mauer Stimmen. Zwei Männer unterhielten sich miteinander. Sie waren offensichtlich betrunken.

„Die alte Hure", schimpfte einer der beiden, ohne Zweifel Dimaschk, „ziert sich, die Beine zu spreizen und schließt sich in ihr Zimmer ein! Warte nur, wenn ich die zu fassen kriege! Immerhin war ihre kleine Dienerin gar nicht schlecht!"

Sein Kumpane lachte dreckig. „Der Wein im Harem war gut, obwohl mir gegorene Pferdemilch lieber ist! Wein macht die Glieder weich, so weich, ich glaube, selbst wenn ich die Frau des Sultans vorm Rohr hätte, könnte ich sie in diesem Zustand nicht besteigen!"

Die Tür knirschte in den Angeln. Zwei Gestalten traten auf den mondbeschienenen Platz vor der Mauer. Stumm bildeten die Männer des Emirs Hawi einen Halbkreis um sie. Dimaschk erfasste die Situation sofort. Während sein Begleiter in Panik versuchte seitlich auszubrechen und im Handumdrehen überwältigt wurde, blieb er regungslos in der Mitte des Halbkreises stehen. Mit verächtlichem Grinsen musterte er den Emir Hawi.

Im Morgengrauen konnte Ibn Battuta das Gesicht deutlich erkennen, es erschien raubtierartig und noch grausamer, als er es aus Basra in Erinnerung hatte. Ibn Battuta dachte an die grauenvollen Plünderungen der Städte Chorasans, bei der die mongolischen Krieger Tausende von wehrlosen Greisen, Frauen und Kindern abgeschlachtet und ganze Landstriche entvölkert hatten. Anders als beim Sultan oder auch beim Emir Hawi schien in Dimaschk das rohe Mongolische noch nicht vom Einfluss der Perser und Iraker abgemildert zu sein. Aus seinen Zügen sprach ungeschminkte Gewalt. Mit zugekniffenen Augen und zuckenden Mundwinkeln fuhr er den Emir Hawi an:

„Verfluchter Hund! Ich hätte es wissen müssen ... Schon lange hätte ich dich hinrichten lassen sollen! Doch warte nur, dafür ist es noch nicht zu spät! Du wirst lebend an einen Ast gehängt und mit verrotteten Fleischstücken geschmückt, damit dich die Maden fressen!"

Der Emir Hawi blieb ungerührt. „Das ist nur das letzte Bellen eines räudigen Köters! Leg deine Waffen ab und lass dich abführen, damit der Sultan über dich das Urteil spricht! Und ich warne dich, wehre dich nicht, sonst ist es um dein jämmerliches Leben sofort geschehen!"

Dimaschk begriff, dass sein Leben selbst dann verwirkt war, wenn er sich festnehmen ließ. Er entschloss sich daher zum Angriff. Aussicht auf Erfolg bestand nur, wenn er den Emir Hawi tötete. Blitzschnell hatte er aus seinem Mantel einen Dolch gezogen und sich wie ein Panther auf Hawi geworfen. Doch zum Glück war er betrunken, und seiner Attacke fehlte es an Genauigkeit. Der Emir Hawi konnte ihm gerade noch in den Arm fallen und sich die drohende Dolchspitze vom Leib halten. Doch ging er unter der Wucht des Angriffs rückwärts zu Boden, während Dimaschk auf ihn stürzte und zu einem weiteren, diesmal gefährlicheren Stoß ausholte.

Alles ging so schnell, dass die Begleiter des Emirs Hawi keine Gelegenheit hatten, einzugreifen. Nur Ibn Battuta, der dicht neben Hawi stand, warf sich ohne nachzudenken von hinten auf Dimaschk, griff mit der linken Hand in dessen Gesicht und mit der rechten nach dem Dolch. Dann drehte er den Mann mit einem Ruck von Hawi weg, fiel dabei aber selbst zu Boden, während Dimaschk mit dem Rücken schwer auf seiner Brust landete. Die Klinge kam Ibn Battutas Gesicht gefährlich nahe und zog sich durch sein Kinn. Der Emir Hawi indessen raffte sich auf, stürzte zu ihnen und bohrte Dimaschk ein Messer zwischen die Rippen. Der Stoß saß. Rücklings rollte Dimaschk zusammengekrümmt von Ibn Battuta hinunter auf die Erde. Er röchelte vor Schmerz. Die Soldaten Hawis warfen sich auf ihn und besorgten den Rest.

Ibn Battuta blieb schwer atmend am Boden liegen. Er hatte eine tiefe Schnittwunde davongetragen. Blut strömte auf sein Hemd. Sein Herz raste.

Der Emir Hawi half ihm auf die Beine. „Gott hat Euch mir über den Weg gesandt“, sagte er. „Ich habe Euch mein Leben zu verdanken!“

„Was vom göttlichen Gesetzgeber geboten ist, verdient keinen Dank“, antwortete Ibn Battuta, um Fassung bemüht. „Es war mir eine Pflicht und auch eine Freude, Euch beizustehen, Emir!“

Während man Dimaschks Leiche in den Palast schaffte, kehrten sie zum Feldlager zurück. Über den Fluten des Tigris ging blutrot die mesopotamische Sonne auf.

Nur einige Stunden später, noch am frühen Morgen, ließ Abu Said auf dem Versammlungsplatz vor dem Sultanspalast alle Emire und Soldaten antreten. Er hatte sich auf den schwarzen Araberhengst des Emirs Dimaschk gesetzt, neben ihm die neunfüßige weiße Standarte des Mongolenherrschers. Ibn Battuta, der zur Linken Hawis nur wenige Schritte vom Sultan entfernt stand, schien es, als habe sich in das engelsgleiche Antlitz des jungen Herrschers über Nacht ein Zug von Willenskraft und Entschlossenheit eingeprägt.

Durch den Korridor kam im Galopp ein Mongolenkrieger geritten. Er saß auf einem der kleinen, ungemein wendigen Pferde, Garanten des mongolischen Kriegsglücks. Zwei Köcher mit Pfeilen waren links und rechts an der Satteldecke befestigt, und um den Oberkörper trug er den gefürchteten Tatarenbogen. In der rechten Hand hielt er ein Bündel, das er nun, gerade als er an Abu Said vorbeipreschte, vor ihm auf den Boden warf. Es war der Kopf des Dimaschk. Er holperte über den Boden und blieb genau zwischen den Hufen des Araberhengstes liegen, auf dem der Sultan saß. Das Tier scheute, schnaubte und stampfte mit dem Vorderbein. Von den Hufen getroffen, rollte der Kopf des Dimaschk ein Stück zurück in Richtung der versammelten Emire und Soldaten. Ein Raunen ging durch die Reihen, die Männer wichen zurück.

„Krieger!", rief Abu Said. Er hatte eine schöne, ja gefährlich schöne Stimme. „Seht her! So ergeht es denen, die sich gegen den rechtmäßigen Herrscher auflehnen! Wir mussten nur mit dem Finger schnippen und schon wurde der hochmütige Emporkömmling Dimaschk unter unseren Füßen zerquetscht! Es sei allen eine Warnung!"

Er machte eine kurze Pause, um die Worte wirken zu lassen. Dann hob er erneut an, diesmal jedoch in einem sanften, fast schmeichelnden Ton:

„Doch ihr sollt auch wissen, dass euer Herrscher zur Gnade fähig ist! Alle, die sich reumütig von Dimaschk abkehren und mir Treue schwören, will ich behandeln, als seien sie meine eigenen Brüder! Mit den Tschobans hat es ein Ende, aber die Mongolen bleiben *ein* Volk, *eine* eingeschworene Kriegergemeinschaft!"

Die Soldaten grölten erleichtert.

„Brüder!", rief Abu Said laut, „lasst uns erneut geeint und mit voller Kraft dieses Land beherrschen! Schwört eurem Khan die Treue! Auf zu neuen mongolischen Großtaten!"

Ungeheurer Jubel erhob sich. Die Emire fielen auf die Knie, und das Heer der Soldaten tat es ihnen nach. Im Laufe des Tages kamen alle ranghohen Militärs zu Abu Said und leisteten den Eid, ihm ergeben dienen zu wollen. Nur einige wenige, die den Versprechungen des Sultans nicht trauten und um ihr Leben fürchteten, setzten sich in der Nacht ab, um zu Dimaschks Vater, dem Emir Tschoban, in Chorasan zu stoßen. Es stand zu erwarten, dass dieser nun ein Heer ausheben würde, um gegen Abu Said in den Kampf zu ziehen.

Ibn Battuta war durch den Vorfall zu einem der engsten Vertrauten des Emirs Hawi geworden.

„Dies sind große Zeiten", sagte der Emir zu ihm, „und wärst du nicht da gewesen, um mir zu helfen, würde ich sie kaum miterleben können. Du sollst mein Gast und Freund sein, solange es dir beliebt!"

Das kam Ibn Battuta gelegen, denn so konnte er in Bagdad darauf warten, dass das sultanische Heer in den Norden des Landes zog, von wo aus er zum Sufimeister Ala'uddaula Simnani weiterreisen wollte. Viel zu lange war es her, dass er seinen eigentlichen Auftrag, Chiser zu finden, hatte aufgeben müssen! Bis zum Aufbruch des Sultans konnte nicht mehr viel Zeit vergehen, Abu Said wusste, dass er sich sputen musste. Der Emir Tschoban rüstete sich in Chorasan zum Widerstand.

Während die Nächte bei Ibn Battutas Ankunft noch kühl gewesen waren, war nun endgültig die Sommerzeit angebrochen, und in der Stadt wurde die Hitze zunehmend unerträglich. Farasdak und Dscharir waren im Palast untergekommen und sogar in den Rang eines Vorkosters und Tafeldeckers erhoben worden. Das schmeichelte ihrer Eitelkeit, hielt sie aber vom Verseschmieden ab. Ibn Battuta war nun oft allein und nutzte die Zeit, um Vorlesungen in der berühmten Nisamijja-Medresse zu hören. Er belegte einen Kurs über das islamische Strafrecht und einen weiteren über Rechtsphilosophie, eine moderne Wissenschaft, die von vielen orthodoxen Rechtsgelehrten argwöhnisch beäugt wurde, weil sie den philosophischen Verstandeswissenschaften so ähnlich schien. Gerade diese Verstandeswissenschaften waren aber einst vom berühmtesten Lehrer der Medresse, dem großen Algasel, verdammt worden; unter anderem hatte er den Arzt und Philosophen Avicenna zum Ungläubigen erklärt, weil er die leibliche Auferstehung angezweifelt und damit das Ergebnis eigenen Denkens über den Glauben an die koranische Offenbarung gestellt hatte.

Ibn Battuta fiel Algasels Autobiographie in die Hand, *Der Erretter vom Irrtum*. Darin beschrieb Algasel, wie er durch einen schmerzvollen Lernprozess zu der Einsicht gelangt war, dass Gott sich in seiner Gnade nur in der unmittelbaren Erfahrung, nur im menschlichen Gefühl offenbart, dass er aber nicht durch philosophisches Räsonieren und auch nicht im trockenen Rechtsstudium erkannt werden kann.

Als Ibn Battuta dies las, stutzte er. Das klang doch nach den Lehren der Sufis? War Algasel etwa ein Sufi gewesen? In der Bibliothek der Nisamijja entdeckte er einen weiteren schmalen Band aus der Feder des großen Gelehrten. Das Buch hieß *Die Lichternische*, in Anspielung auf jenen Lichtvers im Koran, den Ibn Battuta in der Medresse in Wasit auf so wunderbare Weise zu Gehör bekommen hatte. Kein Zweifel, *Die Lichternische* beschrieb eine mystische Gottesschau. „Licht" ist einer der neunundneunzig Namen Gottes, denn wie es im Lichtvers heißt, ist Gott {das Licht des Himmels und der Erde}, und Gottes Licht gleicht {dem Licht einer Lampe, welche in einer Nische steht ...}. Algasel schien zu behaupten, dass Gott zu schauen nicht anderes sei, als wenn Licht, welches vom menschlichen Auge ausgeht, mit dem Licht Gottes verschmilzt. Der Mensch müsse nur in die Nische und durch das Glas der Lampe schauen, die das Licht wie Schleier umgeben. In gewisser Weise sei also das Wesen Gottes im Menschen schon angelegt. Hieß das für Ibn Battuta, dass er aus eigener Kraft und ohne die Unterstützung eines Sufimeisters den mystischen Pfad zu begehen imstande war? Dass er am Ende gar ohne fremde Hilfe Chiser treffen und die Quelle des ewigen Lebens finden konnte?

In der Bibliothek der Nisamijja machte er einen weiteren Fund. Er stieß auf ein Buch mit Gedichten des andalusischen Mystikers Ibn al-Arabi, dessen Grabmal er in Damaskus gesehen hatte. Es trug den seltsamen Titel *Dolmetsch der Sehnsüchte*. Schon bald war er von den Gedichten völlig in den Bann gezogen. Zunächst hatte er verwundert, dann widerwillig auf die erotische Sprache reagiert, derer sich Ibn al-Arabi bediente, um zu verdeutlichen, wie die menschliche Seele mit Gott verschmilzt, gleich der Vereinigung des Liebenden mit der Geliebten. Mit irritierender Beharrlichkeit verwies Ibn al-Arabi auf jenes Prophetenwort, dessen Sinn Ibn Battuta schon seit langem nicht aufgehen wollte: *Dreierlei ist dem Propheten lieb geworden: Frauen, Parfüm und Gebet*. Doch unter dem Eindruck einer Bekanntschaft, die er im Feldlager des Sultans machte, erfüllten sich die Worte Ibn al-Arabis plötzlich mit Sinn.

Als der Emir Hawi einmal mit dem Sultan zur Falkenbeize ausgeritten war, begegnete ihm die junge Frau wieder, die sich bei ihrem ersten Treffen auf so abrupte Weise von ihm verabschiedet hatte. Ibn Battuta saß gerade in der Abenddämmerung vor seinem Zelt auf der Jurte Hawis und dachte darüber nach, wie Algasels mystische Lehren mit denen des Ibn al-Arabi vereinbar seien, als sie plötzlich neben ihm auftauchte und sich ihm zur Seite niederließ.

„Vergebt mir, Herr, dass ich, als wir uns hier das letzte Mal trafen, Euch gegenüber etwas unhöflich gewesen bin! Ich war, um die Wahrheit zu sagen, überrascht, denn ich hatte in Euch jemanden wiedererkannt, von dem ich sicher annahm, dass ich ihn nie ein zweites Mal treffen würde."

„Das kann schwerlich sein, Herrin, denn hätte ich Euch jemals zuvor gesehen, würde ich mich ohne Zweifel an Euch erinnern. Vergebt meine Offenheit: Nie ist mir eine schönere Frau begegnet als Ihr."

Sie errötete. „Gesehen habt Ihr mich in der Tat nicht und doch brachtet Ihr, ohne mich zu kennen, etwas Licht in meine Dunkelheit, indem Ihr mir dies gabt!"

Sie holte unter ihrem Gewand eine Silberkette hervor, löste sie in ihrem Nacken und reichte sie Ibn Battuta. An der Kette hing das kleine eiserne Kreuz, das ihm seine Mutter anvertraut hatte, als er sie bei seinem Aufbruch von Tanger nach Fes zum letzten Mal sah.

Ibn Battuta wusste eine Weile lang nichts zu sagen. „Also seid Ihr es", brachte er schließlich hervor. „Eure Stimme kam mir bekannt vor, doch ich glaubte ebenfalls, Euch nie wieder zu begegnen. War der persische Herr, der Euch in Kairo kaufte, also der Emir Hawi?"

Sie nickte.

„Und nach Eurer Ankunft in Persien hat er Euch freigelassen und zur Frau genommen?"

Wieder nickte sie.

„Also", sagte er, immer noch nach Worten suchend, „ich hoffe, es ergeht Euch gut mit ihm."

„Er ist ein guter Mann und hat mich nie wie eine Sklavin behandelt."

„Nun, dann konnte ich Euch vielleicht doch ein klein wenig Glück bringen", sagte Ibn Battuta unbeholfen. „Es freut mich von Herzen, dass sich die Dinge für Euch zum Guten gewendet haben."

„Ihr habt mir damals mehr als Glück gebracht, edler Herr. Nachdem meine Zwillingsschwester unterwegs in der Sklavenkarawane gestorben war, hatte ich jede Hoffnung aufgegeben. Als man mich in Kairo dann verkaufte, als wäre ich ein Stück Vieh, war ich kurz davor, mir das Leben zu nehmen. Nur die Erinnerung an Eure Freundlichkeit, die mir in größter Not ein Zeichen sandte, hat mir Kraft gegeben."

Plötzlich wechselte sie in ihre slawische Muttersprache, die auch diejenige Ibn Battutas war. „Ibn Battuta", sagte sie, „dein Kreuz hat mir das Leben gerettet. Ich werde dir auf ewig dankbar sein."

Sie stand auf und wandte sich zum Gehen.

Ibn Battuta sprang auf. „Nur auf ein Wort, junge Herrin!", sagte er. „Wie heißt Ihr?"

„Marjam", sagte sie, schlug den Filzvorhang ihres Zeltes zurück und war im Inneren verschwunden.

Seit diesem Tag trafen sie sich täglich und unterhielten sich in ihrer Muttersprache. Zuerst waren diese Treffen noch zufällig, doch schnell wurden sie zur Gewohnheit. Meistens liefen sie in den kühlen Morgenstunden, wenn der Emir Hawi beim Sultan war, um Regierungsgeschäfte zu erledigen, zum Tigris und sahen den Booten zu, die im Licht der aufgehenden Sonne den Strom hinunter in Richtung Basra fuhren. Marjam erwies sich als anregende Gesprächspartnerin und folgte Ibn Battutas Ausführungen über islamische Mystik mit großem Interesse. Wenn er von seinen Studien erzählte, fragte sie ihm regelrecht Löcher in den Bauch. Sie war unendlich wissbegierig und diskutierte freimütig Themen mit ihm, die man in der Moschee der Leute von Kairuan niemals hätte ansprechen können, ohne dafür streng bestraft zu werden. Er genoss es, jeden Gedanken mit ihr zu besprechen.

„Weißt du", gab sie einmal zu, „du bist der Einzige, mit dem ich über diese nicht greifbaren Dinge wie Glaube, Zweifel und Wunder reden kann. Hawi ist ein ehrbarer Mann, aber Spirituelles liegt ihm nicht, Gott bewahre!" Sie lachte laut und wurde plötzlich ernst. „Ich hätte nie gedacht, dass ich das sage, aber wäre ich daheim an der Wolga geblieben, hätte ich niemals solch wunderbare Gespräche führen können. Auch dich hätte ich nie kennengelernt. Gottes Wege sind wirklich unergründlich."

Ibn Battuta sagte nichts, denn auch er hatte Gott insgeheim schon dafür gedankt, dass er Marjam in seine Nähe geführt hatte.

„Armer Ibn Battuta", sagte sie unvermittelt, „eine arge Kerbe hat dir der widerliche Dimaschk da am Kinn verpasst. Du wirst für den Rest deines Leben eine schöne Narbe im Gesicht herumtragen! Aber wenn du mich fragst, macht dich das nur noch hübscher! Du wirst noch eine Menge Frauen verhexen mit deinen blauen Augen!"

„Bitte, Marjam, lenk nicht vom Thema ab. Gerade wollte ich dir auseinandersetzen, warum so viele Sufis den Chiser zu ihrem Meister erkoren haben ..."

„Ich bin ganz Ohr, Herr Gelehrter."

„Chiser verkörpert eine ganz besondere Lebenskraft. Er kennt den hundertsten Namen Gottes und daher die geheimen Gesetze des Werdens und des Vergehens."

„Seltsam", gab sie zurück, „die Geschichten über diesen Chiser kommen mir alle bekannt vor ..."

„Wie kann das sein? Vom heiligen Georg hast du gehört, sicher, ihn kannte auch meine Mutter ..."

„Richtig, der grüne Georg! Immer am dreiundzwanzigsten April feierten wir bei uns auf dem Dorf ein Fest, bei dem ein Mann von Kopf bis Fuß mit grünen Blättern bedeckt und dann in langer Prozession durch die Straßen geführt wurde. Im Frühling bei der Aussaat haben wir den grünen Georg um Hilfe gebeten, weil es nämlich hieß, er mache die Felder fruchtbar ..." Plötzlich sah sie Ibn Battuta mit großen Augen an. „Und jetzt fällt mir auch ein, woher ich Chisers Namen kenne! Ich erinnere mich, dass einmal ein türkischer Kaufmann zu Gast im Haus meiner Eltern war. Als das Gespräch auf Georg kam, sagte er, dass es diesen Heiligen auch bei den Türken gäbe und dass man ihn dort Chiser nenne!"

Ibn Battuta hatte es, wie so oft, wenn er sich mit Marjam unterhielt, die Sprache verschlagen. Als Kind waren ihm die Geschichten vom heiligen Georg, die ihm seine Mutter erzählte, immer die liebsten gewesen, und schon einige Male hatte er sich gefragt, welche Art von Verwandtschaft wohl zwischen dem christlichen Drachentöter und dem muslimischen Unsterblichen bestehen mochte. Dass beide in Wirklichkeit dieselbe Person waren, darauf wäre er nicht gekommen. Dieser Heilige war zweifellos sein Schicksal und seine Bestimmung. Während er an der Seite Marjams unbeschwert glückliche Tage verlebte, begann er zu ahnen, welcher Art der Weg sein könnte, den Chiser ihm wies.

„Marjam", sagte er eines Morgens so unauffällig wie möglich, „gestern Abend bin ich auf ein Gedicht gestoßen, das dir gefallen könnte."

„Wieder so ein trockenes theologisches Traktat?"

„So ähnlich", sagte Ibn Battuta gedehnt, „es ist von einem spanischen Sufi namens Ibn al-Arabi, der einen etwas ungewöhnlichen Weg der Gottesverehrung vertreten hat, nämlich ..."

„Das kannst du mir alles später erklären. Lass hören!"

Ibn Battuta räusperte sich und begann, erst scheu, dann immer sicherer:

Meine Geliebte trägt Hemden aus Hochmut,
hüllt sich in Stoffe mit Schönheit durchwirkt,
Schamvoll sie Gaben der Reifheit und Frische
unter viel' lieblichen Reizen verbirgt:
Lächelnder Lippen verzaubernder Kuss, ein
Mund, der bezauberndes Lächeln gebiert,
Schwellender Brüste herrliche Rundung
reich ihre nackte Vollkommenheit ziert.
O meine Freunde! Mein Lebensblut gäb' ich
für eine Maid, die so schlank ist wie sie!
In der Verschmelzung mit ihr liegt Rettung,
denn sie verkörpert der Welt Harmonie:
Slawisch ihr Ausseh'n, arabisch ihr Geist, macht
Männer vergessen Verlust und Besitz.
Wenn sie mich anblickt, durchbohrt mich ein Schwert, das
Weiß ihrer Zähne: ein blendender Blitz.

Marjam war aufgebracht. „Das ist doch ein Liebesgedicht, Ibn Battuta!"

„Nun, dieser Sufi hat über die Liebe zu einer schönen Perserin zu Gott gefunden."

„Und warum sagtest du dann, ... *slawisch ihr Ausseh'n?*", fragte Marjam skeptisch.

„Zugegeben: es muss *persisch* heißen. Ich habe daraus *slawisch* gemacht. Du brauchst aber nicht rot werden."

„Ein Skandal! Da verdrehst du einfach dreist die Worte dieses Sufis! Und willst mir wahrscheinlich noch weismachen, dass das Gedicht wirklich ein theologisches Traktat ist!"

„Genau so ist es", sagte Ibn Battuta und redete schnell weiter, um seine aufsteigende Verlegenheit zu überbrücken. „Ibn al-Arabi erklärt die *Hemden der Hochmut* als Ausdruck von Gottes Erhabenheit, und die Stoffe, die *mit Schönheit durchwirkt* sind, beziehen sich auf die mannigfaltigen Manifestationen Gottes auf Erden. *Schamvoll* verhüllt sich Gott vor den Menschen, weil nur die eingeweihten Sufis den Schleier Seiner Existenz lüften dürfen. Die *Gaben* sind die Wege, die Gott den Sufis ebnet, um Ihm zu begegnen. Der *blendende Blitz* schließlich bezeichnet den Moment der *unio mystica*, oder wie er es ausdrückt, die Manifestation des göttlichen Wesens im Zustand der Schönheit und Freude."

„Ich bin sprachlos", sagte Marjam schließlich. „Aber wahrscheinlich übergeht Ibn al-Arabi in seiner Erklärung stillschweigend, was die *herrliche Rundung schwellender Brüste* und die *nackte Vollkommenheit* der Geliebten zu bedeuten haben? Ihr Männer! Machen wir uns nichts vor, Ibn Battuta. Die Begeisterung für eine Frau aus Fleisch und Blut lässt sich nicht aus dem Gedicht tilgen."

„Aber vielleicht wollte Ibn al-Arabi das ja gar nicht? Für ihn war ja die Schöpfung das Spiegelbild Gottes. So betrachtet gibt es grundlegend keinen Unterschied zwischen der Schönheit Gottes und der einer geliebten Frau."

Jetzt fehlten Marjam in der Tat die Worte.

Ibn Battuta betrachtete sie aus dem Augenwinkel, sah, dass sie errötete und verwirrt zu Boden blickte, nervös an ihrem Zopf nestelte. Und ihn durchlief ein Gluthauch bis ins Innerste seiner Seele.

Dreiundvierzigstes Kapitel

In welchem Farasdak sich auf seine Weise von Bagdad verabschiedet und Ibn Battuta nach Nordpersien reist, wo seine Suche einen Rückschlag erleidet

Zwei Wochen waren seit dem Tod Dimaschks vergangen, als der Sultan im Zeltlager ausrufen ließ, dass man am nächsten Tag aufbrechen werde. Abu Said hatte allen Grund, sich zu sputen, in seine Hauptstadt Sultanijja zurückzukehren. Er musste im Norden des Reiches Präsenz beweisen, bevor der Emir Tschoban dort an Einfluss gewann. Ibn Battuta bat Hawi, ihn bis nach Sultanijja mitzunehmen. Der Sufikonvent des Ala'uddaula Simnani in Simnan würde von dort aus in weniger als einer Woche zu erreichen sein.

Den letzten Tag in Bagdad nutzten Ibn Battuta, Farasdak und Dscharir, um das Westufer der Stadt genauer zu erkunden. Es war ein feuchter und heißer Tag. Sie überquerten die Tigrisbrücke und gelangten alsbald in das Händler- und Schiitenviertel Karch. Im rechten Winkel führte die Straße vom Fluss westwärts am Frittierkanal entlang, der so hieß, weil an ihm frittiertes Fleisch verkauft wurde. Karch erschien ihnen nicht besonders schön. Wie sie befürchtet hatten, war es eher ärmlich im Vergleich zu Isfahan und anderen Städten, und als sie sich nach Norden wandten, um das ursprüngliche Bagdad, die berühmte Runde Stadt des Kalifen Mansur, zu besichtigen, verwandelte sich ihr Gefühl leichter Enttäuschung in großes Entsetzen.

Das alte Basrator der Runden Stadt stand noch, doch dahinter tat sich ein Ruinenfeld auf, das in seiner Trostlosigkeit alles übertraf, was sie im Irak bisher gesehen hatten. Die Runde Stadt war, wie es im Zweistromland üblich war, ganz aus Lehmziegeln erbaut worden. Diese Bautechnik hat den Vorteil, dass man recht schnell große und prächtige Gebäude errichten kann. Wenn man die Gebäude aber nicht sorgfältig pflegt, verwittern die Mauern und zerfallen in kurzer Zeit. Den allermeisten Häusern der Runden Stadt war es so ergangen, und die wenigen Menschen, die sie noch bewohnten, waren zu arm, um Ausbesserungsarbeiten durchzuführen. Schmutzige Abwasserkanäle säumten die einstmals prächtigen Alleen, in denen der Kalif Harun ar-Raschid prunkvolle Umzüge veranstaltet hatte. Dreck und Staub waren überall, und selbst die Große Moschee des Kalifen Mansur im Herzen der Runden Stadt war nichts als ein Trümmerhaufen. Im Minarett der Moschee hausten Fledermäuse und Eulen.

Ibn Battuta, Dscharir und Farasdak beschleunigten ihre Schritte, um der Runden Stadt zu entkommen und wieder zum Tigrisufer zurückzugelangen. Lange Zeit wechselten sie kein Wort, doch als schließlich der Fluss in Sicht kam, wandte sich Farasdak, der in tiefe Nachdenklichkeit gesunken war, an seine beiden Freunde:

„Der Allweise wird schon gewusst haben", sagte er, „warum er Bagdad so tief fallen ließ, doch meiner Wenigkeit will trotzdem schier das Herz bersten bei diesem bemitleidenswerten Anblick!"

Dscharir und Ibn Battuta nickten traurig.

„Als ich noch in Damaskus lebte, wünschte ich so manches Mal, im glorreichen Bagdad der Vergangenheit geboren worden zu sein, und ich habe diese Stadt mit großen Hoffnungen betreten. Doch nun ist mir klar, dass nichts hier zum Verweilen einlädt."

Farasdak blickte eine Weile über den Fluss, dann sprach er leise:

Aller Schlaf ward mir geraubt, seitdem in Bagdad ich
meine Zelte aufschlug, um zur Ruh' zu setzen mich.
Dichter grauer Dunst verhüllte dumpf die Stadt. Sie glich
fieberfeucht an heißen wie an kalten Tagen sich.
Mücken schwirrten um den Brunnen. Aus dem klammen Loch
schöpft' man faules Wasser mir. Es schmeckte widerlich.
Heimstatt hoher Herrscher, welche einst nach Moschus roch,
wenn der Frühlingswind so mild durch ihre Gassen strich!
Weh dir! Wie hat's Schicksal dich geschlagen fürchterlich!
Eulen künden einsam rufend nur dein Unheil noch.
Einstmals mochten stolz wir unsre Heimat nennen dich.
Jene Zeiten sind vorbei. – Doch was währt ewiglich?

Dscharir wischte sich verstohlen eine Träne aus dem Augenwinkel. „Das war schön, Farasdak", sagte er leise. „Vielleicht ändere ich doch noch meine Meinung über deine Dichtkunst."

Beim ersten Morgengrauen des folgenden Tages brach das Heer des Sultans auf nach Norden. Vor dem Chorasantor Ostbagdads hatte sich der gesamte Hofstaat Abu Saids protokollgemäß zum Abmarsch aufgestellt. Jeder Emir reihte sich mit seinem Tross, also seinen Soldaten, Fahnenträgern und Mitgliedern des Jurtehaushalts, in den Zug ein. Als Abu Said sein Pferd bestieg, wurden die Trommeln gerührt. Fanfaren erklangen. Die Emire traten noch einmal zum Sultan und entrichteten ihm den Friedensgruß und Eid. Dann setzte sich der gewaltige Heereszug in Bewegung. Die Vorhut wurde von den Kämmerern gebildet, eng dahinter folgte die Gruppe der Vorkoster, Teppichdiener und Tafeldecker. Dann kamen die festlich gekleideten Musikanten, die ihre Instrumente erklingen ließen, und schließlich der Sultan auf seinem Schlachtross. Eng ihm zur Seite ritten der Wesir, die vier Hofschwertträger, die Hofbogner, die Bannerträger sowie eine Anzahl ausgewählter hoher Emire, unter ihnen Hawi. Dann folgten die Leibwache des Sultans, bestehend aus den tausend Tag- und den tausend Nachtwachen, die Frauen des Sultans in bunten Sänften, die Hofbeamten und schließlich die Abteilungen der Emire mit ihren Soldaten und Jurten. Ibn Battuta ritt im hinteren Drittel des Zuges unter den Bediensteten des Emirs Hawi, was ihm nur recht war, weil er dadurch immer wieder die Gelegenheit bekam, Marjam zu sehen. Die misstrauischen Blicke der anderen Angehörigen von Hawis Hausstand entgingen ihm nicht.

Bei der Stadt Bakuba überquerten sie den großen Nahrawankanal und folgten dem Lauf der Straße nach Chorasan, die schon immer den Irak mit dem Norden Persiens und weiter bis nach China verbunden hat. Als sie nach sechs Tagen Kermanschah erreichten, befahl der Sultan dem Emir Hawi, nach Täbris in Aserbaidschan zu ziehen, um dort Truppen für den drohenden Waffengang gegen den Emir Tschoban auszuheben. Obwohl dies für Ibn Battuta einen Umweg bedeutete, bat er den Emir, ihn weiterhin begleiten zu dürfen. Der Grund hierfür war einfach zu erraten.

In Panik wurde Ibn Battuta bewusst, dass er sich in Marjam verliebt hatte. Er fürchtete, in ähnlicher Weise den Kopf zu verlieren wie vor Jahren, als er in Fes für die Schwester Dscharirs in jugendlicher Leidenschaft entbrannt war; nur waren die Gefühle, die sich dieses Mal in seiner Brust regten, um vieles stärker und tiefer. Ihm schien, als hätten sich seine und Marjams Wege wie durch den Einfluss höherer Kräfte ein zweites Mal gekreuzt. Untrennbar, wie Seelenverwandte, gehörten sie zusammen. Nicht nur durch ihr Aussehen, ihre helle Haut und klaren Augen, unterschieden sie sich von den Übrigen; auch sprachen sie miteinander eine Sprache, die nur sie verstanden, und sie teilten die Erinnerung an die Geschichten aus der Kindheit. Marjam verstand ihn so gut wie sonst niemand. Immer wieder warf Ibn Battuta die Einsicht zu Boden, dass sie einem anderen Mann gehörte und dass daran nichts zu ändern war. Auch Marjam schien dieser unausgesprochene und doch offenkundige Zustand zu quälen. Schließlich mied sie immer öfter Ibn Battutas Gesellschaft und sah ihn mit einem Anflug von Traurigkeit an, wenn sich ihre Blicke begegneten.

Die Straße nach Täbris führte über die Stadt Sanandadsch mitten durch die bergige Gegend, die Kurdistan heißt. Es war eine große Erleichterung für alle, der schwülen Hitze Iraks zu entkommen, und ein Genuss, durch die von der Spätsommersonne warm erleuchteten, saftig-grünen kurdischen Täler zu ziehen. Die Kurden waren ein stolzes und unabhängiges Volk. In ihren unzugänglichen, wie Honigwaben an die Bergwände gebauten Dörfern hatten sie selbst den Mongolen getrotzt. Diese waren denn auch bald abgezogen und hatten die Kurden nicht unter ihre Herrschaft gezwungen, auch deswegen, weil bei ihnen nicht viel zu holen war.

Der Emir Hawi trieb sie zur Eile an, und so waren sie nach nur fünf weiteren Tagen am Urmiasee angelangt, in dessen Norden sich Aserbaidschan erstreckte. Rechter Hand ließen sie Marage liegen, das ehemalige Hauptzeltlager der Mongolen Persiens und Iraks, in dem Hülägü, der Eroberer von Bagdad, für den Universalgelehrten Nasiruddin Tusi das größte Sternenobservatorium der Welt hatte bauen lassen. Die Straße führte einen Tagesritt am Ufer des salzigen, tiefblauen Urmiagewässers entlang, in dessen Mitte sich eine Insel befand, auf der sich das Grabschloss Hülägüs erhob. Zwei Tage später erreichten sie Täbris.

Der Onkel Abu Saids, Sultan Gazan Suppentopf, hatte seinerzeit Täbris zur Hauptstadt erhoben und sie prachtvoll mit einer neuen Moschee, einer Medresse, einem Krankenhaus, einem Sterbehospiz und einem Gelehrtenkolleg ausbauen lassen, ganz zu schweigen von seinem prunkvollen Mausoleum. Die *Pax Mongolica* hatte Täbris zum wichtigsten Handelsknotenpunkt zwischen Ost und West werden lassen. Selbst die Genuesen und Venezianer hatten hier Niederlassungen gegründet. Letzteren war es sogar gelungen, mit dem Sultan Abu Said höchstpersönlich ein Handelsabkommen zu treffen. Die italienischen Kaufleute profitierten von der mongolischen Toleranz und dem Geist der islamischen Weltzivilisation und setzten ihrerseits dem bunten Basar der Stadt einen westlichen Farbtupfer auf.

Nicht nur aus dem Westen, auch aus dem fernen Osten waren fahrende Händler und Abgesandte der Höfe nach Täbris gekommen. Es gab hier ein kleines chinesisches Viertel, in dem Kaufmannsleute aus dem Reich der Mitte residierten. Der Mongolenkaiser Togontemür hatte, noch nicht allzu lang war es her, den Prinzen Pulad Chingsang als seinen ständigen Botschafter in die Stadt gesandt. Dieser Pulad hatte jahrelang eine enge Freundschaft mit Raschiduddin gepflegt, dem berühmten Wesir der Sultane Gazan Suppentopf und Öldscheitu Eselsdiener. Raschiduddin war bis zu seinem Tode ein gefeierter Bewohner von Täbris gewesen. Er beherrschte Persisch, Arabisch, Mongolisch, Türkisch und auch Hebräisch, denn er stammte aus einer jüdischen Familie und war erst im Alter von dreißig Jahren zum Islam konvertiert. Die großen Reformen unter Gazan Suppentopf waren sein Verdienst. Doch Raschiduddin war nicht nur ein glänzender Politiker, sondern auch ein hoch angesehener Arzt, Architekt, Theologe, Agrarwissenschaftler und Historiker. Seine monumentale *Geschichtensammlung* erzählte von der Herkunft der Mongolen, der Ära des Dschingis Khan und der Herrschaft der Ilchaniden. In Täbris hatte er einen eigenen Vorort bauen lassen, der ihm zu Ehren das Raschidiviertel genannt wurde.

Eben dort stiegen sie in einem kleinen Stadtpalais nahe dem Bagdadtor ab. Ibn Battuta hatte kaum Augen für die zahlreichen Reize der Stadt, denn die Spannung zwischen ihm und Marjam war, unbemerkt vom Emir Hawi, mittlerweile so unerträglich geworden, dass er nur noch Gedanken dafür hatte, wie er sich ihr erklären konnte.

Noch am Tag ihrer Ankunft machte sich der Emir mit einigen Soldaten auf, um die mongolischen Stämme aufzusuchen, die nördlich der Stadt ihr Sommerlager aufgeschlagen hatten.

Als er sich anschickte, aus dem Hof hinauszureiten, verabschiedeten ihn Ibn Battuta und Marjam. Scherzend sagte der Emir zu Ibn Battuta, er solle gut auf seine junge Frau aufpassen und sie beschützen, bis er am nächsten oder übernächsten Tag wiederkäme. Dann drehte er sein Pferd und war im nächsten Moment mit seinen Soldaten davongeritten. Hätte er etwas länger verweilt, hätte er sehen können, wie seine Worte Marjam die Schamesröte ins Gesicht trieben.

Der Mond schien hell, als Ibn Battuta behutsam die Tür seines Zimmers öffnete und auf die Galerie trat. Unten im Hof lagerten die Kamele und Pferde. Deutlich konnte er ihr Schnaufen hören. Ansonsten war alles still. Er schlich die Galerie entlang zum Zimmer Marjams und klopfte leise an die Tür. Er wusste, dass sie keine Gesellschaft hatte. Von einem der Pferdediener des Emirs hatte er erfahren, dass Marjams Magd während der Nacht ihr Lager mit ihm teilte und ihre Herrin allein ließ. Die Tür öffnete sich einen Spalt. Marjams erschrockenes Gesicht kam zum Vorschein.

„Was tust du hier?“, flüsterte sie.

„Verzeiht“, gab er zurück, um sie zu necken, „ich muss mich wohl im Zimmer geirrt haben.“

„Sehr komisch.“

„Marjam, ich muss dich sprechen.“

Sie zögerte einen kurzen Augenblick. „Gut, aber mach keinen Lärm.“

Rasch trat er ein. Marjam entzündete eine Kerze. Sie war in ein leichtes, in Falten zu Boden fallendes Nachtgewand gekleidet, unter dem sich zart ihr Körper abzeichnete. Das Haar fiel ihr in langen Locken über die Schultern.

„Darf ich fragen, warum du hier bist?“, sagte sie etwas gereizt, während sie ein Sitzkissen für ihn herrichtete und sich in einiger Entfernung von ihm auf dem Teppich niederließ. „Meine Bediensteten zerreißen sich hinter unserem Rücken schon die Münder! Wir dürfen uns nicht mehr so häufig sehen, mein lieber Ibn Battuta, erst recht nicht des Nachts. Das wäre für uns beide besser!“

Sie hat gesagt: Für uns beide, dachte Ibn Battuta. *Heißt das, auch sie sehnt sich des Nachts nach mir?*

„Nein!“, erwiderte er so heftig, dass Marjam den Finger auf ihre Lippen legte, um ihm zu bedeuten, er solle leiser reden.

„Nein, Marjam. Dich nicht zu sehen wäre schlimmer, als den Zorn des Emirs auf mich zu ziehen. Uns verbindet ein besonderes Band. Du merkst es doch auch, oder?“

Sie senkte den Kopf. „Ich kann nicht leugnen“, sagte sie stockend, „dass ich mich freue, dass du bei uns bist, Ibn Battuta. Du erinnerst mich an meine Heimat, an das Leben, das ich schon glaubte verloren zu haben.“

„Und du hast mir gezeigt, wonach ich so lange Zeit vergeblich gesucht habe. Als ich aufbrach, um die Quelle des Lebens zu finden, tat ich es, weil der Schmerz über den Tod meiner Mutter mich dazu antrieb. Ich konnte ja nicht ahnen, dass ich neues Leben nicht in der Begegnung mit Chiser finden würde, sondern – in der Liebe zu dir, Marjam.“

Sie sah ihn erschrocken, ja bestürzt an.

„Wehre dich nicht, Marjam. So ist es für uns beschlossen. Wir gehören zusammen. So wie Ibn al-Arabi in der schönen Perserin Nisam Gottes Spiegelbild erblickte, so bist du die Einzige, die meine Sehnsucht nach Leben stillen kann. Du bist der Weg, nachdem ich gesucht habe, die Quelle des Lebens!“

Marjam wich zurück. „Du hättest dich niemals so sehr in die Gedichte des Ibn al-Arabi vertiefen dürfen, Ibn Battuta! Selbst wenn ich es wollte: ich kann nicht deine Nisam sein! Wir sind schon viel zu weit gegangen. Es besteht keine Hoffnung, dass wir dieses Versteckspiel fortführen können, ohne entdeckt zu werden!“

„Dann komm mit mir fort!“

„Bist du verrückt geworden? An Flucht ist überhaupt nicht zu denken! Sehr, sehr schnell hätte uns der Emir wieder eingefangen, und ich glaube nicht, dass seine Freundschaft mit dir oder die Liebe zu mir ihn davon abhalten würden, uns unbarmherzig zu bestrafen! Er ist ein mongolischer Kriegsfürst, und die machen mit Ehebrechern kurzen Prozess!“

„Heißt das, du würdest, wenn die Möglichkeit dazu bestünde, mit mir fliehen?“

Marjam wand sich. „Ibn Battuta“, sagte sie schließlich geradeheraus, „hätte ich dich früher getroffen, wäre ich dir überallhin gefolgt.“

Bei diesen Worten schaute sie ihm direkt in die Augen. Er konnte nicht mehr an sich halten – leidenschaftlich zog er sie an sich und küsste sie. Zu überrascht war sie, um anders zu reagieren als seinen Nacken zu umschlingen und seine Zärtlichkeiten zu erwidern. Für einen Moment vergaßen sie alles um sich herum.

Jetzt aber presste sie ihn seufzend von sich. „Genug! Es ist nun einmal alles anders gekommen. Es hat keinen Sinn, sich dagegen aufzulehnen."

Ibn Battuta hatte gewusst, dass es nicht leicht werden würde. Aber er wusste auch, dass es keine Alternative gab.

„Marjam", sagte er eindringlich, „hör mir zu. Eins nur will ich von dir wissen: Ist es das, was du wirklich willst? Willst du unsere Liebe wirklich aufgeben?"

Sie gab keine Antwort.

„Bleibst du nur Hawi zuliebe hier?"

„Er ist ein guter Mann", murmelte sie.

„Marjam", sagte Ibn Battuta erregt, „wann hast du das letzte Mal etwas getan, was du selbst und aus vollen Stücken frei wolltest?"

Sie sah ihn trotzig an, blieb aber wieder die Antwort schuldig.

„Verzeih mir, dass ich das sagen muss, aber du warst ein Kind, als du geraubt wurdest. Du wurdest durch die halbe Welt geschleift und verkauft, ohne gefragt zu werden, geheiratet, ohne ..."

„Er hat mich freigelassen", fiel sie ein.

„Genau. Vergiss nicht, dass du keine Sklavin mehr bist."

„Ich bin keine Sklavin mehr", flüsterte sie nach einer Weile.

„Hast du je im Leben etwas getan, was *du* wolltest?"

„Nein", sagte sie erstaunt und sah ihn an.

„Willst du mich?"

„Ja", sagte sie. „Ja, ich will dich."

Marjam und Ibn Battuta verloren keine Zeit mehr. Eilig griffen sie das Nötigste und machten sich mit klopfenden Herzen auf den Weg. Damit sie nicht entdeckt würden, hatte Marjam sich in grobe Decken gehüllt und auch noch einen Turban um den Kopf gebunden. Schon bald verschwanden in ihrem Rücken die letzten Lichter der Stadt. Nur noch der Mond erhellte die in Silber getauchte nächtliche Hügellandschaft, durch die sie ritten. Fort ging es, immer weiter fort. Keiner von beiden sprach ein Wort.

Keiner wollte die Magie des Augenblicks zerbrechen. Ringsum war es still, und über ihnen funkelten die Sterne.

Dann zügelte Marjam ihr Pferd.

„Ich kann nicht“, sagte sie nur.

In Ibn Battuta wallte Panik auf. „Marjam! Du bist nicht mehr seine Sklavin!“

„Eben! Verstehst du nicht, dass ich bereits frei war, als ich Hawi geheiratet habe?“ Sie befand sich in einem Zustand furchtbarer Erregung und Verwirrung. „Ich habe es freiwillig getan ...“, murmelte sie in plötzlicher Einsicht.

„Ich habe es freiwillig getan“, sagte sie ihm hart ins Gesicht.

Er starrte sie an, wortlos.

„Ibn Battuta“, flüsterte Marjam, „verzeih mir.“

Mit diesen Worten hatte sie ihr Pferd gewendet und den Ritt zurück angetreten. Er war zu betäubt, um sich zu widersetzen. Eine Weile verharrte er reglos auf der Stelle und schaute ihr hinterher, wie sie immer kleiner wurde und schließlich vom Dunkel verschluckt war.

Sie war fort.

Einsamer denn je ritt er hinaus in die Nacht.

Vierundvierzigstes Kapitel

Worin Ibn Battuta den Weg zum Sufimeister Ala'uddaula Simnani und die zweite Hälfte des mystischen Pfades zurücklegt

Der Sufimeister Ala'uddaula Simnani stammte aus vornehmer Familie. Sein Vater war Gouverneur von Bagdad gewesen, sein Onkel Wesir des mongolischen Sultans. Auch der junge Ala'uddaula trat zunächst in den Beamtendienst ein, entschied sich unter dem Eindruck einer Vision des Jenseits aber bald für den Sufipfad und verließ fluchtartig den Hof, der sich damals noch in Täbris befand. Sultan Gazan Suppentopf ließ ihm nachsetzen und hielt ihn eine Zeit lang als Gefangenen in seinem Feldlager fest. Er sah aber bald ein, dass er den brillanten jungen Mann nicht für seinen Dienst zurückgewinnen konnte. Simnani zog sich in seine Heimatstadt Simnan zurück, wo er ein Sufikloster gründete. Schon nach kurzer Zeit sammelte sich um ihn eine große Schar von Schülern, mit denen er ein bescheidenes Leben führte. Sie bestellten gemeinsam einen kleinen Gemüseacker und unterhielten einen Stall mit Vieh, um mit der nötigsten Nahrung versorgt zu sein – das Betteln um Almosen, das unter Sufis ansonsten üblich war, lehnte Simnani ab. Die verbleibende Zeit widmete er dem Studium, der Korrespondenz, dem Unterricht seiner Novizen, dem Empfang von Besuchern, die um seinen Segen baten, und vor allem der Meditation.

Als Ibn Battuta das Kloster Simnanis erreichte, war er seit seinem überstürzten Fortgang aus Täbris drei Wochen unterwegs gewesen. Er hatte sich abseits der Straßen gehalten, meistens im Freien übernachtet und sich ganz seinen Gedanken hingegeben. Aus dem bergigen Aserbaidschan war er durch ein saftiges Flusstal bald in die Ebene hinabgelangt, die sich zu Füßen der Elbursgebirgskette erstreckt. Am Rande der Berge war er durch Zypressenhaine und bunte Laubbaumwälder hindurch immer weiter nach Osten vorgestoßen.

Es war Spätsommer und die Zeit der Heu- und Obsternte. Die sanften, hier und da mit Ginsterbüschen, violetten Blütenstauden und weißen Strohblumen bedeckten Abhänge des Elbursvorgebirges waren von der Sonne goldgebrannt. Den Kontakt mit den Bauern auf den Feldern hatte er gemieden. Nur um sich mit etwas Essen zu versorgen, hatte er ab und zu Dörfer angesteuert. Auch um Sultanijja, die Hauptstadt Abu Saids, hatte er einen großen Bogen gemacht. In leichter Höhe am Saum des Gebirges entlangreitend, sah in der Ebene die auf den Weiden vor Sultanijja lagernden mongolischen Horden. Offensichtlich bereitete sich Abu Said auf einen Krieg vor.

Unbemerkt war Ibn Battuta vorübergezogen, der Aufmerksamkeit der Späher nur deswegen entgehend, weil alle Welt zum Kampf rüstete und mit sich selbst beschäftigt war. Er konnte von Glück reden, dass er, obwohl er allein durch ein von Bürgerkriegsunruhen geschütteltes Land geritten war, wohlbehalten in Simnanis Kloster ankam.

Das Kloster hatte einen kleinen Nebenbau, in dem Reisende untergebracht wurden und wo ihm einer der Novizen Simnanis ein Strohlager zuwies. Auch wenn die Luft im hochgelegenen nördlichen Persien angenehm trocken war, herrschte doch eine drückende Hitze. Ibn Battuta nahm sich kaum Zeit, um sich zu erfrischen. Ohne ein richtiges Bad, welches er dringend nötig gehabt hätte, sprach er unverzüglich bei Simnani vor.

Der Meister empfing ihn in einer bescheidenen Zelle, welche an der Stirnseite des um einen Hof angelegten Klosters lag. Als Ibn Battuta eintrat, legte er einen Bogen Papier zur Seite, auf den er eben noch geschrieben hatte, und wandte sich ruhig dem Neuankömmling zu. Er war ein schon alter Mann mit Glatze, der einen einfachen, blütenweißen Mantel trug.

„Ah, da ist er ja, unser junger Besucher“, sagte Simnani freundlich. „Man hat mich von deiner Ankunft schon unterrichtet.“

„Der Friede sei mit Euch, verehrter Meister, bitte entschuldigt die Störung ...“, murmelte Ibn Battuta.

„Gott behüte! Du störst überhaupt nicht! Ich war gerade dabei, einen Brief an einen guten Freund in Kaschan zu schreiben, aber das hat Zeit. Wir haben da eine ganz hübsche Korrespondenz über die Irrlehren des Ibn al-Arabi miteinander begonnen. Sagt dir dieser Name etwas?“

„In der Tat, verehrter Meister! Ich las seinen *Dolmetsch der Sehnsüchte*, und ich gestehe voller Scham, dass ich eine Zeit lang dachte, ich könnte seinem Vorbild nacheifern und die *Ein-*

heit des Seins begreifen lernen. Aber ich musste einsehen, dass dieser Weg in die Irre führt." Marjams Zurückweisung brannte Ibn Battuta tief in der Seele.

„Ausgezeichnet!", rief Simnani. „Die Lehre von der *Einheit des Seins* ist in der Tat ein schrecklicher Irrglaube. Das Problem mit Ibn al-Arabi war, dass er seiner eigenen geistigen Brillanz zu sehr vertraute. Er meinte, er könne mit Gottes Wesen vereint sein, gerade so, als wäre er selbst ein Gott! Doch dieser furchtbaren Häresie nicht genug! Er glaubte auch, dies alles einzig auf dem intellektuellen Wege erreichen zu können. Er ließ vollkommen außer Acht, dass der Mensch in erster Linie nicht dazu geschaffen wurde, dem unergründlichen Gott in spekulativer Betrachtung gleich zu werden, sondern dazu, Ihn zu preisen und anzubeten! Bevor wir uns entscheiden, ob du hier im Kloster Novize wirst, junger Freund, sollst du deswegen erst einmal die richtige Art des Gottesgedenkens von uns lernen. Heute Abend treffen wir uns, wie jeden Abend, zu einer meditativen Sitzung. Sei unser Gast, und der Friede sei mit dir!"

Damit ergriff er wieder seine Schreibfeder und den Bogen Papier, was für Ibn Battuta bedeutete, dass er sich zurückziehen konnte. Verblüfft darüber, wie der Meister, ohne dass er selbst auch nur ein Wort gesagt hatte, sofort begriff, dass er sein Novize zu werden wünschte, lief Ibn Battuta zurück zu seiner Unterkunft.

Am Abend fand er sich im Gemeinschaftssaal ein, wo sich die Novizen bereits um den Meister versammelt hatten. Die Sufibrüder hatten sich den Kopf kahl geschoren, was sie ein wenig dem Kalandar ähnlich machte, dem Ibn Battuta in Ägypten begegnet war. Ihre Oberkörper waren nackt. Sie trugen nichts weiter als lange Beingewänder, die von einer roten Schärpe in der Hüfte festgehalten wurden. Als Ibn Battuta sich zu ihnen auf den Boden setzte, nickte ihm der Meister stumm zu. Ein Novize schlug auf der Daff, der großen flachen Handtrommel, einen schreitenden Rhythmus.

„*La ilaha illa Allah*! Es gibt keinen Gott außer den Einen Gott!", sagte Simnani, dem Trommelschlag folgend.

„*La ilaha illa Allah*!", antwortete die Gruppe der Novizen.

Ibn Battuta merkte bald, dass die Sufibrüder beim Aussprechen dieser Formel eine bestimmte Atemtechnik befolgten. Das *La* schienen sie wie tief vom Nabel her in die Lunge hinaufzuziehen. Das *ilaha* atmeten sie beim zweiten Trommelschlag in die rechte Brusthälfte aus, und das *illa* zogen sie von dort mit dem dritten Schlag wieder nach oben. Schließlich versenkten sie mit dem vierten Schlag das *Allah* im Herzen. Ibn Battuta fühlte, wie die Gleichmäßigkeit seines Atems, in Harmonie mit der muslimischen Glaubensformel vereint, seinen Körper in einen Zustand der Ruhe und, wie es schien, der inneren Reinheit versetzte. Sein Herz schlug kräftig und im Gleichklang mit denen der Novizen und des Meisters.

Simnani begann nun, den Kopf in zunächst bedächtiger, dann immer rascherer Bewegung hin und her zu bewegen. Ibn Battuta und die Novizen taten dasselbe. Nach und nach verdunkelten sich Ibn Battutas Sinne. Sein Körper hingegen verharrte unverändert im Zustand der Entspanntheit und Gelöstheit. Bald nahm er den Raum, in dem er saß, und die ihn umgebenden Personen nicht mehr wahr. Plötzlich zuckten Lichterblitze vor seinem Auge. Dann umgab ihn gleißende Helligkeit. Die Welt um ihn herum versank in ein sattes, strahlendes Grün.

„Gut!“, sagte Simnani, als Ibn Battuta eine Woche später wieder bei ihm in der Zelle saß. „Ausgezeichnet! Ich habe schon lange nicht mehr einen derart begabten Schüler gehabt! Innerhalb von wenigen Tagen hast du dir unsere Meditationsweise angeeignet.“

Ibn Battuta lächelte. Er fühlte sich im Kloster Simnanis wohl, genoss es, unter den Maulbeerbäumen im Garten mit den anderen Novizen die Gemüsebeete zu bestellen, bei der Obsternte zu helfen und abends mit ihnen bei gemeinsamer Meditation zusammenzusitzen. Die Ekstasetechniken, die er dabei lernte, brachten ihm große innere Befriedigung. Sie schienen in ihrer gemäßigten Eindringlichkeit genau das zu sein, wonach sein Herz begehrte, nicht so extrem wie die bizarren Exerzitien der Sufis am Grab des Rifa‘i bei Wasit und doch tiefergehend als die ästhetischen Hochgefühle, die er im Kreise der Schasilijja-Brüder in Fes genossen hatte. Auch seine Haare hatte er, dem Vorbild Simnanis folgend, abrasiert.

Simnani sah ihn ernst an. „Ich denke, du bist nun bereit, die

Vierzig wieder aufzunehmen, die du ja zur Hälfte schon in Isfahan hinter dich gebracht hast. Die Stationen der Reue, der Bändigung der Triebseele, der Ausdehnung des Herzens, der Seelenenge und der Dankbarkeit sind dir ja bereits ein Begriff. Wir können also dazu übergehen, die restlichen fünf Stationen des zehnfachen Pfades in Angriff zu nehmen!"

„Ich bin bereit, Meister", antwortete Ibn Battuta, dankbar, dass er die Prozedur nicht wieder von vorn beginnen musste, wie er befürchtet hatte. „Ich werde alle deine Anweisungen befolgen, um am Ende des Pfades endlich Chiser zu begegnen."

„Der hohe Herr Chiser zeigt sich nur, wenn er es will, lieber Ibn Battuta, aber sicher musst du erst ein echter Sufi geworden sein, bevor überhaupt daran zu denken ist, dass er dir erscheint."

„Gut", sagte Ibn Battuta, „dann lasst uns beginnen!"

Die erste Aufgabe bestand darin zu erlernen, was Armut ist. Ibn Battuta wurde in dem Holzverschlag eingeschlossen, der sich in einer Ecke des Klostergartens befand. Er musste seinen gesamten Besitz an den Meister abgeben. Doch mit Armut war nicht nur die Besitzlosigkeit in Bezug auf weltliche Dinge gemeint, sondern vielmehr eine innere Haltung der Bedürfnislosigkeit. Ibn Battuta dachte an den Propheten Jesus, der das Ideal der Armut verkörperte, jenen Jesus, der, während er predigend durch die Lande zog, rein gar nichts besessen hatte und von nichts besessen wurde. Eine Zeit lang, so erzählte man, trug er einen Becher und einen Kamm mit sich, doch nachdem er einen alten Asketen beobachtet hatte, der das Wasser mit seinen Händen schöpfte und sich die Haare mit den Fingern zurechtlegte, verzichtete er auch auf diese zwei Dinge. Jesus war sich bewusst geworden, dass er des Immerhilfreichen bedurfte, sonst nichts. Arm war Jesus, doch lebte er im ewigen Reichtum Gottes.

Ein paar Tage vergingen, während derer Ibn Battuta sich in den Zustand zurückversetzte, den er erreicht hatte, als ihn die Ereignisse aus seiner Klausur in Isfahan herausrissen. Er fastete ununterbrochen und schlief wenig, um die Triebseele zu bändigen. Er vermied es sogar, die Beine auszustrecken oder sich hinzulegen, damit die Müdigkeit ihn nicht überkam. Stattdessen verbrachte er seine Zeit im Gebet.

Am fünften Tag kam Simnani. Knarrend öffnete sich die Tür des Verschlags. Einen Moment lang wurde Ibn Battuta vom einfallenden Sonnenlicht geblendet. Der Meister ließ sich auf der Schwelle nieder. Nach einer Weile konnte Ibn Battuta gegen das Licht im Gesicht des Meisters ein Lächeln erkennen. Simnani begann zu sprechen.

„Gut, Ibn Battuta! Du meinst es ernst mit den Vierzig. Man sagt mir, du verschmähst sogar das Essen, das dir die Brüder einmal am Tag reichen. Recht hast du, denn wenig Essen, wenig Schlaf und wenig Reden ist der Weg der Läuterung. Aber du sollst es nicht übertreiben, denn der Ehrgeiz, dieser Maxime zu folgen, kann schnell so sehr Besitz von dir ergreifen, dass er dem Gedanken an den Allbarmherzigen, der allein dich ausfüllen soll, in deiner Seele Platz wegnimmt. Also iss ein wenig, gerade so viel, wie du nötig hast. Es ist besser, dem Seelenhund von Zeit zu Zeit das Maul zu stopfen, indem man ihm einen Brocken zuwirft. Ansonsten aber übe dich in Geduld, denn dies ist die nächste Station auf dem Pfad!“

Damit ließ er Ibn Battuta allein.

Geduld?

Warum Geduld?

Ibn Battuta war verwirrt. Warum sollte er Geduld haben, den Weg der Sufis einzuschlagen, wenn sich doch sein Herz nach nichts mehr sehnte, als diesen Weg endlich bis zu Ende zu gehen? Wie sollte er in den wenigen Tagen, die die Vierzig noch dauern würden, Geduld beweisen, ausgerechnet Geduld? Ibn Battutas Drang war vorwärts gerichtet, er wollte sich weiterentwickeln auf dem spirituellen Pfad, nicht verharren in dem Zustand, in dem er sich jetzt befand. In ihm stieg Unmut auf.

Da fiel ihm ein Koranvers ein: ﴿Gott ist mit den Geduldigen﴾, hieß es im heiligen Buch. Die Exegeten an der Moscheeschule der Leute aus Kairuan in Fes lehrten, dass damit der Kampf der ersten Muslime gegen die Ungläubigen gemeint war. Der Prophet Muhammad sollte sich, solange er ein machtloser, vom eigenen Stamm verstoßener Exilant in Medina war, in Geduld üben. Gott der Geduldsame würde ihn über die Götzen anbetenden Mekkaner früher oder später zum Sieg führen. Das war es. Anzunehmen, was von Gott kommt. Auch die härtesten Schicksalsschläge zu ertragen in dem Vertrauen darauf, dass Er uns nicht allein lässt.

Ibn Battuta träumt. Er steht unter dem Maulbeerbaum im Garten Simnanis. Es dürstet ihn nach den Beeren. Schon will er sie pflücken, doch plötzlich hält ihn etwas zurück, eine Macht, die stärker ist als sein Durst. Gleich darauf sieht er sich am Rande eines Kornfeldes, bereit, die Ähren abzuernten. Gerade will er die Sichel an die Stängel legen, als ihn – wieder – etwas zurückhält. Dann steht er am Rande einer Wüste, die von wilden Tieren bewohnt wird. Er ist ohne Proviant. Doch ohne zu zögern läuft er in die dürre Weite hinein. Er kommt an den Fuß eines hohen Gebirges. Er kennt den Weg nicht, doch wie von selbst beginnt er hinaufzulaufen, in steilen Serpentinen immer höher steigend.

Als Simnani am nächsten Tag zu ihm in seinen Verschlag kam, berichtete er ihm von seinem Traum. Simnani lächelte. „Du bist ein begabter Schüler. Deine Seele hat im Schlaf verwirklicht, was ich dir auftrug: Nur durch Geduld wird die Frucht süß. Man soll sie nicht pflücken, bevor sie reif ist! Nur durch Geduld kann die Saat den langen Winter überstehen und sich zu Korn entwickeln, das wiederum den Menschen stärkt. Und du hast gleich auch noch bewiesen, dass du die nächste Station auf dem Pfad erreicht hast, nämlich das rechte Vertrauen in den ewig-seienden Gott. Denn Gottvertrauen braucht der Wanderer, um die endlosen Wüsten zu durchqueren, die sich vor ihm ausdehnen, auch wenn er ohne Proviant ist. Erinnere dich nur, dass einer der neunundneunzig Namen Gottes *Razzaq* ist, „der-das-tägliche-Brot-verleiht". Sagt doch der Prophet Muhammad: *Hättet ihr Gottvertrauen, wie es sich gebührt, dann würde Er euch ernähren, wie Er die Vögel ernährt.* Gottvertrauen braucht man, um, ohne den Weg zu kennen, die Berge zu übersteigen, die zwischen dem Sufi und dem göttlichen Geliebten stehen. Rausch und Nüchternheit heißt die vorletzte Station auf dem mystischen Pfad, bevor du in die letzte Phase eintrittst, die Phase der Liebe, Erkenntnis und des Entwerdens in Gott!"

Die nächsten Tage verbrachte Ibn Battuta in Ekstase. Das mochte daran liegen, dass sein Körper durch das Fasten geschwächt war und seine Sinne zu halluzinieren begannen. Tatsächlich schien nicht nur sein Körper sich aufzulösen, sondern auch seine Seele verlor sich im Gedenken Gottes, des allmächtigen Lebensspenders. Es war, als würden seine Eigenschaften, sein Wille, sein

Mut, sein Empfinden, sein Mitleid, sein Denken ganz im Willen, Mut, Empfinden, Mitleid und Denken Gottes aufgehen. Dies war der Rausch, von dem Simnani gesprochen hatte.

Tags darauf stellte sich die von Simnani angekündigte Nüchternheit ein, als er über seine durch die lange Untätigkeit tumb gewordenen Beinen stolperte und sich den Kopf am Türpfosten anschlug. Als hätte jemand einen Eimer kalten Wassers über ihm ausgeleert, wurde Ibn Battuta gewahr, dass er nur Mensch war, mit menschlichen Eigenschaften. Doch etwas war geschehen. Diese Eigenschaften schienen nun wie umgeformt und in vergeistigter Form ihm zurückgegeben zu sein. In seiner Nüchternheit begriff er zwar, dass er von Gott getrennt war und getrennt bleiben würde. Doch begriff er auch, dass gerade darin der Vorzug, die Kraft und das Glück des Sufis lag. Denn weil er, einmal durch Ekstase geläutert, zu einem durch und durch reinen Wesen geworden war, wurde fortan die Liebe des Sufis zu Gott von Gott erwidert.

Das war das Geheimnis.

Nicht nur liebte der Sufi Gott. Gott liebte den Sufi. Der Sufi wurde ein Wesen anderen, höheren Ranges, nicht eins mit Gott, wie Ibn al-Arabi behauptete, sondern gleichberechtigter Partner einer Liebesbeziehung. Sämtliche Gefühle der Liebe, die er Gott entgegenbrachte – Zuneigung, Vertrautheit, Nähe, Sehnsucht, Gehorsam – wurden ihm von Gott in gleichem Maß zurückgegeben.

Ibn Battuta glaubte sicher, die letzte Stufe des mystischen Pfades erreicht zu haben. Gott liebte ihn. Er würde nichts vor ihm zurückhalten, so wie ein Liebender vor dem Geliebten nichts zurückhält. Er würde nun Chiser zu ihm schicken, damit er ihm offenbare, wonach sein Herz sich sehnte. Ibn Battuta wartete.

Doch Chiser erschien nicht.

Auch nicht nach weiteren drei Tagen, die Ibn Battuta in seinem Verschlag zubrachte.

„Meister, was soll ich tun?“, sagte er zu Simnani, als dieser ihn wieder aufsuchte. „Ich habe Liebe zu Gott in mir gespürt, wie ich sie noch nie empfunden habe. Ich hatte das sichere Gefühl, dass diese Liebe von Gott erwidert wird, und glaubte mich am Ziel meiner Wünsche. Doch Gott hat sich mir vorenthalten. Er hat mir Chiser nicht gesandt. Soll ich an Ihm zweifeln? Liebt Er mich etwa nicht?“

„Sei ruhig, Ibn Battuta“, antwortete Simnani. „Alles, was du erlebt, alles, was du gefühlt hast, entspricht der Wirklichkeit. Du hast das Geheimnis der Sufis erfahren: das der gegenseitigen Liebe zwischen Mensch und Gott. Aber wenn auch der Sufi mit seinem Schöpfer wie gleichberechtigte Liebende Hand in Hand gehen mag, so besitzt Gott doch eine Eigenschaft, über die nur Er verfügt.“

„Welche ist diese Eigenschaft?“

„Die Gnade, Ibn Battuta. Er kann sie uns geben und vorenthalten, wie es Ihm beliebt. Dies ist ja auch Sein bekanntester Name: *Rachman*, der Gnadenreiche. Er sendet Chiser zu dir, um dir Seine Gnade zu beweisen, wenn Er es für gut befindet. Wenn Chiser dir nicht erscheint, obwohl du den Pfad bis zu Ende gegangen bist, dann deswegen, weil der Allweise in Seinem unergründlichen Ratschluss dir diese Gnade vorenthält. Er wird schon wissen, warum, denn Er weiß es sicher am besten! Ich kann dir nur raten, dich meinem Kloster anzuschließen und mit uns das Sufileben zu teilen. Chiser wird dir früher oder später erscheinen. Aber der Zeitpunkt ist jetzt offenbar noch nicht gekommen.“

„Nein“, sagte Ibn Battuta mit tonloser Stimme, „ich werde nicht bleiben.“

Mit dieser Reaktion hatte Simnani, der Ibn Battuta insgeheim längst zu dem Schüler erkoren hatte, der ihn einmal beerben würde, nicht gerechnet. Er wusste nichts zu sagen.

„Nein!“, sagte Ibn Battuta noch einmal, lauter. In seinem Inneren zerriss plötzlich ein Knoten. „Ich kann nicht hier bleiben! Warum soll ich bleiben, obwohl mich Meditation und Klausur meinem Ziel nicht näherbringen? Woher soll ich wissen, dass dies alles nicht nur eine Täuschung ist, dass ich mich in Wirklichkeit nicht von meinem Ziel entferne!?“

„Mäßige dich, lieber Ibn Battuta“, sagte Simnani beschwörend. „Es ist verständlich, dass du in Aufregung gerätst, aber du musst diese Gefühle unter Kontrolle halten! Beruhige dich! Es wird sich alles zum Guten wenden, du wirst es sehen!“

„Nein und nochmals nein, ich werde mich nicht beruhigen! Im Gegenteil, ich habe vor, mich gewaltig aufzuregen! Bin ich etwa so lange durch die Welt gezogen, habe meine Heimat verlassen, mein Leben aufs Spiel gesetzt, die Frau aufgegeben, die ich liebte, mich mit Exerzitien und Fasten gequält, nur um mir erklären zu lassen, dass ich mich, obwohl dies alles umsonst geschehen ist, beruhigen soll!? Zum Teufel, ich werde mich nicht beruhigen!"

Simnani sah ihn bestürzt an.

Ibn Battuta redete sich in Wut. „Was ist das für ein jämmerliches Leben, das einem die Menschen nimmt, die man am meisten liebt, und einen für nichts belohnt, selbst wenn man alles, was man hat, verschenkt und seine Seele Gott verschreibt?"

Er verlor die Beherrschung. Er fühlte, dass er nahe daran war, Simnani an die Gurgel zu gehen, und stürmte deswegen fluchtartig aus dem Raum.

„Ibn Battuta", rief ihm Simnani hinterher. Und dann sagte er leiser, wie zu sich selbst: „Du bist also noch nicht bereit, unseren Meister Chiser zu treffen, obwohl es mir schien, als würde er sich dir schon bald offenbaren. Ich hatte gehofft, dass du derjenige sein würdest, auf den ich solange gewartet habe. Der allnachsichtige Gott behüte dich, Ibn Battuta, und möge Er uns unsere Sünden vergeben!"

Doch sein Schüler konnte ihn schon nicht mehr hören.

Fünfundvierzigstes Kapitel

Worin Ibn Battuta zu seinen Freunden nach Sultanijja zurückkehrt, wo er in einer Audienz dem Sultan des Irak und Persiens begegnet

Weil Ibn Battuta nicht wusste, an wen er sich sonst wenden sollte, machte er sich auf den Weg zu seinen beiden Freunden Dscharir und Farasdak nach Sultanijja. Simnani hatte ihm bei der Abreise sein Pferd und seine Kleider zurückgegeben, und Ibn Battuta war ohne Zögern davongeritten.

Als er nach einer Woche Sultanijja erreichte, stellte er mit Erstaunen fest, dass das mongolische Heer nach wie vor im Feldlager stationiert war. Offenbar hatte die Expedition gegen Tschoban nicht stattgefunden. Trotzdem schienen die Mongolen einen Sieg zu feiern. Als er in die Stadt einzog, begegneten ihm Scharen betrunkener Soldaten, die in reichlichem Maß dem Kumis, der gegorenen Pferdemilch, zugesprochen hatten und lallend und gröhlend durch die Straßen wankten. Die Mongolen waren zwar disziplinierte Krieger auf dem Schlachtfeld, aber sie konnten sich auch bis zur Bewusstlosigkeit besaufen. Man erzählte sich, dass schon manch ein Ilchanenherrscher an der Kumissucht zugrunde gegangen war.

Schließlich lief Ibn Battuta ein Mundschenk des Sultans über den Weg, den er kannte und der nüchtern genug war, um ihm den Weg zum Zelt von Dscharir und Farasdak zu weisen.

„Herrgott!", rief Dscharir, als Ibn Battuta eintrat. Er schlang stürmisch die Arme um ihn, sah ihn dann etwas genauer an und stieß einen Schrei der Überraschung aus. „Aber wie siehst du denn aus? Du bist ja völlig abgemagert! Und was hat es mit dieser lächerlichen Stoppelfrisur auf sich?"

„Davon will ich euch erzählen", sagte Ibn Battuta und umarmte Farasdak, der ebenfalls herbeigetreten war. „Zunächst sagt mir aber einmal, warum Abu Said mit seinem Heer nicht in den Krieg gegen Tschoban gezogen ist und was diese furchtbare Trinkerei zu bedeuten hat?"

Farasdak lachte. „Mit Tschoban hat es ein Ende, doch kam alles rascher, als wir erwartet hatten. Als wir gen Sultanijja zogen – es muss etwa um die Zeit gewesen sein, als du in Täbris ankamst –, verließ die Soldaten des Emirs Tschoban der Mut. Sie ließen ihn kurzerhand im Stich. Er flüchtete mit seinem jüngsten Sohn durch die östliche Wüste nach Herat in Afghanistan. Zwei seiner Söhne setzten sich nach Choaresmien ab, ein anderer nach Kairo. Der Gouverneur von Herat empfing Tschoban zunächst in allen Ehren, aber nach ein paar Tagen, als er vom Heerzug unseres Sultans hörte, überlegte er es sich anders und ließ Tschoban nebst Sohn ohne viel Federlesen hinrichten. Ihre beiden Köpfe erreichten den Sultan gerade, als er von hier mit seinem Heer nach Herat aufbrechen wollte. Damit war der Krieg zu Ende, und der Sultan ließ das große Feiern einläuten, das seitdem andauert. Ich habe noch nie Menschen gesehen, die so maßlos saufen können wie die Mongolen. In den letzten zwei Wochen sind über zwanzig Soldaten an Vergiftung gestorben. Jedenfalls ging es in der allgemeinen Heiterkeit beinahe unter, als der Herrscher von Choaresmien und Sultan Nasir Muhammad aus Kairo die Köpfe der anderen Söhne des Tschoban schickten. Der Sultan hat jetzt eine ganz hübsche Kollektion von Tschobanköpfen, sechs insgesamt."

„Um die Wahrheit zu sagen", fiel Dscharir ein, „beunruhigt uns das Verhalten des jungen Sultans. Schon seit der Abreise aus Bagdad zeigt sich in gefährlichem Maß seine Neigung, den selbstherrlichen Tyrannen herauszukehren. Unser Freund Farasdak hat alle Hände voll zu tun, weil der Sultan jeden Tag ein neues Schmähgedicht auf Tschoban hören will. Weißt du, was er als Erstes getan hat, nachdem wir in Sultanijja ankamen? Er hat Bagdad Chatun, die Tochter von Tschoban, die ihm hier in die Hände gefallen ist, von ihrem Ehemann scheiden lassen, um sie gleich darauf in seinen Harem einzureihen. Sie ist zwar eine besonders schöne Frau, aber was sind das denn für Manieren ..."

„Aber nun erzähl doch einmal von dir, Ibn Battuta!", rief Farasdak dazwischen. „Eine uns und dir wohlbekannte Person hat uns von deiner Abreise aus Täbris erzählt, aber warum du so plötzlich aufgebrochen bist, wollte sie uns nicht sagen."

„Marjam?", rief Ibn Battuta. „Ist sie etwa hier?"

„Natürlich", sagte Dscharir. „Sie und der Emir Hawi kamen schon bald nach uns hier an, allerdings ohne dich. Du weißt ja gar nicht, was für Sorgen wir uns gemacht haben!" Er tätschelte Ibn Battutas Wange.

„Ach, liebe Freunde, was soll ich sagen?“, seufzte Ibn Battuta. „Reicht mir einen starken Tee, und ich werde euch berichten, was zwischen mir und Marjam vorgefallen ist und wo ich seit meiner Abreise aus Täbris gewesen bin.“ Farasdak klatschte in die Hände, damit ein Diener Erfrischungen brachte, und sie setzten sich, um Ibn Battutas Erzählung zu lauschen.

„Das ist ja allerhand“, meinte Dscharir, nachdem Ibn Battuta geendet hatte. „Beim Emir Hawi würde ich mich an deiner Stelle vorerst nicht sehen lassen. Er hat bestimmt Verdacht geschöpft, als du, ohne dich zu verabschieden, verschwunden bist.“

„Mein lieber Junge!“, schimpfte Farasdak. „Diese Marjam musst du dir aus dem Kopf schlagen. Aber wer wird denn deshalb gleich ins Kloster gehen? Niemals würde ich wegen einer Frau der Welt entsagen.“

„Ho-ho“, unterbrach ihn Dscharir, „du meinst, dich hätte schon mal eine Frau angesehen, verehrter Farasdak-mit-der-großen-Nase?“

„Was verstehst du schon von Frauen, du wandelndes Sofakissen?“, schnaubte Farasdak beleidigt, und schon waren die beiden in den schönsten Streit verwickelt, wer von ihnen über mehr Erfahrung in Liebesdingen verfügte.

Ibn Battuta kam gar nicht mehr zu Wort, denn in diesem Moment eilte der Mundschenk des Sultans ins Zelt, dem Ibn Battuta wenig zuvor auf der Straße begegnet war.

„Der Sultan wünscht Euch auf der Stelle zu sehen, junger Herr! Er schickt Euch diese Gewänder!“ Er legte einen großen Stoß erlesenen Tuchs auf den Teppich zu Füßen Ibn Battutas. „Der Sultan befiehlt, Ihr mögt Euch nur kurz von Eurer Reise erfrischen und dann unverzüglich bei ihm im Palast vorsprechen!“

Ibn Battuta war es nicht wohl bei dem Gedanken. Als er den Mundschenk zum ersten Mal traf, hatte er diesem gegenüber erwähnt, er käme aus Simnanis Kloster. Wahrscheinlich hatte das die Neugierde des Sultans geweckt, denn Ala‘uddaulas Flucht vom Hof in Täbris, wenn nun auch schon viele Jahre zurückliegend, war immer noch in aller Munde. Auch war bekannt, dass Ala‘uddaula eine Zeit lang mit dem Emir Tschoban sympathisiert hatte, weil dieser, auch in den Zeiten, als Öldscheitu Eselsdiener zum Schiitentum neigte, immer ein überzeugter Sunnit gewesen war. Aber selbstverständlich blieb Ibn Battuta nichts anderes übrig, als dem Befehl Abu Saids zu folgen. Er wusch sich und kleidete sich in die feinen Stoffe, die man ihm gesandt hatte. Auch einen kleinen Turban band er sich um den Kopf, um sein noch jämmerlich kurzes Haar zu bedecken. Dann lief er, von Farasdak und Dscharir begleitet, zum Palast des Sultans.

An der Stadt Sultanijja ließ sich hervorragend ablesen, wie die mongolischen Herrscher von Irak und Persien sich im Laufe der Jahrzehnte der verfeinerten Kultur der von ihnen eroberten Länder angepasst hatten. Hülägü, der Enkel Dschingis Khans und erster Ilchan, hatte sich, nachdem seine plündernden Horden von Bagdad abgezogen waren, noch damit zufriedengegeben, vor den Toren des Städtchens Marage für seine Regierungszentrale ein Zeltlager anlegen zu lassen. Sein Urenkel Gazan Suppentopf war dann in die große Stadt Täbris umgezogen, die er prächtig ausbauen ließ. Schließlich hatte Öldscheitu Eselsdiener den Schritt gewagt, sich selbst eine neue Hauptstadt, nämlich Sultanijja, zu bauen, mit steinernen Häusern und Palästen. Öldscheitu hatte sogar vorgehabt, die Überreste des Befehlshabers der Gläubigen Ali von Nadschaf nach Sultanijja zu bringen und in einem Mausoleum zu bestatten, wie es die Welt noch nicht gesehen hatte. Das Mausoleum wurde gebaut, doch die Knochen Alis blieben in Nadschaf, denn der Vorsteher der Aliden hatte es strikt abgelehnt, die wertvollen Relikte herauszugeben. So musste sich Öldscheitu damit begnügen, das Mausoleum in seine eigene letzte Ruhestätte umzuwandeln.

Und was für ein Mausoleum dies war! Als sie auf dem Weg zum Palast des Abu Said an dem monumentalen Bauwerk vorbeiliefen, war Ibn Battuta überwältigt. Wie ein Berg ragte das gewaltige Oktagon in den Himmel, gekrönt von der größten Kuppel der islamischen Welt. Man sagte, nur die Kuppel des Christentempels in Konstantinopel könne sich mit ihr messen. Über den acht Ecken der Außenmauer erhoben sich acht schlanke Minarette. Die Fassade wurde in schwindelnder Höhe von einer Galerie durchbrochen, deren hohe Spitzbögen dem Gebäude eine anmutige Leichtigkeit verliehen. Die Laibungen der Bögen waren über und über mit exquisiten blauen Kacheln aus Kaschan bedeckt, und die geschickte Anordnung der Ziegel machte die Wände zu einem Wunder an geometrischer Spielerei. Zu Recht sagten viele, dass die Mongolen die künstlerische Tradition Persiens nicht nur übernommen, sondern auch zu neuen Höhen geführt hatten.

Gegen das Mausoleum Öldscheitus verblasste sogar der elegante Palast des Ilchaniden, welchen sie nun erreichten. Dscharir und Farasdak waren bekannte Gesichter, und so wurden sie ohne viele Umschweife zum Sultan vorgelassen. Ibn Battutas zwei Freunde hatten versprochen, im Notfall ein Wort für ihn einzulegen. Doch die Dinge sollten einen unvorhergesehenen Lauf nehmen.

Ibn Battuta wurde vor den Thron Abu Saids geführt. Er ließ sich, wie es die Etikette vorsah, auf die Knie nieder und küsste den Boden vor dem jungen Regenten. Abu Said hieß ihn sich erheben. Diener brachten gekühltes Wasser in Glaskaraffen und reichten Datteln auf kostbarem Chinaporzellan. Die Schalen waren mit anmutigen, blauen Wölkchen bemalt, deren schwerelose Abstraktheit die fernöstliche Provenienz verriet; nur die chinesischen Töpfer vermochten solch fragile Schönheit zu erzeugen. Die Wände des Thronsaals waren mit farbigen Darstellungen von Jagdszenen geschmückt. In einer Ecke des Raumes stand ein bronzener Löwe, aus dessen Maul Weihrauch quoll.

„Ihr seid also", wandte sich der Sultan an Ibn Battuta, „der junge Rechtsgelehrte aus dem fernen Westen, der unserem Emir Hawi das Leben gerettet hat, als der Hohlkopf Dimaschk ihm beinahe an die Gurgel gegangen wäre! Deine beiden Freunde haben nur Gutes über Euch zu sagen."

Ibn Battuta blickte voller Dankbarkeit aus den Augenwinkeln zu Dscharir und Farasdak, die seitlich an der Wand Platz genommen hatten.

„Doch nun muss ich erfahren", fuhr der Sultan fort, „dass ihr Euch auf recht sonderbare Weise und ohne Abschiedsgruß aus dem Dienst des Emirs Hawi in Täbris fortgeschlichen habt und seitdem wie ein Verbrecher auf der Flucht durch unser Land und sogar bis nach Simnan gereist seid. Mit Verbrechern pflege ich gemeinhin kurzen Prozess zu machen. Sprecht, was hat es damit auf sich?"

Die Augen des Sultans, der sich eben noch so freundlich gegeben hatte, blitzten auf einmal gefährlich. Wie schon beim Umzug, den er in Basra miterlebt hatte, fiel Ibn Battuta auf, dass Abu Said ein feines Gesicht mit fast weiblichen Zügen und zarte schmalfingerige Hände besaß. Ohne Zweifel war er ein empfindsamer junger Mann mit ausgezeichneten Manieren, aber auch fähig zu unberechenbarer Grausamkeit, so als hätte die Vermischung von mongolischen und persischen Erbanlagen in ihm auch den Sinn für die Schattenseiten der Macht geschärft. Ibn Battuta wusste, dass er seine Worte jetzt sorgfältig wählen musste.

„Vergebt, sonnengleicher Herrscher", begann er, „dass ich es wagte, auf so verdächtige Weise durch Eure Lande zu ziehen. Ich bin nur ein unbedeutender Diener Eurer Herrlichkeit auf der Suche nach Gotteserkenntnis. Der Grund für mein Verhalten war, dass ich mich für eine Weile von dieser Welt abkehren wollte, um auf dem mystischen Pfad der Sufis zu wandeln. Deswegen mied ich die Gesellschaft von Menschen und machte mich heimlich zum Sufimeister Simnani auf."

„Simnani?", fragte der Sultan mit Spott in der Stimme. „Was hattet Ihr denn bei dem alten Narren zu suchen?"

„Ich hielt ihn für geeignet, mich in den Lehren der Sufis zu unterweisen, doch leider musste ich einsehen, dass auch er nicht imstande war, mir weiterzuhelfen."

Der Sultan verzog seinen schmalen kirschroten Mund zu einem hochmütigen Grinsen. „Ich hoffe, Ihr wisst", sagte er, „dass dieser Simnani meinem Onkel Suppentopf einigen Ärger bereitet hat und dass auch ich ihm nicht mit sonderlich viel Wohlwollen gegenüberstehe. Die Sufis haben es schon immer am nötigen Respekt für die weltlichen Herrscher mangeln lassen. Sie bilden sich ein, von den Gesetzen, die wir erlassen, entbunden zu sein. Für derart aufmüpfiges Verhalten kann man schnell einen Kopf kürzer gemacht werden. Ein alter Verrückter ist dieser Simnani, den wir mit seinen schwindsüchtigen Novizen gern in Ruhe seinen kümmerlichen Gemüseacker bestellen lassen." Er gluckste amüsiert. „Es freut mich, dass Ihr eingesehen habt, dass die Lehren des Simnani Euch in dieser Welt zu nichts führen!"

„In der Tat, verehrter Herrscher", pflichtete Ibn Battuta ihm bei, bemüht, dem Gespräch eine günstige Wendung zu geben, denn der Sultan konnte ihn jeden Moment in Ketten abführen und dem Scharfrichter übergeben lassen. „Simnani versprach mir Lohn für meine Bemühungen, aber alles, was am Ende blieb, waren nichtssagende Vertröstungen."

„Ihr gefallt mir, junger Mann", sagte der Sultan jovial, wobei ihm die Anrede völlig selbstverständlich über die Lippen kam, obwohl er selbst um einiges jünger war als Ibn Battuta. „Ich glaube, in Euch steckt ein guter Staatsmann. Wir Herrscher können mit den mystischen Spekulationen der Sufis nicht viel anfangen. Wir sind am Glauben interessiert, solange er uns hier im Diesseits hilft und unsere Staatsgeschäfte erleichtert. Wir halten uns an den Wortlaut der Offenbarung, an das Gesetz und die äußere Ordnung der Dinge. Fürs Jenseits sorgen wir vor, indem wir prächtige Mausoleen errichten, und das genügt vollauf. Ich kann Euch nur raten, dass Ihr Euch ebenfalls an den geoffenbarten, eindeutigen Islam haltet, wie ihn zum Beispiel der große Gelehrte Ibn Taimijja lehrt. Wenn Ihr das tut, könnt Ihr es noch zu etwas bringen. Ich werde Euch zum Rechtsberater ernennen. Wir brauchen intelligente junge Männer, wie Ihr es seid, um unser Reich zu verwalten."

Ibn Battuta lief es eiskalt über den Rücken. Das war das Letzte, worauf er aus war: ein Höfling des Abu Said zu werden, ständig der Gefahr ausgesetzt, des Sultans Gunst zu verlieren und damit das Leben.

„Unvergleichlicher Sultan", sagte er langsam, vorsichtig die Gefahr abschätzend, in die er sich begab, „vergebt mein unwürdiges Verhalten, aber ehe ich nicht die Pilgerfahrt nach Mekka vollzogen habe, kann ich unmöglich meiner selbst genug Herr sein, um Euch mit voller Kraft zu dienen. Dieser Simnani hat mich verwirrt zurückgelassen. Lasst mich einstweilen ziehen und am Hause Gottes demütig zur Besinnung kommen!"

Der Sultan sah ihn einen Moment lang kalt an. Es war ein sehr, sehr langer Moment. Ibn Battuta blickte verstohlen zu Farasdak und Dscharir. Farasdak fixierte finster die Spitze seiner gewaltigen Nase, während Dscharir Schweißperlen auf der blassen Stirn standen.

„Nun denn", sagte plötzlich der Sultan. „Geht in Frieden! Vielleicht kommt Ihr gar wieder. Ich werde Euch ein gutes Pferd und Proviant zukommen lassen. Mekkapilger soll man immer großzügig behandeln. Aber lasst Euch nicht wieder von der Mystik verführen! Sucht nicht im Jenseits, sondern im Diesseits nach Erfüllung! Nun geht!"

Ibn Battuta verbeugte sich tief und verließ, rückwärts laufend, um den Sultan nicht seinen Rücken zuzuwenden, den Saal. Dscharir und Farasdak folgten eilends.

„Habe ich dir nicht gesagt", platzte Farasdak heraus, kaum hatten sie den Palast verlassen, „dass dieser Abu Said ein ungemein gefährlicher Mann geworden ist? Wie konntest du es nur wagen, sein Angebot auszuschlagen? Ich habe deinen Kopf nebst dem meinigen und auch dem von Dscharir schon auf Lanzen aufgespießt gesehen! Wir können Gott danken, dass er uns davonkommen lässt!"

Dscharir atmete immer noch schwer. „Und damit dürfte auch ein für alle Mal entschieden sein, lieber Farasdak, dass wir hier besser nicht länger bleiben, sondern uns dem Emir Hawi anschließen!"

„Dem Emir Hawi?", fragte Ibn Battuta. „Was soll das heißen? Bleibt er etwa nicht im Dienst des Sultans?"

„Doch, mein Lieber", sagte Farasdak, „aber der Sultan will ihn als Gesandten an den Hof des Herrschers von Indien in Delhi schicken. Hawi hat uns übrigens schon angeboten mitzukommen. Abu Said ist wirklich ein weitblickender Staatsmann. Kaum hat er die Zügel im eigenen Land einigermaßen in der Hand, wendet er sich schon der Weltpolitik zu."

„Jedenfalls", unterbrach ihn Dscharir, „soll der neue Sultan von Delhi, ein gewisser Muhammad Togluk, ein großer Gönner der Künste und Wissenschaften sein, ganz abgesehen davon, dass er ein formidabler Feldherr ist. Er hat sich sogar gegen die afghanischen Mongolen behaupten können!"

Ibn Battuta schmunzelte. „Und ihr beiden wollt euch also der Gesandtschaft anschließen, weil ihr glaubt, dass es am Hof in Delhi reiche Ernte für Dichter einzufahren gibt?"

„In der Tat!", sagte Farasdak griesgrämig. „Es wird Zeit, dass unser Talent endlich gebührend honoriert wird! Dafür ist uns auch Indien nicht zu weit. Kennst du nicht das persische Sprichwort: *Wer einen Pfau haben will, muss nach Indien reisen*? Ich habe es von deiner Freundin Marjam gelernt."

Farasdak biss sich auf die Zunge. Das hätte er besser nicht erwähnen sollen. Ibn Battuta musste sich nun damit abfinden, dass Marjam nach Osten zog und wohl für immer aus seinem Leben entschwand. Die Wunde, die er in Täbris erhalten hatte, war noch frisch und schmerzte. Aber so hatte es der Allerhabene nun einmal bestimmt. Ibn Battuta würde sich ein weiteres Mal nach Mekka aufmachen, um dort im Schatten der Kaaba einen neuen Plan zu fassen, wie Chiser zu finden sei. Marjam würde sich in Delhi mit ihrem Mann niederlassen, eine Familie gründen, und wahrscheinlich glücklich den Rest ihrer Tage verbringen.

„Nimm‘s dir nicht zu Herzen!“, tröstete ihn Dscharir. Ein feiner Speichelniesel ging auf Ibn Battutas Gesicht nieder. „Du hast eine große Zukunft vor dir, du bist noch jung! Und wer weiß, vielleicht kommst du uns sogar einmal in Delhi besuchen! Dem Sultan Togluk würde es sicher gefallen, einen Rechtsgelehrten aus der arabischen Welt an seinem Hof zu haben. Die Hofdichter Dscharir und Farasdak werden dich in ihrem Stadtpalais, das sie bis dahin sicherlich als Preis für ihre große Dichtkunst gewonnen haben, wie einen König empfangen. Ich werde dann sogar persönlich ein Lobgedicht auf dich verfassen!“

Und mit feuchten Augen pflanzte sich Dscharir breit vor Ibn Battuta in den Weg, umarmte ihn und vergrub ihn dabei so tief in den speckigen Falten seines massiven Körpers, dass Ibn Battuta zu ersticken drohte. Farasdak trat dazwischen und legte ihnen, ob aus brüderlicher Verbundenheit oder weil er um Ibn Battutas Leben fürchtete, die Arme um die Schultern. Kein Zweifel, die beiden Dichter würden ihren jungen Freund ebenso schmerzlich vermissen wie er sie.

Zweites Zwischenstück des Übersetzers: Am Zusammenfluss der beiden Meere

Hier endet das zweite Fragment aus der Feder des Ibn al-Qali. Es mag den Leser interessieren, dass ein Vergleich mit der anderen Fassung der Abenteuer Ibn Battutas, nämlich der des Sekretärs Ibn Dschusai aus Fes, einige bedeutsame Unterschiede zutage fördert. Beispielsweise wird bei Ibn Dschusai die Sklavin Marjam mit keinem Wort erwähnt, wie auch Ibn Battutas Ausflug nach Simnan gar nicht stattgefunden hat. Man kann sich indessen leicht denken, warum Ibn Battuta diese Erinnerungen dem Ibn Dschusai und damit einem breiteren Publikum vorenthielt. Nur in seiner eigenen Familie wollte er das Andenken an seine Begegnungen mit der schönen Slawin und dem greisen Sufimeister bewahrt wissen. Und nur den seltsamen Umständen, durch die das Manuskript des Ibn al-Qali in unsere Hände geriet, ist es zu verdanken, dass nun endlich, nach fast siebenhundert Jahren, Ibn Battutas Geschichte vollständig bekannt wird.

Doch nicht nur in Bezug auf Marjam und Simnani ist Ibn al-Qalis Bericht vollständiger als der des Feser Sekretärs; insgesamt liefert er ein lebendigeres Bild der Mongolenzeit im Irak und in Persien, als es der Schöngeist Ibn Dschusai zu geben vermag. Die bis heute recht oberflächlich erforschten Umstände der Ilchanidenzeit werden durch den hier vorgelegten Text auf einmal mit saftigen Details gefüllt. Fast fühlt man sich hineinversetzt in das Land zwischen den zwei Flüssen. Während ich in meinem Studierzimmer die Route Ibn Battutas durch den Irak und Persien mitverfolgte, schossen mir eigene Erinnerungen durch den Kopf.

Vor einigen Jahren, als ich noch auf meinen Abschluss hinarbeitete, unternahm ich eine Studienreise in den Iran. Einige Tage verbrachte ich dabei auch in einer Handschriftensammlung in Täbris. Auf dem Rückweg nach Teheran fuhr ich in einem alten klapprigen Bus, der es kaum über die Hügel Aserbaidschans schaffte, eben jene Strecke ab, die Ibn Battuta zurücklegte, als er fluchtartig von Täbris nach Simnan ritt. Von der Straße aus konnte man von weitem das berühmte Mausoleum des Öldscheitu erkennen, am Rande jener goldgebrannten Felder, auf denen Ibn

Battuta die Pferdehorden der Mongolen hatte lagern sehen. Die majestätische Architektur erregte meine Bewunderung. Doch erst jetzt, nachdem ich im Bericht des Ibn al-Qali über Muhammads Erlebnisse in Sultanijja las, erwachte in meiner Vorstellung der Ort zu wirklichem Leben.

Warum bin ich damals nicht ausgestiegen? Ich weiß noch, wie ich im Bus kurz mit der Idee spielte; ich tat es aber nicht, denn zwischen meinen Besuchen in Bibliotheken und Archiven blieb keine Zeit für Besichtigungen. Ich war so weit gekommen, mitten in die islamische Welt, gerade so wie ich es mir als Junge vorgestellt hatte, doch ich wollte nicht einen Tag von meinem Zeitplan abweichen. War mein akademischer Ehrgeiz so groß, dass ich meine Leidenschaft darüber vergaß? Oder hatte ich nur Angst vor dem letzten Abenteuer – der Entdeckung der Welt auf eigene Faust? Seitdem sind Jahre vergangen, und ich kann mir diese Frage nicht beantworten.

Wie mir diese Studienreise so durch den Kopf ging, musste ich zwangsläufig auch an die Trennung von meiner Frau denken. Wir hatten früh geheiratet, noch während des Studiums. Vielleicht zu früh. Schnell stellten wir fest, dass uns außer der Liebe zum Orient wenig verband, und als ich allein zum Studienaufenthalt in den Iran aufbrach, fand sie einen anderen, mit dem sie wohl mehr gemeinsam hatte. Als ich zurückkehrte, war es um meine kurze Ehe und meine große Liebe geschehen, und in dem Chaos nach diesem emotionalen Umsturz brachte ich es nicht fertig, mich angemessen auf meine Magisterprüfung vorzubereiten. Ich fiel durch und kehrte ohne Abschluss und ohne Frau zu meinem Elternhaus zurück, wo meine Mutter, nach dem Tode meines Vaters allein, mich dankbar wieder aufnahm.

Ich will dem Leser nicht verheimlichen, dass ich mit fortschreitender Übersetzungsarbeit mehr und mehr Sympathie für Ibn Battuta verspürte. Obwohl man mich zu Recht einen Stubengelehrten nennen kann, nahm ich an seinem Liebesunglück, den romantischen Wirren und spirituellen Exzessen, denen er sich mit so viel Vehemenz hingab, lebhaft Anteil. Schon längst bedeutete mir die Beschäftigung mit dem Manuskript, das mir der geheimnisvolle Besucher im Archiv des Alcázar anvertraut hatte, mehr als bloßes Philologentum. Vor mir entfaltete sich das Schicksal eines ungewöhnlichen Menschen. Ich kann kaum beschreiben, mit welcher Aufregung es mich erfüllte, Ibn Battutas Leben dem Dunkel der Geschichte zu entreißen.

Mittlerweile war es in Deutschland Frühling geworden, und ich schrieb häufig bei offenem Fenster, während die Aprilwinde meinem fiebrig arbeitenden Kopf Kühlung verschafften. An einem Abend betrachtete ich versonnen eine Platte sorgfältig mit Wurst, Käse und Gurken belegter Schnitten, die mich in ihrer Ornamentik frappant an marokkanische Mosaike erinnerten. Ich war so sehr in meine Arbeit vertieft, dass ich glatt vergaß, die Brote zu essen, die mir meine Mutter so liebevoll zubereitet hatte. Es war fast, als hätte ich mich meinerseits in die sufische Klausur begeben. Aus diesem Zustand erwachte ich erst wieder, als sich der dicke Dscharir von Ibn Battuta verabschiedete und Ibn al-Qalis Bericht ein weiteres Mal unterbrochen wurde.

Denn mit dem siebenundvierzigsten Kapitel endet das zweite Fragment des Ibn al-Qali recht abrupt, und erst in Kapitel neunundfünfzig begegnen wir unserem Helden Ibn Battuta wieder. Es liegt nun am Übersetzer, anhand der Fassung des Ibn Dschusai kurz darzustellen, was in der Zwischenzeit mit Ibn Battuta geschah.

Ibn Battuta kehrte Persien den Rücken und wandte sich wieder gen Süden. In der Karawane, mit der er durch die arabische Wüste nach Mekka reiste, transportierte man auch die Leichname zweier Männer, die Ibn Battuta dem Namen nach nur zu gut kannte: Es handelte sich um den Emir Tschoban und seinen Sohn Dschaluchan. Familienangehörige hatten den Sultan gebeten, ihre toten Körper freizugeben, damit man sie posthum an der Wallfahrt teilnehmen lassen konnte. Abu Said hatte, einer seiner unberechenbaren Eingebungen folgend, die Erlaubnis erteilt, dass ihre kopflosen Leichen nach Mekka gebracht würden. Man schaffte sie nach Arafat, damit sie dort das Große Stehen vollzögen, wobei es sich, man entschuldige die Spitze, wohl eher um ein Großes Liegen gehandelt haben wird – nämlich auf der Leichenbahre. Der Emir Tschoban hatte zu Zeiten seiner Macht für seine Familie ein Grabmal in der Nähe der Prophetenmoschee in Medina bauen lassen. Als man seinen Leichnam und den seines Sohnes nun dorthin trug, verweigerten die Medinenser die Bestattungsriten, und die Körper, die sich mittlerweile in einem fortgeschrittenen Zustand der Verwesung befanden, wurden schließlich in einem Massengrab am Rande der Stadt beigesetzt. So erlebte Ibn Battuta auch das letzte Kapitel der Geschichte jenes Mannes, von dessen politischem Abstieg sein Aufenthalt im Irak und in Persien geprägt gewesen war.

Ibn Battuta blieb diesmal etwa ein Jahr in Mekka. Vermutlich schloss er sich der Gruppe der *Ansässigen* an, Muslimen, die sich nach dem Vollzug der Wallfahrt in Nachbarschaft zur Kaaba niederlassen, um sich dem Koranstudium und diversen spirituellen Exerzitien zu widmen. Das dritte Fragment des Ibn al-Qali verrät uns, dass Ibn Battuta während dieses Aufenthalts in Mekka Freunde fand, bei denen er unterkam und die später bereitstanden, ihm in Zeiten der Not zu helfen. Wie alle *Ansässigen* verbrachte er seine Zeit wahrscheinlich damit, seine Kenntnisse der Koranwissenschaften und des islamischen Rechts zu vertiefen und immer dann, wenn Müdigkeit ihn ergriff, die heilige Kaaba zu umrunden, den schwarzen Stein zu küssen und vom bitteren Wasser des Zemzembrunnens zu trinken, welchem man besondere Heilkraft zuschreibt. Was Ibn Battuta dem Ibn Dschusai über diesen zweiten Mekka-Aufenthalt in die Feder diktierte, ist so vage und allgemein gehalten, dass der Verdacht naheliegt, er habe ein weiteres Mal Vorsicht walten lassen und den eigentlichen Zweck seiner Unternehmungen in Mekka dem eitlen Schreiber schlichtweg vorenthalten. Der Bericht Ibn al-Qalis wirft nun ein ganz neues Licht auf diese Episode in Ibn Battutas Leben.

Offensichtlich hatte sich Ibn Battuta den Ratschlag des Sultans Abu Said zu Herzen genommen, nicht weiter auf die mystischen Spekulationen der Sufis zu vertrauen, sondern sich an den Wortsinn der Offenbarung zu halten. So durchforschte er die heiligen Schriften des Islam nach eindeutigen Hinweisen auf Chiser. Er wurde, wenn es erlaubt ist, einen modernen Begriff auf seine Zeit anzuwenden, ein „Fundamentalist", einer, der sein Hauptaugenmerk auf den Text des Korans und auf die wortgetreue Exegese legte, nicht aber auf philosophische Spekulationen oder mystische Gottesverehrung. Damit begab er sich in geistige Nähe zu dem gestrengen Damaszener Gelehrten Ibn Taimijja, jenem ideologischen Ahnherr der Wahhabitenbewegung im saudischen Königreich Arabien unserer Zeit.

Tatsächlich wird der Prophet Chiser im Koran erwähnt, wenn auch nicht namentlich. Es handelt sich um eine geheimnisvolle Geschichte in dem Kapitel, welches *Die Höhle* überschrieben ist. In ihr spielt neben Chiser der Prophet Moses eine Hauptrolle. Generationen von Exegeten haben sich den Kopf zerbrochen, wie diese berühmte Episode zu interpretieren sei.

Der Damaszener Ibn Kasir, ein Zeitgenosse Ibn Taimijjas und Ibn Battutas, hat in seinem Werk *Prophetenlegenden* den bis heute meistgelesenen Kommentar geschrieben. So weit mir bekannt ist, hat noch niemand Ibn Kasirs exegetische Übung mit der Reise Ibn Battutas in Verbindung gebracht. Seltsam eigentlich, denn eine Lektüre dieses erstaunlichen Textes liefert eine dermaßen beeindruckende Reihe von Indizien für Ibn Battutas Reiseroute von Mekka nach Oman und Bachrain, dass es wahrscheinlich erscheint, er habe Ibn Kasirs Werk in Mekka studiert. Dies wird auch durch das dritte Fragment des Berichts des Ibn al-Qali bestätigt.

Die betreffende Stelle im Koran beginnt damit, dass Moses sich mit seinem Diener Joschua zu einem Ort aufmacht, der als der ‹Zusammenfluss der beiden Meere› bezeichnet wird. Dort angekommen, entschlüpft ihnen ein Fisch, den sie soeben geangelt haben, und springt ins Meer zurück. Ibn Kasir führt hierzu Folgendes aus:

> Als sie zu einem Felsen gekommen waren, legten sie sich nieder, um zu schlafen. Unter dem Felsen entsprang die Quelle des Lebens, deren Wasser alle toten Geschöpfe wieder zum Leben erweckt. Der Fisch, der tot im Korb lag, wurde von dem Wasser benetzt. Sofort begann er im Korb herumzuspringen und fiel heraus ins Meer.

Die Erwähnung des Wassers des Lebens – die meisten Kommentatoren insistieren übrigens, dass es Leben nur verlängern, nicht aber Tote zu neuem Leben erwecken kann – liefert bereits einen Hinweis auf die Gegenwart Chisers, und in der Tat lässt der geheimnisvolle Heilige nicht lange auf sich warten. Moses und Joschua treffen nun, so steht es geschrieben, ‹einen Diener Gottes, dem hatten wir Heil gespendet, und wir hatten ihn gelehrt.› Ibn Kasir kommentiert, unter Berufung auf andere fromme Autoritäten:

> Und siehe! Dort fanden sie einen Mann, der in ein Laken gehüllt war. Usman ibn Abi Sulaiman sagt: „Chiser saß auf einem grünen Teppich in der Mitte des Meeres.“ Said ibn Dschubair sagt: „Er war in ein großes Laken gehüllt, das ihn von Kopf bis Fuß bedeckte.“

Moses erkennt die besondere Weisheit des grüngewandeten Propheten und bittet ihn, sein Schüler werden zu dürfen. Chiser willigt ein, sagt Moses aber voraus, er werde kein Verständnis aufbringen für die Lektionen, die er ihm zu erteilen gedenke. Moses muss nun miterleben, wie Chiser offenkundiges Unrecht begeht:

> Sie liefen an der Küste entlang. Da fuhr eine der kleinen Fähren an ihnen vorbei, die die Leute von einer Seite des Meeres zur anderen übersetzten. Sie sprachen die Schiffer an und baten darum, mitfahren zu dürfen. Die Schiffer kannten Chiser und nahmen sie daher ohne Entgelt mit. Als sie so mit dem Schiff unterwegs waren, geschah nichts Besonderes. Jedoch als sie anlegten, riss Chiser eine Planke aus dem Boot. Moses sagte zu ihm: „Dies sind Leute, die uns, ohne etwas von uns zu verlangen, mitgenommen haben, und du fährst mit ihnen mit und zerstörst dann ihr Boot!?“

Chiser weist Moses zurecht: ﴾„Habe ich dir nicht gesagt, dass du kein Verständnis für das haben würdest, was ich tue?“﴿

> In diesem Moment ließ sich ein Spatz auf dem Bootsrand nieder und tauchte seinen Schnabel ins Meer, um etwas Wasser zu schöpfen. Da sagte Chiser zu Moses: „Im Vergleich zu Gottes Wissen ist mein Wissen und dein Wissen und das Wissen der gesamten Menschheit zusammengenommen nicht mehr als das Wasser im Schnabel dieses Spatzen im Vergleich zum Meer!“

Moses gibt sich zunächst zufrieden, doch als bald darauf Chiser scheinbar ohne Grund einen Knaben erschlägt und eine Mauer vor dem Einstürzen bewahrt, obwohl sie einem Haus feindsinnig gestimmter Menschen angehört, platzt ihm der prophetische Kragen. Wieder schilt er Chiser. Jener entgegnet ihm gelassen: ﴾Der

Moment, in dem wir scheiden, ist nun gekommen!›, und er gibt Moses die Erklärung für seine Taten. Das Boot habe er nur kurzfristig unbrauchbar gemacht, damit die Passagiere nicht in die Hände von Piraten fallen, denen sie sonst unweigerlich begegnet wären. Der erschlagene Knabe wäre zu einem Verbrecher herangewachsen; seine Eltern hätten durch ihn nur Leid erfahren. Die Mauer hingegen habe er ausgebessert, weil unter ihr ein Schatz vergraben sei, der dort erst noch etwas länger verborgen bleiben solle, bis er seinen rechtmäßigen Besitzern zugänglich würde.

Moses, der nur die äußere Wahrheit zu begreifen imstande ist, die Gesetze der Torah, wird dann von Chiser, dem Hüter göttlicher Geheimnisse, allein zurückgelassen. Ibn Kasir bemüht sich, die Sonderstellung des mysteriösen Chiser mit einer Vielzahl von weiteren Legenden zu belegen.

> Über Chiser ist anzumerken, dass er ein Prophet war. Das bedeutet, dass er eine Offenbarung erhalten und Wissen von den geheimen Dingen hatte. Andere haben gesagt, dass er ein Heiliger war. Am seltsamsten ist jedoch die Meinung, dass er ein König war. Auch muss man sich sehr wundern, wenn da jemand behauptet: Er war der Sohn Pharaos.
>
> Der Konsens der Korangelehrten geht dahin, dass er zur Zeit des persischen Königs Faridun* lebte. Es wird auch überliefert, dass er der Vorhut Alexanders des Großen angehörte, welcher manchmal mit Faridun gleichgesetzt wird. Man sagt, Chiser habe vom Lebenswasser getrunken; er sei dadurch unsterblich geworden und weile bis heute auf Erden. Einer anderen Überlieferung zufolge trank er vom Lebenswasser und wurde dann hingerichtet, überlebte aber und verwandelte sich in einen Dämon, der mit Ketten an den Meeresboden gefesselt ist. Andere behaupten, sein vollständiger Name war Balja ibn Malkan ibn Kachtan, das deutet darauf hin, dass er einem vornehmen südarabischen Geschlecht entstammte.
>
> Man sagt, dass Chiser sehr schön zu reden und zu predigen verstand und seine Zuhörer mit seiner Redegewandtheit und

* Faridun ist der Name eines vorislamischen persischen Königs, der in der muslimischen Sagenwelt weiterlebt (Anm. des Übersetzers).

Schläue ganz durcheinanderbrachte. Das legt nahe, dass er ein Nachkomme Isaaks, des Sohnes von Abraham, war. Aber Gott weiß es am besten!

Ibn Kasir fährt in seinen Ausführungen noch weiter fort und bemüht sich redlich, nachzuweisen, dass Chiser entgegen der landläufigen Meinung nicht unsterblich ist. Aber das wird Ibn Battuta nicht beeindruckt haben. Ihm reichte, dass die Geschichte und ihre unterschiedlichen Deutungen eine Fülle von konkreten Hinweisen gaben, wo Chiser zu finden sei.

Da war zum einen die Tatsache, dass der Koran vom *Zusammenfluss der beiden Meere* sprach. Damit konnten zwar verschiedene Orte gemeint sein. Gibraltar kam in Frage ebenso wie die Stelle, an der sich Euphrat und Tigris vereinigen, oder Suez, dort, wo sich das Mittelmeer und das Rote Meer berühren. Aber der Wortsinn deutete auf einen anderen Ort hin. *Die beiden Meere* heißt auf Arabisch *Bachrain*. Nichts lag näher, als Chiser dort zu suchen, am Zusammenfluss des Persischen Golfs und der arabischen See. Die Meerenge von Bachrain war schmal genug, dass Boote mühelos von einem Ufer des Meeres zum anderen übersetzen konnten. Hier würde Chiser und mit ihm die Quelle des Lebens zu finden sein! Und notfalls würde Ibn Battuta, wie es ihm schon Schasili prophezeit hatte, auf den Grund des Meeres hinunterfahren, dort, wo Chiser auf einem grünen Teppich an den Grund gekettet war!

Ibn Battuta boten sich zwei Routen von Mekka nach Bachrain. Eine führte quer durch die Wüste. Dies war ein erbarmungsloser Ritt auf dem Kamelrücken durch einen der unwirtlichsten und heißesten Winkel der bekannten Welt. Manch einer, der versucht hatte, diese staubige Einöde, die nicht umsonst das *Leere Viertel* genannt wird, zu bezwingen, war nicht zurückgekehrt. Die andere Reisemöglichkeit bestand darin, auf dem Schiff an der Westküste der Arabischen Halbinsel hinunter bis nach Aden und um Südarabien herum bis in den Persischen Golf zu fahren. Hierfür entschied sich Ibn Battuta. Nach dem Hadschdsch des Jahres 1328, ungefähr im Monat September, machte er sich wieder auf den Weg und segelte das Rote Meer hinunter in Richtung Süden.

Von Aden im Jemen aus trugen ihn die Winde zunächst in die falsche Richtung, nämlich weiter an der Ostküste Afrikas hinunter bis nach Sansibar. Dort musste man auf den nordostwärts gerichteten Monsun warten, ehe das Schiff wieder in See stechen konnte, und so fand Ibn Battuta erst im Sommer des Jahres 1329 zurück an die Südküste der Arabischen Halbinsel. In der Stadt Sofar begegnen wir ihm wieder, als er sich gerade nach einem Boot umtut, um weiter nach Osten zu segeln. Und hier hat wieder Ibn al-Qali das Wort.

Drittes Fragment: Wortsinn

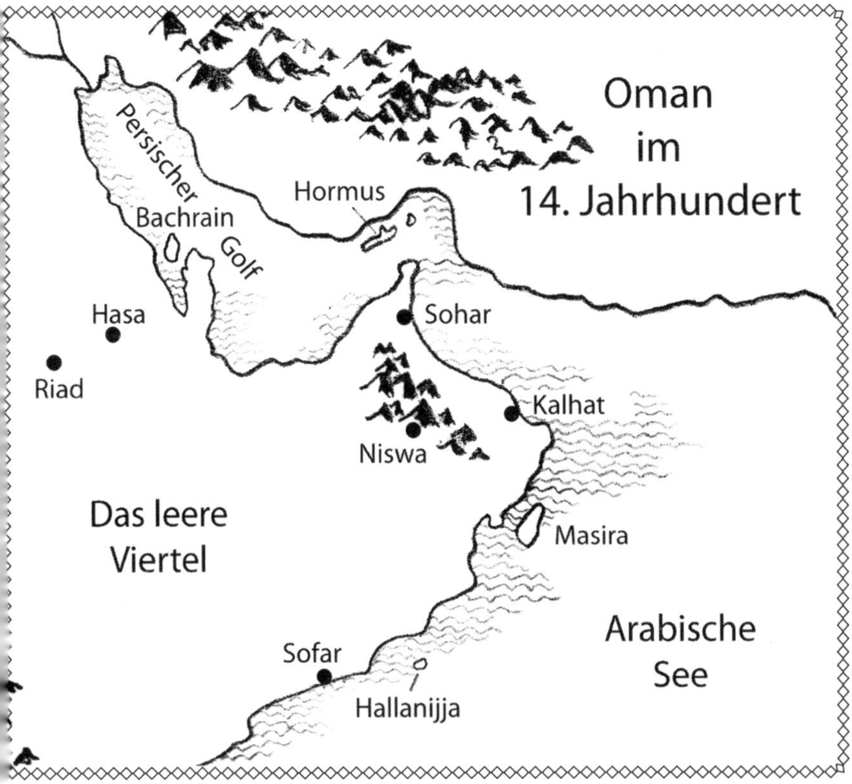

Neunundfünfzigstes Kapitel

Welches eine Beschreibung der Stadt Sofar beinhaltet und was in ihr an Sonderbarkeiten zu finden ist

Die Stadt Sofar erreicht man vom Meer aus, denn landeinwärts wird sie von Wüsten umgeben, die nur unter Lebensgefahr durchquert werden können. Die isolierte Lage der Stadt, so erzählte man, hatte ihre Einwohner im Laufe der Zeit Angewohnheiten entwickeln lassen, die äußerst merkwürdig waren, wie Ibn Battuta bald selbst erfahren sollte.

Sofar war ein wichtiger Umschlagplatz für den Indienhandel. Die Schiffe brachten aus Ost und West Luxuswaren in den Hafen: Gewürze, Parfüm, Heilkräuter, Eisen-, Kupfer- und Bronzebehälter, indische Seide und Wolle, Perlen, Amber, Perlmutt, chinesisches Porzellan, afrikanisches Elfenbein, tropische Früchte, Holz und anderes mehr. Doch seit dem Zusammenbruch des Weihrauchhandels war es mit der Stadt bergab gegangen. Zur Zeit des römischen Imperiums war der geronnene Duftharz, den die Stadt ausführte und den man sonst nirgendwo auf der Welt in gleicher Menge und Qualität ernten konnte, noch überaus gefragt. In Damaskus, Konstantinopel und Rom erzielte der Weihrauch aus Sofar Höchstpreise. Damals war die Stadt von zahlreichen Weihrauchhainen umgeben, wo der ölige Harz der Bäume einmal im Jahr abgelassen, getrocknet und in kleinen Klümpchen warenfertig gemacht wurde. Seitdem jedoch das Christentum und gänzlich der Islam dem Götzendienst in den Tempeln des goldenen Halbmonds und des heidnischen Europas ein Ende gesetzt hatten, war der Bedarf an der wohlriechenden Substanz arg zurückgegangen und damit der Wohlstand Sofars fast völlig versiegt.

Ibn Battuta war gleich nach der Landung in die Stadt gelaufen, in der Hoffnung, dort jemanden aufzutreiben, der ihn mit einem Schiff nach Bachrain bringen würde. Er wanderte gerade durch eine breite Gasse des Basars, als er in einiger Entfernung lautes Rufen und Trommeln hörte. Hatten sich um ihn herum eben noch geschäftig Händler, Dienerinnen und Arbeiter gedrängt, so flohen auf dieses Signal hin alle panisch in die Läden hinein. Im Nu war die Gasse wie leer gefegt. Jemand packte den verdutzten Ibn Battuta am Arm, zog ihn in einen Hauseingang und schloss hinter ihnen die Tür.

„Vergebt mir, junger Herr“, sagte schwer atmend der Mann, dessen Gesicht im Dunkel des Hauseingangs nur schlecht zu erkennen war. „Der Sultan von Sofar kommt mit seiner Eskorte, und wer so unglücklich ist, ihm auf der Straße zu begegnen, wird von seinen Soldaten auf der Stelle gefasst und mit Ruten bis aufs Blut gepeitscht. Als ich Euch sah, begriff ich sofort, dass Ihr in unserer Stadt ein Fremdling seid. Die unangenehme Erfahrung wollte ich Euch ersparen.“

In der Tat wurde, wie Ibn Battuta durch eine Spalte in der Tür sah, der Sultan jetzt in einer Sänfte, die mit golddurchwirkter weißer Seide verhängt war, durch die Gasse getragen, begleitet von Leibgarden und Trommeln schlagenden Herolden. Kaum war der Trupp vorbeigezogen, kamen die Menschen wieder aus ihren Verstecken hervor. Nichts erinnerte noch an den spukartigen Umzug.

„Der Friede sei mit Euch!“, wandte sich Ibn Battuta an den Mann neben ihm. „Ich bin Euch Dank schuldig. Ihr habt einen Fakih, der von langer Reise kommt, vor Ungemach bewahrt. Mein Name ist Ibn Battuta.“

„Und mit Euch der Friede“, gab der Mann zurück. „Unter Religionsgelehrten sollte es üblich sein, sich zu helfen. Isa ist mein Name, ich bin der Imam der Moschee von Sofar, und dies ist mein Haus. Kommt nur herein auf eine Erfrischung!“

Ibn Battuta nahm die Einladung gern an. Vielleicht konnte der Imam ihm helfen, eine Gelegenheit zur Weiterfahrt zu finden. Als sie durch einen Korridor in den Empfangsraum des Hauses traten, kam ihnen ein Diener entgegengeeilt, der eine kleine Schüssel mit glühenden Kohlen trug, auf denen ein Weihrauchklumpen zerlief und duftenden Rauch verbreitete. Er hielt die Schale Ibn Battuta vor den Bauch, als wolle er ihm ihren Inhalt sogleich auf den Schoß kippen.

„Ein alter Willkommensgruß in unserer Stadt“, erklärte der Imam. „Parfümiert Euch damit nur kräftig die Kleider! Alle Gäste, wenn sie nur genug bei uns verweilen, haben diesen Brauch lieb gewonnen.“

„Sofar scheint überhaupt eine Stadt zu sein“, bemerkte Ibn Battuta höflich, während er sich mit der Hand den wohlriechenden Dampf zuwedelte, „die ihre Einwohner beglückt. Ich habe in den Straßen nur zufriedene, fröhliche Gesichter gesehen. Selbst vorhin, als sich alle so schnell in die Häuser zurückziehen mussten, verhielten sie sich überaus freundlich zueinander.“

„Das habt Ihr gut beobachtet“, sagte der Imam. „Das kommt vom Tanbulkauen.“

„Tanbul?“

„Ein zähes Kraut, das man sich in den Mund stopft, mit Wasser zu einem Brei zerkaut und dann mithilfe der Zunge zu einer eigroßen Kugel formt, die man sich anschließend mehrere Stunden lang von einer Wangentasche in die andere schiebt. Es ist etwas bitter und sticht dem Anfänger auch schon einmal das Zahnfleisch blutig. Aber was das Tanbulkauen so beliebt macht, ist nicht der Geschmack des Krauts, sondern die Tatsache, dass es einen Zustand der Gutmütigkeit, ja der Euphorie hervorruft.“

Ibn Battuta zögerte. „Vergebt die Frage, aber gleicht dann das Tanbulkauen nicht dem Weingenuss? Dieser aber ist vom Religionsgesetz verboten!“

Der Imam lächelte gutmütig, ja euphorisch. „Der Allverzeihende ist nachsichtig. Es liegt bisher kein rechtskräftiger Bescheid vor, der das Tanbulkauen für unerlaubt erklärt, und die Rechtsgelehrten Sofars sind ihrerseits zu beschäftigt, die Krautkugeln im Mund hin und herzuschieben, als dass sie in der Frage zu einem Ergebnis gekommen wären.“

Der Diener kam wieder und brachte auf einem Tablett Kaffee und zwei Kokosnüsse. Ibn Battuta hatte das seltsame Gewächs noch nie gesehen.

„Eine weitere Spezialität unserer Stadt!“, rief der Imam. „Eine herrliche Frucht, aus der man Milch, Öl und auch Honig gewinnt! Eine ganz außergewöhnliche Pflanze! Habt Ihr bemerkt, dass die Nuss wie ein menschlicher Kopf aussieht? Schaut nur, hier, diese zwei dunklen Dellen: die Augen! Und hier, dieser kleine Schlitz an der Seite: wie ein Mund, nicht wahr? Und das Bastgestrüpp, das die Nuss umgibt: wie ein ungekämmter Haarschopf! Die Seeleute flechten daraus starke Seile. Und schließlich, wenn man die Nuss spaltet“, mit einem lauten Krachen schlug er eine Frucht auf den Boden, sodass sie in zwei Teile zersprang, die Kokosmilch spritzte und das weiße Fleisch zum Vorschein kam, „hier: An was erinnert das? Richtig: an ein menschliches Gehirn!"

Ibn Battuta hatte noch kein menschliches Gehirn gesehen, aber der Vergleich schien ihm dennoch etwas weit hergeholt. Der Imam fuhr fort:

„Der Baum der Kokosnuss ähnelt der Dattelpalme." Er kicherte. „Das kommt nicht von ungefähr. Ein Philosoph am Hofe des indischen Großkönigs bekam einmal Streit mit dem Wesir, der ein überaus einflussreicher Mann war. Der Philosoph fürchtete daher, bald seinen Kopf zu verlieren. Um den Wesir loszuwerden, wandte er sich an den König: ‚Erhabener Herr', sagte er, ‚erlaubt, dass ich Euch einen Vorschlag unterbreite, der zunächst seltsam anmuten mag, in dem aber viel Nutzen für Euch und Eure Untertanen liegt. Wenn der Kopf eines Wesirs vom Hals getrennt, gespalten und eingegraben wird, kann daraus eine Frucht erwachsen, wie man sie noch nie zuvor gesehen hat.' Der König antwortete: ‚Und was geschieht, wenn aus diesem Versprechen nichts wird?' ‚Dann', erwiderte der Philosoph, ‚mögt Ihr mit meinem Kopf ebenso verfahren.' Der König, der wie die meisten Könige Spaß an grausamen Experimenten hatte, ließ den Wesir enthaupten und übergab seinen Kopf dem Philosophen. Der spaltete die obere Schädeldecke, presste einen Dattelkern in das Gehirn und vergrub den Kopf. Mit viel Liebe begoss er dann das sprießende Pflänzchen, bis es zu einer Palme herangewachsen war, die indische Nüsse trug."

Ibn Battuta, der sich eben noch durch einen Strohhalm an der Milch seiner Frucht gelabt hatte, musste husten. Wieder erschien der Diener und brachte ein Tablett mit Speisen sowie eine Schüssel Wasser. Der Imam forderte Ibn Battuta auf, sich die Hände zu waschen. Das war ihm sehr angenehm, denn etwas Kokosmilch war ihm über die Finger gelaufen und vermischte sich mit dem Staub der Straße. Als er sich gereinigt hatte, nahm ihm der Imam die Schale aus der Hand, blickte glücklich lächelnd in die trübe Brühe und trank in vollen Zügen.

„Verehrter Imam!", rief Ibn Battuta entsetzt.

„Ein Zeichen der Gastfreundlichkeit der Menschen von Sofar!", erwiderte der Imam und rülpste zufrieden. „Es ist mir eine Ehre."

Ibn Battuta kam zu dem Schluss, dass die Menschen in Sofar zwar ausgesprochen liebenswürdig waren, aber entschieden merkwürdige Verhaltensweisen an den Tag legten. Die Suche nach Chiser hatte ihn in Gegenden fernab der zivilisatorischen Zentren des Islam geführt, viele, viele Meilen von Ägypten, Syrien, Persien und Mekka entfernt. Hier, am Rande der islamischen Welt, war die Landschaft rauer, der Boden nur ansatzweise kultiviert. In gleicher Weise unterschieden sich die Menschen und ihre Sitten von allem, was ihm bis dahin begegnet war.

Und dennoch waren die Leute in Sofar Muslime, daran konnte so wenig Zweifel bestehen wie an der Sendung des Propheten Muhammad. Sie beteten fünfmal täglich, kannten die fünf Säulen und die grundlegenden Glaubensartikel, und sie studierten das Buch des Buchari. Mit dem Imam unterhielt sich Ibn Battuta auf Hocharabisch, der Sprache, die alle Muslime vereint, auch wenn sonst jeder Landstrich seinen eigenen Dialekt aufweisen mag. Ibn Battuta dankte Gott, dass mit dem Islam der Menschheit ein Bund gegeben war, der sie zu einer Einheit zusammenschmiedete. Nicht zuletzt diesem Umstand hatte Ibn Battuta es zu verdanken, dass er die Länder und Meere durchstreifen konnte und immer eine offene Tür und Gastfreundschaft von Mitgläubigen vorfand.

Die Einsicht, dass er nirgends völlig fremd sein würde, machte ihm Mut, die nächste Etappe seiner Suche in Angriff zu nehmen. Der Gedanke, dass er sich nun dem Zusammenfluss der beiden Meere näherte, versetzte ihn in gespannte Aufregung. Der Imam von Sofar hatte ihm einen Platz auf einem kleinen Schiff vermittelt, das am nächsten Tag nach Kalhat im Oman aufbrechen würde. So verließ er früh am Morgen den Hafen von Sofar und segelte nordwärts.

Sechzigstes Kapitel

Worin Ibn Battuta nach Oman segelt und auf einer Insel die Bekanntschaft eines merkwürdigen Einsiedlers macht

Die Dhau, auf der Ibn Battuta an der Südküste Omans entlangsegelte, unterschied sich drastisch von den Galeeren und anderen großen Schiffen im Hafen seiner Heimatstadt Tanger. Zum einen war sie um vieles kleiner. Nicht mehr als dreißig Mann hatten auf ihr Platz. Zum anderen waren im Gegensatz zu den Schiffen, die im Mittelmeer verkehrten, auf der Dhau keine Ruder vorhanden. Und statt einer großen Anzahl viereckiger Segel hatte das Boot nur zwei dreieckige Lateinersegel, die mit ihrer Rahe gegen den Mast verstellbar waren, sodass man gegen den Wind kreuzen konnte. Das größere der beiden Segel war in der Vertikalen anmutig geschwungen, das kleinere am hinteren Mast in hübscher Kongruenz nachgestellt. Dies hatte nicht nur ästhetische Vorteile: Die Dhau wurde dadurch ungemein wendig und leicht manövrierbar. Was Ibn Battuta jedoch beunruhigte, war, dass die Planken der Dhau nicht mit Nägeln in die Querspanten verankert, sondern nur mit Kokosnussfasern darauf genäht waren. Aber der Kapitän versicherte ihm lachend, dass sein Boot den Wetterbedingungen bestens angepasst sei und dass die genähten Bootswände einer Dhau um vieles elastischer seien als die primitiv genagelten Schiffsrümpfe ausländischer Machart.

Zu dem beunruhigenden Gefühl eingeschränkter Sicherheit kam das Essen an Bord. Das Schlimmste befürchtend, hatte Ibn Battuta sich aus Sofar Nüsse, Brot und Kuchen mitgenommen. Sein Proviant war jedoch nach wenigen Tagen aufgebraucht. Von da an beinhaltete sein Speiseplan notgedrungen das, was alle anderen an Bord aßen, nämlich Fisch und Datteln. Zuweilen gab es auch gekochte Roggenkörner, die mit Dattelsirup übergossen wurden. Wenn es den Matrosen gelang, ein paar Seevögel zu fangen, wurden diese unbeholfen gerupft, überm Feuer gebraten und dann verzehrt, als gelte es, ein großes Festmahl zu feiern. Angewidert verzichtete Ibn Battuta, trotz großen Hungers. Er war sich nicht nur unschlüssig, ob die Vögel, welche er nie zuvor gesehen hatte, vom Religionsgesetz zum Verspeisen freigegeben waren; sie wurden von der Schiffsmannschaft auch eindeutig nicht in der gebotenen Art und Weise geschlachtet. Man drehte ihnen die Hälse um, anstatt ihnen mit einem Schnitt die Gurgel durchzutrennen und sie ausbluten zu lassen.

Am Morgen des siebten Tages legte das Schiff in Hallanijja an, einer kleinen Insel, die sich wie eine Bergeskuppe aus der See erhob. Schon von ferne hatte man auf ihrer Spitze ein kleines weißes Gebäude erkennen können. Während das Boot in einer Bucht im glasklaren grünen Wasser schaukelte und die Matrosen sich der Vogeljagd und dem Fischfang widmeten, stieg Ibn Battuta zu dem seltsamen Bau hinauf. Als er sich durch das Unterholz hindurchgearbeitet hatte und sich dem Gipfel der steilen Erhebung näherte, überschritt die Sonne, die unbarmherzig auf ihn niederbrannte, ihren Zenit. Die Schatten der Bäume wurden länger. Ibn Battuta betrat eine Lichtung, die sich an der höchsten Stelle der Insel auftat. In einem kleinen natürlichen Bassin im felsigen Grund sammelte sich Regenwasser an. Am Ende der Lichtung stand eine weiße Hütte aus Stein mit einem Dach aus großen Fischknochen.

Vor dem Eingang saß ein Mann mit unter dem Körper zusammengeschlagenen Beinen. Ein langer Bart und verfilzte Haare fielen auf seine nackte Brust. Der Mann hatte die Augen geschlossen und hielt beide Hände vor sich hin, wobei er die Spitzen der Zeigefinger und Daumen ringförmig aneinander gelegt hatte. Ibn Battuta wartete einen Moment, trat dann näher und entbot den Friedensgruß.

Der Mann schien nicht im Geringsten überrascht, eher etwas indigniert, so als würde er zum wiederholten Male bei einem wichtigen Geschäft gestört. Mit zugespitzten Lippen atmete er laut aus und schlug vorwurfsvoll die Augen zum Himmel auf. Dann sagte er, ohne auch nur einmal Luft zu holen oder abzusetzen:

„Also das ist wirklich jammerschade. Jammerschade ist das, jetzt war ich dem Fanaa schon so nahe, und da kommt dieser junge Mann daher und zerstört meine Konzentration! Was er sich wohl dabei gedacht hat? Sieht er denn nicht, dass wir hier nicht zum Spaß meditieren? Glaubt er etwa, dass wir hier nur so herumsitzen und tagträumen, weil wir gerade nichts Besseres zu tun haben? Wie viel Bildung braucht der Mensch, um einen

Asketen von einem Träumer zu unterscheiden? Aber nun ist‘s geschehen, zu spät ist zu spät, und wir legen auch keinen Wert darauf, dass der junge Mann sich entschuldigt oder vor Reue die Klippen hinunterstürzt. Also, der Friede sei mit dir, *wa-alaikum as-salam*, und willkommen in meinem Palast! Aber wer bist du eigentlich? Und was macht dein Boot da unten in der Bucht?“

Offensichtlich war der Einsiedler nicht die ganze Zeit über in seine Meditation versunken gewesen. Zumindest die Ankunft der Dhau hatte er wohl beobachtet. Ibn Battuta setzte sich in einiger Entfernung auf den Boden und sagte:

„Verzeih die Störung, werter Scheich! Wir sind eine Gruppe von Händlern und Reisenden auf dem Weg nach Kalhat im Oman. Meine Gefährten dort unten in der Bucht sind dabei, Fische zu fangen. Ich aber fand es lohnender, hier zu dir hinaufzulaufen. Vom Meer aus konnte man deine Klause recht deutlich erkennen. Mein Name ist Ibn Battuta und ich stamme aus Marokko. Ich bin schon seit einigen Jahren auf Reisen. Ich suche eine bestimmte Person, die ich in Bachrain vermute. Und wer bist du, wenn die Frage gestattet ist? Bist du ein Muslim?“

„Und ob ich das bin!“, erwiderte der Einsiedler erregt. „Da können die Sufis in Delhi noch so viel herummäkeln! Ein Hindu bleibt ein Hindu, auch wenn er ununterbrochen *Allahu akbar* ruft, haben sie gesagt, diese elenden Heuchler, käufliche Halunken, Scheinheilige! Denen werde ich‘s zeigen, hab ich mir gesagt. Bin von Delhi aufgebrochen, um in die Einöde zu ziehen. Meine Familie habe ich allerdings wissen lassen, dass ich nach Brahman suche, sie sollen sich nicht grämen, dass ich Muslim bin, aber im Grunde ist das doch alles gleich, ob man‘s nun Brahman nennt oder Allah, Samadhi oder Fanaa – alles sind nur Manifestationen der Einen Ewigen Gottheit!“

Ibn Battuta unterbrach ihn, denn er fürchtete, der redselige Mann würde sonst kaum noch anzuhalten sein:

„Also schließe ich: Du kommst aus Indien, bist zum Islam konvertiert, und jetzt sitzt du hier auf dieser menschenverlassenen Insel und suchst mystische Vereinigung mit Gott? Das ist wahrlich seltsam!“

„Seltsam in der Tat, mein Freund, manchmal frage ich mich selbst, wie ich hierher gelangt bin. Nicht, dass mir mein Leben missfällt. Zehn Stunden am Tag verbringe ich in glücklicher

Meditation. – Aber die übrigen Stunden, unter uns gesagt, sind recht langweilig!“

„Nun, ich habe selbst einige Erfahrung mit der Meditation der Sufis“, sagte Ibn Battuta. „Vielleicht brauchst du etwas Abwechslung, damit du auf neue Gedanken kommst. Wir sind nicht alle zum Heiligen geboren!“

Der Inder blitzte ihn scharf an. „Was weißt du schon von Heiligen, junger Mann? Du siehst aus, als würdest du es noch nicht einmal bemerken, wenn dir Chiser über den Weg läuft! Ein Abenteurer bist du, der sich viel auf seine Gelehrtheit einbildet! Aber Gotteserkenntnis scheint dir fremd zu sein!“

Der Mann war Ibn Battuta plötzlich etwas unheimlich. „Daran mag etwas sein“, gab er zu, „aber sag, kannst du etwa Gedanken lesen? Solltest du erahnt haben, dass ich den hundertsten Namen Gottes suche, den Weg zur Quelle des Lebens, deren Hüter Chiser ist?“

Der Inder schmunzelte. „Nun, Gedankenlesen ist nicht gerade einfach und ich behaupte nicht, es darin weit gebracht zu haben. Aber Chiser, so heiße ich in der Tat.“

„Du heißt Chiser?“, fragte Ibn Battuta, wie vor den Kopf geschlagen.

Der Einsiedler antwortete mit einem Kopfwackeln, jener indischen Geste, die alles ausdrücken kann, Bejahung und Verneinung, Bewunderung und Geringschätzung, ja sogar geschmeichelten Dank und beleidigten Stolz.

Ibn Battuta kämpfte darum, die Fassung zu bewahren. Um sich zu vergewissern, dass er sich nicht verhört hatte, fragte er noch einmal: „Du heißt Chiser? So wie der Prophet?“

„Ist daran etwas Besonderes?“, antwortete der Inder mit einem Grinsen. „Es wird ja wohl noch mehr als einen Chiser geben dürfen? Du heißt ja auch Muhammad mit Vornamen, und ich halte dich nicht gleich für den Propheten des Islam – Gott segne ihn und spende ihm Heil!“

Ibn Battuta wusste für einen Moment nichts zu erwidern. Der Inder fuhr fort: „Und was soll das im Übrigen heißen, du suchst nach dem Wasser des Lebens? Nach Chiser suchst du? Wie willst du ihn denn finden, du Neunmalkluger? Und falls du ihm tatsächlich begegnest, willst du ihn dann fragen, wo die Quelle des Lebens entspringt?“

„Das will ich in der Tat“, sagte Ibn Battuta ernst.

„Das ist komisch, ha! Sehr komisch!“ Der Inder kicherte. „Wie soll das denn vor sich gehen, wenn er denn einmal vor dir steht? Etwa so?“ Er ahmte Ibn Battutas Stimme nach: „Guten Tag, lieber Chiser, der Friede sei mit dir, ähem, ich wüsste bitte gern, wo‘s zur Quelle geht, du weißt schon, das Wässerchen, in das du damals gefallen bist, ich habe nämlich großen Durst nach dem ewigen Leben? Es kostet doch nichts? – Haha! Komisch, sehr komisch! Hoho!“

Das Verhalten des Einsiedlers erschien Ibn Battuta zunehmend seltsam.

„Lach nur“, sagte er unbeirrt. „Ich hoffe wirklich, Chiser zu finden. Es hat mich einige Jahre meines Lebens gekostet, herauszubekommen, wo ich ihn treffen kann. Aber jetzt bin ich voller Zuversicht, dass ich auf der richtigen Spur bin.“

Der Inder beruhigte sich und senkte die Stimme. „Mmh, Chiser ... Schon recht, schon recht, wirklich ein ausgesprochen bedeutender Mann! Den wollte ich auch schon immer einmal kennen lernen! Schließlich ist er mein Namensvetter.“ Er sah Ibn Battuta spitzbübisch an und fragte dann unvermittelt: „Kann ich mitkommen?“

„Mitkommen wohin?“

„Nach Bachrain und wo immer du nach diesem Chiser Ausschau halten wirst. Keine Sorge, mir ist nicht danach, aus der Quelle des ewigen Lebens zu trinken! Die kannst du ganz allein aussaufen, wenn du magst. Ich kann mir nichts Langweiligeres vorstellen, als ewig zu leben! Wir Inder streben eher danach, aus diesem Leben und dem Kreislauf der Wiedergeburten auszubrechen, selbst nachdem wir Muslime geworden sind. Aber, um die Wahrheit zu sagen, ich habe diese Insel ziemlich satt! Immer nur Regenwasser trinken und Wurzeln oder Beeren kauen: Das hat meine Begeisterung gedämpft.“

Er sah Ibn Battuta mit schräg gelegtem Kopf und einem Lächeln an, das eine makellose Reihe weiß blitzender Zähne freilegte. Ibn Battuta begann, das drollige Männlein zu mögen.

„Gut“, sagte er nach kurzem Zögern, „wir wollen zusammen zur Dhau hinunterlaufen und sehen, was sich machen lässt. Am besten erzählen wir der Schiffsmannschaft, dass du ein Heiliger bist, der schon Wundertaten vollbracht hat, und dass du uns beistehen wirst, wenn wir in schlechtes Wetter geraten. Aber ob ich Lust habe, nach Kalhat auch weiter mit dir zusammenzubleiben, weiß ich noch nicht!"

„Oh das ist fabelhaft, ganz fabelhaft!", rief der Inder und sprang auf die Füße. „In der Tat, ein Heiliger! Jawohl, Chiser ist ein großer Heiliger! Und ich werde mein Bestes geben, die Wellen und den Wind zu beruhigen. Mach dir keine Sorgen, mein Freund! Du sollst nicht bereuen, dass du mich mitgenommen hast. Ich werde dir ein treuer Begleiter und Ratgeber sein, und vielleicht helfe ich dir sogar, den echten Chiser zu finden, du wirst schon sehen!"

Er verschwand flink in seiner Hütte. Die Sonne näherte sich dem Horizont über dem Meer und färbte die Wolken rot. Es war Zeit, zur Dhau hinunterzusteigen, bevor die Dunkelheit anbrach. Der Inder trat aus seiner Klause, in der rechten Hand hielt er ein kleines weißes Bündel. Er strahlte Ibn Battuta an.

„Was gibt's dort unten zum Abendessen?", fragte er.

Einundsechzigstes Kapitel

Welches von einer unerquicklichen Schifffahrt handelt und von wundersamer Rettung aus der Not

Das Opferfest, bei dem die Muslime in aller Welt einen Schafsbock schlachten und im Kreise der Familie und Freunde einen Tag der Freude und des Friedens feiern, verbrachte Ibn Battuta auf der Dhau, die jetzt vor der süd-östlichen Spitze der Arabischen Halbinsel in Richtung des Persischen Golfs segelte. Wehmütig dachte er daran, wie er in Fes im Hause Abu A'las das Festmahl genossen hatte. Am zweiten Tag des Opferfestes war er damals stets von den vielen Köstlichkeiten so gesättigt, dass er selbst die zarten Gebäcke Nasibas, der Frau Abu A'las, zurückweisen musste. Das hatte ihm den Spott Dscharirs und Lailas eingebracht, die ihn neckten, er sei nur ein halber Mann und dazu ausgenommen dürr und hässlich.

Auf der Dhau konnte von einem besonderen Feiertagsmenü kaum die Rede sein. Die Kaufleute hatten zwar eine Extraportion aus ihrem Roggenkornvorrat spendiert, doch der aufgequollene süße Brei konnte nicht die Leberspieße ersetzen, mit denen in marokkanischen Familien nach alter Tradition das Fest eröffnet wird. Dazu gab es, wie sonst auch, faserige Datteln und zerkochten Fisch. Chiser, der sich seinen langen Bart abrasiert und ein frisches Gewand angelegt hatte, erwies sich als ein geschickter Angler. Stolz präsentierte er Ibn Battuta, der am Bug des Schiffes saß, seinen flachen, silbrig glänzenden Fang:

„Sieh nur, Ibn Battuta, was ich für dich aus dem Meer gezogen habe! Eine Mosesscholle!"

„Willst du dich über mich lustig machen, Chiser? Was soll der Unfug? Verschlechtere meine Laune nicht noch zusätzlich!"

Der Inder zog ein langes Gesicht und antwortete etwas verstimmt: „Du magst vielleicht ein Gelehrter sein, Ibn Battuta, aber mit Fischen kennst du dich offensichtlich nicht aus. Dieser Fisch heißt wirklich Mosesscholle, und zweimal darfst du raten, warum."

Ibn Battuta betrachtete den zappelnden Fisch. „Sag bloß, dass es sich um den Fisch aus der Geschichte von Moses' Begegnung mit Chiser handelt, von dem es im Koran heißt: ﴾Dieser hatte einen getunnelten Weg zurück ins Meer gefunden!﴿ Vergib meinen Unglauben, aber jener Fisch hatte vom Wasser des Lebens getrunken! Mit der Unsterblichkeit *dieses* Fisches ist es hingegen nicht weit her."

Der Inder legte die Scholle auf den Boden und schlug ihr mit einem schweren Holzlöffel auf den Kopf. „In der Tat!", sagte er. „Aber du verfängst dich in spitzfindigen Unterscheidungen. Natürlich ist diese Scholle nicht dieselbe Scholle, die dem Moses und dem Joschua ins Meer entschlüpfte, sondern lediglich eine ihrer Artgenossen. Die Fischer hier in der Gegend haben die Erinnerung an die Geschichte bewahrt, indem sie dem Fisch den Namen Mosesscholle gaben. Ich finde, das sollte dich etwas aufmuntern! Es ist ein Zeichen, dass ..."

Der Inder wurde jäh unterbrochen, denn plötzlich schnellte das Boot nach vorne und schlug krachend gegen eine hoch aufsteigende Wellenwand. Ibn Battuta und der Inder hielten sich aneinander fest. Die Scholle sprang, wie es schien mit einer letzten Kraftanstrengung, über die Bootskante ins Meer zurück, gefolgt von den verdutzten Blicken der beiden.

Schon seit dem frühen Morgen hatte eine starke Brise landeinwärts geweht, am Himmel waren dunkelgraue Wolken aufgezogen, und die Dünung hatte bedrohlich zugenommen. Das Schiff tanzte in immer größeren Schwüngen über die ausladenden Wassermassen. Das war dazu angetan, die Feststimmung zusätzlich zu schmälern. Einige der Kaufleute hatten bereits das Festtagsmenü, die gequollenen Roggenkörner, die es zum Frühstück gegeben hatte, ins Meer erbrochen. Auch Ibn Battuta konnte das Schlingern in der Magengegend kaum beherrschen. Nur Chiser schien das Auf und Ab nichts auszumachen. Er hatte einen zweiten Fisch zum Mittagessen gebraten und sich von Ibn Battuta einige Datteln schenken lassen. Jetzt lehnte er vergnügt gegen die Reling und machte sich daran, die Mahlzeit zu verzehren.

Am Nachmittag kam ein heftiger Sturm auf, der wild an den Segeln der Dhau zerrte. Ein Wind wie Höllenbrausen peitschte die von geisterhaft weißen Schaumkronen bedeckten Wellen. Mit ungeheurer Wucht klatschte die Brandung gegen die Seitenplanken des Schiffes. Der Kapitän übernahm selbst das Steuerruder, befahl dann aber, die Segel einzuholen. Die Dhau war jetzt manövrierunfähig und ganz den Elementen ausgeliefert. Tief unten im Wellental angekommen, sahen sie, wie sich rechts und links dunkle Wassermassen drohend aufbäumten. Gischt spritzte über die Köpfe der sich verzweifelt an der Reling und den Masten festklammernden Seeleute und durchnässte sie bis auf die Knochen. Das Meer, in tausend gegeneinander wütende Ströme zerfurcht, toste, brodelte und zischte. Ein Stöhnen und gequältes Zittern lief durch den Rumpf des Schiffes, doch die Dhau richtete sich immer wieder ächzend auf.

Ibn Battuta hatte noch nie solche Angst um sein Leben ausgestanden. Zitternd, mit vor Übelkeit graugrünem Gesicht, saß er auf dem Unterdeck und umklammerte krampfhaft den größeren der beiden Maste.

„Barmherziger, gütiger Chiser", betete er, „Beschützer der Seereisenden! Bitte lass mich nicht hier sterben! Ich war so kurz davor, dir zu begegnen und dein ergebener Schüler zu werden! Beschütze mich, oh Chiser!"

„Redest du mit mir?!", rief ihm der Inder, der neben ihm saß, durch die über sie hereinbrechenden Wassermassen hindurch zu.

„Weiß Gott nein, und halt's Maul, wenn es dir irgendwie möglich ist!", schrie Ibn Battuta zurück. „Ich bitte Chiser darum, uns aus diesem Unwetter zu erretten!"

„Hast du denn solche Angst, Ibn Battuta? Warum klammerst du dich nur so ans Leben? Sollten wir uns als gläubige Muslime nicht aufs Jenseits freuen?"

Eine aufheulende Bö krümmte den Mast der Dhau wie einen Bogen, der Schiffsbug hob sich beinahe senkrecht in die Höhe, um dann ebenso abrupt steil in ein grausig-tiefes Wellental hinunterzustürzen. Die Passagiere schrieen laut auf und riefen Gott um Hilfe. Ibn Battuta war jetzt wahrlich nicht in der Verfassung, metaphysische Gespräche zu führen.

„Ach, scher dich davon! Oder tu was!", rief er dem Inder zu, schon so verzweifelt, dass ihm die Sinnlosigkeit seiner Worte entging.

„Gemach, gemach, mein Lieber!", antwortete der Inder. Und dann, leiser, fast so, als spräche er zu sich selbst, fügte er hinzu: „Aber gut, weil du es bist!"

Ibn Battuta verstand dieses seltsame Versprechen überhaupt nicht. Er sah nur, wie der Inder sich von Kopf bis Fuß in seinen langen Mantel hüllte, sich mit dem Gürtel an den Mast festband und sich auf das Deck niederlegte. Ibn Battuta wollte seinen Augen nicht trauen. Konnte der Kerl in diesem Unwetter tatsächlich an Schlaf denken? Es verging eine weitere halbe Stunde, in der er sich zwischen Leben und Tod wähnte. Da steckte der Inder seinen Kopf aus dem Umhang, schaute sich um, und sagte dann:

„Keine Sorge, es ist alles in Ordnung!"

Tatsächlich schien in eben diesem Augenblick der Sturm etwas nachzulassen. Der Himmel klarte auf. Nach einer kurzen Weile schien die Sonne. Auch die Wogen glätteten sich. Die Passagiere rappelten sich auf, noch völlig benommen von ihrem Höllenritt über die aufgewühlte See. Dann sanken sie gemeinsam auf die Knie, um ein Dankgebet zu sprechen. Ibn Battuta sah den Inder ungläubig aus den Augenwinkeln an.

„Was soll ich davon halten, Chiser? Hast du etwa Gewalt über Sturm und Regen? Oder wie hast du das gemacht?", fragte er ihn.

„Oh, ich habe nur eine alte indische Weisheit befolgt, die in solchen Situationen immer hilfreich ist! Hast du schon einmal in einem Zimmer übernachtet, das voller Kakerlaken war?"

Ibn Battuta nickte mit dem Kopf, ohne zu verstehen, worauf der Inder hinauswollte.

„Ja? Dann weißt du wahrscheinlich, dass es nur ein einziges probates Mittel gibt, die Kakerlaken loszuwerden: nämlich indem du die Augen schließt. Genauso bin ich mit dem Sturm verfahren. Nach einer halben Stunde habe ich nachgeschaut, ob schon die Engel gekommen waren, um unsere Seelen abzuholen, aber als die sich nicht blicken ließen, wusste ich, dass wir überleben würden!"

Der Rest ihrer Reise auf See verlief ruhig. Endlos erscheinendes plattes sandiges Land erstreckte sich entlang des zu ihrer Linken liegenden Ufers, in dessen ständiger Nähe sie nun segelten. Zur Rechten passierten sie die große Insel Masira. Dann änderte sich die Küstenlandschaft, und weiter landeinwärts begannen sich die großen Dünen der Wahibawüste aufeinanderzutürmen. Hier, so hieß es, in dieser Zauberlandschaft, in der der Himmel die Erde zu berühren schien, wurden die Kamele mit dem reinsten Blut gezüchtet. Schließlich erreichten sie das Ende der Südküste Arabiens, bei Ras al-Hadd, an dessen Strand sie unzählige laichende Meeresschildkröten sahen. Drei Tage später legten sie im beschaulichen Hafen von Kalhat an.

Zweiundsechzigstes Kapitel

Worin Ibn Battuta mit der Fähre nach Hormus fährt und dort den Sultan Kutbuddin Tahamtan trifft

Ibn Battuta wollte nun so schnell wie möglich nach Bachrain, zum *Zusammenfluss der beiden Meere.* Er hielt sich deswegen in Kalhat nicht weiter auf. Es erschien ihm am sinnvollsten, zunächst den genauen Ort ausfindig zu machen, an dem vor langer Zeit Moses dem grüngewandeten Propheten begegnet war.

Platz auf einem Boot zu finden, das ihn weiter die Küste hinauftrug, war indes nicht einfach. Wieder half der Inder. Der Kapitän einer Fähre, die nach Hormus und weiter in nördlicher Richtung fuhr, erkannte in Chiser jenen Asketen, den er vor einigen Jahren von Kalhat aus nach Süden zu der kleinen Insel Hallanijja gebracht und in der Einsiedelei zurückgelassen hatte.

„Gott ist groß!", rief er aus. „Das ist doch der indische Spaßvogel, mit dem ich damals die Küste nach Sofar hinuntergesegelt bin! Was haben wir gelacht! Verdammt noch mal, bin ich froh, dich wiederzusehen! Wir hatten schon geglaubt, du wärst elendig auf dem trockenen Boden verdurstet und von den Würmern gefressen worden!" Der Kapitän, ein baumlanger Kerl mit dicker Nase, Augenklappe und einem verstümmelten Ohr, schlug Chiser kräftig auf die Schulter. Der knochendürre Körper des Inders wurde drei Schritte nach vorn katapultiert.

„Ach, na ja", hüstelte er geschmeichelt, „gottverlassen war die Insel nun wirklich nicht, im Gegenteil, ich war ja gerade deswegen dorthin gegangen, weil ich wusste, dass Gott dort anzutreffen ist, und im Übrigen haben mich die Würmer in Ruhe gelassen. Eher war es umgekehrt so, dass ich die Würmer gefressen habe."

Der Kapitän bestand darauf, die beiden ohne Entgelt bis nach Bachrain zu bringen, so sehr freute ihn das Wiedersehen. Ibn Battuta konnte sich ein weiteres Mal des Eindrucks nicht erwehren, dass in seinem Reisegefährten mehr steckte, als er anfangs vermutet hatte.

Unter günstigem Wind segelten sie rasch nordwärts. Im Hafen von Muskat, der nur durch eine schmale Einfahrt zwischen steil aus dem Wasser ragenden Granitfelsen zu erreichen war, legten sie kurz an, um Proviant zu laden. Nach weiteren zwei Tagen erreichten sie Sohar, die Stadt, aus welcher der Legende zufolge Sindbad der Seefahrer zu seinen Reisen aufgebrochen war. Am Strand beobachteten sie, wie Fischer ein Seekalb an Land brachten, das ihnen in der Nähe eines Mangrovenhains ins Netz gegangen war. Das Tier war bizarr hässlich und auf groteske Weise hilflos. Die Fischer behaupteten, das Fleisch sei sehr wohlschmeckend und man könne aus der Haut Sandalen fertigen. *Wenn schon in Sindbads Heimatort solch merkwürdige Kreaturen anzutreffen sind,* dachte Ibn Battuta, *ist es doch kaum verwunderlich, dass er bei seinen Fahrten auch den gigantischen Vogel Roch, schreckliche Riesenschlangen und andere Ungeheuer getroffen hat. In was für Gegenden bin ich geraten!*

Während sie die Meerenge von Hormus durchquerten, sahen sie zu ihrer Linken die kahlen Klippen der Halbinsel Musandam, der nördlichen Spitze Omans. Rechter Hand, nur wenige Meilen entfernt, war das persische Festland zu erkennen. Dies konnte ohne Weiteres die Stelle sein, dachte Ibn Battuta, an der die Fähren verkehrten, *die die Leute von einer Seite des Meeres zur anderen übersetzten*, wie es in Ibn Kasirs Kommentar zur koranischen Chiser-Geschichte hieß.

Der Kapitän steuerte auf eine Insel zu, die in der Mitte dieser Meerenge lag: Hormus. Ibn Battuta wusste, dass es hier ein kleines Chiser-Heiligtum gab, was darauf hindeutete, dass sie nun ganz in der Nähe der Gegend waren, in der der Heilige verkehrt hatte und sich möglicherweise noch aufhielt. Ibn Battuta wäre am liebsten gleich weitergefahren, aber der Kapitän der Fähre hatte einige Waren abzuliefern und bestand deswegen darauf, in Hormus anzulaufen.

Der Hafen vibrierte vom Treiben der Seeleute und Händler. Der Inder, dem die Lust anzusehen war, sich in die Menschenmenge auf den Kais zu mischen und eine zusätzliche Mahlzeit zu genießen, stand schon am Bug des Schiffes, als dieses auf seinen Anlegeplatz zusteuerte. Übereifrig hielt er den Anker in der Hand, um das Schiff sogleich taufest zu machen. Dann aber kam es zu einem kleinen Unfall. Als die Fähre gegen die Kaimauer stieß, verlor der Inder das Gleichgewicht und taumelte einen Schritt zurück. Das schwere Eisen in seiner Hand schwang nach vorn, er drehte sich verblüfft um, wodurch der Anker zusätzlichen Schwung erhielt und mit lautem Krachen in die seitlichen Planken des Schiffes fuhr. Holz splitterte. Der Leib der Fähre wies ein kopfgroßes Loch auf.

„Chiser!", rief Ibn Battuta aus, „du Tollpatsch! Da nimmt uns der Kapitän umsonst auf seiner Fähre mit, wir sind auf dem Weg zum Zusammenfluss der beiden Meere, und du schlägst ein Loch ins Schiff! Ist denn der Satan in dich gefahren, du Unglücksrabe? Jetzt müssen wir wohl eine längere Pause einlegen, ehe der Schaden behoben ist!"

Der Inder schaute beschämt zu Boden. Einige der Mitreisenden zogen finster die Brauen zusammen. Der Kapitän hingegen behielt seine gute Laune: „Macht euch keine Sorgen! Das ist schnell repariert. Aber heute Nacht werden wir wohl in Hormus übernachten müssen."

Es blieb ihnen nichts anderes übrig, als an Land zu gehen und eine Unterkunft zu suchen. Ibn Battuta war so ungeduldig, endlich nach Bachrain zu kommen, dass er noch eine Weile grollte. Nach kurzer Zeit aber steckte ihn die Fröhlichkeit des Inders an, der vergnügt wie ein Kind über den Hafen lief und seinem alles vorhersehenden Schöpfer dankte, dass Er ihn das Gleichgewicht verlieren und ein Loch ins Boot hatte schlagen lassen, damit sie nun diese prächtige Stadt erkunden konnten.

In Hormus residierte der Sultan Kutbuddin Tahamtan, ein Mann, der in den fünfundzwanzig Jahren seiner Herrschaft den Ruf eines ungemein tapferen Befehlshabers erworben und das Herrschaftsgebiet des kleinen Sultanats bis zur Küste Omans und Bachrains ausgedehnt hatte. Seine Hauptstadt war zu einem großen Handelsemporium geworden, wo die Waren aus Indien umgeladen wurden, bevor sie in den Irak, nach Persien und in die weiter nördlich gelegenen Länder transportiert wurden: Pfeffer, Nelken, Indigo, Eisen, Zucker, Reis, Sandelholz und Teakholz sowie mannigfaltige andere Güter. In die entgegengesetzte Richtung, nach Indien und China, wurden vor allem arabische Pferde ausgeführt, aber auch Weihrauchladungen fanden ihre Abnehmer in Kalikut, Saitun und Chan-sa.

Der Inder, drollige Erscheinung, und Ibn Battuta, vornehm in ein Seidengewand gekleidet, das er in Bagdad erstanden hatte, wurden im Palast vorstellig. Sie hegten Hoffnung, zum Sultan vorgelassen und am Ende vielleicht sogar im Palast beherbergt zu werden. Immerhin war Ibn Battuta ein Mekkapilger und ein Absolvent der berühmten Moscheeschule der Leute aus Kairuan in Fes. Der Torwächter meldete sie beim Wesir an, der sie bald darauf in sein Empfangszimmer bat. Ihre Hoffnung wurde erfüllt. Zwar war der Sultan im Augenblick wegen Kriegsgeschäften unpässlich, aber bei der nachmittäglichen Audienz wollte er die fremden Reisenden gern zu einem kurzen Gespräch empfangen. In der Zwischenzeit sollten sie sich in die Gastgemächer begeben und eine Stärkung zu sich nehmen.

Kurz vor Sonnenuntergang wurden sie in den Audienzsaal des Sultans gerufen. Kutbuddin Tahamtan saß am Kopfende des Saales leicht erhöht auf einem Kissen. Er war ein alter, von Sorgen gebeugter Mann. Ein kurzer weißer Bart umrahmte das von Falten gezeichnete, erdwärts weisende Gesicht. Der graue Mantel war schmucklos und wurde in der Hüfte von einem weißen Seidentuch zusammengehalten. Auf dem Kopf trug er einen dünnen weißen Turban. Ibn Battuta erkannte, dass er es hier mit einem Krieger zu tun hatte, der auf äußerlichen Prunk nicht viel Wert legte. Einzig der Rosenkranz, den er in der rechten Hand hielt, erweckte besondere Aufmerksamkeit, denn die Gebetsschnur war mit neunundneunzig kirschgroßen Perlen bestückt.

Nach der Vorstellung durch den Wesir gab der Sultan ein Zeichen, dass Ibn Battuta sich neben ihm niederlassen solle. Er stellte ihm manche Frage, besonders interessierte ihn der junge Ilchanidensultan Abu Said, dessen Länder nicht weit von Kutbuddins Reich im Norden lagen. Als Ibn Battuta seinen Gastgeber auf die Verhältnisse im Sultanat Hormus ansprach, seufzte der Sultan tief:

„Nun, es ist eine traurige Geschichte. Seit einigen Monaten liegen wir im Krieg mit den Söhnen meines Bruders. Mein Bruder hat letztes Jahr eine kurzzeitige Abwesenheit von mir dazu genutzt, die Macht zu ergreifen und sich zum Sultan ausrufen zu lassen. Ich musste nach Kalhat ausweichen, von wo aus ich mehrere Male erfolglos Expeditionen nach Hormus organisierte. Schließlich konnten wir durch Späher Kontakt mit einer meiner Haremsdamen im Palast aufnehmen. Ihr ist es gelungen, meinen Bruder zu vergiften, und ich konnte daraufhin die Insel zurückerobern. Meine zwei Neffen haben sich jedoch davongemacht und machen jetzt als Piraten die Küsten unsicher. Ich denke aber, es wird nicht mehr lange dauern, bis ich ihren Widerstand gebrochen habe. Es war übrigens klug von dir, mein marokkanischer Freund, heute nicht mehr nach Bachrain weiterzusegeln. Du wärst auf dem Weg mit großer Wahrscheinlichkeit meinen beiden Neffen in die Hände gefallen, deren Schiffe heute Nachmittag unweit von Hormus gesichtet wurden. Sie verschmähen es in der Regel nicht, auch kleine Boote zu entern. Morgen früh sende ich meine Flotte nach ihnen aus, dann ist das Meer wieder sicher und du kannst weiterreisen."

Ibn Battuta erinnerte sich, dass er den Inder beschimpft hatte, als dieser das Loch in die Wand ihrer Fähre schlug. Nun hatte er allen Grund, ihm dafür dankbar zu sein. Er blickte sich kurz nach dem neben ihm sitzenden Chiser um. Fröhlich zwinkerte der Inder ihm zu.

„Erlaube mir, durchlauchter Sultan", wandte Ibn Battuta sich wieder an seinen Gastgeber, „dich nach den Perlen zu fragen, die deinen Rosenkranz zieren. Noch nie habe ich solch prachtvolle Exemplare gesehen!"

Sultan Kutbuddin spielte zufrieden mit der Gebetsschnur in seiner Rechten: „Aus Bachrain stammen sie. Seit eh und je werden dort die größten Perlen der Welt zutage befördert. Dass ich Bachrain erobert habe, hat mich um einiges reicher gemacht, denn jede sechste Perle, die dort aus dem Meer geholt wird, gehört mir. Wenn du nach Bachrain kommst, schau dir an, wie sie nach den Perlen tauchen! Und wenn du nach ortskundigen Führern suchst, halte dich an die Perlenfischer! Sie kennen jeden Fleck an den Küsten von Bachrain, unter Wasser und darüber."

Der Muezzin rief zum Abendgebet. Sie erhoben sich, um in der Moschee des Palastes zu beten. Anschließend kehrten Ibn Battuta und Chiser in ihre Gastgemächer zurück. Beim reichlichen Abendessen, das ihnen die Haremsdienerinnen auf großen runden Silbertabletts reichten, zeigte Chiser einen enormen Appetit. Ibn Battuta wunderte sich, wie sein Begleiter als Eremit nur von Wurzeln und Beeren hatte leben können und nun solche Unmengen zu sich nahm, ohne zu platzen. In der Nacht lag Ibn Battuta noch lange wach, allzu aufgeregt war er in Erwartung der letzten Etappe seiner Reise zum Zusammenfluss der beiden Meere.

Schließlich, verführt von den weichen Kissen des sultanischen Lagers und der angenehm lauen Brise, die vom Meer her in sein Zimmer wehte, fiel er in einen tiefen und erholsamen Schlaf.

Dreiundsechzigstes Kapitel

Worin Ibn Battuta den Zusammenfluss der beiden Meere findet und auf seinen Grund hinabfährt

❴Welche Gnad' eures Herrn wollt ihr verkennen? Durch den die beiden Wasser sich begegnen und sich trennen; zwischen ihnen die Scheidewand, dagegen sie nicht rennen; welche Gnad' eures Herrn wollt ihr verkennen? Er lässt daraus Perl' und Korall' erbrennen; welche Gnad' eures Herrn wollt ihr verkennen? Sein sind die Schiffe, die durchs Meer wie Berge rennen; welche Gnad' eures Herrn wollt ihr verkennen? Was auf der Erd' ist, muss vergeh'n, und nur das Antlitz deines Herrn wird besteh'n, das herrlich ist zu nennen; welche Gnad' eures Herrn wollt ihr verkennen?❵

Großartig singt der Koran Gottes Lob, preist die Perlen, die am Zusammenfluss der beiden Meere gefischt werden, und auch die majestätischen Schiffe, in denen die Menschen von Hormus nach Bachrain und über das Wasser hinaus in die weite Welt segeln. Perlen über Perlen! Wunder der Schöpfung! Regentropfen, die ins Meer fallen und von Muscheln aufgefangen werden! Vom Paradies heißt es, dort befänden sich liebliche Jungfrauen, ❴schöngeaugt, gleich Perlen in der Muschel, Belohnung fürs getane Gute❵. Perlen, verspricht der Koran, sind ein Vorgeschmack auf die Wonnen des Jenseits. Für Ibn Battuta waren sie die Wegweiser zur Unsterblichkeit.

Die Einwohner der Insel Bachrain lebten von der Perlenfischerei. Die kostbaren Kugeln wurden in die gesamte islamische Welt verkauft. Jedoch zogen die Taucher, die für die Muscheln ihr Leben riskierten, aus diesem Handel den geringsten Profit. Die betuchten Zwischenhändler waren es, die sich an der gefährlichen Arbeit bereicherten. Der Sultan von Hormus ließ es sich darüber hinaus nicht nehmen, nicht nur jede sechste Perle, sondern auch die besonders großen und schönen Exemplare als Steuer einzubehalten. Diese *Sultansperlen*, wie sie genannt wurden, verschenkte Kutbuddin Tahamtan für gewöhnlich an seine Lieblingsfrauen oder an Botschafter fremder Länder, oder er ließ aus ihnen Rosenkränze anfertigen, welche er über alle Maßen liebte.

Gleich nach ihrer Ankunft in Mina Salman, dem kleinen Hafen von Bachrain, sah sich Ibn Battuta nach einem Perlenfischerboot um, das bereit war, sie zu einer Inselumrundung und zu einem Besuch der Muschelweidegründe mitzunehmen. An den Kais waren einige Seemänner damit beschäftigt, das Plankenwerk zu verstemmen, da sich seit der Perlenfischsaison des letzten Jahres hier und da kleine Fugen aufgetan hatten. Sie stopften Baumwollfetzen, die mit Hailebertran getränkt waren, in die Innenseiten der Schiffsleiber und verpichten anschließend den Rumpf von außen mit einer Schicht geschmolzenen Baumgummis.

Schließlich fanden sie einen kleinen Zweimaster, dessen Kapitän nach kurzer Verhandlung einwilligte, sie an Bord zu lassen. Einer seiner Taucher war vor kurzem gestorben, ein alter Mann, dem die Tauchexpeditionen nicht nur die üblichen Gelenkschmerzen verursachten, sondern auch Furcht erregende Starrkrämpfe. Selbst die Schädeltrepanation, die ihm der Kapitän im letzten Sommer verpasst hatte, war seinem Wohlsein nicht zuträglich gewesen, und so war der arme Mann schließlich den Strapazen seiner Arbeit oder vielleicht auch den Folgen der Operation erlegen. Weil der Kapitän bisher keinen Ersatz gefunden hatte, erlaubte er Ibn Battuta und Chiser, den leeren Platz an Bord einzunehmen. Neben dem Kapitän und dem Koch arbeiteten auf dem Zweimaster, einer landesüblichen Sambuuk, acht Perlentaucher und acht Helfer. Die ausgemergelten Gestalten der Taucher standen in seltsamem Kontrast zu den bärenstarken Körpern der Helfer. Das hatte seinen Sinn: Die Taucher waren schmächtig, um mit möglichst wenig Wasserwiderstand schnell auf den Meeresboden hinunterzugleiten, das nötige Gewicht verlieh ihnen ein mitgeführter Stein. Die Helfer hingegen bedurften großer Kraft, um die Taucher wieder hinaufzuziehen.

Am nächsten Tag machten sie sich auf. Bald waren sie auf See und fuhren die Küste Bachrains entlang. Die Taucher und Helfer legten sich in die Riemen und sangen ein Lied, mit dem sie sich selbst Mut zu machen pflegten:

Pack zu, nimm das Ruder,
Du Glückspilz, pack zu!
Pack zu, nimm das Ruder,
Mein Freund, los pack zu!
Vielleicht wirst du sie spalten,
Mein Freund, sie bald aufspalten,
die Mutter aller Muscheln,
Vielleicht wirst du sie spalten!

Die Sambuuk, auf der sie sich befanden, war etwas kleiner als die Dhau, mit der sie von Sofar nach Kalhat gefahren waren. Sie war nicht in Ober- und Unterdeck aufgeteilt, sondern hatte nur ein großes flaches Deck mit einer kleinen Hütte am Heck. Das Boot hatte nur wenig Tiefgang, damit es leichter über den Sandbänken navigieren konnte, zu denen die Perlenfischer hinuntertauchten. Wenn sie an einem Muschelweideplatz ankerten, nahmen die Taucher zwei Seile mit in die Tiefe. Das eine Seil war mit dem Stein beschwert, an den sie sich klammerten, um schnell nach unten zu gelangen. Das andere Seil war um ihre Hüften geknotet und hielt auch den Beutel, in dem sie die von den Korallen geschnittenen Muscheln sammelten. Ging den Tauchern die Luft aus, zogen sie an diesem zweiten Seil, und die Helfer an Bord hievten sie, zusammen mit der Muschelernte, nach oben. Das musste schnell geschehen, denn die Männer tauchten in große Tiefen und blieben solange wie nur eben möglich unten. Schon viele waren auf dem Weg nach oben erstickt. Bei jedem Erntegang fuhren die Taucher zehn Mal auf die Muschelbänke hinab, zehn Mal wurden sie wieder hinaufgezogen. Dann machten sie eine kurze Pause, stärkten sich mit bitterem Kaffee und Datteln und begannen wieder von vorn. Am Abend ums Feuer geschart berichteten die Taucher von den Fischen und Seeungeheuern, die sie auf ihrer schaurigen Fahrt durch die Fluten gesehen hatten.

Ibn Battuta jedoch wollte, falls er hier wirklich einen Hinweis auf den unsterblichen Propheten Chiser fand, seine Entdeckung nicht gleich mit achtzehn raubeinigen Seemännern teilen müssen. Tagsüber stand er mit dem Inder an der Reling und hielt nach einem besonders auffälligen Felsen am Ufer Ausschau, doch nichts wollte die Vermutung rechtfertigen, dass sie den Zusammenfluss der beiden Meere schon erreicht hatten. Der Kapitän hegte den Verdacht, dass, wenn ein Marokkaner und ein Inder an der Küste von Bachrain nach etwas suchten, es etwas sehr Wertvolles sein müsse, und er bemühte sich daher immer wieder, ihnen ihre wahren Absichten zu entlocken. Nach einigen ergebnislosen Tagen auf See gab Ibn Battuta seine Zurückhaltung auf. Vielleicht wusste der Kapitän ja, welcher Felsen gemeint sein konnte. Von Chiser und der Quelle des Lebens wollte er aber zunächst nichts verlauten lassen.

„Guter Mann“, wandte er sich listig an den Kapitän, „ich will dir nicht weiter eine Angelegenheit verbergen, in der du dich vielleicht sogar besser auskennst als ich. Du vermutest richtig, dass ich und mein Begleiter nach einer bestimmten Stelle am Ufer suchen. Damit hat es Folgendes auf sich: Vor Jahren habe ich ein Gelübde getan, alle Stätten aufzusuchen, an denen unser Prophet Moses – Gottes Heil sei über ihn! – während seiner Sendung zu den Israeliten auf Erden wandelte. In Ägypten bin ich gewesen, bei den Pyramiden Pharaos, und auf dem Horebberg im Sinai, wo er die Tafeln des ewigen Gesetzgebers empfing. Nur ein Ort fehlt mir, um mein Gelübde zu erfüllen, und das ist der Zusammenfluss der beiden Meere in Bachrain, von dem es im Koran heißt, er habe an einem großen Felsen gelegen.“

„Meinst du die Geschichte von Moses‘ Begegnung mit Chiser?“, fragte der Kapitän.

Ibn Battuta war es nicht angenehm, dass der Name Chisers fiel. „Ja, die meine ich“, erwiderte er. „Weißt du, wo sich dieser Felsen befindet?“

Der Kapitän strich sich den Bart. „Hmm ...“, brummte er, „die Geschichte kennt hier natürlich jedes Kind. Welcher Felsen gemeint ist, vermag allerdings niemand genau zu sagen. Aber ich habe da so meine eigenen Ideen. Die könnten dich interessieren, aber ich warne dich. Du bist dabei, dir eine Menge Ärger einzuhandeln ...“ Er zeigte eine beeindruckende Reihe halb verfaulter, halb ausgefallener Zähne.

„Deinem Grinsen nach zu urteilen, möchte ich beinahe darauf verzichten, mehr davon zu hören“, sagte Ibn Battuta. „Aber nur zu, sag es mir, nun bin ich schon einmal hier!“

Der Kapitän kaute bedächtig auf einem Klumpen Tanbul und schaute auf den Horizont. „Ganz in der Nähe einer Steilklippe am äußersten Ende der Insel gibt es im Meer eine Stelle, die *Chisers*

Statt genannt wird. Wenn man an dieser Stelle hinuntertaucht, stößt man in etwa vierzig Fuß Tiefe auf ein flach daliegendes Korallenriff. Dieses Korallenriff hat eine kreisrunde Öffnung, in die noch kein Perlentaucher hinabgetaucht ist. Niemand weiß, wie tief es dort hinuntergeht. Die Menschen erzählen, dass am Boden dieser Vertiefung Chiser zu finden sei, dort wo Salomon ihn mit Ketten an den Meeresgrund gefesselt hat." Er lachte grimmig. „Falls du Moses folgen und Chiser treffen willst, musst du schon in dieses Loch hinuntertauchen!"

Das waren schlechte Nachrichten für Ibn Battuta. Nicht nur graute ihm, der er nicht schwimmen konnte, vor dem Gedanken, ins Meer zu tauchen. Er fürchtete sich auch, so peinlich es ihm war, vor den Seeungeheuern, von denen die Taucher erzählten. Was tun? Ibn Battuta ließ sich nachdenklich am Bug nieder. Der Inder setzte sich zu ihm.

„Ibn Battuta", sagte er, „glaubst du allen Ernstes, dass du, wenn du in dieses Loch tauchst, lebend wieder hinaufgelangst? Bitte verzeih mir, aber das ist nicht gerade wahrscheinlich. Und dort unten willst du tatsächlich Chiser treffen? Selbst wenn du ihn dort antriffst, wie willst du ihm denn Fragen stellen? Indem du ein paar Luftblasen bläst? Im Übrigen kann ich mir nicht vorstellen, dass Chiser große Lust haben wird, einem unangekündigten Besucher, der mal eben so vom Himmel zu ihm hinunterfällt, gleich auf die Nase zu binden, wo es Lebenswasser zu trinken gibt! Ich rate dir aufzugeben, Ibn Battuta! Geh zurück nach Marokko und führe ein Leben wie alle anderen! Du musst nicht das Geheimnis der Unsterblichkeit lüften, um ein zufriedener Mensch zu sein. Du hast alles unternommen, um diesen Chiser zu finden. Du hast dir nichts vorzuwerfen. Mach Schluss mit dieser unmöglichen Suche!"

„Nein, nein, und nochmals nein!", antwortete Ibn Battuta heftig. „Ich bin nicht Tausende von Meilen gereist, um jetzt, das Ziel vor Augen, aufzugeben! Lieber möchte ich sterben als jetzt umzukehren! War es mir so vom Weisen Schasili nicht vorhergesagt? *Nur wer auf den Grund des Meeres hinunterfährt*, so ließ er mir von jenem alten Grabwächter in Humaisira ausrichten, *nur der ist würdig, Chiser nachzufolgen.* Dass das wörtlich gemeint war, hatte ich mir bislang nicht träumen lassen, aber wenn es denn so sein soll, dann will ich auch davor nicht zurückschrecken! Wer die Unsterblichkeit gewinnen will, der muss auch bereit sein, das eigene Leben aufs Spiel zu setzen!"

Der Inder sah ihn nachdenklich an. „Du bist ein großer Dickkopf, Ibn Battuta, aber in gewisser Weise ist das bewundernswert. Zwar wünschte ich, du wärest in deiner Suche nach dem All-Einen genauso unnachgiebig wie in deiner Suche nach Chiser, aber vielleicht sind sich diese beiden Bemühungen ja gar nicht so unähnlich."

Ibn Battuta seufzte. „Ich wünschte nur, ich könnte schwimmen."

Der Inder sprang auf. „Ibn Battuta, du willst tatsächlich *Sohn des Entleins* heißen und kannst nicht schwimmen? Lautet nicht das Sprichwort: *Der Sohn der Ente schwimmt von selbst*? Was bist du nur für ein jämmerlicher Enterich! Aber gut! Ich will, wenn dein Entschluss denn feststeht, dir zumindest nach Kräften zur Seite stehen. Als Erstes, meine ich, solltest du ein wenig das Tauchen üben!"

„Darauf wäre ich von allein kaum gekommen!"

„Das dachte ich mir."

„Und du willst wahrscheinlich mein Helfer sein und mich mit dem Seil an die Oberfläche zurückziehen?"

„Das will ich allerdings! Unterschätze meine Kraft nicht! Wir Fakire sind zu Taten fähig, von denen du noch nicht geträumt hast!"

Der Inder hatte nicht zu viel versprochen. Schon am nächsten Tag begannen sie mit den Übungen, unter den skeptischen Blicken des Kapitäns, der Ibn Battuta auf einer Selbstmordmission wähnte. Glücklicherweise hatte der vor kurzem gestorbene Taucher sein Werkzeug an Bord gelassen, und so verfügten sie über zwei Seile, eine Nasenklemme, die aus Schildkrötenknochen gefertigt war, und einen seltsamen Gesichtsschild, mit dem Ibn Battuta zunächst nichts anzufangen wusste. Der Kapitän klärte ihn jedoch auf, dass es sich um einen hauchdünn ausgeschabten Schildkrötenpanzer handelte, den man mithilfe eines Lederriemens über die Augen binden konnte und dessen Ränder aus arabischem Gummi sich so fest an die Haut schmiegten, dass kein Wasser hindurchsickern konnte. Ibn Battuta empfand das als große Hilfe, denn das Salzwasser brannte stark in den Augen.

Außerdem sah er trotz der Trübung durch die Panzerschale klarer, als wenn er im Wasser einfach die Augen öffnete.

Zwei volle Tage dauerte es, bis er seine Angst überwunden hatte, ins Wasser zu springen. Der Inder band ihm das Seil fest um die Hüften, setzte ihm den Nasenkneifer und die Maske auf, und Ibn Battuta sprang dann, indem er seine Seele Gott anbefahl, ins Wasser, um gleich darauf von Chiser zurück ins Boot gezogen zu werden. So ging das den ganzen Tag, nur unterbrochen von Schwimmübungen. Die anderen Taucher, die Ibn Battutas Treiben anfänglich mit ungläubigem Spott verfolgt hatten, standen ihm bald mit Rat zur Seite. Abends, wenn sie bei Fisch und Datteln zum Essen auf dem Deck beisammen saßen, weihten sie ihn in die Geheimnisse des Perlenfischens ein.

„Wenn du hinunterfährst und das Sausen in den Ohren unerträglich wird, musst du ein wenig Luft in deine Nase pusten, dann verschwindet der Druck!", riet ihm einer.

„Du kommst schneller hinunter, wenn du steif wie ein Stock mit den Füßen zuerst ins Wasser springst", empfahl ihm ein anderer.

„Gib acht, wenn du tiefer als vierzig Fuß hinabfährst", erklärte ihm ein Dritter, „denn dann schwinden dir die Sinne und du kannst nicht mehr klar denken. Schon viele Taucher haben in den Tiefen des Meeres den Verstand verloren und geglaubt, sie seien bereits im Paradies angekommen. Vor lauter Glückseligkeit haben manche sogar versäumt, ihrem Helfer auf dem Boot das vereinbarte Zeichen zu geben. Sie wollten lieber unten bei den Fischen bleiben."

Doch Ibn Battuta tauchte täglich tiefer und überwand schließlich seine Angst. Die Aufenthalte unter Wasser begannen sogar, ihm Freude zu bereiten. Von den Tauchern ließ er sich die Namen der Fische sagen, die ihn in großen Schwärmen umkreisten. Währenddessen bewährte sich der Inder als Helfer. In seinem schmalen Körper steckten ungeahnte Kräfte. Mit Leichtigkeit schien er Ibn Battuta aus dem Wasser zu ziehen. Als sie schließlich an der Spitze der Insel ankamen, war Ibn Battuta bei seinen Übungen bis auf fünfzig Fuß hinabgelangt. Aber das Loch, in das er hineintauchen wollte, begann erst in dieser Tiefe und führte wahrscheinlich noch viel tiefer.

Nicht weit entfernt am Ufer erhob sich eine mächtige Klippe in den Himmel. Ibn Battuta musterte den Felsen aufmerksam und kam zu dem Schluss, dass dies in der Tat der Zusammenfluss der beiden Meere sein könnte. Kein Wölkchen war am Himmel zu sehen, der Tag war gleißend hell. Das Boot ankerte unmittelbar über dem Riff. Das Wasser war so glasklar, dass man hinunter bis auf die Korallen sehen konnte.

Da gähnte es, das Loch, von dem der Kapitän gesprochen hatte. Ibn Battuta schaute senkrecht hinab in eine kreisrunde Vertiefung, deren Durchmesser etwa zwei Manneslängen betrug. Der Boden der Vertiefung war nicht zu erkennen, aber er schimmerte grün. *Chiser saß auf einem grünen Teppich in der Mitte des Meeres*, dachte Ibn Battuta, die Worte Ibn Kasirs in sein Gedächtnis rufend. Hier musste es sein. Das Loch zog ihn magisch hinab.

Chiser sprach kein Wort, als Ibn Battuta sich den Strick um die Hüften band, seinen Fuß in die mit dem Stein beschwerte Schlaufe setzte und auf die Bootskante stieg. An Deck herrschte Stille.

„Der gepriesene Schadenabwender sei mit dir, furchtloser Freund!“, sagte der Kapitän.

Die Taucher saßen in einer stummen Reihe entlang der Reling und erhoben die Hände zum Bittgebet für Ibn Battuta.

„Auf ein Wort, Chiser“, wandte sich Ibn Battuta an den Inder. „Auf keinen Fall sollst du mich hochziehen, ehe ich dir das Zeichen gegeben habe, verstehst du? Du musst es mir schwören!“

„Mit Gott!“, sagte der Inder.

„Im Namen Gottes des allbarmherzigen Erbarmers!“, sagte Ibn Battuta, holte tief Luft und sprang in die Flut.

Die Stille des Wassers umfing ihn, als führe er ins Grab. Ein gedämpftes Rauschen legte sich über seine Ohren, nur ab und zu von schrillen Tönen zerrissen, die, so hatten die Taucher behauptet, von Walen ausgestoßen wurden. Ibn Battuta hatte den größten und schwersten Stein gewählt, den es an Bord gab. Er fuhr hinab in die Tiefe wie ein Falke, der auf Beute stößt. Die Öffnung im Riff kam schnell näher. Als er in das Loch eintrat, verlängerte dieses sich zu einem Tunnel, der senkrecht nach unten führte. Je tiefer Ibn Battuta kam, umso mehr gewann er an Schnelligkeit, und im Vorbeirauschen sah er, wie sich ihm aus den Spalten in der Tunnelwand die langen Hälse der Drachenmuränen entgegenreckten. Der Druck auf seinen Ohren und auf seinem Sichtpanzer nahm zu, und ihn durchfuhr der Gedanke, dass ihn die Wassermassen womöglich zermalmen könnten. Sein Körper fühlte sich an wie in einen Schraubstock gespannt.

Plötzlich traten die Wände des Tunnels zurück und er gelangte, immer weiter sinkend, auf einen unter dem Riff gelegenen freien Platz. Im nächsten Moment prallte er recht unsanft auf den Sand. Eine Wolke aus Silt stieg empor. Von seiner Landung aufgeschreckt, machte sich durch das getrübte Wasser eine Mosesscholle davon. Als die Sicht wieder klarer wurde, bot sich Ibn Battuta ein unbeschreiblicher Anblick.

Im Wasser schwamm eine so große Menge Fische, dass er nur wenige Ellen weit sehen konnte. Ein Kaleidoskop der schillerndsten Farben umgab ihn. Silbrig funkelnd stob ein Schwarm Gazellenfische an ihm vorbei. Tiefblaue Rotzahneselfische, elegant die anmutig geschnittene Schwanzflosse schwingend, mischten sich mit leuchtend gelben Kammfischen. Unmittelbar vor seinen Augen schwamm ein feuerroter Meereshahn vorbei. Zu seiner Linken auf dem Boden ruhte das steinfarbene und von Warzen bedeckte Dschinnengift. Ibn Battuta rutschte instinktiv zur Seite, denn der Stich dieses seltsamen Fisches war, wie er wusste, tödlich. Erschrocken sah er zwei Meeresfüchse, die in kurzen und heftigen Bewegungen durch die Fischschwärme navigierten. Sie waren zwar nur kleine Haie, aber Ibn Battuta hätte es vorgezogen, keinem dieser gefürchteten Jäger zu begegnen. Doch diese Hoffnung wurde jäh zerstört. Mit Entsetzen bemerkte er, wie ein Vater-der-Hörner mit seinem hässlichem Hammerkopf in einiger Entfernung durch das Wasser strich. Doch es kam noch schlimmer. Plötzlich legte sich ein Schatten über Ibn Battuta. Etwas Großes, etwas unbeschreiblich Großes schwamm über ihn hinweg. Er war so von Angst gepackt, dass er nicht wagte, aufzublicken. Es dauerte ein paar Sekunden, bis der Schatten vorüberstrich. Mit einer Mischung aus Ungläubigkeit und Grauen sah Ibn Battuta, wie sich über ihm mit ruhigem Schwanzschlag der schwarz gefleckte Gelbe Fischhai, der größte aller Fische, davonbewegte.

Das Erscheinen des gigantischen Fischs hatte die bunten Schwärme auseinandergetrieben, sodass die Sicht auf weiter entfernte Objekte frei wurde. Mittlerweile befand sich Ibn Battuta in einem solchen Zustand der Anstrengung, Verwirrung und körperlichen Erregung, dass sein Verstand zu schwinden schien. Heftig verlangte er danach, Luft zu holen, doch befolgte er den Rat der Taucher, seine Gedanken auf andere Dinge zu richten. Wie um der Todesstille, die unter Wasser herrschte, ein Lebenszeichen entgegenzusetzen, erfüllte die Musik der Schasilijja-Brüder aus Fes plötzlich seinen Kopf, und der Refrain der Chiser-Litanei, die er so oft im Kreise der Brüder gesungen hatte, hallte in seinen Ohren:

Chiser! Grüner Gesandter, Meister des Meisters!

Da war ja auch der grüne Algenteppich. Er musste seine Augen anstrengen, um etwas genauer zu sehen. Der mystische Chor in seinem Kopf sang unverdrossen weiter.

O Mächtiger, Prächtiger, Wonnenreicher, Sonnengleicher! Du bist mein Gebieter, vor Gefahren Behüter!

Ibn Battuta sah undeutlich, dass sich über dem Algengrund eine Gestalt erhob. Ein senkrecht im Wasser stehender Schatten.

Er verwandelte sich in einen Dämon, der mit Ketten an den Meeresboden gefesselt ist.

Als würde es schweben, näherte sich das dunkle Etwas. Ein großes Augenpaar kam auf ihn zu. Das Wasser um ihn herum leuchtete smaragdgrün.

Oh Pol der Gottliebenden! Lebst ewig, strebst ewig! T-S-M, H-M!

Zwei Arme legten sich auf seine Schultern.

Du bist mein Gebieter, vor Gefahren Behüter! Du hilfst, wem Du magst, denn Du bist Unerreichbar, Unvergleichbar, Allmächtig, Allwissend, Alles!

Ibn Battuta vergingen die Sinne. So endete also seine Suche. Nun würde ihn Chiser an sich nehmen.

K-Y-A-S, H-M, A-S-Q!

Alles war gut.

Vierundsechzigstes Kapitel

Worin Ibn Battuta mit Chiser zu den Kachtan und über den *Grünen Berg* der Ibaditen zur Oase Niswa zieht

Iskandar, der Herr der zwei Hörner, habe bei seinem Zug zur Lebensquelle diese auch auf dem Grund des Meeres gesucht. Er habe einen gläsernen Käfig gefertigt, um darin in die Tiefe des Ozeans hinuntergelassen zu werden. Allerlei Getier sei ihm da begegnet, Fische mit wulstigen Lippen, hässliche, schuppige Wesen mit Hörnern auf der Stirn, Nixen mit blondem Haar und smaragdgrünen Augen, aber auch pechschwarze Monster mit Furcht erregenden Fängen und drachenähnliche, krallenbewehrte Seeschlangen. Der Mazedone sei nur um ein Haar mit dem Leben davongekommen, als nämlich ein Wal die Kapsel schluckte, in der er eingeschlossen war, sie eine Meile hin zum Strand trug und dort wieder ausspuckte. Das Schiff des Königs und mit ihm die hundertfünfzig Mann, die den gläsernen Kasten hinuntergelassen hatten, sei mitgezogen worden und am Strand auf Grund gelaufen. So erzählt es Kalistus, der Chronist.*

Nichts hatte den Griechenkönig davon abhalten können, seine kühnen Träume zu verwirklichen. Von nichts wollte sich Ibn Battuta aufhalten lassen, ehe er nicht ans Ziel gelangt war. Und in der Tat, das Ende schien nun erreicht. Tief auf dem Meeresgrund, auf dem grünen Teppich an *Chisers Statt*, hielten ihn zwei Arme fest umfasst. Ibn Battutas Lebenswille erlosch. Er ergab sich seinem Schicksal.

Doch plötzlich spürte er, kaum dass es noch in sein Bewusstsein drang, wie ein dritter Arm sich um seinen Hüften legte. Ein dritter Arm? Jäh gewann er seine Geistesgegenwart zurück. Schon wickelte sich glitschig ein vierter Arm um seine Beine. Ibn Battuta riss weit die Augen auf. Mit unbeschreiblichem Entsetzen erkannte er, dass ein kolossaler Krake dabei war, ihn mit seinen Tentakeln zu umschlingen.

* Der griechische Pseudo-Kallisthes, Autor einer auch im arabischen Raum sehr bekannten Fassung der Alexanderlegende (Anm. des Übersetzers).

Panik wallte in ihm auf. Er riss das Messer, das er bei sich hatte, aus der Gürtelscheide und versetzte dem Kraken einen wilden Stich. Das Tier wich zurück und duckte sich. Gerade wollte es, vor Wut außer sich, wieder auf Ibn Battuta los, da hatte er, schon mit letzter Kraft, das vereinbarte Zeichen gegeben und war von Chiser wie ein Geschoss nach oben gezogen worden. So schnell ging es aufwärts, dass Ibn Battuta sich kaum an dem Seil festhalten konnte, das ihm um die Hüften gebunden war. Zudem war sein Luftvorrat endgültig aufgebraucht. Würgend kämpfte sein Körper mit dem Bedürfnis, den Mund zu öffnen und tief, tief einzuatmen. Im Tunnel auf dem Weg nach oben wurde ihm schwarz vor Augen. Nur noch schemenhaft nahm er wahr, wie die grässlichen Muränen aus ihren Löchern schossen und nach seinen Beinen schnappten, als wollten sie mit aller Macht verhindern, dass je ein Mensch lebend von *Chisers Statt* nach oben zurückkehrte. Als Ibn Battuta schließlich ins freie Wasser gelangte, gab sein Körper den Kampf auf. Den Mund geöffnet, sank sein Kopf nach hinten. Stieren Blickes richteten sich seine Augen auf die sich nähernde Wasseroberfläche, die einem glitzernden Himmel glich, in dem sich das Licht tausendfach brach. Der Sonne und dem Leben entgegen zog ihn Chiser durch die salzige Flut nach oben.

Einige Minuten später kam er wieder zu sich. Man hatte ihn seitlich auf das Deck des Bootes gelegt. Er spuckte Wasser in Mengen und hustete fürchterlich. Der Kapitän und Chiser schüttelten ihn; die restliche Mannschaft stand um sie herum und sah ihnen neugierig zu.

„Gott sei Dank, Ibn Battuta! Du lebst!“, sagte Chiser. „Bist du denn völlig verrückt geworden, solange dort unten zu bleiben! Ich dachte schon, ich hätte dich verloren!“

Ibn Battuta würgte Galle. „Fast wünschte ich, es wäre so“, krächzte er, „dann hätte diese verdammte Sucherei wenigstens ein Ende!“

„Hast du Chiser denn nicht getroffen?“

Neunzehn Augenpaare hingen an seinen Lippen. Alle wollten wissen, was *Chisers Statt* beherbergte.

Ibn Battuta bat um etwas klares Wasser. Er setzte sich auf und keuchte: „Chiser wäre ein unglücklicher Heiliger, wenn er seine Tage an diesem grauenvollen Ort verbringen müsste!" Und schwer atmend und immer wieder Pausen einlegend, erzählte er seinen gebannten Zuhörern, was er gesehen hatte.

Am Abend hatte er sich wieder etwas erholt, wenn ihm auch der Schädel dröhnte und die Gelenke schmerzten. Er saß in vertrautem Gespräch mit dem Inder am Bug und trank Kaffee.

„Was jetzt, Ibn Battuta?"

„Was jetzt?" Er atmete tief. „Wenigstens wissen wir, dass sich Chiser nicht am Zusammenfluss der beiden Meere aufhält. Wir sind eben zu leichtgläubig davon ausgegangen, dass er eben an der Stelle auf uns wartet, an der Moses ihm begegnet ist. Aber warum sollte er? Jetzt müssen wir wieder von vorn anfangen!"

Der Inder wackelte mit dem Kopf. Die unbestimmte Geste schien in diesem Augenblick Missbilligung auszudrücken. „Du bist nicht bei Trost mein Lieber! Was soll das heißen, wir fangen von vorn an?"

„Kennst du den Kommentar des Ibn Kasir zur achtzehnten Sure, der Geschichte von der Begegnung Chisers mit Moses? Ibn Kasir sagt doch, Chiser heiße mit vollem Namen *Balja ibn Malkan ibn Kachtan.*"

Der Inder lächelte – Ibn Battuta wusste nicht recht, ob aus Spott oder Bewunderung –, wackelte mit dem Kopf und sagte: „Die Kachtan ... Der südarabische Stamm, von dem Chiser abstammen soll? Also, in Südarabien befinden wir uns in der Tat. Du gibst wirklich nicht auf, was?"

Die Kachtan, deren Hauptstadt die Oase Niswa in den Bergen des Oman war, bildeten einen weitverbreiteten Stammesverbund, der behauptete, ihr Urahn sei der legendäre Kachtan, welcher ein Nachfahre Noahs gewesen war. Sie waren eines der großen alten arabischen Geschlechter, welche die Geschichte des Islam bestimmt hatten, und führten stolz die Bezeichnung *al-Arab al-ariba*, das heißt: die *Uraraber*. Die blühenden jemenitischen und omanischen Handelskönigreiche Saba, Main und Kataban hatten von ihrer Macht gezeugt. Nomadenblut floss in ihren Adern, sie waren ureigentliche Beduinen, die die Weiten der großen Sandwüste durchzogen, und ein karges Leben unter widrigen Bedingungen hatte sie zu Härte gegen sich selbst und Gastfreundschaft gegenüber Fremden erzogen.

In Niswa lebten sie in erzwungener Gemeinschaft mit den Adnan, einem arabischen Stamm, der aus dem Norden der Arabischen Halbinsel eingewandert war. Die Herkunft der Adnan wurde auf Ismael und Hagar zurückgeführt, die mit Abraham nach Mekka gezogen waren und dort das Kaaba-Heiligtum errichtet hatten. Schon lange waren sie sesshaft geworden, vom Reichtum der Oasen verwöhnt und lau im Befolgen der moralischen Gebote, wogegen denn auch der Prophet Muhammad zürnende Predigten gehalten hatte. Die Kachtan fühlten sich den Adnan überlegen und nannten sie abfällig *al-Arab al-muta'arriba*, das heißt die *arabisierten Araber.*

In Sohar, der Hafenstadt, mieteten Ibn Battuta und der Inder zwei Kamele und einen Führer, der sie auf der gefährlichen Strecke durch die Berge begleiten sollte. Den flachen, von Bewässerungskanälen in eine reich blühende tropische Landschaft verwandelten Küstenstreifen hatten sie rasch durchquert und wandten sich dann, dem Fuß der Gebirgskette folgend, nach Süden. Nach viertägigem Ritt gelangten sie an das Wadi Bani-Auf, welches hoch hinauf in die Höhen des omanischen Gebirges führte. Im Schatten eines weit ausladenden Akazienbaums hielten sie ihre Kamele an und beratschlagten, was nun zu tun sei. Es gab noch einen anderen Weg nach Niswa, welcher durch das weiter südlich gelegene breite Samailtal führte. Doch ihr Führer riet von dieser weniger beschwerlichen Route ab.

„Das Samailtal wird von den Truppen des Imam von Niswa scharf bewacht, und es ist besser, ihnen nicht in die Arme zu laufen. Der Imam sorgt zwar für Sicherheit im Land, aber man sollte sich hüten, in seine Hände zu fallen. Er ist ausgesprochen unberechenbar und bisweilen grausam gegen Fremde. Wir sind besser bedient, wenn wir über den Grünen Berg ziehen."

Sorgenfalten legten sich auf das Gesicht des Inders. Er war während der letzten Tage nachdenklicher geworden. Seine unverwüstlich gute Laune schien dahin; es war, als wollte er Ibn Battuta etwas Wichtiges sagen, aber er kam nicht dazu, weil Ibn Battutas rastlose Besessenheit ein Innehalten und Sich-Besinnen unmöglich machte.

„Allmächtiger", stöhnte er, „der Grüne Berg."

„Sei nicht albern", gab Ibn Battuta zurück, „der Grüne Berg ist sicher bei weitem nicht so gefährlich, wie du es dir vorstellst."

Die unwegsamen Höhen des Grünen Berges waren die Heimat der Charidschiten, jener berüchtigten Puritanersekte, die in den sagenumwobenen Anfängen des Islam den Sunniten wie auch den Schiiten mit grausamer Härte den Kampf angesagt hatte. Zunächst hatten sie die vom heiligen Band der Blutsverwandtschaft bekräftigte Herrschaft Alis unterstützt, des *Befehlshabers der Gläubigen*, jenes über alle Maßen verehrten Helden der Schiiten, der im irakischen Nadschaf begraben lag. Dann jedoch wandten sich die Charidschiten von Ali und seinem Geschlecht ab, denn Ali hatte, um seinen Anspruch gegen die sunnitischen Usurpatoren Syriens durchzusetzen, das politische Geplänkel eines Schiedsgerichts dem Schwert vorgezogen. Mit wehenden Fahnen und Waffengeklirr zogen die Charidschiten aus dem Feldlager Alis aus – daher hießen sie Charidschiten, *die Ausziehenden*. Sie erklärten es für erlaubt, sündige Muslime vom Schlage Alis kurzerhand umzubringen, und brandschatzten die Lande. Ali selbst fiel einem charidschitischen Mordanschlag zum Opfer, als er nichts ahnend in der Moschee von Kufa von der hölzernen Predigtkanzel stieg. Ibn Battuta, der sich anschickte, den Zufluchtsort der Charidschiten zu erklimmen, erinnerte sich daran, wie er mit Dscharir und Farasdak eben jene Moschee besichtigt hatte. Die Charidschiten waren seitdem so rücksichtslos verfolgt worden, dass nur eine Splittergruppe, die sich unter einem Mann namens Ibn Ibad gebildet hatte, überlebte, indem sie sich auf dem Grünen Berg verschanzte. Sie wurden Ibaditen genannt, und es war ihnen gelungen, die ansässigen Kachtan und Adnan zum Ibaditentum zu bekehren.

Dem Inder war offensichtlich nicht viel daran gelegen, die Ibaditen näher kennenzulernen. „Ich schlage vor, lieber Ibn Battuta", sagte er, „dass wir erst einmal Auskünfte darüber einholen, ob die Kachtan in Niswa überhaupt etwas über Chiser wissen. Wie wäre es zum Beispiel, wenn wir zunächst nach Sohar zurückreiten? Dort können wir bei leckerem Bratfisch und Datteln auf einen Reisenden aus Niswa warten und den dann gehörig ausfragen. Ich kenne da eine kleine Karawanserei in der Nähe des Hafens, in der man eine ausgezeichnete Mosesscholle zubereitet ..."

Doch Ibn Battuta hörte ihn schon nicht mehr, denn er hatte sein Kamel bereits in das Wadi gelenkt. So blieb dem Inder nichts weiter übrig als nachzufolgen. Im nächsten Dorf tauschten sie ihre Kamele gegen Esel und ritten dann immer weiter ins nun steil ansteigende Wadi Bani-Auf hinein. Vorbei an mächtigen Felsformationen und tiefen Schluchten überquerten sie mehrere Pässe und erreichten nach weiteren zwei Tagen das grandiose Massiv des Grünen Berges. Zur Rechten des Weges tat sich ein gähnender Abgrund auf, dessen Grund so tief war, dass man ihn mit bloßem Auge kaum ausloten konnte. Dahinter, gen Westen, erstreckte sich die grausame Weite des Leeren Viertels, der großen Wüste, welche nur wenige Unerschrockene bisher durchquert hatten. Hier oben in den Bergen war die Luft angenehm frisch und kühl, anders als an der Küste, wo die brütende Hitze das Leben unerträglich erschweren konnte. Gebirgsbäche verwandelten die Landschaft in einen blühenden Garten.

„Hübsch haben's die Ibaditen hier", stellte der Inder fest, „aber wie lange werden sie wohl noch zögern, uns wie Ungläubige zu massakrieren?"

„Sei unbesorgt", erwiderte ihr Führer, „die Ibaditen haben sich gemäßigt, von den Einwohnern des Grünen Berges droht uns keine Gefahr."

Tatsächlich, von dem militanten Puritanismus der Ibaditen schien wenig übrig geblieben zu sein. Als sie in einem kleinen Ort Rast machten, der wie ein Adlernest in den steilen Felshang gebaut war, verhielten sich die Einwohner stumm und abweisend, aber es gelang ihnen, etwas Proviant zu kaufen. Ihr Führer versorgte sich sogar mit einer kleinen Lederflasche Wein, der hier angebaut wurde. Dann ging es abwärts. Sie hielten sich weiter in südlicher Richtung und stiegen durch ein schmales Tal hinunter in die Ebene. Am Auslauf des Tals wechselten sie wieder auf Kamele, wandten sich nach rechts und folgten dem Fuß des Gebirges. Zwei Wochen nach ihrer Abreise aus Sohar erreichten sie die Ausläufer der Oase von Niswa, dem Sitz der Kachtan.

Niswa lag im Schutz des Grünen Berges am Ausgang des Wadi Kalbu. Noch in Sohar hatte man ihnen erzählt, dass die Kachtan Oberniswas und die Adnan Unterniswas in ständiger Fehde lagen, denn die Adnan waren unzufrieden mit der Vorherrschaft der beduinischen Kachtan, die sich – wenn auch schon in uralter Zeit – oberhalb ihrer Stadt angesiedelt hatten und den Großteil des Frischwassers des Wadis für sich beanspruchten, bevor es nach Unterniswa weiterlief. Immer wieder brachen Fehden zwischen den beiden Stadtteilen aus, wenn ein Kachtan einen Adnan oder ein Adnan einen Kachtan tötete und das Gesetz der Blutrache grausamen Tribut forderte. Dann zogen sich die beiden Parteien hinter ihre Stadtmauern zurück und trafen sich zu erbitterten Kämpfen im Bett des Wadis. In den Zeiten dieser blutigen Auseinandersetzungen verfärbte sich das Wasser in den Bewässerungskanälen der Oase rot, die Klagegesänge der Frauen schallten unheilvoll durch die nächtliche Stadt und das Land versank im Chaos. „Doch das ist schon lange vorbei", versicherte ihnen ihr Führer.

Ibn Battuta und der Inder führten ihre Kamele um das augenscheinlich ärmere Unterniswa herum und ritten auf die aus Lehmziegeln gebaute Stadtmauer Oberniswas zu. Auf der Straße begegnete ihnen kein Mensch. Die Atmosphäre war gespenstisch ruhig. Der Inder blickte misstrauisch, Ibn Battuta hingegen steuerte wohlgemut das Eingangstor an.

Plötzlich kam sirrend etwas durch die Luft geflogen. Ibn Battuta sah aus den Augenwinkeln, wie eine in der Sonne blitzende Lanze in zitternder Bewegung an ihm vorbeizischte. Das Geschoss traf die Satteltasche des Inders und blieb federnd darin stecken. Und nun sahen sie, wie aus dem Tor eine Gruppe Männer herauskam, in voller Rüstung und bereit zum Angriff.

„Mach deinen Frieden mit Gott, Ibn Battuta!", sagte Inder. „Ich hab's doch gewusst."

Fünfundsechzigstes Kapitel

Worin die Oasenstadt Niswa besucht und die Audienz beim Ibaditenimam Abu Muhammad beschrieben wird sowie ihr unvorteilhafter Ausgang

„Nur mit der Ruhe“, flüsterte Ibn Battuta dem Inder zu, während sie in einiger Entfernung zur Stadtmauer der Dinge harrten, die da kommen würden. „Halt dein Plappermaul und lass mich nur machen.“

Der Anführer des kriegerischen Empfangskomitees trat einen Schritt vor. „Angehalten, Fremde!“, bellte er ihnen entgegen. „Wer seid ihr und was bringt euch nach Niswa? Hier wird mit fremden Unruhestiftern kurzer Prozess gemacht! Wir haben selbst genug davon!“

Ibn Battuta hatte schon bedrohlichere Situationen bestanden. Er blickte amüsiert zu dem Inder, der neben ihm sein Kamel angehalten hatte und es unauffällig inspizierte. In seiner Satteltasche wippte immer noch die Lanze. Ibn Battuta wandte sich zu dem Wächter und antwortete mit autoritärer Stimme:

„Von der Gastfreundschaft der Kachtan, lieber Freund, hatte ich mir mehr erwartet, man verzeihe mein sorgloses Vertrauen in Beduinenblut. Immerhin, es mag wohl angehen, dass man am Eingangstor einer Stadt nach dem Namen gefragt wird. So höre denn, Wächter, dass vor dir der *Hadschdschi* Ibn Battuta ibn Abdallah al-Magribi at-Tandschawi steht, der auch *ar-Rachala* genannt wird, der Große Reisende, und dass ich ein Rechtsgelehrter aus der Stadt Fes bin, dem prachtvollen Zentrum des westlichen Islam, Blüte der Länder, in denen die Sonne untergeht! Mein Begleiter hingegen ist der ehrwürdige Scheich Chiser Abu al-Hikma, *Vater der Weisheit*, der große Asket und Wundertäter aus dem fernen Delhi in Indien, der größten Stadt des östlichen Islam! Wir kommen in wichtigen Angelegenheiten, die den Ohren des Imams vorbehalten sind. Melde uns also bei ihm an und weise uns den Weg zur örtlichen Medresse!“

Die Gruppe der Wächter schien durch Ibn Battutas selbstsichere Ausführungen einigermaßen beeindruckt. Ihr Anführer löste sich von ihnen und kam allein zu ihnen hingelaufen. Aus der Nähe sah er um vieles weniger bedrohlich aus, sein Gesicht hatte beinahe besorgte Züge. Er fasste Ibn Battutas Kamel am Zügel.

„Der hohe Herr aus dem Westen und sein ehrwürdiger Begleiter mögen meine Strenge verzeihen! Unruhige Zeiten sind es, in denen Ihr nach Niswa kommt! Der alte Konflikt zwischen den Kachtan und den Adnan droht erneut auszubrechen ... Da muss ich als Torwächter besonders aufpassen, wer in Oberniswa Einzug hält."

„Gott der Unerschütterliche ist mit den Standhaften", versicherte Ibn Battuta.

„Sein Segen auf Euch", entgegnete der Torwächter erleichtert. „Geht nur zur Medresse, wo ihr die Gastfreundschaft der Kachtan bald kennenlernen werdet! Ich hingegen werde euch sogleich beim Imam anmelden. Und vergebt meine unhöfliche Begrüßung! Der allweise Herrscher gebe, dass ihr, die ihr so hohe und weise Besucher seid, helft, das drohende Unheil abzuwenden!"

Er trat zur Seite und gab den Weg frei. „Der Friede sei mit euch!", sagte er.

„Und mit Euch der Friede!", antwortete Ibn Battuta und schnalzte mit der Zunge, worauf sein Kamel sich durch die Gruppe der bewaffneten Wächter hindurch auf das Stadttor zu bewegte. Der Inder, der mittlerweile umständlich die Lanze aus seinem Sattel gezogen und sie freundlich mit dem Kopf wackelnd einem der Wächter zurückgegeben hatte, folgte ihm eilig.

Welch ein Genuss, das trockene Wüstenland und die Unsicherheit der Straße hinter sich zu lassen und in die Oase einzuziehen! Die Dattelpalmen entlang des Weges erhoben sich so zahlreich nebeneinander, dass ihre Blätterkronen ein dichtes grünes Dach bildeten. Darunter, im kühlen Schatten, lagen zwischen den Baumstämmen die lehmverputzten Häuser. Vogelgezwitscher erfüllte den zauberhaften Hain, und klares Wasser plätscherte in den Bewässerungskanälen. Die beiden Reisenden lenkten ihre Kamele über geschlängelte Pfade ins Zentrum der Oase, passierten den Marktplatz, in dessen Mitte sich ein knorriger, in rosigen Blüten stehender Akazienbaum erhob, und gelangten zur weiß getünchten Moschee, einem schlichten Bau, dem, wie Ibn Battuta verwundert feststellte, das Minarett fehlte. Gerade war die Zeit des Abendgebets gekommen. Ein Muezzin erschien auf dem Dach der Moschee und trat nacheinander an die vier Ecken, formte die Hände zu einem Schalltrichter und ließ mit lauter Stimme den Gebetsruf erschallen:

Ich bezeuge, dass es keinen Gott gibt außer Gott!
Ich bezeuge, dass es keinen Gott gibt außer Gott!
Ich bezeuge, dass Muhammad der Gesandte Gottes ist!
Ich bezeuge, dass Muhammad der Gesandte Gottes ist!
Auf zum Gebet!
Auf zum Gebet!
Auf zur guten Tat!
Auf zur guten Tat!
Es gibt keinen Gott außer Gott!
Muhammad ist der Gesandte Gottes!

Ibn Battuta fühlte sich von der Schlichtheit der Moschee und der Inbrunst des Gebetsrufes in seltsamer Weise berührt. *So muss es gewesen sein*, dachte er, *als der Prophet Muhammad in Medina die erste Moschee errichtete, ohne den Glanz und den prahlerischen Prunk der Moscheen und Minarette, die man jetzt in Fes oder in Kairo sieht. So muss der schwarze Bilal, der erste Muezzin, vom Dach aus in alle Himmelsrichtungen das Lob Gottes ausgerufen haben!*

Sie beschlossen, mit den Einwohnern Oberniswas zu beten und sich dann in der Medresse um Unterkunft zu bemühen. Der Vorbeter der Moschee war, wie sich herausstellte, auch der Leiter der Medresse, ein bescheidener junger Mann, der nach dem Gebet auf sie zutrat und sie bat, ihm als Gäste in sein Haus zu folgen. Dort wurden ihnen zur Begrüßung sogleich Datteln gereicht, und ein Diener goss ihnen aus einer ziselierten silbernen Schnabelkanne in handtellergroße Schalen starken Kaffee ein. Dann wies man ihnen ein schmuckloses, aber sauberes Zimmer zu, dessen Mobiliar lediglich aus einem Koranständer und einer mit Silbernägeln beschlagenen Holztruhe bestand; in der Fensteröffnung hing an einem kurzen Strick ein irdener Wasserkrug, und darunter auf dem Sims standen ein Silberbecher und ein zierlicher Parfümsprinkler. Der Boden war mit Bastmatten ausgelegt, und in einer Ecke waren Teppiche ausgerollt und Kissen gegen die Wand gelehnt. Ein Bote brachte die Nachricht, dass der Imam von Niswa sie morgen in der öffentlichen Audienz erwartete. Ibn Battuta und der Inder sanken umgehend in einen wohlverdienten Schlaf.

„Das alles untersteht also dem Imam?“, fragte Ibn Battuta, als ihn sein Gastgeber, der sich als Saif al-Kachtani vorgestellt hatte, am Morgen zu einem Rundgang durch Niswa begleitete. Durch die Dattelhaine hindurch waren sie in Gemüsegärten, Kornfelder und schließlich zum Fuß eines kaffeebraunen Bergsporns gelangt, den sie erklommen, um aus erhöhter Position einen Blick auf die Oase zu werfen.

„Der Himmelsherrscher segne unseren Imam Abu Muhammad Ibn Nabhan!“, gab Saif zurück. Seiner Stimme schien die rechte Begeisterung zu fehlen. „Er beherrscht auch die omanischen Berge und einige der Küstenstädte.“

„Wie steht Abu Muhammad denn zum Sultan Tahamtan von Hormus?“

Saif blickte Ibn Battuta etwas unruhig von der Seite an. „Sei vorsichtig mit der Nennung dieses Namens, mein Freund“, empfahl er. „Tahamtan ist der Erzfeind des Imams. Es missfällt ihm ausgesprochen, dass Tahamtan die restliche Küste des Landes und die omanische Meerenge kontrolliert. Er hält ihn für einen ungläubigen Usurpator.“

„Lass uns offen reden“, sagte Ibn Battuta. „Wie kann der Imam von Niswa vom Sultan Tahamtan eine so abfällige Meinung haben? Soweit ich unterrichtet bin, tritt Tahamtan als Beschützer der Religion auf. Man hat mir versichert, dass er wirklich ein frommer Mann ist.“

Ibn Battuta vermied es, Saif wissen zu lassen, dass er selbst bei Tahamtan gewesen war. Saif machte zwar einen vertrauenswürdigen Eindruck. Doch galt es als Fremder vorsichtig zu sein, wie auch Saif seine wahren Gedanken einem Neuankömmling, der ebenso ein Spion sein konnte, nur zögerlich preisgab.

Saif nickte. „In der Tat, Tahamtan bezeichnet sich als Beschützer der Religion. Genau hier liegt der Unterschied. Er ist nur der Beschützer der Religion, nicht aber ihr eigentlicher Vertreter. Das sind bei den Sunniten die Rechtsgelehrten, so wie du einer bist. Bei uns Ibaditen liegen die Dinge jedoch anders. Seitdem wir Kachtan und die Adnan sich dem Ibaditentum angeschlossen haben, beansprucht der Herrscher über Niswa gleichzeitig weltliche und religiöse Autorität.“

„Soll das heißen, dass beim Tod eines Imams derjenige zum Nachfolger ernannt wird, der die größten religiösen Verdienste hat? Das müsste jedem gläubigen Muslim gefallen. Damit würde die Dekadenz vermieden werden, die in den erblichen Monarchien der restlichen islamischen Länder unweigerlich eintritt.“

Saif seufzte. „So war es anfangs vorgesehen, in der Tat, der Imam sollte unter den herausragenden Männern der Religion jedes Mal neu gewählt werden. Aber, ach, nun ja ...“ Saif zögerte.

„Sag es nur frei heraus!“, ermunterte ihn Ibn Battuta. „Du darfst mir vertrauen. Ich bin Rechtsgelehrter, kein Politiker.“

„Die kachtanische Familie der Nabhan, der der gegenwärtige Imam Abu Muhammad entstammt, hat eine sultanische Erbmonarchie eingesetzt. Seit mehr als dreihundert Jahren herrschen sie nun schon über Niswa. Sie sind wahrlich nicht die tugendhaftesten Muslime, sicher aber die geschicktesten und rücksichtslosesten. Abu Muhammad ist dafür ein gutes Beispiel. Lass es dir gesagt sein: Wenn du ihm heute begegnest, sei auf der Hut!“

„Was halten denn die Adnan von einem kachtanischen Herrscher?“

„Na, sie verabscheuen ihn, wie sie alle Kachtanherrscher verabscheut haben. In regelmäßigen Abständen wählen sie einen Gegenimam und ziehen im Verbund mit den ihnen befreundeten Araberstämmen der Umgebung gegen uns in den Krieg. Aber das sind unangenehme Geschichten ...“

Ibn Battuta beschloss, fürs Erste nicht weiter in Saif zu dringen. Sie schwiegen eine Weile. Ibn Battutas Blick schweifte über die Oase. Wieder wandte er sich an Saif:

„Was hat es mit den Brunnen auf sich, die so wohlgeordnet wie Perlen auf einer Schnur durch die Oase führen?“

„Das“, sagte Saif, plötzlich wieder mit leuchtenden Augen, „sind die Ausgänge des berühmten Bewässerungssystems von Niswa. Alle Brunnen speisen sich aus einem unterirdischen Kanal, der zu einem Reservoir am Fuße des *Grünen Berges* führt. Von dort wird das Wasser in einem Schacht über viele Meilen hinunter in die Ebene geleitet und unter Niswa hindurchgeführt.“

„Ist das nicht furchtbar umständlich?“

„Die unterirdischen Kanäle auszuheben muss in der Tat eine Arbeit gewesen sein, die nur ein Dschinn vollbringen konnte. Aber wenn das Wasser über die Erdoberfläche hinweg geleitet würde, wäre es auf dem Weg in die Oase längst in der Hitze verdunstet." Saif wandte sich um und deutete auf den Oberlauf des Wadis. „Von dort oben fließt der große Kanal, den wir Daris nennen, in den Ort hinein und verteilt sich dann in Hunderte von unterirdischen Leitungen. Wie Ihr wisst, gebietet es der Glaube, dass jede Moschee Zugriff auf fließendes Wasser für die rituelle Waschung hat. Habt Ihr gestern beim Gebet bemerkt, das eine kleine Treppe der Moschee in einen Schacht hinunterführt, durch den Wasser fließt?"

„Gewiss, ich wunderte mich über die Klarheit des Wassers."

„Nun, dieses Wasser kommt auf geradem Weg vom *Grünen Berg*. Andere Zubringer versorgen die Privathäuser der reichen Familien und fließen dann weiter in weniger begüterte Haushalte, und schließlich gelangt das Wasser in die Dattelpalmenhaine und verliert sich dann in immer feingliedrigeren Verzweigungen in die umliegenden Felder."

„Wer in aller Welt hat denn dieses fantastische Wassersystem gebaut?", fragte Ibn Battuta.

„Du fragst zu Recht, lieber Freund. Das System sich verzweigender Leitungen ist so kompliziert und mit solcher Präzision entworfen, dass viele Leute in der Oase glauben, die Dschinn hätten es gebaut und darin ihre Wohnstatt genommen. Andere behaupten, die Perser hätten die unterirdischen Wasserleitungen nach Oman gebracht, als sie, noch vor der Sendung des Propheten, über dieses Land herrschten. In jedem Fall muss der Architekt ein großer Weiser gewesen sein, ein rechter Heiliger des Wassers", meinte Saif begeistert. „Und so behauptet eine dritte Gruppe, dass der Prophet Chiser, bekanntlich ein Sprössling der Kachtan, der Architekt gewesen sei."

Ibn Battuta beschloss umgehend, sich die geheimnisvollen Kanäle genauer anzusehen. Gerade wollten sie sich auf den Rückweg zur Oase machen, als ihnen der Torwächter entgegenkam, der sie gestern so unwirsch begrüßt hatte. Nach landesüblichem Brauch berührte er mit seiner Nasenspitze die des Saif und beide schürzten die Lippen zu einem angedeuteten, sachte schmatzenden Kuss. Dann wandte er sich an Ibn Battuta.

„Der Friede sei mit Euch, lieber Gast! Ich freue mich zu sehen, dass Ihr die Bekanntschaft meines Bruders Saif gemacht habt! Der Imam will Euch nun empfangen, gerade hält er öffentliche Audienz, und Ihr sollt auch Gelegenheit bekommen, die Ursache des neuerlichen Streits zwischen den Kachtan und den Adnan zu erfahren. Ich wünschte allerdings, Ihr könntet in weniger unruhigen Zeiten unsere Gäste sein!"

„Ist denn jemand umgebracht worden, sodass eine Fehde bevorsteht?", fragte Ibn Battuta beunruhigt.

„Ich flehe Gott um Beistand an! So schlimm ist es nicht, denn sonst wäre bereits Blut geflossen!"

„Was in Herrgottsnamen ist dann aber passiert?"

Der Wächter schien etwas verlegen. „Die Geschichte ist ein wenig peinlich. Dschamil, ein junger Kachtan, der für seine überschwängliche Verseschmiederei bekannt ist, hat an der Wasserstelle zwischen Ober- und Unterniswa die Tochter eines Adnan kennengelernt, und die beiden haben sich verliebt. Das ist an sich schon ungeheuerlich, also wirklich. Aber zu allem Überfluss ist das Mädchen schwanger geworden, und nun bestehen die unseren darauf, dass Busaina gesteinigt wird, um den Adnan einen Denkzettel zu verpassen, während die Adnan Dschamil wegen Vergewaltigung auspeitschen und aus dem Dorf verbannen wollen. Was immer man von Dschamil und Busaina halten mag, auf ihren Schultern wird der alte Konflikt zwischen uns und den Adnan neu ausgetragen."

Sie kehrten zur Oase zurück und erreichten die Burg des Imams, die nach einem Ahnherren der Nabhan *Das Haus Salits* genannt wurde. Dort gesellte sich auch der Inder wieder zu ihnen. Aus der Ferne hatte man den braunen Bau sich majestätisch über das satte Grün des ihn umgebenden Dattelhains erheben sehen. Nur die steingrauen Falten des *Grünen Berges* schoben sich zwischen sie und den gleißenden Himmel. Die Außenfassade war, wie schon die Moschee und die Medresse in Niswa, schlicht. Ibn Battuta glaubte zu erkennen, dass die Strenge und Nüchternheit des ibaditischen Glaubens sich auch an den kahlen Repräsentativbauten Niswas widerspiegelte, so wie das schmucklose Rezitieren des Korans häufig mit frömmelnder Askese Hand in Hand geht. Die Ibaditen lehren, dass man für schwere Sünden unbedingt mit ewiger Höllenstrafe bedacht wird, nicht nur mit dem Fegefeuer, wie die Sunniten und Schiiten annehmen. Und was den Ibaditen als schwere Sünde gilt, ist durchaus vielgestaltig.

Sie betraten den Vorhof, erklommen eine Freitreppe, die zur Eingangstür des Palastes führte, liefen dann, von einem Wächter geführt, durch lange Flure und über etliche Treppen hinauf ins oberste Stockwerk und stiegen auf das große, von einem leichten Wind überwehte Flachdach der Burg, auf dem sich der Audienzsaal erhob, ein Steinpavillon mit großen Fenstern nach allen Seiten. Wütende Stimmen schallten ihnen entgegen. Im Inneren herrschte ein aufgeregtes Durcheinander. Zur Rechten des Throns hatte eine Abordnung der Kachtan Oberniswas Platz genommen, zur Linken saßen die Vertreter der Adnan Unterniswas. Alle Männer trugen lange wallende Bärte, denn unter den Ibaditen ist es üblich, das Gesichtshaar niemals zu scheren. Sie waren in weiße Turbane und in das landesübliche weiße lange Gewand, die Dischdascha, gekleidet. Von einem um die Taille gelegten Ledergürtel hing bei jedem ein Ehrfurcht gebietender silberverzierter Krummdolch. Zwischen ihnen, dem Imam zu Füßen, kauerte Busaina, eine junge Frau, die nicht älter als siebzehn oder achtzehn sein mochte. Unter ihrem schwarzen Mantel, der ihre ganze Figur einhüllte, wölbte sich ihr schwangerer Bauch. Die Atmosphäre im Raum war zum Zerreißen gespannt.

Einer der Kachtanmänner trat vor den Imam und durchschnitt mit kräftiger Stimme das Durcheinander der Anschuldigungen und Verwünschungen.

„Erhabener Imam“, rief er laut, „willst du mit ansehen, wie eine Adnanhure unsere Sitten und unser Gesetz mit Füßen tritt? Sie hat Unzucht begangen, sage ich. Das zeigt ihr Bauch mit aller Deutlichkeit. Für Unzucht gibt es aber nur eine Strafe: die Steinigung! Du musst ein Exempel statuieren! Der Gerechtigkeit muss Genüge getan werden! Lange genug sind die Adnan der alten verweichlichten Tradition der Sesshaften gefolgt und haben unser Leben, unsere Moral und unsere Religion vergiftet!“

Aus der Gruppe der Adnan erhob sich sogleich ein älterer Mann, um dem Kachtan zu entgegnen.

„Ich rate meinem kachtanischen Nachbarn, ruhig Blut zu bewahren! Anderenfalls“ – sein Tonfall wurde drohend – „werden die Adnan sich nicht länger diese Verleumdungen anhören, ohne zu den Waffen zu greifen! Mein Gegenüber lässt die Zügel seines unerzogenen Beduinencharakters schleifen. Er trachtet danach, unschuldiges Adnanblut zu vergießen! In Wirklichkeit verhält es sich so: Sein verfluchter Sohn Dschamil hat meine jungfräuliche Tochter vergewaltigt! Dafür verdient der Halunke eine Auspeitschung und die Verbannung aus der Oase!"

Als der Name des jungen Mannes erwähnt wurde, der allem Anschein nach der Vater des noch ungeborenen Kindes war, sprang Busaina, die bis dahin regungslos auf dem Boden verharrt hatte, auf und rief verzweifelt:

„Nein! Ihn trifft keine Schuld! Ihn trifft gar keine Schuld!" Die zankenden Männer um sie herum verstummten auf einen Schlag. Verstört blickte sie sich nach links und rechts um und wandte sich dann an den Imam: „Alles ist ohne ihn geschehen! Ein Dschinn ist in meinen Körper eingedrungen! Ha! Verrückt bin ich, *madschnuna*, von einem Dschinn besessen! Iblis* ist der Vater des Kindes! Hört ihr: Iblis!!"

Ein Raunen ging durch die Reihen der Anwesenden. Busaina warf plötzlich den schwarzen Umhang ab, unter dem nun ein rotgelb gestreiftes Gewand zum Vorschein kam. Ihr Gesicht war von makelloser Schönheit. Ein feingearbeitetes Silberdiadem hielt ihr volles Haar zusammen, und große dreieckige, korallengeschmückte Ohrringe zierten ihre Wangen. Ihre Augen waren schwarz vor Angst.

„Mein Kind", sagte schwach und wie versteinert ihr Vater, der eben noch die Auspeitschung Dschamils gefordert hatte, „du weißt nicht, was du redest."

Doch Busaina schien ihn nicht mehr zu hören. Sie trat in einen Zustand der Raserei ein. „Jawohl, verrückt bin ich geworden!", schrie sie immer lauter. „Iblis hat sich meiner bemächtigt! Verrückt! Verrückt! Verrückt!!"

Mit diesen letzten Worten begann sie, zwanghaft auf der Stelle zu tanzen und die Augen zu verdrehen. Schließlich warf sie sich auf den Boden, schlug in wilden Zuckungen um sich und heulte wie ein verwundetes Tier. Einige der Adnan kamen ihr zur Hilfe

* Iblis ist der Satan des Islam, jener Engel, den Gott in die Finsternis stürzte, weil er es ablehnte, vor Adam auf die Knie zu fallen (Anm. des Übersetzers).

und versuchten sie zu beruhigen. Die anderen Umstehenden verfielen wieder lauthals in ihre Anschuldigungen und gegenseitigen Verwünschungen.

„Zar, Zar!“, riefen Dritte. „Sie ist besessen!“

Ibn Battuta, der sich mit dem Inder und Saif im Hintergrund an der Wand hielt, fragte seinen Gastgeber flüsternd, was *Zar* sei, denn er hatte das Wort noch nie zuvor gehört.

„Zar ist die in Arabien verbreitete Zeremonie, mit der man die Dschinn austreibt. Sie dauert eine ganze Nacht und ist nicht ungefährlich für die Beteiligten. Viel Weihrauch und beschwörende Gesänge werden dabei eingesetzt.“

„Also Magie?“, entsetzte sich Ibn Battuta. „Wie geht das an? Der Islam verbietet doch solche obskuren Praktiken!“ Er hatte das Treiben mit wachsendem Widerwillen verfolgt; nun stand er auf und setzte zu einer Rede an. Unheil ahnend wollte ihn der Inder zurückhalten, doch schon trat Ibn Battuta mit festem Schritt zwischen die Streitenden und gebot ihnen mit lauter Stimme Einhalt:

„Genug der Raserei! Macht diesem Wüten ein Ende, gerechter Sultan! Helft dem islamischen Gesetz zur Anwendung!“

Verblüfft über sein plötzliches Erscheinen verstummten die Kachtan und die Adnan. Selbst Busaina hielt inne. Ibn Battuta wandte sich an den Imam und nahm die überlegene Pose des Rechtsgelehrten an, in der er sich bei Disputationen in der Moscheeschule in Fes so oft geübt hatte.

„Die Dinge liegen doch klar“, sagte er bestimmt und mit Schärfe. „Wie jedermann weiß, kann Unzucht nach den Regeln der Scharia nur dann als bewiesen gelten, wenn vier männliche Zeugen den Akt der geschlechtlichen Vereinigung mit angesehen haben und ein übereinstimmendes Zeugnis ablegen. Wer aber weniger als vier Zeugen anführt oder wer lügt und der Lüge überführt wird, wird mit achtzig Peitschenhieben bestraft. Im Übrigen ist ihm, wie die Ibaditen lehren, das ewige Höllenfeuer sicher! Die Kachtan sind, wie es den Anschein hat, nicht in der Lage, diese vier Zeugen zu stellen!“

Die Kachtan konnten nicht anders, als der Herausforderung auszuweichen. Verwirrt blickten sie zu Boden und wussten keine Antwort. Ibn Battuta fuhr fort:

„Wie der große Ibn Taimijja lehrt, ist Schwangerschaft im Übrigen kein Beweis für Unzucht! Vergewaltigung kommt immer in Betracht, und es kann, wenn es auch unwahrscheinlich ist, tatsächlich der Frau im Schlaf ein Dschinn oder auch Iblis beigewohnt haben. *Der Körper spricht nicht für sich selbst!*, besagt eine bekannte juristische Maxime. Man möge sich daran erinnern, dass Marjam, die Mutter des Propheten Jesus – der Friede sei mit ihm! –, unbefleckt ihren Sohn empfing, wie der Koran berichtet! Zu erwähnen brauche ich wohl nicht, dass eine Steinigung nur bei verheirateten Sündern angewandt wird, bei Unverheirateten aber höchstens eine Auspeitschung! Und Irrsinn ist selbstverständlich auch ein strafverhindernder Begleitumstand! Zusammenfassend kann nur so geurteilt werden, dass die Angelegenheit in einem ordentlichen Verfahren von Grund auf geklärt werden muss, ehe irgendeine Strafe überhaupt in Betracht gezogen wird! Und ich lege Euch nahe, erhabener Imam, das berühmte Prophetenwort zu bedenken, das da lautet: *Es ist für den Glauben verdienstvoller, sich bei der Vergebung zu irren als bei der Bestrafung.*"

Einen kurzen Moment lang herrschte Grabesstille im Saal. Ibn Battutas Stimme war wie ein Schwert durch die erhitzten befeindenden Parteien gefahren. Auch der Imam schwieg. Jetzt erst hatte Ibn Battuta Gelegenheit, ihn etwas genauer anzusehen.

Der fettleibige, schwer atmende Mann saß am Kopfende des Saales, zwischen den Gruppen der Kachtan und Adnan und vor der kauernden Busaina. Er war in ein weißes Gewand gekleidet, von dessen Kragen eine golddurchwirkte Kordel hing. Sein weißer Turban war im Nacken verknotet, die auslaufenden Enden fielen elegant über die Schultern. Obwohl ihm ein schwarzer Sklave ununterbrochen Luft zufächerte, standen dicke Schweißperlen auf der fettig glänzenden Stirn. Die wulstigen Lippen und überhängenden Wangen verrieten einen ausschweifenden Lebenswandel, und seine kleinen Augen blickten grausam und heimtückisch. *Ein Despot, wie er im Buche steht*, wurde Ibn Battuta plötzlich klar. *Ich hoffe nur, er hat Respekt vor dem Gesetz.*

Der Imam räusperte sich. „Der unbekannte Gast ist frech und vorlaut", sagte er, nach Luft ringend, „aber er hat wohl gesprochen. Bevor der Streit der Kachtan und Adnan weiter eskaliert, soll man das Mädchen in das Haus ihres Vaters zurückbringen. Die Kachtan und die Adnan sollen sich in der Zwischenzeit genau überlegen, welche Vorwürfe sie beweisen können und welche nicht. Dann sollen sie erneut vor mich treten."

Eine Wache führte Busaina aus dem Saal. Der Atem des Imams ging so schwer, als würde er aus einer Kamelblase gepresst. Mit blitzenden Augen wandte er sich an Ibn Battuta.

„Gelehrte sind an allen Herrscherhöfen gern gesehene Gäste", sagte er langsam und fuhr sich mit der Zunge über die nassen Lippen. Das war nicht nur äußerst unschön, sondern verhieß obendrein Unheil. „Jedoch", fuhr er fort, „auch Studierte sind, soweit ich weiß, nicht davon ausgenommen, die Grundregeln der Höflichkeit und des Anstands zu befolgen. Zu diesen Regeln gehört es ohne Zweifel zu warten, bis der Imam das Wort erteilt, ehe man sich in fremder Leute Angelegenheiten einmischt und kluge Reden schwingt. An diesem Hof haben schon viele ihren Kopf wegen geringerer Verfehlungen verloren. Ich kann dem fremden Fakih also nur raten, sich umgehend zu entschuldigen. Sollte die Entschuldigung mir auch nur ein wenig missfallen, werde ich schon gebührlich mit ihm umspringen." Seine Augen signalisierten den beiden Wächtern, die am Eingang des Audienzsaals standen, sich zu wappnen. Die Situation war gespannt.

Ibn Battuta verneigte sich bis zum Boden. „Ehrwürdiger Imam, der Allerhalter schenke Euch ein langes Leben! Nie käme ein unbedeutender Gelehrter aus der berühmten Moscheeschule der Leute aus Kairuan in Marokko auf den frevelhaften Gedanken, dem erhabenen Ibaditenherrscher von Niswa die gebührende Ehre zu verweigern und ihm nicht unterwürfigst seine Dienste und seinen Gehorsam anzubieten. Allein die Gefahr, dass das geoffenbarte und vom Propheten empfangene Gesetz missbraucht würde, ließ mich zuerst im Namen des allweisen Richters sprechen, bevor ich von Seinem Stellvertreter auf Erden das Wort erbat ..."

Plötzlich wurde Ibn Battuta in seinen blumigen Ausführungen, die den Imam schon fast für seine Sache gewonnen zu haben schienen, unterbrochen. Aus der Gruppe der Kachtan schallte ein Ruf, der es Ibn Battuta kalt den Rücken herunter laufen ließ:

„Er ist ein Spion des Sultans von Hormus! Verdammter Spitzel!"

Ein Mann trat hervor und deutete wild gestikulierend auf Ibn Battuta. Er war einer der Händler, die mit ihm und dem Inder auf der Dhau gesegelt waren.

„Ich habe gesehen, wie er den Palast des Sultans betrat und dort die Nacht verbrachte! Er steckt mit dem Erzfeind unter einer

Decke! Lasst ihn hinrichten, sonst kehrt er nach Hormus zurück und berichtet Tahamtan, was er hier ausspioniert hat!"

Der Imam erhob sich blitzschnell, was man ihm angesichts seiner enormen Leibesfülle nicht zugetraut hätte. Sein an sich schon hässliches Gesicht war plötzlich hassverzerrt. Offensichtlich reichte die Nennung des Sultans von Hormus aus, ihn in äußerste Wut zu versetzen.

„Wachen!", keuchte er, noch kurzatmiger als zuvor. „Den vorlauten Fakih und seinen Begleiter sofort festnehmen und ins Gefängnis werfen! Wir werden zu gegebener Zeit über ihr Schicksal entscheiden! Ich warne dich, Fremder", er blickte Ibn Battuta scharf in die Augen, „Spione erwartet in meinem Reich die Todesstrafe – aber erst nach langer, grausamer Folter. Hätte ich nicht diese Gerichtsverhandlung zu Ende zu führen, würde ich mir sogleich das Vergnügen gönnen, dir eigenhändig die Daumenschrauben anzulegen!"

Die Wachen packten ihn und den Inder und schleiften sie grob aus dem Saal. Die Kachtan und die Adnan, durch den gemeinsamen Feind geeint, riefen ihnen wüste Beschimpfungen hinterher. Während sie durch die Oase geführt wurden, schüttelte der Inder den Kopf und sagte:

„Ibn Battuta, wie fein hast du das wieder hinbekommen! Wenn wir hier jemals wieder lebend hinausgelangen, woran ich starken Zweifel hege, trennen sich unsere Wege. Ich habe dich gewarnt, hierherzukommen, und ich wollte dich zurückhalten, als du dich in Angelegenheiten eingemischt hast, die uns kaum etwas angehen! Aber du bist ja keinem Ratschlag zugänglich! Lass mich dir etwas sagen: Deine Suche nach Chiser bringt dich nicht dem ewigen Leben näher, sondern höchstens einem frühen und schmerzvollen Tode!"

Ibn Battuta antwortete nicht. Eine kurze Weile später wurden sie ins Verlies gestoßen, das neben dem Stadttor lag. Die Tür fiel hinter ihnen ins Schloss. Nur ein dünner Lichtstrahl, der durch ein Loch in der Decke zu ihnen hinunterschien, erhellte das Dunkel des muffigen Kerkers. Sie waren allein.

Sechsundsechzigstes Kapitel

Worin Ibn Battuta aus dem Gefängnis in Niswa flieht und Chiser ihm eine Kamelpredigt hält

Einige Stunden brütete Ibn Battuta düster vor sich hin, sich die Folter in allen Farben ausmalend, die ihnen bevorstand. Zweifellos war dieser Imam nicht zimperlich. Plötzlich vernahmen sie über sich ein Rascheln. Die Zelle verfinsterte sich. In die schmale kreisrunde Öffnung der Decke hatte sich ein Kopf geschoben. Gegen das einfallende Licht waren die Konturen des Gesichts nur undeutlich zu erkennen.

„He da! Ihr da unten!“, flüsterte jemand zu ihnen hinunter.

Ibn Battuta sprang auf die Beine. „Der Friede sei mit dir!“, gab er zurück. „Wer bist du, und was machst du da oben auf dem Dach?“

„Nicht so laut!“, kam es zurück. Der Kopf verschwand, offenbar um zu prüfen, ob niemand sie bemerkt hatte. Nach einer kleinen Weile erschien er erneut. Die Stimme, die zu ihnen hinunterdrang, war die eines jungen Mannes.

„Mein Name ist Dschamil. Ihr kennt mich nicht, aber Euch habe ich zu verdanken, dass unser Imam die Frau, die ich liebe, nicht verurteilt hat. Oder wenigstens ist nun etwas Zeit gewonnen, und ich werde, so Gott will, mit Busaina aus diesem unheilvollen Ort fliehen! Auch ihr verdient die Freiheit!“

„Aber wie?“, fragte Ibn Battuta himmelwärts. „Die Tür ist verschlossen, durch das Loch in der Decke passen wir nicht hindurch, selbst wenn wir zu ihm hinaufgelangten, und hier in der Zelle gibt es nichts außer einem kleinen Brunnen, und es ist nicht abzusehen, wie tief er hinunterführt!“

„Genau dort müsst ihr aber hinein!“, flüsterte der Mann. „Der Brunnen endet nach wenigen Ellen im großen Dariskanal, der unterhalb der Stadt verläuft. Das Wasser ist wegen der Dürre der letzten Monate nicht sehr hoch und ihr könnt in dem Tunnel vorwärtskriechen. Haltet euch gegen den Verlauf des Wassers und zählt die Schächte, unter denen ihr hindurchkommt! Der dreizehnte Brunnen von hier aus gezählt ist flach genug, dass ihr in ihm nach oben klettern könnt. Es ist der erste Brunnen außerhalb der Stadtmauern. Unweit von dieser Stelle werden zwei Kamele mit Proviant auf euch warten. Flieht in Richtung der großen Wüste, denn dort werden euch die Häscher des Imams nicht vermuten! Ihr gelangt zunächst auf eine Kiesebene, die ihr in einem Tagesritt durchqueren könnt. Am Ende der Ebene stoßt ihr dann auf ein Wadi, das in westlicher Richtung verläuft. Folgt dem Wadi, bis ihr vor euch die Sanddünen der *Mutter des Giftes* seht."

„Dieser Name hat schwerlich Gutes zu bedeuten, habe ich recht?", erkundigte sich Ibn Battuta.

„So heißt das Treibsandgebiet, in dem ein giftiger Wind weht, der einen umbringt, wenn man nicht schon von der Erde verschluckt worden ist. Reitet zwei Tage am Rande dieser Wüste nach Norden! Erst dann biegt ihr in die Dünen ein. Denn die Wüste müsst ihr durchqueren, so beschwerlich und gefährlich es auch ist. Nur jenseits seid ihr vor euren Verfolgern sicher. Euer Proviant wird für ungefähr zwei Wochen reichen. Bis dahin müsst ihr die Wüste hinter euch gebracht haben. Mehr kann ich leider nicht für euch tun! Lebt wohl und mit Gott!"

„Vergelt's dir Gott!", sagte Ibn Battuta, und schon war der Kopf aus der Deckenöffnung verschwunden, und der dünne Lichtstrahl erhellte wieder ihre Zelle, als wäre nichts geschehen.

„Ibn Battuta", sagte der Inder tonlos, „du wirst doch nicht allen Ernstes in Erwägung ziehen, in dieses schwarze Loch hinunterzusteigen und in den Tunneln herumzukriechen, in denen die Dschinn ..."

Doch Ibn Battuta hatte bereits einen Fuß in den Schacht gesetzt. „Rasch!", flüsterte er. „Viel Zeit haben wir nicht!" Schon war er bis zur Hüfte hineingeklettert und stützte sich mit beiden Händen auf den Rand. „Je schneller wir hier wegkommen, umso mehr Vorsprung haben wir vor unseren Verfolgern, denn unser Verschwinden wird kaum unbemerkt ..."

Er konnte den Satz nicht zu Ende führen. Er war vom schmierigen Rand des Loches abgerutscht und mit einem polternden Geräusch in den Brunnen hinuntergefallen. Ein Platschen verriet, dass er den Grund erreicht hatte.

„Nun komm schon!", drang es aus dem Schacht an die Ohren des Inders. „Es ist nicht tief! Los!"

Der Inder folgte brummend. Sie krochen gegen das stetig fließende Wasser voran in die Dunkelheit. Die Brunnenöffnungen, unter denen sie sich vorwärtskämpften, erhellten ihren Weg nur spärlich, denn schon dämmerte es. Schleimiges Getier, Echsen und Lurche, flohen vor ihnen in die Tiefe der finsteren, nassen Röhre. In Ibn Battutas Rücken fluchte der Inder ununterbrochen. Er verwünschte den Tag, an dem er Ibn Battuta auf sein Schiff gefolgt war.

„Ich habe dich wirklich gern, mein marokkanischer Freund, aber du musst einsehen, dass du es zu weit treibst. Ich ließe mir lieber vom fettgesichtigen Imam die Daumenschrauben anlegen, als in diesem feuchten Loch von glitschigem Dschinnengewürm angefressen zu werden oder, wenn wir es überleben, in der *Mutter des Giftes* zu krepieren. Und alles ist deine Schuld!"

„Nun nimm dich zusammen, Chiser", gab Ibn Battuta zurück, während er versuchte, sich aufs Zählen zu konzentrieren und beharrlich eine Hand nach der anderen vor sich in den Matsch setzte. „Wir sind gleich am dreizehnten Brunnen angekommen."

Hier verengte sich die Röhre, was zur Folge hatte, dass der Wasserspiegel stieg. Ibn Battuta musste das Kinn anheben, um den Kopf in der Luft zu halten. Besorgt blickte er sich um.

Aus dem Schwarz des Tunnels hinter ihm funkelten ihn zwei grüne Augen an.

Grauen ergriff ihn. Er kroch in panischer Angst vorwärts. Da war sie, die dreizehnte Öffnung! Nach oben, den Dschinn entkommen, in die Freiheit!

Mittlerweile war es Nacht geworden. Nur die Sterne, die durch den Schacht am Himmel zur erkennen waren, spendeten etwas Licht. Ibn Battuta richtete sich am ganzen Körper zitternd auf, klammerte seine Hände an den Brunnenrand und zog sich, heftig keuchend, auf den sandigen Boden. Dort blieb er eine Weile liegen, schwer atmend. Nach kurzer Zeit folgte der Inder. Er ließ sich erschöpft neben Ibn Battuta nieder.

„Was ist denn in dich gefahren, Ibn Battuta?", fragte er. „Du bist auf einmal losgeschossen, als wäre Iblis höchstpersönlich hinter dir her!"

„Die Augen", stammelte Ibn Battuta, „diese Augen! Hast du sie denn nicht gesehen?"

„Das können ja wohl nur meine eigenen gewesen sein, denn hinter mir ist niemand mehr gekommen. Du scheinst mir etwas nervös, mein Lieber. Zwar sind meine Augen in der Tat hübsch grün, was meine Mutter immer schon mit Stolz bemerkt hat, aber dies ist kaum der richtige Zeitpunkt, um mir Komplimente zu machen. Lass uns lieber nach den Kamelen suchen, die hier angebunden sein sollen!"

Ein Schnaufen deutete ihnen den Weg. Sie schlichen an der äußeren Stadtmauer der Oase einige Schritte voran und fanden alsbald zwei Tiere, die an einem Akazienbaum angehalftert waren. Sie banden sie los und führten sie ins Dunkel von der Stadt weg. Dann saßen sie auf und ritten in westlicher Richtung, den Nordstern zu ihrer Rechten. Als die Lichter der Oase schon aus ihrem Blick gerieten, hörten sie, wie sich in ihrem Rücken Lärm erhob. Aufgeregte Stimmen und laut gerufene Befehle schallten durch die Nacht. Ihre Flucht war entdeckt worden. Es galt, die Kamele zu höchster Eile anzutreiben.

Sie ritten die Nacht hindurch und kauerten sich beim ersten Morgenlicht unter einen überhängenden Felsen, der Schatten spendete. Im Sattel der Kamele hatte Dschamil, wie versprochen, Datteln und Wassersäcke verstaut. Aber die Aussicht, dass sie nun die große Wüste durchqueren sollten, jene grausame Trockenheit, die die Beduinen das Leere Viertel nannten, weil nichts, aber auch gar nichts dort auf Dauer überleben kann, bereitete ihnen große Sorge.

Ibn Battuta hatte als Kind die berühmten Gedichte der alten Araber gelesen, in denen die Schönheit der Wüste, die Spuren der Geliebten am verlassenen Lagerplatz, die Kriege zwischen den Beduinenstämmen und die Vorzüge ihrer Kamele besungen werden. Aber diese verklärte Sicht der Dinge hatte, wie sich jetzt zeigte, nur wenig mit dem staubigen und steinigen Land zu tun, das sie durchquerten. Wie in Gottes Namen sollten sie bloß den Weg über die Sanddünen in jene Oasen finden, die am Nordrand des Leeren Viertels lagen und von denen ihr junger Retter gesprochen hatte? Dorthin mussten sie sich irgendwie durchschlagen. War diese Gegend, welche Liwa hieß, erst einmal erreicht, würde es nicht mehr weit nach Mekka sein.

Sie fanden das breite Wadi, das ihnen der junge Kachtan beschrieben hatte, und folgten seinem Lauf. Der Inder war in Schweigen verfallen, und Ibn Battuta gab sich der düsteren Stimmung hin, die sein neuerliches Scheitern in ihm hervorrief.

Er hatte es nicht einmal fertiggebracht, die Kachtan nach Chiser zu fragen. So zogen sie stumm unter dem Sternenhimmel den Tiefen des Leeren Viertels entgegen. Am Morgen machten sie wieder halt, um sich vor ihren Verfolgern zu verstecken und der Hitze des Tages zu entkommen, die ihnen sonst alle Kraft geraubt hätte. Nach dem Gebet der Abenddämmerung, für das sie sich notdürftig mit Sand wuschen, brachen sie wieder auf. Lange hatten sie schon schweigend im Sattel gesessen, da begann der Inder, der sein Kamel hinter dem Ibn Battutas führte, plötzlich zu reden.

„Gottes Zeichen und Wunder auf dieser Erde sind mit den Händen greifbar", murmelte er. „Man kann gar nicht an der Existenz des Schöpfers zweifeln, wenn man sich nur in der Natur umschaut. Wie unbegreiflich wohlgeordnet und zweckdienlich sie eingerichtet ist! Man nehme nur das Kamel als Beispiel! Der Allmächtige sagt ja selbst im Koran, an die Ungläubigen gerichtet: ﴾Sehen sie denn nicht das Kamel, wie es geschaffen ist?﴿ Als ich – gerade war ich zum Islam konvertiert und lebte noch in Indien – diese Stelle im heiligen Buch zum ersten Mal las, wollte mir nicht recht einleuchten, was an diesen Tieren so besonders sein soll. Elefanten erschienen mir um vieles eindrucksvoller, angefangen mit der Größe ihrer Köttel, von denen ein durchschnittlicher Fladen ausreicht, um eine ganze Nacht zu heizen. Aber je mehr ich mich ins Studium arabischer Texte vertiefte, um so mehr begriff ich, warum Gott ausgerechnet die Kamele erwähnt. Es stimmt, der Hals des Kamels ist grotesk lang und dick im Vergleich zu seinen spillerigen Beinen – aber den Hals braucht es, um hochgelegene Blätter abzuknabbern, und die Beine sind zwar dürr, aber muskulös und schnell! Man mag sich auch darüber wundern, dass der Penis des Kamels nach hinten absteht und dass Hengst und Stute sich, die Rücken gegeneinander gerichtet, im Sitzen paaren, Hälse und Köpfe zum Himmel gereckt – aber kann man sich eine frömmere Stellung denken? Das Kamel verfügt über Fähigkeiten, die nur ein allweiser Formgeber ihm verleihen konnte. Seine Lippen sind so dick, dass es selbst die dornigsten Kaktusblätter verträgt. Seine Füße sind so breit und wulstig, dass es niemals im Wüstensand einsinkt. Es braucht kaum Wasser um zu überleben und trägt einen Vorrat immer in seinem Höcker herum, der im Übrigen wie dazu gemacht scheint, dass der Mensch sich auf ihm zum Reiten niedersetzt. Der Gang des Kamels ist anmutig wie der eines schlanken jungen Mädchens, und seine Augen mit den langen Wimpern gleichen denen der paradiesischen Jungfrauen! Das Kamel ist wie ein aufrichtiger Gläubiger, denn es bleibt bei seinem Herrn, was immer auch passiert; es ist des Menschen Freund, so arg es dieser auch malträtiert und mit langen Wüstenritten quält. Ja, es versteht sogar unsere Sprache! Man muss nur laut *Achch!* sagen, und schon erhebt es sich, dem Menschen willig zu dienen. Wahrlich, im Kamel sind die Geheimnisse des Allbarmherzigen eingeschrieben wie in einem Buch! Man muss nur hinschauen. Aus gutem Grund sagen manche Sufis, nur das Kamel kenne den hundertsten der schönen Namen Gottes, von dem sonst nur die Engel und der Prophet Chiser wissen."

„Willst du mir mit deinen schlauen Reden etwas Bestimmtes sagen?", fragte Ibn Battuta, ohne sich umzuwenden.

„Das hängt davon ab, bis zu welchem Grad du bereit bist, dein eigenes Ich einmal hintanzustellen und dich den Wundern des barmherzigen Lebensspenders zuzuwenden. Vielleicht ist die Lehre aus deinen vielen Missgeschicken ja dies: Begnüge dich mit dem, was der Allernährer dir gegeben hat, denn darin liegt wahrlich Grund zur Freude! Strebe nicht nach dem, was den Menschen nicht erlaubt ist! Der erhabene Wohltäter hat dein Leben schon so eingerichtet, dass du damit zufrieden sein kannst."

Ibn Battuta erkannte die Wahrheit dieser Worte, aber zu mehr als einem abfälligen Schnauben konnte er sich nicht durchringen.

„Dir gefällt meine Kamelexegese wohl nicht?", fuhr der Inder fort. „Dann lass es mich dir in einfacheren Worten sagen. Die Beduinen haben ein Sprichwort: *Das Kamel sieht den eigenen Höcker nicht.* Auf dich bezogen heißt das: Einerseits begreifst du nicht, dass du selbst die Verantwortung für dein Unglück trägst, andererseits besitzt du die Fähigkeit zum Glücklichsein, nutzt sie aber nicht."

„Komm mir jetzt bitte nicht mit Sprüchen! Hätte ich nicht den Fehler begangen, mich in den Streit der Kachtan und Adnan einzumischen, wären wir jetzt Chiser vermutlich schon einen großen Schritt näher!"

„*Das Kamel lahmt, wenn es sich an der Lippe verletzt hat*", antwortete der Inder mit einem weiteren Sprichwort. „Schieb die

Schuld nicht auf die Begleitumstände! Woran du lahmst, mein lieber Ibn Battuta, ist dein allzu großer Ehrgeiz, deine obsessive Suche nach der Unsterblichkeit. Sich dem eitlen Glauben hinzugeben, der Wortsinn der göttlichen Offenbarung würde dir den rechten Weg zeigen! Welche Verblendung! Als wäre der Unergründliche ein Erbsen zählender Krämer, der sich auf die Ebene trivialer Menschenbelange hinunterbegibt und mit uns Versteckspielchen treibt! Unsterblichkeit, das lass dir im Übrigen gesagt sein, ist eine Eigenschaft, die nicht nur Freude bringt, sondern auch Qualen. Du kannst dir gar nicht vorstellen, wie schwer die Unsterblichkeit auf Chisers Schultern lastet! Ewig kehrt es wieder, das menschliche Elend, um ihn heimzusuchen wie ein Fluch. Warum willst du ihm nur darin gleichwerden?"

Nun wurde Ibn Battuta ungehalten, denn die Belehrungen des Inders erinnerten ihn an die Worte des Sufimeisters Simnani in Persien, die ihn einst so in Aufregung versetzt hatten.

„Was weißt du schon von meiner Suche?", fuhr er den Inder an. „Was weißt du schon von meinen inneren Kämpfen gegen die eigenen Zweifel? Anstatt herumzunörgeln, könntest du dich etwas nützlicher machen! Seitdem ich dich auf deiner erbärmlichen wurmverseuchten Insel aufgelesen habe, bist du mir eine einzige Last!"

Der Inder wackelte beleidigt mit dem Kopf. „Ich hätte es wissen müssen, undankbar bist du auch noch. Du vergisst, dass ich dir das Leben gerettet habe, als du dich auf dem Grund des Meeres auf ewig zu den Fischen gesellen wolltest. Wäre ich nicht bei dir gewesen, wäre deine Suche schon lange zu Ende. Dabei habe ich ja nicht das Geringste mit deinem Vorhaben zu tun! *Ich bin weder mit einer Kamelstute noch mit einem Kamelhengst daran beteiligt*, wie die Wüstenaraber zu sagen pflegen."

„Wenn du nicht augenblicklich damit aufhörst, mich mit diesen idiotischen Kamelsprichwörtern zu reizen, hole ich dich von deinem hässlichen Kamel und schlage dir einen Kamelhöcker in den Schädel, der dich noch lange zu dämlichen Kommentaren inspirieren wird!"

„*Kamelscheiße wird dich zum Kamel führen*", gab der Inder ungerührt zurück. „Nachdem du dich nun so eindeutig geäußert hast, weiß ich endlich, mit wem ich es zu tun habe. Weitere Worte sind nicht nötig. Ich schlage vor, wir schweigen wieder und hoffen darauf, dass wir bald eine Oase finden. Dort können wir uns dann trennen."

Ibn Battuta taten seine Worte augenblicklich leid. *Aber nun ist es einmal so gekommen*, dachte er trotzig. *Von solch einem Narren, und weiß er noch so viel aus dem Koran und dem Weisheitsschatz der Araber zu zitieren, lasse ich mich doch nicht über den Sinn des Lebens belehren! Soll es doch verschwinden, das alte Kamel.*

Der Morgen zog herauf. Vor sich sahen sie die honiggelben Dünen der *Mutter des Giftes*. Schaudernd blickten sie in dieses Niemandsland, in dem der sichere Tod wartete, und bogen nach Norden ab, dem Rand der Wüste folgend. Zwei Tage später erschien am Horizont eine Herde Oryxgazellen, wie ein letztes Mahnzeichen der diesseitigen Welt. Die anmutigen Tiere mit ihren langen schwarzen Hörnern und dem schneeweißen Fell sahen ihnen stumm nach, als verabschiedeten sie Todgeweihte. Ibn Battuta befahl sich Gott an und wendete entschlossen sein Kamel nach links in die Sanddünen. Der Inder folgte. Das Leere Viertel hatte sie nun geschluckt.

Siebenundsechzigstes Kapitel

Welches von Ibn Battutas und Chisers Ritt durchs Leere Viertel erzählt und von seinem fatalen Ende

Zunächst wähnte Ibn Battuta sich noch auf dem richtigen Weg. Nach einigen Tagen würden sie den schlimmsten Teil der Wüste hinter sich gebracht haben.

Von einer Oase war aber auch nach Tagen weit und breit nichts zu sehen. Eher wurde die Landschaft unwirtlicher, soweit das überhaupt noch möglich war. Hatten anfänglich noch vereinzelte Akazienbüsche und Felsen die graugelbe Eintönigkeit der Dünenlandschaft aufgelockert, so wurde die Gegend nun immer sandiger, ohne jegliche Vegetation. Nichts umgab sie außer den endlosen Wellen aus Sand, in die der Wind mäandernde Rillen einzeichnete und deren glasklare Konturen sich mit schmerzlicher Schärfe gegen den Himmel abhoben. Über ihnen brannte der alles versengende Feuerball.

In den Tälern zwischen den Sandbergen wurde die Orientierung immer schwieriger. Am achten Tag nach ihrer Flucht aus Niswa musste Ibn Battuta sich und dem Inder eingestehen, dass er jegliches Gefühl dafür verloren hatte, wo sie sich befanden. Am zehnten Tag gelangten sie ihm Morgengrauen an eine Stelle, die sie als diejenige wiedererkannten, an der sie zwei Tage zuvor gerastet hatten. Am Abend des zwölften Tages aßen sie ihre letzten Datteln. Verzweiflung überkam Ibn Battuta. Was er jetzt durchmachte, übertraf alles zuvor Dagewesene.

Einen weiteren Tag schleppten sie sich über den glühenden Sandteppich vorwärts. Am darauffolgenden Tag beschlossen sie, ein Kamel zu schlachten, um etwas Flüssigkeit zu gewinnen, denn nun war ihnen auch das Wasser ausgegangen, und die Tiere gaben schon seit Tagen keinen Urin mehr, den sie hätten trinken können. Sie töteten das Tier mit einem Schnitt durch die Gurgel, nicht unterhalb der Kinnlade, sondern so, wie es in der alten Beduinendichtung beschrieben wird, nämlich nahe der Stelle, wo der Hals des Kamels in den Körper übergeht. Aus dem Magen und dem Höcker des Tieres schöpften sie mühsam etwas schleimige Flüssigkeit, die den Durst ein wenig linderte. Ibn Battutas

Körper war wie ausgelaugt, die Beine versagten ihren Dienst, die Lippen waren aufgesprungen, die Zunge klebte am Gaumen, und ein rasender Kopfschmerz raubte ihm fast die Besinnung. Der Inder hingegen zeigte ein weiteres Mal die Gelassenheit des Asketen, den nichts erschüttern kann.

Am vierzehnten Tag schlachteten sie das zweite Kamel. Ibn Battuta war zu durstig und zu schwach, um überhaupt noch daran zu denken, etwas von dem Fleisch des Tieres zu essen. In der folgenden Nacht überfielen ihn Schüttelfrost und Fieber. Er begriff, dass er die Hitze des nächsten Tages nicht überleben würde. Als der Morgen graute, war er kaum noch ansprechbar. Er nahm nur noch verschwommen wahr, dass der Inder ihm gegenübersaß, wie es schien, in perfekter Selbstbeherrschung. Dann wusste Ibn Battuta nicht mehr, ob er halluzinierte oder ob sich der Inder tatsächlich näher an ihn heran beugte und diese Worte sprach:

„Die Menschen sind doch seltsame Geschöpfe. Da macht sich einer auf, um Wissen zu erlangen und ist so versessen darauf, dieses Ziel zu erreichen, dass er nicht wahrnimmt, wie es am Wegesrand bereitliegt: eine Frucht, die nur gepflückt werden will. Statt innezuhalten und den Blick auf das zu richten, was ihn unmittelbar umgibt, begeht er den steinigsten Weg und stirbt schließlich an der Anstrengung und den Gefahren, die seine verzweifelte Suche mit sich bringt."

Er schwieg eine Weile. Dann nahm er Ibn Battutas Hand in die seine und sagte mit gedämpfter Stimme: „Ibn Battuta, siehst du denn nicht, dass deine Suche erst dann erfolgreich sein kann, wenn du im Innersten dazu bereit bist? Du wirst die Quelle des ewigen Lebens nie finden, wenn du weiterhin von einem Land der Welt ins nächste hetzt. Du bist der Lösung des Rätsels viel näher gewesen, als du ahntest! Benutze den Verstand, den der großzügige Gott dir gegeben hat! Mach die Augen auf! Sieh mich an!"

Wie aus der Ferne tönten die Worte zu Ibn Battuta hinüber. Mühsam folgte er der Aufforderung des Inders. Aus dem verschwommenen Gesicht seines Begleiters leuchteten ihm zwei grüne Augen mit ungebrochener Lebenskraft entgegen. Wie durch Zauber, so als belebte ihn das Grün, klärten sich da seine Gedanken, und er sah wieder schärfer. Chisers Gesicht war ruhig und ernst. Es war, als blickte Ibn Battuta in einen bodenlosen See. Und plötzlich wurde ihm klar, warum ihm der Inder von Anfang an so bekannt vorgekommen war. Diese Augen – er hatte sie schon einmal gesehen ... Ja, nicht nur einmal, sondern mehrmals! Während seine Kräfte schwanden, schossen Erinnerungen durch seinen Kopf, Erinnerungen an Momente, in denen ein ebenso grünes Augenpaar ihn angeblickt hatte: Als er in der Sitzung der Schasilijja-Brüder in Fes in Trance Chiser begegnet war, hatte jener ihn so gemustert, wie es der Inder jetzt tat. Die stiere Miene des zotteligen Kalandars auf dem Weg von Fuwa nach Kairo glich in ihrer Ernsthaftigkeit und Konzentration der des Inders, wie sich auch der stechende Blick des Grabwächters Schasilis in Humaisira in ihr widerspiegelte ... Er war dem grünen Gesandten Chiser, der ihm nun gegenübersaß, schon mehrere Male begegnet, aber er hatte ihn nicht erkannt.

„Rüde hast du meinen Rat verschmäht", sprach Chiser, „hast mich beschimpft, als ich vor Hormus ein Loch in das Boot schlug, obwohl es uns vor den Piraten rettete; hast nicht auf mich gehört, als ich dich warnte, zu *Chisers Statt* hinunterzutauchen; hast mich angefahren, als ich nicht mit dir über den *Grünen Berg* zum Imam von Niswa ziehen wollte. Wahrlich, ich habe dir viele Gelegenheiten gegeben, mich zu erkennen, hier im Oman, in Ägypten und auch im Irak! Aber du warst zu eingenommen von deinem eitlen Streben, mich in den entferntesten Gegenden der Welt zu finden, als dass du bemerkt hättest, wie ich die ganze Zeit neben dir lief!"

„Chiser", flüsterte Ibn Battuta mit letzter Kraft, „habe ich dich endlich gefunden? Bist du es denn? Warum hast du dich mir nicht früher offenbart?"

Ibn Battuta schloss die Augen. Wie aus einer anderen Welt drangen Chisers letzte Worte an sein Ohr:

„Weil du mich nicht gefragt hast, Ibn Battuta. Du bist dem Leben noch zu sehr verhaftet, um die Unsterblichkeit zu gewinnen. Du hältst die Unsterblichkeit für erstrebenswert, wo sie doch die schwerste Last ist. Ich hätte dich gern unterrichtet, aber du musst noch manches lernen, ehe du diese meine Lektion empfangen kannst. Du musst Herr über deine Triebseele werden, sie muss zerbrechen, ja auch der Leib und das Herz müssen zerbrechen, damit Gottes Unendlichkeit darin Platz nehmen kann. Denn ein zerstörtes Haus verbirgt Schätze, die nur gefunden werden, wenn man die Grundmauern aufgräbt. Dies ist die geheime Lehre, die ich schon Moses lehrte, als ich mit ihm in das Dorf der undankbaren Leute einzog, wie es im Koran überliefert ist, und zu ihm sagte: ﴾Du wirst kein Verständnis haben für das, was ich dir zeigen werde! Wie solltest du auch Verständnis haben für das, was deine Vorstellungskraft übersteigt?﴿ Ich wusste es ja von vornherein: Du bist so verstockt gewesen, wie er es war. Wie dumm, im Diesseits einem Trugbild hinterherzujagen, anstatt die Augen für die tiefer liegenden Weisheiten des Lebens zu öffnen! Du gleichst denen, die am Wortsinn der Offenbarung kleben, anstatt ihrem Geist zu folgen."

Ibn Battuta stöhnte. Chiser legte ihm die Hand auf die Stirn, so als wollte er sich mit einer letzten freundlichen Geste von ihm verabschieden, und sagte dann:

„﴾Der Moment, in dem wir scheiden, ist nun gekommen!﴿ Ich werde weiter durch die Welt ziehen. Wenn du mich wiederfinden willst, musst du weit reisen, denn wer ein großes Geschenk einmal in den Händen hält und es so leichtfertig verspielt wie du, der hat auch nicht verdient, es ohne große Anstrengung wiederzuerlangen. Beherzige das Wort des Propheten Muhammad, das du seit deiner Geburt um den Hals trägst: *Suchet das Wissen, und sei es in China!*"

Ibn Battuta verlor die Besinnung.

Tiefe Nacht umgab ihn. Gelegentlich wurde die Dunkelheit, die ihn einhüllte, von plötzlichem Licht erhellt, doch ebenso schnell versank er wieder in sein rabenschwarzes Vergessen.

Als er zu neuem Leben erwachte, erkannte er mit einiger Anstrengung, dass er sich auf einem Lager in einem Beduinenzelt befand. Neben ihm auf dem Boden standen eine Schale mit Wasser und ein Napf mit Dattelbrei.

Der Vorhang vor dem Eingang des Zeltes wurde zurückgezogen und eine verschleierte Frau trat ein. Als sie sah, dass Ibn Battuta aufgewacht war, ließ sie vor Schreck die Schüssel fallen, in der sie Wasser gebracht hatte, und eilte wieder hinaus. Nach kurzer Zeit kam ein altersgekrümmter Beduine mit langem weißem Bart und einem stattlichen Silberdolch im Gürtel zu ihm ins Zelt und setzte sich neben ihm auf den Boden.

„Der Friede sei mit dir, Fremder!“, sagte er.

„Und mit dir der Friede und Gottes Barmherzigkeit!“, gab Ibn Battuta schwach zurück. „Wo bin ich ... Wer bist du?“

„Du befindest dich in der Oase Bir Balagh beim Stamm der Rajjis, und ich bin Staijun, der Scheich. Vor drei Wochen kamen Reiter aus dem Süden mit der Nachricht, dass in Niswa wieder Krieg zwischen den Kachtan und den Adnan ausgebrochen ist. Ein junger Kachtan hat eine Adnan entführt und ist mit ihr über den *Grünen Berg* geflohen. In Niswa ist die Hölle los, und es gibt Tote auf beiden Seiten. Eine Truppe unserer jungen Männer machte sich auf, um unseren Stammesbrüdern von den Kachtan in Oberniswa beizustehen. Zwei Tagesritte von hier entfernt fanden sie dich in dem Wüstengebiet, welches die *Sandfalle* genannt wird und in welcher Fremde wie du nur zu leicht umkommen.“

Bir Balagh war eine der Siedlungen am nördlichen Rand des Leeren Viertels, die Ibn Battuta ursprünglich hatte erreichen wollen. Also waren sie ihrem Ziel gar nicht fern gewesen! Zwei weitere Tage in die richtige Richtung, und sie hätten die rettende Oase erreicht!

Der alte Scheich fuhr fort: „Du warst schon fast vollständig vom Sand eingeweht. Was hat dich bloß auf den wahnsinnigen Gedanken gebracht, diese Einöde allein durchqueren zu wollen? Du hattest schon unbeschreibliches Glück, am Treibsand der *Mutter des Giftes* vorbeigekommen zu sein. Ich selbst habe einmal gesehen, wie eine Herde Ziegen in sie hineingeriet und vom Erdboden verschluckt wurde. Und dann wagst du dich anschließend in die *Sandfalle*? Du musst entweder unglaublich mutig sein, Fremder, oder unglaublich unwissend. Wie ist dein Name?“

„Ibn Battuta at-Tandschawi“, antwortete Ibn Battuta. „Ich komme aus dem fernen Westen ... Sag mir, ehrwürdiger Scheich, was geschah, als deine Männer mich in der *Sandfalle* fanden?“

„Als sie dich dort liegen sahen, mit nur noch einem Hauch Leben in deinem Körper, beschlossen sie, dich hierher zu bringen. In der Oase entstand eine große Aufregung, als sie mit dir ankamen. Ich selbst entschied, dass wir dich pflegen würden, aber um dir die Wahrheit zu sagen, ich gab wenig darauf, dass du jemals gesunden würdest. Unsere Frauen haben dich mit Dattelbrei und fiebersenkenden Kräutern ins Leben zurückgeholt.“

„Wo ist Chiser?“, stieß Ibn Battuta mühsam hervor.

„Wer?“

„Chiser! Mein Begleiter! Ihr müsst doch noch jemanden neben mir gefunden haben!“

Staijun blickte stumm zu Boden. „Ich fürchte, ich muss dich enttäuschen, Ibn Battuta. Als wir dich fanden, war niemand bei dir. Wenn dein Begleiter noch weitergelaufen ist, ist er sicher in der Wüste umgekommen. Wir haben aber auch keine Spuren gefunden, die auf einen zweiten Mann hindeuteten.“

„Das ist unmöglich, das ist ganz und gar unmöglich“, stöhnte Ibn Battuta. Er fiel zurück in seine Ohnmacht.

Erst zwei Wochen später war er soweit genesen, dass er sich stark genug fühlte, ein Kamel zu besteigen. Hier gab es nichts mehr für ihn zu tun. In Mekka wollte er zur Ruhe kommen und das Geschehene überdenken, dort hatte er Freunde. Als er über die kleinen Oasen Hasa und Riad in einer Pilgerkarawane nach Westen zog, begriff er erst richtig, was er besessen und wie leichtfertig er es aus der Hand gegeben hatte. Das trieb ihn fast zur Verzweiflung. Aber andererseits bedeutete dies auch, wie er mit einem Anflug des ihn kennzeichnenden Trotzes feststellte, dass seine Suche Aussicht auf Erfolg hatte. Wenn er Chiser schon mehrfach gefunden hatte, würde er ihn auch ein weiteres Mal finden. Er musste sich nur sammeln und in aller Ruhe einen besseren Plan fassen.

Drittes Zwischenstück des Übersetzers: Der Zug des Alexander

An dieser Stelle möge es der Leser ein weiteres Mal gestatten, dass sich der Übersetzer zu Worte meldet. Denn mit dem Zug Ibn Battutas durch die arabische Wüste gen Mekka endet das dritte Fragment des Ibn al-Qali. Erst im sechsundachtzigsten Kapitel treffen wir Ibn Battuta wieder, als er bereits Tausende weiterer Kilometer zurückgelegt hat, nach Indien gelangt und um einige Jahre älter geworden ist.

Während ich Ibn Battuta und Chiser durchs heiße Oman folgte, herrschte in mitteldeutschen Landen der wärmste Sommer seit Jahren. Das mag meine immer heftiger zutage tretende Neigung, mich mit dem Geschick Ibn Battutas zu identifizieren, verstärkt haben. Wenn mein Blick aus der Studierstube nach draußen schweifte, glaubte ich plötzlich, im Saaleflussbett, das auf einen Rekordtiefstand gesunken war, die Wadis der Wüste wiederzuerkennen, durch die Ibn Battuta sich hindurchquälte. Die Julihitze in Thüringen wollte mir so unbarmherzig vorkommen wie die Sonnenglut, unter der Ibn Battuta im Leeren Viertel gelitten hatte. Als Ibn Battuta in der *Sandfalle* zu verdursten drohte, vergaß ich vor lauter Anteilnahme, die Zitronenlimonade zu trinken, die mir meine besorgte Mutter ins Zimmer gestellt hatte, und ich erlitt aufgrund der mangelnden Flüssigkeitszufuhr einen Hitzeschock, den ich nur durch kalte Umschläge und zwei Tage strenger Bettruhe überwinden konnte.

Eine derartige Identifizierung mit dem Gegenstand meiner Forschung, emotionales und sogar physisches Miterleben, ist meinem Charakter eigentlich fremd. Immerhin bin ich Wissenschaftler. In den tiefen Brunnen der Vergangenheit taucht der Historiker nicht ein, indem er sich seelenverwandt glaubt mit den Menschen jener ferner Epochen. Jedoch ich gestehe, dass ich es in Bezug auf das Manuskript des Ibn al-Qali nicht vermochte, diese klare Strategie der Trennung zu befolgen. Ja, ich begann es zwischendurch sogar für möglich zu halten, dass es Chiser und die mythische Lebensquelle tatsächlich gibt, und ärgerte mich zuweilen, selbst nur an meinen Schreibtisch gefesselt zu sein und keine Zeit für lange Reisen zu haben.

Jedenfalls mag es meiner Gemütslage gutgetan haben, dass das dritte Fragment des Berichts Ibn al-Qalis nun zu einem Ende gekommen war. Das erlaubte mir, etwas Abstand zum Text zu gewinnen. Auch musste ich nun versuchen, aus anderen Quellen – hier stützte ich mich ein weiteres Mal vornehmlich auf des Sekretärs Ibn Dschusais Fassung der Reisen Ibn Battutas – zu rekonstruieren, wie es mit Ibn Battuta bis zu dem Zeitpunkt weitergegangen war, an dem wir ihm in Kapitel Sechsundachtzig wiederbegegnen.

Man muss sich vergegenwärtigen, dass Ibn Battuta ohne Weiteres nach Marokko hätte zurückkehren können, um als hoch angesehener Hadschdschi und weit gereister Gelehrter das bequeme Leben eines Höflings des Sultans von Fes zu führen. Auch ohne die heroischen Unternehmungen, die noch vor ihm lagen, hätte er angesichts seiner Streifzüge bereits als einer der größten mittelalterlichen Reisenden seiner Zeit gegolten. Er war nun siebenundzwanzig Jahre alt und hatte schon mehr von der Welt gesehen als jeder andere Marokkaner seiner Zeit.

Doch aus dem dritten Fragment des Ibn al-Qali ist deutlich geworden, dass er über eine ausgeprägte Hartnäckigkeit verfügte, ja dass er von einem schon fast krankhaft zu nennenden Starrsinn besessen war.

Ungefähr im Oktober 1330 betrat er zum dritten Mal die heilige Stadt Mekka. Es hätte für ihn nahegelegen, sich ohne Umschweife wieder einzuschiffen, den Süden der Arabischen Halbinsel zu umsegeln, um über den indischen Ozean Delhi zu erreichen. Denn alle Indizien deuteten darauf hin, dass er dort jenen seltsamen Inder, der der Prophet Chiser zu sein schien, am ehesten wiederfinden würde.

Ibn Battuta tat nichts dergleichen. Nach einem erstaunlich kurzen Erholungsaufenthalt machte er sich alsbald wieder auf den Weg – in nördlicher Richtung. Um nach Indien zu gelangen, wählte er die viel längere und gefährlichere Landpassage durch Syrien, Anatolien, Zentralasien und Afghanistan. Seine Reiseroute, soweit wir sie aus dem Bericht des Ibn Dschusai rekonstruieren können, ergibt ein rechtes Zickzack auf der Landkarte.

Kleinasien war zu Ibn Battutas Zeit in einer Phase tiefgreifenden Wandels begriffen. Der Mongolensturm war auch hier hindurch gefegt und hatte türkische Stämme aus Zentralasien ins Land geschwemmt. An der westlichen Peripherie Anatoliens schossen Fürstentümer wie Pilze aus dem Boden, darunter eines, welches von einem Mann namens Osman gegründet wurde. Als Ibn Battuta im Herbst des Jahres 1331 Orchan, dem Sohn des Osman, an seinem Hof in Bursa aufwartete, war dieser gerade dabei, seine Kriegsmaschinerie auf volle Touren hochzupeitschen; er hatte vor, sich Europa zu unterjochen. Noch war nicht offenkundig geworden, dass die Osmanen zur mächtigsten und langlebigsten Dynastie des Islam werden würden, und doch erkannte Ibn Battuta, dass in Orchan das Zeug zum Welteroberer steckte. „Dieser Sultan", diktierte er dem Ibn Dschusai später in die Feder, „ist der größte aller Könige der Turkmänner und der reichste in Bezug auf Besitztümer, Ländereien und militärisches Vermögen." Orchan beschenkte den weit gereisten Rechtsgelehrten großzügig, da dieser ihm bei einem kniffligen Rechtsstreit innerhalb seiner weitverzweigten Familie gute Dienste geleistet hatte. Bei seiner Tour durch die Fürstentümer Anatoliens wurde Ibn Battuta von den lokalen Potentaten, die sich bei seinen exotischen Reiseberichten köstlich unterhielten, ein ums andere Mal reichlich mit Geschenken bedacht. Als er im November desselben Jahres zum Schwarzen Meer aufbrach, führte er bereits eine recht stattliche Entourage von Dienern und Pferden mit sich, und sein Tross sollte, bis er Indien erreichte, noch weiter wachsen.

Im Frühling des Jahres 1332 segelte er über das Schwarze Meer und erreichte das am nördlichen Ufer gelegene Kaffa, einen der wichtigsten Seehäfen Europas, Tor zur Seidenstraße und Umschlagplatz von Kostbarkeiten aus Ost und West. Beinahe scheint es, als wollte Ibn Battuta, nachdem er an der Ostküste Afrikas bereits das südliche Ende der islamischen Oikoumene erreicht hatte, nun um jeden Preis auch deren nördliche Spitze erkunden. Die weiten kiptschakischen Steppen, die sich bald vor ihm auftaten, waren das Hoheitsgebiet der ukrainischen Goldenen Horde, deren gefürchtete berittene Krieger Mongolen waren, Vetter der Ilchaniden in Persien und Irak. Doch die Einheit des mongolischen Weltreichs war längst zu einer Fiktion geworden, denn es war mittlerweile in vier autonome Teilreiche zerfallen.

Ibn Battuta zögerte nicht, auch dem berüchtigten Khan der Goldenen Horde seine Aufwartung zu machen. Osbeg Khan hatte, zum Entsetzen des Papstes in Rom, den Islam vor etwas mehr als zehn Jahren zur Staatsreligion erklärt. Das konnte ihn freilich nicht davon abhalten, nach wie vor reichlich dem Kumisgenuss zu frönen. Er erschien selbst anlässlich des großen muslimischen Festes des Fastenbrechens, dem Ibn Battuta im königlichen Zeltlager in der kiptschakischen Steppe beiwohnte, sturzbetrunken zum gemeinsamen Nachmittagsgebet.

In der Hauptstadt der Goldenen Horde, Neu-Sarai an der mittleren Wolga, hatte Ibn Battuta schließlich den nördlichsten Punkt der islamischen Welt erreicht. Hier am Ufer des großen Stroms wird er unweigerlich daran gedacht haben, dass er sich in der Heimat der beiden Frauen befand, die er so sehr geliebt hatte, nämlich seiner Mutter und Marjams. Es sei gestattet, dass wir uns ausmalen, wie er jedes Mal, wenn er durch die christlichen Dörfer der Umgebung ritt, sich fragte, ob hier noch Angehörige von ihnen anzutreffen seien, und wehmütig an glücklichere Zeiten zurückdachte. Gut möglich, dass er genau dort den Entschluss fasste, sein Wanderleben aufzugeben und fürs Erste eine feste Stellung am Hof des Sultans von Delhi anzutreten, denn sein scheinbar unstillbarer Drang, immer weiter nach Norden zu reisen, riss an dieser Stelle ab. Von Neu-Sarai führte sein Weg nun mit größerer Zielstrebigkeit in die Hauptstadt Indiens.

Doch er konnte erst im Frühling weiterreisen und überwinterte bei Samarkand. Dort traf er auf den Khan der Tschagatai, Herrscher über die unendlichen kargen Weiten des nomadischen Asiens, das Kernland der Mongolen und ärmstes Reich unter den vier mongolischen Domänen. Tarmarschirin Khan lud den Reisenden in sein Winterlager ein und ließ sich von ihm gewiss ausführlich von den Zuständen an den Höfen der anderen Khane berichten. Er mochte mit einer Prise Neid auf seine wohlhabenden Verwandten schauen, doch konnte er sich als Einziger unter ihnen rühmen, die nomadische Lebensweise der Vorfahren bewahrt zu haben. „Nach uns", hatte der große Dschingis Khan einst gesagt, „werden die Nachkommen unseres Klans mit Gold durchwirkte Kleider tragen, köstliche süße Speisen genießen, erlesene Pferde reiten und bei schönen Frauen liegen, aber sie werden nicht sagen, dass sie all dies nur ihren Vätern und älteren Brüdern zu verdanken haben, und sie werden uns und jene glorreichen Zeiten vergessen."

Zu Beginn des Jahres 1333 machte sich Ibn Battuta dann endlich auf nach Südwesten, um über den Khaiberpass ins Industal hinabzusteigen, in den Pandschab, das *Land der fünf Gewässer*, von wo aus der Weg nach Delhi frei vor ihm lag. Er war seit seinem letzten Aufbruch von Mekka drei Jahre unterwegs gewesen, hatte ungemein strapaziöse Wanderungen gemacht, die großen Herrscher seiner Zeit kennengelernt und ganz nebenbei ein beachtliches Vermögen erworben.

Die scheinbar ziellose Weitschweifigkeit von Ibn Battutas Wanderungen in jenen Jahren gibt Rätsel auf. Doch mag hinter seinem obsessiven Drang nach Norden und in den Osten der islamischen Welt ein ganz bestimmter Grund gesteckt haben. Ich zögere, diesen kühnen Gedanken auszusprechen, aber das Geschick Ibn Battutas ist so außergewöhnlich, dass selbst die verwegene Theorie, die ich im Folgenden aufstellen möchte, im Grunde nicht weiter verwundern kann.

Ibn Battuta folgte den Spuren Alexanders des Großen.

Chiser, so erzählte man sich im islamischen Mittelalter, hatte die Lebensquelle gefunden, als er den Griechenkönig bei seinem Zug in die dunklen Lande jenseits Persiens begleitete. Er sei, damals noch Andreas geheißen, Alexanders Koch gewesen, oder der Anführer seiner Vorhut, und er sei auf den Lebensborn mehr aus Zufall gestoßen denn mit Absicht.

Alexander der Große? Dass der Name hier genannt wird, mag den Leser befremden. Doch der große Eroberer, den die Muslime Iskandar nennen, ist auch in den Ländern des Islam eine berühmte Figur. Die muslimischen Gelehrten brachten den großen Mazedonen seit jeher mit jener dunklen, aber mächtigen Gestalt aus dem Koran in Verbindung, welche dort der *Herr der zwei Hörner* genannt wird. Wahrscheinlich waren ihnen die antiken Münzen bekannt, auf denen Alexander mit den Hörnern des Jupiter Ammon dargestellt ist, ein Symbol der Frühlingssonne im Zeichen des Widders. Die Korankommentatoren waren sich darüber hinaus einig, dass Iskandar ein muslimischer Prophet war, auch wenn er lange vor dem mekkanischen Religionsstifter Muhammad gelebt hatte. Denn Iskandar, so argumentierten sie, hatte den Menschen Strafe für den Götzendienst angekündigt und Belohnung für Frömmigkeit. Er hatte den Menschen Unterwerfung unter des Allmächtigen ewigen Ratschluss gepredigt – und nichts anderes bedeutet ja das Wort „Islam“, als eben dies: Unterwerfung.

Trotz der exegetischen Bemühungen der islamischen Gelehrten blieb Iskandar, der *Herr der zwei Hörner*, eine zwielichtige Figur aus den unergründlichen Tiefen der Heilsgeschichte – ein Grieche, Schüler des nicht weniger legendären Philosophen Aristoteles, Weltenbezwinger auf der Suche nach dem ewigen Leben. Unsterblichkeit aber, so lautete der Konsens der Gelehrten, war Gottes Privileg. In der Sage von Iskandars Zug zum Lebensquell steckt mit anderen Worten ein interessantes Stück Theologie: Hatte der Grieche Gott herausgefordert? Hatte er nach Erkenntnis gedürstet, die Sterblichen nicht zugedacht ist, nach *gnosis*, dem Wissen vom hundertsten Namen der Gottheit?

Seine Suche, so viel stand fest, schlug fehl. Bekanntlich war er bald nach der Rückkehr aus dem Osten gestorben und in Alexandria, dem arabischen Iskandarijja, begraben worden. Allein sein enigmatischer Gefährte Andreas-Chiser wusste um das Geheimnis der Unsterblichkeit. Jedoch, zu Ibn Battutas Leid, niemand, auch nicht die Sufis, die behaupteten, Chiser begegnet zu sein, hatten ihm entlocken können, wo genau die Lebensquelle zu finden sei. Aus den alten Sagen wusste Ibn Battuta aber immerhin, in welche abgelegenen Gegenden Alexander vorgestoßen war. Man sprach von Zentralasien und Indien, aber auch von dem Land der Dunkelheit nördlich der Chinesischen Mauer, dem äußersten Ende der zivilisierten Welt. So liest man es in der vielleicht bekanntesten Fassung von Alexanders Zug zur Lebensquelle, dem *Alexanderroman* des Persers Nisami.

Nisami Gandschawi, der im frühen 13. Jahrhundert unserer Zeitrechnung starb, gilt weithin als der bedeutendste Sufiepiker der persischen Literatur. Er war schon zu Lebzeiten ein berühmter Dichter, Ibn Battuta kann also Nisamis Erzählung durchaus gekannt haben. Vielleicht war sie sogar – hiermit schließt sich der Bogen meines verwegenen Arguments – der Grund, warum er nicht sofort nach Indien aufbrach, sondern zunächst die lange Reise in die dunklen Länder des Nordens, an den nördlichsten Punkt der islamischen Welt unternahm.

Nisamis Dichtung, einer der bekanntesten Texte der klassischen persischen Literatur, beginnt mit einem Festgelage am

Hofe Alexanders. Zwischen den Gästen wird ein Wettstreit ausgetragen; ein jeder soll darlegen, warum seine Heimat von allen Ländern das schönste ist. Einer der Anwesenden preist das blühende Chorasan, andere singen das Lob des Goldreichs Äthiopien, der sagenumwobenen Städte Chinas und des von Aloeduft durchwehten Indiens. Da plötzlich, man weiß nicht woher, tritt in die Runde der Zechgenossen ein grauhaariger Alter. „Vor allen Städten", gibt er raunend preis, „kommt wohl jene Dunkelheit,/ des' Wasser jedem Mann Unsterblichkeit verleiht." Alexander und seine Gäste sind augenblicklich wie gebannt.

Mit Staunen sprach die Rund': „Wie das? In Dunkelheit,
 im Finstern soll'n wir suchen die Unsterblichkeit?"
Iskandar sprach zum Alten: „Sag mir, werter Gast:
 Ist diese Dunkelheit, die jenen Ort umfasst,
nichts als die schwarze Tinte des Korans, durch den
 das Lebenselixier, sprich: Gottes Gnad', wir seh'n?
Denn niemandem bis heut' war dieses schwarze Land,
 in dem die Quelle fließt, die Tod besiegt, bekannt."
Der alte Mann ergriff ein weit'res Mal das Wort:
 „Ich sprech' nicht in Metaphern! Dies ist nicht der Ort!
Es liegt im Norden an der Erde fernster Stell',
 von Schleiern eingehüllt ein klarer kalter Quell.
Ein Schleier sagt man, der aus Finsternis gewirkt,
 umgibt den stillen Ort, der's Lebenswasser birgt.
Ein jeder, der von diesem Lebenswasser trinkt,
 den Tod besiegt und ew'ges Leben drauf erringt."

Unverzüglich bricht Alexander mit seinem Heer nach Norden auf, um jenes Land der Dunkelheit zu finden. Die Reise ist beschwerlich, und viele bleiben auf der Strecke. Alexander jedoch drängt unentwegt voran. Er treibt seine Männer an: „Nur vorwärts auf dem Pfad, / den niemand zu begehen bis jetzt getraut sich hat!" Schließlich erreicht er, umgeben von einer Truppe auserlesener Gefährten, jenen Ort, zu dem kein Licht mehr durchdringt.

Iskandar, wohlbedacht, führt' sie geradeaus,
vom Licht in seinem Rücken führt' er sie heraus,
bis schließlich sie an einem Ort befanden sich,
wo alles Licht der Welt vollkomm'ner Schwärze wich:
In Finsternis der Weg sein drohend Ende fand,
sodass die ganze Welt in Trauer schien gewandt.
Iskandar wollt' verzweifeln: „Wer hat hier die Macht?
Wer hat nur diesen Weg so ungehbar gemacht?"
Die Späher sprachen leis', vor Angst in sich geduckt:
„Dies ist die Finsternis, die alles Licht verschluckt.
Durchmessen kann man sie nach vorne gehend nicht,
und niemand fand aus ihr den Weg zurück ins Licht!"
Aus dieser Klemme wies, so schien's, kein Weg hinaus:
hinein ging's in das Nichts, doch nicht aus ihm heraus.

Alexander schickt nun seinen treuen Knappen Chiser voraus, die Gegend zu erkunden. Einen schneeweißen Hengst gibt er ihm sowie einen magischen Stein, der aufleuchtet, wenn er in die Nähe der Lebensquelle kommt. Chiser kämpft sich durch die Dunkelheit voran:

Als er schon lange Zeit in dunklen Landen irrt,
der Mund ihm bald vom Durst ganz ausgetrocknet wird,
da plötzlich strahlt der Stein in seiner Hand wie Glut,
und Chiser sieht vor sich den Lohn für seinen Mut:
den silberfarb'nen Quell – das Wasser schien wie Erz,
als hätt' man es gepresst aus eines Steines Herz.
Doch nein! Man sag' nicht Quell: das Wort, es trifft es nicht.
Nicht Wasser schien aus ihm zu fließen, sondern Licht.

Nisami findet noch viele weitere Vergleiche, um die magische Schönheit dieser Licht- und Lebensquelle zu beschreiben. Chiser, ermüdet von dem anstrengenden Ritt, beschließt, sich nur kurz an der Quelle zu erfrischen, um dann sogleich zu seinem Herrn zurückzueilen.

Als Chiser diese Quelle nun gefunden hatt',
Sein Augenquell ihr Leuchten aufgefangen hatt',
zog er sein schmutz'ges Kleid vom Leibe sich sogleich,
um sich von Kopf bis Fuß zu waschen in dem Teich.
Auch trank er dabei von dem Lebenselixier,
auf dass er würdevoll, was ewg'es Leben ist, erführ'.
Den weißen Hengst auch mit dem Nass er übergoss,
wie reiner Wein, der über reines Silber floss.
Er säumt' den Schimmel, in den Bügel schwang das Bein
und prägte sich den Ort der Lebensquelle ein,
damit er, wenn die Nacht zu Iskandar ihn trieb,
voll' Stolz die langgesuchte Stelle ihm beschrieb.
Doch eben als sein Blick auf jene Quelle fiel,
entschwand sie seinem Aug', verloren ging das Ziel.
Da plötzlich ahnte Chiser, dass dieser heil'ge Schrein,
für Alexander stets würd' unerreichbar sein.
Drauf er beschloss, hinfort der Welt sich zu entzieh'n.
Aus Furcht geschah es nicht: das Mitleid drängte ihn.

Der westliche Leser dieser Verse fühlt sich ein wenig an die Parsivallegende erinnert, in der der junge Held das Ziel seiner Wünsche, den das Leben symbolisierenden Gral, nur deshalb finden kann, weil er wie Chiser nicht eigentlich danach sucht. Chiser entdeckt die Lebensquelle zufällig, im Auftrag seines Herrn Alexander, dem sie verwehrt bleibt, eben deswegen, weil er zu angestrengt danach fahndet. Die Dunkelheit am äußersten Ende der Welt bleibt für den überlebensgroßen Feldherrn eine unübersteigbare Schranke; für den Diener Chiser hingegen offenbart sich in ihr das Geheimnis des Lebens. Und so wird Chiser zu jenem Anführer aller Weisen, zum Großmeister der Sufis und geheimen Heiligen, dessen Identität nur den Eingeweihten bekannt ist, nicht aber den Feldherren und Königen, die, so sehr sie sich mühen, auf immer vergebens nach ihm Ausschau halten. Der wahre Weise entzieht sich allem irdischen Treiben; er wird zum Einzelgänger, der auf ewig und ohne Freunde durch die Welt zu ziehen verdammt ist.

Diese durchaus skeptische Sicht, wie sie uns aus den Zeilen des Nisami entgegentritt, konnte Ibn Battuta nicht entgehen, ihn aber auch nicht schrecken. Seine Suche nach der Lebensquelle war schon lange nicht mehr so fanatisch ehrgeizig wie noch in Persien und in Südarabien. Zweifellos war er seit dem Beginn seiner Wanderschaft gereift. Aus dem stürmischen jungen Mann war längst ein abgehärteter und geduldiger Reisender geworden. Dazu kam, dass er mittlerweile viele Stationen spiritueller Entwicklung durchlaufen und auch seine Rechtsstudien bei jeder sich bietenden Gelegenheit vertieft hatte. Sein schon vorher prachtvoller weißer Gelehrtenturban war, seinem gestiegenen Ansehen und der Mode der Zeit entsprechend, um einige Handbreit in die Höhe gewachsen. Der vornehme Herr aus dem fernen Marokko, der nun von Afghanistan kommend in Indien einzieht, ist trotz seiner erst dreißig Jahre ein Kosmopolit des islamischen Mittelalters, ein Abenteurer und *homme de lettres* zugleich, der schon an vielen Höfen Recht gesprochen und Streit geschlichtet hat, mithin genau die Sorte Mann, nach welcher Sultan Togluk, der Herrscher von Delhi, Ausschau hielt. Ibn Battuta konnte sich berechtigte Hoffnung machen, am Hof des *Herrn der Welt*, wie sich Togluk stolz nannte, mit offenen Armen empfangen zu werden.

Viertes Fragment: Gnosis

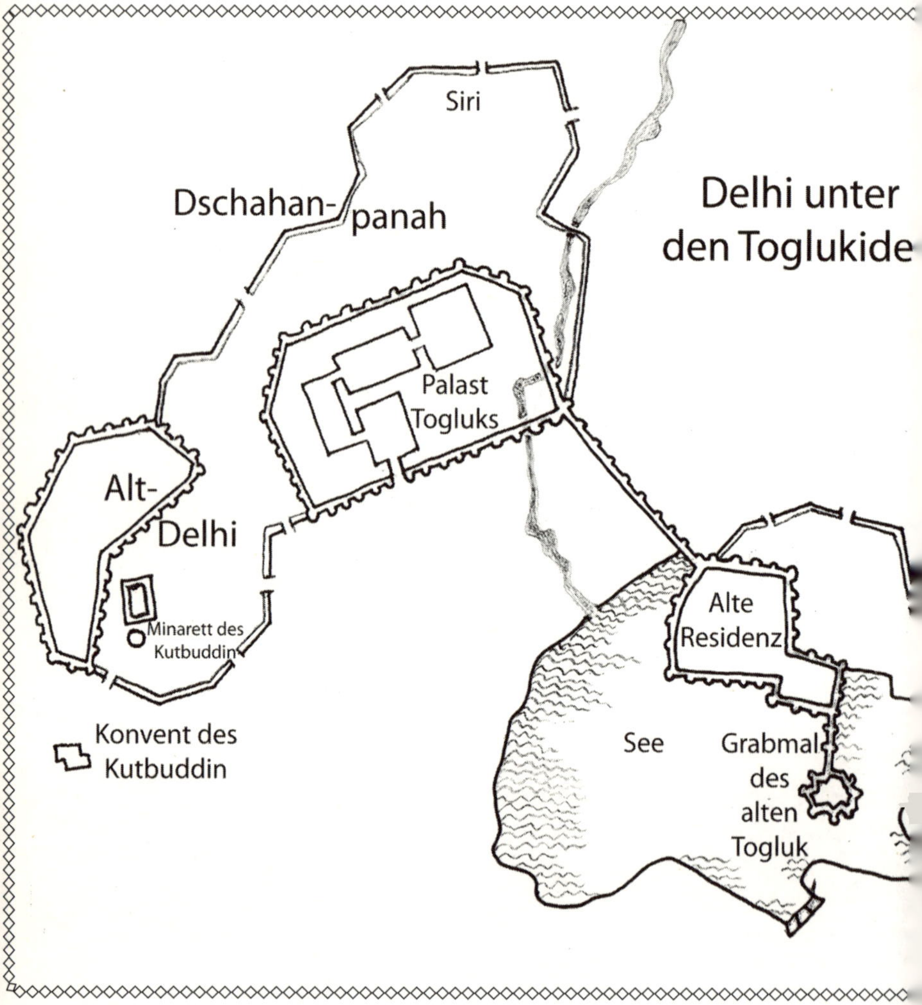

Sechsundachtzigstes Kapitel

Worin erzählt wird, wie Ibn Battuta die Fünf Gewässer überquert, den ersten der drei Chiser-Heiligen trifft und nach sieben Jahren zwei gute Freunde wiedersieht

Als die Karawane, mit der Ibn Battuta die *Fünf Gewässer*, den Pandschab, überquert hatte, durch das westliche Tor in die Stadt Multan einzog, bot sich ihnen ein grausiger Anblick. Über den Zinnen der Stadtmauer hatte man Holzkreuze errichtet, an denen die mit Stroh ausgestopften Häute von etwa zwanzig Männern festgenagelt waren.

„Was haben die armen Burschen denn angestellt, dass man sie auf so unmenschliche Weise hingerichtet hat?", fragte Ibn Battuta einen Soldaten, der sie seit der Grenzstation am Fluss eskortierte.

„Rebellion", antwortete der Soldat, ohne dass seine Stimme viel Anteilnahme verriet. „Der oberste Offizier der Garde in Siwestan wollte sich selbst zum Herrn über den südlichen Pandschab aufschwingen. Man kann ihn kaum noch erkennen, aber er ist der ganz links. Kaisar war sein Name, ein Muslim aus Persien, der es nicht ertragen konnte, dass der Gouverneur Sartis ihm einen indischen Stadtoberen vor die Nase gesetzt hatte. Aber Sartis kennt gegenüber Aufständischen keine Gnade, und so befiehlt es der Herr der Welt, der erhabene Sultan Muhammad Togluk in Delhi, der Allwahrhaftige schenke ihm ein langes Leben!"

Für kriegerischen Aufstand gegen Gott sah das islamische Recht in der Tat Kreuzigung vor. Leider waren die Sultane in der islamischen Welt nur zu leicht geneigt, Rebellion gegen ihre zuweilen tyrannische Herrschaft dahingehend zu interpretieren, wie Ibn Battuta sehr wohl wusste. Vom Häuten aber und dem Ausstopfen mit Stroh war im Koran und in den vom Propheten überlieferten Aussprüchen überhaupt keine Rede. Sultan Togluk konnte sich rühmen, den Mongolen in Sachen Grausamkeit in nichts nachzustehen, ja sie sogar zu übertreffen. Und offenbar verstand sich die muslimische Elite des Landes mit dem hinduistischen Teil der Bevölkerung nicht immer gut. Ibn Battuta konnte es nicht ahnen, doch sollte dies nur ein Vorgeschmack auf die Dinge sein, die ihn in Delhi erwarteten.

In Multan waren sie gezwungen zu warten, bis vom Sultan, zu dem bereits Boten geschickt worden waren, die Nachricht eintraf, dass sie sich in die Hauptstadt begeben durften. Der Tross des Richters Kiwamuddin aus Chorasan, des hochrangigsten Mannes in der Karawane, zog mit viel Pomp im Palast des Gouverneurs von Multan ein, während Ibn Battuta und seine Dienerschaft in der großen Karawanserei an der Stadtmauer unterkamen. Einerseits traf es ihn in seinem Ehrgefühl, dass nur Kiwamuddin so zuvorkommend behandelt wurde, andererseits kam es ihm gelegen. In Multan mochte Ibn Battuta nicht nutzlos verweilen. Nicht nur, weil man vom Dach des Gebäudes, auf dem sich die Schlaflager befanden, die gekreuzigten Häute der Aufständischen des Kaisar sehen konnte und er bei dem Anblick nicht zur Ruhe gekommen wäre. Er wollte einen Sufi außerhalb der Stadt aufsuchen, den er seit langer Zeit zu treffen hoffte.

Lange, sehr lange schien es her, dass Ibn Battuta in Ägypten dem Sufimeister Murschidi begegnet war, der ihm den Weg zum Grabmal des Schasili in Humaisira gewiesen hatte. Während Ibn Battuta auf seinem Pferd zum Stadttor Multans hinausritt und sich nach Norden wandte, dachte er mit einem Lächeln an die Kekse, die ihm Murschidi bei seinem Abschied in einer Geste der Fürsorge eingepackt hatte. Der freundliche alte Mann war in gewisser Weise für sein langes Suchen und Umherirren verantwortlich. Ursprünglich hatte er nicht damit gerechnet, über Ägypten hinaus reisen zu müssen. Murschidi hingegen hatte geahnt, dass es bei dem Besuch am Grabmal des Schasili nicht bleiben würde, und er hatte ihm vorausgesagt, er würde noch zu einem großen Reisenden werden. Auch hatte er ihm aufgetragen, drei Heilige aufzusuchen, mit denen er befreundet war, nämlich den Ruknuddin in Sind, den Schahdschalal in Bengalen und den Burhanuddin in China. Sie seien in die Chiser-Mysterien eingeweiht, hatte er Ibn Battuta versprochen, und würden ihm weiterhelfen.

Dass besagter Ruknuddin sich nahe Multan, der Hauptstadt der Provinz Sind aufhielt, hatte Ibn Battuta schon in Afghanistan erfahren. Der Ruhm des Heiligen reichte weit. Er war der Großmeister einer der beiden großen Orden Indiens. Dieser Orden hatte seit jeher mit den Sultanen von Delhi kollaboriert, um die friedliche Missionierung des südlichen Indiens und Bengalens zu fördern, wo sie denn auch mit großem Erfolg Klöster gegründet hatten. Doch allzu häufig geschah es, dass sie in den Strudel der Intrigen am Hof hineingerissen und zu reinen Politikern wurden, die nur noch äußerlich durch ihr sufisches Flickengewand daran erinnerten, dass sie ihr Leben dem jenseitigen, nicht dem diesseitigen Herrscher verschrieben hatten.

Ruknuddin war einer dieser Politikersufis gewesen, doch hatte er sich nach Jahren im Dienste des Sultans vom Hof in Delhi abgewandt, seine weltlichen Verstrickungen bereut und sich in ein Kloster in der Nähe von Multan zurückgezogen. Seine plötzliche Zurückweisung jeglichen Kontaktes mit dem Herrscher von Indien hatte ihn in den Augen der einfachen Leute zu einem Heiligen gemacht, was nur allzu deutlich zeigte, welche Haltung sie dem Sultan entgegenbrachten. In Scharen strömten die Menschen in Ruknuddins Kloster, zumal von ihm gesagt wurde, er verfüge über besondere magische Fähigkeiten.

Als Ibn Battuta ans Tor des Klosters gelangte, ließ ihn einer der Novizen des Ruknuddin in den Hof und wies ihm den Weg zum Audienzzimmer.

„Seid bitte vorsichtig, was Ihr sagt, werter Herr", flüsterte der Novize. „Ruknuddin ist heute wieder einmal in besonders zerknirschter Stimmung. Der verehrte Herr muss wissen, er macht sich immer noch Vorwürfe wegen seiner Zeit in Delhi. Er hält sich für unrein."

Ibn Battuta trat in den schlichten Empfangsraum, in dem Ruknuddin weilte. Der Sufimeister trug den dunkelblauen Flickenrock, denn Blau war die Farbe der Trauer im Jammertal dieser Welt. Ruknuddin war ein kleiner spilleriger Mann mit großem kahlem Schädel. Sein Gesicht erinnerte Ibn Battuta an die Wüstenspringmäuse, die er im Oman gesehen hatte, mit ihren kleinen, feuchtglänzenden Augen, der kurzen Nase und den tief sitzenden, seitlich abstehenden Ohren.

Ruknuddin weinte.

„Oh, edler Herr, vergebt mir!", jammerte er, sich ohne Begrüßung an den eintretenden Ibn Battuta wendend. „Vergebt mir Armem! Ich bin nicht wert, von Euch besucht zu werden! Ich armer Sünder! Ich gottloser Frevler!"

Ibn Battuta verneigte sich verlegen, ließ sich vorsichtig an der

Seite des alten Mannes nieder und fasste ihn freundschaftlich am Arm.

„Ooh, aah, iih!" Ruknuddin stieß einen spitzen Schrei aus, den Wüstenmäusen Omans wieder nicht unähnlich, und mit einer heftigen Bewegung entwand er sich Ibn Battutas Griff. „Oh nein! Ihr dürft mich nicht berühren! Ich bin unrein, unrein!" Er sprang auf und stürzte aus dem Raum. Es dauerte eine Weile, bis er wiederkam, in einen neuen, genauso traurigen Flickenrock gekleidet. In einigem Abstand ließ er sich neben Ibn Battuta nieder.

„Verehrter Scheich", sagte Ibn Battuta nach kurzem Schweigen behutsam. „Der Friede sei mit Euch, und vergebt meine Unachtsamkeit, einem Heiligen zu nahe zu kommen!"

Rukdnuddin zuckte mit seiner kurzen Mausnase.

„Ich will Euch nicht lange zur Last fallen. Ich bringe Grüße von Eurem Freund Murschidi aus Fuwa in Ägypten. Ich traf ihn dort vor einigen Jahren, und er trug mir auf, Euch zu besuchen."

„Ooh, der gute, gute, *gute* Murschidi", seufzte Ruknuddin und wackelte mit den Ohren. „Ein wirklicher Heiliger! Ich bin seiner Grüße nicht wert, nicht wert!" Er nahm etwas Staub in seine Hand und streute ihn sich leise wimmernd auf den Kopf. Ibn Battuta begann daran zu zweifeln, dass der alte Mann im Vollbesitz seiner geistigen Kräfte war.

„Guter, verehrter Scheich", begann er vorsichtig von neuem. „Ich will Euch nicht lange stören, doch erlaubt mir, bevor ich zum Sultan Togluk nach Delhi aufbreche ..."

„Was?!", rief Ruknuddin dazwischen. „Togluk? Togluk!? Der verdammte Tyrann, Vatermörder, Schinder, Erzbetrüger!" Er sprang auf die Beine und begann wie wild im Zimmer herumzuhüpfen. „Togluk! Mein Unglück! Iblis hat mich damals verführt, jawohl, der große Satan höchstpersönlich hat sich meiner bemächtigt! TOGLUUUUK!"

Damit stürzte er ein weiteres Mal hinaus.

Ibn Battuta blieb zurück. Offenbar war es ein Fehler gewesen, den Namen des Sultans von Delhi zu erwähnen. Es verging eine gewisse Zeit, bis Ruknuddin zurückkam und sich wieder zu ihm setzte. Er schien sich etwas beruhigt zu haben.

Wieder schwiegen sie eine Weile. Ibn Battuta räusperte sich. „Jedenfalls", begann er von neuem, „sagte der verehrte Murschidi, Ihr wäret in die Chiser-Mysterien eingeweiht und könntet mir vielleicht Auskunft geben, wo ich jenen Chiser antreffen kann. Ich suche ihn schon lange, war beim Kutbuddin in Isfahan und bei Simnani in Nordpersien, und meine, ihm auch schon einmal begegnet zu sein, aber leider hat uns das Schicksal wieder voneinander getrennt."

„Chiser?", flüsterte Ruknuddin unvermittelt. „Sprecht nicht so laut von Chiser, dem erhabenen Herrn, ich flehe Euch an!" Seine Mausaugen verdrehten sich in den Höhlen, sodass es schien, als blickte er in sich selbst hinein. „Chiser, der Grüngewandete ... ja, ja, er ist hier vorbeigekommen, vor nicht allzu langer Zeit, aber er wollte nicht bleiben."

„Sagt mir bitte, wohin er sich gewendet hat, verehrter Meister! Ich muss ihn unbedingt finden!"

„Ich weiß es nicht genau, junger Herr. Er sagte, er ginge nach Delhi und dann zum Schahdschalal nach Bengalen, aber vielleicht hat er das auch nur so gesagt. Ich bin ja nicht würdig, von dem erhabenen Herrn in seine Pläne eingeweiht zu werden, oh je, oh je, nicht würdig, nein ganz und gar nicht würdig, ich Sündentropf, ich schlechter, schlechter, *schlechter* Mensch ..." Er begann wieder, sich Erde auf den Kopf zu streuen und leise vor sich hin zu wimmern.

Ibn Battuta riss der Geduldsfaden.

„Was zum Himmel habt Ihr denn in Delhi getrieben, dass Ihr so ein schlechter Mensch seid?", fragte er direkt. Die Antwort war nur lautes Geheul.

Ibn Battuta erhob sich und zog sich zurück. Mit dem Mann war keine vernünftige Unterhaltung möglich. „Ich werde für Euch beten, Meister", sagte er zum Abschied. Er kehrte nach Multan zurück, wo er, ob es ihm gefiel oder nicht, in der Karawanserei bei seinem Gefolge abstieg, um auf die Antwort vom Sultan aus Delhi zu warten.

Nur wenige Tage später traf der oberste Kammerherr des Sultans in Multan ein, zusammen mit drei Eunuchen und Trägern, die Ehrengewänder brachten. Die vornehmen ausländischen Besucher, die in der Karawane gereist waren, wurden reich beschenkt, und auch Ibn Battuta erhielt seinen Anteil. Auch übermittelte ihm der Kammerherr, gewisse Personen am Hof erwarteten ihn bereits, doch wollte er, als Ibn Battuta in ihn drang, nicht preisgeben, wen er meinte. Dann musste Ibn Battuta in Gegenwart eines Notars einen Vertrag unterzeichnen. Der Sultan war bekannt dafür, dass er fremde Gelehrte und Künstler mit Vorliebe an seinen Hof holte, doch nur unter der Bedingung, dass sie sich verpflichteten, in seinen Dienst zu treten. Einer der Mitreisenden Ibn Battutas, ein Kaufmann aus Isfahan, weigerte sich denn auch, die Unterschrift zu leisten und musste deshalb bis auf Weiteres in Multan zurückbleiben.

Ihre Karawane war durch die Ankunft der sultanischen Gesandtschaft erheblich angewachsen. Unter anderem hatte man ihnen aus Delhi zwanzig Köche geschickt. Sie ritten mit einigen anderen Bediensteten immer ein paar Stunden voraus, um das Lager herzurichten und das Essen vorzubereiten. Vor jeder gemeinsamen Mahlzeit, die in einem großen Zelt eingenommen wurde, verneigten sich alle unter der Leitung des obersten Kammerherrn gen Delhi, um dem Herrn der Welt ihre Achtung zu bezeugen. Zum Frühstück gab es längliche Erbsen mit Reis und Butter, ein Gericht, das man Kitscheri nannte und das für den Tagesmarsch kräftigen sollte. Für gewöhnlich reisten sie bis zum frühen Nachmittag und machten dann Halt. Am Abend wurde ausgiebig gespeist. Kaltes Fruchtwasser und Rosenzuckerwasser, Scherbet, wurde gereicht. Die Diener trugen große Porzellanschüsseln auf, in denen mit Butter, Zwiebeln und grünem Ingwer zubereitetes Fleisch serviert wurde, begleitet von dünnem Butterkuchenbrot. Dazu gab es in Pasteten gebackenes, kleingehacktes, mit Mandeln, Nüssen, Pistazien, Zwiebeln und Grüngewürz angerichtetes Fleisch. Dann kam in zerlassener Butter gedünsteter Reis mit Hühnchenhäppchen, Ingwer- und Mangochutney und schließlich der Nachtisch, meistens ein Gebäck, das man Kadihappen nannte. Schließlich wurde Bier ausgeschenkt, und zum Abschluss kaute man Betel und Pinangnüsse, wovon die Zunge eine ziegelrote Färbung erhielt und der Atem angenehm frisch wurde. Angesichts dieser Annehmlichkeiten bemerkte auch der letzte, dass sie auf dem Weg an den Hof eines verschwenderisch großzügigen und extravaganten Herrschers waren.

So zog die Karawane entlang der Reisfelder und durch die mit Mango-, Orangen- und Granatapfelbäumen bestandene Pandschabebene. Zehn Meilen vor Delhi, im Städtchen Masudabad, erhielten sie die Nachricht, dass der Sultan erst in einigen Wochen von einem Kriegszug im Süden in die Hauptstadt zurückkehren würde. Sie sollten fürs Erste warten. Eine zweite Gesandtschaft aus hohen Beamten war ihnen mittlerweile entgegengezogen, um sie nach Delhi zu geleiten, wozu jedoch ein weiteres Mal die Erlaubnis des Sultans eingeholt werden musste. Ibn Battuta saß gerade in seiner Kammer in der Karawanserei, als ihm die Diener die Ankunft der Gesandtschaft meldete, darunter zwei Freunde, die ihn auf der Stelle zu sehen wünschten.

Im nächsten Moment kamen Farasdak und Dscharir ins Zimmer gestürmt.

Die Wiedersehensfreude war groß. Dscharir schloss Ibn Battuta in seine gewaltigen Arme und verdrückte in stiller Rührung eine Träne, während Farasdak wie ein Kind um die beiden herumhüpfte und die kleinen Fäuste begeistert in die Luft stieß.

„Ich hab's dir doch gesagt, ich hab's dir doch gesagt!", rief er triumphierend und ohne Unterlass. „Er kommt noch nach Delhi, er musste hier ja irgendwann vorbeikommen!"

Siebenundachtzigstes Kapitel

Welches davon berichtet, wie Ibn Battuta am Hof des Sultans Togluk eingeführt wird und ein Haus in Alt-Delhi bezieht

„Man kann nicht sagen, dass es uns schlecht ergangen ist“, sagte Farasdak, als sie in der Abenddämmerung auf dem Dach der Karawanserei von Masudabad auf und ab gingen. „Der Sultan regiert mit starker Hand und ist ein großer Gönner der Künste und Wissenschaften, auch wenn sein Arabisch zu wünschen übrig lässt – er interessiert sich leider mehr für persische Dichtung.“ Er verdrehte die Augen. „Aber trotzdem haben ich und Dscharir es am Hofe zu etwas gebracht. Ich bin Kammerherr geworden und Dscharir Zeremonienmeister. Das sind gut bezahlte Stellungen, und wir haben uns beide ein hübsches Häuschen in Alt-Delhi einrichten lassen, wo wir mit unserem Gefolge ein angenehmes Leben führen. Wir haben für dich in unmittelbarer Nähe auch bereits ein Haus beschafft. Wir werden Nachbarn sein!“

„Das sind gute Neuigkeiten, mein lieber Farasdak“, sagte Ibn Battuta. „Aber ich muss euch gestehen, dass meine Geldreserven so gut wie aufgebraucht sind, nicht zuletzt wegen eines Geschenks, das ich für den Sultan teuer erworben habe.“ In Afghanistan hatte er eine Wasseruhr gekauft, die die Stunden angab, indem der marmorne Elefant, auf dem sie ruhte, den Rüssel hob und mechanisch trompetete. Das komplizierte und extrem fragile Gerät hatte ihn eine wahre Unsumme gekostet.

„Ach, darüber mach dir bloß keine Sorgen!“, rief Dscharir, der womöglich noch dicker war als vor sieben Jahren und sich noch pompöser kleidete. In seinem perlenbesetzten Turban steckte eine ellenlange Pfauenfeder. „Der Sultan hat, sobald er von deiner Ankunft hörte, gleich eine Pension für dich ausgesetzt und die Ausstattungskosten für dein Haus übernommen.“

Ibn Battuta wischte sich mit dem Ärmel über die speichelbespritzte Wange, was Dscharir, immer um Eleganz bemüht, großzügig übersah. „Aber er kennt mich doch überhaupt nicht! Wie kann er mir da schon seine Gunst beweisen und mir Geschenke machen?“

„So macht er das mit fremden Neuankömmlingen, von denen er glaubt profitieren zu können", sagte Farasdak. „Die Sultane von Delhi haben schon immer, seit die Mongolen große Teile der kultivierten persischen und arabischen Welt in Schutt gelegt haben, ganz gezielt Künstler, Handwerker und Gelehrte in ihre Hauptstadt gelockt. Muhammad Togluk macht da weiter, wo seine Vorfahren aufgehört haben, nur übersteigt seine Großzügigkeit in der Tat alles bisher Dagewesene."

„Dieser Togluk", sagte Ibn Battuta nachdenklich und blieb stehen, denn sie hatten das ferne Ende des Daches der Karawanserei erreicht, „scheint ja wirklich ein besonderer Herrscher zu sein ..."

„Das ist er ohne Zweifel", pflichtete Dscharir ihm eifrig bei. „Auch wenn er in letzter Zeit immer misstrauischer geworden ist. Überall im Reich brodelt es. Die Provinzen wollen sich selbstständig machen; die Hindufürsten, die hier Radschas genannt werden, machen dem Sultan große Schwierigkeiten. Vor einigen Jahren wollte Togluk deswegen sogar die Hauptstadt von Delhi nach Daulatabad verlegen, einer Festung in Mittelindien, denn von dort glaubte er die Südprovinzen besser beherrschen zu können. Die Bevölkerung von Delhi hat er dafür zwangsdeportiert. Das war ein Unternehmen!"

„Und eine Tragödie", warf Farasdak scharf ein und fuhr mit dem dürren Finger in die Luft. „Viele der Alten und Kinder sind auf dem Marsch von Delhi nach Daulatabad gestorben. Togluk setzte eine Frist, nach deren Ablauf jedermann Delhi verlassen haben musste. Ein Blinder und ein Lahmer waren zurückgeblieben und wurden von den Palastwachen im menschenleeren Delhi aufgegriffen. Togluk ließ den Blinden mit einem Katapult über die Stadtmauer hinaus ins Feld schleudern, den Lahmen ließ er an einen Wagen anbinden und bis nach Daulatabad schleifen. Der arme Mann! Nur ein Bein von ihm kam in Daulatabad an, der Rest seines Körpers wurde auf der langen Reise auseinandergerissen."

Ibn Battuta blieb stehen und blickte seine Freunde entsetzt an. „Das ist ja widerlich", sagte er. „Dieser Togluk scheint Grausamkeiten zu lieben. Die Art und Weise, in der sein Gouverneur in Multan einen aufständischen Offizier hinrichten ließ, war auf geradezu gotteslästerliche Weise unmenschlich. Wer solche schändlichen Schergen beschäftigt, ist wohl selbst ein Schurke!"

„Sag das nicht zu laut", fiel ihm Dscharir flüsternd ins Wort und blickte sich um. Die Pfauenfeder auf seinem Turban zitterte. „Togluks Spione sind überall. Selbst wir wären vor Denunziation nicht sicher. Aber Recht hast du, er treibt's manchmal gar zu weit. Togluk ist ebenso grausam wie großzügig – nämlich über alle Maßen. Jedoch eines muss man ihm lassen: Er ist ein Mann mit großartigen Visionen, ein begnadeter Herrscher. Die Verlagerung seiner Hauptstadt nach Süden war im Grunde genommen eine äußerst kluge Strategie ..."

„... wenn nur seine Gouverneure in den Provinzen mitgespielt hätten!", rief Farasdak, „aber kaum hatte sich Togluk nach Daulatabad begeben, zündelten an den Rändern seines Reiches schon wieder die Revolten. Und dann kamen auch noch die Mongolen!"

Ibn Battuta hatte bei seinem Besuch im Feldlager des Tschagatai-Khans Tarmaschirin von dessen Versuch gehört, Delhi zu erobern. Togluk hatte den mongolischen Fürsten, der bis zur Hauptstadt vorgerückt war, zurückgeschlagen und damit den Ruf Indiens als Bollwerk gegen die Tataren gestärkt.

„Dass Togluk den Mongolen widerstehen konnte, ist schon erstaunlich", gab Ibn Battuta zu. „Der Kadi Kiwamuddin aus Tirmis, der mit mir in der Karawane durch Afghanistan gezogen ist, sagte mir einmal, er käme nach Indien, weil er hier am ehesten den Traum eines starken und geeinigten islamischen Reiches verwirklicht sieht."

„Damit hat er recht und doch auch nicht", sagte Farasdak. „Alle ausländischen Muslime am Hof in Delhi – wenn sie sich gerade nicht nur am Sultan bereichern wollen, denn von dieser Sorte, musst du wissen, gibt es so manchen – träumen davon, auf diesem Boden einen idealen islamischen Staat zu schaffen. Aber mit den Menschen, die hier leben, den Hindus, haben die Hofbeamten und Berater des Sultans in der Regel nur wenig Kontakt. Zwar ist Togluk gegenüber der Hindureligion tolerant, aber er beteiligt die Einheimischen eben nicht an der Regierung. Dass sie ihm das übelnehmen, kann man ihnen kaum verdenken. Mich wundert es nicht, dass Togluk wie ein gehetztes Tier von einer Provinz in die andere eilen muss, um Aufstände der Radschas niederzuschlagen. Es ist ein echtes Dilemma!"

Dscharir schlug Ibn Battuta mit dicker Pranke auf die Schulter. „Aber lass dich nur nicht von unserem alten Skeptiker, dem erlauchten Kammerherrn Farasdak-mit-der-langen-Nase entmutigen, lieber Freund! Du kommst sogar zu einem Zeitpunkt zu uns nach Delhi, in dem es vergleichsweise ruhig zugeht. Wir besorgen dir schon eine hübsche Stellung am Hof und dann lässt du es dir in Delhi erst einmal eine Weile lang gutgehen!“

Damit stiegen sie vom Dach der Karawanserei hinunter in den Hof. Ein Bote vom Feldlager des Sultans war eingetroffen. Der Herr der Welt hatte ihnen soeben erlaubt, sich nach Delhi zu begeben und dort auf seine Ankunft zu warten.

Früh am Morgen des nächsten Tages brachen sie auf. Schon einige Meilen vor der Stadt konnten sie das berühmte Minarett des Kutbuddin erkennen, jenen gewaltigen, über hundert Ellen hohen, spitz nach oben zulaufenden Turm der Moschee von Alt-Delhi. Dahinter erstreckte sich Dschahanpanah, Neu-Delhi, das weite Siedlungsgebiet, das Muhammad Togluk mit einer Mauer hatte umfassen lassen, um Alt-Delhi mit der Residenzstadt seines verstorbenen Vaters zu verbinden. In Dschahanpanah hatte der Sultan sein eigenes Schloss bauen lassen, das genau in der Mitte zwischen Alt-Delhi und der ehemaligen Palaststadt lag und die Einheit des muslimischen Indiens mit dem Indien der Hindus symbolisieren sollte.

Unter den neugierigen Blicken der Bewohner von Delhi zog ihre Karawane auf geradem Weg zum Palast des Sultans. Am ersten der drei Tore, die in die inneren Bereiche des Schlosses führten, blieben die Bediensteten und die Tiere zurück. Nur die Vornehmen der Karawane, der Richter Kiwamuddin, Ibn Battuta, und ein paar andere Edle betraten den Palast, geführt vom obersten Kammerherrn und den drei Eunuchen, die schon seit Multan ihr Begleitkomitee bildeten. Auch Farasdak und Dscharir befanden sich an Ibn Battutas Seite, als sie in den Empfangsraum des Palastes der Sultansmutter eintraten. Der Wesir Chodschadschahan erwartete sie bereits.

Der Wesir war nach dem Sultan Muhammad Togluk die mächtigste Person im Reich, ein Mann in fortgeschrittenem Alter und von unscheinbarem Aussehen. Der Sultan vertraute ihm vollkommen, denn Chodschadschahan war es gewesen, der ihm zur Herrschaft verholfen hatte. Muhammad Togluk war zunächst nicht als Thronfolger vorgesehen gewesen. Im fortgeschrittenen Mannesalter hatte der alte Togluk, Muhammads Vater, einen Sohn gezeugt, den er über alles liebte und daher zu seinem Nachfolger erkor, sehr zum Ärger des ehrgeizigen Muhammad, der sich als Feldherr in den Provinzen bewährt hatte und seit langem hohe Ambitionen hegte. Er war deswegen mit Chodschadschahan, dem Hofarchitekten, übereingekommen, seinen Vater aus dem Weg zu räumen. Zu diesem Zweck ließen sie einen hölzernen Festpavillon errichten, in dem sie den alten Sultan empfingen, als dieser von einem Feldzug zurückkam. Der Pavillon war so gebaut, dass er, als die Parade der Kriegselefanten an ihm vorüberzog, einstürzte und den greisen Herrscher mitsamt seinem Lieblingssohn unter sich begrub. Muhammad Togluk, der die Rettungsarbeiten beaufsichtigte, gab Befehl, man solle sich nicht zu sehr beeilen. Als schließlich der Körper des alten Sultans unter dem Schutt des Pavillons zum Vorschein kam, fand man ihn in schützender Haltung über den Knaben gebeugt. Man begrub beide in der für den Sultan vorgesehenen Grabkapelle vor den Mauern der Palaststadt. Seit jenem Tag war Chodschadschahan der engste Vertraute des Sultans.

Bei ihrem Eintreten verneigte sich der Wesir so tief, dass sein Haupt dem Erdboden nahe kam, während Ibn Battuta und seine Begleiter sich auf die Erde niederwarfen und mit gespreizten Fingern den Boden berührten. Dann verneigten sich alle in Richtung des Thronsaales, um des abwesenden Herrschers zu gedenken. Chodschadschahan begrüßte jeden der Neuankömmlinge einzeln. Als die Reihe an Ibn Battuta kam, umarmte er ihn.

„Von allen Reisenden an unserem Hof", sagte er warm, „bist du derjenige, der den weitesten Weg hatte. Du bist an diesem Hofe ein gerngesehener Gast, wie wir hier jeden jungen Mann mit guter Ausbildung willkommen heißen. Dir soll es an nichts mangeln! Man hat mir mitgeteilt, dass für deine Unterbringung ein Haus in Alt-Delhi vorbereitet worden ist. Sehr gut! Ich habe veranlasst, dass du es nicht in leerem Zustand beziehen wirst. Sobald der Herr der Welt nach Delhi zurückkommt, wirst du ihm begegnen und weitere seiner Wohltaten erfahren. Nimm bis dahin dies für dich als Barbierspesen!"

Er gab Ibn Battuta zwei lederne Geldbörsen, die jeweils eintausend Silberdirhams enthielten. Ibn Battuta fiel auf die Knie und küsste dem Wesir, wie es das Protokoll befahl, die Pantoffeln. Ein Diener brachte ein Ehrengewand aus feinster Ziegenwolle, dass Chodschadschahan ihm um die Schultern legte.

Der Wesir geleitete sie nun in den Audienzsaal der Sultansmutter Machduma, die von allen Herrin der Welt genannt wurde und eine höchst angesehene alte Dame war. Sie war blind – man sagte, sie habe ihre Sehkraft an dem Tag verloren, an dem ihr Mann unter dem einstürzenden Pavillon des Chodschadschahan sein Leben ließ und Muhammad Togluk die Macht ergriff. Ihr Sohn hatte dafür gesorgt, dass sie die Hintergründe dieses Unfalles nie erfuhr. Der Sultan war ihr in sklavischer Bewunderung ergeben.

„Ein famose Frau, diese Machduma", flüsterte Dscharir Ibn Battuta zu, als man sie in im Audienzraum des Palais der Machduma hatte Platz nehmen lassen, „eine große Wohltäterin für die Armen, Sufis und Dichter dieser Stadt. Man sagt auch, sie sei sehr schön gewesen, doch sieht man sie nur verschleiert. Sie war eine indische Prinzessin, die ihrem Sohn viel von ihren exquisiten Manieren mitgegeben hat, die er allein von seinem Vater, dem türkischen Emporkömmling, nie erhalten hätte. Die Herrin der Welt Machduma hat ein Gespür für das Gute und Schöne."

Pagen brachten goldene Teller, Becher und Kannen herbei und trugen Speisen auf. Dann wurden in großen Schüsseln getrocknete Früchte, gekühlter Fruchtsaft und Betel gereicht. Der Wesir Chodschadschahan, der zur Seite Ibn Battutas saß, zeigte ihm, wie man nach der Etikette mit diesen Gaben umging. Er ergriff die ihm gereichte Schüssel mit einer Hand, stellte sie auf seine Schulter und berührte mit der anderen Hand die Erde zur Huldigung. Ibn Battuta tat es ihm gleich. Aus dem Inneren des Palais wurde nun eine Truhe herausgebracht, die ungenähte Gewänder aus Seide, Leinen und Baumwolle enthielt. Die Anwesenden Kammerherren riefen: „Im Namen Gottes!", und dann gingen sie daran, jedem Gast ein Empfangsgeschenk zuzuteilen.

Einer der Eunuchen trat von hinten an den Wesir und flüsterte ihm etwas ins Ohr. Der Wesir wandte sich an Ibn Battuta.

„Die Herrin der Welt wünscht Euch persönlich kennenzulernen! Folgt dem Eunuchen auf den Balkon!"

Ibn Battuta schaute sich fragend zu Dscharir um, sah, dass dieser ihm aufmunternd zunickte, erhob sich und folgte dem Eunuchen. Sie stiegen eine enge Treppe hinauf in das obere Stockwerk und gelangten in einen länglichen Raum, von dem aus man durch Gitter in den Hof hinunterblicken konnte, in dem die Gäste saßen.

Die Sultansmutter wartete hinter einem zarten Vorhang, ihr zur Seite eine Dienerin. Er konnte nur ihre Konturen erkennen. Ibn Battuta blieb in etwas Abstand vor dem Vorhang stehen, während der Eunuch sich entfernte. Mit einer feinen Stimme, in der viel Herzlichkeit und Güte lag, wandte sich Machduma an ihn:

„Meine Bedienstete sagt mir, dass Ihr beim Entgegennehmen der Goldschüsseln gute Manieren gezeigt habt. Auch Eure Freunde Dscharir und Farasdak preisen Euch in den höchsten Tönen. Sie haben mir berichtet, dass Ihr zum Fakih ausgebildet wurdet, dass Ihr Euch mit dem Sufismus beschäftigt habt, Gedichte zu rezitieren wisst und die Laute spielt. Ganz die Art junger Mann, die einer Schwiegermutter gefallen könnte. Seid Ihr verheiratet?“

„Mein unstetes Reiseleben, erhabene Herrin, und eine bestimmte Sache, nach der ich suche, haben es mir von jeher unmöglich gemacht, mich länger an einen Ort zu binden, und so bin ich unverheiratet, wenn auch in Begleitung einiger Sklavinnen, in Euer Land gekommen.“

„Wenn eine Frau es verstanden hätte, Euer Herz zu gewinnen, wäret Ihr doch gewiss nicht einfach weitergereist? Hat Euch noch niemals eine Frau ganz für sich einnehmen können?“

Ibn Battuta hätte lügen können, aber er merkte, dass die Sultansmutter, die so zwanglos mit ihm sprach, als würden die üblichen Umgangsformen des Hofes für sie nicht gelten, ihn sofort durchschaut hätte. Er antwortete mit einer Gegenfrage:

„Kennt Ihr den Vierzeiler Omar Chajjams?

Schön ist die Blume, vom Wind überweht;
Schön ist die Wiese, über die meine Holde geht.
Sprich nicht von gestern, es bringt doch nichts ein.
Sei fröhlich, lass das Gestern; nur das Heute besteht.“

„Es gab also einmal eine Frau in Eurem Leben, aber sie gehörte einem anderen Manne?“

„Ihr sagt es, verehrte Herrscherin.“

„Und so seid Ihr ein heldenhafter Einzelgänger geworden und habt alle Hoffnung begraben, habe ich recht? ... Ts, ts ... Wo befindet sich denn die Dame? Doch nicht etwa hier in Delhi?“

Ibn Battuta trat der Schweiß auf die Stirn. Konnte die alte Sultanin Gedanken lesen, oder wusste sie mehr über ihn, als er ahnte? Hatten ihr etwa Dscharir und Farasdak von Marjam berichtet?

„Antwortet Ihr nicht?“, kam es hinter dem Vorhang hervor.

„Doch, gewiss edle Herrin, gewiss.“ Er räusperte sich. „Sie befindet sich in der Tat in Delhi, wenn mich nicht alles täuscht. Aber deswegen bin ich nicht hierhergekommen. Ich bin auf der Suche nach etwas anderem.“

„Nun, junger Herr, dann werde ich Euch auch nicht nach ihrem Namen fragen, den Ihr, wenn Ihr wohlerzogen seid, sowieso nicht preisgeben würdet. Was aber die Sache angeht, nach der Ihr so verzweifelt zu suchen scheint, so wird es sich wohl um etwas handeln, was nur Männer zu interessieren vermag, also verlangt es mich auch in diesem Falle nicht, mehr darüber zu erfahren. Seid jedenfalls an unserem Hof herzlich willkommen! Ihr müsst unbedingt zu unseren wöchentlichen Séancen kommen, bei denen die Herren Farasdak und Dscharir zusammen mit den persischen Dichtern und Sängern des Hofes den Sultan und seine Zechgenossen unterhalten. Ich wohne diesen Sitzungen für üblich von meinem erhöhten Erker im ersten Stock bei. Ich werde auf Euch achten. Nun dürft Ihr gehen. Der Friede sei mit Euch!“

„Und mit Euch der Friede, Herrin der Welt“, sagte Ibn Battuta, erhob und verbeugte sich und verließ rückwärts schreitend das Zimmer.

Auf dem Weg nach Alt-Delhi, wo Ibn Battuta sein Haus beziehen sollte, schworen Farasdak und Dscharir bei allem, was ihnen heilig war, der Sultansmutter kein Wort über Marjam gesagt zu haben. Marjam befand sich, als Gattin des ilchanidischen Botschafters Hawi, tatsächlich am Hof in Delhi. Dscharir und Farasdak bekamen sie dann und wann zu Gesicht, wenn sie beim Emir Hawi eingeladen waren.

Ihre Ehe war kinderlos geblieben, was den Emir nach vier Jahren veranlasst hatte, eine zweite Frau zu nehmen. Ein Jahr darauf, als immer noch kein Erbe gezeugt war, heiratete er gar ein drittes Mal, aber ebenfalls ohne den gewünschten Erfolg. Es schien, bemerkte Farasdak, als sei der Emir das Problem gewesen, nicht Marjam, aber darüber durfte nicht gesprochen werden, denn es war äußerst schandvoll für einen Mann, keine Zeugungskraft zu besitzen. Das wiederholte Heiraten des Emirs hatte

Marjam ihrem Mann entfremdet. Die beiden führten keine glückliche Ehe, obwohl sie sich in den ersten Jahren gut verstanden hatten.

„Aber das alles", sagte Farasdak, als sie in die Gasse einbogen, in der Ibn Battutas Haus lag, „ist wahrlich nichts, worüber du dir den Kopf zerbrechen müsstest, lieber Ibn Battuta! Jetzt lass uns erst einmal dein neues Domizil inspizieren!"

Das Haus grenzte an die alte Stadtmauer und die Palempforte, am Ende der Straße lag ein Eingangstor zur Freitagsmoschee, und prächtig über den Dächern erhob sich das gewaltige vierstöckige Minarett des Kutbuddin. Die efeuumrankte Haustür führte über einen kurzen Korridor in einen kleinen bunt verputzten Hof, von dem aus Treppen in die oberen Stockwerke abgingen. Vergnügt lief Ibn Battuta die Räume ab, kletterte auf das flache Dach, von dem sich ihm ein herrlicher Blick über das alte Delhi bot, und eilte dann zurück in den Hof, wo Pagen des Wesirs mittlerweile die Empfangsgeschenke abluden, die ihm die Haushaltsgründung erleichtern sollten. Für die Küche wurden gebracht: eintausend Pfund Mehl, davon ein Drittel fein gemahlen und zwei Drittel Schrotmehl; eintausend Pfund gepökeltes Fleisch; etliche Pfund Zucker, Butter und Nüsse, sowie eintausend Betelblätter. Sodann wurden Teppiche, Decken, Matten, Sofas und Betten herbeigeschafft, darunter auch Seidenmatratzen und Polster für Ibn Battutas Privatgemächer, sowie Küchenutensilien und Gedecke. Ibn Battutas Leibdiener Achmed war eifrig damit beschäftig, die Träger, deren Strom nicht abreißen wollte, in die richtigen Zimmer zu leiten. Schließlich war alles verstaut. Fünf Träger und zwei Dienerinnen standen nach getaner Arbeit wartend im Hof. Ibn Battuta eilte zu ihnen, um ihnen ein Trinkgeld zu geben, doch wiesen sie es zurück. Der Sultan bezahle sie, bestellten sie, und sie stünden Ibn Battuta auch künftig als Bedienstete zur Verfügung. Plötzlich war sein Haushalt auf über zwanzig Personen angewachsen. Aber das Haus war allemal groß genug, um sie alle aufzunehmen.

Im Hochgefühl dieser triumphalen Ankunft in der Hauptstadt des östlichen Islam ging Ibn Battuta daran, sich zum ersten Mal in seinem Leben an einem Ort für längere Zeit einzurichten. Er war gespannt, was für Aufgaben ihn hier erwarteten.

Achtundachtzigstes Kapitel

Welches von Ibn Battutas Ernennung zum Kadi von Delhi handelt und von einer Jagd, auf der er ein Ungeheuer in die Flucht schlägt

Obwohl Ibn Battuta noch keine feste Aufgabe am Hof übernommen hatte, waren ihm auf Befehl des Sultans, der immer noch im Feldlager weilte, die Steuereinnahmen zweier Dörfer nördlich von Delhi zugeteilt worden. Das war großzügig, wenn auch nicht so großzügig wie die Geschenke, die man dem Kadi Kiwamuddin gemacht hatte. Während Ibn Battuta auf die Rückkehr des Sultans wartete, ging er im Frühling mit seinem neuen Reichtum daran, sein Haus wohnlicher zu machen und, mit allerlei Geschenken ausgestattet, sich bei den hohen Beamten und Militärs der Stadt einzuführen. Als schließlich im Frühsommer die Nachricht kam, der Sultan nähere sich mit seinem Heer und werde bald seinen Palast in Dschahanpanah beziehen, war Ibn Battuta bereits ein gerngesehenes Mitglied der oberen Gesellschaft. Auf den Abenden, die in den Häusern der Hohen des Reiches und in den Gemächern des Wesirs und der Herrin der Welt veranstaltet wurden, gab er seine Reiseerlebnisse zum Besten und griff zuweilen auch zur Laute, um ein Lied aus seiner Heimat oder ein Maqam aus der klassischen arabischen Tradition vorzutragen.

Dann, an einem wolkenlosen, strahlenden Freitag, war es soweit. Der Sultan zog in die Stadt ein, in einer pompösen Prozession, die von Tausenden von Infanteristen angeführt wurde. Vor dem Sultan liefen sechzehn geschmückte Kriegselefanten, über die man teils in Gold gestickte, teils mit Juwelen ausgelegte Sonnenschirme gespannt hatte. Auf einigen Elefanten hatte man kleine Katapulte aufgestellt, die Silberstücke in die jubelnde Menge schleuderten. Es folgte der oberste Stallmeister auf einem Pferd mit der brokatenen und mit Edelsteinen verzierten Schabracke des Sultans. Schließlich kam schweren Schrittes ein weißer Elefant, auf dem der Sultan thronte, über ihm ein goldener Sonnenschirm, der im gleißenden Licht glänzte wie ein blankpolierter Dinar. Am Eingang zum Palast kam ihm Machduma, die Herrin der Welt, entgegen. Ihre Sänfte wurde von vier schwarzen Eunuchen getragen. Der weiße Elefant des Herrschers kniete nieder, Togluk stieg hinunter, trat zu seiner Mutter und küsste ihr in einer Geste der Demut und Hochachtung die Pantoffeln. Dann bestieg er wieder seinen Elefanten, und unter viel Jubel, Trommelwirbel und Posaunenblasen verschwand der Aufzug im Inneren der Palastanlage.

Zwei Tage später lud der Sultan alle Neuankömmlinge von Rang zu sich nach Dschahanpanah ein. Am Außentor des Palastes versammelten sich am Morgen die Audienzbewerber mit ihren Geschenken, den Rossen, Kamelen, ägyptischen Schwertern, aus den Türkenländern importierten Hammeln, chorasanischen Früchten und den aus aller Welt herbeigebrachten Sklaven. Achmed, Ibn Battutas Diener, hatte ordentlich an der Wasseruhr zu tragen, die einiges Aufsehen erregte. Gleich neben ihnen befand sich auch die Tribüne der Scharfrichter, denn vom Audienzsaal im Inneren des Schlosses aus ergingen täglich Todesurteile, die unverzüglich und gleich am ersten Tor vollstreckt wurden.

Der Wesir Chodschadschahan kam zu ihnen hinaus und lud sie ein, ihm in den Audienzsaal zu folgen. Sie betraten den ersten Innenhof. Auf beiderseits errichteten Estraden saßen die Torwachen, mit schweren Streitäxten und Schwertern gerüstet. Durch das zweite Tor gelangten sie in einen geräumigen Wartesaal. Ihnen zur Rechten thronte auf einer Tribüne der Zeremonienmeister, Ibn Battutas Freund Dscharir. Die Position stand ihm gut an und schmeichelte ganz offensichtlich seiner Eitelkeit. Er hielt eine goldene Keule in der Hand, auf dem Haupt trug er eine juwelenbesetzte und mit Pfauenfedern geschmückte Tiara. Vor ihm hatten sich die Kammerherren aufgereiht, erkennbar an den goldenen Käppchen, Broschettengürteln und Geißeln mit polierten Silbergriffen. Unter ihnen befand sich auch Farasdak. Dscharir begann nun, die Audienzbewerber nach Rang und Ansehen in Gruppen einzuteilen, die nacheinander durch das dritte Tor in den Tausendsäulensaal geführt wurden, wo der Sultan sie empfangen würde. Dscharir blinzelte Ibn Battuta vertraulich zu und stellte sicher, dass er der ersten Besuchergruppe zugeteilt wurde, zusammen mit dem Richter Kiwamuddin und einigen anderen hohen Herren aus den persischen und türkischen Ländern.

Wieder führte sie der Wesir an, und sie betraten den Säulenwald des mit persischen Teppichen ausgelegten Audienzsaales. Die

Säulen waren aus Holz und bunt bemalt, wie auch die hölzerne Kassettendecke weit oben. Umgeben von Leibgarden und einer Anzahl Kammerherren saß der Sultan am Kopfende auf einer mit weißem Stoff ausgelegten Empore. Sein Thron war prunkvoll mit Edelsteinen bestückt und mit Kissen drapiert. Nur der Sultan genoss das Vorrecht, im Thronsaal zu sitzen, alle anderen mussten stehen. Sein Leibwächter Kabula, ein hünenhafter Sudanese, der sich ausgezeichnet aufs Erwürgen verstand, wedelte ihm mit einem Pfauenfederfächer von hinten Luft zu und verscheuchte die Fliegen. Rechts von Togluk stellte sich der Wesir auf, während Ibn Battuta und die anderen Gäste sich mit gespreizten Fingern auf die Erde warfen und den Boden küssten.

Chodschadschahan rief sie einzeln beim Namen nach vorn, zuerst den Richter Kiwamuddin, den der Sultan spontan zum Justizminister ernannte, dann einige der Edlen aus Persien, und schließlich Ibn Battuta.

„Der erlauchte Herr Ibn Battuta, Rechtsgelehrter, auch als der Große Reisende bekannt!“, erscholl die Stimme des Wesirs. „Er bringt als Geschenk eine Wasseruhr aus Afghanistan!“ Ibn Battutas Gabe wurde am Thron des Sultans vorbeigetragen, der marmorne Elefant ließ passend sein Trompetengeräusch erklingen, doch Togluk lächelte nur müde. Ibn Battuta trat vor, verbeugte sich dreimal und blieb vor dem Thron des Sultans stehen.

Hier war er also angelangt, beim mächtigsten Herrscher des östlichen Islam und einer der schillerndsten Gestalten seiner Zeit, Muhammad Togluk, Sultan von Delhi und Indien, der für seine politischen Visionen, seine Großzügigkeit und Extravaganz genauso berühmt war wie für seine Grausamkeit. In diesem Moment würde sich entscheiden, ob Togluk Ibn Battuta gnädig gestimmt sein würde oder ob seine Reise nach Delhi doch ein Fehler gewesen war.

Der Sultan saß in der für die Inder typischen aufrechten Haltung, die Beine wie beim Gebet längs unter sich zusammengelegt. Er hatte die Statur eines Soldaten. Die Glieder waren kräftig und gedrungen, die Hände grob und gewalttätig. Er war klein, was man leicht erkennen konnte, obwohl er seinen kurzen Wuchs dadurch zu kaschieren suchte, dass er einen hohen Turban trug. Der Haaransatz war weit nach hinten gerückt, die Stirn fliehend, der Kopf etwas zu groß im Vergleich zum Oberkörper, die Nase wie von einem Ferkel, die Haut grau. Der Sultan hatte keinen Bartwuchs, was auf seine türkische Abstammung hindeutete. Ein weicher Zug umspielte seine dünnen Lippen. An der Oberlippe hafteten kleine Schweißperlen. Alles in allem war Togluks Gesicht nicht ausdruckslos, gewiss nicht, aber auch nicht schön, im Gegenteil. Besonders unvorteilhaft waren die Nase und die weit auseinanderstehenden kleinen Augen, unter denen sich dunkle Ränder abzeichneten.

Togluks Pupillen flackerten nervös, als könnte sein Körper die in ihm angestaute Intelligenz und Energie, die guten und die zerstörerischen Kräfte nicht zusammenhalten. Des Sultans innere Rastlosigkeit, so wussten Kenner des Hofes, hatte aber auch noch andere, wesentlich profanere Gründe. Ein nervöses Magenleiden verursachte dem Sultan ständige Übelkeit, von der er sich nur durch eruptives Aufstoßen Linderung zu schaffen vermochte. Schlimmer noch, wenn er sich besonders erregte, entfuhren ihm unkontrollierbare Inkontinenzen, die so übelriechend waren, dass es die Schranzen unter ihren Pudermasken einige Anstrengung kostete, ruhig auf den Sitzen zu verharren. Mit etwas Erfahrung in der Sache war indes leicht erkennbar, wann dem Sultan ein solches Malheur unterlaufen war, denn umgehend und mit wahrer Hingabe begann Kabula, der massige Sudanese, der stets hinter Togluks Thron stand, den breiten Fliegenfächer aus Pfauenfedern zu schwingen, welchen er sonst nur müde zu wedeln pflegte.

Als Ibn Battuta vor Togluk trat, schien es, als entspannten sich die Züge des Herrschers. Ein genüssliches Lächeln trat auf sein Gesicht. Er sprach Ibn Battuta in Persisch an.

„Dein Kommen bedeutet Segen! Heil deiner Ankunft! Sei beruhigt, wir werden dir Wohltaten erweisen und dich so gut behandeln, dass deine Landsleute noch davon hören und dir zu uns nachfolgen werden!"

Er schwieg eine Weile und schaute Ibn Battuta mit einem seltsam begehrlichen Ausdruck an. Ibn Battuta hielt es für angebracht, nichts zu sagen und küsste stattdessen Togluks Hand.

„Aus welchem Lande kommst du denn, Ibn Battuta?", fragte der Sultan.

„Aus dem westlichsten Land des Islam, oh Herr der Welt, aus Marokko."

„Wie ich höre, ein schönes und zivilisiertes Land“, sagte Togluk. Ibn Battuta küsste ihm ein weiteres Mal die Hand, so wie es Dscharir ihm eingeschärft hatte. Nach jeder Gunstbezeugung des Sultans war diese Geste angebracht, mehr noch: sie war erwartet.

„Was hast du dort getan und auf welchen Wegen bist du nach Indien gekommen?“

„Ich studierte die islamischen Rechtswissenschaften an der Moscheeschule der Leute aus Kairuan in Fes. Dann begab ich mich auf die Pilgerfahrt nach Mekka und durchreiste anschließend Persien, den Irak, Arabien, Anatolien und die Steppen der Mongolenreiche, um bei berühmten Gelehrten meine Kenntnisse auszubilden.“

Diese Behauptungen entsprachen zwar nicht genau den Tatsachen, erschienen Ibn Battuta in diesem Moment aber opportun. Der Sultan hörte ihm jedoch noch nicht einmal richtig zu. Stattdessen studierte er Ibn Battutas Gesicht und ergriff dann seine Hand.

„Du hast uns durch deinen Besuch so geehrt“, sagte er und blickte Ibn Battuta tief in die Augen, „dass wir niemals imstande wären, dir das wieder zu vergelten. Fühle dich immerhin wie ein enger Verwandter von mir und lebe in dieser Stadt ein glückliches Leben – es gibt nichts Kostbareres in meinem Reich als Delhi!“ Er wandte sich zum Wesir, ohne dabei Ibn Battutas Hand loszulassen. „Wie viel hat man dem erlauchten Herrn Ibn Battuta zugemessen?“

Chodschadschahan beugte sich zu ihm hinüber und murmelte: „Das übliche Willkommensgeschenk, mein Herr, Ausstattung für sein Haus in Alt-Delhi und die Steuereinkünfte zweier Dörfer.“

„Gut! Man gebe ihm drei weitere Dörfer! Aus dem Staatsschatz soll man ihm zudem zwölftausend Dinar bar auszahlen und ein Ross mit Sattel und Zaum bereitstellen! Außerdem ernenne ich ihn zum Kadi von Delhi, mit einer Besoldung von zwölftausend Dinaren jährlich!“

Ibn Battuta küsste wieder die Hand Togluks. „Oh Herr der Welt“, murmelte er überrumpelt, „habt Dank für Eure unermessliche Güte. Allerdings, verzeiht meine Insuffizienz, gehöre ich in Rechtsdingen den Malikiten an, während die Bewohner von Delhi Hanafiten sind! Und ich spreche die Landessprache nicht!“

Der Sultan brach in Gelächter aus. „Das soll keine Schwierigkeiten machen! Ich bestimme zwei erfahrene Richter zu deinen

Stellvertretern! Sie werden dich beraten und du wirst ihre Akten unterzeichnen. Du wirst bei mir die Stelle eines Sohnes einnehmen!“

„Vielmehr“, sagte Ibn Battuta und führte seine Lippen wieder an Togluks Hand, „die Stelle Eures Sklaven und Dieners!“

„Nein, du bist unser Freund und Lehrer! Nun magst du dich entfernen!“

Ibn Battuta küsste ein letztes Mal die Hand des Sultans und zog sich, verwirrt von der Großzügigkeit Togluks, rückwärts zurück.

Dscharir geleitete ihn zum Ausgang des Thronsaals, wo Farasdak schon auf sie wartete. Die drei Freunde umarmten sich. Alles war gutgegangen, sogar besser als zu erwarten gewesen war. Togluk hatte Ibn Battuta zu einem Günstling erkoren.

Einige Monate vergingen. Eines Morgens, es war noch früh, kam Farasdak in Ibn Battutas Haus in Alt-Delhi gestürzt und brachte die Nachricht, dass in Persien der Ilchanide Abu Said ermordet worden war. Dem jungen Herrscher, dessen Aufstieg Ibn Battuta so nah miterlebt hatte, war es in den letzten sieben Jahren gelungen, sein Reich zu einen und zu neuer Stärke zu führen. Doch seine Neigung zu Willkür und seine Schwäche für immer neue Liebschaften hatten sein Ende bewirkt.

Nach dem Sturz des Oberemirs Tschoban hatte Abu Said, wie Ibn Battuta noch im Feldlager von Sultanijja erfahren hatte, als Erstes dessen Tochter, Bagdad Chatun, von ihrem Mann zwangsweise scheiden lassen und dann selbst zur Frau genommen. Bagdad Chatun war für ihre Schönheit berühmt, und mehrere Jahre lang war ihr der junge Sultan völlig verfallen. Doch mit der Zeit hatte er sein Auge auch auf andere Frauen geworfen und schließlich die Fürstentochter Delschad zu seiner neuen Favoritin erkoren. Grausam hatte Bagdad Chatun daraufhin Rache genommen. In einer der wenigen Nächte, in der Abu Said noch ihr Lager aufsuchte, hatte sie nach dem Liebesakt seinen verschwitzten Körper mit einem in Gift getränkten Tuch abgerieben, woraufhin der junge Herrscher nach wenigen Stunden einen qualvollen Tod starb. Ein hoher Emir war tags darauf in Bagdad Chatuns Harem eingedrungen, hatte sie nackt im Bad überrascht und auf der Stelle erschlagen. Ihren Leichnam warf man vor das Palasttor in Sultanijja, wo er tagelang lag, nur mit einem leichten Seidenschleier bedeckt. Derweil ergriff ihr ehemaliger Ehemann, der Emir Scheich Hasan, die Macht in Nordpersien. Überall in den Provinzen fielen die lokalen Fürsten von der Zentralregierung ab, zumal Abu Said keinen männlichen Thronfolger gezeugt hatte. Das mongolische Reich der Ilchaniden war gefallen. Dem Sultan von Indien konnte das nur recht sein. Nachdem Togluk vor einigen Jahren schon den Tarmaschirin zurückgeschlagen hatte, als dieser auf Delhi zu marschierte, konnte er sich nun für immer vor den Mongolen in Sicherheit fühlen.

Unter diesen Umständen erübrigte es sich für den Emir Hawi, Marjams Gatten, noch länger als Botschafter Abu Saids am Hof in Delhi zu verweilen. Jedoch nach Persien wollte er angesichts der gespannten Lage nicht zurückkehren. So bat er den Sultan, ihn in seinen Dienst aufzunehmen, was ihm Togluk ohne Umschweife gewährte. Er ernannte den Emir zum Anführer des sechzehnten Bataillons der sultanischen Streitkräfte.

Zu Ibn Battuta pflegte der Emir Hawi jetzt ein höflich distanziertes Verhältnis. Es war offensichtlich, dass er nach Ibn Battutas überstürzter Abreise aus Täbris Verdacht geschöpft hatte. Wenn in Hawis Palais in Neu-Delhi ein Fest gefeiert wurde, stand Ibn Battutas Name nicht auf der Gästeliste. Nur bei offiziellen Veranstaltungen, denen beide aufgrund ihrer Stellung beiwohnen mussten, kreuzten sich ihre Wege. Eine dieser Gelegenheiten war die große Jagd, die der Sultan im späten Winter des ersten Jahres von Ibn Battutas Aufenthalt in Delhi veranstalten ließ.

Angesichts der über ihm ausgeschütteten Gunstbeweise und auch, weil er des Reisens müde war, hatte Ibn Battuta schließlich beschlossen, am Hof Karriere zu machen. Sein Amt als Richter war, wie er schnell herausfand, eine reine Formalie. Er hatte in den drei Monaten seit seiner Ernennung zum Kadi noch keinen einzigen Rechtsfall gehört. Seine beiden Stellvertreter erledigten alles Notwendige und schienen im Übrigen von hoher Stelle Anweisung erhalten zu haben, Ibn Battuta so wenig wie möglich an ihrer Arbeit teilhaben zu lassen. Also musste er auf anderem Weg versuchen, mehr Einfluss zu erlangen. Ehrgeiz ergriff ihn. Er wollte zu einem der engeren Berater des Sultans aufsteigen.

Aber um in die Nähe des Sultans zu kommen, musste man ihm kostbare Geschenke machen und sich insgesamt als Mann von Welt profilieren. Und nun galt es auch noch, sich für die große

Jagd des Sultans mit den nötigen Zelten, Tieren, Waffen und Begleitern zu versehen! Ibn Battuta beeilte sich, alles rechtzeitig beisammen zu haben. Am Morgen, an dem der Sultan auf seinem Elefanten in die nördlichen Sumpfgebiete aufbrach, waren viele hohe Beamte noch nicht anwesend, weil ihre Jagdausstattung noch nicht vollständig war. Sie würden in ein paar Tagen nachkommen, denn die Jagd war auf zwei Wochen angesetzt. Der Emir Hawi war jedoch zugegen, und als sich die Kolonne der Jäger in Bewegung setzte, ergab es sich, dass er und Ibn Battuta auf ihren Pferden nebeneinander hinter dem Elefanten des Sultans ritten.

„Die Leute am Hof reden über dich, Ibn Battuta", sagte Hawi geradeheraus. „Man wundert sich, dass du noch nicht geheiratet hast, nun, da du alles hast, ein Haus, eine Stellung am Hof und einen guten Ruf."

„Ich habe auch bereits darüber nachgedacht, verehrter Hawi. Vielleicht wäre es wirklich angebracht, dass ich eine Familie gründe. Mein rastloses Reisen scheint in Delhi vorerst an ein Ende gelangt zu sein."

Der Emir nickte bedächtig. „Es könnte auch noch aus einem anderen Grund ratsam sein, dass du dir eine Frau nimmst. Wegen des Sultans ..."

„Was ist mit dem Sultan?", fragte Ibn Battuta, obwohl er wusste, worauf der Emir Hawi hinauswollte.

„Schau dir doch nur einmal an, was er da mit Riasuddin treibt!"

Ibn Battuta blickte nach vorn. Unter dem großen goldenen Schirm, der über den Sattelturm seines Elefanten gespannt war, saß der Sultan und legte einen Arm um besagten Riasuddin, einen jungen bartlosen Mann, der mit quietschender Stimme lachte und auf hysterische Weise amüsiert schien. Riasuddin war ein Urenkel jenes letzten Abbasidenkalifen von Bagdad, den der Mongole Hülägü vor beinahe achtzig Jahren hatte hinrichten lassen. Einer der Söhne dieses letzten Kalifen war damals nach Kairo entkommen, und die Mamlukenherrscher Ägyptens hatten ihn und seine Nachkommen dazu benutzt, ihrer Herrschaft die nötige Legitimität zu verleihen. Der Kalif war immer noch ein Symbol, und auch der Sultan Togluk, der es ernst damit meinte, in Indien einen orthodoxen Staat zu errichten, hatte nach Kairo schicken lassen, um sich vom Kalifen eine Anerkennungsurkunde einzuholen. Riasuddin war vor einigen Jahren nach Delhi gekommen, wo er von dem großen Namen seiner Familie zehrte und als Höfling seinen Unterhalt fand, ein arroganter und gespreizter junger Mann mit weibischem Wesen. Er hatte ein schmales, bleiches Gesicht, große, schwarz umschminkte Augen und eine spitz in die Luft zeigende Nase. Auch war er völlig dem Weingenuss und Betelkauen hingegeben.

„Ganz vernarrt ist der Sultan in die Schwuchtel“, knirschte Hawi. „Wenigstens lenkt das seine Aufmerksamkeit von anderen gut aussehenden jungen Männern in seiner Umgebung ab – wie von dir zum Beispiel. Aber wer weiß, wie lange er dem Riasuddin noch günstig ist. Ich rate dir, mit dem Heiraten nicht länger zu warten.“

„Du meinst ...?“, fragte Ibn Battuta tonlos.

„Vor den Annäherungsversuchen des Sultans ist schon seit langem kein hübscher Knabe mehr sicher. Nur verheiratete Männer dürfen sich davon einigermaßen gefeit fühlen. Wer den Sultan zurückweist, ist hingegen schnell einen Kopf kürzer! In dieser Hinsicht ist der Speichellecker Riasuddin sogar ein Glücksfall, denn er ist schrecklich eifersüchtig und duldet es nicht, dass der Sultan andere Liebhaber nimmt. Wie sich der Sultan vor ihm erniedrigt, ist geradezu unwürdig. Einmal, du warst noch nicht in Delhi, kam der Herrscher von Ghazna aus Afghanistan zu Besuch. Der Sultan teilte ihm ein Palais im Stadtteil Siri in Neu-Delhi zu, das er zuvor dem Riasuddin als Lehen gegeben hatte. Riasuddin konnte den Herrscher von Ghazna auf den Tod nicht ausstehen und war daher über das Benehmen des Sultans zutiefst verärgert. Er ließ eine Botschaft an Togluk schicken und drohte hochmütig, alle Geschenke des Sultans zurückzugeben und ihn zu verlassen, wenn er dem Herrscher von Ghazna in Siri Unterkunft gewähre. Der Sultan machte sich sofort zum Haus des Riasuddin auf, ging zu Fuß zu ihm in seine Gemächer hinauf und bat ihn vor den Anwesenden um Verzeihung. *Bei Gott!,* sagte er, *ich weiß dich nicht eher mit mir zufrieden, als bis du deinen Fuß auf meinen Nacken gesetzt hast.* Selbst Riasuddin erschrak. *Das tue ich nicht,* sagte er, *selbst wenn ich sterben sollte.* Aber der Sultan insistierte: *Bei meinem Haupte, du musst es unbedingt tun!,* beugte seinen Kopf zur Erde und gab seinem Leibwächter

Kabula den Befehl, den Fuß des Riasuddin in die Hand zu nehmen und auf seinen Nacken zu setzen, was er dann auch tat, zum Entsetzen aller Anwesenden. *Nun weiß ich,* sagte da der Sultan, *dass du zufrieden gestellt bist, und ich bin zufrieden.* Spätestens seit diesem Zwischenfall war allen klar, dass den Sultan und Riasuddin mehr verbindet als gegenseitige Achtung."

Während sie sich so unterhielten, ritten sie durch eine sumpfige Gegend. Plötzlich vernahmen sie neben sich im Schilf ein Rascheln. Noch ehe sich Ibn Battuta versah, erschien vor ihm auf dem Weg ein Nashorn. Ibn Battuta erschrak über das ungeheuere Tier, welches zwar kleiner als ein Elefant war, aber einen mindestens ebenso großen Kopf hatte. Auch bewegte es sich viel rascher und war ohne Zweifel um einiges gefährlicher, denn über der breiten Schnauze trug es etwas, das aussah wie ein abgebrochener Säbel.

Mit solcher Schnelligkeit stürzte es auf sie zu, dass ihnen keine Zeit blieb um auszuweichen. Die Pferde stoben in Panik auseinander, doch der Emir Hawi kam nicht rechtzeitig vom Fleck. Das Nashorn riss den Schenkel seines Hengstes auf und brachte Pferd und Reiter zum Sturz. Verzweifelt versuchte Hawi, sich unter dem schweren Körper des panisch wiehernden Tieres hervorzuarbeiten. Das Nashorn wollte inzwischen erneut auf sie losgehen. Es war klar, dass der Emir diese zweite Attacke nicht überleben würde.

Ohne zu überlegen, zog Ibn Battuta sein Schwert und sprengte zwischen das Nashorn und den am Boden um Luft ringenden Hawi, wobei er einige Mühe mit seinem Pferd hatte. Doch bevor es zur Konfrontation kam, hielt der graue Riese ein und schaute sich verdutzt um; dann trottete er zurück ins Dickicht.

Die Jäger bliesen zum Halali und setzten dem Tier nach, allen voran der Sultan auf seinem Elefanten. Riasuddin an seiner Seite kreischte vor Aufregung und Vergnügen. Ibn Battuta blieb zurück und half dem Emir auf die Beine. Bis auf eine leichte Quetschung am Oberschenkel war er unverletzt geblieben.

„Das erinnert mich sehr daran", sagte er schwer atmend und irgendwie ungehalten, „wie mir ein ähnliches Ungetüm namens Dimaschk ibn Tschoban an die Gurgel wollte und du mir das Leben rettetest. Jetzt hast du es schon zum zweiten Mal fertiggebracht, mich tief in deine Schuld zu bringen! Manchmal frage ich mich wirklich, warum Gott dich mir über den Weg geschickt hat."

Langsam ritten sie gemeinsam zum Feldlager, wo sie auf die Rückkehr des Sultans warteten. Nach einigen Stunden brachten die Jäger den Kopf des getöteten Nashorns. Der Sultan ließ ihn stolz vor dem Eingang seines Zeltes ausstellen. Kabula, der Leibwächter, trat später zu Ibn Battuta und übergab ihm eine Geldbörse.

„Zur Belohnung für die Tapferkeit, die Ihr heute bewiesen habt. Der Sultan hat mir aufgetragen, Euch sofort nach unserer Rückkehr nach Delhi im Schatzhaus zu empfangen und Euch alle Spesen, die Ihr bis jetzt gehabt habt, doppelt auszuzahlen. Er wünscht darüber hinaus, dass Ihr von nun an häufiger bei seinen Abendgesellschaften zu Gast seid!"

Der Emir Hawi blickte ihn vielsagend an.

Neunundachtzigstes Kapitel

Worin der Sultan Togluk auf einen Feldzug nach Südindien zieht und Ibn Battuta in Delhi zurückbleibt, um das Hospiz des Kutbuddin zu leiten

Chornasab war die Tochter des Achsanschah, eines ranghohen Gouverneurs am Hof des Sultans. Sie war eine der zahlreichen Adelstöchter, die im Harem der Sultansmutter Machduma darauf warteten, dass der Sultan sie an Mitglieder des Hofes verheiratete. Der Emir Hawi sprach beim Sultan vor und erbat ihre Hand für Ibn Battuta. Togluk fuhr sich mit der Zunge nervös über die dünnen Lippen und willigte etwas mürrisch ein – viel schien er von der Idee nicht zu halten. Er trug dem Emir auf, für ein würdiges Hochzeitsbankett zu sorgen.

Machduma stellte aus ihrem Gefolge vier Damen ab, die während der mehrere Tage dauernden Festlichkeiten die Stellen von Ibn Battutas Mutter, Schwester und Tanten einnahmen. Zuerst wurde Ibn Battuta in einen der kleinen Privatpaläste von Dschahanpanah gebracht, wo ihm die Damen die Hände und Füße mit Hennafarbe bemalten, während andere Mädchen dazu sangen und tanzten. Ibn Battuta ließ alles über sich ergehen. Er kannte Chornasab nicht, im Grunde war sie ihm gleichgültig. Immerhin hatte man ihm versichert, sie sei hübsch und freundlich. Es war nur klug, sich jetzt zu verheiraten, denn es würde seine Position in Delhi stärken und ihn vor den Avancen des Sultans schützen.

Am folgenden Tag zog er mit seinen Freunden und Bediensteten zum Palast, um seine Braut abzuholen. Vor dem Eingang zum Saal, in dem Chornasab geschmückt auf ihn wartete, setzten die Haremsdamen ihm eine Blumenkrone aus Jasmin und wilden Rosen auf den Kopf.

„Wer zur Braut will, muss uns erst im Ringkampf besiegen", rief ihm lachend eine Gruppe männlicher Verwandter Chornasabs zu, die sich vor der Tür aufgestellt hatten.

„Will es etwa jemand mit mir aufnehmen?", rief Ibn Battuta zurück in die Runde.

Die Männer wackelten mit den Köpfen, und das symbolische Kräftemessen war rasch erledigt. Auf seinem Pferd ritt Ibn Battuta in den Saal, stieg am Fuße des Thrones, auf dem Chornasab saß, aus dem Sattel und empfing von ihr, zum Zeichen der Vermählung, ein Betelblatt. In diesem Augenblick stimmten die Sängerinnen ihre Lieder an und man ließ die Pauken, Hörner und Trompeten ertönen. In feierlicher Prozession, Ibn Battuta auf dem Pferd, Chornasab in einer Sänfte folgend, zogen sie in das Haus in Alt-Delhi. Der Sultan schickte Geld, das Ibn Battuta dazu verwendete, die Musikanten und Diener zu entlohnen und Geschenke an die Hochzeitsgäste zu verteilen.

Schon nach kurzer Zeit begann Ibn Battuta unwillkürlich, seine Ehe mit der seines Vaters und Saudas zu vergleichen. Dank Chornasabs waren seine Nächte weniger einsam. Auch hatte sie sein Haus bald wohnlicher und wärmer gemacht. Aber er liebte sie nicht. Seit Marjam ihn verlassen hatte, war sein Herz verschlossen. Sein Streben war in immer stärkerem Maße auf andere Dinge gerichtet. Seine Freunde Dscharir und Farasdak machten sich insgeheim Sorgen. Ibn Battutas ganzes Bemühen galt jetzt der Karriere am Hof.

Selbst wenn er gewollt hätte, es blieb ihm kaum Zeit, sich eingehender mit seiner neuen Frau bekanntzumachen, denn plötzlich nahmen die Dinge im Reich des Sultans von Delhi eine dramatische Wendung. Der Gouverneur von Mabar im südlichsten Indien hatte sich von Togluk losgesagt und in seiner Hauptstadt Madurai Münzen im eigenen Namen prägen lassen. Unglücklicherweise war dieser Gouverneur kein anderer als jener Achsanschah, dessen Tochter Ibn Battuta kurz zuvor geehelicht hatte. Als Togluk sein Heer rüstete, um in den Süden zu ziehen und den Aufstand niederzuschlagen, hieß man Ibn Battuta in Delhi bleiben – ein eindeutiger Beweis der nachlassenden Gunst des Sultans. Ibn Battutas Enttäuschung wurde dadurch gelindert, dass der Emir Hawi, dessen Freundschaft er wiedergewonnen hatte, als Militärstellvertreter des Sultans ebenfalls in Delhi blieb. Farasdak und Dscharir hingegen mussten Togluk begleiten, was ihnen keineswegs recht war, denn sie bevorzugten ihr komfortables Leben in der Hauptstadt.

Vor seiner Abreise hatte der Sultan Ibn Battuta beauftragt, die Leitung des Grabmals und Konvents des Kutbuddin zu übernehmen, einer großen religiösen Stiftung vor der Stadtmauer Alt-

Delhis. Kutbuddin, ein türkischer Söldner aus Afghanistan, hatte vor Jahren Delhi für den Islam erobert und war der Erbauer der Großen Moschee und ihres gewaltigen Minaretts, das Ibn Battuta jedes Mal jäh über sich aufragen sah, wenn er morgens aus seinem Haus trat. Ibn Battuta musste nur ungefähr eine halbe Meile bis zum Stadttor laufen und gelangte dann über ein Feld, auf dem Karawanen lagerten und Kühe weideten, zur Grabanlage. Diese bestand aus dem Mausoleum des Kutbuddin, einer Moschee, einer Medresse, einer Bibliothek, einem Sufikonvent sowie einer Armenküche. Das Personal, für das Ibn Battuta nun verantwortlich war, umfasste mehr als vierhundert Personen, Koranleser, Lehrer, Theologiestudenten, Sufis, Moscheeangestellte, Verwalter, Köche, Diener und Wachmänner. Die Steuereinkünfte von dreißig Dörfern aus der Umgebung von Delhi wurden benötigt, um die Solde auszuzahlen und die Anlage in Gang zu halten. Ibn Battuta erledigte diese Aufgabe mit solchem Eifer, dass er schon nach kurzer Zeit einen Überschuss erwirtschaftet hatte, mit dem er sogleich eine neue Kuppel für das Mausoleum bauen ließ.

Doch diese Tätigkeit, so sehr sie ihn ausfüllte, gestaltete sich bald schwieriger als erwartet. Das war nicht im Geringsten seine Schuld. Die bürgerkriegsähnlichen Wirren, die das Sultanat von Delhi nun schon seit längerem erschütterten, waren nicht ohne Auswirkung auf die Bevölkerung geblieben. Die von Räuberbanden gebeutelten Bauern konnten den Nachschub an Lebensmitteln für die Städte nicht länger aufrechterhalten. Dazu kam eine schlechte Ernte, und so brach in Nordindien eine furchtbare Hungersnot aus.

Auf dem Markt in Alt-Delhi stieg der Getreidepreis in schwindelnde Höhen. Man verkaufte Tierhäute, kochte sie aus und trank den Sud. Das Blut der geschlachteten Ochsen wurde in Becken aufgefangen, mit Mehl verdickt und dann verzehrt, auch von Muslimen, denen die Scharia Blutverzehr ausdrücklich verbot. Der Sultan hatte von seinem Feldlager aus Anweisung gegeben, an die Bewohner von Delhi Lebensmittelrationen zu verteilen, doch die Armenküche in der Grabanlage Kutbuddins war schon lange nicht mehr groß genug, um den um Essen bittenden Menschen Platz zu bieten. Ibn Battuta ließ auf dem Feld vor der Anlage Suppe austeilen, aber nur zu häufig gingen seinen Köchen die Vorräte aus, sodass nicht allen geholfen werden konnte.

Auch die Steuereinkünfte aus den Dörfern flossen nicht mehr pünktlich. Als Ibn Battuta beschloss, in einem Dorf, das nur eine Tagesreise entfernt lag und schon seit Monaten keine Abgaben mehr geschickt hatte, nach dem Rechten zu sehen, bot sich ihm ein erschütterndes Bild. Schon am Wegesrand hatte er Frauen beobachtet, die von einem Pferdekadaver Streifen herunterschnitten, obwohl sich der tote Körper schon im fortgeschrittenen Stadium der Verwesung befand. Das Dorf selbst war aufgegeben worden. Geruch von Moder und Fäulnis hing in der Luft, als er und seine beiden Begleiter ihre Pferde an den Hütten vorbeiführten. Nur aus einem der Häuser stieg ein dünner Rauchfaden.

Sie stiegen von ihren Tieren, schlugen den Vorhang über dem Eingang zurück und traten ein. In der hinteren Ecke des Raumes knisterte ein kleines Feuer. Davor saß, gebückt und ihnen den Rücken zukehrend, ein verwahrloster und bis auf die Knochen abgemagerter Mann, der mit irgendeiner Tätigkeit so sehr beschäftigt war, dass er ihr Kommen nicht bemerkte. Sie konnten nur ein mechanisches Schmatzgeräusch vernehmen. Plötzlich fuhr der Mann herum, sah sie mit aufgerissenen Augen an und stieß einen schrillen Schrei aus. In seiner rechten Hand hielt er einen verkohlten, halb angenagten menschlichen Fuß. Wie ein aufgeschrecktes Tier sprang er auf und floh in den hinter dem Haus beginnenden Wald. Sie setzten ihm nicht nach. Stattdessen begruben sie die Überreste seiner grausigen Mahlzeit und kehrten schweren Gemüts nach Delhi zurück.

Durch die viele Arbeit verging die Zeit wie im Flug. Kaum wurde es Ibn Battuta bewusst, wie sich bereits das zweite Jahr seines Aufenthalts in Delhi dem Ende zuneigte. Noch immer war der Sultan nicht zurückgekehrt. Chornasab gebar ihm eine Tochter, die er jedoch kaum sah, da er von früh bis spät und mit wachsender Sorge die Geschäfte der Kutbuddingrabanlage leitete.

In dieser Zeit der allgemeinen Not wäre Ibn Battuta ohne die Unterstützung des Sufimeisters Schihabuddin vom Orden der Tschischtijja schier verzweifelt. Schihabuddin, der wie er den Armen der Umgebung half, betrieb sechs Meilen nördlich der Stadt am Ufer des Yamuna einen kleinen Hof, auf dem er mit seinen Novizen Gemüse anbaute. Er besuchte Ibn Battuta, von dessen Engagement er gehört hatte, und die beiden Männer freundeten sich trotz ihres beträchtlichen Altersunterschiedes rasch miteinander an. Schihabuddin war ein Schüler des berühmten Nisamuddin Aulija, des großen Heiligen von Delhi, dessen Wirken dazu geführt hatte, dass der Sufismus in Nordindien zu einer Massenbewegung geworden war.

„Meinen Meister", sagte Schihabuddin zu Ibn Battuta, als sie eines lauen Abends an der Stadtmauer entlangspazierten, „nannten alle nur den Geliebten Gottes. Er fasste einmal die Haltung des wahren Sufis so zusammen: *Böses mit Gutem vergelten, Versöhnung statt Rache üben, die Sünde hassen, nicht den Sünder, und Liebe zu den Armen und Schwachen empfinden. Nur so werden die Herzen der Menschen glücklich werden.*"

Ibn Battuta gefiel an dieser Maxime, dass sie konkrete Anweisungen für das Zusammenleben der Menschen gab, denn in seiner neuen Position als Leiter des Kutbuddinkomplexes war es gerade dies, was ihn täglich beschäftigte. Mystische Spekulation und obsessive Besinnung auf sich selbst, wie er es bei den Sufimeistern in Persien erlebt hatte, gab es in der Lehre Nisamuddins nicht, wie überhaupt Nisamuddin den Lehren des Propheten Jesus näher zu stehen schien als denen des Ibn al-Arabi. Und noch etwas zeichnete die Tschischtijja aus: Sie hielten sich vom Hof des Sultans fern. Nisamuddin, so erzählte man, hatte sich schon den Annäherungsversuchen des Vaters von Togluk stets zu entziehen gesucht. Als dieser einmal seinen Besuch ankündigte, hatte Nisamuddin ihn wissen lassen, dass er, sobald der Sultan sein Haus betrat, dieses durch die Hintertür zu verlassen gedenke. Der abgewiesene Gast konnte noch so sehr wüten, gegen die Hochschätzung, die Nisamuddin bei der Bevölkerung von Delhi genoss, kam er nicht an. Bei seinem Tod jedoch hatte Nisamuddin es nicht länger vermocht zu verhindern, dass der Sultan sich in seine Angelegenheiten einmischte. Togluk, damals noch ein junger Prinz, hatte darauf bestanden, seine Leichenbahre mitzutragen.

Auch Schihabuddin war einmal in offenen Konflikt mit dem Herrscher geraten. Das war schon viele Jahre her. Schihabuddin hatte sich damals geweigert, für Togluk als Berater zu arbeiten. Der Sultan, außer sich vor Wut, hatte daraufhin befohlen, man solle dem Schihabuddin vor den Augen aller die Barthaare einzeln ausrupfen und ihn für sieben Jahre nach Daulatabad verbannen. Nach seiner Rückkehr in die Hauptstadt nahm er, weil er um sein Leben fürchtete, ein Amt im Steuerministerium an, wo er rückständige Abgaben eintreiben musste. Keine Aufgabe hätte ihm verhasster sein können, und schon bald bat er um seine Entlassung, die ihm Togluk in einem Anfall von Großmut auch gewährte. Seit dieser Zeit lebte Schihabuddin zurückgezogen auf seinem kleinen Bauernhof.

„Nimm dich vor Togluk in Acht", warnte er Ibn Battuta. „Der Sultan ist unberechenbar und grausam. Heute bist du sein Liebling, morgen schon lässt er dich hinrichten! Er hat dich völlig in der Hand."

„Ich hatte gehofft", erwiderte Ibn Battuta, „dass ich am Hof meinem Leben eine sinnvolle Wendung geben würde und nach den Jahren der Wanderschaft endlich einmal nützliche Arbeit leisten könne. Aber jetzt bin ich schon seit über zwei Jahren der Kadi dieser Stadt und habe noch kein einziges Urteil gesprochen. Und dabei tue ich alles, was der Sultan verlangt – schau mich an, ich stehe gar in einer Suppenküche, obwohl ich doch ein Fakih bin! Ich weiß gar nicht, ob er meine Leistungen überhaupt bemerkt!"

„Wie lange willst du noch zur Tür des Fürsten gehen? Das ist nichts anderes, als in den Spuren Satans zu gehen!", rezitierte Schihabuddin einen bekannten Ausspruch der Tschischtijja.

„Ja, aber bedenk nur, was man in seinem Dienste alles bewirken kann", begann Ibn Battuta, doch Schihabuddin unterbrach ihn. „Wenn du nur wüsstest, wie ich es bereue, damals in den Dienst Togluks eingetreten zu sein! Ich hätte es niemals tun dürfen, lieber hätte ich mich hinrichten lassen sollen! In der Arbeit, die wir jetzt unternehmen, liegt so unendlich viel mehr Nutzen, sowohl für die eigene Seele als auch für die Notdürftigen dieser Welt. Ich rate dir, mein Freund, halte dich von Togluk fern!"

Das graue Haar, die zerfurchte Stirn und die traurigen Augen des gutmütigen, alten Mannes verrieten, dass er in früheren Zeiten, als er noch am Hof verkehrte, viel Leid ertragen musste. All dies sah Ibn Battuta, und trotzdem nagte etwas an ihm: dass er die Anerkennung, die er sich so sehr erhoffte, nicht vom Sultan bekam, sondern nur von einem armen Sufimeister.

Der Sultan kehrte nach zweieinhalb Jahren zurück. Es war keine feierliche Rückkehr wie damals, als Ibn Battuta miterlebt hatte, wie er mit Prunk und Pomp auf seinem weißen Elefanten in Delhi eingezogen war. Diesmal hatte Togluk eine schlimme Niederlage einstecken müssen. Sein Feldzug gegen den abtrünnigen Achsanschah in Madurai war zum Desaster geworden. Kaum hatte sein Heer Daulatabad erreicht, die Verwaltungszentrale Mittelindiens, hatten sich in den Randprovinzen im Norden andere Gouverneure erhoben. Der Wesir Chodschadschahan musste mit einer kleinen Streitmacht nach Lahore ziehen, um im Pandschab für Ordnung zu sorgen. Stark geschwächt zog Togluk mit seinen Mannen weiter gen Süden. In Badrakut ereilte ihn dann das Verderben. Die Cholera überfiel sein Lager und raffte mit unerbittlicher Gier innerhalb kürzester Zeit mehr als die Hälfte der Soldaten fort. Togluk blieb nichts anderes übrig, als nach Daulatabad umzukehren. Das nahmen die Hinduvasallen Südindiens zum Anlass, sich ebenfalls von der Oberherrschaft Delhis loszusagen. Nur mit Mühe hatte Togluk letztlich seine Festung Daulatabad halten können. Aber die südliche Hälfte seines Reiches war nun unwiederbringlich verloren, die Einheit des Reiches zerfallen. Die siegreichen Hindufürsten gründeten unterdessen Vijayanagar, die *Siegesstadt*.

Doch damit nicht genug. Als Togluk nun nach zweieinhalb Jahren, in denen er von einer Katastrophe in die nächste geschlittert war, zurück in den Norden zog, wütete dort die große Hungersnot mit ungebrochener Gewalt. Delhi und seine Palaststadt Dschahanpanah waren für den Sultan und sein Heer unbewohnbar. So musste Togluk die zusätzliche Schmach erdulden, seine provisorische Hauptstadt in die Provinz zu verlegen, nach Sargadwari, einer Ortschaft, die etwa zehn Tagesreisen von Delhi entfernt am Ganges lag. Eine Anzahl hölzerner Palastbauten wurde dort in aller Eile aus dem Boden gestampft. Togluk beorderte die hohen Beamten und einflussreichen Männer aus Delhi zu sich. Ibn Battuta rüstete sich zusammen mit dem Emir Hawi zur Abreise. Schihabuddin hingegen, obwohl auch er nach Sargadwari bestellt worden war, weigerte sich, ihnen zu folgen.

„Du *musst* einfach kommen", flehte Ibn Battuta ihn an. „Wenn du wegbleibst, wird sich der Sultan sicher ärgern. Es heißt, er sei zurzeit sowieso nicht in besonders guter Stimmung! Du bringst dich nur unnötig in Gefahr! Ich bitte dich, komm!"

Doch der alte Schihabuddin hatte nur den Kopf geschüttelt. „Nein, mein Freund! Es hat keinen Sinn, mich noch weiter zu verstellen. Ich will mich fortan an das Wort des Propheten Muhammad halten: *Wer dem Sultan folgt, wird von Satan verführt.* Mich kann nichts mehr an den Hof des Tyrannen Togluk bringen. Geh nur, und Gott sei mit dir!“

Ibn Battuta brach auf. Sein Haus und die Grabanlage des Kutbuddin überließ er der Aufsicht seines Kammerdieners Achmed, der sich seit ihrer Ankunft in Delhi schon häufig bewährt hatte. Während er mit den Soldaten des Emirs Hawi am Ufer des Ganges nach Südosten zog, beschwerte ihm ein ungutes Gefühl die Brust.

Neunzigstes Kapitel

Worin Ibn Battuta den Sultan auf eine Strafexpedition begleitet und Zeuge einer Hinrichtung wird

„Der Zorn des Sultans ist groß", flüsterte Farasdak, als er mit Ibn Battuta und Dscharir in einem Zelt im Heereslager bei Sargadwari zusammensaß. „Er ist es nicht gewohnt zu verlieren. Achsanschah wird sich ins Fäustchen gelacht haben, als die gewaltige Armee des Sultans auf so schmähliche Art und Weise zum Rückzug gezwungen wurde. Du hättest das Feldlager in Badrakut sehen sollen, Ibn Battuta! Die Hälfte der Soldaten lag mit Durchfall danieder. Ein furchtbarer Gestank von Exkrementen und von Tod! Ich fühlte mich in die siebte Hölle versetzt. Der allmilde Beschützer gebe, dass ich ein solches Grauen nie wieder erlebe!"

„Du bist ein Dichter, Farasdak", sagte Ibn Battuta, „kein Soldat. Deine Stellung am Hof passt eben nicht zu deinem Charakter."

„In der Tat!", brauste Dscharir auf, der auf dem langen Feldzug erheblich an Gewicht verloren hatte. Seine nasse Aussprache hingegen hatte er beibehalten. „Im Dienst eines Militärherrschers kümmerlich unser Brot zu verdienen, verehrter Farasdak, das ist nichts für Literaten! Wie steht es denn um unsere Kunst, frage ich dich? Seitdem wir nach Delhi gekommen sind, habe ich kein einziges Gedicht komponiert, und von dir ist mir auch nichts zu Ohren gekommen! Es wird Zeit, dass wir uns nach einer anderen Beschäftigung umsehen, mein Lieber!"

Farasdak schwieg und war wie in Gedanken versunken. „Das Reich des Sultans zerfällt", sagte er schließlich. „Südindien ist von Delhi abgefallen, und auch Bengalen scheint verloren. An allen Ecken und Enden zündeln Revolten. Der Sultan selbst wird immer unberechenbarer. Seitdem ein Kalandar ihn von der Cholera geheilt hat, umgibt er sich mit zwielichtigen Heiligen, indischen Yogis und muslimischen Sufis gleichermaßen. Er nennt sie seine Berater, aber der Allsehende allein weiß, was er hinter den Vorhängen seiner Privatgemächer mit ihnen treibt!"

Ibn Battuta erinnerte sich an den zotteligen Kalandar, der ihm vor Jahren auf der Straße nach Kairo begegnet war. „Sind diese verwahrlosten Gestalten denn etwa auch in Indien anzutreffen?"

„Und ob!“, sprudelte Farasdak heraus und ballte vor Wut seine kleinen Fäuste. „Sie sind eine Bedrohung für die gesitteten Sufis geworden, vielleicht, weil sie kaum von den Sadhus, den hinduistischen Asketen zu unterscheiden sind, die gleich ihnen nackt durch die Gegend laufen, sich Asche aufs Haupt streuen, zu Selbstverstümmelung neigen und das Ende der Welt predigen. In Zeiten wie diesen, in denen alle Ordnung auseinanderbricht, haben solche Gauner natürlich großen Zulauf. Herrgott, was ist aus dem Sultanat nur geworden! Selbst in Delhi kann man sich auf der Straße nicht länger sicher fühlen. Manchmal denke ich, dass wir einfach nach Damaskus zurückkehren sollten.“

„Das ist ein Wort!“, rief Dscharir mit feuchter Begeisterung. „Sobald wir dieses unselige Heerlager verlassen haben, melden wir uns beim Sultan zum Hadschdsch ab und gehen zurück nach Damaskus!“

„Das würde mich sehr traurig machen“, sagte Ibn Battuta, „denn dann trennen sich unsere Wege ein weiteres Mal. Ich werde vorerst im Dienst des Sultans bleiben, und mit meiner Suche bin ich auch noch nicht am Ziel!“

Dscharir schnaufte enerviert. „Chiser, Chiser, immer dieser verdammte Chiser! Gibst du die Hoffnung denn nie auf? Wo willst du denn noch suchen? Die islamische Welt hört doch in Indien auf! Glaubst du etwa, dass Chiser sich in den Ländern der Ungläubigen aufhält?“

„Man sagt“, gab Ibn Battuta zurück, „dass es auf Sumatra ein muslimisches Königreich gibt, und auch in China leben Glaubensbrüder. Ich habe einmal einen Schwur getan, dass ich selbst dorthin reisen werde, wenn es denn nötig ist.“

Farasdak wiegte den Kopf. „Ich bewundere deine Hartnäckigkeit, Ibn Battuta. Dein Leben hat eine Richtung, anders als bei so vielen, die sich durch das Weltgeschehen wehen lassen wie Blätter im Wind.“

„Ich flehe Gott um Beistand an!“, rief Dscharir und warf die Hände über dem Kopf zusammen. „Und ich dachte immer, *ich* wäre hier für die Sentimentalitäten zuständig! So wie die Dinge stehen, wird hier keiner irgendwohin reisen. Denn wie sollte es unserem Sultan noch gelingen, den Aufstand des Ainulmulk niederzuschlagen? Ihr solltet euch lieber eure gelehrten Köpfe zerbrechen, wie wir hier wieder lebend herauskommen!“

Die Lage war in der Tat ernst. Der aufständische Ainulmulk war noch vor kurzem der Gouverneur über die linken Gangesauen gewesen. Diese Provinz war von der schweren Hungersnot verschont geblieben, weswegen Togluk befohlen hatte, alle Kriegselefanten sowie den größten Teil der Pferde und Maultiere dorthin bringen zu lassen, damit man sie versorge. Prompt hatte Ainulmulk die Besitztümer des Sultans beschlagnahmt und sich als neuer Herrscher ausgerufen. Die Hindus seiner Ländereien unterstützten ihn, denn er war durch seine Geburt einer der ihren: Er und seine vier Brüder entstammten einem alten indischen Adelsgeschlecht. Sie waren zwar zum Islam übergetreten, es war aber ein offenes Geheimnis, dass sie heimlich nach wie vor Vischnu anbeteten, den großen Erhaltergott.

Als die Nachricht von der Erhebung des Ainulmulk den Sultan in Sargadwari erreichte, waren seine Bestürzung und sein Zorn über alle Maßen groß. Er fürchtete, ohne den größeren Teil seiner Kavallerie und ohne ausreichende Lebensmittelvorräte gegen das Heer des Empörers nicht bestehen zu können. So hatte er zunächst beschlossen, sich mit seinem Hof nach Delhi zurückzuziehen, um seine Kräfte dort neu zu formieren. Seine persischen Generäle rieten ihm jedoch ab, denn sie fürchteten nicht zu Unrecht, dass Ainulmulks Schlagkraft in der Zwischenzeit zunehmen würde. Im Falle einer Niederlage stand den Generälen ein grausamer Tod bevor. Als Ausländer waren sie der einheimischen Bevölkerung noch verhasster als die indischen Muslime. Tatsächlich gelang es ihnen, den Sultan zu überreden, alles auf eine Karte zu setzen und Ainulmulk auf der Stelle anzugreifen.

Gerade als Dscharir seine pessimistische Vermutung aussprach, wurde im Heerlager ausgerufen, dass man unverzüglich nach Kanaudsch aufbreche, einer strategisch wichtigen Stadt, die drei Tagesreisen nördlich am Westufer des Flusses lag. Alle Frauen und Kinder sollten zurückbleiben. Es ging in den Krieg.

Ibn Battuta eilte zu den Ställen des Sultans, um sich zum Dienst zu melden. Er erhielt vom Stallmeister ein Schlachtross und Waffen und wurde aufgefordert, in einer Stunde abreisebereit zu sein. Auf dem großen Gebetsplatz vor Sargadwari formierte sich schon das Heer. Der Wesir Chodschadschahan bildete die Vorhut, hinter ihm ritten die hohen Emire. Ibn Battuta bemerkte verwirrt, dass der Emir Hawi nicht unter ihnen war. Er wandte sich an einen Truppenführer, der neben ihm sein Pferd sattelte.

„Habt Ihr Neuigkeiten vom Emir Hawi? Ich sehe ihn nicht unter den anderen Emiren."

Der Soldat knirschte mit den Zähnen. „Der Allmächtige verfluche ihn! Habt Ihr es noch nicht gehört? Hawi ist heute Nacht aus dem Lager geflüchtet und zu Ainulmulk übergelaufen. Das wird er noch bereuen!"

Ibn Battuta war entsetzt. Schon während der letzten zwei Jahre hatte der Emir, in dessen Haus Ibn Battuta wieder häufiger zu Gast war, ohne allerdings Marjam zu Gesicht zu bekommen, oft seine Unzufriedenheit mit Togluk zum Ausdruck gebracht. *Er ist ein Despot!*, hatte er geschimpft, *und Vatermörder! Wenn er einmal gestürzt wird, soll es mir nicht leidtun!* Doch Ibn Battuta wäre nicht im Traum auf den Gedanken gekommen, der Emir könne das Risiko eingehen, sich mit dem aufständischen Gouverneur zu verbinden und damit sein Leben sowie das seiner Familie aufs Spiel setzen. Ganz gleich wie Togluks Feldzug gegen Ainulmulk endete: Nichts würde so bleiben, wie es einmal gewesen war. Würde Togluk besiegt werden, würde es allen ausländischen Gelehrten seines Hofes übel ergehen. Sie müssten damit rechnen, hingerichtet zu werden. Sollte sich Togluk jedoch gegen den Rebellen behaupten, würde er mit den Aufrührern keine Nachsicht haben. Sein Zorn war bereits durch den Verlust Südindiens aufs Äußerste gereizt. Ainulmulk, seinen Verbündeten und ihren Familien drohte grausame Strafe. Und was würde dann aus Hawi und Marjam werden?

Nachricht kam, dass Ainulmulk mit seiner Armee auf das Westufer übergesetzt hatte und ebenfalls auf Kanaudsch zusteuerte. Der Sultan trieb seine Soldaten zur Eile. Und tatsächlich, nach einem dreitägigen Gewaltmarsch erreichten sie die Stadt als Erste. Damit war ein wichtiger Teilerfolg erzielt; die Versorgung mit Lebensmitteln war bis auf Weiteres gesichert. Etwa eine Woche würden sie durchhalten können. Ainulmulk indessen beging einen schweren taktischen Fehler. Anstatt auf seine weit überlegene Ausrüstung zu vertrauen und seelenruhig abzuwarten, wie die Streitmacht des Sultans sich von selbst auflöste, beschloss er, angestachelt von der Aussicht auf den nahen Sieg, Togluk sofort anzugreifen. Das war dem Sultan nur recht. Sein Heil lag in der schnellen Konfrontation. Schon am zweiten Tage nach ihrer Ankunft in Kanaudsch zog sein Heer in die Schlacht gegen Ainulmulks Männer.

Jetzt bewies sich das militärische Genie Togluks. Für den Fall eines nächtlichen Kampfes schärfte er seinen Soldaten Erkennungsparolen ein: Jeder Angreifer sollte *Delhi!* rufen, worauf, wenn der Angegriffene ein Mann Togluks war, die Antwort *Ghazna!* lautete. Nun wurde der Wesir Chodschadschahan mit einer kleinen Truppe der besten Kämpfer vorausgeschickt, wobei er den goldenen Sonnenschirm, das Zeichen des Sultans trug, ein Täuschungsmanöver, das die Schlachtordnung des Empörers durcheinanderbringen sollte. Als die Einheit des Wesirs am Ende der Nacht auf das anrückende Heer des Ainulmulk traf, gab dieser denn auch blindlings die Anweisung, dass sich alle auf den vermeintlichen Tross des Sultans stürzen sollten. Die Männer des Wesirs wehrten sich wie Löwen und konnten die Angreifer lange genug zurückhalten, bis Togluk sich mit dem Rest seines Heeres von hinten genähert und die feindliche Armee von zwei Seiten in die Zange genommen hatte. Als die Krieger Ainulmulks erkannten, dass der Mann mit dem goldenen Schirm nicht Togluk war, verloren sie die Orientierung und gerieten unter der nun erfolgenden Attacke des Sultans in Panik. In dem sich anschließenden Durcheinander konnten sie, im Gegensatz zu den Männern Togluks, Freund von Feind nicht länger unterscheiden. Ein furchtbares Gemetzel hob an, und als der Morgen graute, war das Schlachtfeld, über das Nebelschwaden waberten, mit den Leichen der Hindus bedeckt. Ainulmulk und viele seiner Offiziere waren gefangen genommen und ins Heerlager des Sultans getrieben worden.

Ibn Battuta hatte sich, umgeben von seinen Leibwächtern und Bediensteten, am Rande des Geschehens bereitgehalten, aber das Schwert kein einziges Mal führen müssen. Insgeheim war er darüber aufs Höchste erleichtert, fühlte er sich doch in keiner Weise an dem Konflikt, der hier seine blutige Auflösung fand, beteiligt. Nach dem Kampf überkam ihn große Traurigkeit. Er war nicht in die weite Welt gezogen, um an den Schlächtereien sich bekriegender Fürsten teilzunehmen. Als er in langsamem Trott frühmorgens ins Lager des Sultans zurückritt, musste er mit ansehen, wie Soldaten Togluks am Wegesrand den Gefangenen die Kehlen durchschnitten. Blutüberströmte Verletzte aus den Reihen der eigenen Männer lagen daneben, bettelten um Wasser oder röchelten im Todeskampf. Die dunstgeschwängerte Luft schmeckte nach Blut.

Im Lager erhielt er wie zu erwarten weitere schlimme Nachricht. Er hatte gehofft, dass es dem Emir Hawi gelungen sei zu fliehen, aber nein, er befand sich unter den Gefangenen, für deren Hinrichtung auf dem Platz in der Mitte des Lagers bereits Vorbereitungen getroffen wurden. Ibn Battuta stand unter den Zuschauern, als die Reihe der dem Tode geweihten Aufrührer an ihm vorbeizog. Ihre Gesichter waren mit Ruß eingeschmiert, die Hälse mit Eisen aneinandergekettet. Stumm trotteten sie hintereinander her. Der Emir Hawi hatte auf der Stirn eine klaffende Wunde, die sich über sein Auge bis zur Wange zog. Er war kaum noch zu erkennen und kaum noch bei Bewusstsein. Gerade als er an Ibn Battuta vorbeistolperte, kam die Abteilung der Geketteten plötzlich zum Stehen. Ibn Battuta rief leise seinen Namen.

„Bist du es, Ibn Battuta?“, fragte der Emir, wie blind in Ibn Battutas Richtung blinzelnd. „Hast du Wasser?“

„Hier“, sagte Ibn Battuta, trat vor und führte ihm rasch einen ledernen Trinkbeutel an die Lippen. Der Soldat, der Hawi und die anderen Gefangenen bewachte und in einiger Entfernung dabeistand, warf ihnen einen grimmigen Blick zu.

„Gott vergelte es dir“, flüsterte Hawi. „Ich bin so froh, dir noch einmal zu begegnen! Leider, fürchte ich, wirst du mir dieses Mal nicht das Leben retten können! Das Biest, das dieses Mal nach meinem Blut lechzt, ist zu stark für dich. Aber es ist gut so. Ich habe für etwas gekämpft, für das es sich zu sterben lohnt!“

„Ich werde unverzüglich beim Sultan vorsprechen und um Eure Begnadigung bitten!“

„Mach dich nicht zum Narren, Ibn Battuta! Du weißt, dass das völliger Unsinn ist. Es sei denn, du willst gleich mit mir hingerichtet werden.“ Er hustete. „Bleib hier, und lass mich dir noch etwas sagen, was mir schon lange auf dem Herzen liegt.“

Ibn Battuta biss sich auf die Lippen. Welch Elend! Erst hier, im Angesicht des Todes, fand der Freund den Mut, offen mit ihm zu reden.

„Gott sei uns allen gnädig ...“ Der Emir spuckte Blut. „... Marjam ... Ich habe sie geliebt, und sie war gut zu mir, aber ihr Herz gehört einem anderen ... Dir ... Versprich mir eins, Ibn Battuta ...“

Der Emir begann zu husten und sich unter Schmerzen zu krümmen. Wieder floss ihm Blut aus dem Mund. Ibn Battuta sah, dass der Wächter nun vollends auf sie aufmerksam geworden war. Mit erhobener Peitsche kam er auf sie zugelaufen. Es blieb nur noch wenig Zeit.

„Sag ihr“, röchelte Hawi, „dass ich ihr verzeihe. Und gib auf sie acht, und ...“

In diesem Moment fuhr die Geißel des Soldaten auf den Rücken des Emirs herab. Ibn Battuta musste zurückweichen. Die Reihe der Verurteilten setzte sich wieder in Bewegung.

„Mach dich davon!“, herrschte der Soldat Ibn Battuta an. „Sonst lege ich dir auch ein Halseisen um!“

Ibn Battuta zog sich in die gaffende Menge zurück. Er ekelte sich vor sich selbst.

Auf dem Altan eines hölzernen Turms, den man am Ende des Hinrichtungsplatzes aufgerichtet hatte, erschien nun der Sultan, in voller, silbern glänzender Rüstung. Neben ihm konnte Ibn Battuta den Abbasiden Riasuddin erkennen, der wie ein Kind in Erwartung eines gruseligen Schauspiels die Nase über das Geländer gelegt hatte und nach unten äugte. Er trug eine spitze Seidenkappe und hatte sich mit einem Kohlestift die Augenränder schwarz nachgezogen. Von Zeit zu Zeit sah er sich nach Togluk um, so als wolle er sich versichern, dass er noch bei ihm war und über ihn wachte. Hinter dem Sultan stand der Kalandar, der seit Togluks verunglücktem Zug nach Südindien zu einem seiner engsten Berater geworden war. Ibn Battuta sah ihn zum ersten Mal, ein dünner Zwerg mit pechschwarzen Augen, die wie Knöpfe auf sein haarloses Gesicht genäht schienen. Sein wilder, blutroter Mund stand in grellem Kontrast zu seinem dreckigen, halbnackten Körper.

Nun wurde der gefangene Ainulmulk herbeigeführt. Verkehrt herum und mit auf dem Rücken gefesselten Händen hatte man ihn auf einen Ochsen gesetzt. Er war nackt, das Gesicht mit Asche eingeschwärzt. Brust und Rücken waren voller blutiger Striemen und Abschürfungen. Auf seiner Schulter saß ein feingliedriges Äffchen, das mit einer schmalen Eisenkette an seinen Hals gefesselt war. Es zauste ihm unaufhörlich in den Haaren, die man zu diesem Zweck mit Honig bestrichen hatte.

Unter dem Gejohle und Gespött der Zuschauer brachte man den Ochsen vor dem Turm des Sultans zum Stehen und stieß Ainulmulk zu Boden. Togluk sandte von seinem erhöhten Sitz den schwergewichtigen Kabula, der wie immer furchtbar schwitzte, zum Gefangen hinunter. Er trat vor Ainulmulk, riss ihn vom Boden hoch, schlug ihm mit der Faust ins Gesicht und rief mit lauter Stimme:

„Schande auf dich! So dankst du dem Sultan seine Gunst? Du jämmerlicher Versager! Du erbärmlicher Verräter!"

Die Emire traten nun vor, schmähten Ainulmulk, spuckten ihm ins Gesicht und verfluchten ihn und seine Familie. Kabula stellte sich wieder vor Ainulmulk, versetzte ihm einen weiteren Schlag und rief mit der unheilschwangeren Stimme eines Propheten:

„Wahrlich, ein Tag wird kommen, an dem die Gesichter der Ungläubigen schwarz gemacht werden, zur Stunde des Letzten Gerichts, wenn das Höllenfeuer die Sünder verkohlt! Dann zittert die Erde, die Meere verdampfen, und die Berge schwanken! Jämmerlich und nackt wirst du dann vor dem Thron deines Herrn stehen, oh Mensch, und wünschen, du wärest nie geboren! Die Höllenwächter werden dich packen und dein Gesicht ins Feuer wenden!"

Soldaten ergriffen Ainulmulk, drückten ihn zu Boden und wandten unter Anwendung von Gewalt sein Gesicht dem Platz vor der Tribüne des Sultans zu. Dort hatte man einen großen hölzernen Pferch errichtet.

„Wahrlich", rief Kabula, „an jenem Tag des Gerichts werden die Sünder in den Abgrund der Hölle getrieben! Jammern werden sie, doch die Höllenwächter schlagen sie mit ihren Peitschen, ein grauenhaftes Zerren und Stoßen!"

Während Kabula redete, wurden die zweiundsechzig Mitverschwörer, alles hochrangige Adelige und Militärs, unter ihnen der Emir Hawi, unter Peitschenhieben in den Pferch getrieben.

„Dann, wenn die Angst und das Grauen am größten sind, wird Dschahannam herbeigebracht, siebzigtausend Zügel hat es, die von siebzigtausend Höllenwächtern gehalten werden, eine furchtbare Erscheinung!"

Das wütende Posaunen von Elefanten war zu hören. Soldaten führten drei Tiere herbei, die zottelige Masken trugen, was sie endzeitlichen Monstern ähnlich sehen ließ. Die Stoßzähne der grauen Kolosse hatte man mit scharfen Eisen armiert, und nun wurden auch noch kleine Pfeile in ihre Oberschenkel geschossen, um sie zusätzlich anzustacheln.

„Dschahannam brüllt laut", rief Kabula, seinerseits dem Brüllen nahe, denn die vor Wut rasenden Elefanten veranstalteten einen unbeschreiblichen Lärm, „und wirft sich dann auf die Sünder! Das ist ihre gerechte Strafe!"

In den Pferch gelassen, richteten die gereizten, gewaltigen Tiere innerhalb kürzester Zeit ein furchtbares Blutbad an. Sie zermalmten die zu Boden Gestürzten unter ihren schweren Füßen, quetschten sie gegen die Gitterwände des Pferchs oder rissen ihnen mit ihren aufmontierten Schwertern die Leiber auf. Wer über die Gitterwände nach außen zu entkommen suchte, wurde von den Wachen mit Lanzen wieder hineingedrängt. Ein Elefant ergriff den Emir Hawi mit seinem Rüssel, schleuderte ihn in die Luft und fing ihn mit einem seiner beiden Stoßzähne wieder auf, wobei sich das Eisen wie ein Spieß durch den Bauch des Emirs bohrte. Zu alledem wurden die Hörner und Trompeten geblasen und die Trommeln gerührt. Ainulmulk musste der Hinrichtung zusehen. Man bewarf ihn sogar mit den Fleischfetzen der Getöteten.

Ibn Battuta wandte sich mit Grauen ab. Diesem Sultan hatte er sich angedient? Der sich als Richter beim Letzten Gericht aufspielte? Während er in seinem Rücken noch die grässlichen Schreie der Hingerichteten und das wütende Stampfen und Trompeten der Elefanten hörte, lief er zurück zu seinem Zelt, bis zum Erbrechen angefüllt mit Ekel, Angst und Verzweiflung.

An diesem Tag erkannte er, dass er drei Jahre lang seine eigentliche Bestimmung, die Suche nach Chiser, aufs Spiel gesetzt hatte, nur um am Hof zu Ehren zu gelangen. Aus großem Ehrgeiz und ebenso großem Leichtsinn hatte er sich verführen lassen, war zum streberischen Höfling geworden, nur auf Ansehen und Einfluss bedacht. Ein opportunistischer Günstling war er, nichts weiter, und die rasende Bestie, der unberechenbare Togluk, würde ihn erbarmungslos verschlingen, wann und wie es ihm gefiel. Ibn Battuta verbrachte die Nacht bei Kerzenschein und im Gebet, den Koran rezitierend und die neunundneunzig Namen Gottes anrufend, einziger Trost in dunkler Stunde. Als der Morgen graute und er Soldaten kommen hörte, rechnete er fest damit, dass diese ihn vor den Sultan schleifen würden, wo er verhört und, wenn er nicht gestand, gefoltert und schließlich dem Henker übergeben werden würde. Schon tat es ihm leid, dass er nicht zusammen mit Hawi gestorben war.

Einundneunzigstes Kapitel

Worin der Besuch des Sultans beim Grab des Salar Masud beschrieben wird und wie Ibn Battuta anschließend in Delhi in eine lebensbedrohliche Situation gerät

Die Wut Togluks schien durch die Hinrichtung der zweiundsechzig Edlen in der Tat noch angestachelt worden zu sein. Die Soldaten marschierten für dieses Mal an Ibn Battutas Zelt vorbei, aber nur ein Zelt weiter drangen sie ein und ergriffen den Bewohner. Während sich der Heereszug nach Norden in Richtung Delhi bewegte, wurde täglich ein Bemitleidenswerter, den man der Sympathie für Ainulmulk verdächtigte, bei der abendlichen Ankunft vor das Zelt des Sultans gezerrt, aufs Grausamste gefoltert und hingerichtet. Die ganze Nacht über lag dann sein entzweigeschnittener Leichnam für alle sichtbar in der Mitte des Heerlagers. Erst beim Aufbruch der Karawane am nächsten Morgen schafften Hindusklaven den Körper zur Seite, um ihn im Staub am Wegesrand zu verscharren. Den Gouverneur Ainulmulk hingegen hatte der Sultan einstweilen am Leben gelassen. Er wurde mitgeführt, rückwärts auf ein Kamel gebunden, nackt, mit rußgeschwärztem Gesicht. Die Soldaten tauschten flüsternd Vermutungen aus, welche abartig grausame Strafe Togluk für Ainulmulk wohl ersonnen hatte. Jeder, der mit dem Gouverneur oder wie Ibn Battuta mit einem seiner Mitempörer in Verbindung gestanden hatte, musste weiterhin täglich um sein Leben fürchten.

Sie zogen in einem Bogen durch die Provinz, die Ainulmulk einst unterstanden hatte, um dem staunenden Volk den gefallenen und gedemütigten Gouverneur vorzuführen. Auf dem Weg kamen sie auch am Grabmal des Sufiheiligen Salar Masud in Bachraisch vorbei. Togluk hieß die Karawane rasten, um dem Grab des Heiligen seine Aufwartung zu machen.

Salar Masud, ein kriegerischer Missionar für den Islam, war einstmals von indischen Radschas im Kampf getötet worden und wurde seitdem in ganz Nordindien als Märtyrer verehrt. Togluk hatte sich schon immer gern als sein Nachfolger dargestellt, als furchtlosen Kämpfer gegen die polytheistischen Heiden, als heiligen Krieger des Islam. Am Eingangstor zum Mausoleum des

Heiligen stieg er nun vom Elefant, legte ein schweres, kostbar besticktes Festgewand an und ergriff eine Kriegsstandarte, auf der ein Löwe zu sehen war, der ein Nashorn riss. Unter Trommelwirbel und feierlich tönendem Posaunenklang schritt er dann zur silbrigweißen Grabkuppel des Heiligen, um dort die Standarte ins Erdreich zu pflanzen. An den uralten Sandelholzbaum im Hof, dessen knorrige Zweige über und über mit farbigen, Segenswünsche symbolisierenden Geflechten verziert waren, band er einen golddurchwirkten Faden. Dann verbeugte er sich in Richtung des marmornen Reliquienschreins zu seiner Linken, in dem das Skelett des Pferdes und des Hundes von Salar Masud, sein Schwert und seine persönliche Abschrift des Korans aufbewahrt wurden, schritt rückwärts zum Ausgangstor und bestieg wieder seinen Elefanten. Das Volk jubelte müde, Muslime zum größten Teil, aber auch Hindus, denn Salar Masud galt ihnen ebenfalls als ein Heiliger, wenn auch nicht gerade als Hinduschlächter, sondern einfach als wundertätiger Asket.

Wieder hatte sich Togluk als ein Meister in der Kunst gezeigt, religiöse Symbole für seine Zwecke zu nutzen. So wie er einige Tage zuvor die Hinrichtung der Aufständischen als endzeitliches Gericht inszeniert hatte, mit ihm in der Rolle des himmlischen Richters, diente ihm diese Zeremonie zur Heiligung seiner Herrschaft. *Ein Heuchler*, dachte Ibn Battuta, der wie paralysiert mitlief, *die Religion ist ihm nur Werkzeug.*

Wie richtig er damit lag, zeigte sich, als sie nach Delhi zurückkehrten. Alle Rechts- und Religionsgelehrten der Stadt wurden nach Dschahanpanah gerufen, um sie darauf zu vereidigen, dass der Dienst am Sultan dem Dienst an Gott gleichkomme, eine dogmatische Konstruktion, die die Juristen und Theologen des Islam schon seit mehreren Jahrhunderten zähneknirschend anerkannten. Togluk hatte auch – man munkelte auf Betreiben des dämonischen Kalandars – alle bekannten Sufis der Umgebung zu sich an den Hof befohlen, damit sie ihm huldigten. Selbst Nasiruddin, auch als die *Lampe von Delhi* bekannt, der Großmeister der Tschischtijja, war gekommen und hatte sich im Thronsaal vor Togluk auf die Knie werfen müssen. Der Sultan ließ ihn fünfzehn schmähliche Minuten in dieser Position verharren, ehe er ihm erlaubte, sich wieder aufzurichten.

Nur einer der großen Sufimeister war dem Befehl Togluks nicht gefolgt: Ibn Battutas Freund Schihabuddin. Ein Bote des Sultans hatte ihn auf seinem Bauernhof im Norden der Stadt aufgesucht und ihm zum Sultan vorgeladen.

„Togluk ist ein Tyrann und ich werde ihm nie wieder dienen!", hatte Schihabuddin erwidert und den Boten fortgeschickt.

Das war sein Todesurteil. Togluks Vorgänger auf dem Thron hatten es noch nicht gewagt, heiligen Männern mit Strafen zu Leibe zu rücken. Ganz anders Togluk! Kalte Wut hatte sich in ihm angestaut, seitdem er in Südindien gedemütigt worden war. Diese Wut war nun ausgebrochen, erfüllte ihn wie ein reißender Strom. Immer mehr ergab sich Togluk dem Einfluss seines kindlich-grausamen Liebesgespielen Riasuddin und des halbirren, unberechenbaren Kalandarderwischs. Fast schien es, als habe er selbst den Verstand verloren.

An einem Nachmittag im Frühling wurde Schihabuddin als Gefangener nach Dschahanpanah gebracht. Togluk ließ sich gerade von den Kunststücken einer Gruppe Yogis unterhalten. Selbstzufrieden räkelte er sich auf seinem Thronsessel, neben ihm, auf einer mit Damast gepolsterten Bank, sein Gespiele, dahinter der Kalandar, im Halbdunkel hockend wie ein böser Gnom. Zur Linken wie zur Rechten des Throns hatte sich der Hofstaat aufgereiht, um dem Schauspiel beizuwohnen.

Ein alter Yogi trat vor, der sich mit Asche den Kopf enthaart hatte, begleitet von seinem Schüler, einem jungen Burschen von nicht mehr als fünfzehn Jahren. Eine mit lauwarmem Wasser gefüllte Silberschüssel wurde hereingebracht und vor dem Thron auf die Erde gestellt. Der Jüngling trat vor und hockte sich über die Schüssel, wobei er den Stofffetzen anhob, der ihm um die Hüften hing. In dieser Haltung verharrte er einige Sekunden. Dann erhob er sich, nahm die Schale auf und zeigte sie dem Publikum. Sie war leer. Die Anwesenden schwiegen, man wusste nicht ob vor Staunen oder vor Beschämung. Dem Sultan hingegen schien die anale Höchstleistung des jungen Yogis allergrößtes Vergnügen zu bereiten.

„*Ma scha'allah!*", rief er, „so's Gott gefällt! Der Knabe verfügt über Qualitäten!" Und er hielt sich vor Lachen den Bauch. Die Schranzen lächelten gequält. Riasuddin dagegen schien nicht besonders amüsiert.

„Wenigstens", brummte Dscharir, der neben Ibn Battuta stand, „hat er uns mit einer anderen Glanznummer verschont, für die gewisse Yogis bekannt sind und die Togluk sicher ebenfalls aufs Beste unterhalten hätte."

„Welche ist das?", fragte Ibn Battuta leise zurück.

„Einen ähnlichen Saugetrick führt zum Beispiel unser Kalandar, so hat man mir vertraulich mitgeteilt, auch mit einem Glas Milch auf. Aber dabei benutzt er nicht seinen Hintereingang wie eine verdammte Flussschleuse, sondern ... na ja, du weißt schon, wie einen Strohhalm eben."

Ibn Battuta kam nicht dazu zu antworten, denn nun hatte im Hintergrund ein Perkussionist begonnen, auf einer kleinen, mit Ziegenfell bespannten Handtrommel einen beständig schreitenden Neunerrhythmus zu schlagen. Der alte Yogimeister trat vor den Thron und lief einen Halbkreis ab, wobei er in gleichmäßigem Abstand sechs Fackeln in Brand steckte. Schließlich stellte er sich selbst in der Mitte auf, eine siebte Fackel in der Hand. Die Szene bewirkte eine unheimliche Angespanntheit der Sinne; aller Blicke waren in dem Feuerkreis gebündelt. Der trockene Trommelschlag tat ein Übriges. Die ersten sieben Schläge waren spielerisch verziert, doch die letzten zwei wurden hart auf das straff gespannte Fell geklopft, sodass die Zuhörer bei jedem neuen Takt zurück ins Zentrum des Geschehens gezogen wurden, das sich jetzt vor ihnen abzuspielen begann.

Der Meister musterte jeden einzelnen in der Versammlung mit eindringlichen dunklen Augen und sprach mit wohlklingender tiefer Stimme einige Beschwörungsformeln. Dann ergriff er ein Seil und warf es in die Höhe. Das Seil verschwand in dem Dunkel, das die hohen Kapitelle der Holzsäulen einhüllte. Zum Erstaunen aller fiel es nicht wieder auf die Erde zurück. Der Meister befahl nun seinem jungen Gehilfen, an dem Seil hinaufzuklettern, und folgte ihm nach – ein großes Messer zwischen die Zähne geklemmt. Nach einer Weile fielen von oben, aus dem Dunkel der Decke, die abgeschnittenen Körperteile des Jungen nach unten auf den Boden. Togluks Liebhaber stieß ein schrilles Kreischen aus, halb entsetzt, halb entzückt. Dann kam der alte Yogi wieder heruntergeklettert, legte die bluttriefenden Fleischstücke in eine Holztruhe, schloss den Deckel und murmelte ein Mantra. Da öffnete sich die Truhe, und unversehrt entstieg ihr der Junge. Ein erleichtertes Seufzen ging durch die Reihen der Zuschauer, der alte Yogi schnippte mit den Fingern, der Trommelschlag verstummte, Riasuddin lachte laut auf, und auch der Sultan klatschte vergnügt in die Hände.

Während der Vorführung hatte ein Bote dem Wesir, der hinter dem Thron stand, eine Nachricht überbracht. Jetzt wandte sich der Wesir von hinten an den Sultan und flüsterte ihm ins Ohr. Die Miene des launischen Togluk verfinsterte sich schlagartig. Die Nachricht versetzte ihn in höchste innere Erregung, was man daran erkennen konnte, dass Kabula plötzlich begann, mit verzweifelter Anstrengung den Pfauenfächer zu schwingen. Die in einigen Schritten Entfernung sitzenden Schranzen waren nicht wenig beunruhigt. Ein Gewitter zog heran, ein ausgesprochen übelriechendes dazu.

Der Grund für Togluks intestinalen Aufruhr wurde nun herbeigeführt: Schihabuddin. Man sah, dass der alte Sufimeister geschlagen worden war. Ein Auge war blau, und man hatte ihm an mehreren Stellen den Bart herausgerissen. In unregelmäßigen Fetzen hingen ihm die weißen Haare von der Wange. Ein Soldat warf ihn grob vor den Sultan auf den Boden. Togluk geriet schlagartig wieder in Raserei, ja man musste fürchten, dass ein Fallsuchtsanfall kurz bevorstand.

„Was bildest du dir ein, du jämmerliches Männlein?“, fuhr er Schihabuddin an, das bleiche Gesicht mit Schweißtropfen bedeckt. „Bist nicht nach Sargadwari gekommen und willst jetzt noch nicht einmal bei Hof erscheinen! Meinst du etwa, du kannst es mit mir aufnehmen? Ich zerquetsche dich wie eine Ameise, ich lasse dich zu Kebab verarbeiten!“

Er lief in furchtbarer Aufregung vor Schihabuddin hin und her. Kabula, der fettleibige Sudanese, watschelte ihm unbeholfen hinterher und schwenkte, schwer atmend, den Palmwedel. Das Protokoll sah eigentlich nicht vor, dass der Sultan vom Thron aufstand. Plötzlich hielt Togluk inne. Er war wie in Gedanken versunken. Die Gäste wagten kaum zu atmen, aus Angst, seine Aufmerksamkeit zu erregen. Allein Kabulas dumpfes Schnaufen war zu hören. Schließlich schien der Zorn des Sultans etwas abzuflauen. Lauernd kniff er die Augen zusammen und wandte sich mit leiser, nur mühsam beherrschter Stimme an Schihabuddin:

„Hast du wirklich gesagt, dass ich ein Tyrann bin?“

Schihabuddin blickte ihn ungerührt an. „Jawohl“, sagte er, „das habe ich, ein Tyrann bist du in der Tat. Täglich lässt du unschuldige Menschen hinrichten. Du vergnügst dich mit Wein und ergötzt dich an anderen vom Religionsgesetz verbotenen Dingen. Vor Jahren hast du die Bevölkerung von Delhi nach Daulatabad zwangsdeportiert, wobei Tausende gestorben sind. Du nimmst den wahren Vertretern der Religion die Freiheit und zwingst sie unter dein Joch. Deine Sünden sind Legion.“

Togluk fuhr sich mit der Zunge über die Lippen. „Ihr Sufis“, gab er zurück, immer noch in demselben leisen, bedrohlichen Tonfall, „ihr habt euch immer schon zu viel angemaßt. In euren kümmerlichen Zellen gebt ihr euch unnützen Devotionen hin und hetzt die Bevölkerung gegen mich auf! Besser wäre es, wenn ihr hier am Hof wäret und mir beistündet, dem Islam zum Sieg zu verhelfen und über ganz Indien auszubreiten!“

„Der Islam verbreitet sich nicht, weil ein größenwahnsinniger Sultan es will, und er verbreitet sich auch nicht mit dem Schwert. Nur in Freiheit können wir die Botschaft des Propheten – Gott segne ihn und spende ihm Heil! – verkünden und den rechten Glauben durchsetzen. Zwingt man uns in den Dienst eines weltlichen Herrschers, ist es so, als schneide man dem Islam die Lebensader durch. Deine anmaßende Bevormundung der Theologen und Fakihs führt im Volk der Hindus nur zu widerlichen Mischformen der Anbetung. Südindien ist voll vom Baktikult, einem hinduistisch-muslimischen Bastard. Und schuld daran bist einzig du!“

Togluk sah Schihabuddin aus seinen weit auseinanderstehenden Augen kalt an, zog sein Schwert und reichte es ihm: „Beweise, dass ich ein Tyrann bin, und schlage mir den Kopf herunter!“

„Warum sollte ich?“, wehrte Schihabuddin ab. „Noch mehr Beweise für deine tyrannischen Taten und Vergehen am Glauben sind nicht nötig. Das weißt du selbst!“

Der Sultan wurde aschfahl im Gesicht, Kabula neben ihm schien der Ohnmacht nah. „Schafft ihn fort“, flüsterte er keuchend. „Und hört alle gut her: Mein Mittel, um mit Aufständischen und sonstigen Böswilligen fertig zu werden, ist das Schwert. Ich werde solange mit meinem Schwert zuschlagen, bis es entweder trifft oder selbst zerbricht. Je mehr Leute sich gegen mich erheben, umso furchtbarer wird meine Strafe sein." Er wandte sich an zwei der Wachen und deutete auf Schihabuddin. „Stopft sein lästerliches Maul mit Kuhmist und schlagt ihm dann den Kopf ab."

So geschah es. Parias, kastenlose Hindus, die für solche Arbeiten eingesetzt wurden, suchten Schihabuddin in seinem Verlies auf, fesselten ihn, öffneten seinen Mund mit Zangen und flößten ihm kübelweise Jauche ein. Am folgenden Tag wurde er vor dem ersten Tor des Palastes vom Henker geköpft. Tagelang noch lag seine Leiche im Unrat vor der Palastmauer, von Hunden und Vögeln zerfleddert. Endlich gab Togluk Erlaubnis, dass Schihabuddins Angehörige die Überreste fortschafften.

Ibn Battuta war wie alle anderen am Hof gezwungen, dem Geschehen ohnmächtig zuzusehen. Die Welle der Gewalt drohte ihn nun endgültig zu erfassen. Togluk ließ im Konvent des Schihabuddin nachfragen, wer ihn dort während des Feldzuges nach Südindien besucht hatte, und natürlich kam dabei Ibn Battutas Name ans Licht. Machten ihn schon seine Ehefrau Chornasab, die Tochter des Aufrührers Achsanschah, und sein Freund, der Mitverschwörer Hawi, verdächtig, so drohte nun die enge Beziehung zu dem hingerichteten Sufimeister sein Schicksal zu besiegeln. Zwei Soldaten erschienen in seinem Haus in Alt-Delhi, als „Leibwache", wie sie sich vorstellten. In Wirklichkeit sollten sie verhindern, dass er floh. Ibn Battuta wusste genau: Dies war der Anfang seines Untergangs. Seit seiner Rückkehr in die Stadt hatte er immer wieder versucht zu fliehen, doch wurde er stets im entscheidenden Moment an den Hof gerufen und so blieb er noch einen Tag länger, und noch einen. Jetzt war es zu spät, und er ergab sich seinem Schicksal.

Acht Tage waren die Häscher des Sultans schon bei ihm im Haus. Sie hatten es sich im Flur bequem gemacht, kauten lässig auf Betelblättern und stellten Ibn Battutas weiblichen Bediensteten nach. Am Morgen des neunten Tages klopfte es laut an die Tür.

„Macht auf!", rief eine bekannte Männerstimme, wie immer etwas außer Atem. „Ich komme vom Sultan!"

Ibn Battuta stürzte zum Tor. „Dscharir!", rief er erleichtert und fiel dem Freund um den Hals. „Was bringst du für Neuigkeiten?"

„Deine Begnadigung, mein Lieber. Du hast noch einmal Glück gehabt."

„Wie das?", stammelte Ibn Battuta, unfähig, dem Gefühl der Erleichterung, das mit einem Schlag durch seine Glieder pulsierte, Ausdruck zu geben.

„Mir und Farasdak hast du es diesmal nicht zu verdanken", sagte Dscharir etwas schnippisch. „Wir konnten nichts ausrichten. Als wir deinetwegen vorsprachen, fragte uns der Sultan zynisch, warum uns so viel daran gelegen sei, deine Haut zu retten. Es fehlte nicht viel und wir hätten auch eine Leibwache verpasst bekommen."

„Wer war es dann?", fragte Ibn Battuta.

„Machduma, die Mutter Togluks. Erinnerst du dich noch an sie? Sie scheint dich zu mögen. Jedenfalls hat sie beim Sultan bewirkt, dass du wieder auf freiem Fuß bist. Niemand anderes hätte das vermocht."

„Der Allerbarmer belohne sie tausendfach!"

„Sie hat auch Marjam gerettet."

„Marjam? Was ist mit ihr geschehen? Wovor hat Machduma sie gerettet?"

„Nun, vor der Sklaverei. Togluk hat den gesamten Besitz des Emirs Hawi – Gott sei seiner Seele gnädig! – konfisziert, seinen Harem versklavt und verschachert. Machduma hat Marjam freigekauft. Sie ist jetzt eine der Dienerinnen. Schon vorher war sie ein Liebling der Sultansmutter. Sie ist ständig an ihrer Seite."

„Hast du mit ihr gesprochen?"

„Nein, aber ich sah sie, als Machduma mich zu sich rief, um mir den Befehl zu übergeben, dass man dich freilassen soll. Sie verbringt die vierzigtägige Trauerzeit für den Emir Hawi, macht aber einen gefassten Eindruck."

„Der erhabene Schutzherr erbarme sich unser, mein lieber Dscharir", murmelte Ibn Battuta und blickte zu Boden. „Was soll nun aus mir werden?"

„Tauche für eine gewisse Zeit unter, bevor der Sultan es sich noch anders überlegt."

„Aber wo?"

„Geh in dich", sagte Dscharir mit einem leisen Lächeln, dem ersten seit langer Zeit. Der leise Spott in seinen Worten war nicht zu überhören.

Zweiundneunzigstes Kapitel

Worin eine chinesische Gesandtschaft an den Hof Togluks gelangt und Ibn Battuta zum letzten Mal einer Audienz beim Sultan beiwohnt

Wieder rief Togluk Ibn Battuta an seinen Hof. Vier Monate waren seit der Hinrichtung Schihabuddins vergangen, vier lange Monate, während derer Ibn Battuta zum ersten Mal seit seiner Klausur bei Ala'uddaula Simnani den sufischen Flickenrock angelegt und in Demut gelobt hatte, nur Gottes zu gedenken. Ein alter Sufi namens Kamaluddin, der in einer Grotte einige Meilen vor Delhi lebte und für seine extreme Askese bekannt war – er hatte die Vierzig mehrere Male mit dem Kopf nach unten hängend in einem Brunnen zugebracht –, hatte ihn bei sich aufgenommen. Ibn Battutas Haus in Alt-Delhi hatten Dscharir und Farasdak verkauft, die Diener freigelassen.

Zugleich hatte Ibn Battuta seine Frau Chornasab aufgesucht. Das war ein schwerer Gang gewesen. Aber es galt nun, die Dinge wieder ins rechte Lot zu rücken. Etwas erstaunt empfing sie ihn. Ibn Battuta spürte leichte Scham, denn sie war stets loyal ihm gegenüber gewesen, und obwohl ihr nie sein Herz gehört hatte, war er ihr dennoch dankbar, dass sie ihn vor den Avancen des Sultans bewahrt hatte. Er übergab ihr den Erlös aus dem Verkauf des Hauses für das Kind und bot auch die Scheidung an, um ihr weitere Nachteile zu ersparen. Sie schien zu verstehen, dass er sich erkenntlich zeigen wollte, und stimmte nach kurzem Zögern zu. Mit ihrer kleinen Tochter kehrte sie nach Südindien zu ihrem Vater zurück, dem Herrscher von Madurai. Ein zentnerschweres Gewicht fiel von Ibn Battutas Brust. Endlich fühlte er sich wirklich frei.

Doch den Klauen Togluks war er noch nicht entkommen.

Am ersten Tor erwartete ihn bereits Dscharir. Ibn Battuta stieg von seinem Reitesel und umarmte wortlos den Freund. Als sie den letzten Hof vor dem Tausendsäulensaal überquerten, machte ihn Dscharir auf einen alten, gebückten Mann aufmerksam, der ein Blumenbeet harkte.

„Ainulmulk", flüsterte er.

Ibn Battuta hätte den gestürzten Gouverneur nicht wiedererkannt. Ainulmulk schien um Jahrzehnte gealtert, seine Bewegungen waren langsam und zittrig, die Augen matt und ohne jeden Ausdruck; in ihnen stand das Nichts geschrieben.

„Großer Gott!", murmelte Ibn Battuta. „Was tut der denn hier?"

„Er dient als Ausstellungsstück", antwortete Dscharir, „als lebender Beweis für Togluks ausgeprägten Sinn für Grausamkeit. Erst hat er ihm die Zunge herausschneiden und ihn kastrieren lassen, dann hat er ihn zum Palastgärtner gemacht. Täglich wird er sich daran erinnern müssen, wie seine Freunde und Familie durch ihn qualvoll umgekommen sind. Der arme Mann."

Ibn Battuta seufzte. „Ich will hier nicht länger bleiben, Dscharir. Ich muss wohl ..."

„Warte erst einmal ab, warum Togluk dich zu sich gerufen hat. Ich weiß nicht, was er mit dir vorhat, aber vielleicht kannst du Indien ja doch verlassen, ohne gleich um deine Entlassung zu bitten."

Damit betraten sie den Audienzsaal. Als sie sich durch den dunklen Säulenwald dem Thron näherten, sahen sie schon von weitem den Fackelkranz, der die Empore umgab, auf der Togluk saß. Die freie Fläche vor dem Thron schien im Widerschein des Feuers hell auf. Eine Schar von Höflingen und Besuchern hatte sich dort versammelt. Ibn Battuta fiel eine Gruppe fremdartig gekleideter Männer auf. Sie waren von kleinem Körperwuchs und trugen Seidenmäntel von erlesener Qualität, spitze Pantoffeln und eckige schwarze Hüte. Lange, dünne Schnurrbärte flossen ihnen seitlich über die Mundwinkel und gaben ihren Gesichtern im Zusammenspiel mit den geschlitzten Augen etwas Strichförmiges. Sie alle hatten nur wenig Bartwuchs; einigen hing ein Ziegenbärtchen vom Kinn.

Dscharir und Ibn Battuta fielen vor dem Sultan zu Boden.

„Ah! Da ist er ja, der Marokkaner!", rief Togluk aufgeräumt. „Dann sind wir ja vollständig! Ich will euch sogleich sagen, worum es geht."

Ein Diener brachte in einem goldenen Becher etwas Erdbeerscherbet, an dem Togluk nippte, bevor er erneut das Wort ergriff. Offensichtlich war er heute in guter Stimmung.

„Letzte Woche“, sagte er, „hat mich der Herrscher von China dadurch beehrt, dass eine Delegation vom Hof in Ta-tu hier ankam. Man bittet mich, den Wiederaufbau eines chinesischen Götzentempels zu erlauben, der in meinem Herrschaftsgebiet liegt. Man hat mir kostbare Geschenke gebracht, Seide, Moschus, Perlen und Porzellan. Der Wiederaufbau wird erlaubt werden, solange die Chinesen einwilligen, eine Kopfsteuer zu zahlen. Bevor die Delegation jedoch wieder nach Hause zurückkehrt, soll sie an meinem Hof Gastfreundschaft erfahren und die Pracht meiner Herrschaft kennenlernen. Unsere Freunde, die Chinesen, sind ja bekannt dafür, dass sie sich den Ländern im Westen überlegen fühlen, auch wenn, seitdem die Mongolen das Reich der Mitte regieren, die Verbindungen zwischen unseren Ländern wieder etwas enger geworden sind. Aber es wird meine Besucher interessieren, aus wie vielen verschiedenen Weltgegenden sich Männer an meinem Hof versammelt haben und welche wunderbaren Dinge sie zu erzählen wissen. Daher möge nun ein jeder der erlauchten Herren das Lob seines Herkunftslandes singen! Wir wollen dann entscheiden, welchem Land die Krone gebührt!“

Kabula, der Sudanese, machte den Anfang. Er pries die Klarheit des Wassers im Weißen Nil, die Weite der Savanne, das Gold Afrikas und die Schlankheit der sudanesischen Frauen. Dscharir war froh, wieder einmal sein dichterisches Talent unter Beweis stellen zu können. Weithin spuckend improvisierte er eine Ode auf Damaskus, die Umajjadenmoschee und ihre Paradiesmosaiken, auf die fruchtbare Oase der Stadt und auf den heiligen Kasiunberg mit der Adamsgrotte. Als Nächstes beschrieb der Richter Kiwamuddin aus Tirmis die Vorzüge Chorasans in Nordpersien, des Landes der aufgehenden Sonne, mit ihren Obstgärten und Heiligengräbern. Nun wollten auch die chinesischen Gesandten, denen alles Gesagte übersetzt worden war, nicht länger nachstehen. Ihr Anführer, ein schon angegrauter Mandarin, trat vor den Thron Togluks. Sein Gesicht war maskenhaft unbewegt, doch hatte er Lachfalten um die Augen und zog beim Sprechen zuweilen die linke Braue nach oben. Er erzählte vom großen Strom Jang-tse, den prächtigen Dschunken im Hafen von Saitun, der kaiserlichen Sommerresidenz Schang-tu und den Vergnügungen, die es in Chan-sa zu erleben gab, der größten Stadt der Welt. Als er geendet hatte, übergab ihm der Sultan als Zeichen seiner

Gunst mit eigener Hand ein Betelblatt, das der Mandarin, dem Protokoll folgend, in den Mund steckte. Ausgezeichnete Manieren demonstrierend, tat er so, als schmeckte es ihm vorzüglich.

Schließlich kam die Reihe an Ibn Battuta. Er berichtete von den schneebedeckten Gipfeln des Atlasgebirges in Marokko, dem Wohnort der Dschinn, vom Duft der Orangenbäume in den Gärten von Fes und von den Schiffen aus dem Goldland Mali, die in Tanger in den Hafen einliefen.

„Herrlich!“, rief der Sultan. „Ihr alle macht mir die Entscheidung wirklich schwer! Wer vermag schon zu sagen, welches dieser Länder den übrigen überlegen ist? Gott scheint sie alle gleichermaßen reich beschenkt zu haben! Und der Islam regiert von Marokko bis Indien, und wenn Gott es will, bald auch weiter im Osten!“

Er schaute sich zufrieden um.

„Gibt es noch jemanden, der mich davon überzeugen möchte, dass sein Land als das beste auf der Welt zu gelten hat?“

„In der Tat“, sagte plötzlich jemand mit heiserer Stimme. Aus dem Halbdunkel hinter dem Thron trat der Kalandar ins flackernde Licht der Fackeln. „Ich weiß wohl, welches Land besser ist als all die, die bis jetzt genannt wurden.“

„Ausgezeichnet!“, rief Togluk. „Unser Freund, der Kalandar! Ich wusste gar nicht, dass er sich auch in der Geografie auskennt! Sprecht, was hat er uns zu erzählen?“

Der Kalandar blickte in die Runde, und Ibn Battuta wollte es scheinen, als hätten seine schwarzen Knopfaugen ihn einen kurzen Moment lang fixiert.

„Vor langer Zeit“, begann er, „als der große Iskandar nach Indien zog, war er, wie allgemein bekannt ist, auf der Suche nach der Quelle des Lebens.“

Ibn Battuta wollte seinen Ohren nicht trauen. Bis in die Haarspitzen angespannt hing er an den Lippen des Derwischs. Dieser schien sich der Wirkung seiner Worte durchaus bewusst zu sein. Ein rätselhaftes Lächeln umspielte seinen Mund.

Er fuhr fort: „Wie die Dichter uns berichten, liegt jene Quelle in einem Land, in dem niemals die Sonne scheint. Nisami, der König der persischen Epiker, hat es so ausgedrückt:

Es liegt im Norden an der Erde fernster Stell'
von Schleiern eingehüllt ein klarer kalter Quell.
Ein Schleier, sagt man, der aus Finsternis gewirkt,
umgibt den stillen Ort, der's Lebenswasser birgt.
Ein jeder, der von diesem Lebenswasser trinkt,
den Tod besiegt und ew'ges Leben drauf erringt.

Ohne Zweifel ist dieser Ort der Finsternis, an dem es das ewige Leben zu gewinnen gibt, allen anderen Ländern, und seien sie noch so fruchtbar oder reich, vorzuziehen. Selbst das blühende Indien wird sich mit diesem Land der ewigen Finsternis nicht messen können. Denn was bedeutet schon weltlicher Reichtum, was irdische Schönheit? Der Mensch ist jung und eine Weile lang hübsch anzusehen, dann altert er, sein Körper verfällt, und er stirbt. Dynastien sind am Anfang stark und mächtig und gehen dann zugrunde! Länder blühen auf und versinken im Elend! Der kälteste und düsterste Ort ist dem wärmsten und freundlichsten Platz auf Erden überlegen, solange man dort dem Tod entgeht! Nur weiß leider niemand, wo dieser Ort liegt ..." Plötzlich zögerte der Kalandar, so als sei der Gluthauch eines Dschinn über ihn hinweggefahren, und sagte dann: „Das heißt, *einer* weiß es ..." – seine blutroten Lippen spitzten sich zu einem Flüstern – „Chiser, der Schutzheilige der Reisenden und Heimatlosen, Pol der Gottliebenden, Hüter der Lebensquelle. Aber er verrät es nicht, nein, er verrät es nicht, nein, nein. Erst kürzlich ist er hier in Delhi erschienen, war auf dem Weg nach Bengalen, wie er sagte. Ach Chiser! Er ist mein Meister, mein Herr, Oh-Mächtiger-Prächtiger-Wonnenreicher-Sonnengleicher! Du-bist-mein-Gebieter, vor-Gefahren-Behüter! T-S-M, H-M!"

Bei diesen letzten Worten hatte der Kalandar begonnen, sich um sich selbst zu drehen, die Arme in die Luft zu werfen und die Augen himmelwärts zu schlagen. Er rotierte im Tanz wie ein Kreisel, hielt dann plötzlich inne und verharrte regungslos. Seine Augen waren starr auf Ibn Battuta gerichtet.

Die Versammlung schien peinlich berührt. Kabula rümpfte die breite Nase, über die Schweißperlen liefen. Der Wesir Chodschdschahan rückte sich umständlich den Turban zurecht und räusperte sich verlegen. Man hielt den Kalandar für verrückt. Nur die Stimme des Übersetzers war zu hören, der den chinesischen

Gesandten hastig berichtete, was soeben gesagt worden war. Als er geendet hatte, stießen die Chinesen Rufe der Verwunderung aus. Ihr Anführer erhob sich, trat ein weiteres Mal vor Togluk und begann, auf Chinesisch und mit hochgezogener Braue auf ihn einzureden.

„Der Gesandte Tursi sagt", übersetzte der Dolmetscher, der sich eilig neben Togluk aufgestellt hatte, „dass er von jenem Iskandar noch nichts gehört hat, aber im Norden Chinas, nördlich noch der mongolischen Steppen, liegt ein Land, in dem die Sonne nie aufgeht. Dort gibt es einen Berg, Kunlun mit Namen, von dem erzählt wird, auf ihm entspringe die Lebensquelle. Die Chinesen fürchten die Einwohner dieses dunklen Landes seit langem und haben zu ihrer Abwehr riesige Mauern gebaut. Auch die Mongolen, die jetzigen Herrscher von China, kamen aus diesen Steppen, aber selbst sie fürchten sich vor dem Land der Finsternis im hohen Norden."

Der Übersetzer hielt kurz inne, um dem chinesischen Gesandten zuzuhören, und fuhr dann fort:

„Der Gesandte sagt auch, dass vor einigen Jahren ein italienischer Kaufmann namens Polo an den Hof des Kubilai Khan gekommen ist, der ebenfalls von einem Land gehört hatte, in dem es ständig dunkel ist. Die Chinesen zweifelten an seinem Bericht nicht einen Augenblick."

„Nun, das sind ja Neuigkeiten!", rief Togluk. Er erhob sich von seinem Thron und musterte spöttisch die Anwesenden. „Hat vielleicht jemand Lust, einmal im Dunkel nachzusehen, ob das Lebenswässerchen noch so hübsch sprudelt wie zu Alexanders Zeiten, und mir bei der Rückkehr etwas davon mitzubringen? Ha! Nein, ich selbst mag solchen Geschichten nicht viel Bedeutung beimessen, unser werter Kalandar möge verzeihen! Als Sultan habe ich mich den Dingen zuzuwenden, die man sehen und beherrschen kann! Die Unsterblichkeit ist doch eher etwas, worüber sich Mystiker und Theologen den Kopf zerbrechen mögen!"

Die Schranzen zollten beflissen Beifall. Der Kalandar indes blickte ein letztes Mal herausfordernd in die Runde und verschwand dann wieder im Halbdunkel hinter dem Thron.

„Deswegen", fuhr Togluk mit lauter Stimme fort, „geht der Preis an niemanden der erlauchten Herren, die uns hier so köstlich unterhalten haben. Er gebührt einzig und allein *einem* Land, nämlich Indien! – Im Übrigen, was sollte man sonst auch erwarten, schließlich bin ich ja der Herrscher hier. Wenn ich erst einmal mit den Emporkömmlingen in den Provinzen fertig geworden bin, die mich wie Ungeziefer plagen, verwandele ich Indien in ein Paradies auf Erden!" Er schaute sich um, aufs Höchste zufrieden mit sich selbst. „Hat jemand etwas einzuwenden?"

Die Frage war natürlich rein rhetorischer Natur. Dscharir blickte etwas verdrossen. Er hatte sich mehr vom Ausgang dieses Dichterstreits erhofft.

„Was die chinesische Gesandtschaft betrifft", ergriff der Sultan wieder das Wort, „so will ich mich für ihren Besuch erkenntlich zeigen. Ich werde eine große Karawane ausrüsten, beladen mit Geschenken: hundert schöne Pferde mit Sattel- und Zaumzeug, hundert Sklaven, hundert indische Sängerinnen und Tänzerinnen, dazu Gewänder und Stoffe, goldene und silberne Leuchter, Keramik aus Kaschan, Perlen aus Bachrain, Köcher und sonstige Jagdgegenstände und schließlich fünfzehn Eunuchen. Zum Anführer der Karawane bestimme ich den Zeremonienmeister Dscharir, den Kammerherrn Farasdak und den Kadi von Delhi, Ibn Battuta! Ich bin mir sicher, dass sie die ehrenvolle Aufgabe, die Geschenke sicher nach China zu begleiten, zu meiner Zufriedenheit erledigen werden!"

Ibn Battuta war schon seit dem plötzlichen Auftreten des Kalandars nicht mehr sicher, ob er wachte oder träumte. Und nun dies. Es blieb ihm vorerst nichts anderes übrig, als mit Dscharir vor dem Sultan niederzuknien und seine Hand zu küssen.

„Ich ...", stammelte er.

„Schon gut, schon gut", unterbrach Togluk selbstzufrieden. „Ihr dürft mir ruhig dankbar sein. Ich weiß wohl, dass Euch die Reiselust schon lange zwickt, und habe schon mit dem Gedanken gespielt, Euch die Entscheidung zu erleichtern, indem ich Euch gänzlich verbanne!" Ibn Battutas verblüfftes Gesicht machte ihm ganz offensichtlich Spaß. „Nun geht schon in Gottes Namen und macht mir beim Kaiser in Ta-tu eine gute Figur!"

Togluk erhob sich vom Thron und machte Anstalten, den Saal zu verlassen. Alle Anwesenden fielen zu Boden, um ihm die Ehrerbietung zu erweisen. Die Audienz war beendet. Am Boden verharrend sah Ibn Battuta aus den Augenwinkeln den Sultan davonschreiten. Kabula hing schwerfällig an seiner Seite und wedelte ihm in verzweifelter Anstrengung Luft zu, während Riasuddin an seinen Fersen klebte wie ein dressierter Hund. Gleich dahinter folgte mit drolligen Sprüngen der dürre Kalandar. Es sollte das letzte Mal sein, dass Ibn Battuta den Herrscher der Welt zu Gesicht bekam.

Nun hatte Ibn Battuta eine neue Fährte, ein neues Ziel: das Land der Finsternis im hohen Norden von Ta-tu. Der seltsame Kalandar war offenbar ein Novize Chisers. Als Ibn Battuta beim Wesir nach ihm fragte, sagte ihm dieser, der Kalandar sei nicht mehr am Hof, er habe sich davongemacht, ohne Nachricht zu hinterlassen, wohin.

Wenn die Worte des Kalandars zutrafen, war auch Chiser auf dem Weg nach China, und es bestand Aussicht, ihn doch noch einmal zu treffen. Zur Not würden Ibn Battuta noch zwei weitere Sufimeister bei seiner Suche weiterhelfen, nämlich die beiden Heiligen, von denen Murschidi in Ägypten gesprochen hatte: Schahdschalal in Bengalen und Burhanuddin in China. Und nun war Ibn Battuta, ohne es selbst veranlasst zu haben, dabei, sich auf den Weg zu ihnen zu machen. Fast konnte man hier das Wirken höherer Mächte vermuten. Später sollte ihm der Gedanke kommen, dass noch jemand anderes als Gott hinter diesen Entwicklungen gesteckt haben mochte.

Des Sultans Karawane durch Indien und über das Meer bis nach Ta-tu zu führen, war kein leichtes Spiel. Nach einem langen Marsch würden sie sich in Kambai am Ausfluss des Pandschab einschiffen, die Westküste Indiens hinuntersegeln und an Ceylon und Bengalen vorbei Sumatra ansteuern, um von dort mit den Südwestwinden im Frühling den langen Weg nach Saitun und anschließend über Land, nach Ta-tu zu gelangen. Es war die anspruchsvollste Aufgabe, die Ibn Battuta jemals anvertraut worden war.

An einem heißen Sommertag des Jahres 742* verließen sie Delhi. Die schwer beladenen Kamele und Rösser, die die Geschenke

* Das Jahr 1341 unserer Zeitrechnung (Anm. des Übersetzers).

Togluks an den Kaiser von China trugen, wurden von tausend Reitern eskortiert, die unter der Führung eines Emirs aus Chorasan standen. Auch die fünfzehn chinesischen Gesandten unter ihrem Anführer Tursi, hatten sich angeschlossen, um mit ihnen in ihr Heimatland zurückzukehren. Als sie in südöstlicher Richtung aus der Stadt zogen, blickte Ibn Battuta lange zurück auf das Minarett des Kutbuddin, das hoch und hell in den Himmel ragte. Trotz allem – an keinem anderen Ort hatte er sich so zu Hause gefühlt wie in Delhi. Acht Jahre hatte er hier verbracht, Reichtum erworben, Glück und Freunde gefunden und wieder verloren: Schihabuddin, den Emir Hawi ... Acht Jahre hatte er in der Nähe Marjams gelebt, ohne sie je zu sehen – die Frau, die er seit langem liebte, mehr als sein eigenes Leben, mehr als alles, was er begehrte, mehr sogar als das Wasser des Lebens. Ihn schmerzte, dass Marjam im Harem der Sultansmutter blieb, während er aufs Neue in die Welt hinauszog.

Sie ritten ein letztes Mal an Dschahanpanah vorbei. Ibn Battuta war so in Gedanken versunken, dass ihm nicht auffiel, wie Farasdak, der sich nahe hinter ihm hielt, seitlich ausbrach und an einem kleinen Tor in der Mauer des Palastes Halt machte. Wie auf ein vorher vereinbartes Zeichen ging die Tür auf und eine verschleierte Gestalt kam herausgeritten. Ohne ein Wort zu sagen, wendete Farasdak sein Pferd und reihte sich, zusammen mit der geheimnisvollen Gestalt, wieder in die Karawane ein.

Dreiundneunzigstes Kapitel

Worin geschildert wird, wie die Gesandtschaft an den Kaiser von China nach Daulatabad reist, wo Ibn Battuta im Unglück dem Glück begegnet und dann auf dem Schiff in das Pfefferland Malabar weitersegelt

Sie zogen durch unruhige Lande. Auf den Landstraßen trieben nicht nur Banditen ihr Unwesen; ganz Nordindien war in Aufruhr. Ein halbes Jahr war es gerade einmal her, dass Togluk bei Kanaudsch den aufständischen Ainulmulk in die Knie gezwungen und ein grausames Exempel an ihm statuiert hatte. Doch schon erhoben sich an allen Ecken des Reichs erneut die einheimischen Notabeln. Marodierende Hindus griffen ohne Unterlass ihre Vor- und Nachhut an. Ohne ihre Eskorte hätte sie gegen die Überfälle nicht bestehen können.

Der Weg über Daulatabad war eigentlich nicht die kürzeste Verbindung nach Kambai, dem von ihnen angestrebten Hafen, aber der Sultan hatte ausdrücklich befohlen, sie sollten den Umweg über die Dekkanhauptstadt einschlagen, denn er wollte unter Beweis stellen, dass seine Macht über diese Region ungebrochen war.

Schon seit ihrer Abreise litt Ibn Battuta an Kopf- und Gliederschmerzen, nachts plagten ihn Fieberattacken. Es war, als hätte die Krankheit zugeschlagen, kaum dass er Togluks Launen nicht mehr ausgeliefert war. Als er am dritten Abend vom Pferd stieg, fing sein Herz plötzlich an zu rasen. Er schwankte. Ihm wurde schwarz vor Augen. Nach Halt suchend griff er nach Farasdak, der neben ihm stand – doch zu spät. Schwer sackte er zu Boden und verlor die Besinnung.

„Ibn Battuta!“

Eine Frauenstimme weckte ihn sanft. Vom tiefen Schlaf noch benommen, blinzelte er ins Licht. Unter tausend Stimmen hätte er diese eine sofort erkannt. Sie versetzte ihn zurück in jene Zeit, als er in Bagdad Morgen für Morgen am Ufer des Tigris den Sonnenaufgang bestaunte. In dieser Stimme lag seine Vergangenheit – und auch die Zukunft, auf die er nach wie vor hoffte.

„Bist du es wirklich?“

Marjam kniete neben seinem Lager. „Darüber zerbrich dir nicht den Kopf“, sagte sie und lächelte. „Ich erkläre dir alles später. Wichtig ist, dass du wieder zu Kräften kommst. Wir haben uns große Sorgen um dich gemacht.“

Aus dem Hintergrund des Zeltes, in dem man ihm ein Krankenlager hergerichtet hatte, traten nun Farasdak und ein graubärtiger Hindu zu ihm.

„Ein Glück“, seufzte Farasdak. „Zwei Tage hast du gefiebert. Sidi Tagore hat das Sumpffieber bei dir diagnostiziert.“

Der alte Arzt wackelte nach Art der Inder beipflichtend mit dem Kopf. „Herzschwäche und Leberschwellung“, sagte er mit hoher Fistelstimme, „dazu attackenartiges Fieber nach einer Zeit der Gliederschmerzen und Appetitlosigkeit, offenbar also kein einfaches Dreitagefieber, sondern ein echtes Sumpffieber. Mithilfe der Rinde der Tunazeder konnten wir das Fieber senken, aber Ihr müsst damit rechnen, dass es anfallartig in unregelmäßigen Abständen wiederkommt. Es kann auch tödlich verlaufen, wenn Ihr Euch überanstrengt. Eine Woche Bettruhe ist jetzt das Mindeste! Wie ich sehe, werdet Ihr aber gut gepflegt.“ Er blinzelte anerkennend in Richtung Marjams.

Ibn Battuta schloss wieder die Augen.

Von Tag zu Tag ging es ihm besser. Mit Marjam führte er lange Gespräche. Die Sultansmutter Machduma hatte sie freigegeben, als sie darum bat, mit Ibn Battuta aus Delhi fortzugehen. Nichts band sie mehr an den Hof des Sultans. Sie hatte sich an Farasdak gewandt, und er hatte nach einigem Zögern zugestimmt, sie heimlich mitzunehmen.

„Aber warum hast du dich bis jetzt vor mir versteckt?“, fragte Ibn Battuta.

„Das ist wieder einmal eine typische Männerfrage!“, rief Marjam aus. „Solche Dinge brauchen Zeit, und ... ach, ich hatte Angst, dir wiederzubegegnen.“

„Warum?“

„Erinnerst du dich an deine erste Audienz mit Machduma? – Sie war meine beste Freundin am Hof und ich ihre engste Vertraute. Als die Nachricht von deiner Ankunft kam, berichtete ich ihr, wer du seist und woher ich dich kannte. Als du dann mit ihr sprachst, war ich ebenfalls zugegen.“

„Ich erinnere mich, dass neben ihr eine Zofe saß ... warst du das?"

„Ich habe alles mitgehört, Ibn Battuta. Nicht meinetwegen bist du nach Delhi gekommen, sondern wegen etwas anderem ... Deshalb habe ich in Delhi nicht gewagt, dir eine Nachricht zu senden. Ich fürchtete, du hättest mich aus deinem Gedächtnis gestrichen." Sie zitterte unmerklich.

Ibn Battuta legte ihr beruhigend eine Hand auf den Arm und lächelte. „Das wäre unmöglich, selbst wenn ich es wollte." Dann erinnerte er sich daran, was der Emir Hawi ihm aufgetragen hatte. „Ich sah deinen Mann, kurz bevor er starb ...", sagte er stockend. „Er bat mich, dir zu sagen, dass er dir verzeiht."

Marjam war bestürzt. „Verzeihen? Wofür?"

„Ich weiß es nicht. Er sagte, du würdest schon verstehen."

„Oh ..." Sie verbarg ihr Gesicht. „Dann hat er also gewusst ..."

Sie führte den Satz nicht zu Ende, sondern erhob sich und verließ ohne ein weiteres Wort den Raum.

Nach einigen Tagen brachen sie wieder auf. Am südlichen Ende der Gangesebene angekommen erklommen sie das Malwaplateau und stiegen dann hinunter zum Narmadafluss, der Trennlinie zwischen Nordindien und dem Dekkan. Dann durchquerten sie die feuchten Wälder des nördlichen Maharaschtra und gelangten schließlich nach Daulatabad, zwei Monate, nachdem sie Delhi verlassen hatten. Über der Stadt thronte mächtig die Zitadelle Deogir, ein auf einem freistehenden, glattgemeißelten Granitfelsen erbautes Bollwerk. Der Gouverneur Kutluchan erwartete sie schon. Am Fuße des gewaltigen Felsens ließen sie ihre Tiere zurück und stiegen über Treppen, die man in den Stein gehauen hatte, nach oben. Die Aussicht war atemberaubend.

Marjam besuchte ihn täglich in dem Raum, der ihm im Palast des Gouverneurs hergerichtet worden war. Ibn Battuta nutzte den Aufenthalt, um sich endgültig auszukurieren. Vorsichtig kamen sie sich näher, bewusst, dass sie ihre beiden Wesen behutsam zusammenführen mussten, um nicht Schaden zu nehmen. Die Rekonvaleszenz, die Ibn Battuta nun durchlief, war sowohl körperlicher als auch seelischer Natur. Marjam war seine Seelenverwandte; in ihrer Gegenwart fühlte er, wie sich sein Leben wieder zu einem Ganzen verdichtete. Abends saßen sie oft auf dem vom Licht der untergehenden Sonne geröteten Felsen von

Deogir, blickten in die Ebene und unterhielten sich leise. Dscharir und Farasdak, die sie von einem Fenster des Gouverneurspalastes beobachteten, seufzten in seltenem Einklang.

„Hach, ist das schön!“, jubilierte Dscharir mit feuchten Augen.

„Mal sehen, wie lange das gut geht“, erwiderte Farasdak. „Frauen, die allein in Karawanen reisen, wo kommen wir denn dahin!“

„Soweit ich mich erinnere, hast du sie eingeschmuggelt.“

„Das genau ist es, was mir Sorgen macht“, seufzte Farasdak. „Welche romantische Grille hat mich da geritten? Ich verliere noch mein unbestechlich rationales Wesen!“

Schließlich brach die Karawane wieder auf. Gern wären sie länger geblieben. Daulatabad war eine prächtige Stadt, in der es Trauben und Granatäpfel im Überfluss gab und wo das Leben leicht war. Weiter ging es durch Maharaschtras fruchtbare Auen, bis sie schließlich ihr Ziel erreichten, die Hafenstadt Kambai im Delta des Pandschab. Den Meerbusen, an dem Kambai lag, hätte man auch für einen Fluss halten können, wenn nicht Ebbe und Flut gewesen wären. Ibn Battuta erinnerte sich an Basra im Irak, wo er ein ähnliches Phänomen beobachtet hatte. Ging das Wasser zurück, lagen die Bootsleiber im Schlamm; stieg der Wasserspiegel wieder, glucksten die bunt bemalten Schiffe einträchtig nebeneinander am Kai. Ibn Battuta überkam die Erinnerung an sein ausschweifendes Wanderleben im Arabischen Meer in Begleitung Chisers, und zum ersten Mal seit ihrer Abreise von Delhi fühlte er sich völlig frei.

Marjam hatte er, seit sie nicht mehr den Witwenschleier trug und in der Karawane wiederholt die Avancen allzu Übermütiger abwehren musste, unter seinen persönlichen Schutz gestellt und in seinen privaten Tross aufgenommen. Nur die Nächte verbrachte sie im Zelt der Tänzerinnen, mit denen sie sich schnell angefreundet hatte. Dies war für Männer verbotenes Gebiet, doch eines Abends, nur wenige Tagesritte vor Kambai, unterbrachen Dscharir und Farasdak Ibn Battutas Abendlektüre und zogen ihn genau in diese Richtung zum Rande des Lagers. Er kam gar nicht dazu, sie zu fragen, was für eine Überraschung sie ausgeheckt hatten, denn kaum hatte er den Zeltvorhang zurückgeschlagen, da scholl ihm schon das Zungenträllern der Musikantinnen entgegen. Trommeln, Tamburine und Flöten erklangen, seine beiden Freunde und er wurden von den Frauen zu einer reich mit Kissen ausgelegten Sitzecke geführt, und vor ihren begeisterten Blicken entfaltete sich ein anmutiges Spektakel. Akrobatinnen wirbelten durch die Luft, die Tänzerinnen, in goldbestickten Saris und mit klirrenden Goldreifen um Hand- und Fußgelenke, bogen ihre dehnbaren Körper zu atemberaubenden Posen, und dann, der Höhepunkt der Darbietung, erschien sie.

Marjam trug ein zweiteiliges hellblaues Seidenkleid, das ihren Bauch und ihr Dekolleté unbedeckt ließ. Auf ihrem Busenansatz war ein zarter Anflug von Sommersprossen erkennbar, ein Wunder der Natur, wie es Ibn Battuta schien, der dergleichen noch nie gesehen hatte. Mit einem Lächeln auf den Lippen führte sie zu sanftem Lautenklang einen langsamen, von sinnlicher Eleganz beseelten Tanz auf. Ibn Battuta war wie verzaubert, und auch Dscharir und Farasdak, die eben noch lachend die Weinschalen aneinandergestoßen hatten, war die Luft weggeblieben. Mit offenen Mündern saßen sie da wie Spatz und Nilpferd, dem anhaltenden Gelächter der sie umgebenden Frauen ausgesetzt. Als Marjam ihre frenetisch gefeierte Darbietung beendet hatte, griff Ibn Battuta zur Laute und variierte unter reger Anteilnahme aller ein bekanntes Liebeslied, welches er direkt an seine Auserwählte richtete.

Später – Dichter, Musikantinnen und Tänzerinnen hatten sich bereits zurückgezogen – saßen sie noch beisammen.

„Ibn Battuta“, flüsterte sie, während er sie an sich zog, „es macht mir nichts aus, dass du nach wie vor diesem Chiser hinterherjagst, auch wenn mir scheint, dass du Mächte herausforderst, die du nicht verstehst. Ich will nur bei dir, immer bei dir sein!“

Sie küssten sich lange.

„Vor kurzem wäre ich fast wieder versklavt worden“, sagte sie, etwas atemlos, „dann wäre dieser Traum nie wahr geworden ... Weißt du noch, wie du mich in Täbris gefragt hast, ob ich jemals etwas getan habe, was ich wirklich will?“

Er nickte.

„Nun – wenn du mir damals diese Frage nicht gestellt hättest, ich glaube, ich hätte Machduma nie gebeten, mich freizulassen.“

„Wenn du zwischen Liebe oder Unsterblichkeit wählen müsstest, mein Schmetterling, wofür würdest du dich entscheiden?“

„Für dich, mein Liebster.“

„Warum?“

„Was nützte mir Leben ohne Liebe?“

Und wieder versanken sie in Zärtlichkeiten.

In Kambai mussten sie warten, damit vier Schiffe bereit gemacht wurden, um sie die Küste hinunter nach Kalikut in Südindien zu tragen, wo sie auf größere, seetüchtigere chinesische Dschunken umsteigen wollten. Ibn Battuta war in der Gesellschaft seiner beiden besten Freunde und der Frau, die er liebte, so glücklich wie noch nie zuvor. Wenige Tage, bevor sie nach Südindien auslaufen wollten, erschienen abends Dscharir und Farasdak unangekündigt in seinem Zimmer. Dscharir legte umständlich die Arme auf dem Rücken zusammen und blickte mit tränenfeuchten Augen zu Boden. Farasdak wirkte etwas steif und sprach mit noch genauerer Akzentuierung als sonst.

„Ibn Battuta“, sagte er, „es freut uns von Herzen, dass die Dinge um dich so gut stehen. Du bist zu einem welterfahrenen und hoch geachteten Mann herangewachsen, hast die Frau gefunden, mit der du glücklich bist, und blickst auch sonst in eine vielversprechende Zukunft. Ich und Dscharir, wir denken ... nun, in einem Wort, wir glauben, dass es Zeit ist, uns von dir zu verabschieden.“

„Was?“, rief Ibn Battuta aus. „Wo wollt ihr denn hin? Kommt ihr denn nicht mit mir nach China?“

„Nein, mein Lieber. Wir haben hier einen Kaufmann aus Basra kennengelernt, dessen Schiff in ein paar Tagen in den Irak zurückkehrt. Von dort werden wir nach Damaskus weiterreisen, um uns wieder in den Dienst des Gouverneurs zu begeben. Keiner von uns will je zu Togluk zurück! Wir wollen noch ein wenig unserer Berufung, der Dichtkunst, nachgehen, vielleicht sogar eine Familie gründen, bevor wir zu unserem Schöpfer eingehen. Unsere Zeit des Reisens ist vorbei, Ibn Battuta. Du aber folge deinem Weg, und wenn du anschließend zu uns nach Syrien kommen magst, werden wir dich mit offenen Armen empfangen! Wir werden auf dich warten!“

Ibn Battuta schwieg. „Es macht mich traurig“, sagte er schließlich, „dass ich euch ein zweites Mal verlieren soll. Aber ich verstehe, dass ihr Lust verspürt, nach Hause zurückzukehren. Ich selbst fühle, dass sich meine Suche dem Ende nähert. China wird die letzte Station meiner Reisen sein, und danach, so Gott will, werde ich euch mit Marjam in Damaskus aufsuchen!"

So stachen sie in See, Dscharir und Farasdak auf einem Schiff in Richtung des Persischen Golfs, Ibn Battuta mit Marjam und der Karawane mitsamt den fünfzehn chinesischen Gesandten nach Malabar, dem westlichen Küstenstreifen Unterindiens, den man auch das Pfefferland nannte. Dscharir und Farasdak waren Ibn Battutas beste Freunde; dass sie ihn nun abermals verließen, wog schwer. Lange hatten sie sich bei der Verabschiedung in den Armen gelegen. Die Reise nach China war gefährlich, und es war keineswegs gesichert, dass Ibn Battuta und Marjam unversehrt zurückkommen würden.

Drei Lastschiffe trugen die Gaben Togluks an den chinesischen Kaiser, die Sklaven, Pferde und Kunstgegenstände. Auf dem vierten Schiff, einer Kriegsgaleere, reisten neben Ibn Battuta und Marjam auch die chinesischen Botschafter sowie eine hundert Mann starke Truppe Soldaten und Bogenschützen, die sie vor Piraten beschützen sollte. Unter strahlend blauem Himmel und günstigem Winterwind kamen sie schnell voran. Wie Möwen flogen ihre Schiffe über die See. Ein Gefühl der Schwerelosigkeit ergriff Ibn Battuta und Marjam. Sie betraten den magischen Raum, den nur Reisende kennen, jenen Ort, der nicht hier ist und auch nicht dort und doch auch nicht nirgendwo, jenen Zwischenzustand, dem sowohl der Zauber des Aufbruchs als auch die Freude des Ankommens innewohnt. Und wie Abdallah und Aja, die fünfunddreißig Jahre zuvor bei der Fahrt von Alexandria nach Tanger auf den Wellen des Meeres zueinandergefunden hatten, besiegelten Ibn Battuta und Marjam auf dem Weg ins Pfefferland Malabar ihre Liebe.

„Marjam", flüsterte er ihr eines Nachts ins Ohr, „du bist mir das Liebste auf der Welt."

„Ich hoffe, wir bleiben nun für immer zusammen", murmelte sie schon halb im Schlaf. „Dich noch einmal zu verlieren, das wäre das Schlimmste für mich ..."

„Was meinst du? Könntest du dir ein Leben als Frau eines Gesandten in China vorstellen?"

„Du willst doch nicht ...?“ Schlagartig war sie wach.

„Doch, genau das will ich! Sobald wir wieder Boden unter den Füßen haben, will ich, dass du meine Frau wirst.“

Sie weinte vor Glück.

Er beschloss, ihr im nächsten Hafen einen Ring zu kaufen, als Unterpfand seines Versprechens. Nichts fehlte mehr, er war rundum glücklich. *Und du, Chiser,* dachte er im Überschwang, *fahr von mir aus zur Hölle! Ich renne dir nicht mehr hinterher! Komm du doch zu mir, wenn du willst!*

Entlang der Küste Malabars grenzte ein unabhängiges Hindukönigreich an das nächste. Die mächtigen Ghatberge, die wie eine dunkle grüne Wand in fünfzig bis hundert Meilen Abstand parallel zur Küste verliefen, schützten diese Gegend vor dem Zugriff des Sultans von Delhi. Die Monsunwolken regneten an den Ghats ab und verwandelten den Küstenstreifen in tropisch-fruchtbares Land. Der schwarze Pfeffer war es, der Malabar reich gemacht hatte. Doch auch Edelsteine, Indigo, Holz und Stoffe wurden von hier in die arabische und die chinesische Welt gehandelt. Malabar war die große Relaisstation zwischen dem Fernen Osten und den islamischen Ländern. Die Dschunken aus Chan-sa und Saitun segelten nur bis hierhin, und umgekehrt wagten sich die Schiffe arabischer Bauart nicht über Malabar hinaus nach Osten. Nicht weniger als zwölf prosperierende Hafenstädte liefen sie auf ihrer Fahrt nach Kalikut an.

Als sie schließlich Kalikut erreichten, wartete vor der Hafeneinfahrt eine Empfangsflotte des Herrschers der Stadt, kleine wendige, mit bunten Fahnen geschmückte Schiffe. Mit Trompeten, Hörnern und Trommeln wurden sie zu ihrem Ankerplatz begleitet. Dreizehn große Dschunken ankerten im Hafen von Kalikut. Mit ihren dicken Bäuchen und den hohen Masten ließen sie die Schiffe arabischer Bauart, die neben ihnen im Wasser lagen, zwergenhaft erscheinen. Die Dschunken hatten einen doppelten Bauch, was sie, selbst wenn die äußere Schale an mehreren Stellen leckte, fast unsinkbar machte; man sagte aber auch, dass sie wegen ihrer Größe in Stürmen nur schwer zu navigieren waren. Bis zu fünf Etagen waren in ihnen untergebracht, die Kajüten von unvergleichbar größerem Komfort als auf den arabischen Schiffen. Einige hatten sogar ihren eigenen Abort und Waschplatz. Die Dschunken waren des Weiteren mit Vorrichtungen versehen, die halfen, Feuer zu bekämpfen; beschäftigten Diener, die Tee und andere Annehmlichkeiten in die Kabinen brachten; hatten Rettungsboote und Aufenthaltsräume für die Reisenden. Ibn Battuta war neugierig und froh, bald auf die Wale des Meeres, wie die Chinesen ihre Schiffe nannten, überzuwechseln.

Unverzüglich hatte sich die Gesandtschaft der fünfzehn Chinesen unter ihrem Anführer Tursi eingeschifft. Tursi hatte sich freundlich von Ibn Battuta verabschiedet und seiner Hoffnung Ausdruck verliehen, ihn bald in Ta-tu wiederzusehen. Es nahm einige Tage in Anspruch, Ibn Battutas Tross auf die chinesischen Schiffe zu verfrachten. Es traf sich, dass auf der großen Dschunke, in der die Gaben des Sultans untergebracht wurden, keine Kabine mehr frei war. Chinesische Kaufleute hatten sie im Voraus gebucht. Der Agent des Schiffes, ein Levantiner, schlug Ibn Battuta vor, auf einer kleineren Dschunke, einer Kakam zu reisen, auf der noch genügend Platz war. Ibn Battuta willigte ein, und so zogen er, Marjam und ihre Bediensteten auf die Kakam um. Togluks Geschenke ließ er auf der großen Dschunke unter der Obhut des chorasanischen Emirs, der seit Delhi die Patrouille der Schutzsoldaten befehligte.

An einem Samstag wollten sie auslaufen. Am Freitag ging Ibn Battuta ein letztes Mal an Land, um in der Großen Moschee zu beten. Marjam blieb auf dem Schiff, um ihre Kabine wohnlich herzurichten. Am Morgen verabschiedete sie ihn fröhlich mit einem Kuss. Als Ibn Battuta in das Ruderboot stieg, um ans Ufer überzusetzen, blickte er sich nach der Reling um, von der Marjam ihm hinterherwinkte. Ein paar Schritte neben ihr stand ein Mann, der ihm ebenfalls hinterherschaute. Er hatte eine nicht allzu große und sehnige Gestalt und trug das einfache Gewand der fahrenden Sufis. Es schien Ibn Battuta, als hätte er sein lächelndes Gesicht schon einmal gesehen. Er wandte sich dem Festland zu. *Das ist doch nicht möglich*, dachte er. Als er sich ein weiteres Mal zur Kakam und zu Marjam umwandte, war der Mann verschwunden.

Es war ein herrlicher Morgen. Kein Wölkchen zeigte sich am Himmel. Das Unglück brach über sie herein wie aus dem Nichts.

Vierundneunzigstes Kapitel

Worin der große Sturm vor Kalikut beschrieben wird und wie Ibn Battuta in der Folge durch das Pfefferland irrt, um schließlich ein weiteres Mal in See zu stechen

Gegen Mittag waren die ersten Wolken aufgezogen, und als Ibn Battuta aus der Freitagsmoschee trat, lag Dunkel über Kalikut. Kein Lüftchen regte sich. Wäre er ein Seemann gewesen, er hätte sofort begriffen, dass ein gewaltiges Unwetter bevorstand. So jedoch ließ er sich Zeit und schlenderte gemächlich zum Basar, um den Ring für Marjam zu kaufen. Dort konnte er sich nicht recht zwischen einem Aquamarin- und einem Smaragdring entscheiden, die beide außergewöhnlich schön gefärbt waren. Plötzlich fegte der Wind in Böen durch die Straßen. Vereinzelt fielen Tropfen. Der Himmel verfinsterte sich, als würden schwarze Krallen nach ihm greifen. Als Ibn Battuta schließlich im strömenden Regen den Hafen erreichte, ging die graue See bereits so hoch, dass er niemanden fand, der noch bereit gewesen wäre, ihn zur Kakam zu rudern.

Dann brach die Hölle los. Laut jaulend warf sich das Meer gegen die Küste. Die Wellen erreichten eine solche Höhe, dass die Kakam und die große Dschunke, die in nicht allzu großer Entfernung vom Ufer vor Anker lagen, in den Wellentälern immer wieder den Blicken entschwanden. Ein Sturzregen ging hernieder, begleitet von fürchterlichen Blitzen. Hilflos musste Ibn Battuta mit ansehen, wie die Kapitäne die Anker lichteten und auf die offene See hinausfuhren, aus Angst, der ständig stärker werdende Sturm könne sie losreißen und ins flache Wasser treiben, wo sie auf Grund gelaufen und gesunken wären. Die ganze Nacht durch tobten die Elemente. Als der Morgen graute bot sich Ibn Battuta ein schrecklicher Anblick.

Die große Dschunke war in Sichtweite vom Strand auf eine Sandbank gelaufen und in der Mitte entzweigebrochen. Von der Kakam hingegen keine Spur. Ohne Unterlass, wie um ihn zu verhöhnen, spülten die Fluten den Inhalt der Dschunke an den Strand: ertrunkene Soldaten und Passagiere, Pferdeleichen und die Kisten und Truhen mit den Gaben für den Kaiser in Ta-tu.

Gold und Silber bedeckten glitzernd den Strand. Die Armen Kalikuts hatten sich im Nu darüber hergemacht, so sehr auch die Polizei sich bemühte, den Plünderern Einhalt zu gebieten. Alles ging verloren.

Ibn Battuta irrte über den Strand, versuchte hier und da etwas von der Ladung zu retten, doch ohne Erfolg. Am Sonntagmorgen wurde die aufgedunsene Leiche des chorasanischen Emirs an Land geworfen. Sein Schädel war gebrochen, durch die Schläfen hatte sich ein unterarmlanger Eisennagel gebohrt.

So war Ibn Battuta, der erlauchte Gesandte an den kaiserlichen Hof in Ta-tu, auf einen Schlag allein und seines ganzen Besitzes beraubt. Alles, was ihm blieb, waren die Kleider, die er trug, das Amulett seines Vaters, ein Gebetsteppich und zehn Dinar.

Es fehlte wenig und er hätte den Verstand verloren. Nur eine Aussicht ließ ihn hoffen: Die Kakam, auf der sich Marjam befand, hatte es vielleicht geschafft, dem Unwetter zu trotzen und sich in einen der Häfen Malabars zu retten. Jedes Schiff auf dem Weg nach China musste unter allen Umständen im südlich gelegenen Quilon Station machen. Wenn er sich beeilte, konnte er über den Landweg den Hafen vielleicht noch rechtzeitig erreichen. Mit einem Diener, den er anmietete, machte er sich sofort auf den Weg.

Von Kalikut bis Quilon bestand eine Binnenwasserverbindung. Ein Kanal verlief parallel zur Küste und den Ghatbergen nach Süden. Abends stiegen sie vom Boot und übernachteten in Rasthäusern. Doch nahm Ibn Battuta seine Umgebung kaum wahr. Er hing stattdessen ganz seinen düsteren Gedanken nach. Die Hindu-Gastwirte behandelten ihn mit Respekt, denn die Muslime waren angesehene Kaufmänner im Pfefferland. Doch ließen sie ihn nicht in ihre Häuser, aus Angst, er könnte sie verunreinigen, und so schlief er im Freien. Das Essen wurde ihm und seinem Diener auf Kokosblättern serviert, die danach weggeworfen wurden. Wasser gab es nicht in Krügen, sondern wurde ihnen von einem Bediensteten über die Hände gegossen. Ibn Battuta war nicht danach zumute, sich über hinduistische Reinheitsgebote Gedanken zu machen oder sich mit irgendjemandem zu unterhalten, und so setzte sich sein Diener, der sich als ein rechter Grobian entpuppte, jeden Abend von ihm ab, um mit den Mitreisenden Wein zu trinken. Morgens setzten sie ihre triste Fahrt fort.

Die satten Gärten Malabars zogen an ihm vorbei wie in einem Traum. Pfefferranken wanden sich um die Kokosnusspalmen, Zimt- und Rothölzer verbreiteten angenehmen Duft, jede noch so kleine Parzelle war kultiviert. Das Land war sicher, denn die Hindufürsten griffen hart gegen Diebe und Landstreicher durch. Selbst Früchte, die auf den Straßen verlorengingen, durften nicht aufgehoben werden, weil immer davon auszugehen war, dass der rechtmäßige Besitzer zurückkommen und sie wieder an sich nehmen würde. Der Fürst von Quilon hatte einmal seinen eigenen Schwiegersohn hinrichten lassen, weil er bei einem gemeinsamen Ausritt eine Mango vom Boden aufgelesen hatte. Neben der Straße, die entlang des Kanals führte, sahen sie zuweilen die grausam hingerichteten Leichname von Dieben. Man hatte lange Pfähle in den Boden gerammt, die in der Mitte von einem horizontalen Brett unterteilt wurden, und dann die Verurteilten von oben daraufgespießt, bis sie mit dem Bauch auf dem Brett ankamen. Ibn Battuta empfand selbst, als ginge ein Spieß durch sein Herz.

Am zehnten Tag erreichten sie Quilon, die südlichste der großen Handelsstädte an der Malabarküste. Die Einwohner setzten sich zur Hälfte aus Hindus und Muslimen zusammen, daneben gab es eine große chinesische Gemeinde. Ibn Battuta entließ den Diener, der unwirsch seinen schmalen Lohn entgegennahm, und stieg nicht im Palast des Gouverneurs ab, wie es ihm zuvor als Botschafter des Sultans zugestanden hätte, sondern als namenloser Reisender in einem Sufihospiz. Tagsüber saß er am Hafen und wartete. Tag für Tag. An die bedauernden Blicke gewöhnte er sich.

Die Kakam kam nicht.

Stattdessen legte nach einigen Tagen eine kleine Dschunke an, der die fünfzehn chinesischen Gesandten mitsamt ihrem Anführer Tursi entstiegen. Rasch erhob sich Ibn Battuta, der an eine Mauer gelehnt das Meer betrachtet hatte, und eilte zu ihnen hinüber. Tursi war kaum vom Steg auf den Kai getreten, als Ibn Battuta sich ihm in den Weg stellte.

„Edler Gesandter Tursi!", rief er.

Der Chinese war verblüfft. „Erlauchter Botschafter!", antwortete er auf Persisch, denn er hatte begonnen, die Landessprache zu lernen. Tursi war ein Mann von rascher Auffassungsgabe und mit hervorragenden Manieren. Er zog die linke Braue hoch und sagte, schon recht flüssig: „Mit Euch hätte ich wahrlich nicht gerechnet. Wie seid Ihr hierhergekommen?"

„Großes Unglück hat mich befallen. Die Dschunke mit den Geschenken für Euren Kaiser ist im Sturm vor Kalikut entzweigebrochen. Alles ist verloren. Ich bin über den Binnenkanal hierher geeilt, um wenigstens die Kakam abzufangen."

„Der große Himmelsherrscher beschütze Euch", murmelte Tursi betroffen. „Auch wir haben Übles erfahren. Zwar sind wir noch rechtzeitig von Kalikut weggekommen, doch der Sturm hat uns in Küstennähe überrascht und wir sind auf eine Sandbank gelaufen. Glücklicherweise ist das Schiff nicht gleich gesunken, und so konnten wir auf eine kleinere Dschunke überwechseln, mussten jedoch alle unsere Habe zurücklassen. Wir haben hier in Quilon Verbündete und hoffen nun, mit dem Nötigsten ausgerüstet in die Heimat zurückzukehren." Er musterte Ibn Battuta. „Ihr seht schlecht aus, mein Freund. Was wollt Ihr als Nächstes tun?"

„Natürlich auf die Kakam warten."

„Und wenn sie nicht kommt?"

„Dann werde ich nach ihr suchen, solange, bis ich sie finde, oder bis ich sicher weiß, dass sie verloren ist."

Der Chinese sah ihn mitleidig an. „Vielleicht wäre es besser, wenn Ihr den Gedanken an die Kakam aufgebt. Sie hätte schon längst in Quilon einlaufen müssen. Ich schlage Euch vor, Euch uns anzuschließen. Kommt mit uns nach China! An den Hof von Togluk werdet Ihr kaum zurückkehren wollen. In Ta-tu hingegen erwarten Euch hohe Ehren."

„Gott vergelte es Euch, edler Tursi", sagte Ibn Battuta. „Aber vergebt mir, dass ich das Angebot ausschlage. Ich muss über die Kakam Gewissheit haben, bevor ich Eure Gastfreundschaft in Anspruch nehmen kann."

„So sei es denn", sagte der Chinese. „Auf dem Schiff befand sich auch die weiße Frau, die Euch seit Daulatabad begleitet, habe ich recht?"

Ibn Battuta nickte stumm.

„Es gibt ein chinesisches Sprichwort", sagte Tursi, „*Ein Mensch ohne Liebe lebt und ist dennoch tot.* Setzt Euer Leben aber trotzdem nicht allzu leichtfertig aufs Spiel, denn ich hoffe, Euch noch eines Tages bei mir zu Hause in Ta-tu bewirten zu dürfen. Jetzt aber kommt erst einmal mit. Wir wollen Euch mit etwas Geld und frischen Kleidern versorgen."

Tursi und die chinesische Gesandtschaft hielten sich einige Tage in Quilon auf, bevor sie eine Dschunke fanden, die sie ihrer Heimat entgegentrug. Die Kakam aber traf nicht ein. An dem Tag, an dem die Chinesen aus Quilon absegelten, machte auch Ibn Battuta sich wieder auf den Weg. In allen Küstenstädten Malabars wollte er nach dem Schicksal der Kakam forschen.

Während der Monate rastlosen Suchens, die nun aufeinanderfolgten, so eintönig und einsam wie die Tage auf einer verlassenen Insel, überkamen ihn oft Verzweiflung und Verbitterung. *Gestern war ich noch der glücklichste Mann auf Erden*, dachte er, während er gegen die Reling namenloser Schiffe lehnte, die ihn die Küste des Pfefferlandes hinauf- und hinuntertrugen, und aufs Meer blickte, *und heute habe ich alles verloren.* Wie hatte ihm das Schicksal mitgespielt! Der Sturm in Kalikut war aufgekommen, gerade als er sich in einem Moment der Unaufmerksamkeit von Marjam getrennt hatte. Es war geradezu, als hätte jemand darauf gewartet, dass er sich von ihr fortbegab, um sie dann im nächsten Moment für immer voneinander zu trennen. Eine Erinnerung stieg in ihm hoch, zunächst undeutlich, dann immer schärfer: die Erinnerung an den Mann, der ihm von der Kakam lächelnd nachsah, als er in den Hafen von Kalikut ruderte.

Chiser.

Alles machte Sinn: Wenn Chiser imstande war, das Meer zu beruhigen, wie er es vor der Küste Arabiens getan hatte, dann lag es auch in seiner Macht, den Taifun vor Kalikut herbeizurufen. Und wie war es überhaupt dazu gekommen, dass Ibn Battuta sich nach Kalikut begab? Wie sehr hatte der geheimnisvolle Kalandar am Hof in Delhi damit zu tun, dass ihn Togluk zum Anführer der Gesandtschaft nach Ta-tu ernannt hatte? Warum hatte ihn der Kalandar in jener denkwürdigen letzten Audienz beim Sultan auf die Fährte nach China gelockt? Hatte er etwa im Auftrag Chisers gehandelt? Was hatte er mit Ibn Battuta vor? Warum suchte er ihn heim, eben in jenem Augenblick, als er sich dank Marjam von seiner Sucht, der Suche nach dem Lebenswasser, gelöst hatte, während er, Chiser, sich während der langen Jahre, die Ibn Battuta wie besessen nach ihm gefahndet hatte, hartnäckig vor ihm verborgen hielt?

Ibn Battuta verstieg sich mehr und mehr in diese abgründigen Spekulationen. Während der langen Stunden, die er auf der Fahrt von einem Hafen in den nächsten auf dem Schiffsdeck verbrachte, begann er, mit sich selbst Zwiegespräche zu führen. Die Mitreisenden mieden ihn. Sie hielten ihn für nicht bei Sinnen. Er verstand sie. Die Zeit schien zwischen seinen Fingern zu zerrinnen. Alles war ihm gleichgültig geworden. Und wo er auch hinkam, von der Kakam wusste niemand etwas.

Dann, etliche Monate nachdem er in Quilon seine verzweifelten Nachforschungen begonnen hatte, kam er wieder nach Kalikut. Da begegnete er im Hafen zweien seiner ehemaligen Diener, die sich mit Marjam auf der Kakam befunden hatten. Die Nachrichten waren die allerbesten und dennoch nicht gut: Die Kakam war dem Sturm zwar entkommen, dann aber, ohne in Quilon anzulegen, in die Bucht von Bengalen weitergesegelt, hatte einige Tage in Tschittagong gelegen und war dann auf Sumatra in die Hände eines lokalen Fürsten gefallen. Die beiden Diener waren in dem Tumult, der im Hafen auf Sumatra geherrscht hatte, entkommen. Sie hatten sich im nächstbesten Schiff versteckt gehalten und waren als blinde Passagiere nach Kalikut zurückgekehrt. Was in der Zwischenzeit mit Marjam geschehen war, wussten sie nicht. Sie erzählten aber, dass Marjam auf der Kakam Freundschaft mit einem indischen Arzt geschlossen hatte, der sie gepflegt hatte, als das Sumpffieber bei ihr ausbrach. Als Ibn Battuta in sie drang, ihm genau zu beschreiben, wie dieser Mann ausgesehen hatte, vermochten sie dies nicht; sie erinnerten sich nur an seine grünen Augen.

So war Chiser denn mit Marjam ins Ungewisse verschwunden. Der einzige Trost war, dass Marjam noch lebte. Warum aber hatte er sie ihm weggenommen? Fast schien es, als wollte er Ibn Battuta auf die Probe stellen: Er sollte sich ihm beweisen, er sollte der Fährte nach Osten folgen, um am Ende Marjam und auch ihn, Chiser, endlich zu finden. Und dann musste er sich zwischen ihnen beiden entscheiden, das wusste er. Chiser hatte ihn endlich erhört. Jetzt, da er schon nicht mehr an ihn geglaubt hatte.

Fünfundneunzigstes Kapitel

Worin Ibn Battuta in Bengalen dem zweiten der drei Chiser-Heiligen begegnet und vom Kapitän Ibrahim mit Seemannsgarn unterhalten wird

Ibrahim war Syrer, ein baumlanger, bärenstarker Mann. Lange Jahre auf See hatten seine tiefbraune Haut ausgedörrt und rau gemacht. Er war, daran konnte kaum Zweifel bestehen, der fröhlichste Mensch, dem Ibn Battuta je begegnet war. Kaum ein Augenblick verging, in dem er seinem Gegenüber nicht lachend auf die Schulter schlug. Dabei zeigte er eine strahlend weiße Reihe Zähne, die von einer viel zu dünnen Oberlippe nur ansatzweise verdeckt wurde. Ibrahim war Kapitän einer kleinen Dhau, mit der er Waren aller Art von der Küste des Pfefferlandes über die Maldiven und Ceylon nach Bengalen transportierte. Ibn Battuta mietete einen Platz auf dem Deck von Ibrahims Schiff. Er wollte schnellstmöglich nach Sumatra, um herauszufinden, was mit Marjam geschehen war. An einem strahlenden Morgen verließen sie den Hafen und stachen in See. Ibn Battuta war erleichtert, den Ort seines Unglücks für immer hinter sich zu lassen.

Die Maldiven lagen etwas abseits der Route, aber nah genug, um die Inseln in den Warenverkehr zwischen Malabar und den östlichen Meeren einzubeziehen. Ibrahim hatte Schafsböcke geladen, denn diese konnten auf den Maldiven nicht gezüchtet werden, waren aber für das jährliche Opferfest der Muslime unverzichtbar. Die Tiere verbreiteten trotz der Meeresluft einen enormen Gestank, köttelten aufs Deck und blökten unter dem sternenklaren Nachthimmel aufs Jämmerlichste, sodass an Schlaf nicht zu denken war. Den Kapitän schien das nicht im Geringsten zu stören. Im Gegenteil, es gab ihm Gelegenheit, die Mannschaft und seinen Passagier Ibn Battuta mit Seemannsgarn zu unterhalten.

„Seht Euch unseren Marokkaner an, der immer so ein langes Gesicht macht“, sagte er, deutete mit einer Kopfbewegung auf Ibn Battuta und brach dann in ein wieherndes Lachen aus, in das die Schafe prompt einfielen. „Den werden sie auf den Kokosnussinseln sicher mögen. Einer seiner Landsleute hat den Insulanern nämlich den Islam beschert.“

„Gott ist groß“, sagte Ibn Battuta matt. „Wie ging das vor sich?“

„Nun“, – Ibrahim holte Luft – „die Inseln wurden damals, etliche Generationen ist es her, von einem grausamen Meeresdämon heimgesucht, wahrscheinlich von einem der hässlichen Dschinn, die Salomon auf dem Meeresgrund festgekettet hatte, bis sie dann freikamen. Jedenfalls, einmal im Monat stieg er aus den Fluten und verlangte eine Jungfrau, die er durchbimste ...“

„Wie bitte?“, unterbrach ihn Ibn Battuta.

„... vergebt, vornehmer Herr: die er *schändete* und dann tötete. Die Maldiver, die übrigens ausgesprochen liebe Menschen sind, aber furchtbare Feiglinge, also wirklich, machen sich vor Angst in den Lendenschurz, verdammte Weicheier, man weiß gar nicht, was ihre Frauen an ihnen finden, sind ja verdammt hübsch die braungebrannten Dinger, mit dem ganzen Perlenkrams an den Ohren, und so zutraulich ... Wo war ich stehen geblieben? Ach ja, also die Maldiver hielten immer am ersten Tag des Monats in einem Tempel am Strand ein junges Mädchen bereit, als Opfergabe an den Dämon. Über Nacht ließ man die Arme allein, und am nächsten Morgen fand man sie dann leblos am Boden. Aufgepasst, denn jetzt kommt der Marokkaner zu seinem Auftritt: ein Sufi, den man Abulbarakat nannte. Er beschloss, den Dämon auszutreiben – an Mut mangelte es ihm jedenfalls nicht. Er setzte sich statt des jungen Mädchens in den Tempel und rezitierte die ganze Nacht den Koran. Der Dämon steckte den Kopf aus dem Wasser, wollte sich dem Sufi aus Respekt vor dem Gotteswort aber nicht nähern, und im nächsten Monat, als er abermals Abulbarakat vorfand, machte er sich ganz aus dem Staub, beziehungsweise aus dem Wasser, hehe, aus dem Wasser, gut was? Da ließ der Sultan alle Götzentempel schleifen und befahl seinen Untertanen, den Islam anzunehmen. Seitdem sind die Einwohner der Maldiven Muslime ...“

Trotz aller Sympathie, die Ibn Battuta dem pferdegebissigen Ibrahim entgegenbrachte, traute er seinen Fähigkeiten als Seefahrer nur wenig. Ibrahim lehnte es mit störrischem Gleichmut ab, zu seiner Orientierung auf See die silberne Himmelsscheibe des Astrolabs zu benutzen. Er kannte einige der Navigationsgedichte auswendig, derer sich die arabischen Seefahrer im indischen Ozean bedienten, zog es in der Regel aber vor, sich ohne Umschweife nach den Sternen zu richten, was ihm, da er sich jede Nacht betrank, nicht gerade leichtfallen konnte. Jedoch pflegte er Ibn Battutas eindringliche Mahnungen mit seinem unerbittlichen wiehernden Lachen zur Seite zu wischen. Umso überraschter war Ibn Battuta, wie rasch sie vorwärtskamen. Sie passierten die Maldiven, die wie Luftblasen auf der Oberfläche des Ozeans zu schwimmen schienen, segelten an Ceylon und dem in der Ferne thronenden Adamsberg vorbei und näherten sich schließlich der Bucht von Bengalen.

Während der Schiffspassage dachte Ibn Battuta wieder an Murschidi in Ägypten, jenen alten, so überaus gastfreundlichen Mann, der ihm aufgetragen hatte, die drei Chiser-Heiligen des Ostens aufzusuchen, und einer davon war der Schahdschalal in Bengalen. Es war klar, dass Ibn Battuta jenen dringend finden musste, bevor es weiter nach Sumatra ging. Er konnte ihm vielleicht Auskunft geben, wohin Chiser sich gewandt hatte. Es galt, sich ihm zu stellen. Marjam musste befreit werden.

„Bengalen wird dir gefallen, es ist eine Hölle gefüllt mit Annehmlichkeiten", sagte Ibrahim, als sie in Tschittagong einliefen, einer betriebsamen Hafenstadt, zwölf Meilen oberhalb der Mündung am Ufer des Karnaphuliflusses gelegen. Feuchte Dämpfe stiegen aus dem Marschland des Deltas. Ibrahim schien sich daran nicht zu stören und nichts anderes im Sinn zu haben, als sich in der drückenden Sommerschwüle an den billigen Freudenmädchen und an dem ebenfalls erschwinglichen Essen zu erfreuen.

„Eine ganze Milchkuh für nur drei Silberdinare!", rief er Ibn Battuta hinterher, als dieser mit einem Bündel Sachen vom Schiffsdeck auf den Kai stieg. „Wo kann man sonst so viel und so gut für so wenig Geld essen? Warum machst du es dir nicht eine Weile lang bequem mit mir? Was musst du nur durch die Lande reisen und dein Leben aufs Spiel setzen!" Aber Ibn Battuta war schon im Menschengewimmel auf dem Kai verschwunden.

Bengalen war ein großer blühender Garten. Flüsse durchzogen das Land in jede Richtung. Die fruchtbare Erde ernährte eine aufs Äußerste angeschwollene Bevölkerung. Vor nicht langer Zeit hatte Bengalen noch zum Sultanat von Delhi gehört, doch als die Zentralgewalt Togluks schwächer wurde, war es als eine der ersten Provinzen von seinem Oberbefehl abgefallen. Ibn Battuta mied die Begegnung mit Vertretern der örtlichen Behörden. Zum einen war er als hochrangiger Beamter Togluks hierzulande sicher nicht gerngesehen, zum anderen hatte er nicht vor, sich am Hofe einzuführen. Er mietete unerkannt einen Platz auf einem Boot, das ihn flussaufwärts in Richtung der nördlich gelegenen Assamberge brachte.

Das Flusstal wurde zur Linken wie zur Rechten von Reisfeldern gesäumt. Wenn Boote aneinander vorbeifuhren, wurden zur Begrüßung Pauken gerührt. Zwei Tage vor Sylhet, dem Ort, in dem Schahdschalal sein Kloster leitete, bestiegen zwei Sufiadepten das Boot. Sie waren in den Flickenrock der Suhrawardijja gekleidet, jenes Ordens, dem auch Ruknuddin angehörte, der Heilige von Multan, welcher der erste der drei Sufiheiligen Indiens und Chinas war.

„Befindet sich auf diesem Boot der Reisende aus dem Westen, aus dem Land, in dem die Sonne untergeht?", fragten sie die auf dem Deck kauernden Passagiere. Ibn Battuta, der am Bug lagerte, sprang auf die Füße.

„Das bin ich!", rief er. „Was wollt ihr von mir?"

„Der Friede mit dir", sagte einer der beiden Sufinovizen, „und Gottes Barmherzigkeit und Segen! Wir kommen von unserem Meister Schahdschalal. Vor vier Tagen sagte er zu uns: *Der Reisende des Westens kommt zu euch; geht ihm entgegen!* Wir wussten, dass du mit dem Schiff den Fluss hinaufkommen würdest, und fragten auf jedem Boot nach dir."

„Schahdschalal weiß doch aber gar nicht von meiner Ankunft!", wunderte sich Ibn Battuta.

Der Novize lächelte. „Der Meister hat Wissen von den verborgenen Dingen. Er blickt in die Zukunft. Nichts ist leichter für ihn, als vorauszusehen, wer ihn in seinem Kloster in Sylhet besuchen kommt. Gott spende ihm Heil!"

Mit diesen Worten ließ er sich mit seinem Gefährten neben Ibn Battuta auf dem Schiffsdeck nieder. Während ihr Boot weiter den Fluss hinaufglitt, erzählten die beiden Novizen Ibn Battuta von den muslimischen Heiligen, die den Islam nach Bengalen gebracht hatten. Auch eine eigene Version der Lebensgeschichte des mekkanischen Propheten Muhammad gaben sie zum Besten. Ibn Battuta hörte nur mit halbem Ohr hin, denn er befand sich in großer Anspannung, ob Schadschalal ihm würde weiterhelfen können, und so versagte er es sich, sie darauf hinzuweisen, dass die Geschichten über die jugendlichen amourösen Eskapaden des Propheten mit den Kuhhirtinnen seines Dorfes wohl eher auf hinduistische Einflüsse zurückzuführen waren. Die Sufis Bengalens schienen die Liebesschwänke des Gottes Krischna und seiner Gespielinnen, den Gopis, auf den Propheten des Islam umgemünzt zu haben. Sie interpretierten die Geschichte obendrein als eine Art Metapher für die von den Sufis für Gott empfundene Liebe. Ibn Battuta wusste nicht recht, was er von diesen fantastischen Vermischungen halten sollte, eins allerdings bewiesen sie, dass die islamische Religion mühelos imstande war, sich örtlichen Gegebenheiten anzupassen. Am nächsten Tag stiegen sie endlich an Land und gingen zu Fuß weiter.

Sylhet lag am Fuße der Assamberge. Weiter im Norden erhoben sich die weißen Gipfel des Himalajas. Die Stadt selbst war eine in angenehmer Höhe gelegene, auf Reisterrassen verteilte Siedlung. Das Kloster des Schahdschalal befand sich auf einem Plateau, von dem sich ein herrlicher Blick über die gestaffelten Hütten hinunter in die weite bengalische Ebene bot. Ibn Battuta folgte den beiden Novizen in den Innenhof und weiter in den Audienzraum, in dem Schahdschalal, umgeben von einer Schar seiner Anhänger, in ein leises Gespräch vertieft war. Er schien nicht im Geringsten überrascht, als sie eintraten. Er stand auf, schritt Ibn Battuta würdevoll entgegen und umarmte ihn innig.

„Du bist also der Reisende der Araber!", sagte er.

Schahdschalal war steinalt. Er war hoch aufgeschossen und mager, ja sein Körper schien zum Zerbrechen fein, doch seine Umarmung war, als würde man in einen Schraubstock gespannt. Seine Augen waren grau, die Lider runzlig; der Eindruck asketischer Einfachheit wurde von einem schütteren weißen Bart vervollständigt. Auf dem Weg nach Sylhet hatten die beiden Novizen Ibn Battuta erzählt, dass Schahdschalal als junger Mann noch den letzten Kalifen von Bagdad gesehen hatte, bevor die Mongolen diesen hinrichteten. Das war nun schon achtundachtzig Jahre her. Danach hatte Schahdschalal als Söldnerführer des Sultans von Delhi in Bengalen gekämpft, dann aber infolge einer Vision dem Kriegshandwerk entsagt und war zu einem heiligen Mann geworden, der sein Leben ausschließlich der mystischen Kontemplation widmete. Durch seine fromme und wohltätige Art hatte er im Laufe der Jahrzehnte breite Schichten der Bevölkerung für den Islam gewonnen.

Seine Arme lagen immer noch auf Ibn Battutas Schultern. Er musterte ihn eingehend. Dann sagte er: „Der Meister hat mir dein Kommen angekündigt. *Zeige dich ihm wohlgesonnen, Schahdschalal,* hat er gesagt, *denn ich habe große Hoffnungen für ihn. Schon über zwanzig Jahre verfolgt er sein Ziel. Vielleicht ist er würdig.*“

„Verehrter Scheich“, gab Ibn Battuta zurück, „vergebt mein Unverständnis, aber von welchem Meister sprecht Ihr? Und welcher Sache sollte ich wohl würdig sein?“

„Mir will scheinen, dass du sehr wohl weißt, wovon die Rede ist, lieber Freund. Ich spreche genau von *dem* Ding, das du am meisten zu erlangen hoffst.“

„Ich weiß nicht mehr, was ich will, edler Meister“, sagte Ibn Battuta. „Alles, was ich begehrte, alles, was ich liebte, habe ich verloren. Manchmal kommt es mir vor, als wäre ich der glücklichste Mensch auf dieser Welt, wenn ich nur den Sufirock anlegen könnte, den Ihr tragt, um hier in der Abgelegenheit der Berge ein ruhiges und nach innen gekehrtes Leben zu führen.“

„Auch *das* hat der Meister vorausgesagt“, erwiderte Schahdschalal mit Wohlwollen in der Stimme. „*Der Marokkaner wird den Rock verlangen, den du probeweise getragen hast,* sagte er. *Ein Heidenführer wird ihn ihm abnehmen und ihn Burhanuddin schenken, dem er gehört und für den er bestimmt ist.* Du sollst ihn denn haben. Alles muss so sein, wie es der Meister befohlen hat.“

„Ihr verwirrt mich, ehrwürdiger Scheich“, sagte Ibn Battuta. „Ich komme als unbedeutender Gast in Euer Kloster, und Ihr beschenkt mich, ohne mich zu kennen, mit Eurem Flickenrock. Und ich muss zugeben, dass mir der Sinn Eurer Weissagungen nicht klar ist.“

Schahdschalal runzelte die Stirn, als sei er nicht weiter gewillt, Selbstverständlichkeiten zu bereden. „Es bleibt nicht viel Zeit, mein Freund. Du musst dich beeilen, dem Meister zu begegnen. Geh nach Ta-tu zum Kaiser der Chinesen, wenn du ihn finden willst, denn Wissen sollst du suchen, und sei es in China! Dorthin führt dein Weg! Gott sei gelobt, *mein* Weg ist hier zu Ende.“

Ibn Battuta, der noch gar nicht nach Chiser gefragt hatte, begriff, dass er soeben seine Antwort erhalten hat.

Schahdschalal wandte sich zu den anwesenden Novizen. „Ich werde euch in Kürze verlassen, so Gott will. Mein Nachfolger bei euch wird der allmächtige, sich selbst genügende Gott sein, außer dem es keine Gottheit gibt. Und nun will ich zu meiner treuen Kuh gehen, die mich seit zwanzig Jahren ernährt, und einen Schluck Milch trinken."

Damit ergriff er den Saum seines Rockes, wandte sich zum Ausgang und schritt erhobenen Hauptes hinaus. Zwar schien Schahdschalal um Vieles gefasster als der selbstquälerische Ruknuddin in Multan, doch wollte es Ibn Battuta so vorkommen, als sei auch dieser Chiser-Heilige nicht ganz Herr seiner Sinne. Doch gerade als Ibn Battuta sich anschickte, Schahdschalal hinterherzueilen, fasste ihn einer der Novizen am Arm und hielt ihn zurück.

„Du kannst ihm nicht folgen, Marokkaner. Schahdschalal fastet seit zwanzig Jahren, und nur einmal alle zehn Tage trinkt er einen Becher Milch, damit er sich ans Nichtessen nicht zu sehr gewöhnt und das Fasten ihm nicht zu leicht wird. Wenn er dies tut, ist es besser, ihn nicht dabei zu stören. Sei für heute zufrieden."

Die Nacht über lag Ibn Battuta schlaflos in seiner Zelle.

Am nächsten Morgen entdeckten sie Schahdschalal leblos auf seinem Lager. In der Höhle, die er hinter dem Kloster bewohnte, fand sich eine Grube, die er selbst ausgehoben und mit einem Leichentuch und wohlriechenden Kräutern ausgelegt hatte. Die Novizen wuschen ihn, wickelten ihn in das Leichentuch und legten ihn noch am selben Tag ins Grab. Seinen grünen Flickenrock fand man, ordentlich zusammengefaltet, neben dem Lager. Er hatte ein kleines Stück Papier darauf gelegt, auf die er mit zittriger Hand ein paar Worte geschrieben hatte:

Für den Marokkaner.
Gebe Gott, dass er sich würdig erweist,
den Rock des Meisters zu tragen.
Gott sei ihm gnädig.
T-S-M.

Ibn Battuta nahm den Zettel behutsam an sich, faltete die grüne Chirka sorgfältig zusammen und verstaute alles in seinem Reisebündel. Es blieb ihm hier nichts weiter zu tun. Sogleich machte er sich auf, um zu seinem Schiff in Tschittagong zurückzukehren.

Ibrahim war in der Zwischenzeit nicht müßig gewesen, auch wenn man seinem Bauch ansah, dass er dem bengalischen Reis kräftig zugesprochen hatte. Offenbar hatte er mit einer Ladung Edelsteine, die er in Ceylon an Bord genommen hatte, gute Geschäfte gemacht. Sein altes Schiff arabischer Bauart hatte er gegen eine chinesische Dschunke eingetauscht und diese mit bengalischem Pfeffer, Ingwer, Zimt und Stoffen beladen. Die Schiffsmannschaft hatte er um einen erfahrenen Maat und eine Handvoll Matrosen verstärkt. Ibn Battuta war beruhigt, denn auf eigene Faust eine Dschunke nach Sumatra und China zu steuern, dafür hielt er Ibrahim nur bedingt fähig.

Wieder stachen sie in See, weiter ging die Reise, weiter jenen fernen Ländern entgegen, welche zu erreichen Ibn Battuta niemals wirklich geglaubt hatte. Schon lange war es ihm gleichgültig geworden, ob er jemals irgendwo endgültig ankommen würde. Die Frage erschien unerheblich angesichts des Preises, dem er hinterherjagte – ehrgeiziger, getriebener, verzweifelter als je zuvor. Fünfzehn Tage waren sie bereits unterwegs, die Küste immer in Sichtweite zu ihrer Linken.

Eines Morgens trat Ibrahim zu Ibn Battuta aufs Deck. Ibn Battuta lehnte in Gedanken versunken an der Reling und schaute zum Festland.

„Dies ist das Land Barahnagar“, wandte sich Ibrahim an ihn. „Hier wohnen Menschen, deren Gesichter Hundeschnauzen gleichen.“

Ibn Battuta schaute ihn so ungläubig an, dass Ibrahim beschwichtigend hinzufügte: „Die Frauen sind aber von ausgezeichneter Schönheit.“

„Es wundert mich nicht, dass dir gerade dieses Detail in Erinnerung geblieben ist.“

Das brachte Ibrahim in Fahrt. „Willst du meine Ehre als Seemann angreifen?“, rief er aus, warf den mächtigen Schädel in den Nacken und ließ ein röhrendes Gelächter erklingen. „Im Ernst, ein fremder Seemann, so hat mir ein vertrauensvoller Kapitän in Quilon berichtet, hatte einmal ein nächtliches Rendezvous mit einer der Frauen des Landes. Sie wurden überrascht, ihm die

Testikel abgeschnitten, sie den Männern einer ganzen Stadt zur Schändung vorgeworfen. Seitdem sind die Teufel misstrauisch und treiben mit uns nur noch am Strand Handel. Sie bringen auf Elefanten Süßwasser aus dem Landesinneren, gestatten es uns aber nicht, selbst danach zu suchen, weil die Frauen des Landes nach schönen Seemännern gierig sind."

„Genug, genug!", rief Ibn Battuta aus und hielt sich die Ohren zu. „Das ist ja nicht auszuhalten! Mir will scheinen, mein lieber Ibrahim, du kennst diese Leute nicht allzu gut. Und wer die schönen Seemänner sind, von denen du erzählst, weiß ich nicht – auf diesem Schiff sehe ich keinen!"

„Wenn du meinst", sagte Ibrahim düpiert. „Aber mich würde interessieren, ob diese geheimnisvolle Sache, hinter der du her bist, nicht mindestens ebenso seltsam ist wie die Sitten dieser Küstenbewohner."

Ibn Battuta zog es vor zu schweigen und richtete den Blick wieder auf die graue See.

Sechsundneunzigstes Kapitel

Welches von Ibn Battutas Ankunft in der Stadt des Lichtes handelt

Endlich erreichten sie Sumatra. Damit hatte Ibn Battuta die gesamte muslimische Welt durchmessen, von ihrem südlichsten Punkt, der ostafrikanischen Küste, zu ihrem nördlichsten, Neu-Sarai an der Wolga, und von ihrem westlichsten, Marokko, zu ihrem östlichsten, der Insel Sumatra. Nirgendwo in dem unermesslichen Quadrat, das von diesen vier Punkten markiert wurde, hatte er Chiser zu fassen vermocht. Nichts blieb noch, als auch diese letzte Grenze zu überschreiten und ihn im Land der Heiden, im fernen China zu suchen. Die muslimischen Rechtsgelehrten sprachen von den Ländern, die der Scharia unterstanden, als dem *Friedensreich*. Ibn Battuta hatte nun das *Kriegsreich* betreten, ein Gebiet, in dem das göttliche Gesetz keine Geltung beanspruchen konnte, in dem ein Muslim der Willkür fremder Religionen ausgesetzt war. Aber diesen Preis war Ibn Battuta gewillt zu zahlen.

Im Hafen von Sumatra schien sich niemand an die Kakam zu erinnern. Also segelten sie weiter. Sie kamen schnell voran. Bereits drei Wochen später erschien linkerhand die Küste von Kambodscha. Doch sie hielten sich nicht auf, sondern steuerten geradewegs auf die südchinesische Küste zu. Es war, als habe Chiser günstige Winde geschickt, damit Ibn Battuta seiner Bestimmung, einem letzten Treffen mit dem grüngewandeten Unsterblichen, entgegeneilen konnte, ohne weiter aufgehalten zu werden. Schließlich gelangten sie nach Saitun.* Der Traum des Händlers Abdallah ibn Ibrahim aus Tanger, der sich ausgemalt hatte, sein Sohn werde einmal China erreichen, war in Erfüllung gegangen. Aber so hatte Ibn Battuta sich das nicht vorgestellt.

Saitun liegt am Ende eines Meerbusens, der fünfzehn Meilen in die westliche südchinesische Küste ragt. Ein gewaltiger Strom,

* Das chinesische Quanzhou (Anm. des Übersetzers).

der in der Sprache der Chinesen *Lebensfluss* genannt wird, mündet hier in die See. Ibn Battuta hatte nie zuvor einen größeren Hafen gesehen. Tanger, Alexandria oder auch Kambai erschienen im Vergleich winzig. Über hundert Dschunken lagen in der weiten Bucht nebeneinander. Breite steinerne Kais führten ins Wasser. An den Anlegeplätzen flatterten große Fahnen, auf denen der Drache des chinesischen Kaisers dargestellt war.

Ein Ruderboot der Hafenverwaltung lotste ihre Dschunke mit herrischen Zeichen zur Ankerposition. Der Empfang durch die chinesischen Beamten war kühl, beinahe grob. Ein Mandarin in langem Seidengewand betrat mit gewichtigem Schritt das Schiff und ließ, ohne zu grüßen, von seinen Adjutanten einen Klapptisch auf dem Vorderdeck aufstellen. Dort ließ er sich nieder und nahm Papier und Pinsel zur Hand. Nacheinander rief er alle Passagiere zu sich und vermerkte in einer Liste, wer sie waren, was sie nach Saitun brachte und was sie mit sich führten. Er sprach ein kaum verständliches Persisch. Ibn Battuta ließ nichts davon verlauten, dass er als Botschafter Togluks reiste. Er wollte sich unerkannt nach Ta-tu durchschlagen. Nicht um dem chinesischen Kaiser zu begegnen war er hier, sondern Marjams und Chisers wegen.

„Ich rate euch, Fremde", bellte der Mandarin, „dem Kaiser, dem erlauchten Sohn des Himmels, dem Herrscher aller Weltgegenden, nichts und auch gar nichts zu verheimlichen! Euer gesamter Besitz wird genauestens kontrolliert und verzollt! Alle Münzen, die ihr mit euch führt, sind gegen Papiergeld einzutauschen! Solltet ihr uns hintergehen, drohen euch empfindliche Strafen!"

Dann stieg er, wieder ohne zu grüßen, vom Schiff. Am Landesteg ließ er einen kleinen Trupp Soldaten zurück.

„Diese Schlitzaugen sind ja wirklich verdammt kleinkrämerisch", maulte Ibrahim. „Bilden sich was ein auf die Sorgfalt, mit der sie ihre Verwaltungsgeschäfte erledigen. Aber was sollen wir bloß mit diesen Papierfetzen anfangen, die sie uns für unsere guten Münzen gegeben haben? Wie soll man denn damit Geschäfte machen? Den Arsch abwischen täte ich mir damit gern! Die Zollgebühren werden wahrscheinlich auch so hoch sein, dass das Geld gerade reicht, uns wieder nach Indien zurückzubringen, aber nicht mehr!"

Ibn Battuta, schon auf dem Weg zurück in seine Kabine, überhörte die Klage des Kapitäns. Er hatte wahrlich andere Dinge im Kopf. War Marjam noch am Leben? Würde er Chiser wiederbegegnen? Im Hafen wollte er sofort Erkundigungen über die Kakam einziehen.

Jeder, der an Land ging, musste sich bei den chinesischen Soldaten einer Leibesvisitation unterziehen. Sorgfältig wurde verglichen, ob die mitgeführten Gegenstände auch in der Liste des Mandarins vermerkt waren. Ibn Battuta ließ alles ohne Murren über sich ergehen. Ibrahim jedoch, der hinter ihm an Land gekommen war, sträubte sich. Als ihm einer der Soldaten recht grob in die Innentasche seines Hemdes griff und einen kleinen ledernen Beutel herauszog, kam es zu einer Rangelei, die schnell zu Ibrahims Ungunsten ausging, auch wenn er dem Soldaten eine gewaltige Ohrfeige versetzte. Während der Soldat sich noch die Wange rieb, zog einer seiner Kameraden fünf rot funkelnde Rubine aus dem Beutel. Ibn Battuta stöhnte, denn nun hatten sie sich Ärger eingehandelt.

Die Soldaten kannten ihre Befehle: Innerhalb kürzester Zeit waren Ibrahim, Ibn Battuta und die gesamte Besatzung in Handfesseln gelegt. Der Mandarin erschien ein zweites Mal. Mit vor Wut zusammengekniffenen Augen inspizierte er abwechselnd die Rubine und die Liste. Dann gab er den Soldaten Anweisung, die Gefesselten fortzuschaffen. Sie mussten nicht lange rätseln, wohin die Reise ging. Die Soldaten trieben sie zum Gefängnis von Saitun, das in unmittelbarer Nähe des Hafens lag.

Am großen hölzernen Eingangstor wurden wiederum ihre Namen, Alter, Herkunft sowie der Grund ihrer Festnahme zu Protokoll genommen. Einer der Inspektoren, ein zahnloser Alter mit schütterem weißen Kinnbart, wandte sich an Ibn Battuta.

„Wie heißt du?“, fragte er auf Persisch.

Ibn Battuta räusperte sich: „Mein Name ist Ibn Battuta ibn Abdallah al-Magribi at-Tandschawi, doch man nennt mich auch den Großen Reisenden, ich bin *Hadschdschi* und ein Rechtsgelehrter aus ...“

„Schon gut, das genügt“, unterbrach ihn der Alte, und zu seinem Schreiber sagte er: „Schreib: *Name: Battuta.*“ Dann wandte er sich wieder an ihn: „Wo kommst du her?“

Ibn Battuta ärgerte die respektlose Art des Beamten, doch er nahm sich zusammen und antwortete: „Ich stamme aus Marokko, aus Tanger ursprünglich, doch bin ich in Fes, dem prachtvollen Zentrum des westlichen Islam ..."

„Das reicht", unterbrach ihn der Inspektor, und zum Schreiber gewandt: *„Aus der westlichen Provinz."*

„Wie bitte?", rief Ibn Battuta. „Aus der westlichen Provinz? Was soll das heißen? Und überhaupt, warum werde ich festgehalten? Mit den Rubinen habe ich nicht das Geringste zu tun!"

„Hüte deine Zunge, unzivilisierter Barbar", zischte der Alte zurück. „Dem Sohn des Himmels, dem erhabenen Togontemür, untersteht die Welt. Der gesamte Westen außerhalb von China ist nur die zwölfte Provinz seines Reiches! Und was die Edelsteine angeht, es ist bei uns Brauch, nicht nur den Verbrecher festzunehmen, sondern auch seine Freunde und Verwandten. Sei froh, dass ihr keine Chinesen seid, sonst wären wir weniger zurückhaltend mit euch umgesprungen! Antworte, wie meine Frage es verlangt! – Beruf?"

„Ich komme als Botschafter des Sultans von Delhi zum Kaiser in Ta-tu."

Ohne die geringste Regung sagte der Inspektor zu seinem Adjutanten: „Schreib: *Beruf: Landstreicher, wahrscheinlich Schmuggler.*"

„Jetzt reicht es aber!", protestierte Ibn Battuta, doch sofort fuhr ihn der Alte scharf an:

„Willst du die Peitsche spüren, Langnase? Noch ein vorlautes Wort und ich lasse dir den Rücken weichklopfen! – Alter?"

Ibn Battuta gab zerknirscht Antwort. Nach ihm wurden die Matrosen verhört. Denen, die nicht mit Sicherheit angeben konnten, wann sie geboren waren, wurde gewaltsam der Mund geöffnet, so als seien sie Pferde, deren Alter man anhand des Zustandes ihrer Zähne schätzt. Nach der Befragung wurden ihre rechten Handflächen erst auf ein Tintenkissen und dann auf einen Bogen Papier gedrückt, und alle erhielten einen blauen Stempel auf die Stirn. Dann wurden sie, mit eisernen Halsfesseln aneinandergekettet, ins Innere des Gefängnisses geführt.

Während sie durch lange Korridore stolperten, konnten sie rechts und links in die Zellen blicken. Was sie sahen und hörten, ließ ihnen die Knie zittern. Wehrufe und Geruch von verbranntem Menschenfleisch erfüllten die labyrinthartigen Gänge und Galerien des Gefängnisses. In einem Zimmer hatten die Folterschergen einen Häftling auf einen spitzen Holzbock gebunden und peitschten seine mit Gewichten beschwerten Oberbeine innen und außen mit langen, biegsamen Bambusruten. Einen anderen hatten sie rücklings auf ein langes Brett geschnallt, Arm- und Fußgelenke festgeknüpft und trichterten ihm in großen Mengen Wasser ein. In einer Kammer hatte man einen Häftling mit den Haaren an der Decke aufgehängt; dort baumelte er in der Luft. In seinen Oberschenkeln steckten Eisennägel, und gerade ging ein Wärter daran, dem Unglücklichen mit einem glühenden Eisen die Brust zu versengen, auch wenn der Mann, ein Chinese, kaum noch bei Bewusstsein war.

Ibn Battuta, Ibrahim und die Matrosen wurden in einen kleinen, lichtlosen Karzer im innersten Bauch des Gefängnisses gestoßen. Erschöpft fielen sie zu Boden und verharrten reglos, schwer atmend. Ibn Battuta hörte, wie Ibrahim, der neben ihm lag, leise schluchzte.

„Die verfluchten Gelbgesichter", wimmerte er. „So eine Schande! Alles haben sie uns abgenommen! Und jetzt sitzen wir in diesem dreckigen Loch, und morgen ziehen sie uns wahrscheinlich alle Fingernägel einzeln heraus!"

„Schweig, Ibrahim", sagte Ibn Battuta. „So viel Dummheit, wie du heute gezeigt hast, ist kaum zu übertreffen! Wie konntest du nur auf den Gedanken kommen, diesen Schnüfflern einen Lederbeutel voller Edelsteinen zu verheimlichen? Halt wenigstens einmal den Mund, damit wir uns ausruhen können! Morgen sehen wir weiter!"

Aber der Optimismus kam ihm nur schwer von den Lippen. Ihre Lage war aussichtslos. Ibn Battuta konnte nicht umhin, über die Klemme, in der sie steckten, zu lächeln: Als Botschafter des mächtigen Sultans von Indien war er nach China aufgebrochen, und nun saß er wie ein gemeiner Dieb im Gefängnis von Saitun. Den grüngewandeten Propheten Chiser hatte er jagen wollen, so wie ein unbeirrbarer, erbarmungsloser Jäger seine Beute, und nun war er selbst in die Falle gegangen.

Siebenundneunzigstes Kapitel

Worin Ibn Battuta die größte Stadt der Welt zu Gesicht bekommt und zum Sohn des Himmels reist

Nicht nur, was ihren erbarmungslosen Umgang mit Verbrechern anging, waren die Chinesen außerordentlich gut organisiert. Die Akribie, mit welcher der unwirsche Hafenzollbeamte ihre Dschunke verlistet, die Routine, mit der der Gefängnisinspektor ihre Personalien aufgenommen hatte, zeugten von einem straff geführten Verwaltungsapparat und äußerster Disziplin. Sie befanden sich kaum zwölf Stunden auf chinesischem Boden und wurden schon in zwei Registern geführt. Nachricht von ihrer Ankunft in Saitun war vermutlich bereits in vielfacher Abschrift in die Hauptstadt Ta-tu und alle anderen großen Städte des Reiches geschickt worden, sodass sie jederzeit und überall mühelos identifiziert werden konnten.

In der Tat waren, ohne dass Ibn Battuta es zu diesem Zeitpunkt wissen konnte, der Gouverneur von Saitun und ein gewisser hoher Beamter, der vor Ort auf Ibn Battuta wartete, von seiner Ankunft bereits unterrichtet. Zwei Kuriere waren auf schnellstem Wege nach Ta-tu und in die südliche Provinzzentrale Chan-sa geschickt worden. Das Postwesen der Chinesen stand denen des Ilchaniden von Persien und des Sultans von Delhi in nichts nach. Die jahrtausendealte Tradition des konfuzianischen Beamtentums war mit dem Zentralismus des mongolischen Khanats eine gut funktionierende Synthese eingegangen.

China war der vierte unter den Nachfolgestaaten des mongolischen Weltreichs und bei Weitem der glänzendste. Nach den gewaltigen Eroberungen des Dschingis Khan hatten seine Nachfolger eine Zeit lang versucht, das ganze Reich unter die Herrschaft eines einzigen Mannes zu zwingen. Doch als Kubilai, ein Enkel des Dschingis Khan, zuletzt auch das südliche China von den Sungkaisern erobert und seine neue Hauptstadt von der Inneren Mongolei nach Ta-tu in Nordchina verlegt hatte, war klar geworden, dass die chinesischen Mongolen eigene Wege gingen. Zwar war Kubilai dem Titel nach Großkhan geblieben, doch machten sich sein Bruder Hülägü im Ilchanidenreich, sein

Vetter Berke im Tschagatai-Territorium und sein Vetter Alghu im Wolgagebiet der Goldenen Horde zunehmend von ihm unabhängig. Verächtlich blickten sie ostwärts zum Hof in Ta-tu, an dem Kubilai sich in immer stärkerem Maße vom Chinesentum beeinflussen ließ. Kubilai gab der von ihm gegründeten Dynastie denn auch einen chinesischen Namen: *Yüan* bedeutete *Uranfang*, ein Begriff, der dem I-ging entnommen war, dem uralten *Buch der Wandlungen*, das den Chinesen seit Jahrtausenden als ihr größter Weisheitsschatz gilt.

Die Yüan-Dynastie regierte nun schon seit achtzig Jahren. Sie hatte China den Zugang zur Seidenstraße geöffnet, welche über Samarkand, Täbris und Kaffa bis ins Land der Franken führte, und auf diese Weise den Handel und den kulturellen Austausch gefördert. Doch machte sich der Unmut der chinesischen Bevölkerung gegenüber den nie völlig als einheimisch akzeptierten Mongolenkaisern in letzter Zeit verstärkt bemerkbar. Seit etwa fünfzehn Jahren wurden vor allem in Südchina, dem traditionellen Kernland chinesischer Größe, immer wieder Rebellionen gegen die im Norden residierenden Herrscher angezettelt. Auch die gelehrte Beamtenschicht der konfuzianischen Mandarine solidarisierte sich, im Geheimen zwar, doch auf durchaus einflussreiche Weise, mit den Aufständischen. Das Reich der Erben Kubilais wankte. Dazu kam, dass der große Gelbe Fluss im Norden des Landes in den letzten Jahren mehrfach über die Ufer getreten war, Ländereien und Menschenleben verschlungen hatte. Zweifellos, so dachten viele der chinesischen Untertanen, war die kosmische Harmonie des *Ying* und *Yang* empfindlich gestört. Die Welt geriet aus den Fugen. Große Veränderungen kündigten sich an.

„Der Prophet stehe uns bei", flüsterte Ibrahim, „jetzt holen sie uns." Vom Gang her hörte man Schritte. „Ich gelobe die Pilgerfahrt nach Mekka, wenn ich hier nur lebend herauskomme."

Die Nacht in der engen und feuchten Zelle war schrecklich gewesen. Ibn Battuta hatte die verzweifelten und gereizten Männer zur Ruhe und Ordnung ermahnen müssen, eine Ecke als Abtrittsort bestimmt und einem jeden einen Schlafplatz zugewiesen. Er selbst hatte kaum ein Auge zugetan.

Ein Wächter drehte einen Schlüssel im Eisentor. Im Gitterfenster der Tür erschien neben ihm eine zweite Gestalt. Ibn Battuta konnte den Mann im Halbdunkel nicht gut sehen, doch an der Stimme erkannte er ihn sofort wieder.

„Erlauchter Botschafter!", rief ihm der Mann entgegen. „Wie froh bin ich, Euch hier heraushelfen zu können!"

„Hochverehrter Gesandter Tursi!", erwiderte Ibn Battuta, und sein Herz tat einen Freudensprung, denn er wusste, nun waren sie gerettet. Knarrend drehte sich die Tür in den Angeln, und der Anführer der chinesischen Gesandtschaft an den Hof Togluks in Delhi trat zu ihnen in die Zelle. Das letzte Mal hatten sie sich in Quilon gesehen, damals, als Ibn Battuta auf die Kakam wartete, die er im Sturm verloren hatte, am Beginn jener verzweifelten Suche, die ihn nun bis nach China geführt hatte.

Ibn Battuta verbeugte sich. „Ich danke dem erhabenen Helfer, dass er Euch hierher zu uns in dieses dunkle Loch geführt hat! Wie kommt dies alles? Woher wusstet Ihr, dass ich mich hier befinde?"

„Ich war beim Gouverneur von Saitun, als die Nachricht von Eurer Ankunft eintraf. Ich hatte Euch allerdings nicht so früh hier erwartet!"

„Was soll das heißen? Wusstet Ihr etwa, dass ich nach Saitun kommen würde? Woher?"

„Lasst uns erst diesen ungemütlichen Ort verlassen. Es tut mir leid, dass Ihr eine ganze Nacht hier verbringen musstet. Der Freilassungsbefehl musste erst von einigen Ministerien gegengezeichnet werden, bevor ich bei Euch erscheinen konnte. Wir wollen nicht viel Zeit verlieren. Eure Begleiter werden hier in Saitun bleiben und auf Eure Rückkehr warten, wenn es ihnen beliebt. Wir beide aber müssen aufbrechen."

„Wohin denn, in Gottes Namen?"

„Wohin wohl, werter Ibn Battuta? Nach Ta-tu, zum Kaiser, der Euch bereits erwartet! Wir machen uns noch heute auf den Weg nach Chan-sa.* Von dort werden wir dann auf dem großen Kaiserkanal nach Norden fahren. In etwa einem Monat, so hoffe ich, werden wir den Hof in Ta-tu erreicht haben. Doch nun kommt!"

* Das chin. Hangzhou (Anm. des Übersetzers).

„Nur auf ein Wort, Tursi! Wisst Ihr etwas vom Schicksal der Kakam?"
„Nicht das Geringste, so leid es mir tut. In einen chinesischen Hafen ist sie mit Sicherheit nicht eingelaufen."

Das war ein Rückschlag. Aber wahrscheinlich war Chiser mit Marjam in Sumatra eh auf eine Dschunke übergewechselt. Und nach Ta-tu, so schien es, musste Ibn Battuta in jedem Fall.

Die Besatzung von Ibn Battutas Schiff blieb in Saitun zurück, einschließlich Ibrahims. Der Kapitän war vor Glück über die unerhoffte Rettung ganz außer sich und schwor bei allen Propheten, auf Ibn Battutas Rückkehr zu warten. Dann wollte er, wie er versicherte, mit ihm zusammen die Pilgerfahrt nach Mekka unternehmen, sich für den Rest seines Lebens in seiner Heimatstadt Damaskus niederlassen und täglich in der berühmten Umajjadenmoschee seine fünf Gebete verrichten. Er war wirklich sehr erleichtert.

Auf dem langen Ritt nach Chan-sa lernte Ibn Battuta den Gesandten Tursi näher kennen. Tursi war ein hochgebildeter Mann, der viel von den Religionen verstand. Die Wege der islamischen Gottheit waren ihm nicht erst seit seinem Aufenthalt in Delhi geläufig. Schon vorher war er in der Hauptstadt Ta-tu zahlreichen Muslimen begegnet, die in der Landessprache Hui-hui genannt wurden. Sie hatten ihm vom mekkanischen Propheten und der Geschichte der Kalifen berichtet.

„Unter allen Hui-hui", sagte Tursi, während sie auf ihren Pferden nebeneinander auf der Landstraße ritten, „hat mich am meisten ein gewisser Burhanuddin beeindruckt, ein Heiliger in der Hauptstadt Ta-tu. Ihr habt sicher schon von ihm gehört?"

„Das habe ich in der Tat, verehrter Tursi, schon vor langer Zeit, als ich noch in Ägypten weilte. Ich verspreche mir viel davon, ihm in Ta-tu zu begegnen."

„Nun, es wird Euch interessieren, dass dieser Burhanuddin genauestens über Eure Ankunft unterrichtet war. Er war es, der uns wissen ließ, dass Ihr in Saitun eintreffen würdet."

„Wie ist das möglich?"

Tursi zog eine Braue hoch. „An diesem Burhanuddin ist einiges wundersam. Er ist ein überaus bekannter, aber auch ein sehr geheimnisvoller Mann. Der Kaiser empfängt ihn am Hof und pflegt seinen Umgang. Doch wegen seiner magischen Kräfte und seines zuweilen kauzigen Verhaltens wird er auch gefürchtet. Er gilt als unberechenbar – häufig bricht er völlig unvermittelt zu Reisen auf, die lange dauern können. Erst letztes Jahr ist er nach mehrjähriger Abwesenheit wieder in Ta-tu aufgetaucht, just zu dem Zeitpunkt, da ich aus Delhi an den Hof des Kaisers zurückkehrte. Und vor zwei Monaten sprach er dann beim Kaiser vor, sagte, er kenne Euch gut und dass man Euch unbedingt nach Ta-tu an den Hof laden solle. Da gab mir der Kaiser umgehend Anweisung, in Saitun auf Euch zu warten. Könnt ihr Euch einen Reim auf all das machen?"

Ibn Battuta schwieg. „Werter Tursi", sagte er nach einer Weile, die er still nachgedacht hatte, „wisst Ihr vielleicht, ob dieser Burhanuddin von seiner letzten Reise in Begleitung einer Frau nach Ta-tu zurückgekehrt ist?"

„Das vermag ich nicht mit Sicherheit zu sagen, aber mir scheint tatsächlich, als lebe seit nicht langer Zeit in seiner Klause in Ta-tu eine Frau, das hat man mir einmal gerüchteweise zugetragen. Allerdings habe ich diesem Gerücht nicht viel Bedeutung beigemessen, denn am kaiserlichen Hof, müsst Ihr wissen, wird viel geklatscht und getratscht."

Die Steine des Puzzles begannen sich zusammenzufügen. War es möglich, war es denkbar, dass Burhanuddin eine weitere Inkarnation des grüngewandeten Propheten Chiser war? Dann war die Frau, die er von seiner Reise mit nach Ta-tu gebracht hatte, ohne Zweifel Marjam. Sie lebte also! Und beide, Marjam und Chiser, erwarteten ihn in der chinesischen Hauptstadt! Ja, so war es: Ins Reich der Mitte führte der Weg, hatte von Anfang an dorthin gewiesen, schon seit Ibn Battutas Geburt, als sein Vater dem Neugeborenen jenes Amulett um den Hals gelegt hatte mit dem Prophetenwort, das sich nun als seine Bestimmung entpuppte.

Ta-tu war zwar die Hauptstadt des Kaiserreichs, doch die größte Stadt im Land war Chan-sa. *Himmelsstadt* nannte man sie, und überirdisch war in der Tat der Anblick, der sich Ibn Battuta und Tursi bot, als sie schließlich an die Mündung des Flusses Tscha gelangten, an welchem die Stadt gelegen war. Hundert mal zehntausend Einwohner, versicherte Tursi, lebten hier. Chan-sa galt als größte Stadt der Welt. Ihre sieben Hügel wurden von Unterstädten umgeben, die für sich genommen schon so groß waren wie Fes in Marokko oder Isfahan in Persien. Die Stadtmauer wies dreizehn Monumentaltore auf, und durch weitere fünf Tore, vom Fluss und dem offenen Meer kommend, traten Wasserwege ein, von denen ein jeder so breit war wie der berühmte Kanal, der Kairo mit dem Roten Meer verband. In Chan-sa hatten einst die Kaiser der Sungdynastie residiert, jenes Herrschergeschlechts, das zugrunde ging, als die von Norden kommenden Mongolen auch den Süden Chinas unterjochten.

„Der letzte Sungkaiser", erzählte Tursi mit einem Seufzer, während sie im Schritt über den breiten Hauptboulevard in Richtung des Kaiserpalastes ritten, „war ein Ästhet, ein leidenschaftlicher Kunstsammler und Landschaftsarchitekt. Die erlesenen Vergnügungen seiner Hofkultur nahmen in so sehr in Anspruch, dass er vergaß, sich gegen die mongolischen Horden des Kubilai zu wappnen. Stattdessen verließ er sich auf den trügerischen Glauben an die Unbezwingbarkeit seines glorreichen Geschlechts."

„Vergebt die Bemerkung, aber offensichtlich verfügte dieser Kaiser über eine gehörige Portion Arroganz?"

Wieder seufzte Tursi. „Leider habt Ihr recht. Der gesamte Verwaltungsapparat war in Dekadenz versunken, durch Alkoholrausch, Sexexzesse und schwülstige Poetik aller Kraft und Fähigkeit zur Selbstkritik beraubt. Man erzählt, einer der Provinzgouverneure der Sung habe an der Grenze zu seinem Hoheitsgebiet Schilder aufstellen lassen, auf denen zu lesen war: *Wenn die Reiter aus dem Norden kommen, lasse ich mich eher töten, als dass ich fliehe.* Nichts als leere Worte! Als die Mongolen tatsächlich kamen, war von dem großmäuligen Gouverneur nichts zu sehen, und ein Spaßvogel veränderte den Text der Schilder mit ein paar Pinselstrichen. *Wenn die Reiter aus dem Norden kommen*, war fortan zu lesen, *und ich sie nicht töten kann, fliehe ich.*"

Sie gelangten zum Palast des mongolischen Gouverneurs. Obgleich Tursi ihn begleitete, wurde Ibn Battuta im Eingangsvestibül eingehend von den Mandarinen der lokalen Behörde untersucht. Während der Vernehmung saß ein junger Chinese mit ernstem Gesicht still neben ihm und malte ein Porträt, welches die Erfassung seiner Personalien vervollständigte. Tursi hatte Ibn Battuta gebeten, er solle zu der Audienz beim Gouverneur das grüne Sufigewand anziehen, das ihm der Heilige Schahdschalal in Bengalen vermacht hatte. Aus unerklärlichen Gründen wusste der Botschafter von dem Kleidungsstück. Nach der Audienz wurde er sanft aufgefordert, sich zu entkleiden und einen langen, chinesischen Seidenmantel anzulegen. Tursi entschuldigte sich: Burhanuddin habe ihm aufgetragen, Ibn Battuta den Rock bis auf Weiteres abzunehmen. In Ta-tu würde er das Kleidungsstück, wenn es sich ergab, zurückerhalten. So hatte sich die Prophezeiung des bengalischen Heiligen erfüllt: Schahdschalals Rock, so begann Ibn Battuta zu ahnen, sollte bei der finalen Konfrontation mit Chiser-Burhanuddin wohl noch eine Rolle spielen. Wozu aber Chisers Versteckspiele, die alle auf eine Auflösung in Chinas Norden zuzulaufen schienen?

In Chan-sa wollten sie sich kurz ausruhen, bevor sie die letzte Etappe ihrer Reise nach Ta-tu in Angriff nahmen. Die Stadt war berühmt für ihre Vergnügungsviertel, in denen Sängerinnen und Tänzerinnen ihr Brot verdienten sowie eine große Menge Kurtisanen. In Theatern konnte man Schauspieler sehen, die Liebes- und Kriminalgeschichten aufführten – eine Kunstform, die es in den Ländern des Islam nicht gab und die Ibn Battuta mit großer Neugier erfüllte. Die Schauspieler waren weiß geschminkt, in bunte Kostüme gekleidet und trugen Turbane verschiedener Größen und Formen. Die Musiker hingegen, die den Vortrag begleiteten, hatten einfache Kappen auf dem Kopf. Unter ihren Instrumenten fand sich die Rohrflöte, deren klagende Stimme man auch in Kairo oder Tanger hören konnte. Doch gab es darüber hinaus eine chinesische Art Querflöte, große und kleine Trommeln, sowie einen Satz ausgeschabter Holzzungen, auf die ein Musikant mit Schlegeln schlug, nebst einer Reihe anderer seltsamer Klangwerkzeuge. Auf den Straßen konnte man Schattenspiele bestaunen, Geister-, Räuber- und Liebesgeschichten lauschen, Akrobaten, Schlangenbeschwörern und Boxkämpfen zwischen Soldaten zusehen.

Am Abend veranstaltete der Gouverneur für Ibn Battuta eine Lustfahrt über den westlichen See, das beliebteste Ausflugsziel der Bewohner von Chan-sa. Zu Ehren Ibn Battutas waren persische Tänzerinnen und Sängerinnen engagiert worden. Andere Ausflugsboote, mit bunten Segeln und Seidenfahnen geschmückt, den Bauch mit fröhlichen Farben bemalt, glitten an ihnen vorüber, darunter zwei ausgelassene Festgesellschaften, die unter Gelächter eine Seeschlacht simulierten, indem sie sich mit Orangen und Zitronen bombardierten. Der See war vor langer Zeit künstlich angelegt worden und wurde sorgfältig gepflegt. *Der westliche See*, hatte ein einheimischer Dichter einmal geschrieben, *ist wie die Braue über einem Auge. Es wäre ein Verbrechen, sie zu vernachlässigen.* Bauern wurden angeheuert, um das seichte Wasser durchzusieben und sauber zu halten. Ringsum am Ufer standen elegante Pavillons und Pagodentürme; hin zum Landesinneren erhoben sich steile, moosbewachsene Hügel.

Das Boot glitt sanft über die ruhigen Wasser. Ibn Battuta saß mit Tursi am Bug, neben ihnen der Anführer der muslimischen Gemeinde Chan-sas, den man zu dem Anlass eingeladen hatte, ein Händler namens Ibn Affan. Die Muslime Chan-sas wählten einen eigenen Bürgermeister und Kadi, betrieben ein eigenes Krankenhaus und einen eigenen, schweinefleischfreien Basar, und sie riefen vom Minarett einer exquisiten kleinen Moschee aus fünfmal täglich zum Gebet. Ibn Affan, ein Ägypter, importierte Kamele und Pferde nach China, und seine mit chinesischen Textilien und blauweißer Keramik beladenen Schiffe fuhren bis an die Küste von Malabar, von wo aus die Waren weiter nach Westen, bis nach Hormus und in den arabischen Golf gehandelt wurden.

Vom Hinterdeck kommend schwebte Harfenklang an ihre Ohren, und eine zarte Frauenstimme intonierte auf Persisch die Zeilen des Dichters Nitscha'i:

An der Brücke stand
jüngst ich in brauner Nacht.
Fernher kam Gesang:
Goldner Tropfen quoll's
über die zitternde Fläche weg.
Gondeln, Lichter, Musik –
trunken schwamm's in die Dämmerung hinaus ...
Meine Seele ein Saitenspiel,
sang sich, unsichtbar berührt,
heimlich ein Gondellied dazu,
zitternd von bunter Seligkeit.
Hörte jemand ihr zu? ...

„Der Meister K'ung", bemerkte Tursi, „sagte einmal: *Die Gedichte sind es, die den Geist anregen. Die Gebote des Anstands sind es, die den Charakter festigen. Die Musik ist es, die den letzten Schliff gibt.*"

„In diesen Worten", gab Ibn Battuta zurück, „liegt viel Weisheit. In meiner Heimat hatte ich eine Tante, die alle drei Tugenden der Dichtkunst, des Anstands und der Musik in sich vereinte."

Tursi lächelte. „Der Meister K'ung sagte auch: *Ist es nicht erfreulich, aus fernen Weltgegenden Seinesgleichen gefunden zu haben?* Er zweifelte nie an dem allen Menschen gemeinsamen Humanum, der verbrüdernden Kraft des Guten und Schönen."

„Leider", fiel der Händler Ibn Affan nun ein, „sehen das die Mongolen im Hinblick auf die Hui-hui nicht mehr so. Als sie die Regierungsgeschäfte übernahmen, waren sie uns noch wohlgesonnen. Es gibt zwar nach wie vor viele muslimische Kanzleibeamte, denen die Mongolen die unbeliebten Berufe des Steuereintreibers und Geldverleihers übertragen, aber insgesamt wenden sie sich von uns ab ..."

„Das ist natürlich bedauerlich, werter Ibn Affan", sagte Tursi, „doch schuld daran ist nur, dass der Kaiser die alte chinesische Tradition der Toleranz nicht ehren will! Togontemür hat dem Konfuzianismus entsagt und steht völlig unter dem Einfluss der Lamas."

„Wer sind denn diese Lamas?", fragte Ibn Battuta.

„Männer, die sich als Heilige aufspielen und vorgeben, Buddhisten zu sein", antwortete Tursi. „Sie folgen einer bestimmten Auslegung der Lehren des Buddha, bei der viel Trommeln geschlagen und Weihrauchgestank verbreitet wird, von gewissen abnormen Sexualpraktiken, die sie Tantra nennen, ganz zu schweigen. Dieser Klimbim scheint den Mongolen jedoch gut zu gefallen." Er verzog verächtlich den Mund. „Vielleicht erinnert es sie an ihre Herkunft aus den Steppen, wo, wie ich höre, ähnliche Praktiken von sogenannten Schamanen durchgeführt werden. Was soll man nur davon halten?"

„Wo kommen die Lamas denn her? Sind sie Chinesen?"

„Keineswegs, sie stammen aus Tibet, welches das wahrscheinlich unwirtlichste Klima der Welt hat, hoch aus den Bergen, in denen der Gelbe Fluss entspringt und wo es immer kalt und die Landschaft so karg ist wie die Wüsten in den islamischen

Ländern." Tursi schüttelte traurig den Kopf. „Die ganze große Tradition der konfuzianischen Gelehrsamkeit steht wegen dieser zerrissenen Gestalten auf dem Spiel!"

„Wie dem auch sei", ergriff der Muslim Ibn Affan wieder das Wort, „jedenfalls sind die Hui-hui hier im Land zunehmend unbeliebt. Wir haben zwar nach wie vor völlige Religionsfreiheit, aber aus unseren Vierteln dürfen wir nach einer bestimmten Uhrzeit nicht mehr hinaus, und wir werden auch immer härter besteuert. Und überall im Land zündeln Revolten. Ich befürchte Schlimmes für die Zukunft der Muslime im chinesischen Kaiserreich."

„Das verhüte Gott", sagte Ibn Battuta. „Ich hoffe, der Frieden wird noch eine Weile halten. Ich will nur auf dem schnellsten Weg zu Burhanuddin in Ta-tu gelangen."

„Du wirst nicht mehr lange warten müssen", sagte Tursi. „Heute schon ist eine Depesche des Kaisers eingetroffen. Du wirst am Hof erwartet."

Ibn Battuta lehnte sich mit dem Rücken gegen die Reling der Dschunke und blickte auf den nächtlichen See. Auf der Wasserfläche spiegelte sich das Licht roter Laternen. Da begann über einer künstlichen Insel ein Feuerwerk. Räder drehten sich mit goldenem Funkenkranz. Rote und blaue Sterne schossen in die Höhe, tanzten dort auf und nieder und verloschen. Silberner Regen fiel ins Wasser.

Ibn Battuta atmete tief ein und schloss die Augen. *Endlich,* dachte er.

Achtundneunzigstes Kapitel

Worin der große Disput über die Unsterblichkeit geschildert wird, an der Ibn Battuta am Hof des chinesischen Kaisers teilnahm, zusammen mit dem Großlama des Reiches Pags-pa und dem Konfuzianer Tursi, und was daraufhin geschah

Auf einem Kahn mit Schaufelrädern, die von zwanzig Kulis Tag und Nacht in Bewegung gehalten wurden, fuhren Ibn Battuta und Tursi von Chan-sa nach Ta-tu. Nach einer Woche traten bei Ibn Battuta wieder die ersten Symptome des Gelbfiebers auf. Er fühlte sich matt und kraftlos. Nachts litt er unter Schüttelfrost, dann wieder brannte sein Körper von der Fieberhitze. Das Leiden, das ihn zum ersten Mal niedergestreckt hatte, als er mit Marjam nach Daulatabad zog, hielt ihn wieder im Würgegriff. Er spürte, dieses Mal stand sein Leben auf dem Spiel. Doch waren seine Gedanken so sehr auf das Wiedersehen mit Marjam und die Begegnung mit Chiser-Burhanuddin gerichtet, dass er die Krankheit in einem Akt schierer Willenskraft zur Seite schob.

Es war der Sommer des Jahres 747.* Die letzten Monate waren für Ibn Battuta eine Zeit rastlosen Wanderns gewesen, eigentlich wie schon immer in seinem Leben. Doch im Gegensatz zu früher erschien es ihm jetzt so, als hätte Zeit nicht die geringste Bedeutung mehr. Hatte ihm einstmals das Reisen reiche Eindrücke beschert, sodass ihm, wenn er an das Erlebte zurückdachte, seine Lebensspanne ausgedehnt und erfüllt erschien, so war es jetzt umgekehrt: Zwar kam ihm die monotone Bootsfahrt in den Norden Chinas, in Richtung der großen Dunkelheit, welche hinter der Mauer im Norden Ta-tus begann, quälend lang vor, doch als sie nach drei Wochen die Hauptstadt erreichten, schien die Zeit rückblickend zu einem einzigen kurzen Moment zusammenzuschrumpfen.

* Das Jahr 1346 unserer Zeitrechnung (Anm. des Übersetzers).

Ta-tu* war von dem Eroberer Kubilai erbaut worden, nach konfuzianischen Richtlinien, doch von einem muslimischen Architekten aus Zentralasien entworfen. Die Stadt, die aus drei ineinanderliegenden Ringen bestand, wurde von einem über zwanzig Meilen langen Erdwall umgeben. Im äußersten Ring waren die einfachen Chinesen und Zentralasiaten zu Hause. Im zweiten Ring wohnten die Verwaltungs- und Regierungsbeamten; hier befanden sich auch die Ministerien und das zentrale Sekretariat, welches vom Rechten und vom Linken Kanzler geleitet wurde. Diese beiden Beamten, die der Tradition gehorchend Konfuzianer waren, bekleideten die zwei höchsten zivilen Ämter im Land. Der innerste Ring schließlich umschloss die Residenz des Kaisers und die Unterkünfte seiner Familie.

Ibn Battuta war in Ta-tu Gast im Hause Tursis, welches im zweiten Ring lag. Trotz seiner zunehmenden Erschöpfung wollte Ibn Battuta noch am Abend ihrer Ankunft umgehend Burhanuddin aufsuchen, der sich, wie man ihm berichtet hatte, in einer Sufiklause im dritten Ring aufhielt. Doch Tursi vertröstete ihn:

„Alles, was du zu diesem Zeitpunkt brauchst, mein lieber Ibn Battuta, ist Ruhe. Deine Gesundheit macht mir große Sorgen. Den Burhanuddin wirst du schon morgen zu Gesicht bekommen, denn der Kaiser hat uns an den Hof befohlen. Er wünscht, dass du und ich zusammen an einem Streitgespräch mit Pags-pa teilnehmen, dem tibetanischen Reichslama. Ich soll die konfuzianische, du die muslimische Seite vertreten. Burhanuddin wird ebenfalls anwesend sein." Tursi schüttelte den Kopf. „Du bist eigentlich nicht in einem Zustand, der es dir erlaubte, diesen Disput zu führen, aber den Wunsch des Kaiser können wir nicht ausschlagen. Morgen Abend, nach der Audienz, werde ich dir den besten Arzt Ta-tus besorgen, und dann musst du erst einmal wieder gesund werden!"

Deswegen also hatte der Kaiser Ibn Battuta an seinen Hof geholt: Es galt, an einem religiösen Streitgespräch teilzunehmen. Doch warum hatte man ausgerechnet Ibn Battuta dazu erkoren, die muslimische Seite zu vertreten? Hatte auch hier Burhanud-

* Auch Khanbaliq genannt, im Bereich des heutigen Peking gelegen (Anm. des Übersetzers).

din-Chiser seine Hand im Spiel? Worum ging es bei ihrem Disput? Tursi wusste darauf keine Antwort. Das Thema ihrer Debatte würden sie erst vom Kaiser selbst erfahren.

Am nächsten Morgen machten sie sich zur Residenz auf. Vor dem Großen Tor, dem Eingang zum innersten Ring Ta-tus, dem Palastbezirk, stand eine Abteilung mongolischer Soldaten. Sie trugen die traditionelle mongolische Kriegsausrüstung, Felle mit ledernen Schulterklappen, eng anliegende, spitz zulaufende Eisenhelme, sorgfältig geschnitzte Bogen und einen Köcher mit Pfeilen.

„Ist das die Leibgarde des Kaisers?“, fragte Ibn Battuta leise.

„Ja“, gab Tursi zurück, „Kesigden, junge Mongolenkrieger sind sie, dreitausend an der Zahl.“

„Sie sehen so aus, als kämen sie geradewegs aus den mongolischen Steppen, nicht so, als hätten sie seit Jahrzehnten das verfeinerte chinesische Leben genossen.“

„Das hast du gut beobachtet, mein Freund. Hinter diesem wilden Aufzug steht, so musst du wissen, eine Gruppe einflussreicher mongolischer Adliger, die es darauf anlegen, an die mongolische Tradition zu erinnern. Seit der Gründung der Yüan-Dynastie versuchen sie, den Einfluss der chinesischen Konfuzianer am Hof zurückzudrängen. Sie verachten die seidenen Kleider, die wir tragen, die raffinierten Speisen, die wir essen, die hochgezüchtete Malerei und Dichtkunst, an der wir uns ergötzen. Sie ziehen diesen Annehmlichkeiten die Jagd und den Kampf auf dem Rücken ihrer kleinen Pferde vor! Ha! In Wirklichkeit neiden sie uns nur unsere überlegene kulturelle Tradition! Kein Wunder, dass sie sich in ihrer Rohheit mit den kruden tibetanischen Lamas angefreundet haben. Der nüchterne Konfuzianismus des gebildeten Beamtenadels ist für sie, die sie nicht viel Verstand besitzen, eben unverständlich.“

Ein ranghoher Offizier der Leibgarde der Kesigden trat auf sie zu. Er war ein alter Mongole, ein gedrungener und durch übermäßiges Trinken aufgedunsener Krieger, der nach Pferdeurin und gegorener Kumismilch roch. Er bedeutete ihnen mit einer hochmütigen Geste, dass sie ihm in angemessenem Abstand über das Palastareal folgen sollten, drehte auf dem Absatz um und stapfte unverdrossen voraus.

„Das ist Bajan, der Hauptmarschall der Leibgarde“, sagte Tursi leise und auf Persisch zu Ibn Battuta. „Ein rechter Barbar und Esel. Vor einiger Zeit wollte er durchsetzen, dass die einheimischen Chinesen althergebrachte Symbole wie den Phönix, das Einhorn, den Hasen, Drachen und Glück bringende Schriftzeichen nicht länger auf ihren Kleidern tragen durften. Der große Himmelsgott verfluche ihn! Glücklicherweise konnten sich die konfuzianischen Beamten wehren, besonders weil der Rechte Kanzler Arugtu sich dagegen aussprach. Arugtu überzeugte den Kaiser sogar, den Mongolenadligen einige Lehen zu entziehen, auf denen sie die chinesischen Bauern ohne Gnade auszubeuten pflegten. Leider besserte das jedoch nicht die Lage der armen Bevölkerung, da der Kaiser die Lehen an seine lamaistischen Berater weitergab, und die verstehen sich aufs Ausbeuten ebenso gut wie die Mongolen! Spätestens seit diesem Zeitpunkt hasst Bajan die Konfuzianer mit genau derselben Leidenschaft mit der er die Freudenmädchen liebt, von denen es in Ta-tu fünfundzwanzigtausend gibt, die er angeblich alle kennt. Man erzählt, er habe gewisse perverse Vorlieben für kurzbeinige und übergewichtige Chinesinnen, die armen Dinger ...“ Ibn Battuta wurde schlagartig bewusst, dass Tursi wirklich über alles und jeden informiert war.

Durch lange Alleen, die rechts und links von fein geschwungenen Holzpavillons gesäumt wurden, folgten sie dem krummbeinigen und schnaufenden Bajan. Nach einer Weile gelangten sie an einen künstlichen See, über den lautlos Enten und Schwäne glitten. Dahinter erhob sich der ebenfalls künstlich angelegte *Grüne Hügel*. Auf ihm prunkte der kaiserliche Thronsaal, der Karschi.

Der Karschi war ein gigantisches, vierhundert Schritte langes und breites Holzgebäude mit großer Kuppel und unzähligen Fenstern und Säulen, die die großen Eingangsveranden stützten. Alles war in feinster Schnitzarbeit ausgeführt, der Boden im Inneren mit blassgrünen Jadeplatten ausgelegt. Als sie in die Vorhalle eintraten, stoben Goldfasane und Pfauen zur Seite. An den Wänden standen Götterstatuen, die Furcht einflößende Fratzen schnitten: Natigai, der mongolische Himmelsgott, sowie Mahakala, der grausame Kriegsgott und Beschützer der Yüan-Dynastie, welcher eher einem grässlichen vielarmigen Dämon glich als einer Gottgestalt. *Es gibt keinen Gott außer Gott*, murmelte Ibn Battuta auf

Arabisch, und es war ihm, als habe er die Kaaba betreten, bevor der Prophet sie von den Götzen säuberte.

Durch einen langen Korridor näherten sie sich dem Eingang zum Thronsaal. Im Karschi galt es als Sakrileg, auf die goldenen Schwellen zu treten, also machten sie, unter den wachsamen Augen der Kämmerer, einen großen Schritt, und Tursi bückte sich sogar, als sie die Tür passierten. Gesenkten Blickes machten sie einige weitere Schritte auf den Thron zu und ließen sich dann bäuchlings in Demut auf dem Boden nieder, so wie Tursi Ibn Battuta zuvor eingeschärft hatte. Jemand hieß sie aufstehen. Erst jetzt erblickten sie die versammelten Würdenträger des Reiches, die schweigend und eng gedrängt um den goldlackierten Drachenthron standen, auf dem der Kaiser Togontemür saß.

Togontemür mochte etwa dreißig Jahre alt sein. Er war von mittlerer Größe, mit ebenmäßigem, wohlproportioniertem Körper. Seine Gesichtshaut war zart und rosa geschminkt wie bei einem jungen Mädchen, die schönen dunklen Augen blickten etwas melancholisch, die Nase war schmaler als sonst bei den Mongolen. Ohne die geringste Bewegung seines Körpers und ohne eine Regung des Gesichts schien er wie eine marmorne, in kostbare Seide gewandete Statue.

Neben ihm zur Linken thronte die junge Kaiserin, eine Chinesin von ausgesuchter bleicher Schönheit, deren übermäßig lange Fingernägel ihre vornehme Enthaltsamkeit von körperlicher Arbeit bezeugten. Sie trug den Boythay, den stiefelförmigen Kopfschmuck der verheirateten Frauen, und lange Perlenketten als Ohrgehänge. Neben ihr zur Linken standen mongolische Adlige, nach Rang durch grüne, purpurrote und gelbe Seidenkleider unterschieden. Zur Rechten des Kaisers hatte sich der Rechte Kanzler Arugtu aufgestellt, ein bescheiden ins Licht blinzelnder konfuzianischer Beamter. Dann folgte der tibetanische Hauskaplan des Kaisers, der Mönch Pags-pa, den man auch den Kaiserlichen Präzeptor nannte, ein runzliger Magier mit spitzem roten Hut, der für seinen großen Einfluss auf den Kaiser bekannt war; den tibetanischen Mönchen und ihren Klöstern hatte er so manche Privilegien verschafft. Neben Pags-pa schließlich erblickte Ibn Battuta einen alten Mann, der in einen grünen Sufirock gekleidet war. Es war der Sufirock, den Schahdschalal ihm damals gegeben hatte. Der Mann war Burhanuddin.

War Ibn Battuta nur zu aufgeregt, um ihn sogleich wiederzuerkennen? Sollte dieser schrumpelige alte Mann mit dem schütteren Ziegenbart und dem reglosen Faltengesicht tatsächlich Chiser sein, jener Chiser, der ihm als verstümmelter Kalandar auf dem Weg nach Kairo, als Grabwächter Schasilis im ägyptischen Humaisira und als indischer Einsiedler im Oman erschienen war? Auf den zweiten Blick wollte es ihm scheinen, als schmunzele Burhanuddin, so als amüsiere er sich über Ibn Battutas Verunsicherung. Doch es blieb keine Zeit, den alten Mann näher zu betrachten, denn schon erklang die Stimme des Rechten Kanzlers Arugtu.

„Im Namen des erlauchten Himmelssohns begrüße ich Euch im Karschi des Mongolenherrschers! Groß ist seine Macht!"

Die versammelten Adligen, Schreiber und Beamten murmelten eine Anerkennungsformel.

Arugtu fuhr fort: „Ich will nicht viele Worte machen. Der Grund für die Einberufung dieser Versammlung ist ein Traum, den der glorreiche Togontemür, Nachfahre des großen Kubilai, vor Jahresfrist im Sommerlager in Schang-tu hatte. Ihm träumte, er säße neben seinem eigenen Leichnam und sähe zu, wie dieser langsam, aber unaufhaltbar zerfalle. Seitdem will dem Kaiser der Gedanke an den Tod nicht aus dem Sinn gehen, und so hat er mich beauftragt, die Gelehrten unseres Reiches zu einem Streitgespräch zusammenzurufen, um zwei Fragen zu diskutieren: Erstens, was geschieht mit dem Menschen nach dem Tod? Zweitens, gibt es eine Möglichkeit, dem Tod zu entrinnen, das heißt, kann der Mensch Unsterblichkeit erlangen?"

Ibn Battuta zuckte zusammen, nachdem einer der zahlreichen anwesenden Dolmetscher geendet hatte. Das war es also: Er sollte Rechenschaft ablegen für seine Suche nach dem Lebensbrunnen, seine Besessenheit für Chiser erklären, darlegen, was das Leben sei und der Tod: eine Abschlussprüfung seiner lebenslangen Studien.

Arugtu fuhr fort:

„Die Wahl fiel auf drei Gruppen: die Konfuzianer, Buddhisten und Hui-hui. Diese werden vertreten wie folgt: Erstens, die Konfuzianer: Auf meinen Vorschlag ist der erlauchte Botschafter, weltgereiste Diplomat und wohlbekannte Gelehrte Tursi dazu ausersehen worden, die Sichtweise des Meisters K'ung und seiner Exegeten darzulegen."

Tursi verbeugte sich tief.

„Zweitens, die Buddhisten: Wir berufen den Großlama und kaiserlichen Präzeptor Pags-pa, der keiner weiteren Einführung bedarf, da jedermann ihn kennt. Er wird das Problem nach den Lehren des Buddha und aus der Perspektive des tibetischen Großen Fahrzeugs darlegen."

Die versammelten mongolischen Krieger grunzten anerkennend. Der Lama begnügte sich mit einem kaum merklichen Kopfnicken.

„Drittens, die Hui-hui: Der Kaiser selbst schlug zunächst den hochgeschätzten Meister Burhanuddin vor, der durch seine Heiligkeit in Ta-tu und darüber hinaus berühmt ist. Doch Meister Burhanuddin hatte von der Ankunft eines großen muslimischen Gelehrten aus dem fernen Westen in der *Stadt des Lichts* Saitun erfahren und empfahl daher, man sollte diesen anstelle seiner sprechen lassen. Dieser Mann ist heute unter uns, und er heißt ..." Umständlich kramte Arugtu einen Zettel aus der Tasche und las: „Ibn Battuta at-Tandschawi, bitte vergebt mein ungeschicktes Aussprechen dieses seltsamen Namens. Vom Meister Burhanuddin höre ich, dass der Name Ibn Battuta *Sohn des Entleins* bedeutet ..."

Ein amüsiertes Raunen ging durch den Saal.

„... at-Tandschawi hingegen bezieht sich auf seine Herkunft aus einer fernen Stadt in einem weit im Westen gelegenen Land, das man Marokko nennt. Der erlauchte Gast Ibn Battuta hat an den großen Hochschulen der Hui-hui studiert und ist daher bestens ausgewiesen, ihren Standpunkt zu vertreten."

Ibn Battuta sah zu Burhanuddin. Das Gesicht des Mannes schien wie aus Stein gemeißelt.

Arugtu setzte neu an: „Ich erteile nun das Wort dem Gelehrten Tursi und bitte ihn, uns Auskunft bezüglich der ersten Frage des Kaisers zu geben: Was geschieht mit dem Menschen nach dem Tod?"

Tursi trat vor, legte sorgfältig seinen seidenen Beamtenmantel zurecht, wartete, bis vollständige Ruhe eingekehrt war und sagte dann: „Es zeugt von der großen Weisheit unseres Kaisers, dass er sich trotz seines noch jungen Alters ereifert, den tiefsten Geheimnissen des Menschendaseins auf den Grund zu gehen. Es ist immer die Eigenschaft großer Herrscher gewesen, dass sie vor schwierigen Fragen und Entscheidungen nicht zurückschreckten. Die Frage, was nach dem Tod kommt, hat nicht nur Bedeutung für den Einzelnen, sondern für die Gesellschaft insgesamt. Dynastien werden geboren und sterben, so lehrt uns das Studium des Altertums. Unter welchen Umständen aber würde ich über den Tod der glorreichen Yüan-Dynastie spekulieren wollen oder gar darüber, was nach ihr kommt? Dies sei fern von mir! Der Herr des Himmels erhalte seinen Sohn Togontemür und schenke ihm und seinen Nachkommen ein langes Leben! Ich bin Beamter, und mein Hauptaugenmerk gilt dem Gedeihen dieser Dynastie, ihrem harmonischen Fortleben, nicht ihrem Sterben! Lang lebe die Yüan-Dynastie! Lasst uns über das Hier und Jetzt beraten, sage ich, und die Frage folgendermaßen umwandeln: Wie vermögen wir die Herrschaft unseres gottgleichen Kaisers und das Leben der glorreichen mongolischen Dynastie verlängern? Der Tod hingegen möge uns nicht weiter interessieren!"

Arugtu, dem die Antwort sichtlich gefiel, beugte sich zum Kaiser, der ihm still etwas ins Ohr flüsterte. „Der Kaiser", wandte sich Arugtu an die Versammlung, „hält Tursis Rede für wohlformuliert, jedoch möge er seiner Frage nicht ausweichen. Nicht um Dynastien soll es gehen. Der Kaiser möchte erfahren, was das Schicksal des menschlichen Individuums nach dem Tode sei. Der Gelehrte Tursi möge sich eine andere Antwort überlegen!"

Tursi war in Verlegenheit gebracht. Er räusperte sich und setzte neu an: „Gern entspreche ich dem Wunsch des Kaisers, doch werde ich gezwungen, über Dinge zu reden, die dem Konfuzianismus fremd sind, und das aus gutem Grund. Grundsätzlich ist nämlich festzuhalten, dass dem menschlichen Verstand Grenzen gesetzt sind. Spekulationen über das Unergründliche sollten aus der Sicht der Konfuzianer besser vermieden werden. Wer weiß schon, was nach dem Tod mit uns Menschen geschieht? Der Meister K'ung hat hierzu treffend bemerkt: *Solange du das Leben nicht kennst, wie kannst du da den Tod kennen*? Er empfahl statt müßigen Kopfzerbrechens über Dinge, die jenseits der uns erfahrbaren Wirklichkeit liegen, dass man sich auf die Aufrechterhaltung der kosmischen Harmonie in *dieser* Welt konzentriere, das Gleichgewicht zwischen Ying und Yang. Dieser Maxime bin ich als treu ergebener Beamter des himmlischen Kaisers ein

Leben lang gefolgt. Und in der Tat ist dieses Gleichgewicht im Reich der Yüan, wie ich mir selbst, nicht ohne Schmerzen zu verspüren, eingestehen muss, in diesen Tagen empfindlich gestört. *Politik*, so hat der Weise Sun Tzu geschrieben, *ist das, was die Menschen in Harmonie mit ihrem Herrscher bringt, sodass sie ihm in allem folgen, ohne auf ihr eigenes Leben zu achten und ohne Gefahr zu fürchten.* Dazu müssen aber die Grundbedürfnisse der Bevölkerung befriedigt sein. In unserem Reich ist jedoch das Allgemeinwohl der Menschen – ein sicherer Indikator für die kosmische Harmonie – nicht länger gewährleistet. Die Armen werden immer ärmer, und die Reichen reicher. In den südlichen Provinzen erheben sich die Bauern, Geheimbünde und seltsame Sekten wachsen aus dem Boden wie die Pilze! Der göttliche Kaiser, der das Geistige, das erhabene Yang verkörpert, droht vom Ying, dem dunklen Gegengewicht der Masse seiner Untertanen überwältigt zu werden! Wenn ich als Konfuzianer auf die Frage des Kaisers Antwort geben soll, so muss ich dabei bleiben: Wie dieses Missverhältnis zurückgeführt werden kann in Harmonie, *darüber*, so schlage ich vor, mögen wir diskutieren, nicht aber über ein so unlösbares Thema wie den Tod!" Während seiner letzten Worte hatte sich Tursi, entgegen seiner nüchternen Art, in Wallung geredet. Er begriff, dass er zu weit gegangen war, senkte den Kopf und trat zurück neben Ibn Battuta, der ihn aufmerksam beobachtet hatte. „Man vergebe mir meine Worte", schloss er seine Darlegung. „Sie sind nur das Bekenntnis eines alten Bürokraten, der die Ahnen ehrt und seinem Kaiser auf die beste mögliche Weise zu helfen sucht."

Das Gesicht des Kaisers war ohne die geringste Anteilnahme. Beinahe unmerklich nickte er Arugtu zu, in der Leitung der Diskussion fortzufahren. Arugtu hüstelte, um die Spannung im Raum zu lindern, und sagte dann bemüht beherrscht:

„Das Wort wird nun an Pags-pa erteilt, den kaiserlichen Präzeptor. Er möge zur ersten Frage des Kaisers Stellung nehmen!"

Pags-pa trat vor. Tiefe Falten durchfurchten sein völlig haarloses und tiefbraunes Gesicht. Auf dem Kopf trug er die buddhistische Gelehrtenmütze, eine konische rote Kappe mit langen Ohrenklappen und einer kleinen Krone auf der Spitze. Ein roter, zottiger Mantel hing ihm über die Schultern. An seinem Gürtel baumelten kleine Glöckchen, ein ledernes Säcklein und ein kurzes Stück Baumrinde.

„Die beschränkte Einsicht des Weisen K'ung und aller Konfuzianer", hub er an, wobei er sich auf seinen gewundenen Stab stützte, der in einen goldenen Totenschädel auslief, „ist nach dem dürftigen Referat des verehrten Botschafters Tursi hinreichend deutlich geworden, wie alle hier Versammelten zugeben werden. Hingegen Gautama, der Erleuchtete, musste sich nicht, wie K'ung und sein Anhänger Tursi, bescheiden in seine Unwissenheit fügen. Bei seiner Vision unter dem Bodhibaum erfuhr Gautama Buddha alle Geheimnisse, auch die, die das jenseitige Leben betreffen."

Pags-pas Stimme wurde lauter. „Während der Buddha erleuchtet wurde, begriff er, dass die menschliche Existenz nicht mit dem Tod endet und dass der Mensch in unzähligen Körpern wiedergeboren wird. Je nachdem, wie sein Karma es für ihn bestimmt, tritt er als Höllenwesen, hungriger Geist, Tier, Mensch, Halbgott oder sogar als Gott in ein neues Leben ein. Das Rad der Wiedergeburten dreht sich unaufhörlich, solange jedenfalls, wie der Mensch der Illusion erlegen ist, sein Erdendasein habe Realität. Der Mensch muss deshalb begreifen lernen, dass das Leben nichts als Leiden bedeutet und dass das Leiden darin besteht, sich an eine irdische Existenz zu klammern, die nichts ist als Blendwerk und Täuschung der Sinne. Wenn es ihm gelingt, nicht länger der Welt verhaftet zu sein, erreicht er Mokscha, Erlösung. Er geht ins Nirvana ein und erlischt wie die Flamme einer Kerze."

Der kaiserliche Präzeptor hielt kurz inne und fuhr dann fort: „Wie leicht einzusehen ist, stellt der Tod in diesem Prozess einen wichtigen Moment dar. Denn weil der Mensch in ihm eine Grenze überschreitet, von einem Sein in ein anderes Sein überwechselt, bietet der Tod Gelegenheit, auf die eigene Wiedergeburt Einfluss zu nehmen. Der Moment des Todes bringt die große Chance mit sich, die eigene Wiedergeburt willentlich mitzubestimmen. Nun ist der Tod, wie die meisten der werten Anwesenden wissen, gewissen Praktiken der geschlechtlichen Vereinigung nicht unähnlich."

„Hört, hört!", rief der krummbeinige Hauptmarschall Bajan und furzte knarrend vor Erregung. Auch in den Reihen der mongolischen Adligen wurde es unruhig. Selbst der Kaiser, der bis dahin seltsam unbeteiligt gewirkt hatte, schien auf einmal interessiert. Er blickte aus den Augenwinkeln zur Kaiserin hinüber, die ihr Gesicht schamvoll hinter einem Fächer verbarg. Aber ihre Augen lachten.

„Wir tibetanischen Buddhisten“, fuhr Pags-pa fort, „nennen den Zwischenzustand zwischen Leben und Tod, den jeder Mensch beim Sterben unweigerlich durchläuft, den Bardo. Dieser Bardo ist dem sexuellen Höhepunkt vergleichbar, der ja nichts ist als ein kleiner Tod. So wie der buddhistische Tantrismus lehrt, den Samenerguss zu kontrollieren, so lehrt *Die Befreiung aus dem Zwischenzustand**, der heftigen Visionen im Bardo Herr zu werden. Dadurch wird das Hinübergleiten in die nächste Existenz kontrolliert und lässt sich günstig beeinflussen. Beide Praktiken, die Kontrolle des Samenergusses und die Kontrolle der Visionen im Bardo, bezeichnen wir als die *Kunst des Sterbens.* Es sei allen angeraten, aufmerksam *Die Befreiung aus dem Zwischenzustand* zu studieren und sich schon während dieses Erdenlebens in tantrischen Übungen auf den finalen Höhepunkt vorzubereiten. Doch wie gesagt: der Tod ist nur selten wirklich endgültig. Aufs Ganze gesehen ist er ein notwendiger Prozess in der Selbstentfaltung des kosmischen Gesetzes, des Dharma. Alle Dinge vergehen. Alle zusammengesetzten Körper sind dem Tod unterworfen. Dafür gibt es keinen besonderen Grund. Warum also Angst verspüren? Nur der Buddhismus hilft, die Angst vor dem Tod zu überwinden, indem er die Geheimnisse des Todes offenlegt, anstatt sie zu verschweigen wie der Konfuzianismus. Und nur der Buddhismus bereitet den Menschen auf eine günstige Wiedergeburt und letztlich auf Erlösung vor.“

Anerkennendes Murmeln erfüllte den Saal, als Pags-pa geendet hatte. Er warf den Saum seines roten Mantels über die Schulter und trat zurück neben den Kanzler Arugtu.

Arugtu wollte seinem Rivalen nicht noch mehr Gelegenheit geben sich zu profilieren und kündigte deswegen umgehend den dritten Beitrag zur Debatte an: „Ich rufe Ibn Battuta, den Mann aus Tanger. Er erkläre uns den Standpunkt der Hui-hui.“

Ibn Battuta trat vor den Thron des Kaisers. Schon während des Referats Pags-pas hatte er gespürt, wie das Fieber wieder in ihm

* Die „Befreiung aus dem Zwischenzustand“ (*Bar-do Thos-grol*) ist im Abendland als das „tibetische Totenbuch“ bekannt geworden (Anm. des Übersetzers).

hochstieg, doch fast fühlte er sich dadurch beflügelt. Anfangs hatte er sich wegen der simultanen Übersetzungen noch sehr konzentrieren müssen, doch erschien ihm die Situation mehr und mehr vertraut. Es erinnerte ihn an die vielen Streitgespräche, die er als Student in der Moscheeschule der Leute aus Kairuan bestehen musste. Mit Begeisterung stürzte er sich in diese letzte, alles übertreffende Herausforderung.

„Herrscher der Welt, erlauchter Kaiser, glorreicher Nachfahre des mächtigen Dschingis Khan“, begann er. „Ich bin zu Gast an den Höfen Eurer drei Vettern, des Ilchaniden Abu Said von Persien, des Khans der Goldenen Horde Osbeg und des Tschagatai-Khans Tarmaschirin gewesen, und ich sage Euch, die Pracht Eures Hofes übertrifft die ihrige um ein Vielfaches. Doch dem nicht genug. Ihr beweist, indem Ihr Euch tiefschürfenden religiösen Fragen zuwendet, eine Klugheit, um die Euch Eure Vettern wahrlich beneiden müssen.“

Der Kaiser nickte zufrieden. Ibn Battuta war geübt in der Kunst, Potentaten zu schmeicheln.

„Es ist mir eine Ehre“, sagte er, „dem Kaiser und den erlauchten Anwesenden darzulegen, was den Muslimen vonseiten Gottes über den Tod bekannt ist. ﴾Wir sind Gottes und zu Ihm kehren wir zurück﴿, so heißt es im Koran, dem heiligen Buch der Muslime, welches, wie allgemein bekannt ist, dem Propheten Muhammad – Gott segne ihn und spende ihm Heil! – vor langer Zeit offenbart wurde. Dieser Vers beinhaltet alles, was der Muslim zu dem Thema zu sagen hat und woran er glaubt.

Erstens, was meine Meinung von der des geschätzten Gesandten Tursi und der des kaiserlichen Präzeptors Pags-pa unterscheidet, ist mein Glaube an Gott, den einen, ewigen, allmächtigen, allwissenden Schöpfer der Welt und Herr über Leben und Tod. Sowohl der verehrte Tursi als auch der gelehrte Pags-pa scheinen von ihm nur flüchtig unterrichtet zu sein, was mich wundert, denn schon lange sind ja die Hui-hui in Eurem Lande ansässig. Ausreichend Gelegenheit, von Gott zu hören, muss es also gegeben haben. Aber dies erwähne ich hier nur nebenbei; im Übrigen lehren unsere Weisen, dass es viele Wege zu Gott gibt, und Gott selbst sagt im Koran, ﴾Wenn Er gewollt hätte, hätte Er alle Menschen zu Muslimen gemacht﴿. Dass Gott der Allmächtige existiert und dass der Prophet Muhammad der Gesandte Gottes ist, könnte ich leicht zeigen, es gibt dafür eine Fülle von Beweisen. Doch ist hierfür keine Zeit, da mein Thema der Tod sein soll. Nichtsdestotrotz muss *dies* zu Anfang gesagt werden: Mit dem Glauben an den Einen Gott, welcher Ursprung und Ende aller Dinge ist, beginnt für uns Muslime jegliches Nachdenken. Wenn wir Gottes Existenz anerkennen, müssen wir notwendigerweise den Agnostizismus der Konfuzianer und dieses selbstbestimmte, sich selbst erfüllende Weltgesetz, das der kaiserliche Präzeptor Dharma nennt, leugnen.

Zweitens, was den Anfang des Verses betrifft, ﴾Wir sind Gottes﴿, so zeigt er, dass jeder Einzelne von uns Gottes Schöpfung ist und nicht etwa durch jenes Karma ins Leben kommt, von dem der kaiserliche Präzeptor spricht. Man überlege nur, auf welch wundersame und geheimnisvolle Weise die Entwicklung des Menschen im Mutterleib vonstattengeht! Wäre dies möglich ohne einen weisen und allmächtigen Planer? Gewiss nicht! Unser Leben kommt von Gott, und wir schulden ihm dafür Dank und auch die Pflicht, auf Erden gottgefällig zu leben, indem wir dem von ihm offenbarten Gesetz Folge leisten.

Drittens, bezüglich des letzten Teils des Verses, nämlich ﴾und zu Ihm kehren wir zurück﴿, so beinhaltet er, dass dem Menschen, wenn es Gott beliebt, ein Leben nach dem Tod versprochen ist, in einem paradiesischen Garten, in dem Flüsse aus Honig, Wein und Milch fließen und in dem den Gläubigen alle nur denkbaren Annehmlichkeiten erwarten. Der Koran beschreibt diesen herrlichen Ort ausführlich. Wenn der Mensch stirbt, verweilt er jedoch zunächst eine gewisse Zeit lang im Grab, bis er am Ende aller Zeiten wiederaufersteht. Dann findet ein großes Gericht statt, in dem Gott die Menschen zur Rechenschaft zieht. Von diesem Moment heißt es im Koran: ﴾Wir haben nun den Schleier von dir fortgenommen, und also ist dein Blick heute durchdringend﴿. Der Blick, von dem hier die Rede ist, ist durchdringend, weil er die Wahrheit sieht, das heißt, er sieht Gott den Allwahrhaftigen. Dies ist die islamische Verheißung auf jenseitiges Glück: Gott zu schauen. Das Leben nach dem Tod ist dem Leben auf dieser Erde folglich unendlich überlegen, was unser Prophet so ausgedrückt hat: *Die Menschen schlafen, und wenn sie sterben, wachen sie auf.*“

Stirnrunzeln und vereinzelte Ausrufe der Verblüffung hatten Ibn Battutas Rede begleitet. Offensichtlich hielt man seine Ausführungen für unerhört. Der Kaiser unterhielt sich flüsternd mit Arugtu, der sich daraufhin ein weiteres Mal an die Versammlung wandte:

„Der Kaiser möchte bei Gelegenheit gern mehr über die Freuden erfahren, die, wie der gelehrte Ibn Battuta behauptet, den Menschen im Jenseits erwarten. Er fühlt sich angesichts des Versprechens, das jenseitige Leben sei glücklicher als das diesseitige, an gewisse buddhistische Lehren erinnert, denen er selbst folgt, mit denen er aber nie durch und durch zufrieden gewesen ist, selbst wenn er das Gesetz der karmisch geregelten Wiedergeburt für einleuchtender hält als das einmalige Wiedergeborenwerden, von dem der Gast aus Marokko spricht. Ibn Battutas Betonung der pflichterfüllenden Lebensweise im Dienste Gottes hingegen scheint dem herrlichen Kaiser mehr auf eine Verwandtschaft mit den Konfuzianern hinzudeuten; allerdings sei die Befolgung des Gesetzes etwas für Beamte und für das gemeine Volk, nicht aber für den Herrscher. Der Kaiser fordert die drei Debattierenden nun auf, zur Beantwortung seiner zweiten Frage überzugehen, nämlich der, ob es dem Menschen möglich ist, dem Tod zu entrinnen und Unsterblichkeit zu erlangen. Ich erteile dem gelehrten Tursi das Wort!"

Tursi, dem nicht entgangen war, dass die erste Runde der Debatte zu seinen Ungunsten ausgegangen war, bemühte sich, Ruhe zu bewahren. Mit konzentrierter und ernster Stimme begann er, das Thema aus Sicht des Konfuzianismus zu erläutern:

„Der Sohn des Himmels, der herrliche Togontemür, wird sich erinnern, dass unser Meister K'ung empfahl, unnötigen Gefahren stets aus dem Weg zu gehen, um ein hohes Alter zu erlangen und der Gesellschaft gute Dienste zu erweisen. Über eine ewige menschliche Existenz hat er meines Wissens nie geredet. Gleichwohl haben seine gelehrten Nachfolger das Thema behandelt. Sie haben zwischen zwei verschiedenen Formen der Unsterblichkeit unterschieden: Unsterblichkeit des Menschen in der Form, in der er auf Erden wandelt, und Unsterblichkeit im übertragenen Sinne.

Über erstere Art der Unsterblichkeit ist Folgendes zu sagen, und hier folge ich den Lehren des verehrten Meisters Chu Hsi: Der Mensch besteht aus Vernunft und Materie, das heißt aus einer höheren Seele und einem niederen Körper. Die höhere Seele ist derjenige Teil des Menschen, mit dem er denkt und erkennt. Wenn der Mensch stirbt, verlässt die höhere Seele den Körper und kehrt zum Himmel zurück, woher sie stammt. Sie ist ein warmer Hauch; daher erkaltet der Körper beim Tod. Der andere Teil des Menschen, sein Körper, kehrt ebenfalls zu seinem Ursprung zurück, in diesem Fall zur Erde, und löst sich auf. Eine Zeit lang bleibt die höhere Seele noch zusammengeballt und ist für Opfer empfänglich, aber dann verfliegt sie. Weder die Seele des Menschen noch sein Körper sind also von Dauer. Es hilft nichts, den Tod muss der Weise mit Ruhe hinnehmen, da er nichts daran ändern kann."

Der kaiserliche Präzeptor Pags-pa stieß ein verächtliches Schnaufen aus. Auch die sonst so glatte Stirn des Kaisers hatte sich in Falten gelegt, die Missbilligung verrieten.

„Das heißt jedoch nicht", beeilte sich Tursi fortzufahren, „dass der Begriff der Unsterblichkeit dem Konfuzianismus völlig fremd wäre. Im übertragenen Sinne ist es unserer Auffassung zufolge durchaus statthaft, von ewiger Existenz zu reden. Dies ist ein kompliziertes Thema, doch wenn ich unsere Meister recht verstehe, so lehren sie, dass die höhere Seele auch im Ruf des Menschen in gewisser Weise fortbestehen kann. Ist gewährleistet, dass der Name des Menschen nicht vergeht, so kann auch der Mensch selbst fortbestehen. So mag also, wenn ein Mensch sich um die Gesellschaft verdient gemacht hat und selbst nach dem Tod in aller Munde bleibt, er als unsterblich gelten, so wie unser Meister K'ung zweifellos dieses Attribut für sich beanspruchen kann. Auch der erhabene Kaiser Togontemür, dessen Namen von allen Generationen, die auf uns folgen, geachtet und genannt werden wird, wird in diesem Sinne unsterblich sein."

„Der Gesandte Tursi hat einfach keine plausible Erklärung für die Dinge, die mit dem Tod zu tun haben, von den lächerlichen Ungereimtheiten, die uns der blauäugige Hui-hui aufgetischt hat, ganz zu schweigen!", rief Pags-pa aufgebracht, kaum dass Tursi geendet hatte. „Das hängt damit zusammen, dass beide von dem grundlegenden Prinzip der Wiedergeburt nicht die leiseste Ahnung haben! Alles Sein ist vergänglich, und von Unsterblichkeit in vollem Sinne kann daher sowieso niemals die Rede sein. Die Wiedergeburt ermöglicht es immerhin, unermesslich lange

Lebensspannen in unser Denken einzubeziehen. Der Mensch ist eine relativ niedrige Reinkarnation, daher ist die Dauer seines Aufenthalts auf etwa sechzig, manchmal auch bis zu hundert Jahren beschränkt. Die Götter hingegen haben ein ungleich längeres Leben, doch werden auch sie am Ende des Äons sterben. Doch bis dahin sind es noch Tausende von Jahren."

Offensichtlich bestand zwischen dem Kaiser und seinem lamaistischen Erzieher Uneinigkeit bezüglich dieses Punktes, denn an dieser Stelle unterbrach Togontemür Pags-pa, indem er den Arm hob und Arugtu zu sich heranwinkte.

„Der Kaiser", übermittelte Arugutu an die Versammlung, „ist der Meinung, dass Pags-pa seiner Frage an dieser Stelle ausweicht, und er wünscht, dass Pags-pa konkret zu der Aussicht Stellung nehme, dass ein Mensch ewige Unsterblichkeit erlangt."

Es war nun hinreichend klar geworden, dass den Kaiser vor allem interessierte, ob irgendeine Möglichkeit bestand, selbst unsterblich zu werden. Nur darum ging es in dieser Debatte, und nur darum hatte Togontemür sie einberufen: Musste der Sohn des Himmels, der erhabene Kaiser, der glaubte, allen anderen Menschen so unendlich weit überlegen zu sein, tatsächlich das bittere Los aller teilen und den Tod erleiden?

„Der Himmelsohn entschuldige meine Unaufmerksamkeit", sagte Pags-pa unterwürfig. „In der Tat glaube ich, dass für den Menschen keine Möglichkeit besteht, sein Erdenleben aufs Unendliche auszudehnen, und dass dies auch nicht wünschenswert ist. Jedoch ist der erlauchte Kaiser kein gewöhnlicher Mensch. Er ist, wie hinreichend bekannt ist, ein Halbgott. Alle männlichen Nachfahren des großen Dschingis Khan waren Halbgötter und wurden als Bodhisattvas verehrt. Sie hatten einige Merkmale mit den Göttern gemeinsam, zum Beispiel waren sie genauso mächtig und kampfstark in der Schlacht wie Mahakala, der Kriegsgott, und genauso mild und großzügig wie Natigai, der Regen spendende Himmelsgott. Einige andere Merkmale teilen die Halbgötter jedoch mit den Menschen, darunter auch die Sterblichkeit ..."

Der Kaiser gab dem Großlama ein Zeichen, innezuhalten, reckte sich empor und sagte, zum ersten Mal, ohne Arugtu als sein Sprachrohr zu benutzen, in einer hohen, jungenhaften Stimme:

„Also bleibt es dabei: Wir sind alle verdammt!"

Der Lama merkte, dass der Kaiser ihm eine Falle stellte, und wand sich wie eine in Ketten gelegte Raubkatze. Wenn er seine Überzeugung nicht verleugnen wollte, musste er eingestehen, dass alle Menschen, ja auch der gottgleiche Kaiser, dem Tod nicht entrinnen konnten.

„Alles Dasein in dieser Welt“, sagte er merklich leiser, „ist Leiden, und nur die völlige Auslöschung des Individuums im Nirvana bringt Erlösung. In der Tat, verehrter Herrscher, dabei bleibt es.“

Togontemür beriet sich ein weiteres Mal mit Arugtu.

„Der Kaiser“, sagte der Kanzler, „findet weder das Versprechen auf Unsterblichkeit im übertragenen Sinn, wie es die Konfuzianer vertreten, noch die Antwort des kaiserlichen Präzeptors befriedigend. Er fragt, ob der Hui-hui eine bessere Antwort weiß.“

Ibn Battuta war durch die Debatte innerlich schon hinreichend angespannt. Doch nun pochte ihm das Fieber so sehr in der Stirnader, dass er sich kaum auf den Füßen zu halten vermochte und nicht mehr recht wusste, ob er wachte oder träumte. Wie in Trance ergriff er das Wort:

„Die geschätzten Gelehrten Tursi und Pags-pa haben trotz mannigfaltiger Verfehlungen manches weise Wort gesprochen. Beide erkennen leider nicht, dass es ein unveränderliches, ewiges, unsterbliches Ding gibt: Gott. Nur Gott und sein im Koran niedergelegtes Wort sind unvergänglich. Gott hat die Macht über alle existierenden Dinge. So wie er am Anfang der Zeit die Welt schuf, kann er, wenn es ihm beliebt, Dinge ins Dasein rufen. Er muss nur *Kun*! sagen, was im Arabischen den Befehl *Sei*! bedeutet, und schon hat er ein existierendes Ding geschaffen. Genauso kann er Existenz fortnehmen.“

Ibn Battuta war nun gänzlich in den dozierenden Stil zurückgefallen, in dem er als Student in Fes über Gottes Existenz diskutiert hatte. Dass ihm nach solch langer Zeit die abstrakten metaphysischen Argumente einfielen, die schon Avicenna und Algasel benutzt hatten, verstärkte nur seine Aufregung.

„Gäbe es ein zweites, von Gottes *Kun*! unabhängiges Wesen“, fuhr er fort, „wäre Gott ohne Macht über dieses Wesen und demzufolge nicht allmächtig. Das hieße aber, eine zweite Gottheit neben Gott anzunehmen, und das ist Vielgötterei, die schlimmste Verfehlung.“

„Was? Selbstverständlich gibt es eine Vielzahl von Göttern!“, rief Pags-pa dazwischen. „Einen allmächtigen Gott gibt es nicht! Sollen wir dem Hui-hui erlauben, unsere Religion zu beleidigen?“

Der Kaiser gab mit der Handfläche das Zeichen, dass Pags-pa schweigen solle. „Man lasse den Hui-hui ausreden“, sagte er. „Es scheint mir, als bestünde auch in seiner Religion kaum Aussicht, die Unsterblichkeit zu erlangen, es sei denn, man könnte mit diesem einem Gott, von dem er mit so viel Überzeugung spricht, eins werden.“

Ibn Battutas Kopf war fiebrig heiß und schmerzte. Der Schweiß perlte von seiner Stirn. „In der Tat“, sagte er, „lehren einige Sufimeister, dass der Mensch sich bemühen soll, Gott gleich zu werden. Der weise Burhanuddin, der unter uns weilt, könnte darüber sicher besser Bescheid geben als ich.“

Burhanuddin, der während der gesamten Diskussion keine Miene verzogen hatte, wandte langsam seinen uralten, echsenartigen Kopf Ibn Battuta zu. Mit Erschrecken und unheimlicher Bestürzung sah Ibn Battuta, dass Burhanuddins Augen von einem strahlenden, alles durchdringenden Grün waren. Burhanuddin lächelte, wackelte mit dem Kopf, wie es die Angewohnheit der Inder ist, erhob sich bedächtig und legte sorgfältig die Falten seines grünen Rocks zusammen.

„Der große Reisende Ibn Battuta“, sagte er mit einer Stimme, in der so viel Süße und Weisheit lag, dass es Ibn Battuta den Atem verschlagen wollte, „ist in den Kreisen der islamischen Mystiker wohlbekannt. Mein Freund Murschidi aus Ägypten erwähnte ihn mir gegenüber schon vor vielen Jahren, und auch der Meister Simnani in Persien, mit dem ich Korrespondenz pflege, hat mir von ihm berichtet, des Weiteren gewisse Freunde, die ich in Indien habe. Alle heben sie hervor, dass er das Geheimnis der Unsterblichkeit, von dem er so andeutungsvoll spricht, ein Leben lang studiert hat. Deswegen kam mir schon vor geraumer Zeit der Gedanke, ihn als meinen Schüler an den Hof in Ta-tu zu holen. Zwar ist es wahr, dass ich selbst seit langer, langer Zeit das Geheimnis der Einswerdung mit Gott in meinem Herzen trage, aber es könnte an der Zeit sein, die Fackel an diesen jungen Mann weiterzureichen. Ich schlage deshalb vor, dass wir ihn sein Referat zu Ende führen lassen. Er kann alles ebenso gut erklären wie ich selbst!“

Der Kaiser nickte Ibn Battuta zu, er möge weiterreden. Ibn Battutas Atem ging schwer. „Das Problem ist, dass sich die Erkenntnis Gottes, die zur Einswerdung mit Gott führt, nicht in Worte fassen lässt. Sie übersteigt die Möglichkeiten menschlicher Sprache, ja selbst menschlichen Denkens, und hängt mehr mit Intuition und Gefühl zusammen als mit theoretischem Wissen. Gott, so steht es im Koran, hat neunundneunzig Namen, von denen ein jeder ein bestimmtes Attribut seiner Einsheit widerspiegelt. Man nennt ihn den Allbarmherzigen, den Allwissenden, den Allmächtigen, Allhörenden, Allsehenden, den Schadenabwender, Plagenbringer, Bezwinger, Beschützer, Lebensspender, Todbringer, Ersten, Letzten, und so fort. Er hat auch einen hundertsten Namen, der im Koran allerdings nicht erwähnt wird. Man nennt ihn den geheimen Namen Gottes. Unsere Meister lehren, dass nur, wer diesen größten Namen weiß, die höchste Seligkeit, das heißt die Erkenntnis Gottes voll und ganz erlangen wird. Manche Sufimeister schlagen vor, man solle sich darin üben, Gott in seinen restlichen neunundneunzig Eigenschaften so ähnlich wie möglich zu werden, den hundertsten Namen könne man dann aus eigener Kraft entschlüsseln. Andere vergleichen das Auffinden dieses letzten Namens mit einem Schluck Wasser aus einer Quelle, die Erkenntnis und ewiges Leben verleiht."

An dieser Stelle unterbrach ihn Burhanuddin. „Der Kaiser erlaube, dass ich unserem jungen Freund an diesem Punkt eine Frage stelle!"

Der Kaiser nickte, obwohl ihm anzusehen war, dass er Ibn Battutas Ausführungen nicht recht folgen konnte. Burhanuddin wackelte mit dem Kopf und sagte dann, zu Ibn Battuta gewandt:

„Angenommen, jemand hätte den geheimen Namen und die Quelle des Lebenswassers gefunden und wäre dadurch unsterblich geworden, bestünde wohl Aussicht, dass er anderen den Weg zu der Quelle zeigte?"

Ibn Battuta begriff, worauf Burhanuddin hinauswollte. Der Kaiser hingegen wusste nicht, was er von der seltsamen Unterhaltung denken sollte. Erstaunt und mit halb geöffnetem Mund blickte er von Burhanuddin zu Ibn Battuta und wieder zurück zu Burhanuddin.

Ibn Battuta sah Burhanuddin fest an und sagte: „Nur wer alles hinter sich lässt, was ihm lieb ist, nur wer in die Tiefen der Seele hinabsteigt, auf den Grund des Meeres hinunterfährt, die bekannte Welt von Westen nach Osten und von Süden nach Norden bereist, alles das, um Wissen zu erlangen, und sei es in China, nur der ist würdig, Chiser nachzufolgen. Denn das Geheimnis spendet nicht nur ewige Lebenskraft, sondern bringt auch schwere Verantwortung mit sich. Das Geheimnis an Unwürdige weiterzugeben, wäre nicht nur unverdient, sondern auch gefährlich ..."

„In der Tat, gefährlich", gab Burhanuddin leise zurück. „Eins habt Ihr jedoch vergessen, junger Freund. Ewig zu leben vermag nur, wer dem Tod begegnet ist ..."

Der Kaiser hob die Hand, um zu bedeuten, dass er zu sprechen wünsche. „Bei meinen Vorfahren", sagte er enerviert, „dies ist die seltsamste Lehre, von der ich je gehört habe. Fast meint man, es bestünde zwischen dem Hui-hui und Burhanuddin eine geheime Absprache, die es ihnen ermöglicht, sich gegenseitig zu verstehen, wo unsereins ihren Gedanken nicht mehr folgen kann. Statt weiterer vieler Worte sage mir der Hui-hui geradeheraus: Hat jemand diese Quelle des ewigen Lebens und den geheimen Namen der Gottheit jemals finden können?"

„Nein", log Ibn Battuta, ohne zu zögern, „dies ist bisher noch niemandem gelungen."

„Dann also genug mit diesen Spekulationen", rief der Kaiser und erhob sich von seinem Thron. „Pags-pa hat von allen drei Diskutierenden noch die besten Antworten gegeben. Ich erkläre ihn daher zum Sieger in diesem Wettstreit! Man fülle seinen Mund mit Goldstücken, gebe aber auch dem Gesandten Tursi, der Weisheit bewiesen hat, und dem Hui-hui, der unterhaltsam geredet hat, ein Geschenk! Die Versammlung ist hiermit aufgelöst!"

Alle Anwesenden fielen auf die Knie und senkten den Kopf. Togontemür verließ den Saal, hinter ihm die Kaiserin im lautlosen Trippelschritt und der rechte Kanzler Arugtu. Als Ibn Battuta aufblickte, suchten seine Augen Burhanuddin, doch der Platz, an dem er gesessen hatte, war leer.

Es dauerte eine Weile, bis Ibn Battuta das Palastgelände verlassen hatte und Tursi ihm Anweisungen geben konnte, wie er zur Klause des Burhanuddin gelangen würde.

„Ich mache mir Sorgen um dich, Ibn Battuta", sagte der Konfuzianer, „du solltest dir jetzt wirklich Ruhe gönnen. Du hast wie im Fieber geredet. Was für seltsame Gedanken du vorgebracht hast! Fast fühlte ich mich an die alte chinesische Legende vom Berg Kunlun erinnert, auf dem man Paläste, hängende Gärten und Brunnen findet, aus denen das Lebenswasser quillt. Es heißt, wem es gelingt, alle zum Kunlun führenden Stufen zu erklimmen, der erlangt Unsterblichkeit. Eine einfältige alte Geschichte ..."

„Wo, sagt Ihr, soll dieser Berg liegen?"

„Im hohen Norden, hinter der Großen Mauer, im Land der Dunkelheit."

Ibn Battuta rief sich selbst zur Ordnung. „Verehrter Tursi, vergebt mir, aber in diesem Moment ist nichts in der Welt wichtiger für mich, als ohne Umschweife den Burhanuddin aufzusuchen."

„Gut denn, ich werde einem Rikschafahrer Anweisung geben, dich zu ihm zu bringen. Er wohnt im äußersten Norden des dritten Rings."

Die Klause Burhanuddins, ein einfacher zweistöckiger Holzbau, lag am Ende einer von verlassenen Häusern gesäumten Allee unmittelbar neben dem großen Erdwall, der Ta-tu umgab. Ibn Battuta stürzte durch die offenstehende Tür ins Innere und die Treppe hinauf in die obere Etage.

„Ist jemand hier?", rief er.

Stille.

„In Gottes Namen, antwortet! Ist jemand hier?"

Aus einem der Hinterzimmer vernahm er eine leise Stimme, die seinen Namen rief.

Marjam.

Sie war auf ein einfaches, aber sorgfältig hergerichtetes Lager gebettet. Die Zeit stand still, während sie sich umarmt hielten und küssten. Worte waren nicht notwendig. Ibn Battuta hatte auf den ersten Blick begriffen, dass sie vom Gelbfieber befallen und dem Tod geweiht war. Sanft lag sie in seinen Armen.

„Wo ist er?", fragte er schließlich.

„Fort", antwortete sie schwach, fast flüsternd.

„Wohin?"

„Nach Norden, zur Großen Mauer von Gog und Magog, zum Jadetor, das ins Land der Finsternis führt. Er sagte, du wüsstest nun den Weg."

„Du weißt, wer er ist, oder, Marjam?"

„Ja", sagte sie.

Neben Marjam auf dem Boden lag der grüne Flickenrock. Chiser hatte ihn für ihn zurückgelassen. Er hatte Ibn Battuta zu seinem Nachfolger erkoren.

Ibn Battuta wusste, was zu tun war. Er zog den Rock an und behielt sonst nur das Amulett seines Vaters und den Lederbeutel mit Silbermünzen bei sich, den er vom Kaiser erhalten hatte. Im Hof der Klause stand eine kleine Kutsche und ein schon älteres, aber robustes Pferd. Ibn Battuta sattelte es und spannte es vor den Wagen, auf den er behutsam Marjam bettete. In ihrer Hand hielt sie das Eisenkreuz, das Ibn Battuta ihr geschenkt hatte, als sie sich zum ersten Mal begegnet waren, auf dem Sklavenmarkt in Kairo, zu Beginn ihrer gemeinsamen Reise.

Neunundneunzigstes Kapitel

Worin Ibn Battuta in die Dunkelheit fährt und etwas findet

Das Jadetor lag fünfzehn Tagesreisen von Ta-tu entfernt im Norden. Es war ungewiss, ob Marjam so lange durchhalten würde. Doch eine Hoffnung blieb, denn sagte nicht Nisami: *Ein jeder, der von diesem Lebenswasser trinkt, / den Tod besiegt und ew'ges Leben drauf erringt?* Welche andere Rettung war denkbar, als Chiser-Burhanuddin zu folgen, um das heilende Wasser zu finden?

Die Große Chinesische Mauer, so glauben Muslime, war einst von Alexander dem Großen errichtet worden, um die kriegerischen Heere aus dem finsteren Norden zurückzuhalten. Am Ende der Zeiten jedoch würde die Mauer fallen und alle Lande von Gog und Magog überschwemmt werden. In diese Finsternis mussten sie nun hinein!

Unbemerkt zogen sie über die Straßen. Dörfer wurden seltener, und meist übernachteten sie im Freien. In Nordchina waren die Sommernächte lau, doch wurde es, je weiter sie nach Norden vordrangen, zunehmend kühler. Ibn Battuta hätte kaum in einem elenderen Zustand sein können. Er litt doppelte Pein: Zum einen entkräftete ihn selbst das Fieber, zum anderen drückte ihn die Sorge um Marjam nieder. Sie vermochte kaum noch das Wort an ihn zu richten und verlor häufig das Bewusstsein. Mehrere Male bat sie ihn, sie irgendwo zurückzulassen, doch jedes Mal schlug er die Bitte aus. Er wusste, sobald sie längere Rast machte, würde sie sterben. Sie wollte nur, dass er bei ihr war, wenn sie starb. Er musste sich beeilen, damit das nicht passierte.

Am fünfzehnten Tag durchquerten sie das Jadetor in der großen Mauer. Ibn Battuta hatte keine Augen für die erlesene Schönheit des gigantischen Bauwerks, das sich wie eine riesige Schlange über die grünbewachsenen Berge des Affengebirges wand. Die Soldaten, die sie murrend und nur nach Zahlung eines Schmiergeldes hindurchließen, sahen ihnen kopfschüttelnd nach. Jetzt lag es vor ihnen, das Land der Dunkelheit, in dem mordlustige Barbaren und Menschenfresser hausten, Drachen den Reisenden auflauerten und Gefahren aller Art warteten. Die Wildnis drohte sie zu verschlingen wie jener nach der Königstochter lechzende, vom heiligen Georg erschlagene Lindwurm. Ibn Battutas Kraft reichte nur noch dazu, sich immer weiter geradeaus zu schleppen. Nisamis Erzählung von Iskandars Zug zur Lebensquelle ging ihm durch den Sinn, wieder und wieder:

Nun vorwärts auf dem Pfad, / den niemand zu begehen bis jetzt getraut sich hat!

Phantastische Visionen Iskandars, des Herrn der zwei Hörner, und seines Gefolgsmanns Chiser kreisten durch sein fieberndes Gehirn, in welchem sich Verse Nisamis mit Passagen aus dem Koran vermischten: *Dies ist das Land der Dunkelheit und der Verdammnis. Nach Norden zog der Griechenkönig, ﴾bis dass er hinkam zwischen zwei Bergriegel﴿, bis schließlich sie an einem Ort befanden sich, / wo alles Licht der Welt totaler Schwärze wich: ﴾dahinter er ein Volk fand, die kaum verstunden Rede. Die sprachen﴿, vor Angst in sich geduckt: / Dies ist die Finsternis, die alles Licht verschluckt. ﴾O Herr der zwei Hörner! Gog und Magog schädigen auf der Erde; sollen wir dir nun Schatzung geben, auf dass du machest zwischen uns und ihnen einen Riegel? Er sprach: Helfet mir mit Kraft, so mach' ich zwischen euch und ihnen eine Sperre.﴿*

Ja, so war es, ging es durch Ibn Battutas Kopf, *Alexander baute die Chinesische Mauer, um die Menschen vor dem Untergang zu bewahren. Denn hinter der Mauer lauert das Verderben. Dahinter hausen Horden wilder Krieger, Monster und Menschenfresser, die beim Jüngsten Gericht aus ihrem Käfig im dunklen Norden ausbrechen und den zivilisierten Süden überrennen werden, so zahlreich, dass sie das Wasser des Euphrat und des Tigris austrinken.*

Dann wird auch Chiser sich endlich zeigen, wird Gottes Rache predigen, und dann werden die Menschen ein großes Geschrei erheben, „astarfiru Allah!, ich flehe Gott um Beistand an!", doch es wird zu spät sein. Hast du denn vergessen, dass Gog und Magog die gesamte Menschheit töten werden und dass sie dann ihre Pfeile gen Himmel schießen werden? Doch der allmächtige Plagenbringer schickt Würmer, die ihnen in die Nasen, Augen und Ohren kriechen, bis sie schließlich alle verrecken, und der Gestank ihrer Leichen wird die Erde erfüllen, bis dass der Vogel

Roch sich erhebt und ihre toten Leiber ins Meer versenkt. Warte nur, Togluk, grausamer Togluk, Mörder Hawis und Schihabuddins, du entgehst deiner Strafe nicht!

Spute dich Ibn Battuta! Schnell musst du sein, in die Dunkelheit eintauchen, das Lebenselixier finden, dich und deine Liebe vor dem sicheren Tode retten. Hüte dich vor der entsetzlichen Rache Gogs und Magogs! Jede Nacht versuchen sie, die Mauer zu untergraben: Hörst du nicht, du Narr, wie sie ihre Schaufeln und Spaten ins steinige Erdreich stoßen? Gog und Magog sind groß und breit wie Zedern, und sie können ihre Körper in ihre riesigen Ohren einhüllen. Warum sollte ich so einen gebrechlichen, jämmerlichen Sufi fürchten wie dich, Burhanuddin? Nein, vor dem Tod fürchte ich mich, vor Gog und Magog, nicht aber vor dir!

Immer weiter fort! Dunkel sind die Lande, in die wir zieh'n. In Finsternis der Weg sein drohend Ende fand, / sodass die ganze Welt in Trauer schien gewandt, als trüge sie den blauen Flickenrock der Sufis, als litte sie an Reue und Zerknirschung auf dem Weg, der zur Lebensquelle führt, die dem Wasser gleicht, das unter dem Altar des heiligen Georg hervorbricht. Auf denn, zum silberfarb'nen Quell – das Wasser schien wie Erz, / als hätt' man es gepresst aus eines Steines Herz. / Doch nein! Man sag' nicht Quell: das Wort, es trifft es nicht. / Nicht Wasser schien aus ihm zu fließen, sondern Licht. Oh wie ich wünschte, es würde endlich Licht!

Was würde Tante Sara in Tanger sagen, die gute Sara, wenn sie wüsste, dass ich durch dunkle Lande ziehe? Schelten würde sie mich! Häng nicht solchen Gedanken nach, Ibn Battuta, dich trifft keine Schuld am Tod deiner Mutter. Wenn ich groß bin, finde ich die Quelle für dich, Mutter. Ach, wären doch nur Dscharir und Farasdak hier. Bald trifft mich Schuld! Die Frau, die ich liebe, stirbt unter meinen Augen, wenn ich die Quelle nicht finde ... Oh meine Freunde! Mein Lebensblut gäb' ich / für eine Maid, die so schlank ist wie sie! Astarfiru Allah! Lass sie nicht sterben, ich bitte Dich!

Was faselte der alte Lama? Von der Kunst des Sterbens sprach er, davon, dass er sich aufs Sterben vorbereite. Leben bedeutet Leiden, sagte er. Was weiß schon dieser Magier mit dem spitzen Hut! Nichts weiß er von den Geheimnissen des Lebens! Oder ahnt er es doch? Vielleicht hatte Chiser recht, als er mich warnte, damals auf dem Weg nach Kairo und in der omanischen Wüste, gewarnt hat er mich: BAAAH! Geh zurück! BAAAH! Unsterblichkeit ist Gottes Privileg, was könnte schwerer sein, als ewig zu leben? Was könnte größere Verantwortung mit sich bringen? Nur das Kamel kennt den geheimen Namen Gottes. Nur ein Esel glaubt, unsterbliches Leben mache glücklich. Habe ich etwa einen besseren Weg gewählt als der alte Lama? Schimpfen würden meine Freunde mich. Iss doch lieber noch einen Teller bengalischen Reis und trink etwas gegorene Kokosmilch! Ach Ibrahim, was hilft's. Nach Norden, immer weiter nach Norden! Auf jenem düst'ren Pfad, fast gänzlich ohne Licht, / erschien die Sonne ihnen wie ein Traumgesicht.

Yin, so sprach der Meister Tursi, ist das Dunkle, das Wasser, die Schwere, der Körper und der Norden ... Diesem Yin bin ich ganz verschrieben. Doch mein Geist, das Helle und Starke in mir, mein Yang, es löst sich auf. Verloren der Süden, die warmen Länder, aus denen ich fortgezogen bin: das lichte Tanger, der Harem meiner Mutter, Mekka-die-Erleuchtete und die Kaaba, das strahlende Bagdad, glanzvolles Delhi, Saitun, Stadt des Lichts, Chan-sa, Himmelsstadt. Das Yin zieht mich hinab, hinab ins Wasser, jenes Wasser, das Leben spendet und gleichzeitig auch Tod und Chaos und Finsternis. Oh mir wird so dunkel. Die Erde schluckt' das Licht als wie in einem Grab, / ein drohend schwarzer Schleier strafend sie umgab.

Dieser Weg endet in Dunkelheit, und dort, wo die Dunkelheit am tiefsten ist, muss die Quelle liegen. Weit kann es nicht mehr sein. Was aber geschieht, wenn ich das Wasser finde, Marjam aber stirbt davor? Aus dieser Klemme wies, so schien's, kein Weg hinaus: / hinein ging's in das Nichts, doch nicht aus ihm heraus. In großer Not wende ich mich zu dir, Herr, und nenne dich bei allen deinen Namen! Denn jeder Name ist der eine, der geheime, der hundertste Name der Gottheit, wenn er nur erhört wird und wenn nur der Mensch den geschöpften Dingen ganz entsagt, allein Gott im Herzen trägt, alle Hoffnung und Furcht auf ihn richtet, sich ihm ganz unterwirft. Wahrlich, So spricht der Prophet: Gott erhört den, der ihn in der Not anruft.

Wache oder träume ich? Führen diese Stufen tatsächlich einen Berg hinan, in einen grünen Hain inmitten öder Lande? Und höre ich nicht das muntere Plätschern eines Baches, der fröhlich über Kiesel läuft, / wie reiner Wein, der über reines Silber floss? Und sieh! Steht Chiser nicht unter jenem grün sprießenden Baum und lächelt mir zu?

Chiser, Hüter der Lebensquelle! Reich mir das Wasser! Nicht für mich – mein Leben ist mir gleich – für Marjam! Lass sie leben!

O Mächtiger, Prächtiger, Wonnenreicher, Sonnengleicher! Du-bist-mein-Gebieter, vor-Gefahren-Behüter! Du-hilfst, wem-Du-magst, denn-Du-bist-Unerreichbar, Unvergleichbar, Allmächtig, Allwissend, Alles! T-S-M! Du bist der hundertste Name Gottes!

Marjam ... Chiser hat mir das Wasser gegeben ... schau nur! So trink doch, Marjam! Warum trinkst du nicht? Wir sind doch am Ziel!

Epilog des Übersetzers: Die Reise nach Tanger

Es war kühl, und ich schloss das Fenster. Mich fröstelte. Ich legte den letzten Bogen des Manuskriptes des Hamid ibn al-Qali zur Seite und schaute hinunter ins Saaletal. Es war ein Sonntagabend. Ich hatte meine Übersetzung an demselben Tag im Oktober beendet, an dem ich ein Jahr zuvor im Alcázar von Toledo jenem geheimnisvollen Nachkommen meines Chronisten begegnet war. Auf leisen Sohlen hatte der Herbst seinen Einzug ins Land gehalten. Der Birnbaum im kleinen Garten vor unserem Haus, über den hinweg mein Blick auf die Weinberge des jenseitigen Talabhangs fiel, war saftig gelb. Am Nachmittag hatte es etwas geregnet. Während die Sonne sich Schutz suchend dem Horizont näherte, tropfte es von den Zweigen auf die rotbraunen Blätterhaufen, die sich am Rand der unten am Hang verlaufenden Straße angesammelt hatten.

Die letzten Sätze des an dieser Stelle abbrechenden Manuskriptes, dessen Ende ich mit zunehmender Fassungslosigkeit gelesen hatte, schwebten wie kalter Hauch durch die Stille meiner Studierstube.

Meine Mutter klopfte an die Tür und steckte den Kopf ins Zimmer.

„Theo, mein Lieber, magst du etwas haben?“

Ich hatte während des ganzen Wochenendes kaum meinen Schreibtisch verlassen, von ihren auf dem rot karierten Plastiktablett hereingetragenen Butterbroten nichts zu mir genommen und war gestern selbst zu unserem allabendlichen gemeinsamen Nachtmahl nicht erschienen.

„Danke“, sagte ich, ohne mich zu ihr umzudrehen. „Etwas Most wäre schön.“

„Most?“ Einen Moment lang schwieg sie. Dann sagte sie mit heiserer Stimme: „Seit dem Tod deines Vaters haben wir in diesem Haus keinen Most mehr getrunken. Wo soll ich denn jetzt Most herbekommen?“

„Vielleicht haben ja die Hauberissers noch etwas übrig.“

Wieder schwieg sie. Dann schloss sie leise hinter sich die Tür. Ich hörte, wie sie sich im Flur zurechtmachte und hinausging.

Nach zehn Minuten, während der ich nichts anderes tat, als weiter aus dem Fenster zu blicken, kam sie von den Nachbarn wieder. Ohne zu sprechen trat sie in die Stube und stellte mir ein Glas mit dem gegorenen Apfelgetränk auf den Tisch. Ich trank, langsam, nachdenklich, ohne abzusetzen.

Mir wurde etwas wärmer. Ich gewann meine Fassung zurück. Dass das Manuskript des Ibn al-Qali auf diese Weise endete, traf mich völlig unvorbereitet. Bei meiner Arbeit, sei es auf dem Amt oder zu Hause, gehe ich grundsätzlich chronologisch vor. Immer, und koste es, was es wolle, löse ich die zunächst anstehenden Probleme und wende mich dann erst der nächsten Aufgabe zu. So war ich im Großen und Ganzen auch mit dem Manuskript umgegangen. Als ich die Übersetzung an dem Punkt wieder aufnahm, an dem Ibn Battuta das Industal erreicht, war mir der Ausgang seines Abenteuers unbekannt. Und so geriet ich, während er über Delhi, Bengalen und Sumatra nach China gelangte, in immer größere Aufregung. Ja ich bangte für ihn und für Marjam, als wäre ich mit ihnen aufs Engste verbunden, und ich ertappte mich immer häufiger bei dem Gedanken, ich würde durch die Lektüre des Manuskriptes vielleicht sogar ein Geheimnis erfahren, in das noch kein Mensch zuvor eingeweiht worden war, außer Chiser natürlich – und vielleicht Ibn Battuta.

In diesem Wörtchen „vielleicht“ steckt die Bestürzung, ja die Verzweiflung, in die ich nun, am Ende des Manuskriptes angelangt, verfiel. Was hatte es mit diesem seltsamen inneren Monolog auf sich, mit dem der Bericht schloss? War er das Werk eines Halluzinierenden? Konnte dieses letzte Kapitel, welches aus persönlicher Anschauung geschöpft schien, überhaupt mündlich durch die Generationen von Söhnen und Enkeln Ibn Battutas weitergereicht worden sein? Oder war dieser seltsame Monolog durch Ibn Battuta selbst in das Manuskript gelangt? Die letzten Absätze suggerieren, dass er nach all den Jahren des Herumirrens, der Entbehrung und des Kampfes tatsächlich an sein Ziel gelangt war. Aber um welchen Preis! Das ewige Leben zu gewinnen und Marjam, die Liebe seines Lebens, zu verlieren!

Noch etwas anderes trieb mich um. Es war nicht mit Sicherheit zu entscheiden, ob der Bericht an dieser Stelle wirklich endete oder ob etwa die nachfolgenden Kapitel einfach verloren waren.

Neunundneunzig Kapitel.

Konnte das Zufall sein?

Neunundneunzig gilt den Religionen dieser Welt als die Ziffer, die der absoluten Einheit entgegengesetzt ist, oder vielmehr als die Zahl, die noch nicht ganz vollkommen ist. Nur *ein* Schritt trennt sie von der Hundert, der großen Rundzahl, in der die alten Griechen das Gute symbolisiert sahen. Wir alle kennen die biblische Geschichte hellenischen Ursprungs, die von dem Schäfer erzählt, dem das eine verlorene Schaf wertvoller ist als die neunundneunzig anderen. Die neunundneunzig schönen Namen Gottes im Islam deuten alle von ferne auf die im letzten, geheimen Namen sich offenbarende Seinsfülle des Schöpfers hin. Symbolisierte das hundertste Kapitel im Bericht des Ibn al-Qali die Vollkommenheit, nach der Ibn Battuta strebte, seine Erfüllung als Mensch? Und bedeutete das Fehlen des hundertsten Kapitels, dass Ibn Battuta sein Ziel verfehlt hatte, selbst wenn er, oder vielleicht gerade *weil* er die Lebensquelle gefunden hatte? Marjams beraubt, als unsterblicher Wiedergänger durch die Welt zu ziehen – das wäre in der Tat ein trauriges Schicksal!

Ich musste mich, während ich an dunklen Herbstabenden grübelnd in meiner Stube saß, dem Most in immer reichlicherem Maß zusprechend, schließlich damit abfinden, dass ich nur auf eigene Faust diesen letzten Geheimnissen der Geschichte Ibn Battutas auf die Spur kommen konnte. So ergriff ich die Füllfeder und schrieb in meiner besten arabischen Schönschrift einen Brief an Muhammad ibn al-Qali, den Buchhändler in Tanger, der mir vor einem Jahr das Paket mit dem Manuskript geschickt hatte, welches mein Leben verändern sollte. Ich bat ihn, nach Tanger kommen zu dürfen, um ihm die Übersetzung zu präsentieren und einige Fragen nach der Herkunft des Berichts mit ihm abzuklären.

Während ich auf seine Antwort wartete, war ich indes nicht faul. Ich feilte an der Übersetzung, vervollständigte meine Einleitung und die Zwischenstücke und bemühte mich, durch eigene Forschungen mehr über Ibn Battuta in Erfahrung zu bringen.

Es kann als gesichert gelten, dass er im Anschluss an seine Reise ins Reich der Mitte nach Marokko zurückgekehrt ist. Dort hat Ibn Battuta in Fes dem Sekretär Ibn Dschusai die bislang bekannte Fassung seiner Reisen diktiert, den schon erwähnten, und für meine Zwischenstücke häufig zu Rate gezogenen *Schatz derer, die sich an den Wundern der Länder und den seltsamen Begebenheiten auf Reisen ergötzen.* Auch Ibn Chaldun, der große andalusische Gelehrte, hat Ibn Battuta in Fes getroffen und ihn in seinen Schriften erwähnt. Aber die Umstände seines Todes sind, trotz größter Anstrengung, durch die Quellen nicht zweifelsfrei in Erfahrung zu bringen.

Noch weigerte sich mein Verstand, die Schlussfolgerung zu ziehen.

Dann machte ich eine Entdeckung. In einem spätmittelalterlichen Dichterlexikon, den *Juwelen im Diadem der Dichter der Araber*, fand ich eine kurze Biographie von Farasdak. Der Eintrag lautet wie folgt:

> Abu l-Barakat Farasdak ibn Abd as-Salam ibn al-Farradsch ad-Dimaschqi. Diente einige Jahre dem Gouverneur Saifuddin Tankis, bevor er von einer Mekkapilgerfahrt nicht wiederkehrte. Viele Jahre später soll er nach Damaskus zurückgekommen sein, dort aber ein zurückgezogenes Leben geführt haben, ohne jemals bekannt zu geben, was er in der Zeit seiner Abwesenheit getan hatte. Während er in seiner Jugend für brillante Spottgedichte bekannt war, dichtete er, so sagt man, im Alter nachdenkliche Verse, von denen ihm dieser zugeschrieben wird:
>
> Sieh nur, wie der Mensch nach langem Leben strebt,
> wo doch Unsterblichkeit sein Leid nicht lindern wird!
> Wenn unser aller Heil in langem Leben läg',
> dann lebte Satan wahrlich länger nicht als wir.
>
> Man sagt auch, dass er mit Chiser – Gottes Segen über ihn! – befreundet war, der ihn zu besuchen pflegte. Safadi sagt, er sei im Muharram des Jahres 755* gestorben, aber Halawi behauptet, es sei im Dschumada Awwal des Jahres 759** geschehen. Richtig ist hingegen, dass er im Ramadan des Jahres 757*** verschied. Aber Gott weiß es am besten.

* 27. Januar bis 24. Februar des Jahres 1354 unserer Zeitrechnung.
** 11. April bis 9. Mai 1358 unserer Zeitrechnung.
*** 28. August bis 25. September 1356 unserer Zeitrechnung.

Wenn der zitierte Vers tatsächlich aus der Feder Farasdaks stammt, könnte man ihn als einen traurigen Kommentar auf Ibn Battutas fehlgeschlagenes Unternehmen interpretieren. Beinahe möchte man aus ihm herauslesen, dass Ibn Battuta auf seiner Rückreise nach Marokko Farasdak in Damaskus besuchte und ihm vom Ausgang seines Abenteuers in China berichtete. War etwa aus diesem Besuch der Glaube erwachsen, Farasdak stehe mit Chiser in Kontakt? Ein fremder und so geheimnisvoller Gast wie Ibn Battuta wäre den Nachbarn Farasdaks im überschaubaren Damaskus des vierzehnten Jahrhunderts sicher aufgefallen.

Während ich diese Zeilen schreibe, bringt meine Mutter die Post ins Zimmer. Auch der Brief, den ich vor zwei Wochen an Muhammad ibn al-Qali geschickt habe, ist mit dabei. *Ghayr mumkin al-qubul* hat man darauf gestempelt, *nicht zustellbar*. Ich vergleiche die Adresse, die ich auf den Umschlag geschrieben hatte, mit der Visitenkarte, die er mir in Toledo gab; mir war kein Fehler unterlaufen.

Mein Entschluss steht fest. Es bleibt mir nichts anderes übrig, als mich selbst nach Tanger aufzumachen.

Es ist Abend. Ich sitze auf der Terrasse des *Café Ibn Battouta* in Tanger und blicke auf den Hafen, so wie vor siebenhundert Jahren der junge Ibn Battuta jeden Tag von seinem Elternhaus im Tulaitulagässchen die Schiffe sah, die ihm die weite Welt verhießen. Bei einem Glas Pfefferminztee lasse ich den heutigen Tag vor meinem inneren Auge Revue passieren. Am Morgen erst bin ich mit der Fähre aus Algeciras angekommen; rückblickend kommt es mir vor, als sei ich seitdem zu einem anderen Menschen geworden.

Tanger ist, wie schon aus dem Bericht des Ibn al-Qali ersichtlich wurde, herrlich gelegen. Auf steil ansteigendem Küstenstreifen erhebt sich rechter Hand die weiße Altstadt mit der ehemaligen Burg des Gouverneurs, der *qasba*, und dem Basar mitsamt seinen verwinkelten Einkaufsstraßen und abrupt endenden Sackgassen. Linker Hand, auf etwas abgeflachterem Hügelgelände, erstreckt sich die *ville nouvelle* um die *Place de France*. Die *madina*, die obere Altstadt, in der die *qasba* liegt, ist gespenstisch leer. Nichts von der frenetischen Betriebsamkeit, die etwas unterhalb im Basar herrscht. Als ich heute Morgen durch die leeren Straßen der *madina* lief, um vielleicht das Tulaitulagässchen zu finden, in dem Ibn Battuta zur Welt kam, schienen die Erinnerung an meine Begegnung mit dem helläugigen Mann im Alcázar von Toledo und die Geschichte Ibn Battutas, wie sie mir durch das Manuskript vertraut war, endgültig ineinanderzufließen.

Während ich durch die *madina* irre, schleicht ein einsamer Hund mit eingezogenem Schwanz an mir vorbei. Wie aus dem Nichts taucht plötzlich ein junger Mann neben mir auf, offenbar ist er geistig gestört. Er schlägt sich unaufhörlich auf die Ohren, um mir zu verstehen zu geben, dass er nichts hört, brabbelt breit grinsend vor sich hin und macht mich von Zeit zu Zeit wild gestikulierend auf ein Gebäude oder eine Straße aufmerksam, in die er mich hineinführen will. Da ich ihn nicht loswerde, zeige ich ihm die Visitenkarte mit dem Namen von Herrn Ibn al-Qali. Der Junge sieht mich mit großen Augen an, lässt die Hand auf die Stirn niedersausen und schießt davon, wobei er mir aufgeregt bedeutet, ich solle ihm folgen. Schwer atmend springe ich hinter ihm die Stufen herab, die von der *madina* in den Basar führen. Er führt mich von der Hauptachse des Basars in eine stille Seitengasse und bleibt schließlich, triumphierend die Hand ausstreckend, vor einem Buchgeschäft stehen. Ich gebe ihm ein Bakschisch und er trollt sich davon. Im Schaufenster hängt ein Schild:

Abu al-Hikma
Alte und neue Bücher
An- und Verkauf

Arabische Buchläden sind auf chaotische Weise inspirierend. Häufig sind sie völlig unsortiert, die Regale kaum zugänglich, und Stapel von Büchern versperren den Durchgang. So ist es auch hier. Abu al-Hikma, der Besitzer, sitzt in der hintersten Ecke seines Ladens, versteckt hinter einem Bücherturm, und liest in einem in ranziges Leder eingebundenen Koran, dem Buch der Bücher.

„Der Friede sei mit Euch!“, sage ich.

„Und mit Euch der Friede und Gottes Gnade und Segen!“, antwortet er freundlich und klappt das Buch zu. Er ist ein schlanker Mann mittleren Alters mit einer großen braun gerahmten Brille und einem gepflegten schwarzen Kinnbart. „Wie kann ich Ihnen behilflich sein?"

„Meyrink ist mein Name, Orientalist und Übersetzer. Ich suche einen ihrer Kollegen, einen gewissen Muhammad ibn al-Qali." Ich reiche ihm die Visitenkarte. Er wirft einen Blick darauf und runzelt die Stirn.

„Muhammad ibn al-Qali? Tut mir leid. Den gibt es hier nicht. Ich kann mich auch nicht erinnern, dass jemals ein Mann dieses Namens als Buchhändler in Tanger gearbeitet hat." Er gibt mir die Visitenkarte zurück. Ich schweige enttäuscht.

„Die al-Qalis", sagt er, um mir behilflich zu sein, „sind hier in der Stadt natürlich bekannt. Haben Sie schon einmal von Hamid ibn al-Qali gehört, dem berühmten Chronisten, den man auch *den Gespaltenen* nannte?"

„Selbstverständlich", antworte ich, „und es ist seltsam, denn Sie sprechen genau die richtige Fährte an. Ich suche einen von Hamids Nachkommen, eben jenen Muhammad." Und einem Anfall von Neugierde folgend, frage ich: „Aber warum nannte man Hamid *den Gespaltenen*?" Dieser Beiname des toledanischen Gelehrten ist mir bislang unbekannt gewesen.

Abu al-Hikma sieht mich heiter an. „Nun, irgendjemand muss dem Hamid bei einer Messerstecherei mächtig zu Leibe gerückt sein. Es wird zumindest berichtet, dass er sein Leben lang eine große Narbe mit sich herumtrug, die sein Kinn in zwei Hälften zu spalten schien."

Dieser Buchhändler hat erstaunlich genaue Kenntnisse von Hamid ibn al-Qali. Sollte Hamid von einer ebensolchen Narbe gekennzeichnet gewesen sein wie sein Vorfahre Ibn Battuta und sein Nachkomme Muhammad ibn al-Qali? Dass Narben vererbt werden, wäre eine Neuigkeit. Dem Manuskript zufolge erhielt Ibn Battuta die Kinnwunde, als er in Bagdad mit dem Mongolen Dimaschk rang. Muhammad ibn al-Qali, der angebliche Buchhändler, hatte, als ich ihm im Archiv in Toledo begegnete, eine markante Narbe an derselben Stelle.

„Wie kommst es, Herr Abu al-Hikma, dass Sie sich mit Hamid ibn al-Qali so genau auskennen?", frage ich.

Der Mann streicht sich seinen Bart, steht auf und beginnt beiläufig, alte Folianten von seinem Schreibtisch auf dem Boden aufzustapeln. „Nun, dieser Mann war nicht nur ein berühmter

Chronist, sondern zu seiner Zeit auch eine lokale Berühmtheit. Man erzählt, er sei im Laufe seines Lebens sogar in den Rang eines Heiligen erhoben worden, wahrscheinlich weil er auch ein guter Arzt war und über bewundernswerte Heilkünste verfügte. Vielen Menschen soll er das Leben gerettet haben. Das Gedächtnis der Leute in Tanger ist lang, müssen Sie wissen. Man erzählt sich bis heute Geschichten über Hamid."

„Wenn Sie so viel über Hamid ibn al-Qali wissen, können Sie mir dann nicht auch genauere Auskunft über den Verbleib seiner Familie geben? Meinen Informationen zufolge haben Hamids Nachkommen das Buchgeschäft ihres berühmten Vaters noch lange Zeit fortgeführt."

„Da sind Sie leider falsch informiert. Hamid ibn al-Qali hat keine Nachkommen hinterlassen. Die Legende berichtet, dass er eines Tages spurlos aus unserer Stadt verschwand. Das hat der lokalen Folklore jahrhundertelang Stoff zum Spekulieren gegeben. Manche Leute meinen, dass er auf einem Ausflug außerhalb der Stadt von Banditen überfallen und umgebracht wurde. Andere behaupten, dass er ein Unsterblicher war und nach etlichen Jahren die Stadt verlassen musste, damit sein Geheimnis nicht entdeckt würde. Aber das sind natürlich nichts als Märchen."

Ich muss in diesem Moment bleich geworden sein, denn Abu al-Hikma sieht mich besorgt an. „Geht es Ihnen nicht gut?", fragt er freundlich. Statt einer Antwort stürze ich auf die Straße.

An meinem Nebentisch lässt sich ein alter Marokkaner im Sufigewand mit spitzer Mütze nieder. Er ist sichtlich erschöpft und wünscht allen Segen des Himmels auf mich hinab, als ich den Kellner bitte, uns ein zweites Glas zu bringen, damit wir meinen Pfefferminztee teilen können. Ich muss an die Sufiheiligen denken, denen Ibn Battuta begegnet war, Murschidi in Ägypten, Simnani in Persien und die drei Chiser-Heiligen Indiens, Bengalens und Chinas.

Er fragt mich nach meinem Namen und meinem Beruf. „Gott sei gepriesen!", ruft er aus. „Es freut einen alten Mann wie mich, dass ein gelehrter Herr aus dem Westen den Islam studiert! Die Wissenschaft, müsst Ihr wissen, hat uns schon der Prophet ans Herz gelegt. *Suchet das Wissen, und sei es in China!*, hat er gesagt. Kanntet Ihr das Hadis schon?"

Ich murmele eine Entschuldigung und wende mich wieder meinen Notizen zu. Nach einer Weile steht er auf und verabschiedet sich. „Gott behüte dich!“, sagt er und blinzelt mich aus seinen zusammengekniffenen Augen vergnügt an. Sie sind grün.

Ich lächle ihm versonnen hinterher, während er sich entfernt. Plötzlich will es mir vorkommen, als hätte ich das Gesicht des Alten schon einmal gesehen. Wie vom Blitz getroffen springe ich auf und stürze ihm hinterher auf die kopfsteingepflasterte Gasse, die nach unten hin in die labyrinthische Unterstadt einmündet. Eben erhasche ich noch einen Blick auf die spitze Kapuze des Alten, bevor er um eine Ecke biegt. Ich eile ihm nach, mit rasendem Herzen, tauche ein in die traumartige Welt des Basars, Marktgeschrei und Kinderlachen rings um mich her, das Hämmern der Metallschmiede, süß-wabernder Geruch von Wasserpfeifen und der Duft von frischem Fladenbrot und Apfelsinen. Ein schönes Frauengesicht blickt mich neugierig an, als ich vorbeirausche, doch so sehr ich mich mühe, das braune Sufigewand des Alten entfernt sich immer mehr und verliert sich schließlich in der Menge. Doch auf einmal habe ich das sichere Gefühl, dass es da draußen für mich etwas zu finden gibt, dass das Suchen meine Bestimmung ist, ja dass ich, ohne es gemerkt zu haben, bereits mit meiner Suche begonnen habe.

Zurück im *Café Ibn Battouta*, es dämmert schon, schreibe ich diese letzten Zeilen. Denke gut von mir, Mutter. Ich sende dir das Manuskript und meine Übersetzung. Ich selbst komme nicht zurück. Der Westwind streift über die Terrasse, weht über die weißen Häuser im Hafen von Tanger und hinaus aufs Meer. Er trägt mich mit sich fort. Und sei es bis nach China.

Nachwort

Mit Ibn Battuta reise ich schon seit einiger Zeit durch die Welt. Die Idee zu diesem Roman kam mir in Toledo, am Anfang einer längeren Studienfahrt, die mich, in den Fußspuren des Helden dieses Romans, von Marokko in den Oman und weiter bis nach Persien führte. Es war der Frühling 2003 und das Jahr der amerikanischen Invasion des Irak. Als am 20. März die ersten Bomben auf Bagdad fielen, saß ich auf dem Boden des Speisesaals einer Medresse in Muskat, umgeben von langbärtigen Studenten der Scharia, und verfolgte das Kriegsgeschehen auf *al-Dschasira.* Die „neuen Mongolen", so nannten meine Kommilitonen die amerikanischen Eroberer. Plötzlich erlangte meine belletristische Beschäftigung mit dem größten arabischen Reisenden des Mittelalters eine ungeahnte Aktualität. Die Welt, die Ibn Battuta von 1325 bis 1349 durchmessen hatte, wurde Gegenstand größten Medieninteresses.

Ob es im Mittleren Osten nach der *pax mongolica* zu einer *pax americana* kommt, ist fünf Jahre nach dem Sturz des irakischen Diktators mehr als ungewiss. Unwahrscheinlich ist auf jeden Fall, dass die Amerikaner so wie die Mongolen geschlossen zum Islam konvertieren, auch wenn ein amerikanischer Bestseller solch ein Szenario bereits beschrieben hat. Das Genre des historischen Romans blüht, gerade in Deutschland. Doch sind dabei Ausflüge in die islamische Welt eher selten. Was Schriftsteller, von wenigen Ausnahmen abgesehen, bislang nicht geleistet haben, ist eine islamkundlich fundierte und gleichzeitig unterhaltsame historische Erzählung, die ein breites Panorama der islamischen Zivilisation entfaltet. In dieser Hinsicht, so hoffe ich, betrete ich mit meinem Roman Neuland.

Meine *Alma mater*, die Universität Harvard, wäre vermutlich überrascht gewesen, hätte sie erfahren, dass ich meinen großzügig geförderten Forschungsaufenthalt dazu nutzte, zusätzlich zu meinen wissenschaftlichen Recherchen auch journalistische und literarische Projekte zu betreiben. Doch wie schon mein Reisetagebuch *Einmal Islam und zurück* (Berlin: Kulturverlag Kadmos, 2005) ist auch *Der geheime Name Gottes* auf eine Grundprämisse meines akademischen Wirkens gegründet: Die Verstehbarkeit des

Islams. „Nichts Menschliches ist mir fremd", so dichtete Terentius (gest. um 160 v. Chr.), und in gleichem Sinne zitiere ich im 97. Kapitel meines Romans Konfuzius: „Ist es nicht erfreulich, aus fernen Weltgegenden Seinesgleichen gefunden zu haben?" Ibn Battuta macht diese erfreuliche Erfahrung ein ums andere Mal im Verlauf seiner Reisen, und auch Meyrink, der Übersetzer, fasst schließlich den Mut, Grenzen hinter sich zu lassen und nach Osten zu ziehen, um Patriarchenluft zu kosten. Möge dieses Buch auch dem Leser Lust darauf machen, tiefer in die islamische Kultur einzudringen!

Hierzu einige weiterführende Literaturhinweise. Die wunderbare Koranübersetzung Friedrich Rückerts von 1888 (Neuauflage, Würzburg: Ergon, 2007), aus der ich im Roman durchgehend zitiert habe, sei jedem Neugierigen ans Herz gelegt. Die *Encyclopaedia of Islam* (2. Auflage, Leiden: Brill, 1954–2005) hat zu beinahe jedem im Roman erwähnten geschichtlichen Ereignis, religiösen Sachverhalt oder kulturellen Brauch Hinweise geliefert. Die erste Auflage dieses Standarwerks liegt gekürzt auch in deutscher Fassung als *Handwörterbuch des Islam* (1941, Neuaufl. Leiden: Brill, 1997) vor. Ebenfalls nützlich und erschwinglicher ist das von Klaus Kreiser und Rotraud Wieland herausgegebene *Lexikon der islamischen Welt* (Stuttgart: Kohlhammer, 1992). Eine wissenschaftlich fundierte Übersetzung der Reisen Ibn Battutas ist die von H. A. R. Gibb (The Travels of Ibn Battuta, Cambridge: Cambridge University Press, 1958–2000). Mittlerweile liegt auch eine vollständige deutsche Übersetzung vor (Horst J. Grün, Die Reisen des Ibn Battuta, 2 Bd., München: Allitera Verlag, 2007). Auf Gibbs Übertragung beruht die gekürzte, von Hans D. Leicht herausgegebene Fassung (Ibn Battuta: Reisen ans Ende der Welt, Stuttgart: Edition Erdmann, 1985).

Aus der Literatur über Ibn Battuta will ich das Buch von Dunn Ross hervorheben (*The Adventures of Ibn Battuta*, Berkeley: University of California Press, 1986), das eine Fülle an Informationen enthält, die im Roman Niederschlag gefunden haben. Zur Geschichte und Lehre des Sufismus allgemein ist Annemarie Schimmels *Mystical Dimensions of Islam* (Chapel Hill: University of North Carolina Press, 1975 [dt. Übers.: *Mystische Dimensionen des Islam*, München: Diederichs, 1985]) ein unerlässlicher Führer. Zu Chiser liegt eine Studie von Patrick Franke vor (*Begeg-*

nung mit Chisr: Quellenstudien zum Imaginären im traditionellen Islam, Beirut: Franz Steiner, 2000). Eine ausführliche Literaturliste würde den Rahmen dieses Nachworts sprengen. Genannt werden müssten auch die zahlreichen Autoren, mittelalterliche wie moderne, von denen ich Informationen übernommen habe, ohne mich daran erinnern zu können. Den größten Dank schulde ich jedoch zahlreichen Freunden in Spanien, Marokko, Ägypten, Oman, Syrien, Libanon, Iran und Indien. Ihre Gastfreundschaft hat die meisten der in diesen Roman eingeflossenen Erfahrungen erst möglich gemacht. *Dschasaakum Allahu chairan*, Gott vergelte es Euch reichlich.

Anhang

Namen
Dynastientafeln
Glossar
Ortsverzeichnis
Zitate
Übersichtskarte

Namen der handelnden Personen und anderer wichtiger Persönlichkeiten

Rahmenhandlung:

Theodor Siegfried Meyrink	Deutscher Orientalist und Übersetzer
Muhammad ibn al-Qali	Buchhändler aus Tanger
Hamid ibn al-Qali	Span. Hamete Benengeli, arabischer Gelehrter und Chronist aus Toledo, Autor des von Meyrink übersetzten Berichts (geschr. um 1610)
Ibn Dschusai	Sekretär des Sultans von Fes, Verfasser der Reisen des Ibn Battuta (geschr. um 1350)

Hauptpersonen:

Ibn Battuta	Reisender aus Tanger in Marokko (gest. 1377)
Chiser	Legendärer unsterblicher islamischer Heiliger, Schutzpatron der Seefahrer, Gaukler und vieler Sufiorden
Marjam	Sklavin aus dem Wolgagebiet, Ehefrau des Emirs Hawi
Hawi	Emir des Ilchaniden Abu Said, später Botschafter am Hof des Sultans Togluk in Delhi
Farasdak und Dscharir	Dichterkollegen und Freunde Ibn Battutas, benannt nach zwei berühmten frühislamischen Dichtern

Tanger:

Abdallah ibn Muhammad	Ibn Battutas Vater, Händler
Aja	seine Frau, ehemalige slawische Sklavin
Sara	Abdallahs Schwester, Ibn Battutas erste Lehrerin
Abida	Sklavin in Ajas Harem
Sauda	Abdallahs erste Frau
Fatima, Aischa, Idris	Saudas und Abdallahs Kinder

Fes:

Usman	Repetitor in der Medresse der Pantoffelmacher
Achmad Idrisi	Ibn Battutas Freund in Fes, später Dscharir genannt
Abu A'la	Vater Achmads
Laila	Schwester Achmads

Ägypten:

Ibn al-Uchuwa	Marktvogt in Kairo (gest. 1327)
Murschidi	Sufi in Fuwa, Unterägypten
Anton	Mönch aus dem Georgskloster in Syrien
Ali	Wächter am Grab des Schasili

Persien:

Abu Said	Ilchanidischer Sultan von Irak und Persien (reg. 1316–1335)
Tschoban	Oberster Militärbefehlshaber des Sultans Abu Said (gest. 1327)

Dimaschk ibn Tschoban	Sohn des Emirs Tschoban, mächtigster Mann am Sultanshof (gest. 1327)
Bagdad Chatun	Tochter des Emirs Tschoban, später Ehefrau des Sultans Abu Said
Ala'uddaula Simnani	Sufimeister (gest. 1336), Gegner der Lehre Ibn al-Arabis
Kutbuddin Husain	Sufimeister in Isfahan

Oman:

Kutbuddin Tahamtan	Sultan von Hormus (reg. um 1300)
Abu Muhammad ibn Nabhan	Ibaditischer Imam von Niswa aus dem Geschlecht der Nabhan ibn Kachtan (reg. um 1330)
Dschamil und Busaina	Liebespaar aus Niswa, benannt nach einem berühmten Liebespaar der altarabischen Dichtung
Staijun	Scheich der Rajjis, einem Unterstamm der Adnan-Beduinen

Indien:

Muhammad Togluk	Sultan von Delhi (reg. 1324–1351)
Chodschadschahan	Dessen Wesir
Machduma Dschahan	Mutter des Sultans Togluk
Kabula	Sudanesischer Kammersklave und Leibwächter Togluks
Riasuddin	Nachkomme der Abbasiden-Kalifen, Höfling und Geliebter Togluks
Achsanschah	Gouverneur von Mabar (Hauptstadt Madurai)
Chornasab	Seine Tochter, Ehefrau Ibn Battutas in Delhi
Ainulmulk	Rebellischer Gouverneur der linken Gangesauen
Ruknuddin	Sufiheiliger bei Multan im Pandschab, erster der drei Chiser-Heiligen
Schadschalal	Sufiheiliger in Sylhet in Bengalen, zweiter der drei Chiser-Heiligen
Schihabuddin	Sufimeister des Tschischtijja-Ordens in Delhi, Freund Ibn Battutas
Nasiruddin	„Die Lampe von Delhi", Großmeister der Tschischtijja in Delhi (gest. 1356)
Kamaluddin	Sufi, in dessen Klause Ibn Battuta Zuflucht sucht
Tursi	Konfuzianischer Beamter, Botschafter des chinesischen Kaisers Togontemür an den Hof des Sultans von Delhi

China:

Togontemür	Chinesischer Kaiser der Yüan-Dynastie (reg. 1333–68)
Arugtu	Rechter Kanzler, oberster Beamter im Reich
Pags-pa	Tibetischer Großlama und kaiserlicher Präzeptor
Bajan	Hauptmarschall der mongolischen Leibgarde des Kaisers
Burhanuddin	Dritter und letzter der drei Chiser-Heiligen

Sufis, Herrscher und andere wichtige Persönlichkeiten:

Abu Inan	Merinidischer Sultan von Marokko (reg. 1348–58)
Abdurrachman ibn Mustafa	Rifai-Sufi in Jerusalem
Achmad Rifai	Sufi, Gründer des Ordens der „heulenden Derwische" (gest. 1178)
Alexander der Große	Arab. Iskandar, griechischer Eroberer (356–323 v. Chr.)
Algasel	Theologe und Sufi (gest. 1111)
Ali ibn Abi Talib	Schwiegersohn und Vetter des Propheten Muhammad, vierter Kalif, genannt *Befehlshaber der Gläubigen* (gest. 661)
Asch'ari	Irakischer Theologe (gest. 936), Begründer des Asch'arismus
Athanasius	Ägyptischer Kirchenvater (gest. 373)
Avicenna	Philosoph und Universalgelehrter (gest. 1037)
Buchari	Autor (gest. 870) der bekanntesten sunnitischen Sammlung von Aussprüchen des Propheten Muhammad, der „Wahrhaftigen Sammlung" (*al-Sahih*)
Dirar ibn Amr	Theologe und Freidenker der Frühzeit des Islam (gest. um 815)
Dschingis Khan	Mongolischer Eroberer, erster Khan des mongolischen Weltreichs (gest. 1227)
Gazan Suppentopf	Bruder Öldscheitus und Onkel Abu Saids, Ilchanidenherrscher (reg. 1295–1302)
Harun ar-Raschid	Legendärer Abbasiden-Kalif (gest. 805), bekannt aus Tausendundeiner Nacht
Hülägü	Enkel Dschingis Khans, mongolischer Eroberer von Irak und Persien, Gründer der Ilchanidendynastie (gest. 1265)
Husein ibn Ali	Sohn des Ali ibn Abi Talib, Enkel des Propheten Muhammad (gest. 680 bei Kerbela)
Ibn al-Arabi	Berühmter Sufi des Spätmittelalters, Begründer der Lehre von der *Einheit des Seins* (gest. 1240)
Ibn Hazm	Andalusischer Theologe, Jurist und *homme de lettres* (gest. 1064)
Ibn Kasir	Syrischer Korankommentator und Historiker (gest. 1373)
Ibn Muldscham	Mörder Alis, des vierten Kalifen
Ibn Taimijja	Einflussreicher spätmittelalterlicher Theologe und Jurist aus Syrien (gest. 1328), geistiger Ahnherr der Wahhabiten unserer Tage
Iskandar	s. Alexander der Große
Konfuzius	Chin. K'ung-tse, „der Meister K'ung" (551–479 v. Chr.), bedeutender Philosoph im alten China
Kubilai Khan	Enkel des Dschingis Khan, mongolischer Großkhan und erster chinesischer Kaiser der Yüan-Dynastie (reg. 1260–1294)
K'ung	s. Konfuzius
Kutbuddin (Aibak)	Muslimischer Eroberer Delhis (reg. 1206–1210), Erbauer des Kutbuddin-Minaretts

Kutbuddin (Mubarak)	Sultan von Delhi (reg. 1316–1320), beerdigt in seinem Mausoleum bei Alt-Delhi
Mansur	Abbasidischer Kalif in Bagdad (reg. 754–775)
Muhammad al-Askari	Zwölfter Imam der Schia, im Jahre 873 in die Verborgenheit entrückt, um am Ende aller Tage als Mahdi zurückzukehren und die Schiiten in ihr Recht einzusetzen
Muhammad der Prophet	Prophet des Islam (gest. 632 in Medina)
Nasiruddin Tusi	Persischer Universalgelehrter, Begründer des Observatoriums in Marage (gest. 1274)
Nisami	Persischer Dichter (gest. um 1200), Verfasser des *Alexanderromans*
Nisamuddin Aulija	Berühmter Heiliger des Tschischtijja-Ordens in Nordindien (gest. 1325)
Öldscheitu Eselsdiener	Vater Abu Saids, Ilchanidenherrscher (reg. 1304–1316)
Orchan	Osmanischer Sultan (reg. 1326-1359) in Anatolien
Osman	Gründer des Osmanenreichs (gest. 1326)
Osbeg Khan	Khan der Goldenen Horde (reg. 1313–1341) am Wolga-Delta
Raschiddudin	Persischer Chronist und Universalgelehrter der Mongolenzeit (gest. 1318)
Salar Masud	Legendärer Krieger und Heiliger aus der Zeit der muslimischen Eroberung Nordindiens
Schasili	Sufimeister, Gründer des Schasilijja-Ordens (gest. 1258)
Sun Tzu	Autor des Kriegshandbuchs *Die Kunst des Krieges* (4. Jhd. v. Chr.)
Sung	Chinesisches Kaisergeschlecht (960–1279)
Tarmaschirin	Tschagatai-Khan (reg. um 1326–35), Mongolenherrscher in Zentralasien
Togluk (Riasuddin)	Vater des Muhammad Togluk und Sultan von Delhi (reg. 1320–25)

Dynastientafeln

Bis zum 13. Jahrhundert

Muhammad der Prophet (622–32)
Hauptstadt: Medina; Schwerpunkt der Machtentfaltung: Arabien

Die vier rechtgeleiteten Kalifen (632–661)
Abu Bakr (632-634), Umar (634-644), Usman (644–656), Ali (656–661)
Hauptstadt: Medina; Gründung des islamischen Weltreichs

Kalifat der Umajjaden (661–750)
Hauptstadt: Damaskus; Konsolidierung und Erweiterung des islamischen Weltreichs

Kalifat der Abbasiden (750–1258)
Hauptstadt: Bagdad (zeitweise Samarra); Schwerpunkt der Machtentfaltung: Irak und Persien

Sultanat Saladins und der Ajjubiden (1171–1250)
Hauptstadt: Kairo; Schwerpunkt der Machtentfaltung: Ägypten und Syrien

Im 14. Jahrhundert (von Westen nach Osten)

Sultanat der Nasriden (1238–1492)
Hauptstadt: Granada; Schwerpunkt der Machtentfaltung: Andalusien

Sultanat der Meriniden (1269–1465)
Hauptstadt: Fes; Schwerpunkt der Machtentfaltung: Marokko

Sultanat der Mamluken (1250–1518)
Hauptstadt: Kairo; Schwerpunkt der Machtentfaltung: Ägypten und Syrien

Imamat der ibaditischen Nabhan (um 1100–1624)
Hauptstadt: Niswa; Schwerpunkt der Machtentfaltung: das innere Oman

Sultanat von Hormus (um 1300–1514)
Hauptstadt: Hormus auf der Insel Hormus; Schwerpunkt der Machtentfaltung: Küste Omans

Sultanat der Osmanen (um 1300–1922)
Hauptstadt: Bursa, ab 1454 Istanbul; Schwerpunkt der Machtentfaltung: Anatolien (im 14. Jahrhundert)

Die Ilchane (1258–1335)
Hauptstadt: Marage, Täbris, Sultanijja; Schwerpunkt der Machtentfaltung: Irak und Persien

Das Khanat der Goldenen Horde (um 1223-Mitte 15. Jhd.)
Hauptstadt: Neu-Sarai; Schwerpunkt der Machtentfaltung: untere Wolga

Das Tschagatai-Khanat (um 1227–16. Jhd.)
Hauptstadt: Feldlager bei Buchara; Schwerpunkt der Machtentfaltung: Zentralasien bis Afghanistan

Sultanat der Toglukiden (1320–1414)
Hauptstadt: Delhi; Schwerpunkt der Machtentfaltung: Nordindien

Yüan-Kaiserreich (1279–1368)
Hauptstadt: Ta-tu (das heutige Peking); Schwerpunkt der Machtentfaltung: Nordchina

Glossar

Abu	Arab. „Vater“, als Ehrenname häufig dem eigentlichen Namen vorgestellt (z. B. Abu Said=Vater des Said, oder auch Abu l-Hikma=Vater der Weisheit)
Astrolab	Metallscheibe zur Winkelmessung am Himmel, Navigationsinstrument
Boythay	Stiefelförmiger Kopfschmuck der verheirateten mongolischen Frauen
Bardo	Tibet. „Zwischenzustand“ nach dem Tode und vor der Wiedergeburt
Betel	Blätter des Betelpfeffers, Genussmittel, das die Zähne dunkel, den Speichel rot färbt
Bhakti	Sanskr. „Hingabe“, Südindischer Frömmigkeitskult des Mittelalters
Burak	Legendäres geflügeltes Pferd des Propheten Muhammad, auf dem er in den Himmel aufgefahren sein soll
Charidschiten	Islamische Glaubensgemeinschaft, die sich im 7. Jahrhundert von den Sunniten und Schiiten abspaltete
Chirka	Initiationsgewand des Sufiadepten, häufig ein blauer Flickenrock
Daff	Große, flache Handtrommel in der persischen Musik
Dharma	Sanskr. „Stütze, Gesetz“, das kosmische Gesetz (auch das moralische) im Hinduismus und Buddhismus
Dhau	Alter südarabischer Passagier- und Frachtschifftyp
Dischdascha	Langes, meistens weißes Gewand der Golfaraber
Dschahannam	Der bekannteste der sieben arabischen Namen der Hölle, allegorisch zuweilen als furchtbares Monster beschrieben
Dschihad akbar	Arab. „das größere Sichbemühen“, d. h. der Kampf gegen die Instinkte der Triebseele, ein sufischer *terminus technicus*
Dschunke	Chinesisches Handelsschiff
Fakih	Islamischer Rechtsgelehrter
Fanaa	Arab. „Entwerdung“, Höhepunkt sufischer Exstase
Faticha	Die erste Sure des Korans
Friedensreich	Arab. *dar as-salam*, juristisch definierter Bereich, in dem die Scharia gilt; Gegenbegriff zum „Kriegsreich“ (*dar al-harb*)
Ghul	Islamischer Dämon
Gilbaba	Langes, meist einfarbiges Gewand in Nordafrika (vgl. Dischdascha)
Hadis	In Sammlungen zusammengetragene Überlieferungen der Worte und Taten des Propheten Muhammad; wichtige Grundlage des islamischen Gesetzes, der Scharia
Hadschdsch	Die Pilgerfahrt nach Mekka, eine der fünf Säulen des Islam
Hadschdschi	Ehrentitel: jemand, der den Hadschdsch vollzogen hat
Hammam	Badehaus
Hanafiten	Eine der vier Rechtschulen im sunnitischen Islam, gilt manchen als reformfreudiger als die drei anderen Schulen
Hanbaliten	Eine der vier Rechtschulen im sunnitischen Islam, gilt manchen als die konservativste der Rechtschulen; wird heute in Saudi-Arabien befolgt

Haram	Heiliger Bezirk auf dem Jerusalemer Tempelberg, auch um die Moschee in Mekka
Harem	Die inneren, nur für Familienmitglieder zugänglichen Wohnräume eines Hauses
Hui-hui	Chinesische Bezeichnung für Muslime
Ibn	Arabisch für „Sohn", als Bindeglied zwischen die Namen des Sohns, Vaters, Großvaters, Urgroßvaters usw. gestellt
Ilchan	„Statthalter/Herrscher der Provinz", Titel der Mongolenkönige von Irak und Persien
Imam	1) Vorbeter in der Moschee; 2) Nachfolger des Propheten Muhammad: nach Ansicht der Mehrzahl der Schiiten gab es zwölf Imame; 3) religiöser Führer der Ibaditen im Oman, in Algerien und auf Sansibar
Jurte	Parzelle im mongolischen Zeltlager
Kaaba	Viereckiger Bau im Hof der Moschee in Mekka, in den der schwarze Stein eingelassen ist, gibt allen Muslimen die Gebetsrichtung an
Kadi	Islamischer Richter
Kakam	Kleiner Dschunkentyp
Kalafta	Von Mamluken getragener spitzer Hut, der von einem Turban umwickelt wird
Kalif	Arab. *khalifa*, „Nachfolger" oder „Stellvertreter", Titel der sunnitischen Herrscher, die ihre Autorität auf Muhammad den Propheten zurückführten; spätestens nach dem Fall von Bagdad 1258 verkam der Titel zur Floskel
Karawanserei	Herberge für Karawanen
Karma	Sanskr. „Tat", im Hinduismus und Buddhismus das universelle Gesetz, nach dem die Wiedergeburt geregelt ist
Karschi	Mongolischer Herrscherpalast
Kesigden	Mongolische Kriegereliteeinheit
Khan	Mongolischer Herrschertitel
Kibla	Muslimische Gebetsrichtung, hin zur Kaaba
Kitscheri	Indisches Reisgericht, das zum Frühstück verzehrt wird
Kriegsreich	Arab. *dar al-harb* (vgl. „Friedensreich")
Kumis	Gegorene Pferdemilch, beliebtes Rauschgetränk der Mongolen
Kuttab	Muslimische Elementarschule, in der v. a. das Lesen und Schreiben des Korans geübt wird
Lama	Hoher Rang im tibetanischen Buddhismus
Mahakala	Mongolischer Kriegsgott, Schutzgott der Yüan-Dynastie
Mahdi	Arab. „der Rechtgeleitete", eschatologische Heilsfigur
Maqam	Arabische Tonart
Malikiten	Eine der vier Rechtschulen im sunnitschen Islam, vor allem in Nordafrika verbreitet
Medresse	Islamische Hochschule
Minarett	Turm an der Moschee, von dem aus fünf Mal am Tag zum Gebet gerufen wird
Moschee	Arab. „Ort der Niederwerfung", Gebetshaus der Muslime
Natigai	Mongolischer Himmelsgott
Nirvana	Sanskr. „Erlöschen" der Existenz, Heilsziel in den indischen Religionen

Odaliske	Haremsdienerin
Parasange	Islamisches Längenmaß persischen Ursprungs, etwa 6 km
Pinangnuss	Aus Westmalaysia (Pinang) stammende Nuss
Radscha	Traditioneller indischer Herrschertitel
Roch	Sagenhafter gigantischer Vogel im Islam
Sadhu	Indischer Asket und Wundertäter
Sambuuk	Südarabisches Passagier- und Frachtschiff, v.a. in der Perlfischerei verwendet
Sajjid	Ehrentitel, Nachkomme des Propheten Muhammad, im engeren Sinn Nachkomme seines Enkels Husein
Samum	Heißer Wüstenwind in Nordarabien
Schafiiten	Eine der vier Rechtschulen im sunnitschen Islam, die sich auf den berühmten Juristen Schafi'i (gest. 820) zurückführt
Scharia	Islamisches Gesetz, nach Schafi'i (gest. 820) auf vier Stützen aufgebaut: 1) dem Koran, 2) dem Hadis, 3) dem Konsensus der Gelehrten, 4) dem Analogieschluss
Scherbet	Im gesamten Osten verbreitetes Fruchtgetränk
Scherif	Ehrentitel, Nachkomme des Propheten Muhammad, im engeren Sinn über seinen Enkel Hasan
Schia, Schiiten	Zweitgrößte Glaubensgemeinschaft im Islam, welche an eine Reihe prophetisch begabter Imame glaubt
Sufi	Wahrscheinlich von arab. *suf*, „Wolle", muslimischer Mystiker
Sultan	Arab. „Macht", Herrschertitel
Sunniten	Hauptglaubensgemeinschaft im Islam, für die nach dem Propheten Muhammad „Stellvertreter" (arab. *khalifa*) die Geschicke der Gemeinde lenken
Sure	Abschnitt oder Kapitel im Koran (insgesamt 114)
Tanbul	Vermutlich dasselbe wie das jemenitische Qat, *Catha edulis* aus der Familie der Celastraceae, ein Buschgewächs, dessen Blätter ein Alkaloid enthalten, das euphorisierend wirkt
Tantra, Tantrismus	Religiöse Strömung im Hinduismus und Buddhismus, die durch magische, teils sexuelle Übungen Erlösung vom Leiden anstreben
Umma	Glaubensgemeinde der Muslime
Vischnu	Indischer Schöpfergott
Yin und Yang	Kosmische Grundsätze in der chinesischen Naturphilosophie: Yin verkörpert das Weibliche, das Passive, die Erde, die schwarze Farbe, den Norden; Yang verkörpert das Männliche, das Aktive, den Himmel, die rote Farbe, den Süden
Yüan	Chin. „Uranfang", von Kubilai Khan gewählter Name der mongolischen Kaiserdynastie Chinas
Zalladsch	Mittelalterliches Nilschiff, Vorläufer der Felukka
Zar	Exorzistisches Ritual in Arabien
Zemzem	Heilige Quelle auf dem Boden der Großen Moschee in Mekka, deren Wasser große Heilkraft zugesagt wird

Ortsnamen

Aisab	Ägyptische Hafenstadt an der Westküste des Roten Meeres, durch die einer der wichtigsten Pilgerwege nach Mekka führte
Alexandria	Stadt an der westlichen Deltamündung des Nil
al-Andalus	Das muslimische Spanien
Assam	Von Bergen umsäumtes Gebiet im Nordosten Indiens
Babylon	Dorf zwischen Wasit und Kufa, ehemalige Hauptstadt Mesopotamiens
Badrakut	Südindische Stadt auf dem Dekkan
Bakuba	Stadt in Mesopotamien am Nahrawan-Kanal, nördlich von Bagdad
Bagdad	Stadt am Tigris im Herzen des Irak, ehemalige Hauptstadt der Abbasiden-Kalifen, 1258 von den Mongolen zertstört
Bachrain	Arab. „die zwei Meere", Insel an der Westküste des persischen Golfs, berühmt für ihre Perlenfischer
Bachraisch	Stadt am Fuß des Himalajas in Uttar Pradesch, Zentrum der Salar-Masud-Verehrung
Barahnagar	Vielleicht eine indochinesische Kleinstadt an der Küste Burmas
Bir Balagh	Oase am Nordrand des *Leeren Viertels* im heutigen Saudi-Arabien
Buchara	Oasenstadt im heutigen Uzbekistan, wichtiges Handelszentrum an der Seidenstraße
Bursa	Stadt in der Nordtürkei, erste Hauptstadt der Osmanen
Chan-sa	Chin. Hangzhou/Chang-dschou, Hauptstadt der Sungdynastie (960-1279)
Choaresmien	Gebiet südlich vom Aralsee am Delta des Amu Darja
Chorasan	Region im nordöstlichen Persien; Kernland der persischen Zivilisation
Chusistan	Heiße und feuchte Küstenebene im südlichen Irak
Córdoba	Arab. Qurtuba, lange Zeit Hauptstadt des Kalifats von al-Andalus, 1236 von den Spaniern erobert
Damaskus	Hauptstadt Syriens, eine Flussendoase
Daulatabad	Hauptstadt des indischen Dekkangebiets, große Festung
Dekkan	Hochland in Mittelindien
Delhi	Hauptstadt Nordindiens, Sitz des islamischen Sultanats (später der Moghul-Kaiser)
Dschahanpanah	Residenzstadt Delhis unter Sultan Togluk
Edfu	Stadt in Oberägypten, am Nil gelegen
Elburs	Gebirge im Nordiran
Fes	Stadt im marrokanischen Inland, Gelehrtenzentrum und Hauptstadt der merinidischen Sultane
Fuwa	Stadt im ägyptischen Delta, Wohnort des Mystikers al-Murschidi
Gabés	Küstenstadt in Tunesien südlich von Sousse und Sfax
Gaza	Palästinensische Küstenstadt
Ghazna	Stadt in West-Afghanistan, Hauptstadt der Ghanznaviden-Dynastie, die unter Mahmud von Ghazna nach Nordindien eindrang

Großer Sumpf	Arab. *al-Batiha*, Sumpfland im Dreieck von Nadschaf, Wasit und Basra
Hallanija	Insel vor der Südküste Omans, im heute Kuria Muria genannten Archipel
Hasa	Das heutige al-Hufuf, Oasenstadt in den Vereinigten Arabischen Emiraten
Hebron	Arab. *al-Khalil*, Patriarchenstadt in Palästina
Hilla	Stadt im Irak, südlich von Bagdad
Hormus	Hauptstadt des Sultans von Hormus und Insel im persischen Golf an der Südküste des heutigen Iran
Ibjar	Stadt im ägyptischen Delta, berühmte mittelalterliche Stofffabrikatur
Die Insel	Arab. *al-Jazira*, oberes Irak
Ischbilia	s. Sevilla
Isfahan	Oasenstadt in Mittelpersien
Jerusalem	Pilgerort in Palästina
Kabul	Haupstadt Afghanistans
Kaffa	Hafenstadt auf der Krim am Schwarzen Meer, Endpunkt der Seidenstraße
Kairo	Hauptstadt des Mamlukenreichs in Ägypten
Kalhat	Große Hafenstadt an der östlichen Küste Omans, heute in Ruinen
Kalikut	Stadt an der Südküste Indiens (Bundesstaat Kerala)
Kambai	Hafenstadt im Delta des Pandschab
Kanaudsch	Stadt östlich von Delhi, am Westufer des Ganges
Kaschan	Oase nördlich von Isafahan, im Mittelalter für ihre Kacheln berühmt
Kerbela	Stadt im Irak, nördlich von Nadschaf; Ort des Martyriums von Husein, dem Enkel des Propheten Muhammad (680)
Khaiberpass	Gebirgspass zwischen dem afghanischen Hochland und der Flusssenke des Pandschab
Kufa	Stadt im Irak, eine der beiden arabischen Garnisonsstädte zur Zeit der islamischen Eroberung
Kunlun	Gebirgskette im westlichen China, in der chinesischen Mythologie das „westliche Paradies"
Leeres Viertel	Arab. *ar-Rub' al-Khali*, große Wüste in Südarabien
Liwa	Oasengegend im südöstlichen Saudi-Arabien am Nordrand des Leeren Viertels
Luxor	Stadt in Oberägypten
Machul	Hafenstadt im Delta des Tigris
Madurai	Hauptstadt der Provinz Mabar in Südindien, heute der südindischen Provinz Tamil Nadu
Maharaschtra	Gebiet an der Westküste Indiens (Hauptstadt Bombay)
Malabar	Landstrich an der Westküste des südlichen Indiens, auch „Pfefferland" genannt
Maldiven	Inselgruppe südwestlich von Indien
Marage	Stadt am Ostufer des Urmiasees in Aserbaidschan, erste Hauptstadt des Ilchanidenreichs
Marrakesch	Stadt im Süden Marokkos, ehemalige Hauptstadt des Almohaden- und Almoravidenreichs
Masira	Insel an der südöstlichen Ecke der Arabischen Halbinsel

Masudabad	Stadt unweit von Delhi im Westen
Medina	Stadt im heutigen Saudi-Arabien, im Jahre 622 Zufluchtort des Propheten Muhammad, als seine Mitbürger in Mekka ihn von dort vertrieben (Beginn der islamischen Zeitrechnung)
Mekka	Stadt im heutigen Saudi-Arabien, kultisches Zentrum des Islam, beherbergt das Ka'ba-Heiligtum
Mirbad	Vorort in Basra, zur Wüste hingewandt, traditioneller Ankunftsort der Karawanen aus Arabien
Multan	Grenzstadt zwischen Afghanistan und Nordindien im Pandschabtal, Zentrum des Sufismus
Mutter des Gifts	Arab. *Umm as-Samum*, Treibsandgebiet zwischen Oman und Saudi-Arabien
Nadschaf	Auch Maschhad Ali genannt, Begräbnisort Ali b. Abi Talibs und schiitischer Pilgerort im Irak
Neu-Sarai	Stadt an der unteren Wolga, Hauptstadt der Goldenen Horde
Niswa	Hauptstadt des omanischen Imams in den Bergen westlich von Muskat
Pandschab	Pers. „die fünf Gewässer", Flussebene im heutigen Pakistan
Quilon	Hafenstadt im westlichen Süden Indiens
Qurtuba	s. Córdoba
Riad	Oase, heute Hauptstadt Saudi-Arabiens
Saitun	Chin. Quanzhou/Tchü'an-dschou, Hafenstadt in Südchina
Samarkand	Handelsstadt in Transoxanien (Usbekistan)
Sandfalle	Gegend im Leeren Viertel im heutigen Saudi-Arabien
Sargadwari	Stadt am Ganges östlich von Delhi, zeitweilige Residenz des Sultans Muhammad Togluk
Sevilla	Arab. Ischbilia, 1248 von den Spaniern erorbert
Sfax	Küstenstadt in Tunesien mit berühmter Zitadelle
Schang-tu	Sommerresidenz der mongolischen Kaiser von China
Simnan	Ort an der Chorasanstrasse zwischen Rai (dem heutigen Teheran) und dem alten Nischapur
Sin	Arabischer und persischer Name für Südchina
Sind	Schwemmlandebene des unteren Indus (Südostpakistan)
Sofar	Stadt an der südlichen Küste Omans unweit der Grenze zum Jemen und zum Wadi Hadramaut
Sousse	Küstenstadt in Tunesien mit berühmter Zitadelle
Sultanijja	Stadt im Nordwesten Persiens am Fuße des Elbursgebirges, dritte Hauptstadt des Ilchanidenreichs
Sylhet	Stadt im Osten Bangladeschs
Ta-tu	Chin. Da-du, Hauptstadt der chinesischen Mongolen, auf dem Gebiet des heutigen Peking/Beijing
Täbris	Hauptstadt von Aserbaidschan, zweite Hauptstadt des Ilchanidenreichs
Tanger	Stadt an der nördlichen Mittelmeerküste Marokkos
Timbuktu	Sagenumwobene Goldstadt im heutigen Mali, am Südrand der Sahara gelegen
Toledo	Arab. Tulaitula, berühmtes Gelehrtenzentrum im spanischen Mittelalter, 1085 von Alfonso VI. erobert
Tripolis	Hauptstadt des heutigen Lybien

Tschittagong	Stadt und Hafen im Südosten von Bangladesch
Tulaitula	s. Toledo
Tunis	Hauptstadt des Hafsidenreichs im 14. Jahrhundert, Hauptstadt von Tunesien
Urmia-See	See im Nordwesten Persiens an der Grenze zu Aserbaidschan
Vijayanagar	Sanskr. „Stadt des Sieges“, 1336 gegründete Hauptstadt des gleichnamigen Hindureichs im heutigen Bundesstaat Karnataka
Waqisa	Oase in der arabischen Wüste, etwa fünf Tagesritte von Nadschaf entfernt
Wasit	Ehemalige arabische Garnisonsstadt im südlichen Irak, Zentrum der Koranrezitationskunst
Zagros	Gebirge zwischen Persien und Irak

Zitate

Koranverse

„Bis aufgetan wird Gog und Magog und man von allen Höhen rennt." (Koran, Sure 21, Vers 96)

„Bis dass er hinkam zwischen zwei Bergriege..." (18:93–95)

„Die wohlverwahrte Tafel, die den Menschen als Rechtleitung hinabgesandt wurde." (85:21–22)

„Der Moment, in dem wir scheiden, ist nun gekommen!" (18:78)

„Dieser hatte einen getunnelten Weg zurück ins Meer gefunden!" (18:61)

„Einen Diener Gottes, dem hatten wir Heil gespendet, und wir hatten ihn gelehrt." (18:65)

„Du wirst kein Verständnis haben für das, was ich dir zeigen werde! Wie solltest du auch Verständnis haben für das, was deine Vorstellungskraft übersteigt?" (18:67-68)

„Es gibt nur einen einzigen Gott, fern von Ihm, dass Er einen Sohn habe!" (4:171)

„Gebietet das Löbliche und verbietet das Verdammenswerte!" (3:110)

„Gläubig sind die, die an das Verborgene glauben." (2:2-3)

„Gott ist das Licht der Himmel und der Erde ..." (24:35)

„Gott ist eines jeden Dinges mächtig. Er schafft den Tod und das Leben. Damit prüft Er euch, aber dies geschieht zu eurem Vorteil, denn Er ist erhaben und allvergebend." (67:1–2)

„Gott ist mit den Geduldigen." (2:153)

„Gott will es euch leicht machen, denn der Mensch ist ein schwaches Geschöpf." (4:28)

„Habe ich dir nicht gesagt, dass du kein Verständnis für das haben würdest, was ich tue?" (18:75)

„Im Namen Gottes des allbarmherzigen Erbarmers! ..." (1:1–7)

„Nichts gleicht Ihm." (42:11)

„Schöngeaugt, gleich Perlen ..." (56:22–25)

„Sehen sie denn nicht das Kamel, wie es geschaffen ist?" (88:17)

„Wir sind Gottes und zu Ihm kehren wir zurück." (2:156)

„Welche Gnad' eures Herrn wollt ihr verkennen?..." (55:18–25)

„Wenn Er gewollte hätte, hätte er alle Menschen zu Muslimen gemacht." (6:149)

„Wir haben nun den Schleier von dir fortgenommen, und also ist dein Blick heute durchdringend." (50:22)

Aussprüche des Propheten Muhammad (*Hadis*)

„Der schlimmste Feind, den ihr habt, ist die Triebseele, die in eurer Brust wohnt." (zit. in Schimmel, *Mystical Dimensions*, S. 112)

„Die Menschen schlafen, und wenn sie sterben, wachen sie auf." (zit. in Schimmel, *op.cit.*, S. 382)

„Dreierlei ist dem Propheten liebgeworden: Frauen, Parfüm und Gebet." (zit. in Schimmel, *op.cit*, S. 272)

„Es ist für den Glauben verdienstvoller, sich bei der Vergebung zu irren als bei der Bestrafung." (Tirmidhi [gest. 892], *Sunan: B. ma ja'a fi dar' al-hudud*)

„Gott bestimmt die Preise." (Abu Dawud [gest. 889], *Sunan: B. fi l-tas'ir*)

„Gott erhört den, der Ihn in der Not anruft." (Buchari [gest. 870], *Sahih: B. Fadl Allahumma*)

„Hättet ihr Gottvertrauen, wie es sich gebührt, dann würde Er euch ernähren, wie Er die Vögel ernährt." (zit. in Schimmel, *op.cit.*, S. 118)

„Katzenliebe ist ein Glaubensartikel." (zit. in Annemarie Schimmel, *Die orientalische Katze: Geschichten, Gedichte, Sprüche, Lieder und Weisheiten.* München: Diederichs, 1989, S. 11)

„Meine Gemeinde wird niemals in einem Irrglauben übereinstimmen." (Tabarani [gest. 971], *al-Mu'jam al-kabir*, ed. al-Sulfi, no. 13623)

„Suchet das Wissen, und sei es in China!" (Ghazali [gest. 1111], *Ihya ulum al-din*, ed. Beirut, I, S. 9)

„Wer dem Sultan folgt, wird vom Satan verführt." (al-Alusi [gest. 1853], *Ruh al-ma'ani*, ed. 1935–6, XI, S. 4)

Gedichte

„Aller Schlaf ward mir geraubt ..." (zit. in Yaqut al-Hamawi [gest. 1229], *Mu'jam al-Buldan* [= *Länderlexikon*], Beirut: Dar Sadir, 1993, s.v. Baghdad)

„Als in Isfahan ich weilte ..." (zit. in Yaqut, *op. cit.*, s.v. Isfahan)

„An der Brücke stand jüngst ich in brauner Nacht ..." (*Venedig*, Friedrich Nietzsche)

„Basra ist ein fauler Ort ..." (zit. in Yaqut, *op. cit.*, s.v. Basra)

„Der reiche Mann in Bagdad ..." (zit. in Yaqut, *op.cit.*, s.v. Baghdad)

„Die wahre Lieb ist nimmer des Augenblickes Kind." (Ibn Hazm [gest. 1064], *Tawq al-hamama* [= *Das Halsband der Taube*], übers. Max Weisweiler, Leiden: Brill, 1941, S. 47)

„Nachts tun alle Kufier ..." (zit. in Yaqut, *op. cit.*, s.v. Kufa)

„Gott verfluche Isfahan ..." (zit. in Yaqut, *op. cit.*, s.v. Isfahan)

„Meine Geliebte trägt Hemden des Hochmuts ..." (Ibn al-Arabi [gest. 1240], *Tarjuman al-ashwaq* [= *Dolmetsch der Sehnsüchte*], Übersetzung nach R. A. Nicholson, *The Tarjuman al-ashwaq, a collection of mystical odes*, London: Royal Asiatic Society, 1911)

„Pack' zu, nimm's Ruder ..." (traditioneller Gesang der Perlentaucher im arabischen Golf)

„Paradiesisch thronst du Basra ..." (zit. in Yaqut, *op. cit.*, s.v. Basra)

„Schön ist die Blume, vom Wind überweht ..." (Omar Khayyam [gest. 1131], zit. nach und in der Übersetzung angelehnt an Purandocht Pirayech, *Hakim Omar Khayyam: Robaiyat (Vierzeiler)*, Teheran: Farhangsara Yassavoli, 1997, S. 42-3)

„Sieh nur, wie der Mensch nach langem Leben strebt ..." (zit. in Yaqut, *op.cit.*, s.v. Simnan)

„Vor allen Städten kommt wohl jene Dunkelheit ... (Nisami [gest. um 1200], *Iskandarnama* [= *Alexanderbuch*], ed. Wahid Dastgirdi, *Kulliyat-i Nizami-yi Ganjawi*, Teheran: Mu'assasa-yi Intisharat-i Nigah, 1381, II, S. 1166-9)

Prosatexte und Sonstiges

„Als sie zu einem Felsen gekommen waren ..." (aus Ibn Kasir [gest. 1373], *Qisas al-anbiya'* [= *Prophetenlegenden*], Kairo: Dar al-Kutub al-Haditha, 1968, s.v. *Qissat Musa wa-l-Chidr*)

„Chiser existiert wirklich ..." (Alauddaula Simnani [gest. 1336], *Chihil majlis* [= *Vierzig Séancen*], ed. Najib M. Hiravi, Teheran: Intisharat-i Adib, 1366/1987, S. 216–7)

„Die Gedichte sind es, die den Geist anregen ..." (Konfuzius [gest. 479 v. Chr.], *Lun Yü*, Buch VIII, Kap. 8)

„Im Namen des Allbarmherzigen Erbarmers! Gott groß ...“ (Anon., *Du'at Kumayl*, Teheran: Intisharat-i Nishat, o. A., S. 2, 4, 35)

„Ist Christus nicht auferstanden, so ist euer Glaube eitel.“ (1 Korinther 15:17)

„Ist es nicht erfreulich, aus fernen Weltgegenden Seinesgleichen gefunden zu haben?“ (Konfuzius, *Lun Yü*, Buch I, Kap. 1)

„Lob sei Gott! Ich armer Schreiber dieser Zeilen ...“ (aus Ala'uddaula Simnani, *Salwat al-Ashiqin wa-saktat al-mushtaqin* [= *Trost der Gottliebenden und Besänftigung der Sehnsüchtigen*], in dems., *Musannafat-i Farsi*, Teheran: Shirkat-i Intisharat-i 'Ilmi va-Farhangi, 1369/1990–1)

„Manchmal siehst du Gott nicht, weil Er dir so nah ist.“ (zit. in Schimmel, *Mystical Dimensions*, S. 252)

„Nach uns werden die Nachkommen unseres Klans ...“ (Dschingis Khan, zit. in Dunn Ross, *The Adventures of Ibn Battuta*, S. 81)

„Politik ist das, was die Menschen in Harmonie zu ihrem Herrscher bringt ...“ (Sun Tzu [4. Jhd. v. Chr.], *Die Kunst des Krieges*, Kap. 1)

„Solange du das Leben nichts kennst, wie kannst du dann den Tod kennen?“ (Konfuzius, *Lun Yü*, Buch XI, Kap. 11)

„Wie lange willst du noch zur Tür des Fürsten gehen ...“ (zit. in Annemarie Schimmel, *op.cit.*, S. 347)

467 Seiten

Umschlagabbildung: Venezianischer Maler aus dem Umkreis Tizians: Süleiman der Prächtige (um 1530/1540)
Öl auf Leinwand, Kunsthistorisches Museum Wien
Foto: © akg-images/Erich Lessing

Bibliografische Information der Deutschen Nationalbibliothek

Die Deutsche Nationalbibliothek verzeichnet diese Publikation in der Deutschen Nationalbibliografie; detaillierte bibliografische Daten sind im Internet über <*http://dnb.d-nb.de*> abrufbar.

Weitere Publikationen aus unserem Programm finden Sie unter:
www.zabern.de

ISBN: 978-3-8053-3728-1
Gestaltung: Ragnar Schön, Verlag Philipp von Zabern, Mainz
Lektorat: Astrid Ule, Berlin
Gestaltung des Titelbildes: Max Bartholl, b3K text und gestalt GbR, Frankfurt am Main und Hamburg

Printed in Germany by Philipp von Zabern
Printed on fade resistant and archival quality paper (PH 7 neutral) · tcf